증편 한국구비문학대계

1-15

# 경기도 이천시

이 저서는 2008년 정부(교육과학기술부)의 재원으로 한국학중앙연구원(한국학진흥사업단)의 지원을 받아 수행된 연구임.(AKS-2008-AIA-3101)

# 증편 한국구비문학대계
## 1-15
## 경기도 이천시

신동흔 · 노영근 · 이홍우 · 한유진 · 구미진

한국학중앙연구원

역락

## 발간사

민간의 이야기와 백성들의 노래는 민족의 문화적 자산이다. 삶의 현장에서 이러한 이야기와 노래를 창작하고 음미해 온 것은, 어떠한 권력이나 제도도, 넉넉한 금전적 자원도, 확실한 유통 체계도 가지지 못한 평범한 사람들이었다. 이야기와 노래들은 각각의 삶의 현장에서 공동체의 경험에 부합하였으며, 사람들의 정신과 기억 속에 각인되었다. 문자라는 기록 매체를 사용하지 못하였지만, 그 이야기와 노래가 이처럼 면면히 전승될 수 있었던 것은 그것이 바로 우리 민족의 유전형질의 일부분이 되었기 때문이며, 결국 이러한 이야기와 노래가 우리 민족을 하나의 공동체로 묶어 주고 있는 것이다.

사회와 매체 환경의 급격한 변화 가운데서 이러한 민족 공동체의 DNA는 날로 희석되어 가고 있다. 사랑방의 이야기들은 대중매체의 내러티브로 대체되어 버렸고, 생활의 현장에서 구가되던 민요들은 기계화에 밀려 버리고 말았다. 기억에만 의존하여 구전되던 이야기와 노래는 점차 잊히고 있다. 한국학중앙연구원이 1970년대 말에 개원함과 동시에, 시급하고도 중요한 연구사업으로 한국구비문학대계의 편찬 사업을 채택한 것은 바로 이러한 시대적 상황에 대한 우려와 잊혀 가는 민족적 자산에 대한 안타까움 때문이었다.

당시 전국의 거의 모든 구비문학 연구자들이 참여하였는데, 어려운 조사 환경에서도 80여 권의 자료집과 3권의 분류집을 출판한 것은 그들의 헌신적 활동에 기인한다. 당초 10년을 계획하고 추진하였으나 여러 사정으로 5년간만 추진되었으며, 결과적으로 한반도 남쪽의 삼분의 일에 해당

하는 부분만 조사하게 되었다. 그럼에도 불구하고 한국구비문학대계는 주관기관인 한국학중앙연구원의 대표 사업으로 각광 받았을 뿐 아니라, 해방 이후 한국의 국가적 문화 사업의 하나로 꼽히게 되었다.

21세기에 들어서면서 한국학중앙연구원에서는 미완성인 채로 남아 있는 구비문학대계의 마무리를 더 이상 미룰 수 없다는 생각으로 이를 증보하고 개정할 계획을 세웠다. 20년 전의 첫 조사 때보다 환경이 더 나빠졌고, 이야기와 노래를 기억하고 있는 제보자들이 점점 줄어들고 있었던 것이다. 때마침 한국학 진흥에 대한 한국 정부의 의지와 맞물려 구비문학대계의 개정·증보사업이 출범하게 되었다.

이번 조사사업에서도 전국의 구비문학 연구자들이 거의 다 참여하여 충분하지 않은 재정적 여건에서도 충실히 조사연구에 임해 주었다. 전국 각지의 제보자들은 우리의 취지에 동의하여 최선으로 조사에 응해 주었다. 그 결과로 조사사업의 결과물은 '구비누리'라는 이름의 데이터베이스에 탑재가 되었고, 또 조사 자료의 텍스트와 음성 및 동영상까지 탑재 즉시 온라인으로 접근할 수 있는 시스템을 갖추었다. 특히 조사 단계부터 모든 과정을 디지털화함으로써 외국의 관련 학자와 기관의 선망의 대상이 되고 있다.

이제 조사사업의 결과물을 이처럼 책으로도 출판하게 된다. 당연히 1980년대의 일차 조사사업을 이어받음으로써 한편으로는 선배 연구자들의 업적을 계승하고, 한편으로는 민족문화사적으로 지고 있던 빚을 갚게 된 것이다. 이 사업의 연구책임자로서 현장조사단의 수고와 제보자의 고귀한 뜻에 감사를 표하지 않을 수 없다. 아울러 출판 기획과 편집을 담당한 한국학중앙연구원의 디지털편찬팀과 출판을 기꺼이 맡아준 역락출판사에 감사를 드린다.

2013년 10월 4일

한국구비문학대계 개정·증보사업 연구책임자 김병선

# 책머리에

구비문학조사는 늦었다고 생각하는 지금이 가장 빠른 때이다. 왜냐하면 자료의 전승 환경이 나날이 달라지고 있기 때문이다. 전승 환경이 훨씬 좋은 시기에 구비문학 자료를 진작 조사하지 못한 것이 안타깝게 여겨질수록, 지금 바로 현지조사에 착수하는 것이 최상의 대안이자 최선의 실천이다. 실제로 30여 년 전 제1차 한국구비문학대계 사업을 하면서 더 이른 시기에 조사를 했더라면 하는 아쉬움이 컸는데, 이번에 개정·증보를 위한 2차 현장조사를 다시 시작하면서 아직도 늦지 않았다는 사실을 실감했다.

구비문학 자료는 구비문학 연구와 함께 간다. 자료의 양과 질이 연구의 수준을 결정하고 연구수준에 따라 자료조사의 과학성이 결정되기 때문이다. 실제로 1차 조사사업 결과로 구비문학 연구가 눈에 띄게 성장했고, 그에 따라 조사방법도 크게 발전되었다. 그러나 연구의 수명과 유용성은 서로 반비례 관계를 이룬다. 구비문학 연구의 수명은 짧고 갈수록 빛이 바래지만, 자료의 수명은 매우 길 뿐 아니라 갈수록 그 가치는 더 빛난다. 그러므로 연구 활동 못지않게 자료를 수집하고 보고하는 일이 긴요하다.

교육부에서 구비문학조사 2차 사업을 새로 시작한 것은 구비문학이 문학작품이자 전승지식으로서 귀중한 문화유산일 뿐 아니라, 미래의 문화산업 자원이라는 사실을 실감한 까닭이다. 따라서 학계뿐만 아니라 문화계의 폭넓은 구비문학 자료 활용을 위하여 조사와 보고 방법도 인터넷 체제와 디지털 방식에 맞게 전환하였다. 조사환경은 많이 나빠졌지만 조사보고는 더 바람직하게 체계화함으로써 누구든지 쉽게 접속하여 이용할 수 있는 데이터베이스를 구축했다. 그러느라 조사결과를 보고서로 간행하는 일은 상대적으로 늦어지게 되었다.

2차 조사는 1차 사업에서 조사되지 않은 시군지역과 교포들이 거주하는 외국지역까지 포함하는 중장기 계획(2008~2018년)으로 진행되고 있다. 한국학중앙연구원 어문생활연구소와 안동대학교 민속학연구소가 공동으로 조사사업을 추진하되, 현장조사 및 보고 작업은 민속학연구소에서 담당하고 데이터베이스 구축 작업은 한국학중앙연구원에서 담당한다. 가장 중요한 일은 현장에서 발품 팔며 땀내 나는 조사활동을 벌인 조사자들의 몫이다. 마을에서 주민들과 날밤을 새우면서 자료를 조사하고 채록하여 보고서를 작성한 조사위원들과 조사원 여러분들의 수고를 기리지 않을 수 없다. 조사의 중요성을 알아차리고 적극 협력해 준 이야기꾼과 소리꾼 여러분께도 고마운 말씀을 올린다.

구비문학 조사를 전국적으로 실시하여 체계적으로 갈무리하고 방대한 분량으로 보고서를 간행한 업적은 아시아에서 유일하며 세계적으로도 그 보기를 찾기 힘든 일이다. 특히 2차 사업결과는 '구비누리'로 채록한 자료와 함께 원음도 청취할 수 있는 데이터베이스를 구축해서 세계에서 처음으로 인터넷과 스마트폰으로 이용할 수 있는 디지털 체계를 마련했다. '구슬이 서 말이라도 꿰어야 보배'인 것처럼, 아무리 귀한 자료를 모아두어도 이용하지 않으면 소용이 없다. 그러므로 이 보고서가 새로운 상상력과 문화적 창조력을 발휘하는 문화자산으로 널리 활용되기를 바란다. 한류의 신바람을 부추기는 노래방이자, 문화창조의 발상을 제공하는 이야기 주머니가 바로 한국구비문학대계이다.

2013년 10월 4일<br>한국구비문학대계 개정·증보사업 현장조사단장 임재해

## 한국구비문학대계 개정·증보사업 참여자(참여자 명단은 가나다 순)

**연구책임자**

김병선

**공동연구원**

강등학 강진옥 김익두 김헌선 나경수 박경수 박경신 송진한 신동흔 이건식 이경엽 이인경 이창식 임재해 임철호 임치균 조현설 천혜숙 허남춘 황인덕 황루시

**전임연구원**

이균옥 최원오

**박사급연구원**

강정식 권은영 김구한 김기옥 김영희 김월덕 김형근 노영근 서해숙 유명희 이영식 이윤선 장노현 정규식 조정현 최명환 최자운 한미옥

**연구보조원**

강소전 구미진 권희주 김보라 김옥숙 김자현 김혜정 마소연 박선미 백민정 변진섭 송정희 이옥희 이홍우 이화영 편성철 한지현 한유진 허정주

**주관 연구기관** : 한국학중앙연구원 어문생활사연구소

**공동 연구기관** : 안동대학교 민속학연구소

## 일러두기

- 『증편 한국구비문학대계』는 한국학중앙연구원과 안동대학교에서 3단계 10개년 계획으로 진행하는 "한국구비문학대계 개정 · 증보사업"의 조사 보고서이다.
- 『증편 한국구비문학대계』는 시군별 조사자료를 각각 별권으로 간행하는 것을 원칙으로 한다. 서울 및 경기는 1-, 강원은 2-, 충북은 3-, 충남은 4-, 전북은 5-, 전남은 6-, 경북은 7-, 경남은 8-, 제주는 9-으로 고유번호를 정하고, -선 다음에는 1980년대 출판된 『한국구비문학대계』의 지역 번호를 이어서 일련번호를 붙인다. 이에 따라 『증편 한국구비문학대계』는 서울 및 경기는 1-10, 강원은 2-10, 충북은 3-5, 충남은 4-6, 전북은 5-8, 전남은 6-13, 경북은 7-19, 경남은 8-15, 제주는 9-4권부터 시작한다.
- 각 권 서두에는 시군 개관을 수록해서, 해당 시 · 군의 역사적 유래, 사회 · 문화적 상황, 민속 및 구비 문학상의 특징 등을 제시한다.
- 조사마을에 대한 설명은 읍면동 별로 모아서 가나다 순으로 수록한다. 행정상의 위치, 조사일시, 조사자 등을 밝힌 후, 마을의 역사적 유래, 사회 · 문화적 상황, 민속 및 구비문학상의 특징 등을 중심으로 설명하고, 마을 전경 사진을 첨부한다.
- 제보자에 관한 설명은 읍면동 단위로 모아서 가나다 순으로 수록한다. 각 제보자의 성별, 태어난 해, 주소지, 제보일시, 조사자 등을 밝힌 후, 생애와 직업, 성격, 태도 등을 중심으로 서술하고, 제공 자료 목록과 사진을 함께 제시한다.

- 조사 자료는 읍면동 단위로 모은 후 설화(FOT), 현대 구전설화(MPN), 민요(FOS), 근현대 구전민요(MFS), 무가(SRS), 기타(ETC) 순으로 수록한다. 각 조사 자료는 제목, 자료코드, 조사장소, 조사일시, 조사자, 제보자, 구연상황, 줄거리(설화일 경우) 등을 먼저 밝히고, 본문을 제시한다. 자료코드는 대지역 번호, 소지역 번호, 자료 종류, 조사 연월일, 조사자 영문 이니셜, 제보자 영문 이니셜, 일련번호 등을 '_'로 구분하여 순서대로 나열한다.
- 자료 본문은 방언을 그대로 표기하되, 어려운 어휘나 구절은 (  ) 안에 풀이말을 넣고 복잡한 설명이 필요할 경우는 각주로 처리한다. 한자 병기나 조사자와 청중의 말 등도 (  ) 안에 기록한다.
- 구연이 시작된 다음에 일어난 상황 변화, 제보자의 동작과 태도, 억양 변화, 웃음 등은 [  ] 안에 기록한다.
- 잘 알아들을 수 없는 내용이 있을 경우, 청취 불능 음절수만큼 '○○○'와 같이 표시한다. 제보자의 이름 일부를 밝힐 수 없는 경우도 '홍길○'과 같이 표시한다.
- 『증편 한국구비문학대계』에 수록된 모든 자료는 웹(gubi.aks.ac.kr/web)과 모바일(mgubi.aks.ac.kr)에서 텍스트와 동기화된 실제 구연 음성파일을 들을 수 있다.

# 차례

## 설화



## 현대 구전설화



## 민요

## 8. 장호원읍



## 9. 호법면

# 이천시 개관

이천시(利川市)의 연혁은 삼국시대로 거슬러 올라간다. 현재 이천 지역은 삼국시대 초기에는 백제의 영토였다. 그 후 고구려 제26대 장수왕 63년에는 고구려에 속하여 남천현이라 칭해졌다. 신라 제24대 진흥왕 때에는 남천주로 칭하고 군주를 두었다. 신라 제35대 경덕왕 16년 황무현으로 개칭되었고 광주의 영현으로 했다.

고려시대에 이르러 고려 태조가 후백제 남정시 이천군이라 칭하였고, 제23대 고종 44년에는 영창이라 하였다. 제34대 공양왕 8년 남천군으로 승칭하였다.

조선시대에는 태조 원년인 1392년에 이천현으로 감무를 두었으며, 제3대 태종 13년에 이르러 현감을 두었다. 1444년 세종 26년에 도호부로 되어 부사의 부임지가 되었다. 1894년 갑오개혁 때에 이천군으로 칭하게 되었다.

1913년 부면과 발면으로 양면이던 것을 행정구역 분합으로 부발면이 되었고, 호면으로 칭하였으나 행정구역 분합당시 호법면으로 변경되었다. 동편에 있는 설성산의 설자와 서편에 있는 노성산의 성자를 따서 설성면이 되었으며, 신면과 둔면을 병합하여 신둔면이 되었다.

1914년 3월에 대면, 월면, 초면으로 분입하여 행정을 운영하여 오던 중

행정구역 개발로 대월면으로 되었으며, 상율면과 하율면이 하나의 면으로 통합하여 율면이 되었다. 또한 백면과 사면을 병합하여 백사면이 되었다.

1914년 4월에는 마면과 장면을 병합하여 마장면이 되었고, 모면과 가면이 행정구역 통합으로 모가면으로 재탄생했다. 음죽군의 대부분이 이천군으로 병합된 것도 이때이다.

1938년 10월에는 읍내면이 이천읍으로 승격이 되었고, 1941년 10월에는 청미면이 장호원읍으로 승격되었다.

해방 이후의 행정구역 변화를 살펴보면, 1966년 4월에 대월면에 초지출장소가 설치되었고, 1989년 4월에 부발면이 부발읍으로 승격 되었다. 1996년 3월에는 이천군이 드디어 이천시로 승격 되었으며, 이천읍이 창전동과 중리동, 관고동으로 분동되었다. 1996년 5월에 대월면 초지출장소가 폐지되면서 대월면 단월리, 장록리, 대포리, 고담리가 중리동으로 편입되었다. 2003년 2월에 창전동에서 안흥동, 갈산동, 증포동, 송정동이 분리되어 증포동으로 분동하였다.

이천시의 현재 행정구역은 크게 2읍 4동 8면으로 나눠져 있다. 읍으로는 이천시의 동북부에 위치한 부발읍과 동남부에 위치한 장호원읍이 있다. 부발읍은 1760년 부모곡면과 발산면으로 존립하다가 1905년 부면과 발면으로 개칭되었으며, 다시 1914년 3월에 두 면이 합병되어 부발면이 되었다. 그러다가 1989년 4월에 읍으로 승격되었다. 부발읍에는 14개의 법정리와 40개의 행정리가 있다. 법정리로는 무촌리, 죽당리, 신원리, 고백리, 대관리, 마암리, 산촌리, 신하리, 가좌리, 아미리, 수정리, 송온리, 가산리, 응암리가 있다.

장호원읍은 1914년 3월에 이천군에 병합되어 청미면이라는 이름으로 불리다가 1941년 10월에 장호원읍으로 승격되었다. 장호원읍에는 장호원리, 오남리, 진암리, 어석리, 대서리, 송산리, 방추리, 선읍리, 이황리, 나래리, 와현리, 풍계리, 노탑리의 13개리의 법정리가 있다. 대표적인 교육기관으로 강동대학교가 있다.

4개의 동은 이천시의 중심부에 위치해 있는데 관고동, 창전동, 증포동, 중리동으로 구성되어 있다. 관고동의 옛 명칭은 관후리(官後里)로 행정구역 개편시 관고리로 개칭되었다. 1938년 10월에 읍내면이 이천읍으로 승격 되면서 신둔면 사음리가 이천읍으로 편입되었으며 1996년 3월에 이천읍이 이천시로 승격됨에 따라 관고리와 사음리가 관고동으로 분동되었다. 관고동은 관고동과 사음동의 2동으로 구성되어 있으며 이를 다시 11통으로 분통되어 있다. 창전동은 1996년 3월에 도·농복합형태의 이천시 승격으로 이천읍이 3개동으로 분동되면서 창전동, 안흥동, 갈산동, 증포동, 송정동을 관할하여 창전동으로 호칭했다. 2003년 2월에 안흥동, 갈산동, 증포동, 송정동이 다시 증포동으로 분동되었다. 창전동은 총 16통으로 분통되어 있다. 증포동은 안흥동, 갈산동, 증포동, 송정동의 4개의 법정동으로 구성되어 있으며 그 아래에 41개의 통을 두고 있다. 중리동의 옛 명칭도 중리로서 글자 그대로 '가운데 위치한 마을'이란 뜻이다. 중리동은 1996년 1월에 이천군이 이천시로 승격되면서 이천읍이 분동되었으며 그해 5월에 대월면의 4개 리인 단월리, 대포리, 장록리, 고담리가 중리동으로 편입되었다. 중리동은 현재 8개의 법정동과 23개의 통으로 구성되어 있다.

이천시에 북쪽 끝자락에 위치한 신둔면(新屯面)은 원래는 둔지산(屯之山)과 신동(新洞)이었다. 개화기 이후 면제도의 확립과 함께 둔지산면과 신동면이 되었다가 1905년 신면과 둔면으로 개칭되었다. 1914년 4월 군면 폐합에 따라 신면의 4개리와 사면(沙面)의 도봉(道峯), 장동(長洞)의 2개 동리를 병합하여 신동과 둔지산의 이름을 따서 신둔면이라 개칭하였다. 1938년 사음리(沙音里)와 송정리(松亭里)가 이천읍으로 분할 예속되어 지금에 이른다. 현재 수하리, 도암리, 지석리, 남정리, 수남리, 고척리, 마교리, 용면리, 인후리, 소정리, 수광리, 도봉리, 장동리의 13개 법정리를 관할하고 있다. 면소재지는 수광리이다.

백사면(栢沙面)은 이천시의 북쪽에 위치하고 있으며 신둔면의 오른쪽에 인접해 있다. 1914년 3월에 백면과 사면을 병합하여 백사면으로 통합한 이후 현재에 이르고 있다. 현방, 송말, 도립, 경사, 신대, 모전, 도지, 조읍, 우곡, 내촌, 상용, 백우의 12개의 법정리로 구성되어 있으며 이를 다시 26개의 행정리로 나누고 있다.

마장면(麻長面)은 이천시의 서쪽 끝에 위치해 있는데 조선초에는 장수왕 또는 마전동으로 불리웠고 그후 장수왕면과 마전동면으로 개칭되었으며 장수왕면에는 목동리(목리), 장수왕리(장암2리), 문암리(장암1리), 둔전리(표교리), 각씨동리(각평리), 이치리, 이평리, 토곡리(호법면 매곡리)가 포함되었고, 마전동면에는 억만이(회억리), 오천리, 관동리(관리), 작별리(작촌리), 덕평리가 포함되어 있었다. 이후 장면과 마면으로 개칭되었으며 일제식민지 지방제도 개편에 따라 마장면으로 통합되면서 장면의 토곡리는 호법면으로 편입되어 법정리 13개 리에 행정리 26개 리로 현재에 이르고 있다. 관내의 중요 교육기관으로는 청강문화산업대학이 있다.

호법면(戶法面)은 마장면의 아래에 위치해 있다. 조선시대까지 호법면이었는데 1905년 호면으로 개칭되었다가 1914년 다시 호법면으로 다시 이름이 바뀌어 현재에 이르고 있다. 법정리는 유산리, 안평리, 후안리, 단천리, 매곡리, 동산리, 주박리, 주미리, 송갈리가 있고, 그 아래 20개의 행정리를 두고 있다.

모가면(暮加面)은 호법면과 중리동, 대월면의 아래에 위치해 있다. 모가면은 원래 가마동과 모산이라 하였으나 그후 가마동면과 모산면으로 개칭하였다. 1905년 7월에 모면과 가면으로 개칭되었고, 1914년 4월 행정구역 개편시 대월면 갈산리를 편입과 동시에 모면과 가면은 행정구역 통폐합으로 모가면이라 칭하여 현재 진가리, 서경리, 산내리, 송곡리, 양평리, 소사리, 원두리, 소고리, 신갈리, 어농리, 두미리의 11개의 법정리와 그 아래 22개리의 행정리로 구성되어 있다.

대월면(大月面)은 원래 대양과 월양촌, 저지곡으로 나눠져 있었다. 그 후 대양면, 월양촌면, 저지곡면으로 개칭되었다가 1894년 고종 때까지 대면, 월면, 초면으로 존립하였다. 1914년 행정구역 개편시 세 면을 병합하여 대월면으로 개편하였다. 1996년에 단월리, 대포리, 고담리, 장록리는 중리동으로 편입되었다. 현재 대월면은 초지리, 대대리, 도리리, 구시리, 군량리, 송라리, 장평리, 부필리, 사동리, 대흥리의 10개의 법정리와 26개의 행정리로 구성되어 있다.

설성면(雪城面)은 이천시의 북부와 남부의 장호원읍, 율면과 경계 지역으로 지도상으로 잘록한 허리 부분에 해당된다. 설성이라는 명칭이 생기게 된 유래와 관련하여 신라가 성 쌓을 마땅한 곳을 물색하기 위해 이천 지방의 여러 산을 헤매다가 설성산에 와서 보니 이상하게도 지금의 성이 쌓여진 자리에만 돌아가며 띠를 두른 듯 흰 눈이 내려 있으므로 눈의 자취를 따라 성을 쌓고는 이름을 설성이라 했다는 이야기가 전해지고 있다. 설성면은 1885년까지 충주부의 음죽군에 속해 있다가 1914년 행정구역 개편에 따라 이천군 설성면으로 개칭되었다. 법정리로는 금당리, 행죽리, 장능리, 제요리, 신필리, 장천리, 자석리, 암산리, 송계리, 상봉리, 수산리, 대죽리의 12개 리가 있고, 행정리로 36개 리가 있다.

율면(栗面)은 이천시의 최남단에 위치해 있다. 율면은 1894년 갑오개혁 이후 충북 음죽군의 상율면, 하율면에 해당하는 지역이었다. 1913년에 상율면과 하율면이 행정구역 통폐합으로 이천군에 편입되었으며 1914년 다시 율면으로 개칭되었다. 율면에는 고당리, 신추리, 본죽리, 북두리, 산양리, 석산리, 산성리, 오성리, 월포리, 총곡리의 10개 법정리와 24개의 행정리가 있다.

현재 이천시의 인구는 207,616명인데 이 중에 남자가 50.7%, 여자가 49.3%로 남녀 비율이 비슷하며, 경기도 전체 인구의 1.72%에 해당한다.

행정 구역별로 살펴보면 증포동과 부발읍이 가장 인구가 많고, 율면리가 가장 적은 인구수를 보이고 있다.

쌀과 도자기의 고장으로 널리 알려진 이천은 경기도 내의 여러 다른 시군들과 경계를 이루고 있다. 동쪽으로는 경기도 여주군 점동면, 가남면, 능서면과 맞닿아 있고, 북쪽으로는 여주군 홍천면과 금사면을 비롯하여 광주시 실촌면과 도척면이 자리하고 있다. 또한 서쪽으로는 용인시 내사면과 원삼면, 백암면이 있고, 남쪽에는 안성시 일죽면과 충북 음성군 삼성면, 금왕읍, 생극면, 감곡면이 있다.

이천시는 동서의 폭이 27km, 남북의 길이가 36km로 동서는 좁고 남북이 긴 형상을 이루고 있다. 사람들은 이천의 땅 생김새가 표주박 모양을 닮았다고 한다. 북쪽의 옛날 이천읍을 중심으로 하여 신둔면, 백사면, 마장면, 부발읍, 호법면, 대월면, 모가면을 표주박의 물 뜨는 부분으로 본다면, 그 밑으로 잘록해지는 모가면과 설성면의 경계를 허리 부분으로, 남쪽의 설성면, 율면, 장호원읍을 표주박의 손잡이 모양으로 볼 수 있기 때문이다.

이천은 서울을 기점으로 하여 중부지방과 영동지방을 잇는 중부고속도로와 영동고속도로가 교차 관통하는 교통의 요지이다. 이와 함께 충주에서 장호원과 이천을 지나 서울로 이어지는 3번 국도, 원주에서 여주와 이천을 거쳐 용인과 수원으로 연결되는 42번 국도, 제천에서 장호원을 지나 안성으로 이어지는 38번 국도 등 여러 국도와 지방도가 이천시를 지나고 있다. 이천시는 서울과 불과 40여 분 거리에 위치하고 있다는 교통의 편리성 때문에 전자, 섬유, 식품, 양조, 제약 등의 제조업체들이 속속 들어서고 있다.

이천시에 대한 현장조사는 2010년 12월 23일 사전답사로 시작했다. 이천시청과 이천문화원을 방문해서 이천시 일원의 마을회관 연락처와 이천시지(利川市誌), 이천시 지도 등 현장조사에 필요한 관련 자료들을 수집하였다.

그 후 이천시에 대한 실제 현장조사는 2011년 동절기 동안 1차 조사(1월 8일~10일), 2차 조사(1월 22일~24일), 3차 조사(1월 28일~30일), 4차 조사(2월 11일~13일), 5차 조사(2월 18일~20일)로 총 5차에 걸쳐 실시되었다. 공동연구원인 신동흔 교수를 중심으로 노영근(박사급), 한유진(박사과정), 구미진(석사과정), 이홍우(조사참여)가 한 팀이 되어 답사를 함께 했다.

다섯 차례 현장조사의 구체적인 경과는 다음과 같다.

1차 조사는 이천시의 제일 남쪽에 위치한 율면을 택했다. 조사 당시 이천시 일대에는 구제역이 만연하고 있었기 때문에 구제역 발생 지역에서 가장 멀리 떨어져 있는 율면을 첫 조사지로 선택하게 되었다. 1월 8일에 서울에서 출발한 조사팀은 이천에 도착하여 점심 식사를 한 후 오후에 율면의 첫 번째 방문지인 본죽리 마을회관을 찾았다. 그리고 고당1리 마을회관으로 자리를 옮겨 1차 답사 첫째 날의 조사를 마무리했다. 1월 9일에는 산성1리와 고당1리 마을회관을 차례로 방문했다. 마지막 날인 1월 10일에는 율면 답사를 마무리하고 증포동으로 이동해 증포1동 마을회관을 방문하여 조사를 실시했다.

2차 조사는 백사면과 신둔면 일대를 중심으로 이뤄졌다. 첫째 날인 1월 22일에는 백사면을 중심으로 조사를 했는데, 현방1리, 모전3리, 우곡리의 마을회관을 차례로 방문했다. 1월 23일에는 신둔면으로 이동해 마교리, 인후1리, 고척3리, 수광2리 등의 마을회관을 차례로 들렀는데 구제역으로 인해 조사가 전혀 이뤄지지 않은 곳도 있었다. 마지막 날인 1월 23일에는 남정2리 마을회관에서 조사를 마치고 바로 상경했다.

3차 조사는 부발읍과 송정동, 마장면 일대를 중심으로 들렀다. 첫째 날인 1월 28일에는 부발읍 죽당2리 마을회관을 제일 처음 방문했는데 이곳에서 뜻밖에도 이천 최고의 이야기꾼은 강진구 제보자를 만나게 되었다.

강진구 제보자는 이후에도 세 차례 더 조사를 실시해 총 4차에 걸쳐 조사를 했는데 설화 62편, 생애담 5편을 구연했을 정도로 타고난 이야기꾼이었다. 오후에 부발읍 마암1리와 신원3리 마을회관을 조사하고 첫째 날 조사를 마무리했다. 둘째 날인 1월 29일에는 부발읍 무촌1리와 2리 조사를 마친 후에 오후에 다시 죽당2리의 강진구 제보자를 만나 2차 조사를 실시했다. 마지막 날인 1월 30일에는 송정2동 마을회관과 마장면의 작촌리와 장암2리 마을회관을 조사하여 3차 조사를 마무리했다.

4차 조사는 2월 11일 마장면 작촌리 마을회관을 다시 찾으면서 시작되었다. 오후에는 호법면으로 조사 장소를 옮겨 매곡1리 마을회관을 방문하여 조사했다. 2월 12일에는 호법면의 유산2리 이종철 제보자 자택을 방문했다. 이종철 제보자는 경기도 문화재로 지정되었을 정도로 이천의 탁월한 소리꾼이었다. 이종철 제보자에 대한 조사도 총 2차에 걸쳐 실시했다. 오후에는 다시 부발읍 죽당2리의 강진구 제보자의 자택을 방문하여 3차 조사를 했다. 마지막 날에는 설성면으로 이동해 수산3리 마을회관을 조사한 후 상경했다.

이천시 마지막 현장 조사인 5차 조사는 2월 18일 장호원읍 나래3리 마을회관 방문으로 시작했다. 오후에는 대서1리 마을회관을 방문했다. 2월 19일에는 대월면 대대1리 마을회관을 방문하여 여러 제보자들을 만날 수 있었다. 전날에 미리 강진구 제보자에게 연락을 취해 놓은 터라 오후에는 다른 일정을 잡지 않고 강진구 제보자에 대한 4차 조사가 이뤄졌다. 마지막 날인 2월 20일에 호법면 유산3리에 있는 이종철 제보자 자택을 방문해 2차 조사를 실시하는 것으로 이천시 현장 답사를 마무리했다.

사전 조사를 제외한 다섯 차례의 답사 성과를 정리하면 다음과 같다.

답사와 함께 실제 채록까지 이루어진 조사 지역은 18개 마을이었으며, 이 마을들을 방문하여 조사자들이 직접 만난 제보자 수는 총 32명이다. 이중에 남성 제보자가 8명이었고, 여성 제보자가 24명이었다. 제보자들은 설화와 민요, 그리고 현대 구전설화까지 다양하게 들려주었는데 서사 위주가 아닌 간단한 설명인 경우의 자료들은 채록에서 제외했다. 이천시에서 제보자들이 들려 준 자료의 수는 총 175편으로, 장르별로 정리해 보면 설화 137편, 민요 8편, 현대 구전설화 30편이었다.

설봉산에서 바라 본 경기도 이천시 전경

# 1. 대월면

## ▌조사마을

### 경기도 이천시 대월면 대대1리

조사일시 : 2011.2.19
조 사 자 : 신동흔, 노영근, 이홍우, 한유진, 구미진

2011년 2월 19일 이천시 5차 답사 둘째 날 첫 번째 답사지로 대월면 대대1리를 택했다. 이천시 일대는 전국에서도 구제역 피해가 제일 심한 지역이어서 몇몇 면들은 아예 마을에 들어갈 수도 없었다. 대월면도 마찬가지였는데 다행히 대대1리는 노인회장에게 미리 전화를 해서 허락을 받아낼 수 있었다. 조사자들이 대대1리 마을회관에 도착했을 때는 할아버지 1명과 할머니 5명이 있었는데, 화투 놀이를 하고 있었다.

대월면은 지리적으로 영동고속도로와 3번 국도가 동서로 가로지르고 있으며 3번 국도 주변에는 기업체가 대규모로 입주하고 있다. 대월면은 이천의 중앙부에 위치하고 있으며 이천시 교통의 관문 역할을 하고 있다. 영동고속도로와 이천IC 주변을 중심으로 대규모 아파트 단지가 조성되어 인구가 급증하고 있는 지역이기도 하다. 교통이 편리한 만큼 크고 작은 기업들이 많이 입주해 있고, 사동~진가간 10번 지방도로면은 평야지대의 농촌마을로써 전형적인 도농복합형태의 지역이다.

1894년 당시 대면, 월면, 초면이 존재했으며 1914년 일제 식민지 시기 지방제도 개편에 따라 3개면이 통합되어 대월면으로 기편되었다. 1966년 8월 9일 초지출장소를 설치했다가 1996년 4월 30일 폐지하고, 동년 5월 1일 단월, 대포, 고담, 장록 등 법정 4개 리를 이천시 중리동으로 편입하면서 단월리에 있던 면사무소 청사를 초지리로 이전하였고, 1998년 12월 30일 초지리 220번지로 재차 이전하였다.

조사 마을인 대대1리는 예부터 한터라고 불렀는데 터가 넓고 크다고

대대1리 마을회관 전경

대대1리 마을 전경

해서 생긴 지명이다. 현재 100여 호가 거주하고 있으며 최 씨가 대성이고 나머지는 타성이다. 주민들은 농사일에 종사하고 있으며 젊은 사람들은 근처의 공장에 다닌다. 1970년대에 이 마을에 교회가 들어왔는데 그 이후로는 미신이 많이 사라졌다고 한다. 윗대 어른들에 의하면 마을이 형성된 지는 약 500년 정도 된다고 한다. 이 마을에는 원래 피 씨 집성촌이었는데 500년 전부터 최씨가 들어와 살기 시작했다고 한다. 다른 마을에 비해 살림이 윤택한 편이고 주민들이 양순한 편이라고 한다.

## ▌제보자

### 송점덕, 여, 1931년생

주 소 지 : 경기도 이천시 대월면 대대1리
제보일시 : 2011.2.19
조 사 자 : 신동흔, 노영근, 이홍우, 한유진, 구미진

제보자 송점덕은 전라남도 고흥에서 태어났다. 그곳에서 간척지에서 농사일을 하다가 이곳으로 이사를 와서 현재 33년째 거주 중이다. 작년에 남편을 잃은 후 현재는 농사를 짓지 않고 큰아들과 함께 과수원을 경영하고 있다. 슬하에 8남매를 두었다. 조사자들에게 남편에 대한 자랑을 많이 했는데 구연한 이야기들도 대부분 남편에게서 들었다고 한다. 생전에 남편은 이야기를 아주 잘했다고 한다. 전라도 사투리가 심한 편이고 목소리가 아주 컸다. 제보자는 특히 도깨비와 관련된 생애담을 많이 구연했다.

제공 자료 목록

02_24_FOT_20110219_SDH_SJD_0001 효자에게 하늘이 내려 준 금덩이
02_24_MPN_20110219_SDH_SJD_0001 아기를 잡아먹은 호랑이
02_24_MPN_20110219_SDH_SJD_0002 도깨비 불
02_24_MPN_20110219_SDH_SJD_0003 도깨비에 홀려 죽은 사람
02_24_MPN_20110219_SDH_SJD_0004 도깨비에게서 도망친 시어머니

### 유재복, 남, 1934년생

주 소 지 : 경기도 이천시 대월면 대대1리
제보일시 : 2011.2.19
조 사 자 : 신동흔, 노영근, 이홍우, 한유진, 구미진

제보자 유재복은 황해도 평산 출생이다. 조사자들이 대대1리 마을회관에서 조사를 한창 진행하고 있을 때 뒤늦게 왔지만 마을의 여러 지명과 관계된 유래를 많이 이야기해 주었다. 가정 형편이 어려워 왜정 때 학교 교육은 받지 못했다고 한다. 귀가 다소 어두운 편이었지만 기억력도 비상하고 이야기를 풀어내는 솜씨도 뛰어났다. 발음도 정확한 편이었으며 목소리 또한 크고 또렷했다. 주로 옛날 노인들에게 들은 이야기라며 구연했는데 마을의 느티나무에 대한 유래나 만석고개 등에 대한 이야기는 간략한 설명이라 자료에 반영하지 않았다.

제공 자료 목록
02_24_FOT_20110219_SDH_YJB_0001 소향산 금송아지를 찾으러 온 진시황
02_24_FOT_20110219_SDH_YJB_0002 해룡산의 유래와 물탕골

### 이정열, 여, 1928년생

주 소 지 : 경기도 이천시 대월면 대대1리
제보일시 : 2011.2.19
조 사 자 : 신동흔, 노영근, 이홍우, 한유진, 구미진

제보자 이정열은 충청북도 음성에서 이곳으로 시집을 왔다. 고령인데도 어릴 적 아버지가 도깨비를 쫓는 경문을 외운 것을 아직도 생생하게 구연

할 정도로 기억력이 비상했다. 그리고 윗니가 일부 없는데도 발음이 정확한 편이었다. 학력에 대해서는 따로 언급을 하지 않았으나 본인의 이름을 한자로 조사자들에게 알려주고, 다른 사람들의 구연 중에도 가끔 어려운 말들에 대해 부연 설명을 할 정도로 어느 정도는 학식이 있어 보였다. 특히 도깨비나 귀신과 관련된 생애담에 큰 관심을 보였다.

제공 자료 목록

02_24_MPN_20110219_SDH_LJY_0001 도깨비에 홀린 사람
02_24_MPN_20110219_SDH_LJY_0002 도깨비를 쫓는 경문

# 효자에게 하늘이 내려 준 금덩이

자료코드 : 02_24_FOT_20110219_SDH_SJD_0001
조사장소 : 경기도 이천시 대월면 대대1리 366번지 대대1리 마을회관
조사일시 : 2011.2.19
조 사 자 : 신동흔, 노영근, 이홍우, 한유진, 구미진
제 보 자 : 송점덕, 여, 81세
구연상황 : 조사자들이 옛날이야기를 해달라고 하자 노인 회장이 마을 인근의 지명 유래를 간단히 설명했다. 그리고 청중들이 도깨비와 호랑이에 관한 짧은 이야기 몇 편을 구연했으나 서사가 완전하지 않았다. 그러던 중 제보자가 이야기판으로 들어오면서 옛날이야기 하나 해야겠다며 자연스럽게 구연을 시작했다. 이야기의 말미에 고려장 이야기도 짧게 덧붙였다.
줄 거 리 : 옛날에 가난한 집이 있었는데 부부는 안 좋은 음식을 먹고 아버지는 좋은 음식으로 봉양을 했다. 그런데 항상 아들이 할아버지의 밥을 뺏어 먹었다. 그래서 부부는 의논을 해서 아들을 없애버리기로 했다. 하루는 아들에게 쌀밥을 배불리 먹였다. 그리고 아들을 산으로 데리고 가서 구덩이를 판 다음 묻으려고 했다. 그러자 그 자리에서 금덩이가 많이 나왔다. 효심이 지극하여 하늘이 보낸 것이다.
옛날에 고려장을 하려고 아들이 부모를 지고 산에 갔다. 가는 중에 부모는 아들이 산에서 내려오는 길에 길을 잃지 않도록 솔가리를 꺾으면서 가라고 했다. 아들은 크게 뉘우치고 부모를 다시 모시고 산에서 내려왔다.

[조심스럽게] 옛날에 이야기 옛날 옛날에 야기, 듣는 이야기로 이야기를 한 마디 해야 되겠네 그려[웃음].

(조사자 : 예, 해주세요).

옛날에 어-떻게 배고픈 세상에 손자가 저그 손자가 할아버지 밥을 저 해드리믄 할아버지는 밥만 해드리고 저그는 나쁜 잡곡쓱만(잡곡씩만) 해 묵고 근디(그러는데),

항상 할아버지 밥을 가서 할아버지가 오라군대(오라고 그런대) 손지(손자)를, 미기구 잡아서(먹이고 싶어서), 그러믄 딱 지켜 섰다 가서 뺏어먹고 뺏어먹고 그러더랴.

인자 애기 아버지가 봉께.

그래서, 그래서 저그 저 애기를 의논을 했대 어매하고 아배하고.

"애기를 저그를 없애버려야 겄다구. 하나(하도) 아버지 밥을 뺏어 잡, 먹으니까 아버지가 안 되겠다구."

그래 저그 하리(하루) 아측(아침)에는 인자 애기를 쌀밥을 많이 해갖고 함빡 중께,

"엄마, 왜 이렇게 나를 밥을 많이 주냐?" 그러더랴.

이제 산에로 묻으러 갈라구 그랬다 애기를?

할아버지 밥 못 뺏어 먹게.

(조사자 : 못 뺏어 먹게 하려고).

그래 묻으러 갈라고 아측에는 밥을 많이 해갖고 한 대발 중께,

"왜 이렇게 나 밥을 많이 주냐?" 그러더랴, 애기가.

그래서, "마이(많이) 먹으라 그런다."

그래갖고 인자 많이 멕여갖고(먹여가지고) 그넘을 지고 가서 산에 가서 구덩을 판 뒤 애기를 묻어불라고.

판 뒤 애기는 애기대로 있고 말하자면 금딩이(금덩이)가 무지하게 많이 나왔댜, 금딩이가.

(청중 : 하늘에서 낸 효부 효자라구 그래).

부모를 위항께 하늘에서 말하자면 그렇게 내려준 거야.

(청중 : 그런 사람들은 하늘에서 내려.)

그래갖구 금딩이를 무지하게 많이 내려서 그 금딩이를 갖고 잘살았댜 아주.

(조사자 : 아유, 다행이네.)

그러게 말이여.

(청중 : 이런 양반들은 잘 모르지.)

(조사자 : 효자니까는 그죠? 하늘이 돕는 거죠.)

아 글고 옛날에는 하다 안 죽응께 고름장(고려장) 한다고 부모를 [마이크를 가까이 옮김]산으로 지고 갔다 그라네요, 고름장 할라고.

지고 간디(가는데) 산으로 올라 간디 저그 그래도 부모가 아들뽀고(아들보고),

"여 솔갱이를(솔가지를) 간디마다(가는 데마다) 끊어 놔라." 그러더랴.

"그래야 니가 있다가 요기를 찾아온다." 그러더랴.

그래서 돌아왔댜, 도로 데, 애기를 부모를 도로 지고 내려 왔댜.

그 그런 이야기 있어요. [웃음]

응, 부모한테 잘 하믄 다 그 저기 도와준 하나님이 도와준 거야 다.

(청중 : 하늘에서 낸 사람이나 그렇게 잘 해지 뭐?)

그랬댜.

(청중 : 제 자식을 그 에미 갖다 파묻으러 가.)

# 소향산 금송아지를 찾으러 온 진시황

자료코드 : 02_24_FOT_20110219_SDH_YJB_0001
조사장소 : 경기도 이천시 대월면 대대1리 366번지 대대1리 마을회관
조사일시 : 2011.2.19
조 사 자 : 신동흔, 노영근, 이홍우, 한유진, 구미진
제 보 자 : 유재복, 남, 78세
구연상황 : 송점덕 제보자가 도깨비 이야기를 마무리했을 때 제보자가 방문을 열고 들어왔다. 청중들은 제보자가 이야기를 잘한다며 추천을 했다. 조사자들이 방문한 목적을 밝히고 옛날이야기를 부탁하자 바로 구연을 시작했다.
줄 거 리 : 옛날에 이천의 소향산(孝養山)에는 금송아지가 있었는데 거기를 왔다 가면 삼

> 천 년을 더 산다고 한다. 그래서 중국의 진시황이 소향산에 오려고 길을 나섰는데 이천에 들어서자 이천 리가 남았다고 생각했다. 다시 길을 나서 오천교에 도착하니 다리를 오천 개를 건너야 한다고 했다. 오천교를 지나니까 또 구만리 뜰이 나왔다. 구만리 뜰을 지나서 다음 도착한 곳은 억억다리였다. 진시황은 도저히 억억다리를 건너는 것은 엄두가 나지 않아 한국이 조그마한 땅인데 소향산이 왜 그렇게 머냐며 한숨을 지으며 중국으로 되돌아갔다고 한다.

(조사자 : 예예, 편하게 말씀 하세요.)

우선 이 저 뭐야, 이천시에 대해 시에 이 대월면이 걸쳤기 때문에 하는 얘기요.

이건 전설인지 책인지 현실인지는 몰라두(몰라도) 저 중국의 진시황이어, 여 뭐야 진시황이 이천을 거쳐서,

요기 저 대월 부발에 신둔면, 아니 부발에 산 소향산('孝養山'을 말함)이 있어 거기, 소향산.

거기 어 뭐야, 금송아지가 있다 그래구 어 또 거기 왔다 가머는 삼철(삼천) 년을 더 산다고 그랬어.

전설인진 몰라 이건 내 들은 얘기야 옛날에.

그래 중국의 진시황이 거기를 올라구 해는데, 어 중국에서 인자 건너와서 여, 저 용인 이천으로 오니까 이천이란 말이여?

이천이머는 이천 리를 얘기를 했다고, 그래 인제 이천 리를 얘기를 하구 오천을 들어시니까는(들어서니까는) 오천교가 있다구? [조사자 일동 : 웃음]

거, 들었어?

(조사자 : 아니 못 들었습니다.)

그래 다리가 오천 개를 건 건너야 하구, 그래 오천교를 지나니까 구만리 뜰이 또 나와.

들이 구만리 뜰.

그래 구만리 뜰이 나오는데 인저 구만리 뜰을 나와가지구 어디꺼정(어디까지) 왔느냐하믄 이천 복하를 왔는데,

복하를 와가지구 또 보니까 억억다리가 있다구, 억억다리. [청중 웃음]

그래 억억다리를 건너서 가야 할 텐데 그래도 우떻게(어떻게) 어 뭐야,

이 저기 오천교를 질라서(지나서) 이천리를 질라서 어, 구만리 뜰을 왔는데 억억다리 와서는 당최 엄두가 안 나서 그냥 되돌아갔다는 얘기야.

그래서 그 중국 그 진시황이,

"아휴, 한국의 쪼끄마한 땅인데두 왜 그렇게 머냐구?" 말이여.

가서 그라구 대국, 한국의 그 학자들들을 아주 유명했다라구 그러한 얘기를 해던구만.

그래 이게 왜 이게 내 얘기를 했느냐 하머는 이천시에 우리 대월면이 거리가 돼 있기 땜에 붙었기 땜에 내가 이걸 얘길 핸 거요.

## 해룡산의 유래와 물탕골

자료코드 : 02_24_FOT_20110219_SDH_YJB_0002
조사장소 : 경기도 이천시 대월면 대대1리 366번지 대대1리 마을회관
조사일시 : 2011.2.19
조 사 자 : 신동흔, 노영근, 이홍우, 한유진, 구미진
제 보 자 : 유재복, 남, 78세
구연상황 : 앞의 이야기에 바로 이어서 구연했다.
줄 거 리 : 근처에 해룡산(海龍山)이라고 있는데 원래 그곳은 바다였다. 옛날에 용이 해룡산을 지나서 하늘로 올라가려다가 부정이 있어서 못 올라가게 되었다. 그 때 용이 용솟음을 치는 바람에 이 해룡산이 생겼다고 한다. 해룡산에는 지금도 사계절 내내 잘 나오는 물탕골이라는 샘이 있는데 옛날에 인근의 대감들이 와서 그 물을 먹고 덕을 봤다고 한다.

그라고 또 애기할 것은 해룡산(海龍山)이고 그랬어.

(조사자 : 해룡산이요?)

해룡산.

바다 해(海)자, 용 용(龍) 자, 뫼 산(山)자루 이렇게 해서 저기라구 그랬단구먼.

난 그 학교도 못 다닌 넘이여 귀 귀에 들어가지구 해는 얘기여.

그래 여기가 이렇게 바다였었대 여기가.

그래 용이 여기서 지나서 하늘로 인자 그 뭐 올라갈려다가 뭐가 부정이 있어가지구 못 올라가서 그 용이 냅다 용솟음을 치는 바람에 이 해룡산이 생긴 거래요. [청중 웃음]

(조사자 : 할아버지 왜 인제 모시고 오셨어요? [웃음] 이야기 너무 잘하시는데.)

그 인제 그 해룡산인데,

(보조 조사자 : 예, 감사합니다.)

해룡산에 뭐가 또 이게 그건 현재, 현재 있는 저기구.

샘이 있어 샘.

그 샘이 아주 저 뭐야, 전설-이라구 안 해구 옛날 노인네들 내 우(위)에서 참 좀 고(高)어른들 말씀하시는 소릴 들었는데.

물탕골이라구 해는데 거기 참 물이 지끔두 잘 나와요.

그게 겨울 사철 물길이 떨어지지 않고 나오는데, 그래 거기 대-감들이 그 지역에 있는 사람들이 대감이 거기 들락거렸대요.

그래가지구 거기서 그 물을 먹구 음, 덕을 봤다구 이런 전설이 있구.

# 아기를 잡아먹은 호랑이

자료코드 : 02_24_MPN_20110219_SDH_SJD_0001
조사장소 : 경기도 이천시 대월면 대대1리 366번지 대대1리 마을회관
조사일시 : 2011.2.19
조 사 자 : 신동흔, 노영근, 이홍우, 한유진, 구미진
제 보 자 : 송점덕, 여, 81세
구연상황 : 앞의 이야기에 바로 이어서 구연했다.
줄 거 리 : 몇 십 년 전에 어디 산골에서 여름에 모기가 많아 모깃불을 피우고 마당에서 잤는데 아침에 일어나 보니 아기가 없어졌다. 멀리 외딴 집에 하나 있는데 밤에 그 콩밭에서 아기 울음소리가 들렸다. 호랑이가 아기를 물어가서 콩밭에서 잡아먹고 있었는데 무서워서 쫓아가지 못했다. 아침에 일어나 보니 호랑이가 돼지우리 위에다가 아기 머리만 잘라서 갖다 놓았다.

그거 몇 십 년 안 됐으마는(됐지만) 저그 어디 산골에서는 산디(사는데),

저녁에 어떻게 모구(모기)가 쌔부 쌘 게(쌔고 쌘 게) 모구불을 마당에다 많이 피우고 애기를 앓고 잔디,

자고 아측(아침)에 봉께 애기가 없더랴.

근디 근디 저그 외딴 집에 산, 가까운데서 외딴 집에서 한 집이 산디 밤에 그 콩밭에서 애기가 막 울어싸터라(울어대더래).

(청중 : 응, 가다가 데리구 가다가 거다 놨어.)

호랭이가 물어다가 콩밭에서 잡아먹니라구.

그래서 쫓아가두 몯했대 무서와서.

그 애기 울음소리를 듣고 애기 울음소리를 듣고 못 쫓아갔대 무서와서.

근디 아측에 일어나서 봉께 그 애기 집 샅(고샅) 밖에 돼지막 있는디 돼지막 우에다가 머리만 딱 짤라져 이래 앉혀 놨더랴.

(조사자 : 아이구!)

옛날에는 무서왔어요, 다잉?

(청중 : 무서웠지! 옛날에는 가리는 것도 많고 구신(귀신)도 많고.)

다 일러 구신도 많고.

(청중 : 좀 아파서 저길 해믄 막 무당들이 굿을 하구 이랬잖아요? 지끔은 엄써(없어) 그런 거 하는 사람이 없어요. [다른 청중들을 보며]할 얘기 없어요?)

## 도깨비 불

자료코드 : 02_24_MPN_20110219_SDH_SJD_0002
조사장소 : 경기도 이천시 대월면 대대1리 366번지 대대1리 마을회관
조사일시 : 2011.2.19
조 사 자 : 신동흔, 노영근, 이홍우, 한유진, 구미진
제 보 자 : 송점덕, 여, 81세
구연상황 : 앞의 이야기에 이어 제보자는 그 동안 살아 온 내력에 대해 이야기를 했다. 그 후 조사자가 도깨비 이야기를 해달라고 하자 옛날에는 도깨비가 많았다며 구연을 시작했다.
줄 거 리 : 옛날에 전라도에 살 때는 여름에 마루에 앉아서 먼 산을 보면 도깨비불이 하나가 됐다가 둘이 됐다가 셋, 넷이 되면서 막 내려오곤 했다. 남편은 무서움이 많았는데 전라도에 살 때 아랫마을에 있는 논에 물을 대러 갔다가 멀리서 도깨비들이 오는 것을 봤다고 한다. 그리고 나보고 도깨비 때문에 무서워서 머리가 곧추 섰다며 만져보라고 했다. 도깨비는 머리가 없고 몸통만 있다고 한다.

(조사자 : 할머니, 옛날에 도깨비 얘기 뭐 아시는 거 없으세요, 도깨비들?)

옛날에 도깨비,

(조사자 : 고흥 도깨비 이야기, 도채비 이야기들?)

시방은 도깨비두 없어, 옛날에 우리 전라도 살 때는 말이여,

날이 궂일라믄(궂으면) 이렇게 딱 전라도는 이렇게 배같에(바깥에)가 떵떵 자체가 전부 이 배같에 여름에 나온 게 물래('마루'의 전라도 방언)가 있어.

근디 물래를 보고 여기는 또 마룸(마루)이라 하더마이.

근디 그 물래가 딱 이렇게 딱 앉어서 보믄 제일 산모퉁이서 막 불이 한나가(하나가) 됐다가 두 개가 됐다가 시(세) 개가 됐다 니(네) 개가 됐다 막 그렇게 내려와.

막 그냥 쬐끄러(죄다) 내려와 아주.

그럼 무사와서(무서워서), 우리 집 냥반은 또 남자라두 무서움탐(무서움)을 잘 타. [조사자 일동 : 웃음]

논에 물대러 한번 가갖고는 어떻게 저 아랫말 앞에서 물을 대는디 저짜(저쪽)에서 저 내려오는디 무사와서 머리가 다 꼬꾸 섰다구 날 보구 머리를 댈보라(대보라) 그래. [조사자 일동 : 웃음]

머리를 대보라구 어떻게 무서와서 머리가 꼬꾸(곧추) 섰다구.

그리구 우리 살다 온 마을이 똑(꼭) 여기매(여기만) 해.

우리는 인제 웃마을서 살고 또 아랫마을 있고 그런디.

우리 논이 이렇게 한 질가에로(길가로) 주룩 있어요, 저 아랫말 앞에까지.

그릉께 아랫말 앞에 논을 물을 대러 갔는디 그릉께 봉께 막 저그서 돌아오더랴 도깨비가?

근다구 그냥 자기 쫓아올까봐 그냥 어떻게 놀랬던지 머리가 꼬꾸 섰다고.

[청중을 보며] 응?

(청중 : 거 바짝 가믄 엄써(없어). 졸래졸래 졸래졸래 다녀두 거기를 가므는 그게 어디루 가구 엄써요.)

글구 저 머리가 없댜 도채비는 머리가 없댜, 머리가 없어.
(조사자 : 머리카락이요?)
[머리를 가리키며]이 머리 머리 머리가 없어.
(조사자 : 머리통이 없어요?)
머리가 없어, 몸뚱이만 있고.
(청중 : 누가 봤나?)
(조사자 : 아, 몸뚱이만?)
응, 도채비가.

## 도깨비에 홀려 죽은 사람

자료코드 : 02_24_MPN_20110219_SDH_SJD_0003
조사장소 : 경기도 이천시 대월면 대대1리 366번지 대대1리 마을회관
조사일시 : 2011.2.19
조 사 자 : 신동흔, 노영근, 이홍우, 한유진, 구미진
제 보 자 : 송점덕, 여, 81세
구연상황 : 앞의 이야기에 이어 바로 구연했다.
줄 거 리 : 옛날에 이웃 마을 사람이 장에 갔다가 고개에서 도깨비를 만났다. 도깨비는 그 사람을 높은 산으로 기합 소리를 내며 저녁내 끌고 다녔다. 그러다가 도깨비들은 힘들었던지 그 사람을 잠시 놔두고 잠시 쉬었다. 그래서 그 사람은 막 데굴데굴 굴러서 정신없이 산을 내려와서 집으로 왔다. 그랬더니 도깨비는 집에까지 쫓아와 그 사람에게 아무 때에 올 테니 기다리고 있으라고 했다. 그 후에 그 사람은 도깨비가 말한 그때가 되어 죽었다.

아, 여 옛날에 그 전라도는 도채비도 많앴던가(많았던가) 몰라.
옛날에 우리 마을 말고 딴 마을 사람이 장에를 갔다 온 뒤 애뜽 고개서 도채비가 띵고(끌고) 가서 높-은 산으로 가서 막 저녁내 띵고 대니더랴.
"에인사! 에인사! 하구." 막 띵구 대니더랴.

그러더니 되등가(되던지, 힘들던지) 놔두고 쉬더랴.

그래서 막 또굴또굴또굴또굴 궁그러(굴러) 내려왔대 그냥.

어치케(어떻게) 온 지도 몰르고 또굴또굴 궁그러 내려왔대.

그랬더만은 집에까지 쫓아와서 뭐랑고(뭐라고) 그러더랴.

"나가 아무 정께(적에) 온다고 그때 기다리고 있으라고." 그러더랴.

그러다마 그때 죽어불더랴, 그 시간에.

## 도깨비에게서 도망친 시어머니

자료코드 : 02_24_MPN_20110219_SDH_SJD_0004
조사장소 : 경기도 이천시 대월면 대대1리 366번지 대대1리 마을회관
조사일시 : 2011.2.19
조 사 자 : 신동흔, 노영근, 이홍우, 한유진, 구미진
제 보 자 : 송점덕, 여, 81세
구연상황 : 앞의 이정열 제보자의 도깨비 쫓는 경문 이야기에 이어 바로 구연을 시작했다. 도깨비 이야기들은 주로 두 제보자가 주거니 받거니 하며 이야기를 완성했다.
줄 거 리 : 옛날에 시어머니가 새 동서를 맞이하게 됐는데 도착을 하지 않아서 마중을 나갔다. 해가 져서 깜깜해지자 도깨비들이 시어머니에게 달려들었다. 시어머니는 도깨비들에게 담뱃불을 휘저어서 앞길을 트고 겨우 도망을 올 수 있었다고 한다. 도깨비는 등불하고 경문을 읽는 것을 무서워한다.

긍께 우리 시어마이두(시어머니도) 조그마해두 우리 시어마이가 조그마해두 영 아주 저기 야물어요.

(청중 : 응?)

우리 시어머니가 조그마해두 엄청 여물, 야물다고.

(청중 : 응.)

옛날에 인자 저 동세(동서)가 두 동세는, 동세가 죽어불고(죽어버리고)

동세가 죽어불구 말하자믄 동세를 하나 새로 맞출라고 근디,

온다 그래두 안 와서 온다 그래서 안 와서 마중을 나갔댜.

마중을 얼마치나 갔는데 해가 넘어가서 깜깜한디 옹께 막 도채비가 달라 들더랴.

(청중 : 도깨비, 도깨비.)

도깨빈가 도채빈가.

그래 막 담뱃불을 막 담배를 태워갖고 막 젓고 막 이래갖구 트구(앞길을 트고) 왔댜.

(청중 : 그러믄 덤비질 못한대, 읽어 저)

그런다네 그거이?

(청중 : 읽어 저, 방법을 읽어주구 불을 등불을 해들구 가구 그래믄 뎀비지는(덤비지는) 못핸대. 근데 뎀비는 날은 어디어디루 끌구 대니며 그냥, 어디루 자꾸 댕기며 까시덤불이구 뭐구 어디루 막 끌구가구 소낭구도 글쎄 다 웬만한 건 다 뽑겠더래요.)

중의(中衣) 적삼이 그냥 물이 줄줄 흐르구 흙이 그냥 도깨비한테 홀려갖구.

그렇게 무서운 건데 불하구 그 읽, 읽는 그거 방법 하구는 무서워해.

## 도깨비에 홀린 사람

자료코드 : 02_24_MPN_20110219_SDH_LJY_0001
조사장소 : 경기도 이천시 대월면 대대1리 366번지 대대1리 마을회관
조사일시 : 2011.2.19
조 사 자 : 신동흔, 노영근, 이홍우, 한유진, 구미진
제 보 자 : 이정열, 여, 84세
구연상황 : 앞의 송점덕 제보자의 도깨비에 홀려 죽은 사람 이야기에 이어 바로 구연했다. 제보자의 이야기에 바로 이어서 송점덕 제보자가 보조 구연을 했다.

줄 거 리 : 마을에 대형이라는 사람이 장나리 고개에서 큰 나무를 붙들고 밤새도록 씨름을 하다가 새벽에 우리 집에 와서 나를 찾았다. 나가보니까 물에 빠진 사람처럼 후줄근해서 집에 데려다 재웠다. 이튿날 아침 일찍 대형이 아버지가 거길 가보니까 소나무 뿌리가 다 뽑혀 있었다.

(보조 제보자 구연 : 전라도에 살 때에 우리 동네 사람 하나가 다른 동네로 남의 집을 살러 갔다. 그런데 그 집에서 나무를 하러 갔는데 사흘 동안 집에 들어오지 낳는다고 우리 마을로 기별이 왔다. 동네 사람들이 찾으러 다니다가 어떤 바위 밑에 가보니 도깨비가 그 사람을 꼼짝도 못하게 해놓고 갔다. 도깨비가 낮에는 사람 눈에 보이지도 않으면서 그렇게 고약한 짓을 한다.)

대행이네 대행이 여기 대행이 왜 대형이?

(청중 : 대영이?)

대형이 대형이네 대형이.

(청중 : 재형이네?)

응.

장나리 고개서 큰-낭구(나무)를 붙들고 헤매서 씨리켜(쓰러뜨려) 놓구 밤새도록 고기서만(거기서만) 그렇게 낭구를 그냥 흙을 뭉개구,

씨리켜 놓구 이렇게 후줄군핸(후줄근한) 게, 새벽에 우리 집 와서,

"한 대로사(세례명인 듯함)님, 한 대로사님!" 불러서,

"응, 왜 그러니? 대형이냐?" 그러니까,

"예."

그래 나가보니까 그냥 물에 빠진 거마냥 후줄군한 게 그래 인자 집에 다 데려다 재우고 그 이튿날 아침에 일찍 노인네가 그 장날에 거길 가보니까,

소낭구가(소나무가) 뿌래기가(뿌리가) 다 뽑히두록 매달려 밤새도록 그

런 데 가서 그래가지구.

그래 도깨비는 그 짓을 핸대요.

(보조 제보자 : 긍께 말이여.)

근디 우리 동네 사람은 또 남의 집을 살러 남의 집을 살러 저 우리는 남영면이고 거기는 대서면이 대서면으로 남의 집을 살러 갔는디,

아이 저그, 나무를 가서 사흘이 됐는데도 안 온다고 거서 기별이 왔어요.

아이 그래 인자 사방 동군이(동민이) 일어나갖고 날이면 날마다 막 산으로 찾으러 대닝께 아, 바우 밑에다 빼러히(넋이 나간 모양을 말하는 듯함.) 이러고 앉겄더라(앉았더래).

도채비가 자방(훼방) 쳐놓고 오도가도 몯허게 해서.

도채비가 그렇게 사람 눈에는 낮에는 뵈도 않은 것이 그렇게 고약한갑디다.

(조사자 : 그래도 그 고홍서 그러니까 무슨 뭐 도채비가 물고기를 잡아줬다고 그러는 것도 같은데?)

물고기 그런 거 잡아 준 거 몰라.

도채비가 잡아 준 거 아니라 부앵이(부엉이)가,

(보조 조사자 : 그러면 도채비가 저기 무서워하는 거 없어요? 도채비가 특별히 무서워하는 거 없어요?)

물고기는 저, 부앵이가 잘 잡아다 다닌다고, 부앵이.

(보조 조사자 : 부앵이?)

응, 부앵이.

## 도깨비를 쫓는 경문

자료코드 : 02_24_MPN_20110219_SDH_LJY_0002
조사장소 : 경기도 이천시 대월면 대대1리 366번지 대대1리 마을회관
조사일시 : 2011.2.19
조 사 자 : 신동흔, 노영근, 이홍우, 한유진, 구미진
제 보 자 : 이정열, 여, 84세
구연상황 : 앞의 이야기에 이어 조사자가 도깨비가 무서워하는 것은 없냐고 물어보자 구연을 시작했다.
줄 거 리 : 내가 아홉 살 정도 됐을 때 영월에 사는 올케가 나를 데리고 갔다. 닷새도 안 돼서 아버지는 내가 보고 싶어서 데리러 오셨다. 나는 아버지에게 업혀 원주의 집으로 가게 되었다. 냇가를 따라 가고 있는데 불들이 줄을 지어서 계속 따라왔다. 내가 아버지에게 그게 뭔지 물어보니까 아버지는 가만히 있으라고 하면서 경문을 외기 시작했다. 아버지는 도깨비는 그 경문을 외면 모두 도망간다고 했다.

도깨비가 무서워하는 거는 저거를 읽으믄 기겁을 하구 쫓겨 간대.

(조사자 : 뭐를 읽으면?)

"각항서방(각항저방) 심미기 두우여 우슬벽(허위실벽)."

그게 이 한문으루 인자 아주 도깨비 쫓는 방식이, 귀신 쫓는 거지.

"각항서방 심미기 두우여 우슬벽, 두루우미 필자석(규류유모 필자삼) 또 뭐?"

아이고, 우리 아버지가 그 소리를 했다고.

(조사자 : 그걸 그거를 그 기억해야 우리도 그걸 하는데요? [웃음])

그거 소리만 해므는 도깨비가 그냥 줄행랑을 핸대요(한대요).

그거를 나는 우리 아버지가 해시는 말씀이 그걸 적었으니까 했지 왜.

내가 저, 우리 고종 사촌 올케가 저 영월 사 사는데, 나를 와서 친정에 와서 데리구 가서 내가 거기를 갔더니,

단 닷새도 안 돼서 우리 어버지가 보고 싶다고 데리러 오셨어.

그래 그때는 차도 잘 못 타구 댕길 적에 나 아홉 살인가 열 살인가 될

적엔데.

아 그래서 그냥 해가 넘어가 거기서 와 가지구 인제 말하자믄 원주읍에서 인제 또 우리 집이 호전면이래는 덴데.

아버지가 업구서 나를, 부모니까는 내가 그렇게 아홉 살이래두 애기로 알구 업구서 이렇게 냇가를 타서 우리 집을 가는덴데.

아, 불이 그냥 막 줄줄줄줄줄줄,

“아이구, 아버지 저그 뭐냐?” 그래니까,

“가마이 있거라, 가마이 있어!”

아 자꾸 그릏께 거길 가믄 거긴 없어지구 저길 가믄 저기서 또 와.

사람 간 데는 어두루 가고 엄써(없어).

아 그러니까 자꾸 그러니까는 그 소리를 해서, 혼자 중얼중얼중얼중얼 자꾸 그래서 인제 집에 와가지구 그때는 무서워서 못해구.

“아버지, 왜 무섭다구 내가 그래니까 가만 있이래더니 아버진 자꾸 그런 소릴, 뭔 소릴 했느냐?” 니까,

“도깨비란 눔은 각항서방 심미기, 두우여 우슬벽, 두루우미 필자석, 장귀유성 장익진(정귀유성 장익진)? 뭐 이렇게 해므는 도깨비가 죄 쫓겨 간다구.”

그걸 해므는 도깨비한테 홀리질 않는대요.

그래 내가 지끔두 그건 아주 귀에 쟁하게 있어.

어려서두 그런 어려서 했던 건 안 잊어버려요.

# 2. 마장면

## ▌조사마을

### 경기도 이천시 마장면 장암2리

조사일시 : 2011.1.30
조 사 자 : 신동흔, 노영근, 이홍우, 한유진, 구미진

이천시 마장면 장암2리는 1월 30일 오후 3시 경부터 1시간 반 정도 조사가 진행되었다. 조사자들은 장암2리의 방문을 위하여 노인회장님에게 미리 연락을 취하고 방문하였다. 조사자들이 장암2리 마을회관을 방문하였을 때 회관에 네 분의 남자 어르신들이 계셨는데, 구연은 조사자들의 연락을 받고 방문을 허락해주었던 노인회장 김인재를 통해 이루어졌다.

김인재는 조사자들의 방문 연락을 받고 마을의 유래담을 조사자들에게 구연해주고자 유인물을 준비해놓고 있었다. 김인재는 설화 구연 전 장암2리의 마을 유래담을 먼저 구연하였는데, 미리 준비한 유인물을 보면서 조사자들에게 설명해 주는 방식으로 구연이 진행되었다. 김인재가 구연한 장암2리의 유래는 다음과 같다. 장암2리는 고려 5대 경종 6년 서기 981년 2월 13일 향도들이 나라의 태평흥국을 기원하고자 마을 큰길가에 마애보살좌상을 조성한 데에서 과거 장생이라고 불렀다. 장생이는 고려가 고구려와 같이 태평한 나라가 되고 고려의 임금에게 99세까지 천수를 누린 고구려 장수왕의 명복을 주십사하고 부처님에게 기원한 발원분이다. 조선 초 마을 이름은 장수왕으로 불렀고, 효종 때 면으로 도입되면서 장수왕면 장수암리가 되었다. 이때 장수왕면은 장암리, 목리, 표교리, 이치리, 이평리, 해월리, 매곡리까지를 포함하였다. 이후 고종황제 때 면 이름을 두 글자로 하면서 장면 장수왕리가 되고 1914년 4월 1일 마면과 합병되어 이천군 마장면 장수왕리로 불리다가 1915년 2월 5일 문암리와 한 리로 통합되면서 장암리가 되었다.

경기도 이천시 마장면 장암2리 마을 전경

경기도 이천시 마장면 장암2리 73-5 마을회관

장암2리는 한국전쟁 때까지만 하여도 ‘피란곳’이라고 할 만큼 길이 좁아 마차도 다닐 수 없었던 곳이었다. 이때에는 주로 농사를 많이 지었으며 마장면에서 가장 좋은 주거지로 꼽히는 마을이었다. 그러나 새마을 사업 후 길이 생겨 농지가 거의 사라지면서 농사짓는 사람들이 떠나 현재는 마장면에서 가장 살기 어려운 마을이 되었다. 이후 서이천IC가 생기면서 외지인이 많이 유입되어 현재 150호 가운데 90호 정도가 외지인이 거주하는 가구이다. 또한 마을에 물류창고가 많이 들어섰는데, 이는 공장과 같이 마을주민이 일할 수 있는 곳이 아니므로 정작 마을주민의 가계경제에는 도움이 되지 않고 있다. 마을주민들은 대부분 축산업을 하고 있으며 열 가구 정도는 식당을 운영하고 있어 식당일 또한 적지 않은 비중을 차지한다고 하겠다. 장암2리는 관리와 더불어 현재에도 여전히 2년에 한 번씩 산제사를 지내고 있다. 산제는 본래 정월초하루에 마을에서 소를 직접 잡아 지냈으나 최근에는 마을의 경제사정상 소머리만을 구입하여 지내고 있다. 이 마을 본래 경주 김씨와 충주 지씨의 집성촌이었다.

장암2리는 방문 당시 구제역 피해 마을이기도 하여 마을회관에 네 분의 남자 어르신만이 계실 뿐이었다. 이 마을에서 구연은 노인회장인 김인재만을 통해 이루어졌는데 구제역이라는 특수적 상황이 개입되어 있어 이야기판이 형성될 수 없었던 분위기였기 때문에, 장암2리의 전승 양상을 판단하기는 어렵다.

## ▌제보자

**김인재, 남, 1938년생**

주 소 지 : 경기도 이천시 마장면 장암2리
제보일시 : 2011.1.30
조 사 자 : 신동흔, 노영근, 이홍우, 한유진, 구미진

제보자 김인재는 경기도 연천에서 출생하여 8.15 해방 후 서울로 올라왔다. 이후 한국전쟁으로 인하여 이천시 마장면 장암2리로 와서 현재까지 장암2리에 살고 있다. 김인재는 얼마 전까지 농업과 양돈 농장을 경영하였는데 현재는 하지 않고 있다. 김인재는 7남매의 자제를 두었으며 자제들은 모두 외지에 나가 있고, 본인은 아내와 함께 어머니를 모시고 살고 있다. 학업은 서울에서 초등학교를 다니다가 가정 형편으로 중단하였다. 그러나 작년부터 성균관대학교 유학대학원에 다니고 있으며 오는 2월 25일 졸업을 앞두고 있다.

조사자들은 장암2리의 방문을 위하여 장암2리의 노인회장에게 연락을 취하였는데 김인재가 바로 장암2리의 노인회장이었다. 김인재는 조사자들에게 흔쾌히 방문을 허락하였으며, 조사자들에게 구연해주기 위하여 마을 유래담을 미리 조사하여 구연해주는 등 적극적인 자세로 조사에 임하였다. 김인재는 마장면의 지명 유래에 대하여 많이 알고 있었는데, 이를 반영하듯 그가 제공한 네 편의 이야기 모두 지명과 관련된 이야기이다. 김인재의 조사는 1시간 반 정도 진행되었는데 이야기의 서사는 다소 소략한 편이었다. 그는 정확한 발음을 구사하였으며, 탁 트인 목소리로 이야

기를 구연하였다. 목소리가 크고 말이 느린 편이었기 때문에 조사자들이 구연을 알아듣기에 편하였다.

제공 자료 목록

02_24_FOT_20110130_SDH_KYJ_0001 도드람산 효자
02_24_FOT_20110130_SDH_KYJ_0002 양각산
02_24_FOT_20110130_SDH_KYJ_0003 금석리 금송아지
02_24_FOT_20110130_SDH_KYJ_0004 기치미고개와 넋고개

# 도드람산 효자

자료코드 : 02_24_FOT_20110130_SDH_KYJ_0001
조사장소 : 경기도 이천시 마장면 장암2리 73-5번지 마을회관
조사일시 : 2011.1.30
조 사 자 : 신동흔, 노영근, 이홍우, 한유진, 구미진
제 보 자 : 김인재, 남, 74세
구연상황 : 조사자가 마을의 지명과 관련된 이야기를 청하자 구연하였다.
줄 거 리 : 옛날에 한 효자가 살았는데 어머니가 병이 나서 일엽초 같은 약초를 구하러 다녔다. 낭떠러지이다 보니 약초를 구하기 위해 동아줄을 매놓고 줄을 타고 내려가서 구하고 다시 줄을 타고 올라왔다. 그러던 어느 날 낭떠러지 아래로 내려왔는데, 갑자기 돼지 우는 소리가 들려서 줄을 타고 다시 위로 올라왔다. 줄을 타고 올라와보니 줄이 다 끊어져 있었다. 산신령이 효자를 살리기 위해 돼지를 울게 하여 위로 불러올렸던 것이다. 그 산은 돼지가 울었다고 하여 돗우람, 즉 도드람산, 저명산(豬鳴山)이라고 부른다.

여기서 사는 그 뭐야, 어느 옛날에 그 살던 효자가 있었는데, 그 효자가 인저(이제) 어머니가 병이 나가지고 병이 나가지구선,

그 약초를 구해러(구하러) 인저 저기 저 바웃돌(바윗돌)에 인저 일엽초 뭐 이런 걸 따러 갔어요.

근데 그 낭떠러지구 그니까는 그 ○○에다가 동아줄을 틀어가지구 위에다 매구 밑으로 내려가서 왔다갔다 해믄서(하면서) 땄단 말이야.

따다보니깐 난데없이 그냥 요란하게 돼지 우는 소리가 나서, 그 이상허다 가지구 도로 올라왔단 말이야.

줄을 타고 올라와보니깐 줄이 다 끊어졌대는 거여.

그래 저 뭐야, 효자니까 에 산신령님이 불러올려 가지고 그 사람을 살렸대는 그런 전설도 있어요.

여기 장암리가 그래서 옛날서부텀 여기가 장수왕이래는 것도 그래서 인제 생겼구, 에 그런 전설이 있어요.

(조사자 : 그 도드람산은 왜 도드람산이라고 그래요?)

도드람산.

이 돼지 돗(豚)자, 한문으로 돼지 돗자 돗이 울었다고 해서 돗우람.

한글로 도드람이라고 이렇게 불르는 거고, 게 인저 한문으로 쓸 적에는 저명산(豬鳴山).

돼지 저(豬)자 울 명(鳴)자.

저명산이라고 이렇게 불르구.

게 돼지가 그렇게 산꼭대기서 효자를 불러올리기 위해서 울었다고 해서 저명산이라고 그렇게 불르는 거예요.

그런 전설이 있어요.

## 양각산

자료코드 : 02_24_FOT_20110130_SDH_KYJ_0002
조사장소 : 경기도 이천시 마장면 장암2리 73-5번지 마을회관
조사일시 : 2011.1.30
조 사 자 : 신동흔, 노영근, 이홍우, 한유진, 구미진
제 보 자 : 김인재, 남, 74세
구연상황 : 앞의 도드람산 효자 이야기에 이어 바로 구연하였다.
줄 거 리 : 양각산은 말이 달리는 형상인데, 한 유명한 지관이 양각산에서 이야기 하기를 도드람산에 묏자리를 쓰면 좋다고 하였다.

그전에 그 내가 얼핏 들은 얘긴데, 여기 시방(지금) 이짝이(이쪽에) 그 양각산 쪽에가 그게 에 말 말 형상이래는 거야, 말.

말이 말이 그 뭐야 이렇게 달리는 형상인데,

거기서 뭐야 그 유명한 지관이 아주 못자리가(묏자리가) 좋다 그래가지

구 그 좋다 그래가지구선 이 도드람산에다가 뭐야 여기 시방 도드람산.

이 도드람산에다가 꼭대기에다가 산수 쓰믄 좋다 그래가지구, 그래서 그런 전설은 내 약간 들었는데 확실히는 몰르것어요.

## 금석리 금송아지

자료코드 : 02_24_FOT_20110130_SDH_KYJ_0003
조사장소 : 경기도 이천시 마장면 장암2리 73-5번지 마을회관
조사일시 : 2011.1.30
조 사 자 : 신동흔, 노영근, 이홍우, 한유진, 구미진
제 보 자 : 김인재, 남, 74세
구연상황 : 조사자가 지명과 관련된 이야기를 청하자 구연하였다.
줄 거 리 : 옛날에 금석리에 있는 금송아지를 가지러 가기 위해 중국 사신이 왔다. 사신이 금석리 가는 방법을 용인 사람에게 물었는데, 용인 사람이 오천다리를 지나 억억다리를 건너 이천다리를 지나야 금석리에 갈 수 있다고 하였다. 이 이야기를 들은 사신은 자기가 늙어죽을 때까지 못갈 것이라 여겨 다시 중국으로 돌아갔다.

옛날 중국에서 왜 그 사신이 우리나라에 와가지구,

저 용인 와가지구선 용인서 자면서 용인 사람한테 물었더니 그 금석리에 가서 금송아지를 가질러(가지러) 오는 건데,

거기서 얘기 들으니까는 뭐 오천다리를 지나서, 억억고개를 지나서 억억다리를 지나서 이천다리를 지나구,

뭐 이렇게 해서 가야 거기 가믄은 그 금송아지 있는 데가 금석리가 나온다는 얘기여.

그래서 그 인저(이제) 그 사람이 그런 얘기를 듣구나니깐 뭐 생각은 자기가 늙어죽을 때까지 못갈 거 같으니깐 중국으로 돌아갔대는 거예요.

그런 전설 있잖아.

## 기치미고개와 넋고개

자료코드 : 02_24_FOT_20110130_SDH_KYJ_0004
조사장소 : 경기도 이천시 마장면 장암2리 73-5번지 마을회관
조사일시 : 2011.1.30
조 사 자 : 신동흔, 노영근, 이홍우, 한유진, 구미진
제 보 자 : 김인재, 남, 74세
구연상황 : 조사자가 지명과 관련된 이야기를 청하자 구연하였다.
줄 거 리 : 신립장군이 충청도 쪽에서 전쟁 중 화살을 맞고 죽었다. 그래서 부하들이 시신을 옮겼는데, 한 고개에서 쉬면서 "장군님, 어떠십니까."하고 묻자 시신이 기침을 하였다. 그래서 그 고개를 기치미고개라 한다. 부하들이 또 시신을 옮기면서 곤지암 쪽 고개에서 "장군님, 어떠십니까."하고 묻자 아무 소리가 들리지 않았다. 그 고개에서 신립장군의 넋이 나갔다고 하여 그 고개를 넋고개라고 한다. 신립장군 묘는 현재 곤지암 쪽에 있다.

옛날에 신립장군 있죠?

신립장군이 그 저 아래, 저 뭐야 충청도 쪽에서 전장(戰場)해가지고 죽었단 말예요.

거기서 화살 맞아가지고 그 양반이 인저(이제) 이짝으로(이쪽으로) 인저 후송을 시키는데, 후송을 시키는데 여기 기치미고개라고 있어요.

기치미고개 와서 인저 쉬면서,

"장군님, 어떠십니까."

허고 그르니까는 기침을 했대는 거야, 거기서.

장군이.

그래서 그게 전설이 거기 기치미고개가 됐고, 그래가지고 또 인제 그 사람 묘가 신립장군 묘가 곤지암에 있어요.

에, 곤지암에 있는데 그 저기 뭐야 넋고개.

그 고개를 넘어가믄 곤지암이걸랑.

넋고개를 올라가서 거기 올라가서 또 쉬어서 장군님 어떠시냐고 또 ○○○니깐 이미 가셨대는 거여.

그래서 거기서 넋이 나가셨다고 그래서 넋고개.

기치미고개 넋고개 이렇게 됐대는 거여.

그래가지구 곤지암에 시방(지금) 그 양반 묘가 있어요, 신립장군 묘가.

(조사자 : 신립장군 묘가요?)

에, 곤지암 그 학교 옆에 있지.

# 3. 백사면

## 경기도 이천시 백사면 모전3리

조사일시 : 2011.1.22

조 사 자 : 신동흔, 노영근, 이홍우, 한유진, 구미진

모전3리 마을회관 전경

오전에 현방1리 조사를 마치고 점심식사 후 오후 2시에 방문한 모전(牟田)3리 마을회관에는 할머니 열 명 정도가 화투를 치고 있었다. 하루 전에 마을회관에 미리 전화를 했었는데 전화를 받은 할머니가 흔쾌히 방문을 허락해 주었다. 모전3리에는 자연마을로 방축골, 안말, 곰말이 있다. 모전3리는 백사면과 증포동의 경계지점에 자리한 마을이다. 평야지대에 있는 농촌 마을로, 모전은 보리밭이 많이 있어서 불린 지명이라 한다. 마

을에는 약 250호 정도가 있는데 마을 주민 대부분 벼농사를 짓고 있으며 채소단지도 갖추어 갖가지 채소를 재배하고 있다.

모전3리 마을 전경

### 경기도 이천시 백사면 우곡리

조사일시 : 2011.1.22
조 사 자 : 신동흔, 노영근, 이홍우, 한유진, 구미진

모전3리 조사를 마치고 4시 30분경에 도지리를 지나 우곡리(牛曲里) 마을회관에 도착했다. 조사자들이 마을회관에 들어서자 할머니 9명이 화투놀이를 하고 있었다. 우곡리에는 자연마을로 메쟁이, 호암 등이 있다. 우곡리는 백사면의 동남쪽에 위치한 마을로 동남쪽으로 남한강의 지류인 복하천이 흐르고 있다. 우곡리에는 100여 호가 있는데 그 중에는 공장도 다수 있었다. 대성은 송(宋)씨들로 10가구 정도 되고, 나머지는 대부분 외

우곡리 마을회관 전경

우곡리 마을 전경

지인들이 살고 있다. 외지인들 중에는 하우스에서 일하고 있는 중국인들도 상당수 있다고 한다. 마을 사람들은 주로 하우스 농사를 통해 채소를 재배하고 있다. 조사자들이 전화를 하지 않고 방문했지만 조사를 온 목적을 설명하자 화투 놀이를 중단하고 적극적으로 조사에 응해주었다.

### 경기도 이천시 백사면 현방1리

조사일시 : 2011.1.22
조 사 자 : 신동흔, 노영근, 이홍우, 한유진, 구미진

이천시 2차 답사 첫째 날인 2011년 1월 22일에 조사자들은 제일 먼저 백사면(栢沙面) 현방1리를 방문했다. 마을회관으로 전화를 걸어 노인회장과 통화를 해서 미리 약속을 잡았다. 조사자들이 마을회관에 오전 11시 20분경 마을회관에 도착했는데, 할아버지 일곱 명과 할머니 여섯 명이 있었다. 조사자들이 방문 목적을 밝히고 이야기를 청하자, 먼저 노인회장이 마을의 역사와 지명 관련 유래를 설명해 주었다. 노인회장의 옆에서 이야기를 듣고 있던 국준식 제보자가 옛날 야기를 꺼내면서 자연스럽게 이야기판이 형성되었다.

이천시의 북동쪽에 위치한 백사면은 광주군, 여주군과 인접해 있으며 지리적으로 한수 이남북을 연결하는 교통의 요충지이며 사회경제적으로는 전형적인 농업지역이다. 주요 산물로는 쌀, 산수유, 축한, 화훼, 황기 등이 있다.

백사면은 『동국여지승람』과 『여지도서』 등에 의하면 원래 백토리와 사북에 해당하는 지역이었다. 백토리면은 모전, 도지, 조읍, 우곡, 내촌, 상용, 백우 7개리를 포함하고 있는데 1905년 백면으로 개칭하였고 사북리를 현방, 송말, 도립, 경사, 신대 등 5개리와 현 신둔면 장동, 도봉 2개리를 합해 사면으로 개칭했다. 1914년 일제 식민지시기의 지방제도 개편으

현방1리 마을회관 전경

현방1리 마을 전경

로 여주군 흥곡면의 외사와 상대, 하대 등의 일부 지역을 병합하고 백면 7개리와 사면 7개리 중 신둔면 장동, 도봉 2개리를 제외한 5개를 통합 12개리를 백사면으로 칭한 이래 현재에 이르고 있다. 백사면은 신둔면과 함께 이천시의 북쪽에 자리 잡고 있는데 신둔면이 왼쪽에 백사면은 오른쪽에 위치해 있다.

조사자들이 방문한 현방1리는 면사무소가 있는 곳으로 백사면의 중심지이다. 현방1리에는 면사무소뿐만 아니라 파출소, 우체국, 농업인 상담소, 보건지소, 농협, 초등학교 등이 들어서 있다. 옛날에는 현방리 5일장이 있었는데 지금은 없어졌다. 조사자들이 찾은 현방1리 마을회관이 위치해 있는 곳은 주민들이 검바우(玄岩)라고 부르는 마을이다.

백사면에는 영월 엄씨, 풍천 엄씨들이 주로 살고 있는데, 검바우 마을은 각성바지들이 살고 있다. 마을에는 약 200호 정도가 살고 있는데 현재는 외지인들이 더 많다고 한다. 마을 사람들은 주로 벼농사와 오이, 호박, 토마토 등의 작물을 하우스 재배하는 것을 주요 수입원으로 하고 있다. 검바우에서는 바위에 터를 잡아 산제사를 지내는데 70년 전에는 직접 소를 잡아서 제사를 지냈다고 한다.

## ▌제보자

### 국준식, 남, 1933년생

주 소 지 : 경기도 이천시 백사면 현방1리
제보일시 : 2011.1.22
조 사 자 : 신동흔, 노영근, 이홍우, 한유진, 구미진

제보자 국준식은 검바우라 불리는 백사면 현방1리에서 6대째 걸쳐 200여 년 동안 살고 있는 토박이다. 여든이 다 되어 가는 나이에도 여전히 손수 농사를 짓고 있다. 군대를 다녀 온 것 외에는 고향을 떠난 적이 없다. 고령임에도 발음이 정확하고 기억력이 비상했다. 말의 속도는 좀 느린 편이어서 오히려 조사자들이 이야기의 내용을 전해 듣기에는 편안했다. 주로 풍수와 관련된 이야기를 많이 알고 있으며, 실제로도 그와 관련된 이야기를 조사자들에게 구연했다.

제공 자료 목록
02_24_FOT_20110122_SDH_GJS_0001 송호랑이터
02_24_FOT_20110122_SDH_GJS_0002 지가사(地家師) 최태식
02_24_FOT_20110122_SDH_GJS_0003 효양산 금송아지를 탐낸 중국 천자
02_24_FOT_20110122_SDH_GJS_0004 학이 날아가는 형국의 명당

### 손선동, 여, 1916년생

주 소 지 : 경기도 이천시 백사면 모전3리
제보일시 : 2011.1.22
조 사 자 : 신동흔, 노영근, 이홍우, 한유진, 구미진

제보자 손선동은 경기도 본래 여주 출신으로 17세에 이천시 백사면 모전3리로 시집온 토박이다. 제보자는 이 마을의 이야기꾼이자 소리꾼이다. 조사자들이 마을회관에 도착하여 옛날이야기를 들으러 왔다고 하자, 주위의 모든 사람들이 제보자를 강력하게 추천했다. 비록 귀가 어둡고 안질이 있긴 하지만, 96세라는 나이가 믿기지 않을 정도로 기억력이 비상하고, 목소리 또한 크고 또렷했다. 이야기를 구연하는 중에도 노래를 간간히 섞어서 구연할 정도로 특히 노래를 감칠맛 나게 잘 했다. 옛날이야기와 노래를 많이 알고 있으나 안약을 수시로 넣어야 할 정도로 눈이 안 좋아 많은 자료를 얻지는 못했다.

제공 자료 목록

02_24_FOT_20110122_SDH_SSD_0001 구렁덩덩 신선비
02_24_FOT_20110122_SDH_SSD_0002 부정한 아내 버릇고친 남편
02_24_FOS_20110122_SDH_SSD_0001 아리랑
02_24_FOS_20110122_SDH_SSD_0002 사촌 오빠에게 맞는 노래

### 윤세희, 여, 1927년생

주 소 지 : 경기도 이천시 백사면 우곡리
제보일시 : 2011.1.22
조 사 자 : 신동흔, 노영근, 이홍우, 한유진, 구미진

제보자 윤세희는 경기도 여주에서 이천으로 시집을 왔다. 비록 백발이기는 하지만 나이에 비해 젊어보였다. 구연을 할 때 말을 천천히 하는 편이었으나 발음이 정확하고

목소리 또한 또렷했다. 호환[虎患]과 관련된 몇 편의 설화를 구연했으나 대부분 설명 위주이고 서사구조가 제대로 드러나지 않아 자료로 반영하지 않았다.

제공 자료 목록
02_24_FOT_20110122_SDH_YSH_0001 떡 하나 주면 안 잡아 먹지(수숫대가 빨간 이유)

## 이삼순, 여, 1936년생

주 소 지 : 경기도 이천시 백사면 모전3리
제보일시 : 2011.1.22
조 사 자 : 신동흔, 노영근, 이홍우, 한유진, 구미진

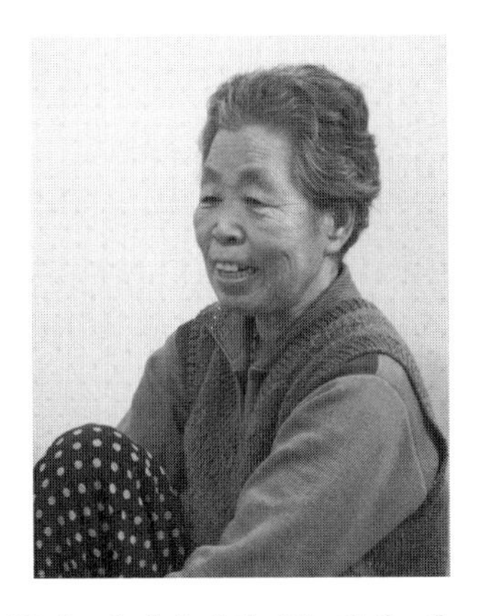

제보자 이삼순은 전라남도 장흥군 장평면 봉림리가 고향이다. 국민학교를 15세에 졸업하고, 중학교에 입학하자마자 6.25 전쟁이 일어나 학업을 중단했다고 한다. 현재는 벼농사를 지으면서 소를 키우고 있다. 말을 차분하게 하고 목소리 또한 크지 않았다. 사용하는 어휘를 통해 학식이 어느 정도 풍부하다는 것을 알 수 있었다. <수수깡이 빨간 이유>나 <도깨비 덕분에 부자 된 이야기> 등의 옛이야기와 몇 편의 생애담을 구연했으나 간략한 설명에만 그치고 있어 자료에는 반영하지 않았다.

제공 자료 목록
02_24_FOT_20110122_SDH_LSS_0001 부정한 아내에게 지혜로 복수한 장님

### 이옥희, 여, 1943년생

주 소 지 : 경기도 이천시 백사면 모전3리
제보일시 : 2011.1.22
조 사 자 : 신동흔, 노영근, 이홍우, 한유진, 구미진

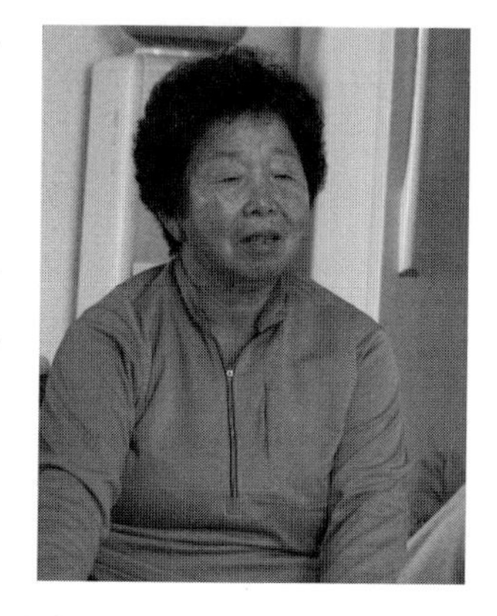

제보자 이옥희는 처음에는 말주변이 없다며 이야기판 밖에 있다가 다른 제보자들의 이야기를 듣고 흥미를 느껴 뒤늦게 이야기판에 합류했다. 군더더기 말이 많기는 하나 목소리가 크고 발음이 분명했다. 제보자는 특히 주로 생애담을 구연했는데, 구연한 이야기들은 모두 직접 경험했거나 전해들은 이야기라며 실화임을 계속 강조했다. 유머 감각이 뛰어나 청중들의 웃음을 잘 이끌어 냈다.

제공 자료 목록

02_24_MPN_20110122_SDH_LOH_0002 자기 새끼 예쁘다고 해서 보은한 호랑이
02_24_MPN_20110122_SDH_LOH_0003 호랑이가 하룻밤을 재운 아이
02_24_MPN_20110122_SDH_LOH_0004 달걀 도깨비

# 송호랑이터

자료코드 : 02_24_FOT_20110122_SDH_GJS_0001

조사장소 : 경기도 이천시 백사면 현방1리 87-37번지 현방1리 마을회관

조사일시 : 2011.1.22

조 사 자 : 신동흔, 노영근, 이홍우, 한유진, 구미진

제 보 자 : 국준식, 남, 78세

구연상황 : 오전 11시 20분에 마을회관에 도착하니 할아버지 일곱 명과 할머니 여섯 명이 있었다. 전날에 노인 회장에게 미리 전화를 해서 방문 목적을 밝히고 방문 시간을 예약한 터라 비교적 순조롭게 이야기판이 형성되었다. 노인 회장의 안내로 점심 식사 준비로 소란스러운 거실에서 할아버지 방으로 자리를 옮겼다. 제보자는 노인 회장과 번갈아 가며 백사면과 현방1리에 관한 지명유래를 간략히 설명했다. 조사자가 굳이 역사적으로 정확히 사실을 밝힐 수 있는 이야기가 아니어도 괜찮으니 옛날부터 전해져 오는 이야기면 모두 좋다고 하자, 제보자는 전해내려 오는 이야기 한 가지를 하겠다며 구연을 시작했다.

줄 거 리 : 송씨네가 살았던 송호랑이터라는 곳이 여기에 있다. 그 유래는 다음과 같다. 옛날에 송씨 부부가 살았다. 그런데 남편은 매일 밤만 되면 밖에 나갔다가 들어오곤 했는데, 그럴 때면 비린내가 항상 났다. 부인은 이상하게 여겨 하루는 남편의 뒤를 밟았는데, 남편은 재를 넘더니 재주를 부려 호랑이로 변신을 했다. 그런 다음 여러 짐승들을 잡아 먹곤 했다. 부인은 남편이 호랑이로 변신해서 집을 나갔을 때 술법하는 책을 태워버렸다. 결국 남편은 다시 사람이 못 되고 호랑이로 살게 되었다. 그 후손들이 지금도 있는데 옛날에는 이 마을 토박이로 살다가 지금은 다른 곳에 살고 있다.

그 인제 그럼 저 그, 그냥 전해 내려오는 이야기루다(이야기로) 한 가지 이야기 할게요.

여기 송호랭이터라고 있었어요.

송씨네, 이 송씨네가 살았었다는데, 송호랭이터라 지끔두 송호랭이터라 그래요, [손으로 방향을 가리키며]요기를 그런데,

(조사자 : 송, 송워래터요?)

호랑이, 호랑이!

응, 호랑이터라 그랬는데, 왜 왜 그런가 하믄(하면), 옛날에 뭐, 옛날에 저, 애기댈라믄(애기하자면) 뭐, 전설의 고향모냥(고향처럼) 그런 식으루다가(식으로) 송호랭이가,

그 부부가 살았는데, 만날 밤중에만 나가고 그랬대요.

나가고 그러는데 들어오머는(들어오면) 비린내가 자꾸만 나고 말이지.

비린내가 나고서 인제, 그 부인이 한참 뒤를 밟아봤대.

뒤를 밟아보니깐, 나가서 재를 넘더니 재주를 넘어가지구, 저, 사람이 변신하는데, 참 호랭이로 변신이 된대.

그래가지구 나가서 뭘 잡아 먹구 들어오구 그러는데 그냥, 호랭이로 돼 나간, 나갔을 때 그 책을 태웠대요.

그 술법(術法)하는 책을 태웠는데, 그 양반이 호랭이가 되가지구 그냥 사람이 못 되구, 그러구 나왔대, 그 자손들이 지끔두(지금도) 있에요.

송씨네 자손들이 이 동(洞), 이 부락에는 안 사는데, 이 부락에 옛날에 토백이(토박이)로 살았었는데, 지끔 다른 데로 가서 살아요.

그 저, 송우형(송호랑이 후손)이 있지?

송우형이 그 아마 자기네 족보에도 그게 나오는 모냥(모양)이야.

## 지가사(地家師) 최태식

자료코드 : 02_24_FOT_20110122_SDH_GJS_0002
조사장소 : 경기도 이천시 백사면 현방1리 87-37번지 현방1리 마을회관
조사일시 : 2011.1.22
조 사 자 : 신동흔, 노영근, 이홍우, 한유진, 구미진
제 보 자 : 국준식, 남, 78세

구연상황 : 앞의 이야기에 이어 조사자가 풍수에 대한 이야기를 제보자에게 해달라고 하자, 풍수나 명당에 대한 주관적인 견해를 오랫동안 얘기했다. 그런 다음 풍수와 관련하여 이 마을과 관계된 이야기를 하나 해 주겠다며 구연을 시작했다.

줄 거 리 : 옛날에 최태식이라는 지가사(地家師)가 있었다. 지가사가 처음 동네에 들어와서 원적산에서 동네의 풍수를 살펴보니 닭이 병아리를 품고 있는 형국의 터가 있는데 지금의 초등학교터이다. 지가사가 그곳에 자리를 잡고 예언을 했는데 천승(千乘) 만 번이 들어서고 세 번 도둑맞고 세 번 불이 날 자리라고 했다. 지가사는 그곳에 집을 짓고 산울타리를 둘렀다. 그런데 어느 날 불이 났는데 지가사는 무너진 서까래에 깔려 죽고 말았다. 그 후 세월이 지나 해방이 된 후에 후손들이 학교를 짓는데 그 집터를 희사했다. 결국 지가사의 집터는 학교터가 되어 많은 인재를 배출하게 되었으니 천승 만 번이 들어선다는 지가사의 예언은 맞아떨어졌다.

근데 이 마을 얘기를 하나 해줄까요?

(조사자 : 예예.)

여 지끔 살고 있어(지가사의 후손이 살고 있다는 말).

이, 최태식이라고 그 할아버지가, 그 사람도 지가사(地家師)여.

지리학잔데, 그 양반이 이 동네 들어와서 저, 원적산(圓寂山)이라고 있어, [손가락으로 방향을 가리키며] 저기.

거기서 이렇게 내려다보니깐, 닭이 병아리를 품고 있더래.

그 사람이 본 형(形)이, 그 지역이.

그래, 그 자리가 어디나하믄(어디냐 하면) 이[방향을 가리키며] 학교터예요.

(조사자 : 요 위의 학교터요?)

예, 국민학교.

그래 인제 그 양반이 자리 잡을 때, 천승(千乘) 만 번이 들어선다고 그랬대요.

그 양반도 많이 배운 양반이 인제 학자니까는.

천승 만 번이 들어든다고, 그 터가 그랬는데.

그 양반이 그 자리를 잡을 때 세 번 도둑맞고, 세 번 불이 난다고 그랬대요.

그러구 그 양반이 그 집에 살았는데, 울타리를, 산울타리(산 나무를 촘촘히 심어 만든 울타리)라고 이게 나무를 심어가가지구, 꽉 울타리를 해가지구 문만 안했는데, 울타리를 못 뚫고 들어간대요.

근데 그 때에, 그 양반이 아마, 돈 좀 모아서 살기를, 있었던 모냥(모양)이예요.

그래 인제, 거기 인제 불이 났대요.

불이 나가지구 이 동네, 지끔 한 백 살 잡순, 백 살 정도 되신 분들이 우리는 못 봤는데, 우리 큰어머니가 얘기를 해주더라구.

불을 끄러 갔대요.

그 전에는 물이 좋아요, 뭐가 좋아? 그 외딴 곳이고.

그 이 알로는(아래로는) 물들이 좀 있지만, 불이 나가지고, 불을 끌 수가 있어요?

울타리가 요만한 첩첩 쌓여 불 끌 수도 없고.

그래 인제, 물이 안 통하는데, 죄 불이 났는데, 이 노인네가 들어가서 인제 그, 옛날에 반다지라고 왜 그, 뭐 물건 넣어두고 그러는 거 있잖아요? 문서 같은 거.

그걸 이렇게 안고 막 나오는데, 그 저, 추녀도리라고 있잖아요?

(조사자 : 예예, 서까래.)

막, 예예, 막 불이 타가지고 그냥, 그 양반이 안고 가는데 그, 도리가 턱 부러지믄서(부러지면서) 서까래가 무너지고, 그냥 불이 됐대(불에 타 죽었다는 의미), 그래서 꺼내지를 못했대요.

나중에 이렇게 뭐, 집어서 꺼내서 장사지냈다고 그러는데, 그 자손들이 지끔 사는데, 학교가 그땐 없었지 인제.

옛날에는 학교도 없는데, 그 양반이 거기 잡고 사는데, 현재 지끔 보머는(보면), 그 학교터가, 학교가 거기 됐어요.

그래 인제, 이 양반네서 그 인제 해방 되가지구 인제 그, 다시 인제 그 땅 저그하는데(학교를 짓는데), 고 몇 평이 거기 들어갔는데, 이 양반네가 희사(喜捨)를 했어요, 그 저 도장꺼정(도장까지) 찍어 줬대요.

그래 가지구 그걸 지끔 학교터가 됐는데, 그 학교가, 그 천승 만 번이 들어선다는 그 양반이 맞아 떨어진다구.

그 전에 개인집이 있으믄(있으면) 그렇게 드나들지 않는데, 천승 만 번 가진 사람이 그 학교에서 배출되는 거, 그거꺼정(그것까지) 그 양반이 알고 있던 양반이여.

근데 인제 그 집들이 잘 사나믄 잘 살지 못해, 요기 또 따로, 거기는 자리를 두고 요쪽에 와서 지끔 살아요, 그 자손들이.

그래 인제, 그 터가 좋긴 좋았던 모냥이예요, 좋으니깐 학교가 되가지구 애들이 난다는 걸 그 양반은 알은 거야 그 걸.

그래, 여기 현방에서는 그거이(그것이) 좀 제일 저그한(유명하다는 의미) 뉴스예요.

지금 뭐, 젊은 사람들 알는질 몰러, 전해들은 얘기두.

(보조 조사자 : 그, 어르신 최태식이라는 지가사 그 분은 언제 적 사람이에요? 일제시대 때 사람이에요? 언제 적?)

그러니까 그 양반이 하여간 한 백 오십 년 정도 아마 됐을 거야.

백 년은 넘었으니까는.

그렇지, 이 집이 백 년은 넘구 인제, 일제가 들어와가지구 다시 인저 국민학교를 그 저, 짓고 그래가지구 인저 그렇게 된 거니까는.

## 효양산 금송아지를 탐낸 중국 천자

자료코드 : 02_24_FOT_20110122_SDH_GJS_0003
조사장소 : 경기도 이천시 백사면 현방1리 87-37번지 현방1리 마을회관
조사일시 : 2011.1.22
조 사 자 : 신동흔, 노영근, 이홍우, 한유진, 구미진
제 보 자 : 국준식, 남, 78세
구연상황 : 앞의 이야기를 구연한 후에 제보자는 일제 강점기 때의 다양한 경험담들을 청중들과 나누었다. 그런 가운데 한 청중이 제보자에게만 조용히 백고개의 유래가 뭐냐고 물으니 제보자가 그 청중에게 그 유래를 설명했다. 조사자가 이를 듣고 그 이야기를 본격적으로 해 달라고 하자, 구연을 시작했다.
줄 거 리 : 옛날에 중국 천자가 천기를 보니 효양산에 금송아지가 놀고 있었다. 그래서 중국 천자는 금송아지를 찾으려고 중국에서 쇠지팡이를 짚고 이천땅까지 걸어 왔는데, 쇠지팡이가 반이나 닳았다. 효양산 가는 길을 몰라 지나가는 초립동에게 물어보니, 초립동은 효양산에 가려면 백백고개를 넘어 억억다리를 건너 구만리뜰을 지나야 된다고 했다. 중국 천자는 중국에서 여기까지 오는데도 쇠지팡이가 반이나 닳았는데, 효양산에 가려면 쇠지팡이가 모자라겠다 싶어 포기하고 다시 중국으로 되돌아갔다. 효양산에는 지금도 금송아지가 있다고 한다.

(조사자 : 어르신 그 방금 그 뭐, 백곡 그, 그게 뭐예요?)

그 우리끼리 애기했던 걸 금방 들으시네? [웃음]

백고개?

(조사자 : 예.)

백고개, 또 애기하라면 또 애기할까? [웃음]

왜 백고개냐 하머는 이, 중국 무신(무슨) 왕족인데 천잔지(天子인지), 여, 그, 천기(天氣)를 보니깐, 여기 효양산(孝養山)이라고 있어요.

거기서 금송아치(금송아지)가 놀더랴(놀더래), 금송아치.

그래 이걸 찾아서, 쇠지팽이가 [손으로 묘사하며]이만한 걸 지팽이를 짚고 왔는데, 그 한 반은 닳았대요, 중국서 여까정(여기까지) 걸어오니까.

그 인저, 오다가 인저 길을 묻는데, 쬐끄만(조그마한) 초립동(草笠童)이

가, 초립동이가 쪼끄만 저, 지끔 말하면 학생이지 뭐.

초립동이가,

"그 효양산으로 갈라믄 얼로(어디로) 가느냐?" 하니깐,

효양산이 거리가 거기서부터 그렇게 맥혀요(막혀요, 거기서부터 효양산 가는 길을 찾기 힘들다는 의미), 그, 그 양반이 물어 본 장소가.

"거기를 갈라믄 백백고개를 지나서, 억억다리를 지나서, 구만리를, 구만리뜰을 지나서, 구만리뜰을 지나서 간다구."

아, 그래놓으니깐 중국서 여기 온 것두 쇠지팽이가 반은 닳았는데, 이 양반이 그거, 거기서 와서 그런데, 그걸 그 뭔 길을 갈라믄 쇠지팽이가 모자라겠더래.

자기가 죽겠더래.

그래서 도로 또 갔대요.

그래서 금송아치가 효양산에 지끔, 지끔두 남아 있다고 그런 유래는 있어요.

그래, 지끔 그, 자리가 다 있어요.

여기 백고개가 있고, 저 이천에 억억다리란 게 지끔 있어.

(청중 : 구만리뜰이 있고 구만리, 동네 이름이 억억다리. [웃음])

억억다리가 그, 이천 시내서, 좀 시내를 벗어나는데 거기 다리가 있어요.

조그만 다리가 있는데 그 억억다리고.

고걸 지나믄 들 이름이 구만리뜰이여. [청중 웃음]

그러니깐, 어린 애가 그래, 그라는데 진실이란 말이에요.

(청중 : 그, 다 와서 못했네? [청중 웃음])

그, 다 와서 못해서 돌아갔다는 거여.

그래, 효양산에 지끔, 지끔두 그거 저, 금송아치가 묻혀 있더라.

그래 지끔은 개발이 돼서 산을, 이렇게 꼭대기를 짤라가지구 지끔 수도, 수도 그게 앉었구 그래요.

# 학이 날아가는 형국의 명당

자료코드 : 02_24_FOT_20110122_SDH_GJS_0004
조사장소 : 경기도 이천시 백사면 현방1리 87-37번지 현방1리 마을회관
조사일시 : 2011.1.22
조 사 자 : 신동흔, 노영근, 이홍우, 한유진, 구미진
제 보 자 : 국준식, 남, 78세
구연상황 : 앞의 이야기에 이어 제보자는 지관들이 묘자리 쓰는 이야기들을 하다가 향토 얘기가 하나 있다며 구연을 시작했다.
줄 거 리 : 옛날에 어느 댁에서 아들은 낳지 못하고 딸만 낳았다. 그래서 지관이 산소를 보니 산소를 학이 날아가는 형상의 명당에 잘 썼는데, 양쪽에 망주석을 세우는 바람에 학이 날개가 무거워 날지 못하는 형국이 되어 아들을 낳지 못한다고 했다. 몇 년이 지나 아들을 낳게 되어 그 뒤로는 산소를 그대로 두었다.

향토 얘기를 하나 할라믄(하려면) 저거예요.

어느 댁에서, 이제 인제 성(姓) 같은 거 이름 같은 거 안 밝히고, 어느 댁에서 육십 년 전에,

딸만 낳고 그러니까, 아들을 낳을라고 아들을 낳을라고 이제, 옛날엔 지끔은 아들이고 딸이고 하나 낳기 아녀?

(조사자 : 예.)

옛날에 그래두 아들 낳을라고 딸 뭐, 육남매 십남매 보통 많이들 낳았지, 아들 낳을라고. [청중 웃음]

그 지끔은 그렇게 추태가 아니지만, 우리도 저 그 뭐, 손자들, 저 아들들 있지만, 뭐, 아들꺼정은(아들까지는) 쪼금 낳을라고 해도 그 밑에는 낳을라고 들지도 않어.

하나 낳으믄 고만이여. [웃음]

그런데 인제 아까 지사(地師)에 관해서, 지리(地理), 그 인제 그 지관(地官)들 관해서,

그 인제 아들을 낳을라고 인제 그 뭐, 인자 산소 이장(移葬) 같은 거 아

까 한다고 얘기했었잖어?

(조사자 : 예예.)

그래 인제, 아들을 낳아보니까 산소가 어떻게 잘못 됐다고 인제, 그 지관이라는 사람이, 그 사람이 인자 그 얘기하는 것도 우리네 생각하고 어지간히 맞어.

그 산소를 잘 썼어요.

산소를 잘 썼는데, 그 저거래요, 저, 그 좌향(坐向)이 학이 날라가는 형상이래.

학, 날라가는 형상인데 거기다 그냥 모이(묘)만 썼으면 되는데, 사는 게 괜찮으니까 양짝(양쪽)에다 망주석(望柱石)이라구, 양짝에 망주석해서 그, 가운데 쪽에다 그 절하는 거지, 제사.

그걸 하는데, 학이 날라갈라고 그러는데 양짝에 짐이 실려서, 날개가 돌을 묻어놔서 그 인자 그, 망주석 세워서 날라가지를 못했대요.

날라가지 못해서, 자식을 못 낳는다는 거야, 아들을.

그런데 인제, 몇 년 지나더니 그러고 인자 뭐, 이장을 해야 하니 화장을 해야 하니 뭐, 이런 소리가 나오더니, 어떻게 또 아들이 생겨가지구 아들을 하나 낳았어요.

그 후에는 그대로 둔 거여.

그래 그, 우리 내가 듣기에 그 지관이 어지간히 그, 지금 점쟁이모냥(점쟁이마냥), 점쟁이모냥 어지간히 맞췄더라 하더라구.

(조사자 : 그러니까요.)

네, 그러니까, 우리네가 처음 듣기에도,

'아하, 학이 날라가야 되는데 양짝에다 짐을 실어서 못 날라간다.'

그래서 그, 시체가 마음대로 활동을 못해서 자손한테 그, 역효과가 난다, 그런 얘기도 있더라구요.

그건 한 육십 년 전 얘기예요.

# 구렁덩덩 신선비

자료코드 : 02_24_FOT_20110122_SDH_SSD_0001
조사장소 : 경기도 이천시 백사면 모전3리 446-1번지 모전3리 마을회관
조사일시 : 2011.1.22
조 사 자 : 신동흔, 노영근, 이홍우, 한유진, 구미진
제 보 자 : 손선동, 여, 96세
구연상황 : 민요가 끝난 후 조사자들이 좀 전에 구연한 신선비 이야기가 녹음이 되지 않았다고 말하고 다시 구연을 부탁했다. 제보자는 한 걸 왜 또 하라고 하냐며 처음에는 구연을 안 할 것 같았지만 아까 한 이야기는 많이 빼먹었으니 다시 제대로 얘기해 주겠다며 구연을 시작했다.
줄 거 리 : 구렁덩덩 신선비가 과거를 보러 간 사이에 색시의 동생들이 와서 구렁덩덩 신선비의 허물을 보여 달라고 했다. 색시는 남편이 아무에게도 보여주지 말라고 했지만 동생들이 하도 성화를 부려서 보여줬는데 한 동생이 그 허물을 태워버렸다. 과거를 보고 돌아오던 신선비는 그 냄새를 맡고 집에 들어오지 못하게 되어 사람을 시켜서 자신은 집에 돌아가지 않으니 기다리지 말라는 말을 색시에게 남기고 떠나버렸다. 색시는 몇 년을 기다리다가 남복을 하고 신선비를 찾아 나섰다. 색시는 산막에서 새를 보며 노래를 부르는 아이들의 도움으로 신선비가 대례(大禮)를 치르는 집을 찾아가게 되었다. 색시는 신선비를 만나 하소연을 했지만 신선비는 색시에게 물 한 동이를 이고 엎지르지 않은 채 어디까지 갔다가 오라고 했는다. 그런데 색시는 물을 엎지르고 말았다. 엎질러진 물을 보며 신선비는 엎지른 물은 다시 담을 수 없다며 이별을 통보했다. 그 말을 들은 색시가 울자 신선비도 색시를 붙잡고 울었다. 두 사람은 술을 주거니 받거니 하다가 함께 잤다. 지금도 두 사람은 이 옆에 방을 얻어서 잘 살고 있다.

또 해래 왜?

저기요, 구렁덩덩 신선비가, 저 과개(科擧)를 해러 갔는데, 이거 빼놓고 했지(처음에 구연했을 때 빼놓고 구연했다는 말) 잊어먹었는지 했던 걸,

(청중 : 예, 예, 빼놓고 했어.)

구렁덩덩 신선비가 과개를 보러 갔는데, 그 색시 마누라 동생들이 죄 와서, 형아 봐 언니 봐 그냥, 형아 봐, 그냥그냥 그, 허물 벗어서 갖다 감

춘 것 보자구.

"그 좀 봐, 봐," 그래.

"아유, 안 봐 애. 보지 말랬다, 보지 말랬다." 그래두 그냥,

보자구 그냥 성화(成火)를 해설랑 보였어.

보였더니, 그 한 동생이 갖다 불을 놔서 태웠대, 그 거를. [청중 웃음]

그래 인제 과개를 보구, 며칠 과개를 보구 집이(집에)를 내려오는데, 저 넋고개(인근 지명)서부텀 바람, 저 여기 사는데, 넋고개서부텀 바람, 그 냄새가 난대, 저 서울 사는 데서. [청중 웃음]

서울 사는 데서부텀 냄새가 나서 집이를 못 들어오구.

집이를 이제 들어오지를 못하구설랑 인자, 사람을, 지금은 전화 내서 전화를 하지만, 사람을 띄워설랑은(사람을 보내서),

"내가 인자 이 길로다 나가니 나를 기다리지 말고 어디로 가라." 인자 이렇게 하구 갔는데,

이 색시가 이때나 오나, 저때나 오나 날마다 기다리구 그냥, 정말 언제, 올해 한 해 또 넘어가구, 내 년에 한 해 또 넘어가구,

이래, 이래니까는 인제 헐 수 없으니까는 남복(男服)을 해구설랑은 인자 찾으러 댕기는 거야, 남복을 인자 옷을, 남복을 싸악 해서 입구, 모자를 해서 씌구, 그래구 인자 댕기는데,

어디-쯤을 그냥, 며칠을 찾아서 갔는데 어디쯤 가니까는, 애들이 새를 보면서, 샘막(山幕)에서 새를 보면서,

[노래로] "우여라, 우여라~ 이 넘의 새들아~ 오늘은 먹어두~ 낼은 먹지 말어라~"

인제 이러믄서 새를 보거든. [청중 웃음]

(청중 : 덕담이 아주 좋아.)

그래 가서 인제 새를 보는데,

거기를 그거, 인제 샘막에를 이이가(이 사람이) 찾아 간 거야, 인제 그

래 소리를 듣구.

"애야, 아까 하던 소리가 뭔 소리니?" 그래니까는,

"어, 낼은 우리 저 신선비가 어서(어디서) 온 신선빈데, 아주 잔, 잔치를 동네서 해주구 집도 사주구 그랬대. 잔치하는데 나 거기 귀경(구경) 갈라구 새 안 볼라구 그랜다구."

그래믄서, 새가 앉아두,

[노래로] "우여라~ 오지 말어라~ 오늘은 먹어두~ 낼은 오지 말어라~"

이러믄서 걔들이 노래를 했는데, 그래는데 인제, 이 여자가,

"그 잔치한다는 동네가 어디니?" 이래니까,

"여기서 저 너머라구, 산 너머라구." 그러더랴.

그래서 거기를 슬슬 저 찾어가니까는, 정말 떡을 그 전엔 안반(떡 칠 때 쓰는 두껍고 넓은 나무판)에 때렸어, 안반에 어, 인절미.

안반에 떡 치구 맨들구 야단이더랴, 그냥 한 집이 들어가니까는.

그래서 남자라 안에를 못 들어가구 배깥에(바깥에) 이렇게 빙빙 돌다가 그러는데, 하여간 부치구 부치구 야단이더랴.

그래 해가 인제 참 넘어가는데, 그래 동네를, 동네 귀경해느라구 한 바꾸(바퀴) 돈께(도니까) 동네두 엄청 크대.

그랬는데 한 바꾸 돌구서는 인제 사랑에다 뜨윽(떡-) 앉았으니까는, 그 큰일집('잔치집'의 의미)에서 부치기(부침개), 술에 무엇에 내오는데, 남자니깐 [청중 웃음] 바가지 한 잔씩 먹는데, 받아서 먹구, 잘 먹었다구 그러는데,

밤이 되는데, 그 집 인제 그 사랑에서 자는 거여, 자구서는 인제 있는데,

(청중 : 정신도 좋으셔.)

색시 신랑이 인저 대례(大禮)를 지내구, 그 전엔 대례여, 대례를 지내구

인제 있는데, 집 산대루 인저 가느라구 자러 가느라구 가는데, 가만-히 보니깐,

집두 괜찮대, 그런 집으로 들어가더래, 잔다구 그래는데, 신랑 색시 인제 자, 첫날밤이라구 귀경 간다구 동네 사람들 다 귀경 가구 그래는데,

인제 가 자는데, 이 남자가 슬슬 돌아댕기니까는, 신랑이 인자 그 집에서 자구선, 애들 공부 가르킬라구, 식전(食前)에 몇 시에 간대, 거기를 인저 이런 방에를, 그랬는데,

가만-히 보니까는 어떻게 할 수가 없더래, 그래서,

짚 토매(土매, 벼를 찧어서 玄米를 만드는 기구)가 있는데 짚까리, 이렇게 짚까리가 있는데, 거기서 숨었다가선랑은, 식전에 신랑이 인저 애들 공부 가리킬라구 가느라구 가머는,

그걸 보구선 그냥 허리를 꼭 붙잡구 그냥,

"나를 어떻게 할라구 이래느냐구." 인제 이래서 해니까는,

"물 한 뒝이(동이)를 이어설랑은(이어서) 엎질르지 말구 이구서 어디꺼정 갔다 오라구." 그래더랴.

그래서, 불 한 뒝이를 이구서, 괜히 엎질러지지 왜 안 엎질러져? 흔들흔들 엎질러지구 그래지.

"그 보라구. 그랬다 담았던 물이 쏟아지믄 고만이지, 땅에 쏟아지믄 고만 아녀? 그래지, 물 한 뒝이가 담아지느냐?" 그러니깐,

청중 : 그 일리가 있는 얘기야.

지끔, 지끔 못 산다, 같이 못 산다 인자 그 소리지.

"인자 당신하고 나하고는 같이 못 살구 이별이라구." 그래니깐,

이 여자가 그냥 막- 울면서는,

"어떡해야 좋냐구, 어떡해야 좋냐구." 그래니깐,

그 남자두 인자 안됐지, 왜 여자가 그렇게 그렇게 막 울구 그러니깐, 둘이 붙잡구 우는 거래, 신랑 색시가 인저 그때서는 인저.

그 이 색시두 맨날 찾으러 댕겼으니 얼마나 고상을 했겠수 글쎄 그냥, 그 돈두랑으루(논두렁으로) 밭두랑으루(밭두렁으로) 그렇게. [청중 웃음]

그래구서 찾아가지고선 인자 그렇게 잔치하구(다른 사람과 대례를 치르고) 그러니, 그 얼마나 속상하겠어? 그래서 인자 울구 그랬는데,

참, 사랑에 술하구, 부치기, 떡을 해 와서, 남 술 한 잔하믄 저두 술 한 잔 먹구, 남도 떡 먹으믄 저두 인자 먹구, 인자 그래 그 방에서 자는 거여.

그 방에서 잤다가 신랑을 끌어안는 거여, 인자 공부해러 가는 신랑을 바짝 끌어안으니까는, 보니까는 저희 색시지.

지끔은 그냥 물 한 됭이라두 엎질르믄 고만이지 어떻게 하느냐 인자 이래서 못 살구 그래는데, 방 얻어가지구 옆에 산대, 지끔 산대." [청중 웃음]

(청중 : 지금 산대요? 잘 하셨어요 아주, 혼나셨어, 애쓰셨어요, 그냥. [청중 박수])

## 부정한 아내 버릇고친 남편

자료코드 : 02_24_FOT_20110122_SDH_SSD_0002

조사장소 : 경기도 이천시 백사면 모전3리 446-1번지 모전3리 마을회관

조사일시 : 2011.1.22

조 사 자 : 신동흔, 노영근, 이홍우, 한유진, 구미진

제 보 자 : 손선동, 여, 96세

구연상황 : 앞의 이야기에 이어 조사자가 계모 이야기를 해달라고 하자, 귀가 어두운 제보자를 생각해서 옆에 있던 청중이 제보자의 귀에다 대고 큰 소리로 <콩쥐팥쥐> 같은 이야기를 해보라고 했다. 그러자 제보자는 얘기도 얘기 같은 게 아니라며 자신의 이야기에 대해 겸손한 태도를 보였다. 조사자와 청중들이 괜찮다며 다시 한 번 청하자 구연을 시작했다.

줄 거 리 : 옛날에 난봉을 부리는 여자가 있었다. 남편은 어디 멀리 가서 집을 오랫동안

비운다고 거짓말을 한 뒤 마을 동산에 올라가 부인이 하는 행동을 지켜보았다. 그랬더니 부인은 뒷집 김서방과 바람을 피웠다. 남편이 집으로 내려와 대문을 두드리자, 부인은 김서방을 반닫이에다 숨기고 문을 열어주며 왜 일찍 왔는지 물었다. 남편은 가는 길에 점쟁이를 만났는데 점쟁이가 집에 있는 반닫이 때문에 재산이 다 없어진다고 해서 급히 돌아왔다고 했다. 그러면서 남편은 반닫이를 태워 없애야 한다며 짊어지고 뒷동산에 올라갔다. 남편은 반닫이에서 나온 김서방을 외아들이라 용서해 준다며 쫓아버리자 그는 발가벗고 줄행랑을 쳤다. 그런 뒤 남편은 반닫이를 태웠는데 부인은 밥과 국을 해서 반닫이를 태운 곳에 와서 김서방과 다음 세상에서 만나 잘 살기를 기원하며 절을 했다. 두 내외는 지금도 잘 산다고 한다.

아니 저, 그 전에, 아닌 게 아니라, 여자가 아주 난봉을 부려서, 영감이 핸대는(한다는) 소리가,

"바지저고리, 낼 나 어디 갈 테니, 시(세) 벌만 꾸며 달라구, 시 벌을 꾸며설랑은 보따리에 싸 달라고 그랬대."

"아, 걱정말라구 해준다구." 그래더랴.

그래 인제 이 이 눔이 핸대는 소리가 다 자빠져 자고서는 저 집만 내려다보는 거여.

저 집, 인제 동산에 앉아서, 즈(저희) 집만 내려다보니까, 저 여편네가 그냥 돌아댕기머(돌아다니며),

[노래로] "씨암탉을 잡을까~ 수-탉을 잡을까~" [청중 웃음]

아, 안방으로 돌아댕기머 그래더래. [청중 웃음]

청중 : 그 것두 말 되네.

그래 돌아댕기믄서 뒷집에 김서방이 있는데,

"김서방, 집이(집에) 있수?"

"있다구." 나오니까,

"우리 서방님은 그냥, 나 바지저고리만 시 벌 꾸며주머는 아주 멀리멀리 간대, 들어오지두 않구 그냥 간대, 아주 안 온댜, 안 온댜." 그러더래.

그래니깐,

"잘 됐다구, 잘 됐다구."

그 놈의 남자두 좋아서 끌어안구 인제 이랬대.

그러든서 이렇게 좋을 때가 어딨냐구,

[노래로] "둥당둥당 둥당둥당." 이랬대. [청중 웃음]

인제 이러구서 하는데, 정말 아닌 게 아니라 씨암탉을 잡아설랑은 그냥 볶아설랑은 이렇게 먹는데, 바지저고리도 다 해놓구.

그래 다 해설랑 짊어졌어, 인제 이렇게 괴나리봇짐을 해서 짊어졌는데, 인제 그 남자가 핸대는 소리가,

"내가 인제 넉 달이 될는지 다섯 달이 될는지 난 인제 가머는 저, 엄청 오래 있을 거라구, 그래니까 잘 하구 문 단속하구 잘 하구 잘 살어." 이래니깐,

[박수를 치며] "걱정 말어, 걱정 말어."

이 지랄을 하거든, 좋아설랑은. [청중 웃음]

그래서 인제 지고서 나갔대.

지고 나가서는 인제 뒷동산에 가 이러구 앉았으니까는 그냥,

씨암탉을 잡을까, 수탉을 잡을까, 이랬더니 그냥, 지저서 볶어놓구 먹구 지랄을 해더래 그냥.

그래는 걸, 어 인저, 한 파, 열두 시가 넘었나버(넘었나봐).

집이 인저 대문을 두드리니까는,

"아이구, 넉 달이 되구, 다섯 달이 된다더니 벌써 들어오니 저 으뜩하느냐구, 저걸 으뜩하느냐구." 그러니깐,

그냥 이러믄서 앞에 이게 반닫이(앞의 위쪽 절반이 문짝으로 되어 아래로 잦혀 여닫게 된 궤 모양의 가구)가 있대요, 집이(집에).

반닫이 속으로 그 사내는 처넣구, 저는 나가서 인제 문 열어 주는 거지.

상두 키구 반닫이 속에다 인자 그 여, 남자를 처넣구, 그러구 가보니깐

열어 주니깐,

"아이구! 여보시오, 몇 달이 된대더니 왜 발써(벌써) 들어오우?" 그러니깐,

"그런 게 아니라, 어디-쯤 갔더니, 점쟁이가 있어. 그래 점을 쳐 보니까는 집이 들어가 봐 큰일 나. 집이 들어가야지, 지금 안 들어가믄 못써. 집이 그냥 재산이 다 없어진다구 들먹들먹해. 아, 점쟁이가 그랜대. 아, 그래설랑 들어왔어." 이래니깐,

"아이구, 어떤 넘이 그런 소릴 해요." 인제 이래믄서 하는데,

"아, 밥이나 어여 해와." 이래니깐,

밥을 해믄서 해다 주구 인제 이래믄서 했는데,

"아, 어떤 넘이 그런 소릴 해요." 이래, 그래믄서 하니깐,

"인제 반닫이, 인제 반닫이 땜에 못 산다구, 이 남자가, 우리 이 반닫이 땜에 못산대. 반닫이를 갖다 치다(치워다) 쪼개서 태워야 했대요." 그러니까는,

마누라가 했대는,

[노래로] "유기전답(鍮器田畓)두~ 엄청 많은데~ 해필 반닫이~ 없앤대는 말인가~" [청중 웃음]

이래믄서 밥을 해가 들어, 밥을 해, 인제 그래서 밥을 해 놓구 저, 해서 신랑을 주구 그랬대요. [청중 웃음]

반닫이가 무겁잖어? 사람이 하나 들어서.

"아, 왜 이렇게 무거워? 반닫이가 뭐가 들어서."

"들긴 뭐가 들어요." 그래.

그냥 이렇게 이렇게[둘러매는 시늉을 하며], 둘러씌구서는(둘러매고는) 뒷동산에 가서 이렇게 열구서는 그 넘이 들어앉았거든?

[노래로] "너두 외아들~ 나두 외아들~ 한 없이 뛰어 가거라!" 그래니깐,

이놈이 이렇게 시울 떠울 서울 가머는, 쿵닥쿵닥 쿵닥쿵닥 그, 서울 가, 서울 가, 뺄개벗구(발가벗고) 서울로 가.

그랬는데 인제, 반닫이는 그 저, 두드려서 동산에다 인제 불을 놓구 태우니깐, 이 여자는 금방 국 끓이구 밥해구 그래.

인자 뒤집어 이구, 인제 산에 거길 가는 거야, 반닫이 태운 데를, 그래믄서는,

[노래로] "아이구, 살어서는 못 살았지만~ 죽어서 잘 살읍시다~ 이건 밥이구~ 이건 국이구~ 많이많이 잡수시오."

이러믄서 절을 했거든.

그래 인제, 남자는 저희 집이 가 앉았는데, 그 밥해 가지구 오라구.

그래가지구 왔는데, 그래 지끔 잘산대. [청중 웃음]

## 떡 하나 주면 안 잡아 먹지(수숫대가 빨간 이유)

자료코드 : 02_24_FOT_20110122_SDH_YSH_0001
조사장소 : 경기도 이천시 백사면 우곡리 271-1번지 우곡리 마을회관
조사일시 : 2011.1.22
조 사 자 : 신동흔, 노영근, 이홍우, 한유진, 구미진
제 보 자 : 윤세희, 여, 85세
구연상황 : 할머니 한 명이 화투는 그만치고 학생들에게 전설의 고향 같은 옛날이야기를 해주라고 하자, 제보자는 승냥이나 호랑이가 사람을 물어 간 이야기와 호랑이보다 무서운 곶감 이야기를 간단히 구연했다. 조사자가 떡 하나 주면 안 잡아 먹지 했던 이야기를 해달라고 하자 구연을 시작했다.
줄 거 리 : 옛날에 어머니가 아이들만 집에 두고 딸네 집에 갔다가 팥떡을 얻어서 산 고개를 넘어 집으로 돌아다가 호랑이를 만났다. 호랑이는 어머니가 고개를 하나 넘을 때마다 팥떡 하나를 주면 안 잡아먹겠다고 위협하여 팥떡을 다 뺏어 먹었다. 호랑이는 어머니보다 먼저 집에 도착해서 아이들에게 자기가 어머니라고 거짓말을 했지만 의심을 한 아이들이 문을 열어주지 않자, 문을 부수고 집으로 들어갔다. 아이들은 집 뒤에 있는 나무 위에 올라가 하나님께 새 동

아줄을 내려달라고 빌어서 그걸 타고 하늘로 올라갔다. 호랑이도 아이들을 흉내 내서 하늘에 빌었는데 헌 동아줄을 내려달라고 하는 바람에 그걸 타고 올라가다가 떨어졌다. 호랑이는 수수깡을 베어 놓은 곳에 떨어져서 똥구멍이 찔렸는데 그 피 때문에 아직도 수수깡이 빨갛다고 한다.

(조사자 : 할머니, 그 저기 뭐야, 호랑이가 막 떡 안 주, 떡 하나 주면 안 잡아먹지, 뭐 이랬던 얘기도 있잖아요, 곶감처럼. 그것 좀 해 주세요.)

그거 얘기, 그것도 잊어버렸지.

즈(저희) 어머니가 딸네 집에 베 매러 갔는데, [잠시 생각하다가]팥 팥죽이래, 팥떡을 해주더래, 가져가서 애들하고 먹으라구.

그러는데, 산 고개를 넘으니깐 호랭이가,

"할멈, 할멈 그게 뭐유?" 그래더래.

"팥떡이라구. 우리 애들 줄라구 딸이 해줘서 팥떡이라구." 그래니까,

"그거, 하나 주믄 안 잡아먹지!"

그래 줬다 그랬대.

또 고개를 넘으니까 또 앞질러가서 또 그걸 또 그 소리를 내더래.

그래 그 떡을 얼마 안 주는 걸, 안 핸 거를 다 뺏어 먹었대잖어.

그래고는 집을 쫓아 왔더래요, 그 넘의 호랭이가.

아, 즈 애들은 인제 즈 어머니 올 때를 고대하고 기다렸는데, 호랭이가 먼저 오니 어떡햐.

아, 호, 호랭이가 와서 저그하니깐, [잠시 생각하다가]저기,

"엄, 엄마 왔다, 문 열어라." 그래니까는,

"우리 어머니 목소리가 아닌데?"

손 디밀어 보래니깐, 손을 디밀어,

"우리 어머니 손이 아닌데?"

아 그래되다, 아이 낭중에 자꾸 핑계를 대다대다 하니깐, 그냥 문살을 뜯어대잖어.

그래선, 뒷문이루 나가서 우물 있는데 큰- 무신, 무신 나무가 있었대나?

나무가 있는데 거기를 올라가서, 더 올라갈 수도 없구, 그래니까,

“하나님, 하나님! 날 살릴래거든 새 동아줄을 내리구, 나를 죽게 둘래믄 헌 동아줄을 내리라고.”

그라고 나무 우에서 그라니깐, 새 동아줄이 내려오더래요.

(청중 : 많이 듣고들 가세요.)

아, 그래서, 그래서 그걸 타고 올러갔대잖어.

그래 호랭이가 그걸 보고서는 또 숭내(흉내)를 내는 거야, 저도 올라갈라구.

그래니깐, 헌 동아줄이 나오, 내려오더래요.

이것두 아마 괜찮은가부다 하구, 그걸 가지구 올라, 붙잡구 올라가다가 떨어졌더니, 수수깡 벼다 놓은 데 똥꾸녁(똥구멍)을 찔려서 수수깡이 빨건 게 그것 피야. [청중 웃음]

(조사자 : 벌 받았네, 벌 받았어.)

그래서 호랭이 똥꾸녁을 찔려 피가 나서 죽구, 걔는 살았대잖어.

(조사자 : 애들은 하늘로 올라가서 뭐 어떻게 됐대요? 잘 살았대요?)

아, 그 뭐 하늘이 도와줬겠지 뭐.

## 부정한 아내에게 지혜로 복수한 장님

자료코드 : 02_24_FOT_20110122_SDH_LSS_0001
조사장소 : 경기도 이천시 백사면 모전3리 446-1번지 모전3리 마을회관
조사일시 : 2011.1.22
조 사 자 : 신동흔, 노영근, 이홍우, 한유진, 구미진
제 보 자 : 이삼순, 여, 76세

구연상황 : 앞에 손선동 제보자가 <부정한 아내 버릇 고친 남편>에 대한 이야기를 마치자 맞은편에 있던 제보자가 옛날에 이런 이야기도 있다며 바로 이어서 구연했다.

줄 거 리 : 옛날에 남편이 장님인 부부가 살았다. 부인이 하도 바람을 피워서 남편이 하루는 꾀를 내어 부인에게 장에서 광목 다섯 말을 사오게 했다. 부인이 광목을 사오자, 남편은 부인에게 큰 자루를 만들라고 한 뒤 그 안에 들어가게 했다. 부인이 자루 안에 들어가자, 남편은 자루를 꽁꽁 묶은 다음 두드려 패서 복수를 했다.

옛날에 또 이것두 있잖아요?

(청중 : 다 잊어뻐려.)

(청중 : 죄 잊어버렸어.)

[마이크 제보자 가까이로 옮김] 남자가 장님, 여자는 인자, 눈을 떴고 남자는 장님이구 여자는 눈을 떴고.

그랬는데, 인자 여자가 하다(하도) 바람을 피워싸서(피우곤 해서) 자기가 못 보니까, 남자가 못 보니까 하다 여자가 바람을 피고 바람을 피고 그래싸서, 남자가 꾀가 많어, 남자가 여자보다가(여자보고),

"내일 장에 가서 광목(廣木, 무명 올로 당목처럼 폭이 넓게 짠 베) 다섯 말만 끊어 오게."

"아니, 그 뭐 할라고 그러나?" 그래니까는,

"바지를 하든지 저고리를 하든지 다섯 말만 끊어 오게." 그래서 인제, 끊어 갖고 와서,

"이거 광목 끊어 왔습니다. 이걸루 뭐 할래요?" 이래니까는,

크-게 맞춰서 자루를 지어.

그래서 인자 자루를 지었대요.

자루를 지니까,

"그럼, 자네 거기 좀 들어가 보게."

아니 그래 인자 여자가 자루 안에 들어갔어.

자루 지어 갖구 들어가니까는, 이렇게 [손으로 묶는 시늉을 하며] 꽁 묶어 놓고,

"요년아, 인자 됐다. 니가 나 몰래 내가 눈을 못 본다고 바람을 피워?"

이라고, 막 뚜더러 패니까, 꽁 묶으니까, 가지도 오지도 못해잖아요?

그래 갖고 원수풀이를 해드래요. [청중 웃음]

그런 소리도 들어 봤네, 들어 보기는.

# 자기 새끼 예쁘다고 해서 보은한 호랑이

자료코드 : 02_24_MPN_20110122_SDH_LOH_0002
조사장소 : 경기도 이천시 백사면 모전3리 446-1번지 모전3리 마을회관
조사일시 : 2011.1.22
조 사 자 : 신동흔, 노영근, 이홍우, 한유진, 구미진
제 보 자 : 이옥희, 여, 69세
구연상황 : 앞의 생애담에 이어 조사자가 호랑이 이야기를 해달라고 하자, 도토리 따러 가서 호랑이를 만난 이야기를 간단히 구연한 후 시어머니에게 전해들은 이야기라며 구연은 시작했다. 중간에 호랑이 타고 다닌 사람에 대한 이야기가 삽입되어 있다.
줄 거 리 : 시어머니가 처녀 때 사촌 올케들과 나물을 캐러 산에 올라갔다. 그런데 굴속에서 예쁜 강아지 여섯 마리를 발견하게 되었다. 시어머니는 올케들에게 강아지가 예쁘다며 집에 데려 가자고 했다. 손위 올케들은 호랑이 새끼임을 눈치 채고 시어머니를 데리고 급히 산에서 뛰어 내려왔다. 장대절이란 곳이 있는데 그 너머의 초가삼간에 사는 노인은 호랑이를 타고 다녔다. 절에서 불공을 드리고 있으면 호랑이가 와서 문에 흙을 끼얹는데 그러면 그 노인은 호랑이에게 신도들 놀라게 하지 말라고 타일렀다. 그리고 그 노인은 밤마다 절 아래 집에서 절로 올라와 절을 한 바퀴씩 도는데, 그럴 때마다 호랑이가 나타나 노인을 등에 태워서 집과 절을 오르내렸다. 호랑이 새끼를 보고 놀란 올케들은 나물바구니를 산에 둔 채 시어머니를 데리고 집으로 왔는데, 나중에 호랑이가 나물바구니를 집에 갖다 놓았다.

아니, 우리 시어머님이 저, 광주서 만선리서 시집오셨잖아?

근데 그래더라구 날더러.

거긴 우리 그, 외할어버지가, 저기, 그 딸 하나 낳고는 애를 못 낳셨대, 늦두룩 애를 못 낳아갖구 그 딸이 엄청 컸었대.

우리, 시어머님이, 엄청 커두룩 애를 못 낳아갖구, 인자 애를 못 낳는

데, 낭중(나중)에 인자 외삼춘을 이렇게 해서 낳고 그랬는데, 사춘 올케들이 엄청 많대.

그래갖구 그, 나물을 해러, 옛날에는 공부나 가르켰어? 공부도 안 가리키구 그냥 저기하구 그러지.

그 또 큰- 기집애라구 뭐, 저 그래, 나물을 해러 인제 요쪽 저 산이루(산으로) 올라 왔대.

나물을 해러 올라왔더니, 다래나(지명 이름인 듯함) 굴속에서 요런 이-쁜 강아지가 여섯 마리가 그렇게 있더래.

여섯 마리가 이렇게 있는데,

(청중 : [조심스럽게]그럼, 호랭이 새낀가봐.)

응?

(청중 : 호랭이, 호랭이.)

예, 여섯 마리가 이렇게 있어서 엄청 그게 이쁘더래.

그래갖구, 올캐라구두 안 그러구, 홍인아야, 홍인아야, 그랬대.

“홍인아야, 저기 강아지가 엄-청 이쁜 게 있으니까, 우리 좀 가져, 붙잡아 가지구 가자.” 그러니까,

다리키(나물을 담는 망태기의 일종인 듯함)에다, 옛날에는 다리키 옆구리에다 차고 댕겼잖아?

“다리키에다 넣어 가지구 가자.” 그러니까,

그 올케들은 벌써 그걸 알고,

“아이구, 아가씨야, 아이구 아가씨야, 얼른 가자, 얼른 가자.” 그러더래.

(청중 : 인제 그건 줄 알았구만.)

응, 얼른 가자 얼른 가자 그러니까, 다래나 굴속에서 바글바글바글 요래 여섯 마리가 바글바글 요렇게 있더래.

그래갖곤, 얼른 가자 그래서 얼결에 몰르고 뛰어내려 왔대.

그랬더니, 그게 호랭이 새끼라 그러더래요.

옛날에 광주에 있었대요, 진짜 원적산에두 있었구.

예, [손으로 시늉을 하며]요만큼씩 한 게 엄청 이쁘더래요, 보구.

그래 우리 어머님이 만날 그 소리를 해주시더라구.

다래나 굴속에 그렇게 그게 벌써 나이 먹은 사람들은 지킴이 달르대, 거기 있으믄 써늘한 게 그렇다구 그러믄서.

그런 얘기를 그렇게 우리 어머님이 해 주셨어, 그리구 안씨산 너머 저기 장대절 있잖아?

그 너머 사는 노인네는 눈이 이렇게 뒤집혀 덮였어.

그런데 그 노인네는 호랭이 타고 댕긴다 그랬어. [청중 웃음]

아니, 거짓말이 아니래요.

그 아래 만, 만선리 그 저기가 저, 절 아래 집은, 절은 장대절 그거 넘어가면 초가삼칸 있었어요, 거기 초가삼칸 있는데,

거기 저그를 하러 가면은, 거긴 이렇게 담벼락에 약수물도 좋은 게 있구 그려.

우린 만날 나물하러 걸루 뜯으러 댕겨서 알지.

근데 이렇게 가면은, 담벼락이 절이 초가삼칸이 있는데, 불공들을 디리러(드리러) 가믄 바깥에서 뭐가 흙을 척척 끼얹는대.

문도 저거 뭐냐, 저걸루 발른 거잖아 문창호지루, 걸루 퍽퍽 끼얹는다잖아, 그러믄 그걸 보살이 그런대잖아.

"으흠, 아유 뭘, 지킴주시느냐구 저랜다구. 그러니까 무서워들 해지 말구. 아히, 왜 그래셔, 놀래시라구 왜 그래셔? 신도님들 놀래시잖아, 놀래시잖아?" 그랜대.

그러믄 또 아무 기척도 없대.

그래, 그 노인네는 [웃음]나도 들은 소리였구 또 전설이네.

그 노인네는 그 안에, 그 아래 집이, 저 성골에 집이 있는데, 집이서 이렇게 절을 한 바쿠 밤중에 그래도 와서 빙 돈대요.

그러믄 호랭이가, 와서 이렇게 앞에 와서 등을 댄대요.

그럼 그걸 타고 올라와야지 그 중턱을 어떻게 올라와요?

그거 타고 올라와서 한 바쿠 돌구 내려간다구, 그 전에 노인네들이 그래니까 알지, 내가 알어?

(청중 : 그래두 안 무서운가 보지?)

그 노인네는 안 무섭대요.

(청중 : 그러구 올라 앉아두 가만있나 보지.)

예, 그래구 저기 하믄, 다 한 바쿠 돌으믄 또 등어리에다 또 태워가지구, 또 내려다 집이다 갖다 놓는댜.

그랜다구 노인네들이 그래니까 알지, 내가 호랭이를 봤어? [청중 웃음]

(청중 : 그 전에 증말 왜 나물을 해서 나물 뽀구니(바구니)를 내뿌리고 오믄 집이다 갖다 놔주고 그랜다구.)

응, 그래 그랜다구 그랬어, 그런.

그게 강아지니까 강아지 니가 이쁘다, 이쁘다 해서 그렇지, 저거 저거 해다구 작다구 그러믄 그 해코지를 핸대요, 해코지를 핸다구 그러구.

응, 참 그 저기두, 나물 갈퀴를 그냥 집어 내껀지구(내던지고) 왔대, 나물 뽀구니를.

집어 내껀 했는데, 저기 그 올케들이 나물을 [웃음]그냥 핸 둥 만 둥(하는 둥 마는 둥) 우리 시어머니는 어리니까 나물 뽀구니두 없구 그냥 덜렁 덜렁 가재니까 뛰어 왔는데, 나물 뽀구니 갖다 놨더래.

그러니까 이뿌다 그랬으니까 그랬지, 뵈기 싫다구 해코지 했으믄 물어간대요.

(청중 : 나물 뽀구니 집에다 갖다 놨어?)

예.

(청중 : 무서워서 뛰어내려 왔는데, 집이 오니까 나물 뽀구니 갖다놨더래잖어.)

# 호랑이가 하룻밤을 재운 아이

자료코드 : 02_24_MPN_20110122_SDH_LOH_0003
조사장소 : 경기도 이천시 백사면 모전3리 446-1번지 모전3리 마을회관
조사일시 : 2011.1.22
조 사 자 : 신동흔, 노영근, 이홍우, 한유진, 구미진
제 보 자 : 이옥희, 여, 69세
구연상황 : 앞의 생애담에 바로 이어서 구연했다.
줄 거 리 : 시어머니의 시누이에게는 여섯 살 난 아들이 있었는데, 어느 날 저녁에 갑자기 사라졌다. 동네 사람들이 밤새도록 찾아다녔지만 결국 찾지 못했다. 이튿날 아침에 아이는 가시넝쿨 속에서 발견됐는데, 그 속에는 억새풀이 보들보들하게 깔려있고 어른이 애들 껴안고 드러누웠던 흔적이 있었다. 아이에게 어디서 잤는지 물어보자 엄마하고 포근하게 잤다고 했다. 동네 사람들은 모두 이상해 하면서 산짐승(호랑이)이 아이를 끼고 잤다고 생각했다. 그 후로 그 집에서는 해마다 산 중턱에서 산제사를 지낸다.

그래는데, 우리 저, 작은 시누님네 손 누나니까 인자, 시누님이지.

그래는데, 저기를 해서, 장마가 크게 졌댜.

장마가 크게 졌는데, 뭐여 애가 여섯 살짜리 애가 분명히 저녁나절까지 있었대.

있었는데, 그 넘의 애가 없어졌더래.

애가 없어져갖구, 아유 세상에 애가 없어져.

그러니까 밤새도록 인자 애가 안 들어오니까 동네 사람들이 홀딱 나서서 핸 거지.

그 개울물이, 산 속에서 내려오는 개울물이 엄청나요.

엄청난데, 개울을 장대 가지고 댕기며 그 깊은 데는 다 뒤져보고 뒤져봐두, 그 넘의 애가 없더래.

애가 없어서 밤새도록 사람도 한 잠 못 자고, 촌이니까 찾은 거지, 찾으러 댕겼는데, 비는 와서 그냥 개울물은 덜덜거리구 내려가구 그랬는데,

그 이튿날 아침인데 한 나절 한 열시 경 된 녘에 아침인데, 애가 어서

(어디서) 푸시시 까시넝쿨 속에 있더래요.

까시넝쿨 속에 있어갖구, 찔레넝쿨 이렇게, 넝쿨 속에 있으믄 찔레넝쿨 왜, 억사풀이 많잖아, 억새풀.

억새풀이 이렇게 있는데, 억새풀을 보들보들하게 해놨드래요.

보들보들하게 해놓고, 거기 이렇게 사람, 어른 드러누웠던 자리하고 애끼구 드러누웠던 자리가 있더래.

그래서, 애가 거기 있더래는군 그랴.

거기 있어서,

"너, 어서 잤니?" 그러니까,

"나 엊저녁에 엄마하고 잤다." 그러더래.

엄마하고 잤다구.

"그래, 안 추웠니?" 그러니까,

"아뇨, 따듯하게 잤어, 엄마하고 잤어."

(청중 : 그게 그, 저그 했나부다.)

응, 엄마하고 잤다고 그러더래요.

응, 엄마하고 잤다, 엄마하고 잤다고 그러면서 그러더래.

그래, 가보니까 억새풀을 보들보들하게 해놨더래요.

까시넝쿨 속에 대개 억새가 많잖아.

근데, 찔레넝쿨도 이렇게 들어가는 구녕모냥 요렇게 해놓구, 찔레넝쿨이 이렇게 우거졌으니까 저것도 안 지구, 인자 이슬도 안 맞고 그러니.

"나 엊저녁에 엄마하고 잤어. 저기, 포근하게 잤어." 그래면서, 그러더래.

그래갖구 가보니까 진짜 그렇게 해놨더래잖아.

근데 산, 이렇게 밑에서 거기가 산골이에요, 아주 용인 저쪽에 산골인데, 고기 밑에서 그렇게 해놨고 잤다 그러더라구.

그러니까 사람들이 죄다 이상해다구, 산짐승이 그렇게 끼고 잤나부다고.

억새풀을 그렇게 보드랍게 해놓을 수가 없대.

그렇다고 해마다 고기 가서 고 중턱에 가서,

(청중 : 그럼, ○○○○ 애 찾아왔어도 호랭이가 안 찾아와 인자?)

아이, 호랭이가 못 찾아와요.

안 찾아오고, 그 애가 커서 군인갔다 그랬는데, 그때 군인갔다 그랬어, 그래서 내가 지끔두 잘 살아요, 이래 물어 볼래다 안 물어 봤어. [청중 웃음]

안 물어봤어, 그런 건 실, 실화래요, 실화래.

그래 만날 고기가, 산 중턱에 가서 그 집이서(집에서) 차려 갖구가 제사를 지낸대, 산제사를 지낸대.

(청중 : 우해니까는(위하니까는) 그것도.)

예, 산제사를 지낸대.

(청중 : 산제사도 지내잖어.)

응, 지낸다 그래더라구.

그게 이런 건 내가 옛날 전설의 고향두 아니고 실제 들었던 얘기여.

## 달걀 도깨비

자료코드 : 02_24_MPN_20110122_SDH_LOH_0004
조사장소 : 경기도 이천시 백사면 모전3리 446-1번지 모전3리 마을회관
조사일시 : 2011.1.22
조 사 자 : 신동흔, 노영근, 이홍우, 한유진, 구미진
제 보 자 : 이옥희, 여, 69세
구연상황 : 앞의 생애담에 이어서 호랑이와 관련된 짧은 이야기 몇 편을 간단히 소개하다가 옛날에는 곳곳에 무서운 것들이 있다면서 이 이야기를 구연했다.
줄 거 리 : 옛날에 길거리를 다니면 달걀도깨비가 있는데 처음에는 달걀만 하다가 한 번씩 발길에 차일 때마다 점점 더 커졌다. 밤에 마실을 가려고 하면 노인들이

> 길거리에 달걀 도깨비가 있어서 발길에 차일 때마다 점점 커지다가 나중에는 앞을 가로막는다고 겁을 주고는 했다.

맨날 노인네들이 우리 동네엔 무슨, 이쪽으로, 아랫 모퉁이로 마실을 가믄 이쪽으로 가믄 저 뭐 저기, 연자방아 밑에서 뭐가 나온다고 그래구, 이쪽으로 오믄,

우리 고모네 저기 똥뚜깐에서 달걀귀신 나온다고 그래구, 만날 그렇하구. [웃음]

(청중 : 옛날에는 달걀귀신 소리 잘했지?)

그래서 내가 화장실을 갈라믄, 화장실을 가믄 길거리에 저기, 달걀도깨비가 있는데, 달걀도깨비는 우떻게 생겼냐믄 달걀만 하게 생겼다가,

한 번 툭 치믄 이만해지구 또, 그래 발길에 채여 댕긴대잖어, 노인네,

(청중 : 달걀귀신 소리는 증말 했어.)

응, 노인네들이 발길에 채여 댕긴다 그래.

"너 인자, 저기 마실가다가 달걀귀신한테 들키믄 혼난다." 그래.

"달걀귀신 피해오믄 되지." 그라믄,

발끝에 채인다.

"한 번 치믄 요만해 졌다가, 두 번 치믄 또 이만해 졌다가, 세 번 치믄 이래졌다가, 뭐 네 번 치믄 니 앞을 탁 가로막아서." [청중 웃음]

그런다구 노인네들이 그래서, 일루두 못가구 절루두 못가구 그냥 아랫 모퉁이로, 옛날엔 뭐 있어요,

등잔불로 양발, 양발 뜰래믄, 양발 이렇게 할머니가 실 달아줘서 양발 뜰래, 그 넘의 뜨개질해러 돌아댕기느라, 그래야 등잔불 밑에서 앉아서 뜨느냐구.

우리는 또 화토두 숱하게 쳤어 팔뚝맞기, 웬 지랄을. [청중 웃음]

# 아리랑

자료코드 : 02_24_FOS_20110122_SDH_SSD_0001
조사장소 : 경기도 이천시 백사면 모전3리 446-1번지 모전3리 마을회관
조사일시 : 2011.1.22
조 사 자 : 신동흔, 노영근, 이홍우, 한유진, 구미진
제 보 자 : 손선동, 여, 96세
구연상황 : 마을회관에 들어서자 점심 식사를 마친 할머니 열 명 정도가 화투 놀이를 하고 있었다. 조사자가 어제 전화 통화를 했던 할머니를 찾자, 한 할머니가 본인이라며 방으로 조사자들을 안내했다. 조사자들이 자리를 잡자 할머니들은 모두 화투 놀이를 정리하고, 둥글게 앉아 이야기판을 만들었다. 조사자가 옛날이야기를 잘 하는 사람을 추천해 달라고 하자 좌중에 있던 모든 할머니들이 제보자를 추천했다. <구렁덩덩 신선비>와 몇 편의 생애담을 구연했는데, <구렁덩덩 신선비>는 조사자들의 녹음 장비에 문제가 생겨 녹음이 되지 않아 나중에 다시 구연했다. 눈이 아파 안약을 투약한 후 다시 방에 들어왔는데, 옆에 있던 청중이 아리랑을 불러 보라고 하니까 다 할 줄 아는 거라면서 못 이기는 척 민요를 시작했다.

아리랑~ 아리랑~ 아라리라~
아리랑~ 고개루~ 넘어간다~[청중 박수]
나를 두구~ 가는 님은~
십리도 못가서~ 발병이 났네~
아리랑~ 아리랑~ 아라리야~
아리랑~ 고개루~ 넘어간다~[청중 박수]

## 사촌 오빠에게 맞는 노래

자료코드 : 02_24_FOS_20110122_SDH_SSD_0002
조사장소 : 경기도 이천시 백사면 모전3리 446-1번지 모전3리 마을회관
조사일시 : 2011.1.22
조 사 자 : 신동흔, 노영근, 이홍우, 한유진, 구미진
제 보 자 : 손선동, 여, 96세
구연상황 : 앞의 노래가 끝난 후 청중들과 조사자들이 노래를 잘 한다고 하자, 제보자는 어릴 때 덩치가 작아서 사촌 오빠에게 매를 맞았다며 그때 부른 노래라며 구연을 시작했다.

얽어 배기~ 찍어 배기~ 십이 잡년~
엊저녁에~ 때리더니~ 또 때리네~

# 4. 부발읍

## 경기도 이천시 부발읍 마암1리

조사일시 : 2011.1.28
조 사 자 : 신동흔, 노영근, 이홍우, 한유진, 구미진

경기도 이천시 부발읍 마암1리 마을 전경

경기도 이천시 부발읍에 속한 마암리(馬岩里)는 복하천(福河川) 동쪽 평야지대에 자리하고 있다. 자연마을로 말바위가 있는데, 말바위는 암, 마라위라고도 부른다. 한자어 명칭에서 짐작할 수 있듯 이 명칭은 모두 마을 입구에 말등모양을 한 바위가 있다 하여 불리게 된 것이다.

실제 조사 장소였던 마암1리 마을회관에는 십여 명 정도의 할아버지만 계셨다. 방문했을 당시 농한기인지라, 대부분 회관에 모여 화투를 치시거

나 휴식을 취하고 있어 조사 분위기를 형성하기 쉽지 않았다. 그러던 중 마을의 노인회장으로 계신 강명섭 제보자를 만나 어수선한 분위기 속에서 조사를 시작할 수 있게 되었다. 강명섭제보자는 원래 충청도 출신이었으나, 아주 어려서 이천으로 이주하여 60년 이상을 거주하고 계셨다. 그러므로 이천을 고향처럼 여기며 그 애정도 남달랐는데, 조사 당시에도 마을 주변에 대한 정보를 비롯하여 부발읍 효양산과 관련된 전설 등을 제보해주었다.

## 경기도 이천시 부발읍 무촌1리

조사일시 : 2011.1.29
조 사 자 : 신동흔, 노영근, 이홍우, 한유진, 구미진

경기도 이천시 부발읍에 위치한 무촌리(茂村里)는 복하천(福河川) 평야지대에 자리하고 있는 마을로, 자연마을로는 무촌리, 하락말, 새터말 등이 있다. 무촌리는 예부터 나무가 무성하다고 하여 '거치라리'라고 하였으며, 한자로는 거차아리(巨次牙里)라 표기하였는데, 1914년 행정구역 폐합 때 부발읍에 편입되었다.

실제 조사장소인 무촌1리는 원래 농사가 주업인 마을이었으나, 현재는 부발읍사무소와 보건소 등이 소재한 부발읍의 중심지를 포함하고 있다. 그러므로 논이나 밭이 펼쳐진 전형적인 농촌마을의 풍경이 아닌, 상가, 아파트, 사무실 등이 들어서있는 모습을 볼 수 있었다. 가구 수 역시 예전에는 100호도 채 되지 않는 작은 규모였으나, 최근 아파트가 들어선 이후 두 배 이상 증가하였다고 한다. 또한 무촌1리는 원래 나주 나씨(羅州羅氏)의 집성촌이었는데, 외지인의 증가로 현재는 20가구 정도만이 남아있다.

조사를 위해 무촌1리 마을회관에 방문하였을 때, 마을 분들의 소개로 부발읍내에서 양조장을 운영하는 제보자 이무영을 만나게 되었다. 이무영

은 무촌1리의 현 노인회장으로 원래 이천 출신은 아니지만, 무촌1리에 거주한지 60년 가까이 되었다. 특히 이천에서 여러 직책을 맡은 경험이 있어 이천에 대한 애정이 남달랐고, 마을사정을 잘 알고 있어 무촌리 토박이와 다름없었다. 조사 당시에도 이무영은 무촌리에 관해 여러 정보를 제공해 주었고, 부발읍 주변에 있는 효양산과 관련된 여러 편의 설화를 제보해주었다.

경기도 이천시 부발읍 무촌1리 마을 전경

## 경기도 이천시 부발읍 신원3리

조사일시 : 2011.1.28

조 사 자 : 신동흔, 노영근, 이홍우, 한유진, 구미진

신원리(新元里)는 경기도 이천시 부발읍의 복하천(福河川) 동쪽 평야지대에 자리하고 있는 마을이다. 본래 명칭은 원적동리(元寂洞里)였으나,

1914년 행정구역 개편 시에 신대동(新垈洞)과 원적(元積)골 두 부락의 첫 글자를 합하여 신원리로 개칭하였다.

자연마을에는 벌터, 대거리, 새터말, 신성골, 양짓말 등이 있다. 이 중 벌터는 신성리 북쪽 벌판에 있는 마을이라는 뜻으로 실제 조사지역이였던 신원3리에 해당하는데, 한자로는 그 뜻을 살려 광평(廣坪)마을이라고 표기한다.

조사자들이 신원3리 마을회관을 방문했을 당시, 회관에 계시던 분들이 대부분 댁으로 돌아가시던 시간인지라 조사 분위기가 쉽게 형성되지 않았다. 그러던 중 마을의 노인회장직을 맡고 있던 박고신제보자를 만나 이천에 대한 여러 이야기를 나누게 되었다. 그 과정에서 제보자는 부발읍에 있는 효양산과 관련된 이야기 한편을 구연해 주었다.

경기도 이천시 부발읍 신원3리 마을 전경

## 경기도 이천시 부발읍 죽당2리

조사일시 : 2011.1.28, 2011.1.29, 2011.2.12, 2011.2.19
조 사 자 : 신동흔, 노영근, 이홍우, 한유진, 구미진

이천시 부발읍 죽당2리는 조사자들이 노인회장님에게 먼저 연락을 취한 후 1월 28일에 방문하였다. 조사자들은 오전 11시 경에 마을회관을 방문했는데, 이때 회관에는 일곱 분의 남자 어르신들이 계셨다. 조사자들이 옛날이야기를 청하자 회관이 있는 어르신들이 모두 강진구 어르신을 추천하였다. 이날 제보자 강진구 어르신은 회관에 나오지 않은 상태였는데 노인회장님이 자택에 전화를 하자 회관으로 나오셔서 조사가 이루어질 수 있었다. 제보자 강진구에 대한 조사는 모두 네 차례에 걸쳐 이루어졌고, 세 번의 조사가 죽당2리에게 행해졌다. 1차 조사는 1월 28일에 마을회관에서 2시간여에 걸쳐 이루어졌고, 2차 조사는 1차 조사 다음날인 1월 29일 마을회관에서 2시간 반여에 걸쳐 행해졌다. 3차 조사는 2월 12일 제보자 자택에서 4시간여에 걸쳐 이루어졌고, 4차 조사는 2월 19일 제보자와 점심식사를 함께 한 후 편안한 분위기에서 조사를 진행하기 위하여 다방으로 자리를 옮겨 3시간여에 걸쳐 행해졌다.

이천의 이야기꾼 강진구가 거주하는 죽당2리는 70호가 거주하고 있으며 토박이가 대부분을 차지하고 있다. 마을주민들은 주로 논농사를 생업으로 삼고 있다. 죽당2리는 본래 '당재'로 불리다가 이후 '집당'으로 불렸고 이후 죽당리가 되었다. 죽당2리는 하음봉씨(河陰奉氏)가 부인 제주고씨(濟州高氏)와 어린 아들 경을 데리고 현재 죽당1리인 소리수부에 자리 잡고 살면서 마을을 이루게 되었는데, 이후 경주김씨(慶州金氏)가 들어와 함께 살게 되었다. 이에 죽당2리는 하음봉씨와 경주김씨의 집성촌이다.

죽당2리는 조사자들이 이야기를 요청했을 때에 대부분의 사람들이 이야기를 모른다고 하였으며, 강진구가 회관에서 이야기를 구연할 때에도

경기도 이천시 부발읍 죽당2리 마을 전경

경기도 이천시 부발읍 죽당2리 843-1 마을회관

이야기판에 참여하지 않고 다른 곳에서 고스톱을 쳤다. 한편 강진구는 죽당2리에 거주한지 30여년 된 외지인이다. 이로 미루어 볼 때, 강진구의 뛰어난 구연 능력은 강진구의 개인적인 능력으로 볼 수 있고 강진구의 이야기 구연에도 거의 관심을 보이지 않은 것으로 보아 제보자 강진구를 제외하고는 마을 전체적으로 이야기의 전승이 잘 이루어지지 않고 있는 것으로 짐작된다.

## ▌제보자

### 강명섭, 남, 1942년생

주 소 지 : 경기도 이천시 부발읍 마암1리
제보일시 : 2011.1.28
조 사 자 : 신동흔, 노영근, 이홍우, 한유진, 구미진

제보자 강명섭은 경기도 이천시 부발읍 마암리의 설화 조사를 위해 마암1리 마을회관을 방문했을 당시, 마을의 노인회장을 맡고 있던 인연으로 만났다. 제보자는 원래 충청북도 청주시 출생이었으나, 어린 시절 온 가족이 이천으로 이주하여 고등학교를 졸업하신 후, 혼인하여 계속 농사를 지으며 사셨다. 거의 평생을 마암리에서 보내셨기 때문에, 제보자에게는 이천이 고향이나 마찬가지라고 하실 만큼 애정이 깊었다.

마암1리 마을회관에 방문했을 때, 회관 내에는 할아버지들만 십여 명 정도가 계셨는데, 대부분 화투를 치시며 여가를 보내고 계시던 중이라 제보자만이 조사에 응해주었다. 기억력이 좋거나 이야기를 구연하는 능력이 탁월하지는 않으나, 주로 마을과 관련된 설화 등을 포함하여 자신이 알고 있는 이야기를 차분하게 들려주었다.

강명섭 제보자는 체격이 비교적 좋고, 매우 점잖은 성격이었다. 발음이 정확한 편이지만, 조사 당시에 제보자가 감기에 걸린 탓에 종종 코를 훌쩍이거나, 목소리를 가다듬는 등의 소리를 내기도 했다.

제공 자료 목록
02_24_FOT_20110128_SDH_KMS_0001 효양산 금송아지 지키기

02_24_FOT_20110128_SDH_KMS_0002 자식으로 어머니 봉양한 효자
02_24_FOT_20110128_SDH_KMS_0004 화수분
02_24_FOT_20110128_SDH_KMS_0005 효양산 물명당
02_24_FOT_20110128_SDH_KMS_0006 사슴이 잡아 준 이천서씨 묏자리

## 강진구, 남, 1934년생

주 소 지 : 경기도 이천시 부발읍 죽당2리 866-2
제보일시 : 2011.1.28, 2011.1.29, 2011.2.12, 2011.2.19
조 사 자 : 신동흔, 노영근, 이홍우, 한유진, 구미진

이천의 탁월한 이야기꾼 강진구는 충청남도 공주에서 출생하여 서울에서 20여년 거주하다가 경기도 이천 죽당2리에 와서 자리를 잡아 현재까지 30년째 거주하고 있다. 일제시대에 소학교를 다니는 중에 4학년으로 진학하자마자 해방이 되었다. 해방이 되고 학교가 10리가 넘는 거리에 있어 현실적으로 학교를 다닐 수 없어 학업을 중단하였다. 이후 마을에서 가까운 곳에 분교가 생겨 다시 학업을 잇게 되어 18세에 초등학교를 졸업할 수 있었다. 이후 서울에 올라와서 동대문, 미아리, 쌍문동, 신림동 등에서 거주하였으며 서울에서 오랫동안 건축업을 하였다. 건축업으로 성공하여 경제적으로도 부유한 생활을 영위할 수 있었지만 몇 년 전 가까운 지인으로부터 사기를 당하여 재산을 모두 잃고 현재는 비닐하우스에서 생활하고 있다. 가까운 사람에게 배신을 당한 후 5년전 여호와의증인에 입교하게 되었으며, 현재에도 활발하게 종교 활동을 하고 있다. 자제들은 모두 외지에 나가 살고 있으며 현재에는 아내와 둘이서 죽당2리에서 거주하고 있다.

제보자 강진구에 대한 조사는 모두 네 차례에 걸쳐 이루어졌다. 조사자들이 1월 28일 부발읍 죽당2리 마을회관을 방문하여 이야기를 청하자 회관에 있는 모든 사람들이 이야기 잘하는 사람으로 하나같이 강진구를 추천하였다. 그날 강진구는 회관에 나오지 않은 상태였는데 노인회장이 강진구의 자택으로 연락하여 강진구가 회관에 나와 비로소 조사가 이루어질 수 있었다. 1차 조사는 오전 11시부터 2시간여 가량 진행되었는데 이후 점심시간이었기 때문에 조사자들은 그 다음날 다시 재조사를 약속하고 1차 조사를 마쳤다. 2차 조사는 1차 조사 다음날인 1월 29일 죽당2리 마을회관에서 두 시간 반 정도 진행되었다. 4시간이 넘는 두 번의 조사에도 강진구의 이야기는 끝이 없어서 조사자들은 이후 2월 12일, 2월 19일에 3차와 4차 조사를 행하였다. 총 네 차례에 걸친 조사에서 강진구는 총 67편의 설화를 구연하였다.

강진구가 구연한 이야기는 30분이 넘는 긴 이야기와 짧은 이야기들이 두루 포함되어 있는데, 10분이 넘는 긴 이야기들이 다수를 차지한다. 강진구가 구연한 이야기들은 모두 다른 사람들에게 들은 이야기들이라고 하였는데, 기억력이 비상하여 서사성이 높은 이야기들을 구연해낸 바 재구성 능력 역시 뛰어난 것으로 보인다. 강진구는 외조부가 이야기를 잘하였다고 설명하였는데, 그는 이야기에 대한 관심이 높고 이야기하는 것을 매우 즐기는 듯 보였다. 한편 조사자들이 이야기를 청하면 바로 구연해내었고 한편의 이야기가 끝나면 바로 이어 다음 이야기를 구연하였다. 또한 충청도에서 출생하여 거주한 이유 때문인지 충청도 방언을 많이 사용하였으며, 이 외에도 경기도 방언도 포함되어 있었다. 발음은 정확하고 어조는 빠른 편이었으며 이야기를 하는 중에 어려운 단어가 있으면 이야기 중간에 설명을 곁들여가며 구연을 진행하였다. 강진구가 제보한 이야기들은 민담, 인물 전설 등 다양한 이야기들로 구성되어 있으며, 강진구가 조사 내내 구연한 대부분의 이야기들이 서사적 완결성이 높은 바, 자료로서의 가치가 매우 높다고 판단된다.

제공 자료 목록

02_24_FOT_20110128_SDH_KJG_0001 효양산(孝養山) 효자와 화수분
02_24_FOT_20110128_SDH_KJG_0002 효양산(孝養山) 금송아지
02_24_FOT_20110128_SDH_KJG_0003 무학대사의 경복궁 터 잡기
02_24_FOT_20110128_SDH_KJG_0004 은진미륵상 세우기
02_24_FOT_20110128_SDH_KJG_0005 기치미고개와 넋고개
02_24_FOT_20110128_SDH_KJG_0006 묏자리 되찾아주고 정승이 된 황희
02_24_FOT_20110128_SDH_KJG_0007 노루가 묏자리 잡아준 서희장군
02_24_FOT_20110128_SDH_KJG_0008 강감찬장군의 출생
02_24_FOT_20110128_SDH_KJG_0009 둔갑한 여우신랑 잡은 강감찬
02_24_FOT_20110128_SDH_KJG_0010 개구리 울음소리 멈추게 한 강감찬
02_24_FOT_20110128_SDH_KJG_0011 벼락칼 부러뜨린 강감찬
02_24_FOT_20110128_SDH_KJG_0012 호랑이 내쫓은 강감찬
02_24_FOT_20110128_SDH_KJG_0013 손순매아(孫順埋兒)
02_24_FOT_20110128_SDH_KJG_0014 당나라 장수 소정방(蘇定方)
02_24_FOT_20110128_SDH_KJG_0015 축지법
02_24_FOT_20110128_SDH_KJG_0016 승천하지 못한 백마
02_24_FOT_20110128_SDH_KJG_0017 욕심 부려 뱀이 된 이동지
02_24_FOT_20110129_SDH_KJG_0001 황백삼(黃白三)
02_24_FOT_20110129_SDH_KJG_0002 짐승소리를 알아듣는 형제
02_24_FOT_20110129_SDH_KJG_0003 점 봐서 덕 본 사람
02_24_FOT_20110129_SDH_KJG_0004 보은으로 명당 얻어 부자 된 사람
02_24_FOT_20110129_SDH_KJG_0005 기지로 호랑이와 형제 맺은 사람
02_24_FOT_20110129_SDH_KJG_0006 타고난 복을 아는 사람
02_24_FOT_20110129_SDH_KJG_0007 이성계 부인 묏자리
02_24_FOT_20110129_SDH_KJG_0008 충남 거부 김갑순
02_24_FOT_20110212_SDH_KJG_0001 기지로 호랑이와 형제 맺은 사람
02_24_FOT_20110212_SDH_KJG_0002 기지로 부자의 딸을 훔친 도둑
02_24_FOT_20110212_SDH_KJG_0003 묏자리 되찾아주고 정승이 된 황희
02_24_FOT_20110212_SDH_KJG_0004 학의 형국에 대궐을 지은 무학대사
02_24_FOT_20110212_SDH_KJG_0005 명당에 쓴 강이식 장군묘
02_24_FOT_20110212_SDH_KJG_0006 대장장이에게 앙갚음한 오성

02_24_FOT_20110212_SDH_KJG_0007 중국 천자를 속인 오성대감
02_24_FOT_20110212_SDH_KJG_0008 오성의 장난과 마누라의 앙갚음
02_24_FOT_20110212_SDH_KJG_0009 구미호를 물리친 강태공
02_24_FOT_20110212_SDH_KJG_0010 여우 아들 강감찬
02_24_FOT_20110212_SDH_KJG_0011 거미 아들 남이 장군
02_24_FOT_20110212_SDH_KJG_0012 신립 장군과 기치미 고개
02_24_FOT_20110212_SDH_KJG_0013 마음씨 착한 삼형제와 금덩이
02_24_FOT_20110212_SDH_KJG_0014 내 복에 산다
02_24_FOT_20110212_SDH_KJG_0015 꾀를 내서 잡은 동방삭
02_24_FOT_20110212_SDH_KJG_0016 바보 온달과 평강 공주
02_24_FOT_20110212_SDH_KJG_0017 무수산의 유래
02_24_FOT_20110212_SDH_KJG_0018 쌀 나오는 구멍
02_24_FOT_20110212_SDH_KJG_0019 개와 고양이가 사이가 안 좋은 내력
02_24_FOT_20110212_SDH_KJG_0020 소 무덤과 개 무덤
02_24_FOT_20110212_SDH_KJG_0021 숙종 대왕의 잠행과 대장장이
02_24_FOT_20110212_SDH_KJG_0022 도깨비를 속여 부자 된 사람
02_24_FOT_20110212_SDH_KJG_0023 보이지 않는 도깨비 옷
02_24_FOT_20110212_SDH_KJG_0024 첫날밤에 형의 목숨을 구한 동생
02_24_FOT_20110219_SDH_KJG_0001 고려 충신 정몽주
02_24_FOT_20110219_SDH_KJG_0002 이성계와 함흥차사
02_24_FOT_20110219_SDH_KJG_0003 아들에게 진정한 친구를 가르쳐 준 아버지
02_24_FOT_20110219_SDH_KJG_0004 고구려 충신 강이식 장군
02_24_FOT_20110219_SDH_KJG_0005 양만춘 장군의 투구를 되찾은 강이식 장군
02_24_FOT_20110219_SDH_KJG_0006 타고 난 복을 아는 사람
02_24_FOT_20110219_SDH_KJG_0007 보은으로 명당 얻어 부자 된 사람
02_24_FOT_20110219_SDH_KJG_0008 할아버지 묘의 혈을 잘라 전사한 이여송
02_24_FOT_20110219_SDH_KJG_0009 영재 신농씨
02_24_FOT_20110219_SDH_KJG_0010 주몽의 활쏘기 시합
02_24_FOT_20110219_SDH_KJG_0011 아들 셋 죽고 삼정승 날 명당
02_24_FOT_20110219_SDH_KJG_0012 명당자리 뺏어 친정 망하게 한 딸
02_24_FOT_20110219_SDH_KJG_0013 천하명당에 묘를 써서 부자 된 거지
02_24_MPN_20110128_SDH_KJG_0001 시신이 썩지 않는 묏자리
02_24_MPN_20110128_SDH_KJG_0002 죽었다가 다시 살아난 외할머니
02_24_MPN_20110212_SDH_KJG_0001 구렁이를 죽여서 동티난 불도저 운전수

02_24_MPN_20110212_SDH_KJG_0002 기지로 도둑을 잡은 여자 (1)
02_24_MPN_20110219_SDH_KJG_0001 기지로 도둑을 잡은 여자 (2)

경기도 이천시 부발읍 죽당2리 866-2(제보자 강진구 자택)

### 박고신, 남, 1940년생

주 소 지 : 경기도 이천시 부발읍 신원3리
제보일시 : 2011.1.28
조 사 자 : 신동흔, 노영근, 이홍우, 한유진, 구미진

제보자 박고신은 경기도 이천시 부발읍 신원3리 마을회관을 방문했을 당시, 마을의 노인회장직을 맡고 있던 인연으로 조사원들과 만났다. 제보자는 원래 경기도 광주시 실촌 출신이나, 한국전쟁이 발발하자 11세 때 온 가족이 이천으로 이주하여 정착하게 되었다. 이후 이천에 살면서 소학교와 중학교를 마쳤다. 혼인 후에도 주로 농사를 지으며 살았는데, 젊은

시절에는 작은 회사에 재직하며 직장생활을 하기도 했다고 한다.

박고신 제보자는 매우 점잖고 조용한 성격이었다. 말솜씨가 뛰어나거나 기억력이 좋진 않지만, 조사에 적극적으로 도움을 주고자 하셨다. 조사 당시에는 부발읍에 소재한 효양산과 관련 된 설화를 한 편 제보해 주었다.

제공 자료 목록
02_24_FOT_20110128_SDH_PGS_0001 효양산 금송아지 지키기

## 유준순, 여, 1934년생

주 소 지 : 경기도 이천시 부발읍 무촌2리
제보일시 : 2011.1.29
조 사 자 : 신동흔, 노영근, 이홍우, 한유진, 구미진

제보자 유준순은 경기도 이천시 부발읍 무촌2리 조사 당시 마을회관에서 만났다. 제보자는 이천시 호법면 유산리 출신으로 18세에 부발읍 무촌리에 시집을 오면서 현재까지 거주하고 있는 이천 토박이라 하였다. 일제 강점기에 소학교를 다녔으나, 어려운 집안 형편으로 인하여 학업을 마치지는 못했다고 한다. 시집 온 이후로는 평생 농사를 지으며 사셨다고 하는데, 현재는 집에서 먹을 정도의 텃밭을 가꾸며 지내고 계셨다.

제보자는 체구가 작은 편이나 목소리가 다부지며 적극적인 성격이었다. 무촌2리에서 조사를 시작할 때 마을주민 대부분이 호의적인 편이 아니었으나, 유준순 제보자는 여러 명의 청중 중에서도 비교적 조사에 협조적이었다. 이에 제보자를 중심으로 조사를 시작할 수 있었다. 당시 조사현장에서는 도깨비 및 호랑이가 화두가 되었는데, 제보자도 이와 관련된 생애담 두 편과 설화를 한 편 정도 구연하였다.

제공 자료 목록
02_24_FOT_20110129_SDH_YJS_0001 도깨비불을 붙잡아 매어둔 사람
02_24_MPN_20110129_SDH_YJS_0001 도깨비불 본 경험담
02_24_MPN_20110129_SDH_YJS_0002 호랑이를 달래 아기를 지킨 여인

## 이무영, 남, 1938년생

주 소 지 : 경기도 이천시 부발읍 무촌1리
제보일시 : 2011.1.29
조 사 자 : 신동흔, 노영근, 이홍우, 한유진, 구미진

제보자 이무영(李武永)은 이천시 부발읍 무촌리의 노인회장이라는 인연으로 조사자들과 처음 만나게 되었다. 제보자는 원래 경기도 광주시 실촌읍 곤지암 출신으로 어린 시절 서당에서 한학을 공부한 경험이 있고, 일제 강점기에 소학교를 다니던 중 해방을 맞이하였다고 한다. 소학교를 졸업한 이후 집안 사정으로 인해 학업을 중단하게 되었는데, 17세가 되었을 무렵 곤지암에 중학교가 생기게 되자, 뒤늦게 복학하여 2년 정도 학교를 다녔으나, 집안 형편으로 인해 결국 졸업을 일 년 남겨둔 채 중퇴하였다고 한다.

이후 20세 초반, 군복무를 하던 중에 이천 출신의 부인과 혼인하면서 이천으로 이주하여 현재까지 거주하게 되었다. 이천에 와서 십여 년 가량을 양조장의 종업원으로 일하였는데, 매우 성실하고 부지런한 덕분에 젊은 나이에 양조장을 구입하게 되었을 만큼 자수성가하였다.

무촌1리의 실제 조사는 제보자가 운영하는 양조장의 사무실에서 이루어졌는데, 조사가 끝난 후에는 공장을 직접 보여주며 막걸리가 제조· 생산되는 과정을 직접 설명해주기도 하였다. 일흔이 넘은 나이에도 불구하고 현재까지도 양조장을 운영하며 직접 꼼꼼하게 관리할 만큼 자신의 일에 대한 열정과 책임감이 뛰어났다.

제보자는 몇 해 전, 당뇨병을 앓은 경험이 있어 꾸준히 산에 다니며 열심히 관리한 덕분에 더욱 건강해지셨다고 하였는데, 체격이 좋고 연세에 비해 매우 정정하였다. 사업적인 능력을 인정받은 덕분인지 마을 노인 회장을 맡고 있을 뿐 아니라, 과거 이천 시의회 부의장을 지낼 만큼 마을 내에서도 상당히 활발한 활동을 하신 경력을 했다.

이무영 제보자는 발음은 정확한 편이나, 말이 비교적 느리고, 이야기를 시작할 때 말을 주저하며 소리를 내는 버릇이 있다. 이번 조사에서는 주로 이천시의 지역 전설과 관련된 <효양산 금송아지 지키기>, <노루가 잡아준 이천 서씨 묏자리>, <물명당> 등 총 6편 설화를 제보해 주었다.

제공 자료 목록

02_24_FOT_20110129_SDH_LMY_0001 효양산 금송아지 지키기
02_24_FOT_20110129_SDH_LMY_0002 사슴이 잡아준 이천 서씨 묏자리
02_24_FOT_20110129_SDH_LMY_0003 효양산 물명당
02_24_FOT_20110129_SDH_LMY_0004 세종대왕의 능자리 잡은 사연
02_24_FOT_20110129_SDH_LMY_0005 고려장
02_24_FOT_20110129_SDH_LMY_0006 설봉산의 명칭유래

# 효양산 금송아지 지키기

자료코드 : 02_24_FOT_20110128_SDH_KMS_0001

조사장소 : 경기도 이천시 부발읍 마암1리 148-1번지 마암1리 마을회관

조사일시 : 2011.1.28

조 사 자 : 신동흔, 노영근, 이홍우, 한유진, 구미진

제 보 자 : 강명섭, 남, 70세

구연상황 : 마을회관 내에 계신 대부분의 어르신들은 화투를 치고 계셨고, 조사에 협조적이지 않은 편이라 분위기가 쉽게 형성되지 않았다. 다소 소란스러운 분위기였으나 제보자께서 마을에 전해지는 여러 이야기를 들려주셨다. 그러던 중, 마을 주변에 있는 효양산과 관련하여 생각나신 이야기를 구연하였다.

줄 거 리 : 옛날 경기도 이천시 부발읍에 있는 효양산에는 금송아지가 묻혀있었다. 그 사실을 알게 된 중국의 황제는 사람을 보내 그 금송아지를 가져오도록 하였다. 중국에서 출발한 사신은 쇠지팡이가 반 이상 닳도록 먼 길을 걸어와 마침내 효양산 근처까지 이르렀다. 사신은 때마침 한 노인을 만나 효양산 가는 길을 묻게 되었는데, 그 노인은 앞으로도 오천리를 지나서, 이천장을 건너, 구만리들과 억억다리를 모두 건너야 갈 수 있다고 대답하였다. 이는 모두 실제 거리가 아닌 명칭일 뿐이었으나, 그 사실을 몰랐던 사신은 앞으로도 더욱 먼 길을 가야한다는 생각에 깜짝 놀라 결국 발길을 돌렸다. 그 노인은 사실 효양산의 신령으로 효양산에 있는 금송아지를 지켜낸 것이다.

옛날에 이제 여기, 에, 아 지금 저 산 정상에 가면 그 [코를 훌쩍이며] 금송아지를 맨들어 논 게 있어. 금송아지.

(조사자 : 금송아지를요?)

에에. 그 정상에 가면은

(조사자 : 네네.)

이제 그 금송아지가 여기 하나 묻혀있다고 해서, 중국에서 진시황이 아,

"거기 가서, 금송아지를 가서 찾아와라."

해가지고, 여기, 여기를 찾아오는 거지.

(조사자 : 중국에서부터요?)

에에. 근데 이제 그 [감기에 걸려 훌쩍이는 코를 추스르느라 잠시 휴지를 찾으심] 찾아오는데, 옛날에는, 지끔(지금)은 읍(邑)이구, 시(市)로 됐지만, 옛날에는 리(里)었었잖아. 리(里). 그래 리(里)었었는데, 지금 이천시가 저쪽에가 이천리였었어. 이천리.

(조사자 : 예예.)

그리고 저쪽에서 수원이로다, 수원 쪽으로 쪼금 더 가다보면 오천리라고 있어. 오천리(현 경기도 이천시 마장면 오천리를 말함.)

(조사자 : 오천리요?)

예. 그래 인제 그 양반이, 그 사람이 인제 여기를 찾아오는데 오천까지 왔다구. 오천.

(조사자 : 예예.)

오천까지 왔는데, 여기 오천리아니야. 오천리.

(조사자 : 예예.)

그래 거기서 인제 그, 에 어느 노인한테 인제

"여기를 가는 길을 인제 얼마나 남았나, 어떻게 가야되나"

그걸 물어보는데, 그으, 그 노인이 바로 효양산의 인제 산신령님이래는 거지. 산신령. 에? 그래 그 산신령님이 가르켜주는데(가르쳐주는데) 여기가 오천리인데, 오천리.

(조사자 : 예예.)

오천린데, 거길 갈래면은 어 이천장을 건너서

(조사자 : 예.)

이천장, 이천지역, 그래 인제 이천리를 가서. 거기서 구만리뜰을 건너서

(조사자 : 구만리뜰.)

에. 구만리나 되는, 그래 온 것도 쇠지팽이(쇠지팡이)가 반이 닳았는데,

에에. 그래 인제 거길 갈래니까, 아 이천 장을 건너가지구 구만리뜰을 건너서 억억다리라구 있어요. 또.

(조사자 : 억억다리요?)

거기 기럭(길이)이 한 십오메다(십오미터를 말함.)되는 억억다리라구 있다구. 억억다리를 건너서, 에

"그렇게 가야만이 인제 그 산에를 간다."

얘기를 했으니까, 그 자리에서 생각다 못해구 도로 돌아갔단 얘기야. 근데 여기 금송아지를 지켰, 지켰대는 거지. 그래 인제 그런 유래가 좀 있는데. 그래서 인제 지금두 인제 그 정상에 가면은 그게 있어요. 금송아지 상을 맨들어 논 게 있다구.

## 자식으로 어머니 봉양한 효자

자료코드 : 02_24_FOT_20110128_SDH_KMS_0002
조사장소 : 경기도 이천시 부발읍 마암1리 148-1번지 마암1리 마을회관
조사일시 : 2011.1.28
조 사 자 : 신동흔, 노영근, 이홍우, 한유진, 구미진
제 보 자 : 강명섭, 남, 70세
구연상황 : 앞의 이야기에 이어 효양산의 명칭과 관련된 이야기를 나누던 중, 효자와 관련이 있는지 물었다. 그러자 특별히 들은 이야기가 없다고 하시며, 대신 경상북도 영주시 풍기읍이 효자가 많이 난다는 이야기를 꺼내신 뒤 생각나신 이야기를 구연하였다.
줄 거 리 : 현재 경상북도 영주시에 속하는 풍기읍에서는 예로부터 효자가 많다고 하였다. 옛날, 그 소문은 멀리 한양에까지 퍼지게 되었는데, 나라에서는 몰래 암행어사를 파견하여 사실여부를 알아보게 하였다. 풍기에 온 암행어사가 어느 집에 이르자 안에서는 구슬픈 울음소리가 들려왔다. 사연을 알아보니 어린 아이를 키우며 어머니를 모시고 살던 한 아들이 식량이 없어 오랫동안 굶주리게 되자, 자신의 아이를 솥에 넣고 삶아서 어머니를 대접한 것이었다. 그 효자는 자식은 또 낳을 수 있으나 어머니는 한 분뿐이기에 자신의 자식을 해

하면서까지 어머니를 먼저 생각하는 지극한 효성을 보여준 것이었다.

풍기(경상북도 영주시 풍기읍을 말함)는, 아 뭐 동양적으루 봐도 효자가 많이 난 지역이 풍기 아닌가.

(조사자 : 아 어떤 효자가 있었답니까?)

그 효자가 된 거는 그, 옛날에 배고프게 지낼 때,

(조사자 : 예예.)

배고프게 지낼 적에 그 [목을 가다듬으며] 아버지가, 이게 아들이지. 어머니하고 사시는 데 어머니가 그냥 하두 배가 고프니까 그냥 손주를 솥에다 넣어서 이렇게 해서 에에 이게 인제 먹구 말이야. 이랬는데, 그 아버지 하는 말이,

그러니까 옛날에 풍기에서 그, 효자가 많이 난다고 해니까 한양에 관(官)에서

"저놈들이 거짓말루다 이렇게 해서 효자를 맨들어 낸다구."

말이야, 그래서 의심을 사구 그 암행반을 보냈는데, 실지(실제로) 가 밖에서, 집안에서 우는 소리가 나 그래서 들어보니까 그런 대화가 왔다갔다 하는 거지. 그래 어머니가 해서 손주를 갖다가 해 잡수셨는데, 그 효자가 허는 말이

"자식은 또 낳으면 되지 않느냐."

뭐 이런이런 전설, 그런 전에도 효자, 아 그런 전설이 그쪽 지방에는 많다구.

# 화수분

자료코드 : 02_24_FOT_20110128_SDH_KMS_0004
조사장소 : 경기도 이천시 부발읍 마암1리 148-1번지 마암1리 마을회관

조사일시 : 2011.1.28
조 사 자 : 신동흔, 노영근, 이홍우, 한유진, 구미진
제 보 자 : 강명섭, 남, 70세
구연상황 : 이천시 부발읍에 있는 효양산에 관한 이야기를 하면서, 앞의 이야기에 이어 구연하였다.
줄 거 리 : 옛날 이천에 살던 한 농군이 효양산으로 나무를 하러 갔다. 산에 도착한 그는 낫을 꺼내 작업을 하려했는데, 날이 무디어서 말을 듣지 않았다. 낫을 갈기 위해 돌을 구해와 물을 찾자 마침 작은 물그릇이 하나 보였다. 남자는 그릇에 있는 물로 낫을 갈았는데, 물을 다 써도 그릇 안은 계속해서 물이 가득 하였다. 마을로 내려온 남자는 자신이 겪었던 신기한 일을 사람들에게 말하니, 한 마을노인이 화수분을 본 것이라 하였다. 그 말을 들은 남자가 다시 산에 올라가 그 자리에 가보았는데 화수분은 이미 없어졌다고 한다.

옛날에 인제 그 농군이 인제 산에 나무를 하러 갔는데, 인제 이게 이이 그 낫을 가지고 작업을 하면 낫이 무디면 안 들잖아. 이게 인제 그 숯돌이라구 거기다 막 가는데 인제 그 요만한 그릇이 하나 있어가지구, 고 물이 고여 있어가지구, 그 낫을 가지구 물이 있어야 그걸 갈잖아. 그래 인제 물을 자꾸 퍼 써도 물이 줄지가 않더래는 거야.

(조사자 : 어어. 그 그릇에 있는 물이요?)

으응. 거 줄질않더래. 그래 인제 뭐 쉽게 얘기해서 옛날에 그 화수분이라고 있잖아. 화수분. 화수분이라는 거. 인제 그게 그거였는데, 그 농부는 그걸 몰르구. 집에 가서 인제 그런 얘기를 사랑방에서 허니까. 아 거 노인이 옆에서 듣구 있다가 무릎을 탁 치면서

"아, 그게 화수분이래는 거라구."

가보니까 그게 그 자리에 없더래는 거지.

## 효양산 물명당

자료코드 : 02_24_FOT_20110128_SDH_KMS_0005

조사장소 : 경기도 이천시 부발읍 마암1리 148-1번지 마암1리 마을회관
조사일시 : 2011.1.28
조 사 자 : 신동흔, 노영근, 이홍우, 한유진, 구미진
제 보 자 : 강명섭, 남, 70세
구연상황 : 앞의 이야기에 이어 효양산에 관한 이야기를 구연하였다.
줄 거 리 : 옛날 한 지관이 경기도 이천시 부발읍에 있는 효양산에 어떤 집안의 조상 묏자리를 잡아주었다. 그 후손들이 장사를 지내려고 살펴보니 명당자리라고 하는 곳에 물이 고여 있었다. 후손들의 염려에도 지관은 그곳에 묘를 쓰게 하였는데, 결국 그 집안의 자손들은 대대로 잘 되었다. 그 뒤로 이곳을 물이 있었던 명당자리라 하여 물명당이라 불렀다고 한다.

그래 물명당이라고 저 효양산 정상에 가면은 한 구부능선 쯤 올라가면은 물명당이라고 있어.

(조사자 : 또 명당얘긴 또 없어요? 명당자리?)

그래 인제, 고기에 인제 산소가 하나 써 있는데,

(조사자 : 예예.)

[목을 가다듬으며] 그게 물명당에다가 산소를 쓰면은 산소자리가 좋지를 않잖아. 물 나는 데 다가 사람을 묻어놓으면

(조사자 : 예예.)

안 좋은 거 아니야. 근데 지관은 자꾸 거기다 쓰라구, 거기다 쓰라구 그래가지구서는 인제, 이 파니까 인제, 바우(바위)가 이렇게 살짝 깔려있는데, 그 바우(바위)를 깨구 인제 거 그 속에다 묻었데는 거지. 그 산수도 그 앞에 있구. 뭐 인제 그렇게 해서 물명당이라구 인제 그 전설이 하나 있고. 그래서 물명당 하면은 여기 사람들은 저 화수분이라는 그 전설(앞에서 구연한 이야기를 말함) 뭐 그런 얘기. 그런데, 그래서 인제 물명당이라고 이제 그, 그러는 게 하나 있구.

(조사자 : 그 바위 깨고서, 묘를 쓰고서 어떻게 됐다고 하는 얘기?)

그니까 그 집안이, 그 엄청, 우리가 봐서는 좋은 자리가 아닌데, 그 집

안이 잘 됐데는 거지.

(조사자 : 거기다 묘를 쓰구요?)

그렇지.

## 사슴이 잡아 준 이천서씨 묏자리

자료코드 : 02_24_FOT_20110128_SDH_KMS_0006
조사장소 : 경기도 이천시 부발읍 마암1리 148-1번지 마암1리 마을회관
조사일시 : 2011.1.28
조 사 자 : 신동흔, 노영근, 이홍우, 한유진, 구미진
제 보 자 : 강명섭, 남, 70세
구연상황 : 이천서씨의 시조 묘가 이천에 있으며, 서희 장군 동상도 이천 시내에 있다는 등 이천서씨 집안에 관한 여러 이야기를 나누던 중, 생각나신 이야기를 구연하였다.
줄 거 리 : 고려시대 서희장군은 이천 서씨로 그의 조상도 이천에 살았다고 한다. 어느 날, 그의 조상이 산에서 나무를 하고 있었는데, 갑자기 포수에 쫓기는 사슴 한 마리가 나타나 자신을 도와 달라고 하였다. 나무꾼은 자신의 나뭇짐 속에 사슴을 숨겨 주었다. 목숨을 건진 사슴은 고마움을 표하며 그에게 효양산에 있는 명당자리를 하나 잡아 주었다고 한다.

포수가,

(조사자 : 예.)

포수가 이렇게 사냥을 나갔는데, 노루가 쫓겨 왔는데(포수가 노루를 쫓아갔다는 뜻임.),

(조사자 : 예예.)

노루가 쫓겨 와가지구선 무슨 뭐 이렇게, 에에

"살려 달라."

그랬는데, 그럴 때 이제 나무꾼이 이제 이렇게 나무 속('나뭇짐 속'을 말함.)에다 묻어놨다가, 그런 얘기는 이천 지방 뿐 만 아니라 다 있는 건

데, 그래 인제 그, 그 사슴(앞서 구연하실 때는 노루라고 하였으나, 갑자기 사슴이라고 하심.)이

(조사자 : 예예.)

그 사슴이 인제, 그 갈 적에 인제 거기에 인제 그, 가서 이렇게 인제 보니까, 눈이 요렇게 녹았더란 얘기, 눈이.

(조사자 : 아아.)

그래서 거기가 인자 따뜻하고,

"아 여기가 인제 좋은 자리로구나."

해가지고, 거기 다 뭐 그런 산수(산소)를 썼다나.

## 효양산(孝養山) 효자와 화수분

자료코드 : 02_24_FOT_20110128_SDH_KJG_0001
조사장소 : 경기도 이천시 부발읍 죽당2리 843-1번지 마을회관
조사일시 : 2011.1.28
조 사 자 : 신동흔, 노영근, 이홍우, 한유진, 구미진
제 보 자 : 강진구, 남, 78세
구연상황 : 제보자가 효양산과 관련한 이야기를 들어보았느냐고 조사자들에 묻자, 조사자들이 들어보지 못했다고 하니 효양산 효자 이야기를 구연하였다.
줄 거 리 : 효양산에 효자가 살았는데, 어느 날 나무를 하러 산에 갔다. 나무를 하러 가서 낫을 잘 들지 않아 숫돌에 낫을 갈았다. 낫을 간 후에 보니 옆에 물이 담겨져 있는 그릇이 있어 그 물에 낫을 씻고 그 물을 버렸는데, 나중에 보니 그릇에 물이 다시 담겨 있었다. 효자가 나무를 하고 마을로 내려와 마을 어른들에게 그릇에 대한 이야기를 하니 그 그릇은 화수분으로, 어떤 물건을 담든지 쏟아내면 다시 차오르는 것이라고 하였다. 효자는 마을 어른들과 다시 그 그릇이 있었던 곳에 가보았으나 그릇은 이미 사라지고 없었다.

근데 저기 효양산에 산 밑에서 얻어온 효자가 살았어.

효자가 살아가지고 어머니를 모시고 효자가 사는데, 그 산 고랑에('골

짜기에'의 의미로 고랑은 골짜기의 충남 방언임.) 있는 낭구를(나무를) 허러 갔어요.

낭구를 허러 갔는데, 인제 낫이 안 들으니까 숫돌에 가는 거여, 어?

숫돌에 가는 건 알잖아.

낫이 잘 들으라고.

숫돌에 가는데 보니 옆에 그릇이 요렇게 하나가 있는데 물이 하나 찰랑찰랑 하더래요.

긍게 낫 낫을 갈라믄 물이 있어야 되거든.

(조사자 : 그렇죠.)

그 물을 떠서 갈고 갈고 하는데 낫 가는데 숫돌에 묻은 거 허고 이렇게 갈응게 그 물이 지저분해졌을 거 아녀.

(조사자 : 그렇죠.)

물이 지저분해져서 이 이 청년이 이걸 버렸어, 인저.('인제'의 의미로 충남 방언임.)

버리고 나서 그냥 이렇게 해서 돌아다보니까 물이 또 하나 요렇게 또 고대로 있더래, 버렸는디.

(조사자 : 버렸는데요?)

응, 버렸는데.

그래 이상허다 하구서는 그러고서는 인제 낫을 갈아서 낭구를 해서 짊어지고 가서, 고기서 산 밑으로 마을로 내려오려고 한참 내려오는데,

인저 동네 으른들헌테(어른들한테) 얘기를 허니까,

"그르냐? 야, 그게 그 그릇이 화수분이라는 것이다."

화수분. 화수분이라는 것은 뭐냐하면 거기다 물건 하나 채우고 쏟으면 또 고대로 하나씩 고이는 거래.

응? 예를 들어서 돈을 하나 담으믄 돈을 쏟으믄 또 돈이 하나 되고, 쌀 하나 담으믄 쌀을 쏟으믄 또 하나가 되고.

그런 게 있었대.

그래서 그 효자가 살았다고 해서 효양산여.

(조사자 : 그 그릇 가지고 어떻게 했대요?)

그냥, 이 동네 으른들허고 다시 여럿이 같이 가보니까 그릇이 어디가 있어.

아무 것도 없지.

그 사람 눈에만 띄었지.

그 보물이 그 사람건디 그 사람이 안 가져 갔응게 딴 사람이 가져갈 수가 없잖아.

(조사자 : 그래서 그냥 없어진 거예요?)

없어졌지.

그래 된 거여.

## 효양산(孝養山) 금송아지

자료코드 : 02_24_FOT_20110128_SDH_KJG_0002
조사장소 : 경기도 이천시 부발읍 죽당2리 843-1번지 마을회관
조사일시 : 2011.1.28
조 사 자 : 신동흔, 노영근, 이홍우, 한유진, 구미진
제 보 자 : 강진구, 남, 78세
구연상황 : 제보자가 앞 이야기에서 효양산 효자 이야기를 한 후, 청중 중 한 사람이 효양산에 금송아지가 있다고 하자 효양산 금송아지 이야기를 바로 구연하였다.
줄 거 리 : 중국에서 천자가 조선의 효양산 소나무 밑에 금송아지가 놀고 있는 것을 보았다. 천자는 대신을 시켜 효양산에 가서 금송아지를 잡아오라고 시켰다. 대신은 일 년 이상 걸려 이천의 오천리(午天里)까지 당도하여 효양산을 찾지 못했는데, 그 곳에서 한 노인을 만나 효양산 가는 길을 물었다. 노인은 이천리 장터를 지나 억억다리(億億橋)를 건너 구만리뜰을 지나면 효양산에 갈 수 있다고 중국 대신에게 일러주었다. 대신은 노인의 말을 듣고 자기 생전에는 갈

수 없는 먼 길이라고 생각하고 다시 중국으로 돌아갔다.

금송아지를 그 애기 전설 얘긴디, 금송아치가(금송아지가) 중국에 천자, 천자믄 그 나라 왕이란 말여.

이렇게 앉아서 가만히 이렇게 앉아서 보니까 조선이라는 나라에 효양산이 있는디 그 소나무 밑에서 금송아지가 놀더래.

(조사자 : 중국에서 보니까요?)

어, 중국에 그 천자가 보니까 소나무 밑에서 금송아지가 노는 걸 보구서 그 대신 하나 시켜서,

그 왕 말이믄 다 듣지 안 듣는 사람이 없잖아.

"조선이라는 나라에 가서 효양산에 가믄은 그 소나무 밑에서 금송아지 노는 걸 잡아오너라."

보냈어요.

옛날에는 교통편이 안 좋고 걸어 다닐 때니까.

(조사자 : 그렇죠.)

그 역관이 걸어내려 올라믄은 아마 중국서 여까지('여기까지'의 의미임.) 올라믄은 한 일 년 이상 걸렸것지.

오다 자고 오다 자고 했으니까.

그래서 와서 이제 다 와서 오천(이천시 마장면에 위치한 오천리를 이른다.)까지 왔어요, 오천.

(조사자 : 오천요?)

오천까지 와서 와가지고 한 팔십 된 노인이, 머리가 쉬염이(수염이) 하얀 노인이 오드래.

"그래서 할아버지, 여기 효양산에 갈라믄은 얼마나 남았어요?"

"그래, 효양산을 찾아가게?"

"예, 그렇다구."

그니까 인제 그 할아버지가 하는 얘기가,

"그러믄 내가 효양산에서 오는 길일세." 그러더래.

"그러믄서 여기서 가다보믄 이천리 장터를 지나서,

(조사자 : 이천리 장터요?)

응, 억억다리(億億橋)를 건너서

(조사자 : 어디요?)

억억다리.

(조사자 : 억억다리?)

응, 억억다리를 건너서 구만리뜰을 건너가야만 효양산이 나온다." 이렇게 했어.

구만리뜰을 건너가야.

(조사자 : 굉장히 머네.)

그릉게 그 사람이 생각헐 때는 엄청나게 멀지.

이천리만 갈래도 메칠을(며칠을) 가야지.

(조사자 : 그렇죠.)

억억다리만 건널래도 오래 걸리지.

구만리를 또 갈라믄 얼마나 오래 걸리겄어.

게, 그 할아버지 얘기허는 것을 듣고 손가락으로 꼽작꼽작 허더니 자기 죽기 생전엔 못 가겠더래.

그래 오천까지 왔다가 도로 갔다는 얘기여.

인제 그 할아버지는 뭔지 알고 뭐 여기를 효양산을 못 오게끔 쫓아보낸거여.

(조사자 : 아.)

그런 그런 얘기여.

## 무학대사의 경복궁 터 잡기

자료코드 : 02_24_FOT_20110128_SDH_KJG_0003
조사장소 : 경기도 이천시 부발읍 죽당2리 843-1번지 마을회관
조사일시 : 2011.1.28
조 사 자 : 신동흔, 노영근, 이홍우, 한유진, 구미진
제 보 자 : 강진구, 남, 78세
구연상황 : 앞 이야기에 이어 바로 구연하였다.
줄 거 리 : 이성계가 조선을 세우고 무학대사의 말을 듣고 한양에 도읍을 정하였다. 도읍을 정하고 대궐을 지었는데 아침이 되면 대궐이 무너져있었다. 이에 무학대사는 고민이 깊었는데, 어느 날 길을 가다 논밭에서 쉬어가게 되었다. 한 농부가 소를 데리고 논을 갈고 있었는데, 소에게 미련한 무학이라고 하는 말을 듣고 무학대사는 농부가 범상치 않은 사람이라고 생각하여 도움을 청하였다. 농부는 현재 대궐을 지은 자리가 학체(鶴體)이므로 학이 날개를 펴고 날아가는 형상이기에 대궐이 무너진다고 하며, 대궐을 짓기 전에 성을 먼저 쌓아 날개를 누르라고 하였다. 농부의 말을 듣고 성을 먼저 쌓은 후 대궐을 짓자 과연 무너져 내리지 않았다.

서울 한양이라는 건 알지?

(조사자 : 예, 예.)

지금 서울이 옛날에 한양이라는 ○○거여, 한양여.

한양이라는 데에서 이성계가 고려를 제압하고서 이성계가 첫 도읍을 한 거란 말여.

그래서 다시 이씨 조선이 된 거여.

고려가 없어지고.

그러는데 처음에 계룡산 신도안이라는 데가 있다고.

(조사자 : 예, 예, 예.)

계룡산?

그 거 가서 대궐터를 잡을라고 이렇허구서 보니께 좋 좋단말여.

여그다 대궐터를 대궐을 지어야 되것다 그러고 생각허고 있는디.

그래 어느 여자가 거기서는 여간 무학이라는 대사가, 이성계의 말하자믄 참모나 마찬가지였어.

보니께 여가('여기가'의 의미임.) 자리가 아니거든.

"여그가 땅이 자리가 아니니까 한양을 찾아가자."

그래서 서울로 온 거여.

서울로 옹게 벌판이구 이 강둑, 그때는 강둑이 없었어.

해져서 이렇게 내려오고, 강물이.

에 그러다봉게 용산꺼지 그냥 버드나무가 많고 물이 많은 땅이 이짝이로만큼(이쪽으로만큼) 적을 땐 내려오지만 물이 여름철에는 용산 바닥까지 다 찼었다 이거여.

야, 그래서 긍게 서울에다가 저짝에다가(저쪽에다가) 자리를 잡구선 인제 집을 짓는 거여.

집을 짓는디 집을 해서 이렇게 대들보를 올려놓고 뼈대를 세워서 나무를 진 게 상량식(上梁式)을 허고 허구나믄 저녁에 자고 나믄 아침에 무너져버렸네.

(조사자 : 집이요?)

응, 대궐을 짓는디 무너져버려 자꾸.

그릉게 그 무학대사가 공연히 고민이거든.

자기가 자리를 잡아서 대궐을 짓는디 무너지고 무너지고 하니까.

그 이 사람이 그 대사가 인저(이제) 거기서 이렇게 건너와서 노량진, 한강을 건너서 노량진에서 이렇게 앉았응게 고민이 있었던 모양이지.

논을 가는, 할아버지가 논을 갈드래.

소를 몰고서.

그 이 사람이 한참 걸어왔응게 힘이 드니께 그 논둑에 앉아서 잔디밭에 이렇게 앉았는 거여.

그릉게 할아버지가 쟁기질을 허면 논을 갈며 소 짝을(쪽을) 가니께, 소를 뒤에서 후차리로(회초리로) 때리며 빨리 가라고.

"아 이놈의 무학이 자식, 미련헌 놈의 소야, 빨리 가자."

무학이 뚝에(둑에) 앉었는디.

"무학이같이 미련헌 놈의 소야, 빨리 가자."

허구 소리를 치구선 논을 갈아서 저짝에 가서 이짝에 갈아 오는 거여.

(조사자 : 어이구.)

자기 있는 디로(데로) 인저 갈아 오니까 무학이가, 무학이가 왕에 참모 역할을 하니까 굉장히 대단한 사람 아녀.

(조사자 : 그렇죠.)

중이래두.

무릎을 꿇구서,

"선생님, 살려주시오.

지가 무학입니다." 했어.

그러니까 하는 얘기가 뭐냐믄,

"아, 이 사람아 보다시피 내가 노인네가 뭐를 알아서 대번 자네를 내가 어떻게 살려줘?" 그러더래.

"저 살려주시오."

그래서 인제 노인네가 쟁기를 세워놓고 소를 세워놓고서 얘기가,

"그래 야, 이 미련헌 놈아.

니가 소같이 미련헌 놈 아니냐."

거가 서울이 터가 대궐터가 학체래, 학체(鶴體).

학, 학.

(조사자 : 예, 날아다니는 그 학이요?)

응, 학체데,

"이놈아 학첸 줄 알지?"

그릉게 그렇다구 허더래.

"그래 이놈아 날개부텀 눌러놓고 집을 지야지('지어야지'의 의미임),

날개를 펴놓고 등어리다('등에다'의 의미로, 등어리는 등의 충청도 방언임.) 집을 지니 날개를 활짝 피믄 집이 무너지고 무너지고 허지 헐 수 있느냐.

그렁게 이놈이 그것까지 생각 못허고 성보텀(성부터) 싸라('쌓아라'의 의미임.)."

(조사자 : 아.)

둘레에다 성을 부텀('먼저'의 의미임.) 쌓고나니께 대궐을 지었다 이거여, 인제.

그땐 안 무너졌어, 인저.

(조사자 : 눌러놔가지고요?)

응, 가 날개를 눌러놔서 날르지를 못헌게.

그랬다는 얘기여.

[일동 웃음]

노 노인이 얼마나 그 지혜가 아는 노인이냐 이 말이여.

## 은진미륵상 세우기

자료코드 : 02_24_FOT_20110128_SDH_KJG_0004

조사장소 : 경기도 이천시 부발읍 죽당2리 843-1번지 마을회관

조사일시 : 2011.1.28

조 사 자 : 신동흔, 노영근, 이홍우, 한유진, 구미진

제 보 자 : 강진구, 남, 78세

구연상황 : 앞 이야기에 이어 바로 구연하였다.

줄 거 리 : 논산에 은진미륵을 세우기 위해 돌을 깎았는데, 깎아놓기만 하고 세울 수가 없었다. 그런데 아이들이 모래사장에서 모래 밑을 파서 돌을 세우는 것을 보고, 깎아놓은 미륵상 아래의 흙을 파서 세울 수 있게 되었다.

저기에 충청남도 그 논산이라는 디(데) 가믄 은진미륵이라는 게 있어, 은진미륵.

가봤어?

(조사자 : 아니 얘기만 들었습니다.)

엄청나게 커요.

돌로다가 인제 새긴거기('새긴 것이기'의 의미임.) 때문에 은진미륵을 세웠는디, 이 깎이는 돌을 눠놓고('눕혀 놓고'의 의미임.) 깎기는 깎았는디 세울 수가 없는 거여, 세울 수가.

어떻게 이걸 세워야, 세울 길이 없어.

그래서 그 고민을 허고 있는데, 아이들이 모래사장에서 놀더래.

모래사장에서 놀 놀믄서 돌멩이를 요만헌 걸 하나를 갖다놓고,

"미륵시자, 미륵시자.('미륵 세우자, 미륵 세우자'의 의미인 듯 보임.)"

허구서 밑구녕을(밑구멍을) 파드래, 자꾸.

[손으로 흙을 파는 시늉을 하면서] 모래를, 밑이를(밑에를) 살살 파니께 이게 이렇게 드러눴던 것이 요기를 살살 파니께 이게 잘 스는(서는) 거야 인제, 이렇게.

응?

(조사자 : 아, 그렇죠 예.)

그릉게 방법은 흙을 많이 이렇게 쌓아놓고서 밑 밑구녕을 파서 세웠다는 얘기여.

그릉게 엄청나게 커도 인제 굴르기는 했었나봐, 그죠.

세우지는 못했어도 굴러가긴 했나봐.

그래서 세웠다는 얘기여.

그 그게 한마디로 지혜가 있어야 되는겨.

그릉게 전쟁에서도 병법을 잘 알아야 적을 이길 수 있다는 얘기 아녀.

(조사자 : 그렇죠.)

## 기치미고개와 넋고개

자료코드 : 02_24_FOT_20110128_SDH_KJG_0005
조사장소 : 경기도 이천시 부발읍 죽당2리 843-1 마을회관
조사일시 : 2011.1.28
조 사 자 : 신동흔, 노영근, 이홍우, 한유진, 구미진
제 보 자 : 강진구, 남, 78세
구연상황 : 조사자가 마을 지명과 관련된 유래담을 청하자 구연하였다.
줄 거 리 : 신립장군이 왜놈들과 싸우다가 전라도에서 죽었는데 시신을 찾지 못했다. 부하들이 신립의 혼이라도 모시고자 신립의 신발과 옷가지들을 가마에 넣어가지고 오다가 고개를 넘게 되어, "장군님, 고개 넘어가요."라고 하자 가마 속에서 기침 소리가 들렸다. 그리하여 그 고개를 기치미고개라고 한다. 기치미고개를 넘어 신둔면에서 광주 쪽으로 가다가 고개를 다시 넘게 되자, 부하들이 "장군님, 고개 넘어가요."라고 하였는데 아무런 소리가 들리지 않았다. 부하들은 이제 신립장군의 넋이 나갔다고 생각하였다. 그리하여 그 고개를 넋고개라 한다.

여기서 인저(이제) 이천에서 서울로 가자믄 기치미고개라 그래, 기치미고개.

(조사자 : 기치미고개요?)

응, 그 유래가 왜 어떻게 기치미고개가 됐냐믄, 옛날 그 얘기를 들어, 신립장군이라는 애길 들었어? 신립.

(조사자 : 예, 신립장군요.)

어, 신립장군이 그때 왜놈허구 싸웠을 거야, 아마.

신립장군이 죽어서 아무것도 못 찾았어.

그 자기 투구허구 뭐 신발인가 허구 뭐 옷가지 멫(몇) 개허구 뭐 그것만 찾았대.

(조사자 : 어, 시신을 못 찾구요?)

어, 그래서 인제 그것을 가마가 아니고 이렇게 인제 가마처럼 쭉 맹글어(만들어) 가지고 쬐그만 거 있어.

뭐 이런 거 담아갖고 댕기는(다니는) 거, 짊어 넣어 댕기는 거, 가지구 댕기는 거.

그것을 인제 둘이서 앞뒤로 다 거기다 넣구서 가지구 오는 거여.

말하자믄 그 혼이래두 갖다 여기다 묻는다구.

(조사자 : 모셔야 되니까.)

모셔야 된다구 해서 가지고 오는 거여, 긍게.

부하들이 인제 가지고 오는 거여.

자기 장군은 죽었으니까.

그래서 여기서 인제 그 올라가다가 그 신립이 전라도 쪽 와서 죽었을 거여, 아마.

왜놈들허구 싸우다 전라도 쪽에서.

그 가다가 고개를 넘어가는 거여 인저.

광주로 가야된게(가야되니까의 의미임.) 고개를 넘어가는 겨.

"이 장군님, 고개 넘어가요."

하니까 그 속에서 기침을 허더랴.

기침.

(조사자 : 그 저 가마 안에서 기침소리가 난다구요?)

응, 그래서 기치미고개여 그게, 여가(여기가의 의미임.)

그래서 이 고개를 넘어 신둔면이라고 있어.

신둔면사무소에서 또 고개를 하나 넘어가믄 거서부터(거기서부터 의미임.) 광주땅여.

근데 거기 또 동원대학 짓고 헌 데.

또 그 고개를 또 넘어가봐서,

"장군님, 고개 넘어가요."

허니 아무 소리가 없더래, 거기서.

야, 여기서 이제 넋이 나갔다.

그래가지구서 그 고개 그 기 넋고개에서 쪼끔(조금) 내려가서 광주 쪽 곤지암 쪽에서 더 내려가서 거가 뫼가 있다고 하더라구.

(조사자 : 아, 그래서 그쪽에 묘를 썼대요?)

응, 여기서 넋이 나갔으니까 거기 묘를 썼다는 얘기여.

(조사자 : 신립장군 얘기가 많이 있죠?)

그 싸우시는 얘기, 뭐 이런 것들.

그런 것들도 있지, 그런데 뭐.

그래서 여 고개가 기치미고개고 넋고개고 그렇대.

## 묏자리 되찾아주고 정승이 된 황희

자료코드 : 02_24_FOT_20110128_SDH_KJG_0006

조사장소 : 경기도 이천시 부발읍 죽당2리 843-1 마을회관

조사일시 : 2011.1.28

조 사 자 : 신동흔, 노영근, 이홍우, 한유진, 구미진

제 보 자 : 강진구, 남, 78세

구연상황 : 조사자가 앞의 지명 유래담에 이어 황희정승에 대한 이야기를 청하자 바로 구연하였다.

줄 거 리 : 황희가 정승이 되기 전 암행어사를 하면서 순시(巡視)를 나갔는데, 지나가다 보니 한 처녀가 소복을 입고 울고 있었다. 처녀의 아버지가 죽어 뒷산에 묏자리를 썼는데 아버지의 시신을 파내고 동네 부잣집에서 묏자리를 쓴 것이었다. 황희는 그 묏자리 옆에 앉아 "묏자리 좋은데 시신이 거꾸로 묻혔다"고 하자, 나무하러 온 청년들이 황희의 말을 듣고 마을에 가 전하면서 묏자리를 쓴 부잣집에도 그 소리가 들어가게 되었다. 그 부잣집에서는 과연 시신을 거꾸로 묻었는지를 확인하기 위해서 묘를 파보기 위하여 올라오자, 부하들과 그곳에서 기다리고 있던 황희가 범인을 잡았다. 황희는 그 묏자리에 다시 처녀의 아버지를 묻어주고, 처녀가 해코지를 당할까봐 자기가 데리고 가서 키웠다. 한편 황희는 현재 독립기념관 자리에 묏자리를 잡으려고 하자, 한 노인이 나타나서 그 자리는 이백 년 후에 나라에서 쓰게 될 테니 다른 곳에 묏자

리를 잡으라고 알려주었는데 그 노인이 바로 처녀 아버지의 혼령이었다. 그 노인의 말대로 이백 년 후에 그 자리에 독립기념관이 지어졌다.

황희정승이 장원급제를 해서 암행어사가 돼가지구, 고을로 순시(巡視)를 허러 나갔어요.

순시를 나갔는데 어느 고을에를 이렇게 지나다 보니까는 외딴집이 하나 있는디, 그냥 울음소리가 있드래.

그리 가봉께 처년디 하얗게 소복을 입고 울드래.

그래서 인저(이제) 그 황희정승이 인저, 정승이 되기 전에 인저 암행어사 됐는디 들어가서 물어보니까, 부하들은 배깥에(바깥에, 배깥은 바깥의 충청도 방언임.) 있고 들어가서 물어보니까,

우리 아버지 일을 돌아가셨는데, 그 뒷산에다 모이를('묘를'의 의미임.) 썼는데 시신이 읎다(없다) 이거여.

○○이 나서.

(조사자 : 시신이 없어졌다구요?)

응, 시신 그 모이를 파내서 시신을 없애구 거기서 그 부잣집이서 썼다 이거여, 동네.

(조사자 : 어, 묘자리가 좋아서?)

어, 그릉게 그 아버지가 지관이었었대.

(조사자 : 아버지가 지관이.)

어, 그르니까는 황희정승이 가만히 생각허니께 그 범인은 잡을라믄 굉장히 힘들것더라 이거여.

응? 그렁게 인저 이렇게 해서 동네에서 뭐 가까웠던 모양이여.

그 모이 옆에 앉았는디 길이 이렇게 낭구를(나무를) 허러, 옛날에는 낭구를 해다 땠잖아.

지금은 기름 때고 깨스(gas) 때고 하는 바람에 낭구를 안 때지.

이 낭구허는 사람이 동네사람들이 이렇게 청년들이 주욱 이렇게 올러오드랴.

응? 대여섯 명이 주욱 올러오는디.

그 황희정승이 그 모이 옆에 이제 앉, 풀밭에 이렇게 앉 앉아서 하는 얘기가,

"하, 못자리는(묏자리는) 좋은데 시신이 꺼꾸로 묻혔구나." 그랬대.

시신이 꺼꾸로 묻어졌다구.

긍게 소문이 날 거 아녀, 금방.

걔들이 낭구해 가지고 와서 이제 동네 와서 그런 얘기를 했어.

"뒤에 아무개네 모이가 시신이 꺼꾸로 묻혔댜."

긍게 소문이 낭게 다 들어갔지.

그렇게 이 사람들이 생각할 때 남의 모이를 패, 파 파구서 빼내구서는 거기다 묻는디 꺼 꺼꾸로 묻혔나 인제 해는겨.(하는겨.)

(조사자 : 겁나죠.)

겁나지.

꺼꾸로 묻었다.

꺼꾸로 묻지 않았나 생각혀.

인제 그렇고 그 소리를 허구 나서 한 삼일 만에 인제 올라가서 지키는 거여.

부하들을 산 산속에다 이렇게 주위 편을 해서 밤새도락(밤새도록) 지키게 허는겨.

그런 하루 하루 저녁에는 한 여남은이 올러오더라 얘기여.

올러오더니 모이를 파더래.

(조사자 : 밤중에?)

응, 밤중에 파야지.

도둑묘를 썼응께, 남의 묘를 파내비리고 쓴 놈들이 도둑묘를 썼응께 밤

중에 파것지.

동네사람 알으면 안되는거 아녀.

저희만 저희 멫(몇) 놈만 알것지.

에 파보니께,

“아니 똑바로 묻혔는디 그러더래.”

그래 거기서 잡었지.

황희정승이,

“이놈들 여깄는 시신 어따 놨느냐.”

긍게 이짝(이쪽) 산에서 저짝(저쪽) 산이다 갖다 놨드랴.

굉장히 멀리 갔다.(‘갔다가’의 의미임.)

그래서 그 그걸 찾구 그 그 그 모이를 그 사람 죽은 그걸 끄내구 그걸 다시 거기 갖다 써주구.

황희정승이 해치까봐 그 여자는 데리구 가서 키웠대요.

자기네 집에 가서.

(조사자 : 자기네 집에 가서.)

어, 그래서 인제 정승꺼지 올라갔는데, 독립기념관은 알지?

새로 진 거.

황희정승이 거기서 거 모이 자리를 독립기념관 자리다 잡 잡을라고 지관을 데리가 모이 자리를 잡는거여.

잡을라고 했응께 지관허구 해서 여 여그다 쓰야되것다 그러커니께 웬 노인이 턱 나타나더니,

“여기는 이백 년이 있으믄은 나라에서 쓰게 되기, 쓰게 돼서 윈기야(옮겨야) 된다 이거여.

그릉게 여기서보다 저짝 개울 건너 저짝 산이 이 자리만은 못해도 저짝 산도 자리가 좋으니까 저짝에다 정하시오 허드래.”

(조사자 : 이장 하는 것보다는 낫죠?)

에, 이장 허는 것보다는 낫지.

그렇게 그러고나서 독립기념관 지믄서 그걸 따져보니까 이백 년이 딱 됐드래.

독립기념관 질 때가 이백 년이 됐드래.

근데 그게 누구냐면 그 딸 갖다 키워줘서 그 저 죽은 그 혼이 나타나서 얘길 해준거래.

(조사자 : 그 딸의 아버지가?)

에.

(조사자 : 아, 지관이었으니까.)

응, 그랬대.

(조사자 : 그 은혜 갚은 거네.)

은혜 갚은 게 아니라 인제 그 파서 나라에서 쓰게 될테니까 거기다 쓰지 말아라 헌거지.

그 독립기념관 지믄서 그 얘기가 나왔어.

그래 내가 들었지.

## 노루가 묏자리 잡아준 서희장군

자료코드 : 02_24_FOT_20110128_SDH_KJG_0007

조사장소 : 경기도 이천시 부발읍 죽당2리 843-1 마을회관

조사일시 : 2011.1.28

조 사 자 : 신동흔, 노영근, 이홍우, 한유진, 구미진

제 보 자 : 강진구, 남, 78세

구연상황 : 조사자가 사슴이 묏자리 잡아준 이야기를 청하자 바로 구연하였다.

줄 거 리 : 포수에게 쫓기는 노루를 나무꾼이 숨겨주었다. 포수가 노루를 숨겨줬던 자리가 명당자리였는데, 서희가 그 자리에 묏자리를 써서 장군이 되었다.

포수가 노루를 쫓아서 잡을라고 총을 쐈는데, 노루가 안 맞어서 도망 오는거여.

이짝에서(이쪽에서) 낭구를(나무를) 허는디 저짝(저쪽) 산에서 이제 도망 와서 낭구허는 디로(데로) 왔어요.

그르니께는 놀래서 인제 총 총을 쏘니께 놀래서 이짝으로(이쪽으로) 도망 왔는디,

낭구를 이렇게 갈퀴 가는 걸로 이렇게 긁어서 이렇게 수북이 싸 놓은 디가 있어, 낭구를 해서.

그래 가운데를 헤치구서 얼른 걸로('그리로'의 의미임.) 들어가라고 했어, 사람이.

(조사자 : 어, 나무꾼이.)

나무꾼이.

그래 들어가라니께는 이 노루가 거가서 얼렁 엎드린 것을 나무 이파리를 푹 덮어줬지.

그릉게 한참 있응께 헐레벌떡 거리고 포수가 총을 어깨다 미고(메고) 올라오드래요.

"이 노루 어디로 뛴지 봤느냐구."

"저짝이로 갔다고."

그래서 돌려보냈대.

(조사자 : 딴 데로요?)

응, 딴 데로 돌려보내고 나서 한참 저사람 절로 간 담에 인제 갔으니께 나오너라고 나오너라고 했대.

그런디 거기 드러, 노루가 드러눴던 자리가 묏자리가 명당 자리더래.

(조사자 : 아, 거 이렇게 그 풀 갈퀴로 그 걷어놨던 자리요?)

걷어놨던 자리가.

그래서 그 서희장군이 장군이 됐단 얘기여.

(조사자 : 그럼 그 서희장군 집안에서 거기다 조상 묘를 쓴 거예요?)

응?

(조사자 : 조상 묘를.)

어 몰러, 서희장군 묘만 한번 가봤어, 여기 있어서.

그게 서희장군이 고구려 때 사람여.

고려 때 고려, 고구려가 아니라.

고려 때 강감찬허구 같이 활동했더구먼.

역사드라마 보니께.

(조사자 : 서희장군이 이천에서 태어나셨죠?)

긍게 여 이천에서 태어났지.

이천에서 태어났응께 여 고향에다 여기다 쓴 거지.

## 강감찬장군의 출생

자료코드 : 02_24_FOT_20110128_SDH_KJG_0008
조사장소 : 경기도 이천시 부발읍 죽당2리 843-1 마을회관
조사일시 : 2011.1.28
조 사 자 : 신동흔, 노영근, 이홍우, 한유진, 구미진
제 보 자 : 강진구, 남, 78세
구연상황 : 유명한 인물의 태몽담에 관한 이야기를 조사자가 청하자 바로 구연하였다.
줄 거 리 : 강감찬장군 아버지가 중국에 있는 동안 장군을 낳을 태몽을 꿨다. 그래서 중국에서 돌아와 집에 가는데, 가는 길에 어떤 여자가 뒤를 따라왔다. 그렇게 가는 도중에 소나기가 내려 강감찬장군 아버지는 그 여자와 원두막에서 비를 피했는데, 둘은 그곳에서 정을 통했다. 그리고 비가 그치자 그 여자는 자기는 이제 볼일이 다 끝났으니 자기 갈 곳으로 가겠다며 날짜를 정해주고, 강감찬장군 아버지에게 아들을 데리고 가라고 전하고 떠났다. 강감찬장군 아버지가 이를 희한하게 여기며 여자가 정한 날짜에 가보니 과연 여자가 강감찬장군 아버지에게 아들이라며 아이를 전해주었다.

강감찬장군은 그 아버지가 어떤 일이 있어 중국가 있어, 중국.
중국에 가 있었는디 자기가 꿈을 꾼 게 태몽꿈을 꿨어.
(조사자 : 아, 아버지가요?)
응, 아들을 장군을 날 태몽꿈을 꿨는데, 관악산?
관악산에 강감찬장군 그 사당이 있다구.
지어놓은 거 있지?
그 동네서 태어났는지 태어나기는 아마 강진 쪽에서 태어났는지 몰러.
하여간 거기서 그짝(그쪽) 거기서 태어난 거여, 강감찬장군이.
그게 이게 아니라 걸어서 인제 한참 자기네 집으로 가는디, 서울 한강을 건너가야 돼.
강을 건너가야 될 판인디,
거기쯤 어디쯤 왔냐믄 독산동 쯤인가 저기 관악경찰서 있는디 쪽 그짝에 오는디 길이 아마 글로 났던가보지, 산 밑으로.
어떤 여자가 따라오더래.
뒤를.
뒤를 어떤 여자가 따라와서
"나는 강 건너 저짝에(저쪽에) 아무 아무 디까지를(데까지를) 가야되는디, 당신 어디까지 가는디 쫓아오느냐구."
강감찬장군 아버지가 애기허니께,
"나도 거까지 간다구."
그래서 뒤 뒤 따라가구 남자는 앞에가 따라가는디, 난데없이 거 거기쯤 갔는디 소낙비가 쏟아지드라 이거여.
소낙비가 쏟아져서 거기 원두막을 이렇게 지어논 게 있더래.
참외 심으믄 원두막 지어놓고 참외 팔고 그러잖아.
참외 따 갈까봐 지키느라고 지어논 거지, 원두막.
원두막 비를 인제 피해서 원두막 밑이로(밑에로) 갔다가 올라갔다가 했대.

근데 소낙비가 와서 번개를 치고 천둥을 허잖아.

보니께 천둥 허니께 천둥소리가 무서우니까는 여자가 남자를 꼭 끌어안은 거여.

(조사자 : 어, 놀래서.)

놀래서.

그래 끌어안고 허다 보니께는 뭐, 대학생들잉께 다 알지.

긍게 남자가 서로 끌어안으니께 서로 정이 통했어.

한 마디로 인제 거기 거기서 일을 치른 거지.

그러고 났는디 나니까는 비가 그치고 해가 나드래요.

그래 인제 출발해서 갈라고 허니께 여자가,

"나는 볼일 다봤응께 나 갈 데로 간다고."

(조사자 : 볼일 다 봤다구요?)

응, 볼일 다 끝났으니께 나 갈 데로 가믄서,

"내년 멫(몇) 월 메칠(며칠) 이 이 자리로 오라구.

당신 아들이나 데려가라구."

그러구서는 가버리더래.

돌아서서.

그렁게는 희한하거든.

그릉게 자기 장군 꿈을 꿔서 자 자기 집이로 찾아가는 건디, 뺏겨버렸응께 한 마디로.

얼렁 쉽게 얘기해서.

그래서는 하도 희한해서 그 그걸 날짜를 적어놔가지곤 그 그날로 그걸 갔대요.

그걸 갔더니 애기를 안고 와서 주드래.

난 걸, 금방 난 걸.

갔다 갔다 키운 거지.

집이서, 할 수 없이 응?

자기 부인헌테도 그런 애기도 허고 했으니까.

## 둔갑한 여우신랑 잡은 강감찬

자료코드 : 02_24_FOT_20110128_SDH_KJG_0009

조사장소 : 경기도 이천시 부발읍 죽당2리 843-1 마을회관

조사일시 : 2011.1.28

조 사 자 : 신동흔, 노영근, 이홍우, 한유진, 구미진

제 보 자 : 강진구, 남, 78세

구연상황 : 앞의 강감찬장군의 출생담에 이어 구연하였다. 본문 시작에 강감찬이 언제부터 알게 되었느냐의 의미는 강감찬의 기이한 출생을 언제부터 알게 되었는가의 의미로 볼 수 있다.

줄 거 리 : 강감찬이 일곱 살이 되던 때에, 강감찬 집안에 혼례가 있어 강감찬 아버지가 혼례를 가게 되었다. 강감찬이 아버지에게 함께 가겠다고 하였지만 아버지는 데리고 가지 않았다. 신랑과 신부가 대례를 하는데 강감찬이 그곳에 나타나서 신랑에게 모습을 드러내라고 호통을 쳤다. 신랑은 재주를 세 번 넘더니 여우로 변하였다. 강감찬은 산속에서 신랑이 소변보는 동안 여우가 신랑으로 변하고, 신랑을 산에 두고 온 것을 알아내고 신랑을 구하여 혼례를 시켰다.

그런데 그 강감찬이 언제부텀(언제부터) 알게 됐냐믄 일곱 살 먹었는디, 자기 집안에 잔치가 있어서 가는디, 한 오십 리 정도 떨어져서 있는 게 거리가 있는 데서 집안에 잔치해서 갈라고 하는디,

후루매기를(두루마기를, 후루매기는 두루마기의 충청도 방언임.) 입구서 오니께 일곱 살 먹은 애가 나도 간다고 쫓아오더라 이거여.

후루매기 자리를(자락을) 붙잡드래.

"긍게 너는 멀어서 못 간다구.

집에서 있으라고."

그러구서는 그거 강감찬 아버지는 인저(이제) 거기를 간 거여.

가고, 애는 거의 열시 경까진가 집이서(집에서) 놀고 있었대.

그 그 부인이 봤을 때는 열시 경 열시 경까지는 점심때 다 될까지 집이 노는 걸 봤는디 읍더래.(없더래.)

(조사자 : 애가?)

애가 읍어졌대.

그렁게는 뭐 놀다 어디가, 놀다 들오겠지('들어오겠지'의 의미임.) 생각 허고 있는디, 열두시쯤 돼서 인저 대례를 지낸다구 허잖아.

옛날 그 식으로 대례를 지낸다고 허거든.

대례를 지냈는디, 그 봤으믄 알 거여.

오리를 먼저 갖다놓고 신랑이 절을 해.

상을 이렇게 펴놓고 이렇게 마당에서 이렇게 상을 펴놓고 오리를 갖다 놓구서 갖다놓구서 거기다 절을 허믄,

오리를 얼렁 집어가믄서 뭐 뭐 들었느냐고 옆에 사람들이 놀리고 막 허는 거여.

지금도 구식 결혼헐 때는 그런 식으로 헌다구.

그래서 인제 절을 허구서 절을 허는디,

"아부지." 허구서,

옆에서 앵겨(앵기다는 다른 사람의 품에 안기다라는 의미임.), 섰으니께.

이렇게 했는디,

"야 임마, 여기 어떻게 왔어?"

"그냥 왔지요." 그러는디,

절을 허구서 일어나는 놈한테 그냥 일곱 살 먹은 애가 소리를 지르는 거여.

"너 이놈, 여가 어딘 줄 알고 거시기 허냐구.

니 모습을 얼렁 드러내라."

(조사자 : 신랑한테?)

에, 그릉게는 거기서 다 놀랬지, 어?

요게 일곱 살 먹은 애가 요만밖에 않는디, 에 소리를 질르니까.

그러고서 있응께 거기서는 꼼짝을 못하구 도망도 못 가고서는 재주를 세 번 넘드니 여우더라 이거여.

그릉게 신랑은 오다가니 배껴친(바꿔친) 거지.

긍게 고개를 내려오는 고개를 하나 넘는디 일곱 살 먹은 애가 다 얘기해주는 거여.

"오다 고개에서 쉬었지 않느냐구."

가마 미고(메고) 온 사람들헌티.(사람들한테.)

"그래 거기서 쉬어서 소변본다고 바위 뒤로 가는 걸 봤다구.

뒤로 가서 소변보고 온 거 밖에 없다구 그랬어."

"빨리 가라.

바위틈에 가믄 그 사람이 거기 있을거니께 빨리 가서 장개들아 여럿이 가서 데리구 오라구."

보냈어.

가보니께는 바위가 꼭 껴놔서 빠져 나오지를 못하구서 요렇허구서 발발발발 떨고 있더래요.

(보조 조사자 : 바위 사이에 껴서요?)

껴서.

그 여우가 꼭 찔러놔서 못 나온 거여.

하, 그래서 데려다가니 대례를 시키구 깨딱하다가,(까딱하다가,) 이?

그 집에서 큰일 날 뻔 했지.

여우한테 시집보낼 뻔 했잖아.

그래서는 그 소문이 인제 났지.

소문이 나서 나라에서 임금까지 알게 됐네, 이게.

그래서 대궐로다가니 애, 애를 불러들였어요.

## 개구리 울음소리 멈추게 한 강감찬

자료코드 : 02_24_FOT_20110128_SDH_KJG_0010
조사장소 : 경기도 이천시 부발읍 죽당2리 843-1 마을회관
조사일시 : 2011.1.28
조 사 자 : 신동흔, 노영근, 이홍우, 한유진, 구미진
제 보 자 : 강진구, 남, 78세
구연상황 : 강감찬이 둔갑한 여우신랑을 잡았다는 앞의 이야기에 이어 구연하였다.
줄 거 리 : 밤마다 개구리 우는 소리로 시끄럽자, 임금이 강감찬을 불러 개구리가 울지 않게 해달라고 부탁했다. 강감찬은 짚 두 단을 썰어 달라고 한 후, 낮에 그 짚을 대궐 연못에 뿌렸다. 그날 밤 과연 개구리 울음소리가 들리지 않았다. 이를 신기하게 여긴 임금이 아침에 개구리 한 마리를 잡아오라 하여 개구리를 살펴보자, 개구리가 짚을 입에 물고 있었다.

저녁에 잘라믄 개구리 소리가 시끄럽지?

여름철에.

임금이,

"저 너 저녁에 개구리 우는 소리 좀 안 울게 할 수 없냐?"

물어봤어, 애한티.(애한테.)

"할 수 있죠."

그러더래.

"그러믄 해봐라 하니께."

그렇게 이렇게 불러다가 아침절에 했는디,

해가 다 갈 무렵에 해더니 짚단을 두 단을 자잘하게, 여물 소 소 줄라믄 이렇게 썰잖아요, 짚을.

지금은들 지금은들 그냥 멕이지,(먹이지,) 옛날에는 그렇게 썰었어.

이렇게 잘잘 썰어서 요만허게도 썰고 썰었어요.

긍게 그 소 여물처럼 짚 두 단만 썰어오라고 허드래.

그릉게 대궐에 그 연못이 있어, 지금도.

그릉게 그릇이다 이렇게 담아가지고 소 이렇게 훌훌 뿌리면서 뭐라고 뭐라고 허믄서 이렇게 뿌리더래요.

그 짚 썰은 것을.

인제 해가 있을 때, 개구리 안 울 때지.

근데 그날 저녁에 하, 찍소리가 없네.

개구리가 안 울어.

임금이 자는데 아무 소리가, 조용해 아주.

그래 아침에 일어나자마자,

"얘들아, 개구리를 하나 잡아와라." 해봤어.

왜 안 울었나, 그게 날마동(날마다) 울던 게.

그 개구리가 짚 썰은 것을 이렇게 물고 있는 거여.

(조사자 : 입에 물고 있어요?)

입에 물고 있응께 이 소리 소리를 질를 수가 없지, 입에 물고 있어서.

그래서 안 울게 했다는 겨.

## 벼락칼 부러뜨린 강감찬

자료코드 : 02_24_FOT_20110128_SDH_KJG_0011
조사장소 : 경기도 이천시 부발읍 죽당2리 843-1 마을회관
조사일시 : 2011.1.28
조 사 자 : 신동흔, 노영근, 이홍우, 한유진, 구미진
제 보 자 : 강진구, 남, 78세

구연상황 : 앞서 강감찬이 개구리 울음을 멈추게 한 이야기에 이어 구연하였다.
줄 거 리 : 벼락이 자주 쳐서 사람들이 많이 죽자 강감찬이 벼락칼을 부러뜨리기로 결심하였다. 강감찬이 우물에 가서 똥을 누자 벼락이 쳤는데, 강감찬이 이때 벼락칼을 부러뜨렸다. 그 뒤로 벼락이 덜 치게 되었다.

옛날에 상추만 으른(어른) 앞에서 먹어두 베락을(벼락을, 베락은 벼락의 충청도 방언임.) 쳤다는 겨.

(조사자 : 어, 그 어떤 얘기예요?)

강감찬 얘기여.

베락을 쳤는디 그게 툭탁하믄 베락 치구 베락 치구 허니께 이게 사람이 베락에 많이 죽는 거 아녀.

그릉게 이게 안 되겠구나.

번개칼을 분지러야('부러뜨려야'의 의미임.) 되것다 이거여.

번개칼을 분지러 놓아('놓아야'의 의미임.) 베락을 들(덜) 치지 않느냐 이거지.

그렁게 강감찬이가 우물에 가서 이걸 내리고서 거기다 똥을 놓고(누고) 있어.

우물이다.(우물에다.)

(조사자 : 우물에, 우물에다?)

응, 그렁게는 하늘에서 베락이 탁 치는 거지.

칼을 베락칼을 탁 허구 분질러대요.

(조사자 : 아, 떨어지는 그 번개를?)

에, 번개를 베락칼을 분질, 분지러놔서 지금은 베락을 덜 친대.

## 호랑이 내쫓은 강감찬

자료코드 : 02_24_FOT_20110128_SDH_KJG_0012

조사장소 : 경기도 이천시 부발읍 죽당2리 843-1 마을회관
조사일시 : 2011.1.28
조 사 자 : 신동흔, 노영근, 이홍우, 한유진, 구미진
제 보 자 : 강진구, 남, 78세
구연상황 : 앞서 강감찬이 벼락칼을 부러뜨려 벼락을 멈추게 했다는 이야기에 이어 구연하였다.
줄 거 리 : 서울 근교에 호랑이가 살면서 사람을 많이 잡아먹었다. 하루는 강감찬이 호랑이 두목을 불러놓고 호랑이 무리들을 이끌고 중국으로 가지 않으면 죽이겠다고 엄포를 놓았다. 그래서 지금은 호랑이가 별로 없고, 남아있는 호랑이들은 그때 중국으로 넘어가지 못했던 낙오자들이다.

서울 그 근교에 산이 울창허고 한 게 옛날엔 그랬것지.

호랭이가(호랑이가) 많이 또 사람을 잡아먹었다네.

(조사자 : 예, 호식(虎食) 많이 한다고.)

어, 호랭이가 잡아먹는디 하루는 강감찬이가 그 올라가서 호랭이 두목을 왕을 붙잡아다 놓고,

"너 어떻게 할래?

일하러 섰는 너희 새끼들 데리고 다 중국땅이로(중국땅으로) 나가라고 그랬어.

그렇지 않으면 다 내가 죽이것다구."

엄포를 놨지.

그래서 우리나라가 호랭이가 시방(지금) 없구, 거기서 도망가지 못한 낙오자 고거 인제 살아가지구 퍼져서 멫(몇) 마리 정도 있지 읍다는(없다는) 애기여.

다 내쫓았어.

(조사자 : 강감찬께서 다 내쫓으신 거네요?)

어, 그러는데 그건 다 그짓말이것지, 몰러.

고구려, 그 고려 강감찬 나오는 거 보니께(TV 드라마 사극에서 강감찬

이 나오는 것을 보았다는 의미임.) 션찮드만('시원찮더만'의 의미임.), 뭘.

## 손순매아(孫順埋兒)

자료코드 : 02_24_FOT_20110128_SDH_KJG_0013
조사장소 : 경기도 이천시 부발읍 죽당2리 843-1 마을회관
조사일시 : 2011.1.28
조 사 자 : 신동흔, 노영근, 이홍우, 한유진, 구미진
제 보 자 : 강진구, 남, 78세
구연상황 : 조사자가 효자 이야기를 청하자 바로 구연하였다.
줄 거 리 : 한 효자가 살았는데, 어머니에게 음식을 해주면 손자를 먹이느라고 먹지를 못했다. 이에 효자는 자기 부인과 상의를 하고 아들을 묻으려고 땅을 팠는데, 땅속에서 석종(石鐘)이 나왔다. 효자는 석종을 나라에 바치고, 나라에서는 효자에게 땅을 하사하여 잘 살게 되었다.

자기 가난하게 사는디, 자기 어머니 음식을 해주믄 손자를 자꾸 멕이느라고(먹이느라고) 멕이느라고 어머니가 제대로 못 먹는다 이거여.

그래서 안 되것다 해구서 자기 부인허구 얘길 허구서,

아들을 갖다 묻을라구 땅을 파니께 돌로 맨든(만든) 종이 나와갖구선 나라에다 바치구선 애가 애가 안 안 죽인거지.

(조사자 : 어, 그 종이 나왔다고 그래요?)

어, 애를 묻을라고 파니께 돌로 맨들은 종이 나왔대요.

석종(石鐘)이 나왔다고 해서.

이 그래가지구서는 애를 안 묻구 나라에서 그 먹을 만큼 땅을 줘서 살 살았다고 얘기가 있잖아, 그런 건 참.

(조사자 : 그 종은 어떻게 됐다고 그래요?)

어?

(조사자 : 그 종은 어떻게 됐다고.)

나라에다 바쳤지.

그릉게 어떻게 되긴 뭘 어떻게 돼.

그릉게 그 사람이 그 애가 죽을 운이 아니기 때문에 해구.(하구.)

어 효자 그 효자가 그렇게 그런 효자도 있어.

어머니 먹는 걸 뺏어먹는다고 아들을 갖다 묻을라고 팠으니 그런 효자가 어딨어.

## 당나라 장수 소정방(蘇定方)

자료코드 : 02_24_FOT_20110128_SDH_KJG_0014

조사장소 : 경기도 이천시 부발읍 죽당2리 843-1 마을회관

조사일시 : 2011.1.28

조 사 자 : 신동흔, 노영근, 이홍우, 한유진, 구미진

제 보 자 : 강진구, 남, 78세

구연상황 : 청중들 사이에서 임진왜란 관련된 이야기가 나오자 잠시 생각하고 있다가 구연하였다.

줄 거 리 : 당나라 소정방(蘇定方)이 백제를 치러 왔는데, 군대를 이끌고 강을 건너려면 하면 강 가운데에서 배가 뒤집어졌다. 이에 소정방이 강에 백제를 돕는 용이 있다고 여기고 마을 사람들에게 물어봤다. 마을 사람은 강에 백제를 돕는 용이 있다고 하자, 소정방은 용이 좋아하는 것이 무엇이냐고 물었는데 말고기라고 하였다. 소정방이 말을 잡아서 말고기를 낚시에 끼워서 용을 잡았다. 용은 용전리(龍田里)로 떨어졌는데 용 썩는 냄새에 삼년 동안 사람이 살 수 없었다. 한편 소정방이 용을 잡으면서 바위에 앉아 낚시대를 잡아채면서 무릎을 꿇었던 곳이 패였는데, 지금도 그 바위가 남아있다. 소정방은 용을 잡고 백제 임금이 사는 대궐로 들어왔는데, 신발과 투구도 벗지 않고 왕 앞에 섰다. 이를 무례하게 여겨 공주에서 부여로 활을 쏘았는데, 그 거리가 구십 리나 됨에도 불구하고 소정방의 뒤통수에 활이 맞았다. 백제가 이겼다는 것을 기념하기 위해 부여에 소정방의 돌탑을 세웠는데, 그 탑에도 소정방의 뒤통수에 구멍이 뚫려있다.

당나라 때 당나라 때 신라허구 백제허구 싸울 때 당나라에서 소방장이가(소정방이가, 소방장은 소정방을 구연자가 잘못 말한 것임.) 나왔었지.

(조사자 : 에, 소방장이가 나왔었죠.)

소방장이가 나와서 백제 치 치러 들어왔는데, 강 건너야 그 백제 도읍을 강 저짝이서(저쪽에서) 이리 건너와야 되는디,

강을 건너는디 강에 배를 타구서 이렇게 건너갈라구 허믄은 가운데 게 가믄은 홀랑 뒤집어서 사람이 빠져서 뒤집어 놔서 못 가고 거 가는 겨.

그렁께는 이짝에서(이쪽에서) 그냥 강 이짝에서 멫(몇) 만 명이 두들어워서 지키고 건너갈라고 하는데 못 건너가니까,

그렁게 거기서도 동네사람들도 만나면 똑바로 일러주니께 그게 망허는 거여, 한 마디로.

"아무래도 이 강에 백제를 도웁는('돕는'의 의미임.) 용이 있네비다.(있나보다.)"

중국 사람이.

그렁게는 그 거기 인자(이제) 그 거기 시민헌테 물어본 거여.

긍게,

"맞다구.

백제를 도웁는 용이 있다."

게 말 인제는 백제 임금이 저녁에는 용이 돼가지구 물에서 지키구 했다는 것도 있는디,

그건 모르는디 용이 있었던 것은 틀림없나봐.

긍게 당나라 소방장이가 저 저 자기 혼자만 딱 그래 말이,

"뭘 좋아하냐?"

물었어.

긍게 말고기를 좋아한다고 했어.

(조사자 : 용이요?)

응, 용이 좋아하는 고기가 뭐냐 헌게 말고기를 좋아한대서 말을 한 마리 잡아가지구서 낚시를 하나 해가지구서는 강을 건넜어요.

강을 건너면은 부여 고란사(皐蘭寺)이라는 절이 있다구.

고란사.

가봤을 지도 몰러.

관광허구 학생들이 견학도 가구 허는디.

(조사자 : 저는 아직 못 가봤습니다.)

그러믄 그 고란사 바로 고기서(거기서) 한 십 미터 쯤 바위가 하나 있어, 이렇게.

물이 나와 있는 바위가, 쪼그만 바위가 있어.

게 소방장이가 타고 건너와서 그 바위에 앉아서 말을 잡은 것을 낚시밥을 껴서 집어넣었어요.

집어넣는디 용이 덥썩 물었네.

게 용이 물어쓰니께 이게 채가지구 용전이라는 데로 떨어졌어, 용이.

용전이라는 데로 떨어졌는디 용 썩는 냄새에 삼년 동안을 사람이 못 살았대.

마을이 이제 용전리(龍田里) 게 있어요.

그 용전 고개로 넘어댕길, 걸어댕길 때 용전 고개로 넘어댕기는데 지금 도로가 산 밑으로 이렇게 도로가 났지.

소방장이가 무릎을 꿇고서, 이걸 채가지구 바위가 무릎 꿇은 자리, 자국이 있어.

(조사자 : 아, 그 바위가 팬 거네.)

에, 무릎 꿇은 자리가 있어.

그러는데 이미 쳐들어왔잖아, 대궐로.

대궐로 쳐들어왔는디 왕이 있는 디를(데를) 이 신발을 신구서 벗지도 않고 투구를 쓰고 활을 미구서(메고서) 왕 앞에서 들어온 거여.

이 공주에서 거기가 구십 리거든.

부여가.

긍게 아무리 적군이래도 왕 앞이 그렇게 핸다고(한다고) 공주서 활을 쏜 것이 뒤통수가 맞었어.

공주에서 활을 쏜 게 뒤통수가 맞었대.

그러믄 부여에 가믄 탑을 하나 세웠어.

공원인가 어따 세워놨는디 뒤통수에 이렇게 구녁을(구멍을) 이렇게 뚫어놨어.

뚫려있다고.

이거 이거 돌로 맨들은(만들은) 게.

이게 소방장인디, 소방장이 뒤통순데 그게 공주서 활을 쏴서 뒤통수를 맞어서 구녁이 뚫어진거다 이거여.

그랬다는 얘기여.

이 구십 리 배깥에(바깥에) 가서 그 맞는 게 그건 순 그짓말이지.(거짓말이지.) [웃음]

그래 그걸 거시기해서 부여 가믄 거기 있다구.

공원 있는 디(데) 가면 소방장이 돌로 맨들은 게 있어요.

탑이 하나 있어, 돌탑.

돌로 맨들은 거 세워논 게 있어, 거기.

백제를 쳐서 이겼다고 해서 거기다 돌로다 세워놨어.

근데 뒤통수가 구녁이 뚫렸어.

긍게 저 이게 저 왜 구녁이 뚫렸냐고 헌게 그런 얘기를 허더라고.

그런 일이 있었다구.

## 축지법

자료코드 : 02_24_FOT_20110128_SDH_KJG_0015
조사장소 : 경기도 이천시 부발읍 죽당2리 843-1 마을회관
조사일시 : 2011.1.28
조 사 자 : 신동흔, 노영근, 이홍우, 한유진, 구미진
제 보 자 : 강진구, 남, 78세
구연상황 : 조사자가 재주 많은 사람 이야기를 청하자 바로 구연하였다.
줄 거 리 : 축지법 하는 사람은 보통 걷는 것임에도 불구하고 앞서가는 사람이 뒤로 가는 것처럼 보인다. 축지법 하는 사람은 땅을 주름잡아 간다고 한다.

옛날에는 뭐 축지법도 허구 다 했다는데.

(조사자 : 예, 축지법 한 뭐 그런 사람들도 있다구요.)

축지법도 허구 허는디.

게 이 사람은 슬슬 걸어가도 ○○○○○ 오는 사람이 자꾸 뒤로만 가는 것 같으드래.

(조사자 : 너무 빨라 가지고?)

긍게 보통 걷는건디 ○○○○○ 사람이 자꾸 뒤로만 가는 것처럼 보인대.

게 축지법 허는 사람은 땅을 이렇게 주름잡아 간다고 했어, 한 마디로.

땅을 이렇게 잡아댕겨서 가구 가구 헌다구.

그런데 그건 다 헛소리구, 그건 다.

믿을 수 없는 얘기지.

(조사자 : 재밌잖아요.)

믿을 수 없는 얘긴디.

## 승천하지 못한 백마

자료코드 : 02_24_FOT_20110128_SDH_KJG_0016

조사장소 : 경기도 이천시 부발읍 죽당2리 843-1 마을회관
조사일시 : 2011.1.28
조 사 자 : 신동흔, 노영근, 이홍우, 한유진, 구미진
제 보 자 : 강진구, 남, 78세
구연상황 : 앞 이야기에 이어 재미있는 이야기를 하게 해주겠다며 구연하였다.
줄 거 리 : 지관이 자기가 죽기 전 아들 셋에게 묏자리를 일러주고자 하였는데, 자신의 아내는 듣지 못하게 하고 아들 셋에게만 일러주었다. 그런데 그 아내가 이러한 남편의 행동에 서운해 하며 밖에서 듣고 있었다. 지관은 자신이 죽으면 염을 하지 말고 동네 우물에 갖다 넣으라고 하였다. 아들들은 아버지의 말에 따라 지관이 죽자 동네 우물에 갖다 넣었다. 일 년이 지난 어느 날 아들과 어머니가 싸움이 났는데, 어머니는 화가 나서 아들이 아버지를 동네 우물에 넣었다고 동네 사람들에게 말했다. 일 년이 지나도록 그 우물을 먹었던 동네 사람들은 깜짝 놀라며 모두 모여서 동네 우물에서 물을 퍼내기 시작했다. 며칠 동안 아무리 퍼내도 우물물이 줄지를 않았는데, 지나가는 중이 고춧가루 서 말을 우물에 풀라고 하였다. 동네 사람들은 고춧가루 서 말을 구해서 우물에 부었는데 과연 물이 줄기 시작했다. 물을 퍼내고 보니 백마가 한 마리 있었는데 뒷다리는 서 있었는데 앞 다리가 나오지 못하고 죽어있었다. 하늘로 승천하고자 하였던 백마는 고춧가루 물에 죽은 것이다.

옛날에 지관인디, 지관이 잘 보는 지관여.

그러는데 자기가 인제 죽게 됐어, 본인이.

근데 남의 묏자리를 잘 잡아주구 자기 묻은 무덤은 안 해, 안 해놨단 말여.

그 아들들이 걱정한 거여.

오늘내일허게 생겼는디.

그릉게 아들 셋허구 어머니허구 이렇게 있는디,

"여기 남이 있어서 얘길 못헌다 이거여."

그 아들이 그 소리를 들응게 남이 누가 있어.

그 성이 달른(다른) 건 어머니 아녀.

그래서 어머니 나가시라구 했어, 큰 아들이.

그릉게 지 아버지 얘기를 들어야 갖다 묻지.

그러니까는,

“저놈의 늙은이가 자식 낳고 이렇게 다 늙어서 죽 죽을 때까지 같이 살았는디, 남 남이라구 헌다구.”

(조사자 : 서운하지.)

기분 나빠서 인제 서운해서 무슨 무슨 말 헐라구 그딴 소리를 허구 나가라고 했나 문이서(문에서) 듣는 거여.

배깥에(바깥에) 나가서.

그랬는디,

“동네 우물에다 느라(‘넣어라’의 의미임.)”

그라드랴.

(조사자 : 동네 우물?)

응.

“그게 어떡합니까?”

“하 긍게 염을 헐 때는 너희끼리 염을 허는데 어떻게 하냐믄.”

디들방아(디딜방아) 갖고 디들방아, 방아 찔 때 디들방아 있지, 이렇게?

매달려갖고 해서 쿵쿵 사람이 찌믄은 이게 찧는 거 있잖어, 응?

그 그게 사람 키만 허거든.

“그것을 옷을 입혀서 염을 허구, 나를 밤에 살짝 갖다 넣라 이거여.”

고대로, 응?

옷만 이렇게 입을 채로 오무려라.

밤에 살짝 갖다 넣라.

(조사자 : 염하지 말고?)

에, 염하지 말고 고대로 갖다 넣라 넣라고 했어.

인제 그렇게 이제 아부지가 하라는 대로 하구서 그걸 장사를 지낸 거여.

그냥 그 자기네 산도 있고 헌게 그래도 부자니까는 셋이서 뫼를 쓰고 다 했어 했는데,

어떡해서 아 아들허고 어머니허고 싸움이 났네.

싸움이 났는디 인제 그 해는(하는, 여기서는 어머니가 말을 하는 것이라는 의미로 쓰인 것임.) 겨.

“이 동네 우물에다 지 애비 갖다 넣은 놈이라구.”

긍게 그 집 앞에서 들어가, 동네에서 사람이 지나가던 사람이 그걸 들었어.

그릉게는 깜짝 놀랬지.

사람 집어넣은 우물을 계속 먹은 거 아녀.

일 년 가까이 다 먹었어, 한 일 년이 되도락.(되도록.)

동네사람이 큰일 났지 이거.

그러니까는 인제 물을 푸는디 아무리 물을 퍼도 물이 안 줄드래요.

우물물이 줄질 않어.

그러믄 내비뒀시야 되는디, 하 그렇허구서 동네사람이 다 돼서 메칠(며칠) 째를 물을 퍼도 그대로여.

물이 안 줄어.

그릉게는 그 옆으로 중이 하나 지나가더래.

그릉게 동네사람들이 다 모여서 우물을 푸니라고 난 난리 아녀.

동네사람들이 그 얘기를 허니께 중이,

“고춧가루 서 말만 풀으라고.”

(조사자 : 고춧가루요?)

응, 물이다.(물에다.)

고춧가루 서 말을 동네에서 인제 구해갖고 이 사람 저 사람 한 됫박 두 됫박 해 구허니 서 말 잠깐 나잖아.

동네가 이렇게 해서 여럿이 이렇게 헌게.

게 고춧가루를 서 말을 붓구서는 한 두어 시간 쯤 있다가니 물을 푸니까는 물이 퍼지더래, 인저.(이제.)

(조사자 : 물이 줄은 거예요?)

응, 물이 줄어서 나중에 보니께 하얀 백마가 뒷다리는 스구(서고) 앞다리로만 일어나믄 다 돼고 하늘로 올라가믄 끝인디 다 됐는디 죽어버렸지.

고춧가루 물에 죽었지.

(조사자 : 그럼 그 지관이 그게 백마가 되고 있었네요?)

응, 하늘로 승천헐라구.

백마가 돼서 하늘로 승천헐라구 했는건디.

[청중 한 사람이 듣다가 그게 실제로 있는 우물이냐고 묻자]

그럼 그게 실제 우물이지.

동네사람이 그걸 일 년 동안 먹었는디,

일 년 동안 먹었으면 약으로 생각허고 가만히 있지, 그걸 푸란다고 또 메칠 째 퍼도 안 주는 걸 억지로, 그래.

에, 그런 일이 있었대.

그릉게 그게 참 얼마나 허는겨.

## 욕심 부려 뱀이 된 이동지

자료코드 : 02_24_FOT_20110128_SDH_KJG_0017
조사장소 : 경기도 이천시 부발읍 죽당2리 843-1 마을회관
조사일시 : 2011.1.28
조 사 자 : 신동흔, 노영근, 이홍우, 한유진, 구미진
제 보 자 : 강진구, 남, 78세
구연상황 : 앞 이야기에 이어 바로 구연하였다.
줄 거 리 : 강동지와 이동지라는 사람이 나라에서 벼슬을 하고 살았는데, 이동지는 나라에서 받는 돈을 나라를 위해서는 조금 쓰고 자기가 가져갔다. 강동지가 혼자

몫으로 받은 돈으로 나라 살림을 하다 보니 돈이 모자랐다. 결국 이동지가 횡령한 것을 나라에 들켜 참형을 당했다. 이동지는 죽어서 미내다리 밑에서 뱀이 되었다. 강동지가 죽은 이동지를 찾아 미내다리 밑으로 가 부르니 뱀이 된 이동지가 나왔다. 강동지는 주먹밥 두 개를 해 가지고 가서 큰 것을 자신의 앞에 놓고 작은 것을 이동지 앞에 놓아 주었는데, 이동지는 자신의 앞에 놓여 있는 작은 것은 두고서 강동지 앞에 있는 큰 주먹밥을 가지고 갔다. 이동지는 죽어서도 욕심을 버리지 못했다.

논산 강경 가믄은 미낫다리라는(미내다리라는, 미내다리인데 제보자가 잘못 구연한 것임.) 게 있어.

(조사자 : 무슨 다리요?)

미낫다리.

응? 강을 요렇게 다리를 놨어.

말허자면 샛강여.

강이 인제 요요 개울물 밖에 안 헌게 샛강여.

그래도 거기 인저(이제) 조숫물은 들어왔다 나갔다 하는 겨.

그짝에(그쪽에) 광장까지 물이 다 들어오니까.

조숫물이 들어오니까, 어디까지 들어 오냐면 지금 부여 밑이 그 반정리라는 데까지 그 조숫물이 들어와, 강물이.

바닷물이 들어왔다 나갔다 한다구.

근데 강동지라는 사람하고 이동지라는 사람하고 그 나라에서 이렇게 녹을 받아먹고 사는 사람인디, 이동지라는 사람은 자꾸 막 떠('떼어'의 의미임.) 먹기만 허는겨, 이게.

나라에서 돈을 대주믄 지가 먹는 게 많고 들어와 쓰는 건 쬐금 쓰구.

그릉게 둘이서 같이 허는데 이 강동지라는 사람은 혼자 두 둘이 타갖고 나온 걸 혼자 다 헐라니 모지래지,(모자라지,) 돈이.

이 그렇게 해가지구 해서 이 이거 어떻게 해서 인제 이 사람이 그렇게 많이 인제 자꾸 너무 많이 해먹으니께는 인제 들통이 난 거것지.

들통이 나서 인저 나라에서 참형을 시켜서 그때 인제 죽었나 봐요.

그래서 인제 이 사람이 죽어서도 맘 보따리가 나쁜가 허구서,

주먹밥을 두 개를 해가지구 가서 그 사람 앞이다 작은 놈을 놓고 제 제 앞에다 큰 놈을 놨대.

근데 죽어서 그 미낫다리 밑이로(밑에로) 가서 이게 뱀이 됐대, 뱀이.

죽어서 인제 뱀이 됐는디 인제 찾으니께 나오더래요, 뱀이.

그래서 그 주먹밥을 작은 놈을 그 사람 앞이다 놓고 자기는 큰 놈을 놨더니,

자기 앞에 걸 작은 놈 냉기두고(남겨두고) 큰 놈을 집으러 오드래.

그릉게,

“아, 이 사람아 자넨 죽어서도 그 맘을 못 고쳤네.”

그르더래.

그릉게 죽은 거시기래도 얼마나 미안했을 거여.

(조사자 : 사람 맘은 그렇게 죽어도 안 바뀌나 봐요.)

어, 본심이.

놀부가 심술보가 하나 더 있다잖어.

[웃으면서] 오장육분디 오장육분이 놀부는 칠부래.

육부가 아니고 칠부래요.

아이고, 그 그 마음 마찬가지로.

## 황백삼(黃白三)

자료코드 : 02_24_FOT_20110129_SDH_KJG_0001
조사장소 : 경기도 이천시 부발읍 죽당2리 843-1번지 마을회관
조사일시 : 2011.1.29
조 사 자 : 신동흔, 노영근, 이홍우, 한유진, 구미진

제 보 자 : 강진구, 남, 78세

구연상황 : 조사자들이 이야기를 청하자 바로 구연하였다.

줄 거 리 : 옛날에 서당에서 다섯 사람이 과거를 보러 가게 되었는데, 한 사람이 그 중에서 공부를 가장 잘했다. 그리하여 나머지 네 사람이 그 사람이 과거에 급제할 것을 염려하여 그 사람을 떼어놓고 가고자 하였다. 그래서 네 사람이 계략을 써서 그 사람에게 산 밑에서 목화 따는 처녀와 입을 맞추고 오지 않으면 죽이겠다고 엄포를 놓고 그 사람을 처녀에게 보냈다. 그 사람은 이들에게 맞을 것이 두려워 처녀에게 다가갔다. 이들의 행동을 지켜보고 있던 처녀는 이상하게 생각하고 자신에게 다가온 그 사람에게 사정을 묻고 그 네 사람이 지켜보는 데에서 입을 맞춰주었다. 이를 지켜본 네 사람은 그 사람을 떼어놓고 오기 위하여 그 사이에 얼른 가버렸다. 그렇게 다시 서울로 가는 길로 발길을 돌려 가는 도중 한 동네에 이르러 아이들에게 지팡이를 빼앗기며 괴롭힘을 당하고 있는 장님을 보게 되었다. 이 사람은 장님 노인을 안타깝게 여겨 아이들을 꾸짖고 장님에게 지팡이를 찾아주었다. 장님은 그에게 자신의 지팡이를 찾아준 보답을 하겠다며 점을 쳐주었는데, 죽을 고비가 세 번이 있겠다고 하였다. 그러면서 주머니에서 노란 종이 석장을 주며 세 번째 죽을 고비에서 그 종이를 내놓으라고 하였다. 그렇게 노인과 헤어져 며칠을 가서 서울에 도착하게 되었다. 그 사람은 묵어갈 곳을 정한 후 저녁이 되어 답답한 마음에 밖에 나오게 되었는데 대갓집 앞에서 자신을 떼어놓고 간 서당 친구 네 명을 다시 만나게 되었다. 그들은 그에게 대갓집에 있는 배나무에 올라 배를 따오지 않으면 죽이겠다고 또 엄포를 놓고 헝겊을 이어 그를 담 넘게 하였다. 그는 또 네 사람이 시키는 대로 배를 따서 담 밖으로 던졌는데 그들은 그가 배를 몇 개 따자 헝겊을 걷어 그 사람이 다시 돌아오지 못하게 하였다. 그는 어쩔 수 없이 배나무 위에 앉아서 고민하고 있는데 방 안에서 글을 읽고 있는 여자 소리를 듣게 되었다. 그런데 여자가 글을 읽다가 나와 배나무 위를 보더니 그에게 내려오라고 하였다. 그 사람은 내려와 그 여자에게 용서를 구하고 자신이 배나무 위에 올라가 있었던 연유를 설명하였다. 사실 그 여자는 자신이 글을 읽다 두 번 잠이 들어 두 번 꿈을 꾸었는데 두 번의 꿈에서 배나무 위에 올라가 있는 사람이 천생연분이라는 소리를 들었던 것이다. 그 여자는 그 사람을 자신의 방으로 들어오게 하였다. 그 여자는 시험관인 우의정 딸인데 시제를 알고 있어서 그 사람에게 직접 답을 써주고 과거날 그 답안을 제출하게 하였다. 과연 그 남자는 급제를 하게 되었다. 평소 딸의 필적과 같은 사람을 사위로 삼겠다고 공언을 했던 우의정은 그를 사위 삼고자 하였으나, 영의정 역시 그를 사위 삼고자 하여 직급이 더 높은 영의정

에게 그를 뺏기게 되었다. 그리하여 그는 영의정 사위가 되었는데 혼례를 한 첫날밤 그 남자는 화장실이 급해 화장실을 가게 되었는데, 그가 화장실을 간 사이 한 사람이 담을 넘어 신방에 들어갔다. 그는 그 광경을 보고도 두려워 바로 나가지 못하였다가 그 사람이 방에서 나와 다시 담을 넘어 간 후 방문을 열어보니 신부가 죽어있었다. 그는 첫날밤 신부를 죽인 범인으로 몰려 사형을 언도 받았다. 그때 그는 이전에 장님이 그에게 줬던 종이 석장을 꺼냈다. 이 종이를 보고 임금은 종이 석장의 내용을 풀기 전에 사형 집행을 하지 말라고 하여 사형 집행이 연기되었다. 이 사람을 사위 삼고자 했던 우의정 역시 그 사람의 사형 집행에 고민을 하고 딸에게 사정을 말하자, 딸은 종이를 보고 범인을 알아냈다. 즉, 노랗게 물감을 들인 것 황, 흰종이 백, 석장 삼. 범인의 이름이 황백삼임을 알아냈다. 과연 영의정 집의 하인 중 황백삼이란 자가 있었는데, 본래 혼례 날 영의정 딸과 황백삼은 신랑이 될 그를 죽이고 함께 도망가고자 계획했던 것이었다. 그런데 황백삼은 약속한 시간이 되어도 영의정 딸이 밖으로 나오지 않자 그녀가 배신했다고 여기고 죽인 것이었다. 한편 도망 다니던 황백삼은 우의정 딸이 자신이 범인인 것을 알아냈다는 소식을 듣고 이번에는 우의정 딸을 죽이고자 하였다. 이를 예상한 우의정 딸은 자신의 방 안에 구덩이를 파고 실에 방울을 달아 실을 당기면 집안 식구들을 깨울 수 있는 장치를 마련하여 황백삼을 잡았다. 결국 황백삼은 잡히고 그 사람을 누명을 벗고 범인을 잡은 우의정 딸, 즉 배나무에서 만났던 그 처녀와 혼인을 하여 살았다.

옛날이나 지금이나 착한 일 하는 사람은 잘 되구 나쁜 일 허는 사람은 안 된다는 뜻이여, 한마디루.

아무 것두 없어.

옛날에는 지금은 학교가 있지만 옛날에는 학교가 없었구 옛날에는 서당이라고 있다구.

서당.

서당에서 공부를 허믄은 서울 가서 급제를 해가지구서 벼실을(벼슬을) 허는 거거든, 응?

지금이나 마찬가지지 뭐.

명칭만 좀 달릅지,(다르지,) 응?

국무총리 뭐 그런 거 뭐 있다시(있다고) 쳐.

국무총리 뭐 옛날에는 영의정이고 응?

좌의정 우의정 허믄은 지금으로 따지면 장관 자리고 그런 거지.

근디 옛날 그 저 한 고을에서 공부를 하는데 한 사람이 어머니도 안 계시고 아버지가 벌어서 가리키는('가르치는'의 잘못임.) 거여.

인제 공부는 아마 그 여러 학생들 중에서 젤 잘 했나 봐요.

그릉게 인제 서울에서 과거를 보러 간다, 본다.

한 마디로다가니 지금으로 따지면 고시시험 보는 것이나 마찬가지라고.

그르니까 서당에서 네 네 사람이 인자 시험 보러 간다고 나갔어요.

근데 거기 선생이,

"이번에 자네도 가서 시험을 좀 인저 과거를 좀 보라구."

그릉게는,

"저는 옷도 없구 노자 노자도 없구 그래서 못 갑니다."

해는 허는겨.

"그러냐구."

그래 선생이 자기 입던 옷을 빨아서 둔 것을 한 벌을 주고 노잣돈을 좀 얼마 줘서 갔어요.

"가서 갔다오라구."

그러는디 인저 그 자기허구 공부허던 사람은 벌써 저 건너 동네 쯤 가는 거여.

여 쳐다보니까.

긍게 길도 몰르구 그러니까는 쫓아가는 거지 인저.

뛰어서, 응?

친구들잉께 아무개야 같이 가자구.

여기서 봉께 저그서 뛰어 오는 걸 보구서 거기서 인저 길을 가다 섰드래요.

친구들 넷이서.

그래 거기를 딱 가니까 애들이 인자 만나서, 걔네 걔들끼리 이렇게 네네 사람이서,

"저 사람이 오믄은 저 사람은 틀림없이 이번에 급제를 할거구 우리는 떨어질 건데, 응?

저놈을 떠 놓고 가자, 어떻게든지.

저놈을 못 오게 과제를 못 보게 떠 놓고 가자."

그렇게 해서 한 사람이 거기서 인저 네 사람 중에 다 나쁜 게 아니라 한 사람이 ○○○ 있는 거지.

그릉게는 따라서,

"그러자."

게,

"어떡게 허는 게 좋냐."

해서 저 건너쯤 있어서 길을 이렇게 가는디 이렇게 이런 산이 저런 산이 있고 그 밑에 밭이 있더래요.

인저 가을철에는 시골에는 옛날에 목화라는 거 알아요?

(조사자 : 예, 옷 하고 뭐 하는.)

옷 맨드는(만드는) 거.

솜 나, 솜 이불솜도 허고 허는 거 목화.

목화를 가을쯤 되믄은 이게 들(덜) 익은 놈은 익으라고 이걸 전부 뽑아가지고 산이다 족 널어.

그러믄 그게 목화 송아리가 요만씩 헌디, 에 그렁게 크기가 얼마냐면 자두 만씩 허지.

목화송이가 요롷게 요롷게 생겨갖고 자두 만씩 요만헌데, 그것이 인제 피믄은 솜이 되는 거란 말여 그게.

근데 여기서 쳐다보니께 저짝 건너서 산 밑이 밭 우에서(위에서) 그 야

산에서 목화를 그 발르는 사람이 있드래 여자가.

응?

여자가 인제 댕기꼬리 해가 참 이 길게 늘어뜨린 응?

그 여자가 있는 거여.

(조사자 : 처녀네.)

응, 처녀가 있은데 애들이 뭐 떠 놓고 가기 위해서 뭐라고 허는고니,

"저 건너 산 밑이서 목화 따는 저 아가씨하고 너 입 입 맞추고 안 오믄 죽인다."

이거여.

그 넷이 네 친구들인디 같이 공부허던 친구였는디, 그놈이 그러니 눈치를 보니께 이놈들이 눈 눈빛도 안 좋고 응?

읃어맞일(얻어맞을) 것 같으다 이 말여.

그래 할 수 없이 여기서 인저 이 길에서 저 산 밑이를 밭이루 갔어요.

응?

길 길에서 그 밑이는 밭인데 밭, 저짝 건너가 인제 산이구.

그래 거기서 이렇게 쳐다보니께,

네 사람이 가다 거기서 서서 기다리는 거 알고 한 사람이 뛰어와 헐레벌떡 거리고 뛰어 오는 걸 봤어, 거기 서서.

쳐다보이니까, 저쪽 산에서 이짝이로 쳐다보니까.

여자가 잠시 '이상허구나'허고 쳐다보고 있는데, 한 사람이 밭이루 오드래요.

응?

자기 옆이루 오는 거여.

와서 인제 이 여 여기는 이게 밭이구 이게 목화를 널은 산이라구 보믄, 여자는 거 거기서 목화를 그걸 따고 있구.

에 그러는데 오더니 이 남자가 이루(이리) 갔다 이루 갔다 하는겨, 멫

(몇) 번.

왔다갔다 하는겨.

말을 못허구 차마 응?

말을 못허구 왔다갔다 하는겨.

틀림없이 그 여자가 볼 때 무슨 사연이 있어서 온 거여.

응?

그래서,

"왜 뭣 땜에 그렇게 왔다갔다 하냐구."

물어봤어.

그릉게 딱 서서 하는 얘기가,

"사실 저 건너 같이 공부하던 친구들인데 처자하구 입을 안 맞추고 오믄 죽인다고 그래서 왔노라고."

그 긍게 사실대로 얘길 허니께 그 여자가 하는 말이, 여자도 대담허지 뭐.

하는 말이,

"사람이 살고 보야지 죽으믄 쓰겄느냐."

이러고서 거기서 한 발자국 내려딛어서 밭 밭 가까이 이러고 남자 옆이 와갖구서 그 사람들 보는 디서(데서) 입을 맞춰줬어 여자가.

인제 입 맞추는 거 보더니 이놈들이 내 뛰는 거여.

뗘 놓고 갈라고 인저.

그러다보니까는 서울 길이 아마 하룻길은 넘었던 모양여.

메칠을 가야됐나 봐요.

어디만큼만 갔는디, 또 동네 마을을 지나가게 됐는디 그 동네 애들이 쪼그만 애들이 인저 국민핵교 정도 지금이로 말하자믄 한 일이 학년 정도 되던겨.

장님이 지팽이가 눈이거덩 장님은.

장님 지팽이를 뺏아가지고 놀리는 거여.

애들이 한 일곱 여덟 명이서 응?

손벽을 치고 술래잡기 허는 식으로 노인네를 해서 이렇게 뺏어가지고.

그걸 보니께 이게 안 됐어, 젊은 사람이.

애들헌티,

"느들 그러믄 쓰겄냐고."

그래 지팽이를 뺏어다가니 두 손이로 공손이 그 장님헌테 드렸어, 이 사람이.

그래 주구서는 안녕히 가시라구 허구 나간께 손을 꼭 붙잡더래, 장님이.

그러더니,

"내 눈을 찾아줬으니 보답을 해줘야 되겄다."

그렇게 말이나 하드래요.

그러더니 그 장님이 이렇게 이렇게 뭘 주머니서 끄내더니(꺼내더니) 흔드는 침자루 같은 걸 흔들더니 뭘 뽑드래.

응?

뽑드니 그 뽑아서 나온 걸로 이렇게 해서,

거기에 눈이 안 보이는 사람잉께 무슨 표시를 해놔가지고 그걸 점을 치는 거여, 한 마디루 응?

장님이.

(조사자 : 산대고만요, 그니까.)

응, 그러믄서 하는 얘기가,

"아, 죽을 고비가 두(세 번으로 말해야 할 것을 잘못 말한 것임.) 세 번이나 있는디."

그런 얘기를 허드래.

그러믄서 자기가 인제 주머니에서 옛날에는 이게 옷이 호주머니지만

한복에 호주머니가 없으니께 주머니여.

요렇게 주머니.

아실거야 모두들.

젊은이들도 알지?

동그랗게 헝겊으로 맨들은 주머니.

요렇게 끈으로 해서 벌리구 오그려서 거가다 돈도 넣구 뭐 딴 물건 뭐 조그만한 물건도 넣고 허는 주머니.

거기서 이렇게 허더니 요만한 종이 석장을 주는디 노랗게 물감을 들였더래요.

그러구 이렇게 주면서,

"두 번은 그냥저냥 넘어가구 죽을 고비에서 아주 죽게 되믄 이걸 내놔라.

그전에 이걸 내놓지 말구 죽을 죽을 경우에 닿았을 때만 이것 이것을 보여라.

그러믄 죽을 걸 면할 수가 있다."

그렇게 얘길 허드래요.

그릉게 얘들한테 ○○○ 했으니까 걔들 멀리 이렇게 여기서 안제 거리만 멀리 두구서 가는 거여 걔들.

길을 찾아가야 된께.

서울까지 다 왔어요 인저.

서울 장안에 들어섰는디 인저 자는 디도(데도) 따로따로 이렇게 정했어.

그러는디 해가 이게 저물어 가는데 인제 답답하니께 이 사람이 나온 거여.

나와서 그 골목이로 이렇게 돌아댕기는디 이 친구들도 네 놈이서 나와서 돌아댕기다가 얘를 딱 만났어 거기서.

서울에서 근디 큰 서울인디 큰 집이 있더래.

대궐 안은 아니지만 큰 집인디 기와집이 큰 집이 있구 담장도 높으구 큰 대갓집이드래요.

근데 그 안 대갓집 안에 길 길이 이렇게 있고 담장마냥 담장 너머에 배나무가 이렇게 큰 놈이 있더래요.

근디 그릉게 가을철잉께 배가 익었을 때 아녀.

그릉게는 이놈들한테 붙들렸으니 꼼짝 못하는 거지.

“너 저 저가서 배 따오라구.

응?

배 안 따오믄 또 쥑이겄다 이거여.”

얘들 엄포를 놓고.

“거기를 어떻게 넘어가냐.”

그러니까 즈이들이 수건을 잇드래요.

수건을 이렇게 몇 개를 잇더니 돌 돌을 큰놈 매달아 갖고 담 너머로 던지고,

그러고서 그 수건을 타고 넘어가게끔 해서 넘어 보낸 거여.

긍게 담 넘어 넘어가서 그 배나무를 올라가서 배를 따서 던졌어 인저.

담 배깥이로.(바깥으로.)

자기네들 먹을라고 인제 한 두어 개씩 인제 해구서는 수건을 홀랑 걷어버리는 거여.

(조사자 : 못 돌아오게?)

못 돌아오게.

고놈을 떠('떼어'의 의미임.) 놓야되니께 어떻게 해든지 못 돌아오게 해야지.

시험을 못 보게 해야 해야 되니까.

그러는디 해가 이렇게 넘어가는디 큰일 났더라 이거여.

넘어갈 수도 없구, 응?

넘어가서 담을 뛰어 넘어갈 수도, 뛰어넘어 가기에 담이 높았던 모양이요.

그릉게는 가만히 기냥 배나무에서 가만 앉었는 거지.

뭐이 어떡해.

내려오도 못하구.

응?

배 배나무가 꽤 컸나 봐요.

높은 데 앉었으니까,

근데 인제 저녁이 되니까 달빛이 인제 훤하게 비치고 있는데 그 배나무 바로 옆에 방에서 글 읽는 소리가 나더래.

글 읽는 소리가 나는데 여자 목소리더라 이거여.

그릉게 그러구서, '에이 인제는 죽었구나' 하구서 가만히 기다리고 있는 거여, 인저.

어떡해.

어떻게든지 뭐 할 할 수 없으니까.

어차피 배나무 올라와서 배를 따서 도 도둑놈이 된 거구, 인제 뭐 기냥 할 수 없이 그렇게 앉았는디,

한참 글을 읽는 소리가 나더니 조용하더래요.

그래서 '이상하다' 하구서 또 위서 가만히 있으니께 한 시간대로 따지믄은 한 십분이나 지났는디, 또 글 읽는 소리가 또 나드래.

그러더니 한참 뭐 하더니 조용하더라 이거여.

그 두 번을 읽고 허더니 글을 이때 또 허더니 두 번 그러고나서 또 세번째는 여자가 나온 거여, 바깥이로.

긍게 그 여자의 잠깐 잠이 들었는디 여자의 꿈이,

"집 배나무 위에 너허구 천생연분이다.

그 사람을 살려주라."

이렇게 꿈을 꾼 거여, 여자 여자가.

그래서는 이상하다 하구서 깨가지고 또 다시 공부를 허 허는 건디,

또 잠이 들었는디 또 두 번째도 그렇게 얘기를 허니께 인제 자기가 책을 이렇게 덮어놓구,

책을 이렇게 닫 닫, 공부허던 걸 접어놓구서 나가봤어요.

그릉게 진짜 배나무 속에 허연 게 뭐가 매달려 있는 거지.

(조사자 : 사람이 있는 거죠?)

응, 아래서 쳐다보니까.

그러니 그 여자가 생각헐 때도 희한한 거 아녀.

그래 아래서 그 여자가 공부헌 게 뭔고 하니 주역이라는 것을 읽어요.

그 얘기 들어봤어요, 주역?

(조사자 : 예, 주역 책요.)

응.

"긍게 귀신이믄 물러가구 사람이믄 내려오라구."

그 주역을 읽은 거여.

그 이 사람도 공부 하다, 과거 공부 베실 베실할라구 공부, 시험보러 온 사람이니께 다 알아 들을 거 아녀.

내려왔어.

내려와서,

"죽을 죄를 졌습니다."

허구서 얘기를 해여.

그러니까,

"잠깐 내 방이루 좀 들오라고."

그래 들어가니까 여자가 하는 얘기가, 자기 아버지가 정승인데 정승인데 정승이 셋인디 거기서 시험관이더래.

과거시험 보는 시험관인데 그 여자가 필적이 좋았나 봐요.

우리딸 글씨만 같은 사람이믄 사위로 삼겄다구 그 아버지가 그렇게 핸 거여.

공언을 핸 거여.

그릉게 그 한옥집이 가믄 그 다락이라고 있어요.

(조사자 : 예, 다락이요.)

벽장이라고도 하고 다락이라고도 해.

이만큼 높은데 거기를 문을 열더니 시험지를 종이를 이만한 걸 끄내드래, 긴 걸.

이 지금 보는 건 짧 짧지만 옛날에 그 과거시험 보는 건 이렇게 길거든요.

요만큼 폭이 요만해서 길은 종이를 딱 이렇게 끄내드니 거기다가니 자기가 자기 필적이로 해서 시험지 시험.

아버지가 시험관이기 땜이 그 시제(詩題)가, 그날 시험 보는 날 시제를 다 알은 거여 여자가.

그럴 일 아녀?

응?

내일 시험 볼 것은 뭐 뭐 뭐에서 시제가 뭐라는 것을, 시험문제를 다 아는 거지 한마디루.

이게 옛날에는 그 시제라고 했단 말여.

글자 하날 써놓고 그걸 풀이를 해서 제대로 쓰는 사람이 해석을 잘허는 사람이 일등을 하는 거지 한마디루.

그러는디 시험 시제도 알구 뭘 자기 손이로 탁 써서 이걸 주고서는,

그날 시험 시험장에 가서는 내일 시험장에 가서는 기냥 바꿔내라고 한 거여.

응?

“거기서 준 것허구 바꿔서 내라.”

(조사자 : 답을 답을 써준 거네요?)

답을 다 써서 그거를 자기 자기 손이로 써서.

자기 자기 딸이 쓴 글씬게 자기 딸 글씬디 똑같으니 필적이 틀릴 리가 없잖어.

그러는디 그 잘해서 아주 장원급제를 해서 일등을 한 거여, 이 남자가.

일등을 일등을 했는디 거기서 정승이 셋인디 영의정이 있단 말여 또.

영의정이 더 높은 사람이지.

응?

영의정, 우의정, 좌의정 이렇게 셋인데.

그 사람이 장원급제를 해 해서 그 영의정 딸이 사위를 영의정의 사위를 삼겄다는겨, 이 사람을.

긍게 필적이 똑같어서 자기가 사위를 삼 삼을라고 맘을 먹었는디 뺏 뺏겨버렸지.

높은 사람한테 밀렸단 말여, 한마디로.

그릉게는 할 수 없으니 그렇게 해서 뺏기고 나구서는 서운하지만,

그 남자도 인저 내막도 몰르구 서운하지만은 할 수 없는 거지 뭐.

그릉게 옛날에 인제 거기서 대례를 지내구 첫날 저녁을 자게 된 거여.

대례 지냈응께.

지금도 남자가 웬만한 집은 여자 집이루 장가를 가서 하루 저녁 자구,

대례 지내구 하루 저녁 자구서 이렇게 오는 게 신행을 헌다구 허는겨.

장가 가서 신행.

집에 오는 거 신행이고 그러는데.

근데 그와 마찬가지로 인제 결혼식을 한 거란 말여 한마디루.

그래서 인제 첫날 저녁을 해서 자는데, 인제 거 거기서 보니께는 뭐 그 ○○○들도 많구 정승 집이니까는 꽤 번잡 번잡헐 거 아녀.

그 신랑허구서 뭐 얘기도 허구 뭐 허다 봉께 시간이 인제 늦어서,

한 열두 시 경인가 뭐 지금으로 따지면 넘어서 이렇게 결혼했으니까 인제 여자 방으로 들어간 거지 한마디루.

자러 들어갔는디 그 여자가 보니께 잘 생겼어 남자가.

기가 멕히게(막히게) 잘 생기구 허는디,

어떻게 그래 그래서 이렇게 고민을 허는 중에 자기가 그러고 있는 판인디 이 남자가 화장실을 가고 싶어서 화장실을 간 거여.

갔는디 거기서 인제 쪼금 떨어져서 긍게 한옥집에는, 지금은 수세식잉께 다 집안에 화장실이 있지만 이건 바깥에가 있는 거지 한마디루.

그니까 이렇게 가만 앉어서 화장실에 앉었는디 웬 놈이 그 높은 담을 훌랑 뛰어넘어 오드래.

응?

그릉게 이놈이 무서워서 나오지도 못허구 가만히 앉었는 거여.

가만히 앉었다 보니께 그 색시 방이루 마루로 쭉 올라스더라(올라서더라) 이거여.

화장실에서 이게 쳐다보니까.

올라스더니 문을 열고 들어가는 거여.

긍게 무서워서 못 나오다 가만히 있는 거여 그냥, 응?

볼일을 다 봤어도 못 나오고 있는 거지.

그러더니 한참 있더니 나오더니 도로 또 담을 뛰어넘어 가드래요.

그래서 나와서 이렇게 문을 열어봉께 여자 가슴에 칼을 콱 꽂아놓고서 내튄 거여.

그래 죽었지, 여자가.

그러니께는 첫날 저녁에 여자가 죽었고 칼 꽂혀 죽었으니 이 사람이 살인범으로 모는 거지 인저.

그릉게 영의정 집이 딸이 살인범 죽였다고 해서 첫날 저녁에 죽어서 살인범으로 몰려서 사형 언도를 받았어요.

죽게 된 거여.

그릉게 자기는 사 사 절대 살인범이 아니라는 걸 해도 안 믿어주는 거지.

응?

긍게 자기 인제 주머니서 그 장님이 지팽이 찾아줬을 때 준, 종이를 줬어 석장을.

그 그러니께는 그 종이 석장을 풀어야 돼.

말하자믄, 응?

이걸 풀어야 이 사람이 범인인지 아닌지 그걸 알 수 있어 인저.

응?

그래서 낼 사형 집행을 할껀디 그 종이를 내놔서 연기가 됐어, 한마디루.

응, 이걸 풀어 와서 그래서는 거기 나라님 임금도,

"그럼 그럼 이것이 틀림없이 우선 해 해답이 나올테니까 이걸 풀 동안은 사형시키지 마라라."

해서 보류가 된 거요.

그릉게는 그 우의정도 자기 사위 삼을라다 못 삼은 사람도 고민하는 거지.

자기가 볼 때 외양으로 보던지 뭘로 보던지 인품을 볼 때 그 사람이 살인을 헐 사람은 아닌데 그런 일이 있으니까.

그릉게 그 고민을 해서 ○○○ 머리를 댕기고서 이렇게 집에서 앓는 거야 한마디루.

(조사자 : 고 고민하는 거죠.)

에, 고민하는 거지.

그 딸이 와서 얘기하는 거지.

아부지한티,

"왜 그러시냐구."

그릉게,

"너는 몰라도 된다고 그러는 거지."

근데 딸이,

"아버님이 고민을 허는데 어떻게 몰를 수가 있느냐.

무슨 무슨 일인지 얘기 좀 해 보시오."

이렇게 했어요.

아버지헌테 얘길 허니까 아버지가 하는 말이,

"너도 이번에 알다시피 장원급제 한 사람이 영의정 사위가 됐다는 얘긴디,

그 첫날 저녁에 그 딸 죽은 사건도 얘기 들어서 알 거 아니냐.

그릉게 인제 그러는디 사형을 집행할라구 허니께,

이렇게 종이가 석 장이 나와서 이것을 풀으냐만 이 사람을 사형을 시키던지 풀어주던지 할 거다."

이 여자헌티 딱 이렇게 보이니까 그 영의정 딸이 이렇게 딱 보구 석장 갖구 이게 생각을 허는 거지 인저.

그릉게 하얀 종이에다가 노란 물감을 들였잖아.

그릉게 풀이를 이렇게 저렇게 해보는 거여.

긍게 황,(黃,) 노란 노란 게 황.

흰 종잉게 백.(白.)

석 장잉게 삼.(三.)

그래 사람 이름이라 이거여.

황백삼.

딱 들어맞지?

그릉게 긍게 범인의 이름이다.

여자가 닥, 아주 자기 아버지 핸 거여.

그릉게는 그 영의정이 자기네 집에 하인들이 많잖아.

정승집이니까.

"야, 영의정네 집이 하인 중에 황백삼이라는 사람이 있나 알아봐라."

그릉게 알드래, 지들끼리는 다.

"있다구."

그 사람이 인물도 잘나구 똑똑해서 그 정승이 무슨 일 있으믄 그 그 사람허구 의논을 허구 뭐 해 했던 사람이다 이거여.

그릉게 이 여자가 생각헐 때는 남자로서는 그 사람이 최고로 알고, 응?

아주 한 한 걸로 알았는디 이 남자를 봉께 그 사람보다 더 더 잘났응께 얘기를 못헌 거여.

그릉게 첫날 저녁에 그 남자를 쥑이구 도망을 가기로 했어 둘이서.

약속을 했는디 이거 배깥에서(바깥에서) 해서 시간이 됐는디도 연락이 안 오고 기다리다 보니께 기다리다 못해서 승질 급하니까는 담을 넘어와서 보니까,

저 혼자 잠만 자고 있응께 찔러 쥑이고 도망간 거여.

배신했다구.

그릉게 범임을 잡을 거지 인저.

찾은, 황백삼이 있다구 해서,

"그 사람을 잡아들여라."

긍게 이놈은 내튀어서 도망 댕기는디,

긍게 우의정 딸이 그 그걸 풀어다구 해서 요년부텀 죽이구 죽이야 되겄다 허구서 칼을 들구 거길 들왔어요.

그 집을.

우의정 집이를 들어와서 그렁게는 그 원채에서 색시가 공부허는 집은 방이 쪼금 떨어졌나봐요.

집 집이 딴 채로 따 따로 있었나봐.

그러는디 거기서는 뭐냐믄은 그 색시가 자는 방에서 줄을 매놨대.

지금은 전화가 있고 핸드폰이 있응께 해지만 그때는 줄을 매놔서 이게 줄을 잡아댕기믄 식구가 다 깨게끔.

줄을 매, 이렇게 잡아댕기믄 방울이 달려갖고 다 집안이 식구가 다 깨게끔.

그렇게 해 해 해구 해놨는디,

방 방에 들어오니께 이렇게 현관문을 열고 방문을 이렇게 열고 한발을 딱 딛으면 여기서 한 일 메타(미터) 정도쯤 파놨더랴.

그래 낮이는 덮어놓고 밤이 여자 혼자 잘 때는 그 뚜껑을 열어 놓는다 이거여.

그래 무심코 문을 열구서 이렇게 발을 딱 딛었는데 뚝 떨어져버렸네.

그릉게 아마 한길이 넘게 파놨응께 못 나오겄지 얼렁.

(조사자 : 그렇죠.)

응.

그릉게는 쿵 소리가 나니께 여자가 대번 일어나서 그 줄을 잡아댕깅께 식구가 다 깬 거여.

하인하구 뭐구 자기 어머니 아버지 할 거 없이 식구, 온 식구가 집안이 다 일어나서 하는겨.

인제 글로 집결이 돼서 전부 쫓아왔지.

보니께는 그 놈이 칼을 들고 요렇하고 있는 거여, 빠져서.

거기 빠져갖고 칼을.

하인들을 얼굴 알응게, 서로.

"어 황백삼 여깄네."

[일동 웃음]

이러는 거지.

인제 꼼짝없이 잡았어.

궁게 잡아다 해니께 사실대로 다 부는 거지 뭐여.

그런 일이 있었다.

그릉게는 영의정이 얼굴에 똥칠했지, 응?

자기 딸이 그 부 불순헌 일이 있었구 깨딱허다(까딱하다) 딴 사람만 죽을 뻔 했다 하구서.

궁게 결과적이로는 그 배나무 올라갔던 집의 그 처녀허구 결혼을 허구, 응?

장원급제 허구 제대로 살았대요.

야, 그러니 그런 그런 일이 있었던 거여.

그래 이 사람은 착하기 땜이 그런 복을 받은 거지.

## 짐승소리를 알아듣는 형제

자료코드 : 02_24_FOT_20110129_SDH_KJG_0002
조사장소 : 경기도 이천시 부발읍 죽당2리 843-1번지 마을회관
조사일시 : 2011.1.29
조 사 자 : 신동흔, 노영근, 이홍우, 한유진, 구미진
제 보 자 : 강진구, 남, 78세
구연상황 : 제보자가 조사자들에게 좋은 이야기를 해주겠다며 구연하였다.
줄 거 리 : 어느 고을에 짐승 소리를 알아듣는 형제가 살았다. 산 고개를 넘어가다가 까마귀가 지저귀는 소리를 듣고 형제는 그 소리가 "임중육, 임중육"이라고 하는 것을 알게 되었다. '임중육'은 '수풀 속에 고기가 있다'는 의미로, 형은 수풀 속에 가보자고 하였으나 동생은 봉변을 당할 것을 염려하며 만류하였다. 그러나 형제가 수풀에 가서 보니 과연 수풀 안에 시체가 있었다. 이를 확인하고 형제가 나오다가 죽은 사람의 부모에게 붙잡혔다. 이들은 형제를 자신의 자식을 죽인 범인으로 오해하고 관에 고발하였다. 원 앞에 끌려간 형제는 자신들이 사람을 죽이지 않았으며, 짐승소리를 알아들어 시체를 보게 되었다는 등의 경위를 설명하였다. 원은 이들을 시험하기 위해 제비 새끼를 도포 자락 속에 감추고 그 주변을 떠도는 어미 제비의 지저귐을 해석하게 하였다. 형제

는 "지지요 지지요 불지요 시야라", 즉 "가죽도 못 먹고 고기도 못 먹으니 새끼를 다오"라는 의미로 풀이해 내면서 관에서 풀려났다. 원은 형제가 보통 인물이 아님을 알고 부하에게 뒤를 밟게 하였다. 부하는 형제가 가면서 원이 스님의 자식이지만 명판관이라고 했던 말을 듣게 되고, 관에 와서 원에게 이 사실을 말하였다. 이 사실을 들은 원은 어머니에게 찾아가 사실을 말하기를 종용하자 원의 어머니는 자신도 모르는 사이에 스님과 동침한 사실을 원에게 털어놓는다. 한편 벼슬길에 올라 중국 사신으로 가게 된 동생은 형으로부터 시 한수를 받았다. 형은 동생에게 가끔 자신이 지어준 시를 읊으라고 하였는데, 동생이 중국에 가서 형이 시키는 대로 하자 어떤 중국 사람이 동생에게 그 시를 팔 것을 요청하였다. 동생은 시를 팔고 그 중국 사람에게 고양이 한 마리를 얻었다. 동생은 중국 천자를 만났는데, 중국 천자는 자신의 딸이 미쳤는데 그 병을 고쳐달라고 동생에게 요청하였다. 동생이 천자의 딸의 모습을 보고 두려워하자, 동생 옷 속에 있는 고양이가 튀어나가 천자 딸에 붙은 괴물과 싸워 괴물을 물리치고 고양이도 죽었다. 한편 동생은 사신 일을 마치고 중국에서 돌아오는 길에 한 동네에서 사람을 해치는 괴물이 있다는 사실을 알게 되었다. 동생은 그 괴물이 덤불 속에 있는 것을 발견하고 동네 사람을 모아 그 덤불을 둘러싸게 하고 불을 놓아 괴물을 물리쳤다.

옛날에 어느 고을에 형제가 이렇게 살았어요, 형제.

두 형제가 살았는데, 형이 둘이 다 그걸 아는지 모르는지 형이 이 짐승소리를 다 알아들어.

짐승소리를 알아 알아들어가지고 게 둘이서 이렇게 길을 가는데,

산 고개를 높은 산 아니고 야산인데 고개를 넘어가서 길을 넘어 가는데 까마귀가 짖드래요.

까마귀 소리가 까옥까옥 허죠?

에 그 소리가 까마귀가 뭐라고 허는고 허니,

"임중육 임중육.(林中肉 林中肉)."

(조사자 : [임중육을 임종육으로 잘못 알아듣고] 임종육요?)

임중육, 응 임중육.

긍게 수풀 속에 고기가 있다.

임중육, 임중육.

그릉게,

"야 저기 까마귀가 저 숲 속에 고기가 있다고 하는데 가서 가보자."

허니까 동생이,

"아 형 기냥(그냥) 가요, 또.

그거 뭐 잡을라다 봉변이나 당허믄 어떡해요."

그러고서는 했는데 아니나달러.

그렇게 해서 가보니까 사람을 갖다 쥑여다(죽여다) 갖다 수풀 속에 집어 넌('넣은'의 의미임.) 거여.

던진 거여.

그래 그걸 들여다보고 나오는디 웬 사람한테 딱 붙들렸어.

그 죽은 사람의 어머닌지 아버진지 딱 붙들려 갖고,

"얘들이 살인범이라고.

우리 아들 쥑였다고."

관에다 고발을 했어요.

그 옛날에는 관이라는 것이 지금은 인저 경찰서지만 경찰서가 아니고 고을에니까 원들이 다스렸어요.

말하자믄 원이믄 군수나 마찬가지지.

시장이나 군수처럼.

근데 거기서 해는(하는) 게 고발을 했지 인저.

고발 했으니께 두 형제가 붙들려 갔잖아요.

붙들려 갔는디,

"우리가 사람 안 죽였습니다요.

즈이들이(저희들이) 새 소리를 알아듣습니다.

짐승소리를 알아듣습니다.

그래서 거기 들여다봤던 것뿐이지 죽이진 않았, 사람 안 죽였습니다."

이거여.

"응, 그러냐."

그래서 그 원이 옛날에는 이렇게 옷이 이 이렇게 된 거 있었어, 도포라고.

지비(제비) 새끼를 금방 깐 걸 얼마 안 된 것을 메칠(며칠) 안 된 걸 거기다 속이다(속에다) 이렇게 감춰가지고 왔어.

지비 새끼를.

제비가 이렇게 집 추녀 옆이다 집을 짓잖아요.

그러고 새끼를 까지, 봄철에.

그릉게 새끼를 집 집어갔으니 애미가(어미가) 가만있을 리가 없죠.

그릉게 막 두 마리가 짖구서 막 날라 마당에 날라 댕기믄서 나다녀.

응?

그릉게 제비가 뭐라는고 하니,

"지지요 지지요 불지요 불지요 시야라."

그릉게 그게 무슨 말이냐믄,

"가죽도 가죽도 못 먹고 고기도 못 먹으니까 새끼를 다오."

그 소리래.

가죽도 못 쓰구 고기도 못 먹으니께.

긍게,

"필이용 육불용 활야다."

제비가.

긍게,

"지지요 지지요 불지요 불지요 시야라."

그 소리라 이거여.

제비 소리가.

게 그러는디 인제 그러고 나서 풀려났어 인저, 그 사람이.

풀려났응께 그 고 고을 원이 그냥 가만있으믄 되는디 기가 멕히게(막히게) 아는 사람 아냐 이게.

짐승소리를 다 알아듣구.

재들이 가믄서 무슨 소리를 혹시 하나 하구서, 뒤를 따라 밟아서 하나 시켰어요.

사람을 자기 부하를.

그릉게는 멫(몇) 십리를 가드락('가는 동안'의 의미임.) 아무 소리 없이 둘이 가드랴 인저, 아무 소리 않고.

그러더니 한단 소리가,

"야, 그래도 원이 중의 자식이래두 그래도 명판관이다."

그러드래 그러드래.

(조사자 : 중의 자식이라고?)

응.

그러구서는 더 쫓아가보니께 더 말 안 허고 더 가서 얼만큼 따라가다가 또 왔단 말여.

왔는디 원한테 그 소리를 할 수가 없잖어.

(조사자 : 그쵸.)

응?

중의 자식이 그래 명판관이라고 한 소리를 할 수가 없어.

그릉게 자꾸 원이 물으니께 들은 대로 얘길 했어요.

그릉게는 참 양반집에서 공부도 많이 허구 해서 원까지 올라가구 베슬(벼슬) 했는디, 응?

중의 자식이라니께 말이 아니잖아, 응?

자기 아 아부지헌테는(아버지한테는) 그냥 똥칠하는 거나 한 가지니까.

그릉게는 이거 인제 그 진실을 알기 위해서 이 사람이 칼을 시퍼런 칼을 단두를 요만한 놈 들고,

어머니헌테 가서 윗두리를(윗도리를) 벗구 목 목에다 대믄서,

“바른대로 애기 안허믄 이 이 자리서 죽겄다.”

이거여.

그릉게는 아들이 그렇게 해니까 얘길 헌거여.

“니 아버지가 사랑 사랑채를 쓰는디 사랑방에를 가서 잤는디 아침에 일어나니께 니 아버지는 없구 중만 있더 있더라.”

그릉게 그 그날 손님이 와가지구서 그 중이 인제 손님이 와서 해서,

그 사랑채에서 아부지허구 둘이서 같이 자다가니 아버지가 무슨 볼일이 있어서 저녁에 일찍 나갔나 봐요.

긍게 새벽에 들어가서 날 샐 무렵에 찾아갔는디 자구서 날 새서 나와 보니께는 자기 영감이 아니구 중 중허구 잤다 이거지 한 마디로.

그 그런 일이 참.

그러니 거기서 자기 남편한테 얘기를 헐 수도 없고 누구한테도 얘기도 못할 거 아녀, 사람이.

지금도 마찬가지지 뭐.

어떻게 어떻게 뭐라고 얘기햐.

도리가 없는 거지 그게.

자기 고의적으로 핸(한) 것도 아니고.

그 고의성이라믄 그건 안 되는 일이지먼 이 그 그걸 그렇게 됐으니 어짤(어쩔) 수도 없는 거지.

그런디 그 아들이 그렇게 원 원 감사가 된 건디 그놈이 그렇게 찝어, 찝어낸 거지.

그래서 인저 형은 이 베슬에는(벼슬에는) 관심이 없구 허는디 그 동생은 베슬에 인제 관심이 있어서 베슬을 했다 이거여.

했는디 베슬을 높은 베슬을 해 해가지고 말하자믄 지금 말하자믄 사신이지.

사신이라고 아나?

사신이 돼 가지구 중국을 갔어요.

중국을 갔는디 거기 저 가기 전에 형이 시를 한 수를 져('지어'의 의미임.) 줬어, 시를.

그래 가끔 이 시를 읊으라고 하믄서 동생한테 해줬어요.

형 형이 모든 걸 다 알았나봐.

해서 해줬는디.

중국을 갔는데 가서 중국 천자를 만나야 하기 전에 그 객실에서 묵구 뭐 있는디 그 시를 한 수를 읊었다 이거여.

그릉게 그 중국 사람이,

"시를 나한테 팔으라고."

긍게,

"이게 우리 형님이 지어준 시라고."

허믄서,

"읊은 건 자기가 산다고."

허믄서 거기서 뭐여 고양이를 하나 주드래요.

쪼그맣게 하얀 고양이를 쪼그만 한 걸 하나 주드래.

몸에다 품고 대닐(다닐) 만 한 걸.

애완용마냥 가지구 댕기는 고양이를 하나 주드래.

"이 이게 고양이가 좋은 일 할거라구."

그러는디 거 거기를 갔는데 인자(이제) 중국 천자를 만났는디 그 중국 천자의 딸이 이게 미치, 미친 거여.

그래서 이,

(조사자 : 제정신이 아닌 거요?)

응, 제정신이 아닌 그래서 골방 같은 데 가둬만 놓고 아이들 시켜서 밥을 주고 모든 걸 허는디,

외부에는 내색을 안 한 거여.

그릉게 여기 인저 한국에서 왔당께 옛날에는 조선이 됐던지 고구려가 됐던지 사신이 왔으니까는,

"저걸 고치, 고쳐달라."

이거여.

(조사자 : 아, 병을?)

예.

그서 이 사람이 무슨 뭐 뭘로 어떻게 고쳐.

근디 이게 이렇게 막 그냥 그 미친 지랄이 나믄은 막 그냥 벽도 다 긁어서 응?

다 파놓고 막 야단이드래.

그릉게 한 마디로 그 귀신마냥 뭐 뭐가 붙은 거지.

그런 식이더라 이거요.

그래서 문 열고 쳐다보니께는 뭐 사람이라고 칠 수도 없구 무슨 괴물같이 그 그 그러드라 이거여.

그러는디 그래서는 자기가 인저 무서워서 이걸 고양이를 그 사람한테 했으니께 이렇게 속에다 이렇게 있는디,

무 무서워서 이렇게 활딱 열었다 이거지.

긍게 확 튀어나가더라 말여.

(조사자 : 어, 고양이가?)

예.

튀어나가더니 거기서 그냥 막 싸우더래.

이 사람 눈이로(눈으로) 보니께 아주 무슨 큰 괴물같은 것 허구 막 싸워서 결과적에는 그 괴물을 이겨서 죽이더래요.

죽이고 고양이도 인저 지쳐서 죽구.

그러고 나니께 그 여자가 원 상태로 돌아온 거여 인저.

응?

그 괴물 보이는 건 그 사람한테만 보였겄지 인저.

이 딴 사람 우리네 같은 사람한테는 안 보였을 거죠.

그래서 자기가 그 면을 허구 돌아왔다는 얘기여.

(조사자 : 와, 신기하다.)

그리구 저기 그리구서 오는디 중국서 여길 오는데 그 원 무슨 동네를 거쳐 거치게 됐는디 되니까,

그 동네에서 무슨 괴물이 나타나서 동네사람을 많이 해치구 그런다는 그런 동네가 있드래.

게 이 사람이 보니까는 진짜 그 괴물이 있어갖구선 동네를 그 해치구 뭐 허는디 이걸 잡을라고 보니께,

무슨 큰 덤불 속이로 들어가 있다든가 뭐 했대요.

(조사자 : 덤불 속에 들어가 있다구요?)

덤불 속에 들어가 있는디 그것도 집안에 들어가 있다든가 했는디, 동네 사람들 다 불러놓고 그 속이 들어갔으니 그걸 잡으야 되잖아.

잡으야 되니께는 거기다 불을 질른 거여.

횃불을 전부 해가지구 뺑 둘러서 인제 전부 동네사람이 다 모였응께 많지 인저.

굉장히 많겄지.

한 오십 명도 더 넘었겄지 인저.

모여서 그 잡으야 되니까.

근디 그 불을 질러서 그 탄 게 나중에는 이게 타가지고 했던 것이 불덩이처럼 해가지고 날라 날라서 없어지드래요.

그래 그래가지구서는 그 동네도 그 그 흉한 동네도 읎어졌다는(없어졌다는) 얘기여.

인제 그런 건 그런 사람은 기냥(그냥) 우리네 사람허구는 틀리지.

한 마디로 응?

명인이라고 보야 되나 무슨 뭐라고 보야 되나.

그런디 뭘 아는 사람이지.

무서운 그 무서운 애기가 있어요.

## 점 봐서 덕 본 사람

자료코드 : 02_24_FOT_20110129_SDH_KJG_0003

조사장소 : 경기도 이천시 부발읍 죽당2리 843-1번지 마을회관

조사일시 : 2011.1.29

조 사 자 : 신동흔, 노영근, 이홍우, 한유진, 구미진

제 보 자 : 강진구, 남, 78세

구연상황 : 앞에 이야기에 이어 구연하였다.

줄 거 리 : 옛날에 시골에서 농사지으며 사는 사람이 있었다. 그 사람은 돈을 벌기 위해 논을 팔아 장사 밑천 삼백 냥을 마련해 떠났다. 삼년 동안 돌아다니면서 장사를 하였는데 삼년 동안 본전만 남겼을 뿐 돈을 벌지 못했다. 이에 이 사람은 다시 농사나 짓고 살기로 결심하고 집으로 돌아가기로 결심했다. 집으로 돌아가는 길에 날이 저물어 주막으로 갔다. 그 곳에서 밥을 사먹고 방을 달라고 하자 방이 없다면서 헛간에 멍석을 깔아주었다. 추운 곳에서 자는 것보다는 낫다고 생각하여 그 사람은 그곳에서 하룻밤 머물기로 결정하였는데, 한 노인이 그곳으로 들어왔다. 그 노인도 방이 없어서 헛간에 들어온 것인데 이 사람은 노인에게 아늑한 곳을 내어주었다. 둘이 앉아있는데 노인이 그 사람에게 점을 보기를 청하였다. 그 사람이 돈이 없다고 하자 그 노인은 삼백 냥 있는 것을 이미 알며 한번 보는 데에 백 냥이라고 하였다. 그 사람이 백 냥을 내고 점을 보니 노인은 "돌아가라"는 말 한 마디를 하였다. 그 사람은 겨우 이말 한 마디 들은 것을 허무하게 생각하여 백 냥을 더 내고 점을 더 봤다. 그랬더니 그 노인이 이번에는 "이쁘다고 해라"라고 말해주었다. 그 사람은 마저 남은 백 냥을 내고 한 번 더 봤는데 그 노인이 "기어가라"고 하였다. 그 노인에게 점을 봐서 삼백 냥을 모두 잃은 그 사람은 다음날 집으로 가기 위해 길을 나섰다. 가다가 고개를 넘어가야 하는 상황이 생겼는데 돌아가면 배는 멀고 고개를 넘어가면 가까운 길이었다. 고개 넘어가는 길이 가깝지

만 무서운 길이어서 사람들이 함께 가기 위해 모여 있었다. 그 사람은 "돌아가라"는 점사를 들었으므로 고개를 넘지 않고 멀지만 돌아서갔다. 가다가 날이 저물어 주막에 들어가 하룻밤 묵어가고자 하는데 그 사람은 주막집 주인에게 고개 넘어 온 사람들이 어디에서 머무느냐고 물었다. 그랬더니 고개 넘어 오던 사람들이 강도를 만나서 다 죽었다고 주막집 주인이 말해주었다. 그 사람은 주막에서 하룻밤 자고 다시 길을 떠났는데 갑자기 소나기가 내렸다. 그 사람은 비를 피해 바위 밑에 들어갔는데 그 바위 아래로 흉측하게 생긴 괴물 같은 여자가 들어왔다. 그 사람은 노인의 두 번째 말을 기억하여 "이쁘구나"라고 말하였다. 그랬더니 그 여자가 갑자기 없어지고 예쁜 여자가 나타나서 그 사람에게 보물 보따리를 주면서 말하기를 자신은 옥황상제의 딸인데 죄를 져서 얼굴이 흉측하게 변했다고 했다. 천년에 한번 사람을 만나는데 이번에 만난 그 사람이 삼천년이 되어 세 번째 만나는 사람으로, 예쁘다고 말해주는 사람이 있어야 자신의 죄가 사해진다고 하였다. 그 사람은 보물을 얻고 신이 나서 가는데 날이 다시 저물어서 산 속에 불빛이 있는 집에 들어가 하룻밤 묵기를 청하였다. 그곳에서 방을 하나 내어주고 음식을 대접해서 쉬고 있는데 밖에서 칼 가는 소리가 들렸다. 그 사람이 문틈으로 쳐다보니 칼 가는 여자 치마 밑으로 꼬리가 나와 있었다. 그 사람은 자기를 죽일 것이라고 여기며 그곳을 빠져나와 도망쳤다. 그런데 이 여자는 천년 이상 묵은 여우로 사람 간 백 개를 먹어야 사람이 될 수 있는데 이 사람이 백 번째 사람이었다. 이러한 상황에서 그 사람을 놓칠 리 없는 여우는 도망가는 그 사람 앞에 서서 칼로 찔러 죽이려고 했다. 그 사람은 노인이 마지막으로 한 "기어가라"의 말을 생각해 내고는 기어서 갔다. 기어가는 그 사람을 그 여인이 죽이려고 하는 찰나 하늘에서 벼락이 내려 그 여자를 죽였다. 본래 하늘의 법에 기어 다니는 어린애는 죽일 수 없게 정해진 까닭이다. 이 사람은 목숨을 두 번이나 구하고 보물까지 얻어서 집으로 돌아왔는데, 이는 그 사람이 착하게 살았기 때문에 복을 받은 것이었다.

옛날에 그 어느 한 사람이 인저(이제) 시골에서 이렇게 사는 게, 농사짓고 사는데 발전이 없는 거여, 응?

돈을 돈을 좀 많이 벌어서 부자가 되고 싶은디 읍어요.(없어요.)

그래서는 논을 좀 얼마 어느 정도 팔구,

얼마 정도 냉겨놓고(남겨놓고) 해서 장사를 좀 해서 돈을 좀 벌을라구 장사 밑천을 해가지구 갔어요.

떠나서 가서 먼길을 먼길을 가서 장사하는 거여.

게 삼년을 돌아댕기다 장사를 하는디 겨우 한 마디로 본전 배께(밖에) 못헌 거죠.

집이서 땅 팔아가지구 간 돈 고거 삼백 냥 고것만 남은 거요.

그릉게,

"에휴 나 나 같은 사람이 농사나 지으야지 장사는 무슨 장사여.

인제 가야되겄다 하구서."

오는 거여, 되짚어서.

집으로 집을 찾아서 오는 길인디 지금은 잠자리가 여관도 있구 뭐 호텔도 있구 뭐 다 있지.

그른데 옛날에는 그른 게 없었나 봐요.

가다보믄 어느 어느 고을에 주막 같은 데서 해서 거기서 어떻게 방 멫(몇) 개 있어서 거기서 잠이나 자고 그러는 건데,

인제 해가 저물어서 찾아 들어가서 저녁을 거기서 사먹구 자 자고 가야 되니께 방은 읎구 저 헛간이 있응께 거기다 멍석을 깔아줬다구.

멍석은 알죠?

짚 짚이로다 새끼 꽈서 맨드는(만드는) 거.

자리처럼.

그걸 깔아놨응께 거기 가 주무실 수 있으믄 자라고.

그래 저녁을 먹고서 인저 방에 가 ○○○○ 자는 게 낫지.

한 데서 자는 것보담.

그렇허구 거기서 인제 잘라고 있응께 웬 노인이 들오더래.

그이도 자기보담 더 늦게 왔응께 방이 없응께 글로 들오더래.

"여기서 같이 주무시라고."

해니께,(하니까,)

"그냥 자겄다구."

그래 둘이 이렇게 인제 앉었는디 게 노인이니까 안쪽에를 아늑헌 데를 내줬어, 이 젊은 사람이니까.

내줘서 이렇게 앉었, 둘이 앉었으니 하는 얘기가 노인이,

"젊은이, 점이나 한 번 해지."

그러드랴, 노인이.

"점은 무슨 점요, 젊은 사람이.

저는 돈도 없구요."

그릉게 노인이 하는 얘기가,

"자네 삼백 냥 있잖어."

그러드랴.

그릉게 어떻게 안다고.

삼백 냥 있는 거 어떻게 알어.

"이 기냥으로는(그냥으로는) 안 봐줘.

한번 보는데 백 냥여."

그러더래 또.

(조사자 : 비싸네.)

비싸지.

자꾸 점을 보랑게 돈 백 냥을 내놓고 점을 해 해달라고 했어.

그릉게 돈 백 냥을 받더니 점을 해준다고,

"돌아가라."

그러드랴.

그러구서 그만여.

"더 알고 싶으믄 백 냥 또 내놔라."

그르더래.

그래 허무하잖아.

겨우 돌아가라 그 말 한 마디에 백 냥 주고서 나니까 허무한 거지.

긍게 또 또 줬어요.

백 냥을 주고 또 봐달라고.

그릉게,

"이쁘다고 해라."

그래.

그릉게는 그것을 한 마디 허구서 그만여, 이것두.

그릉게 이 사람에게 삼백 냥 있는 거 다 줬어.

마저 백 냥 더 주고 더 봐달라고.

그릉게,

"기어가거라."

그려.

긍게 돌아가라, 이쁘다고 해라, 기어가라.

긍게 삼백 냥이 다 털렸어, 인저.

그러고 낭게는 억울해 인저, 응?

(조사자 : 억울하죠.)

응?

집이 가서 땅 팔아가지고 온 돈 본전이라도 해가지구 가는데 다 뺏겼잖아.

점 점 허는라구.

그래서 인저 그러구 나서 그 이튿날 아침에 일어나니께 이 노인네 없드랴.

일찍 가서.

이 고민허다 늦게 잠들었응께 해가 뜨 뜰 때까지 잤나봐.

긍게 인저 길을 한참 가는디 고개를 이렇게 넘어가야 돼.

그런데 이게 돌아가믄은 길이 배는 멀드래요.

도는 길이.
고개를 넘으믄 가깝고.
거기에 고개를 넘어갈 사람들이 한 열댓 명 모였는디 한 이십 명 모여야 고개를 넘어간다.
그 그 고개가 가깝기는 헌디 무섭다는 모양여.
그릉게 여기서 딴 길은 없느냐구 이 사람이 물어보니까,
"이렇게 일로('이리로'의 의미임.) 돌아가야 되는디 돌아가믄 굉장히 멀다구."
그래 자기는 백 냥 주고 점 한 게 돌아가란 소리 들었잖아.
그릉게 이리 이렇게 넘어가지 않고 이리 도로 돌아가는 거여.
응?
똑바로 안 가고 인저 돌아가는 거요.
돌아가다 보니께 해가 저물었는디 거기두 산 고개 넘어 주막집이 또 있드래요.
그래 거기 들어가서 밥 한 그릇을 사먹구,
"여기 고개 넘어 온 사람들 어서 자느냐구?"
물응께,
"이 양반 소식이 깜깜하네.
어디서 오나?
그 사람들 고개 넘어 오다 강도 만나서 다 죽었대."
그르더래.
그 주막집 주인이.
아이고 그릉게 백 냥이 안 아까워, 인저.
살았응께 백 냥이 안 아까워 인저.
그러고 나서는 거기서 인저 그 집이서 어떻게 자구서 그 다음날 인제 가는 거여 또.

가는디 이렇게 가다보니까 또 강가에 바닷가에 길이더래요.

바다를 이렇게 돌아가는 그 길이더래.

그런데 갑자기 소낙비가 오드라네.

소낙비가 오니까는 의지할라구 이렇게 바위가 이렇게 이렇게 있는디 바위 밑이 밑에서 이렇게 비를 피하구서 있는 건디 있는디,

비를 맞으면서 웬 여자가 하나 들오는디('들어오는데'의 의미임.) 얼굴이고 뭐고 손이고 보믄은 괴물이나 똑같으드래.

아주 그렇게 흉측하게 생긴 여자가 들온겨.

아 두 번째 점한 게 이쁘다구 허라 그랬잖아.

그릉게,

"이쁘구나."

그렇게 한 마디 했어.

이 사람이 그 상황을 그 여자를 보구 이쁘구나 했어.

그서 이쁘구나 했는디 옆이서 있더니 그 괴물 같은 게 읍어졌더라네 한참.

그래 그러구 나서 자기가 가만히 서서,

"야, 희한하다."

그래 쪼금 있다가니 괴물이 아니고 그냥 기가 멕힌(막힌) 여자가 나타나믄서 보따리를 이렇게 하나 가지고 들오더래.

주믄서,

"내가 옥황상제의 딸인데 죄를 저가지구('지어가지고'의 의미임.) 벌을 받았다."

이거여.

그래 천년에 사람을 한번 만나는 거여.

그래 삼천년이 됐는디 인제 세 번째 만나는 거여, 사람을.

그러는디,

"니가 이쁘다고 해야 그 죄가 사해지구 괴물 같은 게 읎어진다구 했어."

그 사람이 이쁘다는 소리 한 마디 해서 싹 읎어져서 자기가 바다 속에 들어가서 어뜩해서 그 보물을 갖다줬어요.

그릉게 그걸 갖다줬응께 돈 삼백 냥이 아니라 삼천 냥도 넘드라 이거여, 보물 가치가.

그릉게 이 젊어지구 신이 나서 가는 거여 인저.

가다 또 날이 저물어서 산골 산골 안에 들어섰드래.

긍게 이게 외딴집인디 불이 좀 있고 해서 저물었으니까,

"여기서 자고 가야 되겄다."

간단하게 방 하나만 주믄 하나 대주구 아주 음식을 제대로 잘 대접해 주드라 이거요.

그러고 났는디 달빛인데 가만히 인제 드러눙게('드러누우니까'의 의미임.) 자기도 희한허잖아.

응?

삼백 냥을 돈을 해서 돌아가서 살구 이쁘다구 허라고 해서 보물 이렇게 읃었으니께.(얻었으니까.)

그래 잠을 안자고 있응께 달빛이 있는디 새벽녘에나 됐는디 뭔 소리가 나드래.

쓱쓱 하는 소리가.

그래서 문틈으로 이렇게 보니께 칼을 갈드라 이거여.

칼을 갈고 있어.

긍게 뒤를 보니까는 달빛에 뒤를 봉께 꼬리가 요만큼 나왔더래.

게 여우가 전부 ○○ 보내두 꼬리를 못 감추네.

못 헌다는겨.

꼬리가 이렇게 머리 이렇게 딴 건 마냥 길게 해구 해두 칼을 가는디 치

마 밑이루 이렇게 땅이루 이렇게 꼬리가 나왔드래.

'이거 이거 죽었구나.

칼 가는 게 날 잡아먹을라고 칼 가는 거 아니냐, 틀림없이.'

그래서는 뒷문이로 해서 열구 살그마니(살그머니) 도망가는 거여 이게.

응?

보물 보따리 하나 지구서 살살 가는 거여.

그릉게 이게 놓칠 수가 있어.

그런데 그 여우가 천년 이상 묵은 여운디 그게 사람이 되는 건 오늘 해갖구 해는디,

젤 쉽게 택핸(택한) 것이 사람의 간을 백 개를 먹어야 사람이 된다.

그게 아흔 아홉 개 먹구 백 개째 이 사람만 잡아먹으믄 간을 먹으믄 사람이 되는 거여 인저.

근데 이게 놓칠 수가 없지.

도망가는 걸 앞에다 딱 슨 거여.(선 거야.)

긍게 마지막 할아버지가 점 해준 것이 기어가라고 했잖어.

그릉게 이렇게 엉금엉금 기어서 도망간겨.

긍게 겨 겨가는('기어가는'의 의미임.) 건 어린아이는 절대로 건드리면 안 된다고 했어.

기어다니는 어린 어린아이는 건드리믄 안 된다.

그게 법을 정해준 거여 말하자믄.

그릉게는 이게 기어가는데 어린애를 칼로 이게 말하자믄 죽일라고 허니께 탁 하늘에서 쳐버렸어.

(조사자 : 간을 빼먹더라도 어린애는.)

긍게 법 법을 정해줬는데 법에 어겨지믄 그냥 쳤나봐.

그래서 인저 칼로 자기를 찔를 판에 그냥 난데없이 탁 쳐서 그걸 죽여놓구 그냥 왔어.

집이로 온 거여.

그래 살었다는 얘기여.

(조사자 : 용한 용한 점이네요.)

그 사람이 인저 살을 때가 돼서 그 노인이 해준 거여 그렇게 얘기를.

해 해 다 해서 살게끔.

원래 인제 착한 사람이기 땜에 살려준 거지 한 마디로.

그런 일이 있었대요.

## 보은으로 명당 얻어 부자 된 사람

자료코드 : 02_24_FOT_20110129_SDH_KJG_0004
조사장소 : 경기도 이천시 부발읍 죽당2리 843-1번지 마을회관
조사일시 : 2011.1.29
조 사 자 : 신동흔, 노영근, 이홍우, 한유진, 구미진
제 보 자 : 강진구, 남, 78세
구연상황 : 앞 이야기에 이어 바로 구연하였다.
줄 거 리 : 겨울에 머슴이 땔나무를 하기 위에 산으로 가는 도중 쓰러져 있는 노인을 발견했다. 머슴은 그 노인이 탈진한 것 같아 보였기에 자신이 싸온 도시락을 먹여 살려냈다. 노인은 목숨을 살려준 보답을 하겠다고 하며 머슴을 데리고 산에 올라가 묏자리를 잡아주었다. 노인이 잡아준 묏자리는 꿩이 새끼를 낳아가지고 노는 형국인데 그 건너 봉우리가 매 형국이기에 지관들이 망하는 자리라 보고 안 쓰는 자리였다. 그러나 노인은 그 위 봉우리가 개 형국이기 때문에 개가 내려다보고 있어 매가 꿩 새끼를 잡아먹기 위해 뜨지 못하는 형국이 되므로 명당자리라고 하였다. 이에 노인은 자신이 잡아준 자리에 아버지의 유골만 일단 갖다 묻고 산이 있는 그 동네의 부잣집에서 머슴살이를 하라고 일러주었다. 머슴은 노인이 시키는 대로 노인이 잡아준 묏자리에 아버지의 유골을 갖다 묻고 그 동네 부잣집에서 머슴살이를 하였다. 몇 년이 지나자 부잣집의 재산이 머슴에게로 가면서 머슴은 점점 부자가 되어갔다. 부잣집에서는 결국 그 산을 팔게 되었는데, 이를 머슴이 샀다. 산을 판 부자는 머슴이 쓴 묏자리를 보고 좋은 자리라고 여겨 지관을 불러 물어보자 지

관들은 여전히 망하는 자리라고 하였다. 이에 머슴이 개 형국의 봉우리를 가리키며 묻자 그때서야 지관들은 자신들이 그 봉우리를 미처 보지 못했음을 안타까워하였다.

어느 고을에서 참 사람이 인제 어려워서 남의 집에 고용을, 머슴이라고 알지 머슴?

일 해주고 일 년에 쌀 멫(몇) 가마씩 받는 게 머슴.

머슴을 사는디 겨울철에 낭구를(나무를) 허러, 여름에 농사짓고 가을에 농사짓고 겨울에 낭구를 해다 때잖아.

땔낭구.(땔나무.)

나무 땠으니까 옛날에는.

기름이 없으니까.

그릉게 낭구 하러 가는 디가(데가) 멀었나봐.

긍게 도시락을 싸가지고 지게를 지구서는 가는데, 가다 이렇게 보니까 웬 노인이 길거리에 이렇게 쓰러졌드래.

그래서 이렇게 자는 걸로 알고 들여다보니께 자는 것 같지도 않고 이상하더래.

그래 이렇게 손을 만져보니까 손은 따땃한디(따뜻한데, 따땃하다는 따뜻하다의 함경도, 평안도 방언임.) 맥 놓는 것도 션찮고,

○○ 봐서 괜찮구 배가 고파서 탈진한 사람 같으드래, 이 사람이 볼 때.

그래 자기 인제 도시락을 싸온 것을 뚜껑에다가 물을 좀 개울에 가서 맑은 물 떠가지고 와서,

밥을 조금 떠놔주고 물을 조금 넣 넣어주고 넣어주고 허니께 일어나드래요.

그래 진짜 탈진했던 드러누웠던 사람인디 살아난 거여, 한 마디루.

그러니까는 숨을 크게 쉬믄서 ○○○○ 일어나더니,

"나를 살려줬으니까 내가 보답을 좀 해줘야 되겄다.

기낭(그낭) 이 자리다 지게도 놓고 나를 따라오시오."

하는겨.

근데 그 노인이 산 타갖고 길을 가는디 기가 멕히게(막히게) 빨리 잘 가.

자기 젊은 사람이 따라갈 수가 없지.

근데 여기서 한 멫(몇) 십리 정도, 여주 정도나 갔던지 저기 강원도 쪽을 갔던지 멀리 가는 거여, 이게.

가서 가다 내리가다(내려가다) 산이루(산으로) 산이루 올라가다 인제 내리다(내려다) 보는 거여.

그 아래 동네가 크드래요, 아주.

동네가 크구 마을이 크구 한 동넨디 이렇게 우서('위에서'의 의미임.) 이렇게 있더니 이제 산속이루 이렇게 내려오면서,

"요기(여기) 요기 봉우리 산봉우리가 있는디 요기다가니 당신 아버지 묘를 요기다가 쓰라구."

그릉게는,

"여 남의 산인디 어떻게 쓰냐?"

양심 있는 사람 아녀.

그릉게,

"여기는 지금 이 땅 임자가 모이를(모이는 묘의 강원, 충청, 경기 방언임.) 못 쓰고 있는 거다.

명당자린데 못 쓰고 있는 자리다.

그릉게 니가 써라."

그래서 나무때기를 쪼그만 거 굵은 나뭇가지를 가지고 와서 요렇게(이렇게) 요렇게 박아주더래.

요렇게 요렇게 해라고 요렇게 해주더래요.

그릉게 살짝 가서,

"유골만 있을 거니까 당신 아버지는 지금 파보믄 유골만, 뼈만 있을 거니까 갖다 고대로 살짝 묻으라구."

시킨 거여.

그러믄서 일러주는 거여, 거기가.

"이게 형국이 꿩 형국이다.

꿩이 새끼를 낳아가지고서 여기서 노는 형국이다 이거여.

그러구 요 건너 봉우리가 저 저 매 형국이다 이거여."

매, 응.

"그러기땜이 지관들이 와서 보구서 여기다 쓰믄 망한다구 허구 안 쓰는 자리다.

그런디 거기 위봉우리가 위에 봉우리는 개 형국이다 이거여."

개, 응.

"개가 이렇게 앉었는('앉아 있는'의 의미임.) 봉우리다.

그래 이짝에서(이쪽에서) 매가 이렇게 떠서 꿩 새끼를 잡아먹을라고 뜨 뜨지를 못해.

개가 이렇게 이러고 있어서.

내려다 봐서.

그래서 이게 여가 천하 명당자리다.

부자가 될 것이다.

그러구서 여기다 모이를 쓰구,

그렇게 허구서 이 동네로 와서 니가, 어차피 남의 집에 사는 거 이 동네 부잣집 와서 살아라."

이러구서는 그 사람 가구, 자기는 인제 집이루 돌아와서,

뭐 좀 오래 살았으니께 자기 세경 받는 거 있잖아, 세경.

세경이라구 허지.

뭐 지금은 월 월급 타는 것이지만.

그거를 인제 얼마 받아가지구 그 동네로 왔어, 인저.

그러니까 시키는 대로 허는 겨, 노인네가 시키는 대루.

응?

자기 아버지도 자기가 혼자서 몰래 살짝 갖다가 거기다 쓰구, 응?

해구서는 그 동네 가서 머슴을 사는디, 이 사람이 착실허니까 일두 잘 허구 긍게 거 동네서 땅도 좀 몇 마지기 사구 그랬어.

거기서 머슴을 몇 년 살고 인제 이렇게 해서.

인제 그러다보니께는 꽤 오래 살았는디 그 부잣집 재산이 자꾸 그 젊은 사람한테로 자꾸 몰려가는 거여 인저.

땅이 자꾸 팔아먹어서 그 사람이 사구.

그러는데 그러다보니까는 바로 또 그 동네에서 결혼도 하게 돼서 인제 결혼도 해서 해구,

이렇게 해서 집도 인제 사구 이렇게 해서 땅도 사구 해서 사는 거여.

인제 그 부잣집 재산이 자꾸 그짝이루(그쪽으로) 몰려가는 거여.

긍게 그 산을 판다는 거여 인저, 부잣집이서.

그 산을 판다니께 이 사람이 샀어요.

샀응께 고대로 그 사람이 해준 대로 유골을 갖다 썼으니까 이렇게 모이기만 허믄 산소가 되는 거 아녀.

그릉게 거기다 모이를 쓴 게 이게 쳐다보니까 기가 막히게 존 거여 아주.

보기도 좋고 자리가 좋아 아주.

이제 자꾸 부자가 되는 거지 인저.

그릉게는 그 인저 산 팔아먹은 사람이 인저 지관을 전부 불러다 대는 겨.

"나쁜놈들아, 모이 자리가 이렇게 좋아서 이 사람이 자꾸 부자가 되고 시방 내 재산이 절로('저리로'의 의미임.) 다 갔는디,

왜 못 쓴다고 했느냐 이거여."

지관들이 쳐다보구서,

"누가 모이 썼다 망했다구 망했다구"

이러믄서 들어와.

그릉게는 그 원래 산 임자 그 부자하구 그 사람하구 새로 쓴 사람허구 지관하구 올라가서 보는겨.

"근데 왜 왜 어째서 망허느냐?"

응?

망헌다고 허니까,

"게 여기가 꿩 형국이구 이짝이가 매 형국이라 안 된다 이거여."

그 사람이 인저 산(山) 산 사람이,

"이 위 봉우리는 무슨 형국이요?"

그릉게,

"개형국, 아이고 그걸 못 봤구나."

그러드랴 뭘, 지관들이.

그릉게 복은 그 사람헌데 있는 거여, 복이.

그릉게 아무리 자기 것이 아니 될라믄 아니 될 수가 없는 거 아녀.

응?

산에 산삼을 캘라믄 그게 눈에 안 띈다는 거 아녀.

아무나 안 보인다는 겨.

보이는 사람만 보이지.

그와 마찬가지로 자기 복이 아니믄 될 수가 없는 거여.

# 기지로 호랑이와 형제 맺은 사람

자료코드 : 02_24_FOT_20110129_SDH_KJG_0005
조사장소 : 경기도 이천시 부발읍 죽당2리 843-1번지 마을회관
조사일시 : 2011.1.29

조 사 자 : 신동흔, 노영근, 이홍우, 한유진, 구미진
제 보 자 : 강진구, 남, 78세
구연상황 : 앞 이야기에 이어 조사자들에게 이야기를 하나 더 해주겠다며 구연하였다.
줄 거 리 : 어떤 사람이 산에 나무를 하러 갔는데 호랑이가 나타나서 잡아먹으려고 하였다. 이 사람은 꾀를 내어 호랑이에게 “형님”하고 부르며 울었다. 호랑이는 희한하게 생각했다. 이 사람은 호랑이와 함께 산에서 마을로 내려왔다. 호랑이에게 어머니가 아랫마을로 놀러가셨으면 모시고 와야 한다며 호랑이를 문 바깥에 세워 놨다. 호랑이를 문 바깥에 세워놓고 방에 들어가서 어머니에게 호랑이를 보면 우리 아들 어디 갔다가 이제 오느냐고 붙잡고 무조건 울라고 시켰다. 어머니는 아들이 시키는 대로 했다. 그런 후 호랑이는 그 집 큰아들이 되어 호랑이는 윗방에서 지내고 어머니와 아들은 아랫방에 지내며 함께 살게 되었다. 호랑이 형님은 노루 등 많은 고기를 잡아와서 아들과 어머니는 고기를 실컷 먹을 수 있게 되었고 남는 것은 마을 사람들에게 나눠주기까지 하였다. 그렇게 호랑이 형님과 육 개월 정도 살았는데, 어느 날은 호랑이 형님이 어머니에게 동생 장가보내는 것을 건의하였다. 어머니는 색시도 없는데 어떻게 장가를 보내느냐고 하자 어머니에게 아랫목에 불을 따뜻하게 때놓고 죽을 쒀놓고 기다리라고 하였다. 그날 밤 호랑이 형님은 서울 대감 딸을 업어왔다. 호랑이 형님에게 업혀 온 대감 딸은 기절해서 왔는데 호랑이 형님 말을 듣고 방에 불을 때놓고 죽을 써놓고 기다린 어머니는 대감 딸에게 죽을 먹여 살려냈다. 대감 딸은 산속이라서 자신이 살던 집을 찾아갈 수도 없고 그 집 아들이 아직 결혼을 하지 않을 것을 보고 그 아들과 결혼해서 살았다. 그렇게 일 년이 지난 어느 날 호랑이 형님이 대감 딸에게 친정에 한번 가야하지 않겠느냐고 하며, 술과 떡을 준비하라고 시켰다. 호랑이 형님은 술과 떡을 가지고 제수씨와 동생을 자신의 등에 태우고 이백리가 되는 대감 딸의 친정에 갔다. 호랑이 형님은 조랑말을 하나 구해오라고 하여 조랑말을 가죽을 뒤집어쓰고 대감 딸의 친정에 당도했다. 호랑이 형님은 집에 들어가기 전에 제수씨에게 자신이 호랑이라는 말을 친정 식구들에게 하면 식구들을 다 죽이겠다고 엄포를 놓았다. 그리고 자신을 어디에 매어 놓느냐고 물으면 아무 데나 매에 놓으라고 하고, 밥은 구정물이나 끼얹어 주라고 말하라고 시켰다. 동생은 호랑이 형님이 시키는 대로 하였다. 친정 식구들은 호랑이 형님을 남새밭에 매어놓고 구정물을 던져주었다. 호랑이 형님은 구정물 속에 있는 밥풀을 먹기 위해 모인 개들을 한 마리씩 잡아먹으며 식사를 해결했다. 양반들은 약혼을 했으면 삼년 제사를 지내줬는데 대감 딸이 친정에 간 날이 호랑이에게 업혀 온지 일 년 째 되는 날이므로 첫 번째 제사가 있는 날이었다. 제사가 있어 대감

딸과 약혼을 했었던 신랑이 왔는데 대감은 자신의 딸을 다시 데리고 오기 위해 두 사위의 내기를 제안했다. 대감은 돈 천 냥을 원래 사위에게 주면서 원래 사위와 현재의 사위에게 장기 내기를 시켰는데, 현재 사위가 이기면 천 냥을 갖게 되고 지면 자신의 딸을 다시 달라고 하였다. 장기를 둬 본 적이 없는 동생은 호랑이 형님에게 이에 대해 이야기하자 호랑이 형님은 파리를 방안으로 들여보낼 테니 파리가 앉은 곳에 장기를 두라고 시켰다. 동생은 호랑이 형님이 시키는 대로 하여 이기고 돈 천 냥을 벌게 되었다. 이어 대감은 바둑 내기를 시켰는데 바둑 내기 또한 장기 내기와 같은 방법으로 동생이 이겼다. 대감은 다시 한강을 뛰어넘는 내기를 시켰다. 동생은 호랑이 형님에게 또 이 이야기를 하자 호랑이 형님은 내기를 할 때 대감 딸의 원래 신랑이었던 사람을 꼭 먼저 뛰게 하라고 시켰다. 동생은 이 역시 호랑이 형님이 시키는 대로 하였다. 원래 신랑은 큰 말을 타고 한강을 먼저 뛰었고 뒤 이어 동생을 등에 앉힌 호랑이 형님이 뛸 차례였다. 이때 호랑이 형님은 동생에게 얼른 내리라고 하고 쓰고 있던 조랑말 가죽을 벗고 호랑이 몸이 되어서 나타나 소리를 질렀다. 호랑이 소리에 놀란 원래 신랑은 한강을 반 밖에 뛰지 못하고 물에 빠져서 죽었다. 호랑이 형님은 아이 셋을 낳기 전까지는 절대 처가를 방문하지 말 것을 당부하면서, 자신은 이제 할 일을 다 했으니 간다고 하며 떠났다.

어떤 사람이 이렇게 시골에서 사는데 그 사람은 산에 낭구를(나무를) 하러 갔어.

낭구를 허는데 호랭이가(호랑이가) 나타나더니,

"내가 배가 고파서 너를 잡어먹어야 되겄다 이거여."

꼼짝없이 죽었지.

지가 호랑이를 이길 수는 없잖아.

게 이놈이 얼렁 꾀를 냈어.

"아이고 형님, 어디 갔다 인제 오느냐구."

호랭이 보고.

아 그러구 호랭이를 붙잡고, 무섭기도 허고 잡어먹는다고 했으니께 붙잡고 막 우는 거여, 형님이라고 허면서.

게 잡어먹는다고 허는 놈이 형님 형님이라고 울고 있으니까 희한하단 말여, 호랭이가 생각헐 때.

옛날엔 호랭이도 말을 했나부지.

“에 어머니가 얼마나 기다렸는지 모른다고 가자구.”

그릉게 낭구 허다가니 인저(이제) 지게도 거기다 집어 내비리고(내버리고) 다 집어 내비리고선 호랭이랑 둘이 오는 거여.

오믄서,

“어머니가 요 아랫마을로다가 놀러가셨으믄 모시고 오야(와야) 되니께 여 잠깐만 기다리라구.”

대문 밖에서 인제 기다렸대.

싸루문여.(‘사립문이야’라는 의미임.)

옛날엔 시골에 싸루문이라고 해, 싸루문.

(조사자 : 싸리문요?)

응, 싸리문 와서 나무때기 꺾어서 울타리 꺾어서 나무때리를 세워서 허구 나무때기로 맨들어서(만들어서) 싸리문을 해달은 거여.

그래 배깥에서(바깥에서, 배깥은 바깥의 충청도 방언임.) 세워놓고선 들어가서 어머님허구 짜야 돼.

“무조건 우리 아들 어디 갔다 인제 오냐고 울기만 하라 했어.

그렇지 않으면 우리 모자 간에 다 죽는다 이거여.”

그릉게 무섭기도 허구 뭐허구 뭐 아들 시키는 대로 했지.

그릉게는 끄덕끄덕 하더랴.

인제 방이 둘인디 아룻방허고(아랫방하고) 웃방허고(윗방하고) 두 칸인디 거기서 인저 같이 사는 거여 인저.

호랭이가 큰 아들이 되구 이건 작은 아들이 되고 같이 사는 거요.

아 그러더니 인제 나가믄 그 뭐 노루도 잡아오고 뭐 산짐승도 잡아오는 거여, 고기는.

그 고기는 인제 실컷 먹는 거지.

남아서 아랫동네 사람들도 잡어서 다리도 갖다 주구 뭣도 갖다 주구 인제 해.

남는 건 갖다 주기도 하고.

긍게 이게 날고기만 먹다 또 삶아서 주니께 또 호랭이도 맛이 괜찮은 거여.

응? 삶아서 익혀서 주니까.

그래 인제 웃방에서는(윗방에서는) 호랭이가 살고 아랫방에선 아들허고 어머니허고 살고 그러는디.

그러더니 그렇게나 해서 지내는 것이 한 육 개월 이상 지냈다 이거여.

그러더니 하루는 아침을 먹고 나서 하는 얘기가,

"어머니, 동생 장가 갈 때가 됐는디 장가는 보내야 되지 않느냐 이 거여."

호랭이가.

그릉게 동생은 이따,

"아, 형님도 안 갔는디 지가 어떻게."

"아, 나는 괜찮네."

그러더라 이거여.

그러고서 그릉게 그 어머니 하는 얘기가,

"니가 자식이 어디 가믄 색시가 있어야지 장가를 보내지 어떻게 보내냐."

"그럼 어머니, 죽이나 좀 쒀 놓고 기다려요."

그러더래.

그르더니 저녁에 나가더니 새벽녘에 색시를 하나 업어 왔어.

업어 왔는디 그것도 자그만치 서울 장안에 대감 딸을 데려 와버렸어, 대감 딸을.

그러니 그 업어 왔으니, 호랭이 업혀 왔으니께 이게 까무라쳤지.(까무러쳤지.)

응? 정신 있을 때는 업혀, 호랭이가 물어서 등어리다 업고 왔응께는 까무러쳤잖아.

그릉게 아랫목에 뜨뜻허게 불을 뜨뜻허게 때놓고 죽 쒀놓고 기다리라 했어.

그릉게 아랫목에다 뉘어 놓고 주물러주고 죽을 멕이고 허니께 살아나더라 이거여.

응? 죽이진 않았으니까.

그릉게 뭐 자기가 호랭이 물려온 건 생각이 나는디,

이 깊은 산골, 산골에 와서 서울이라는 디를(데를) 찾아갈 수도 없지만 허구 허는디, 죽은 걸 주물러서 살려줬잖아.

응? 아들허구 엄마가.

그르니까는 보아하니 아들이 결혼을 안 헌거 같으니까 그 아들허구 살은 거여 그냥.

살고 있어서 인제 일 년이 됐어요.

일 년이 됐는디 하루는 또 이러더래.

"제수씨, 친정에나 한번 가셔야죠."

그르더래.

그릉게,

"아 지가 길도 몰르구 어떻게 가요."

긍게, 아 그 술을 쪼금 하구 떡을 쪼금 하라더래.

시키는 대로 해야지.

그러더니 떡을 이렇게 동구리다 싸고, 동구리가 있어.

지금도 있지, 있기는.

대나무로 이렇게 맨글은 동구리(동구리는 반짇고리의 충청남도 방언임.)

가 이렇게 있어, 쪼그만 거.

거기다 인저 떡 한 동구리 허구 응?

술을 담궈서(담가서) 약주술 한 병허구 이렇허구서는 했는디, 거기서 서울 길이 한 이백 리 이상 됐나봐.

여그서 이천서 서울 가는 거리 쯤 됐나봐요, 아마.

그러더니 등어리를 타고 그걸 싣구,

즈이(자기) 지수씨허구(제수씨하고) 동생허구 다 타게 하구서는 갔는디 이게 어디 가서 조랑말 하나를 가져오라 허드래.

호랭이가 알맹이를 쏙 빼고 그러구서 지가 이걸 훌떡 뒤집어쓰는 거여.

뒤집어 쓰구 등어리 등어리 타라구, 말처럼.

그릉게 가는디 그냥 산속이로 어디로 가는디 꽉만 붙잡으라는 거 아녀, 꽉 붙잡으라구.

"제수씨는 동생 허리를 꽉 잡구 동생은 호랭이 요 갈가머리를(갈기머리를, 갈기는 말이나 사자 따위의 목덜이에 난 긴 털을 이른다.) 꽉 붙잡구.

하여간 그러구선 눈 딱 감고 꽉 잡고만 있으라고."

그러더니 얼마나 갔는지 게 산 산봉우리다 쉬더래, 인저.

내리라고 허더니,

"쉬자구.

쉬었다 가자구."

그러더니 앉어서,

"저기 저 아래 큰집이 제수씨의 집이구.

그릉게 절대로 가서 호랭이 소리를 절대 해지(하지) 말라고 그랬어.

호랭이 소리를 하믄은 식구들을 내가 다 없앤다구."

엄포를 준거여 인저.

엄포만 준 게 아니라 그거 뭐 거기서 지가 업혀 왔응께 얼마나 무서운가 알 거 아녀.

그래서 그러구서는 가서,

"말을 어따 매요?"

하거든,

"그거 뭐 션찮은 말 그냥 저 남새밭에다 갖다 놔둬요."

그르더랴.

그러고,

"밥은 뭣 줘요?"

허거든,

"아 구정물이나 그냥 끼얹어 줘요."

긍게 쪼그만 당나구(당나귀) 쬐그만 거니께 우습게 보는 거지.

응? 호랭인 줄은 모르잖아, 절대적으로 아무두.

그릉게 거기다 남새밭에다 그냥 놔두라니께 놔둔 대로 놓구선, 누룩 구정물을 끼얹어준께 밥 밥풀이 있잖아.

동네 개가 말인중 알지 호랭이는 몰르는 거여.

그르니까는 저녁에 와서 그거 줏어먹으러 오믄은 개 한 마리씩 먹어치는 거여.

그게 인저 밥여 그게.

응? 그건 몰르구 구정물 끼얹어 주라니 끼얹어 주는 거지.

그러는디 그 여자가 약혼을 허구 결혼식, 낼 결혼식 허는디 여기 온 거여 이게, 한 마디루.

그릉게는 옛날에는 약혼을 했시믄 삼년 지사를(제사를) 지내줬다네.

옛날 그 법이, 양반에서.

응? 삼년 동안 가서 지사를 지내줬대.

긍게 첫 지사, 일 년 만에 갔응께 첫 지사 아녀.

그릉게 그 먼저 사위가 온 거구.

이건 나중 사위구.

인제 그렇게 된 거지, 한 마디루.

그릉게 그 대감이 시골에서 나무나 허구 사는 사람이 보잘 것 없겄지.

그 부잣집 사위허구 되겄어.

그릉게는 어떡허든지 딸을 뺏기 위해서 돈을 천 냥을 주믄서 장기를 두라고 시켰어.

돈 천 냥을 주믄서 사우를(사위를) 주믄서, 먼저 사위.

장기를 이기는 사람이 천 냥 갖고 저짝에서(저쪽에서) 지믄은 천 냥을 내구 저짝에서 지믄은 색시를 도루 내놓기로.

이게 장인이 시켰어요.

그래 이놈이 장기를 둬봤어, 언제.

시골 촌놈이.

"아 형님 큰일 났어요.

여그 와서 색시 뺏기게 생겼어요."

"왜 그러냐?"

긍게,

"아 장기를 두자고 그러는디 내가 장기를 둘 줄 알아야죠."

긍게,

"응 그래, 알았어.

내가 파리를 한 마리 들여보낼 테니까 파리 앉는 대로만 요리조리 욍겨(옮겨) 놔라.

그럼 니가 이긴다.

그럼 돈 천 냥 버는 거다."

그랬어.

그릉게 증말 장기를 딱 허구 해구서는 두믄서 파리가 앉는 대로 요리조리 욍겨 놨어.

긍게 이겼네.

돈 천 냥 벌은 거지 인저.

그른데 그러구서 그만 뒀으믄 괜찮은디 또 돈 천 냥을 주구 인제 바둑을 두라는 거여.

장기에 졌으니까.

이 바둑은 더 진 ○○ 아녀, 장기보담.

긍게 바둑두 그와 마찬가지로 파리를 들여보내서 파리가 앉는 대로 둬서 이겼어요, 또.

이천 냥 벌은 거지.

인제 그걸로 끝이믄 되는디 서울 한강을 뛰어 넘기를 했댜.

한강을 뛰어서 건느기로.

에 그놈은 말타구 하고 허는 바람에 더러 뛰어보기도 했나봐 아마.

그릉게 메칠(며칠) 날 핸다구 인저 삼일 동안 여유를 두구서 서울 장안에다 붙였어.

벽보를 붙였어.

말하자믄 극장 삐라 붙이듯이 붙여놨어요.

긍게 구경을 나오지.

응? 잊어버린(잃어버린) 딸이 살아와서 응?

이렇게 이렇게 시합을 한다 이거여.

강을 건너뛰구.

그릉게는 그러드래.

"동생, 내 말은 션찮응게 니가 먼저 뛰라구 하라구.

절대 니가 먼저 뛰지 말아라."

이렇게 시켰어요.

개 개는 호랭이가 시키는 대로 배께(밖에) 못해.

그 뭐 알으야 허지.

(조사자 : 재주가 없으니까.)

응, 재주가 없으니까.

게 이놈은 그 말 뛰는 게 큰 말 아녀, 그게.

사람이 타구 댕기는 전쟁에두 쓰구 허는 큰 큰 말이지.

옛날에 그 뭐 호마(胡馬)라고 그랬잖아.

큰 말을 타구 참 비까비까허구(비까비까하다는 것은 번쩍번쩍하다는 의미임.) 앞이 걸어오구 뒤 조랑말 타구 쫓아가구 그러는디.

조랑말이 부 부러 찔뚝찔뚝 허는겨.

응? 호랭이가 응?

찔뚝찔뚝 허는겨, 션찮은 말처럼 아주 딴 사람이 볼 때 우습게 보게.

근데 이게 서울로 한강 저 다리 논('놓은'의 의미임.) 디(데) 아마 거기를 ○○○○○ 뛰기를 했는지 뭐했는지 용산 쯤 해서 벌판이었었대, 전부.

응? 옛날에는 뚝이 없었구 그냥 벌판이로 했었어.

그릉게 지금처럼 물은 안 많지.

해져서 내려가구 장맛절에 해져 내려가구 물 없을 때는 저짝 산 밑이로 조금 내려가구 그렁게.

이렇게 저렇게 넓진 않았겄지, 뭐여.

그릉게 말이 뛰었겄지.

그릉게 이놈이 탁 뛸랑게 여그서 한 십리 바깥에서 뛰어서 오아(와야) 된대.

응? 달음질 쳐서 뛰듯이 뜀뛰기허는 것은 사람허구 똑같은가봐 아마, 멀리서부텀.

그 용산서부텀 냅다 뛰어서 건너올라고 뛰는 거지.

게 꽁지를 들고 말이 소리를 지르고 뛰어오는 거여.

그릉게,

"동생."

이렇게서 돌아다 보드니,

"어여(어서) 내려."

하더니 이걸 홀랑 벗어버렸어, 말가죽을.

호랭이 몸이 인제 나타난 거여.

그러구서 인제 확 뛰는데 호랭이가 소리를 한번 질르니께 말이 호랭이 소리에 강 반배께 못가고 빠져버렸어.

(조사자 : 아, 놀래가지구.)

응, 빠져버렸응께 죽었지 뭐여.

인저 그러니께 거기서 서울 장안에 그 하얗게 양짝에서 구경허로 나온 사람들이 호랭이 고함소리 하나에 다 들어가고 없더랴, 하나도.

사람이.

호랭이 소리가 얼마나 큰지.

그래구서 그 뒤로 와서는 뭐 그냥 개도 사다준다 뭐 한다 해다 그 장인이 찔찔 매드래요, 인제 그때는.

그러구선 집에 와서 그 호랭이가 하는 얘기가,

"인제 나는 나 할 일 다 했으니께 나 간다."

그러더니,

"애 셋 낳기 전에 절대로 처갓집에 가지 말라고 했대.

애 자식 셋 낳기 전에는 절대 집에 가지 말어라.

처갓집에 가지 말라구."

그릉게 그 지혜가 얼렁 지혜를 써서 죽을 걸 면하구 그놈이 제대로 살았다는 얘기여, 하 참.

## 타고난 복을 아는 사람

자료코드 : 02_24_FOT_20110129_SDH_KJG_0006

조사장소 : 경기도 이천시 부발읍 죽당2리 843-1번지 마을회관

조사일시 : 2011.1.29

조 사 자 : 신동흔, 노영근, 이홍우, 한유진, 구미진

제 보 자 : 강진구, 남, 78세

구연상황 : 앞 이야기 구연 후 이야기를 하나 더 해주겠다며 구연하였다.

줄 거 리 : 시골에서 농사를 지으며 사는 부부가 있었다. 하루는 고을 원의 행차가 길옆으로 지나갔는데 그 원의 행차를 보고 부인이 부러워하였다. 이에 남편은 부인에게 농사를 그만두고 집에 가서 좁쌀 서 되로 술을 담으라고 하였다. 남편은 아내가 담아준 좁쌀술과 안주, 젓가락, 잔 두 개를 망태기에 넣고 서울로 갔다. 남자는 서울 어느 정승 집 담 바깥에서 "술 사시오, 술 사시오."를 외쳤다. 저녁에 퇴청하던 정승은 술을 들고 다니며 파는 술장사를 처음 본 터라 희한하게 여기며 술장사를 불러오게 하였다. 정승 앞에 불려온 남자는 망태기에서 좁쌀술과 젓가락, 안주, 술잔 두 개를 꺼낸 후 술을 따라 정승 앞에 놓았다. 정승이 술을 받은 다음 먹으려고 하자 남자는 자신이 먼저 먹어야 한다며 첫 잔을 자신이 마신 후 둘째 잔을 정승에게 주었다. 한편 정승 하인이 자신의 아버지 제사를 지냈다고 하면서 제사 음식으로 술상을 차려왔다. 술장사가 첫 잔을 먹었던 것을 기억한 정승은 첫 잔을 정승에게 권하였지만, 남자는 어른이 먼저 먹는 것이 도리라며 정승이 준 첫 잔의 술을 연거푸 거절하였다. 이에 화가 난 정승은 제사 음식으로 차려온 술과 고기를 섞어서 자신이 키우던 개에게 던져주었다. 정승이 던져준 음식을 받아먹은 개는 그 자리에서 뻗어서 죽었다. 정승은 자신의 목숨을 살려준 남자에게 고마워하며 소원을 물었다. 남자는 고을 원을 시켜달라고 청하였고, 남자는 고을 원을 하게 되었다. 고을 원을 서너 달 즈음 한 남자는 어느 날 밤 부인에게 집 앞 밭을 매면서 예전처럼 살자고 하였다. 현재의 생활에 편안함을 느끼는 부인은 남편의 청을 처음에는 거절하였으나 남편이 자기라도 혼자 떠나겠다고 하자 남편을 따라 나섰다. 한참을 가다가 언덕에서 쉬고 있었는데 부부가 살았던 원의 집이 불타고 있었다. 부부의 복이 그만큼이었던 것이다. 사람은 자신의 복을 몰라서 못 사는 것이 아니라 타고난 복만큼 사는 것이다.

시골 와서 이렇게 밭을 매는 거여, 밭을 두 내외가.

부부 간에 밭을 매는디 길옆으로다 이렇게 그리 지나가던 큰 길이 있던 모양이지, 옆이로.(옆으로.)

고을 원을 해가지고, 옛날엔 그랬나봐 아마.

인저(이제) 남자는 말을 타고, 여자는 가마를 타구 그 뒤에 인제 그 부하들이 많이 딸리고 피리를 불고 뭐 뭘 치구 그랬나봐요.

악기를 해구 그래고 갔나봐.

그릉게 쭉 가는 걸 보니까 기가 맥히게(막히게) 아주 혼란하거든.

이 여자가 밥을 매다가니 호미를 확 집어던졌어.

그거 쳐다보고 부러워서, 한 마디로.

그릉게 남자가 하늘 쳐다보고 있다가,

"당신 저게 부러워?"

그르더래.

"아 그럼 부럽지, 이놈의 산골에서 밭이나 매 먹는 게 부러우냐구."

승질을 팍 부려.

"부러우믄 한번 해보지, 뭐."

남자가.

"그러믄 시방(지금) 그만 두구 호미 주을 것도 없구 놔두구 집이 가서 좁쌀 서 되만 술을 해라."

응? 좁쌀 서 되를 술을 했어요.

좁쌀술이 맛도 괜찮구 쌀술보담 더 좋아, 진짜.

나두 먹어봤지만.

노르꾸리(노리끼리) 한 게 아주 좋거든.

이미 이 병이다 한 병 딱 허구.

옛날에는 지금 망태기라는 거 하나 있어.

새끼를 가늘게 꿔가지고('꼬아가지고'의 의미임.) 요 맨들은(만들은) 게 있어.

○○마냥 어깨다가 길게 허믄 어깨다가 미고(메고) 손이로 들기도 허구 이렇게.

거기다 인자 술잔을 하나, 안주 한 접시, 저분(젓가락의 충청도 방언임.)

두 개, 잔 두 개 이렇게 넣구서 짊어지구 서울로 간 거여, 이게.

남자가 서울 가서 그 정승네 집에 가서 담 배깥에서(바깥에서) 인저, 지금은 퇴근헌다구 허잖아.

옛날엔 퇴청이라고 해, 퇴청.

볼일을 보고 집이로 저녁 때 오는 걸 퇴청이라고 허는 겨.

그 집이 올 무렵이 되가지구선 담 배깥에서,

"술 사시오, 술 사시오."

허구선 그 집을 도는 거여, 그 집 배깥이를.

술 사시오, 술 사시오 허구.

술을 들고 대니고(다니고) 파는 놈은 자기 첨 보거든.

이 희한한 놈 아니야 그게.

그릉게 하인 하나한테,

"여봐라, 저기 술장사 좀 불러오너라"

하니께 자기 방에 인자 갔어.

야 거침없이 뭐야, 정승이고 말고 하니께 ○○○○ 어깨다 미구서 거침없이 들어가서 인저 둘이 이렇게 마주 앉았어요.

마주 앉아서 다 끄집어내는 거여.

술을, 술병 끄집어 내놓구 안주 끄집어 내놓구 술잔 두 개 해서, 두 개 이렇게 놓구,

술을 따라서 이렇게 주더니 이 사람이 인자 받을라고 헐거 아녀, 정승이.

받을라고 손을 이렇게 내미니께,

"아참 내가 먼저 먹어야지.

깜빡 잊어버려, 클 날 뻔 했네."

허구서 내가 먼저 먹어야지 허구서 얼른 홀짝 마시드래.

그러구서 두 번째 잔을 먹으라고 주드래.

첫 잔은 지가 먼저 먹구 두 번째 잔을.

인제 그러구 났는디 그날 저녁에 그 밑이 부하가 자기 아버지 지사를(제사를) 지냈다구 허믄서 음식을 가지고 온 거여, 제사 음식을.

음식을 이렇게 한 상 차려가지구 왔어.

술을 따라 주는디 받을라고 생각헌께,

저녁 때 술장사가 내가 먼저 먹어야지 허구서 홀짝 마시구 큰일 날 뻔했다구 내가 먼저 먹어야지 홀짝 마시구,

두 번째 잔은 주는 걸 생각이 난단 말여.

"그래 자네가 먼저 먹게.

첫 잔은 자네가 먼저 먹게 했어."

그릉게,

"아 으른이(어른이) 먼저 먹어야지, 지가 애들이 어떻게 먼저 먹습니까."

허구서는 안 먹는 거야, 절대.

니가 먹어라 내가 먹어라 헌 게 절대로 이놈이 안 받거든.

안 먹거든.

긍게 이 대감이 승질이 났지.

그릉게 큰 그릇이다 이렇게 지사(제사) 음식을 고기허구 뭐하구 해서 술허구 뭐 이렇게 막 섞어서,

그 집이 개를 하나 큰 걸 멕이는디 개를 불릉게 오드래.

밤이래두 개가 인자 마당에 오는 걸 그걸 고기허구 술허구 섞은 걸 그냥 훅 던져줬어, 고기허구 술허구.

개가 고기 멫(몇) 첨 먹더니 그냥 쪽 뻐드러('뻗어'의 의미임.) 죽는 거여, 그 자리에서.

긍게 그 대감 그 한 잔 먹었으믄 그 자리서 죽는 건디 안 죽었잖어, 이게.

자기를 살려준 사람이 술장사 아녀.

그릉게는 술장사 잡어들이라구.

다 풀어놨어.

그릉게 어디 가서 찾어, 서울 장안에서 그걸.

응? 이름 성도 몰르구.

긍게 못 찾겄다 허구서 온께 그 마루가 높더래요.

마루 높이가 이렇게 높 높인디 이 대감 마루에 올 올러슬려구(올라서려고) 보니께 뭐가 이렇게 허연 게 있단 말여, 마루 밑구녕이.(밑구멍에.)

그 이렇게 보니께 저녁 때 술장사가 거기 들와서 자는겨, 마루 밑이서.

그래 여깄다구 나오래니께 나와선 했어.

그 대감이,

"니 소원이 뭐냐?"

"참 소원도 없구 그냥 고을 원이나 한 번 시켜주시오."

그르더래.

그래서 원, 고을을 나가서 인자 원을 해서 그와 똑같지.

고을을 나가서 원 노릇을 하구 있는 거여.

그러더니 한 서너 달 했는디 하루 저녁에는 자기 부인보구,

"가자구.

가서 우리는 그 옛날 그대루 밭이나 매구 농사나 짓구 살어야 된다구.

가자구."

"하 이렇게 존디 왜 갈라구 허느냐 이거여."

거 가니 밥도 다 해다 줘, 세숫물도 떠 바쳐, 그런 호강이 없는디 가자는겨.

"자네 오기 싫으믄 여기서 남던 말던 나는 가야 되겄어."

게 남자가 일어나니까는 할 수 없이 간단하게 자기 간단한 소지품만 끌어안구서 나나리 보따리만 해서 하나 짊어지구서 나가, 따라 나오더라

이거여.

저녁이 아무도 몰르게 인제 빠져나오는 거여.

그러더니 이렇게 올라가서,

"인저 여기 좀 이제 쉬었다 가자구."

그 남자가 그래더니 이렇게 돌아다보니께 자기가 살던 고을 원 집이 인제 나라에서 지어 준 사택이라구, 한 마디루.

개인집이 아니라.

근디 이렇게 서서 쪼금 앉았으니까는 불이 그냥 빵 둘러 다 붙더래.

그릉게 남자가 허는 얘기가,

"자네 저기서 불 속에서 타 죽는 게 좋아, 집 앞 밭을 밭을 해다 먹고 사는 게 우리 명대로 사는 게 좋아?"

그리고 데리고 가더래요.

자기 복이 그 사람이 몰러서 못 사는 게 아니라 자기 복이 그만이다 그 거여.

복이 고만큼배께 안 타고 났으니께 고만큼만 살으야지 너무 욕심 부리믄 안 된다 이거지.

## 이성계 부인 묏자리

자료코드 : 02_24_FOT_20110129_SDH_KJG_0007
조사장소 : 경기도 이천시 부발읍 죽당2리 843-1번지 마을회관
조사일시 : 2011.1.29
조 사 자 : 신동흔, 노영근, 이홍우, 한유진, 구미진
제 보 자 : 강진구, 남, 78세
구연상황 : 구연자가 잠깐 정릉에 살았었다는 이야기를 한 후에 정릉 관련 이야기를 구연하였다.
줄 거 리 : 이성계의 둘째 부인이 죽어 상여를 지고 미아리고개를 넘어가는데 상여가 멈

쳤다. 이방원이 상여 앞에 절을 하고 그 앞에서 손수건을 날리니, 손수건이 높이 떠서 정릉 골짜기까지 날아갔다. 손수건이 떨어진 그 곳에 이성계 부인의 묏자리를 썼다.

미아리고개 넘어가 공동묘지라는 거 알잖아.

삼양동 있고 미아리가.

그릉게 그 부인이 저기 죽어서 고개를 넘어가는디, 미아리고개를 넘는디 고개 넘어가니께 생여가(상여가) 딱 스구서 발자국이 안 떨어지드래.

(조사자 : 아, 상여가 멈추구요?)

멈추구서.

사람이 미고(메고) 가는 거 아녀.

사람이 열두 명인가 멫(몇) 명이 미는(메는) 거지.

근데 발작이 안 떨어지니 어뜩해.

큰아들이 거기 뭐여, 이방원이가 셋째 아들이지.

큰아들이 가가지구서 손수건을 이렇게 날렸대, 앞에 가서.

생여(상여) 앞에 절을 허구서 손수건을 허니께 손수건이 높이 뜨드래요.

뜨믄서 정릉 골짜기로 이렇게 날라가드래.

그걸 쫓아가가지구 거기다 썼댜.

그거 수건 떨어진 디다.(데다.)

(조사자 : 수건 떨어진 자리에다가요?)

응, 그래서 그 이성계 부인의 모이가('뫼가'의 의미임.) 거기 있어.

첫 부인은 아녀.

근디 두째(둘째) 부인인디 인제 저저저 거시기 원부인이 죽고 그이가 해고(하고) 그랬어.

역사 그 드라마 나오는디 보니까 이 그게 강씨여, 그이두.

# 충남 거부 김갑순

자료코드 : 02_24_FOT_20110129_SDH_KJG_0008
조사장소 : 경기도 이천시 부발읍 죽당2리 843-1번지 마을회관
조사일시 : 2011.1.29
조 사 자 : 신동흔, 노영근, 이홍우, 한유진, 구미진
제 보 자 : 강진구, 남, 78세
구연상황 : 앞 이야기에 이어 바로 구연하였다.
줄 거 리 : 충남 갑부 김갑순은 어머니가 쌀 두 가가마니로 묏자리를 사서 옮겨 부자가 되었다. 김갑순은 부자가 되기 전 공주에서 고을 원을 요강도 비워주고 하는 똥방장을 했었다. 공주에서 똥방장을 하다가 서울 이용욱 대감 집에 왔다. 그 집안의 관리인은 이용욱 대감의 처남이었다. 어느 날 이용욱 처남이 볼일이 있어 집을 비웠을 때, 이용욱 처남이 하는 집안 관리를 김갑순이 하게 되었다. 이용욱 대감 집에는 식구가 많아서 매일 장을 봐야 하는데, 김갑순은 이용욱 대감의 부인이 장을 보라고 준 돈에 자신이 가지고 있던 돈을 더 합쳐서 물건을 사왔다. 이용욱 대감의 부인은 같은 돈을 주었음에도 불구하고 김갑순이 사온 물건이 그동안 자신의 동생이 사온 물건보다 양이 많은 것을 보고, 자신의 동생이 그동안 돈을 떼어 먹었다고 생각하고 자신의 동생을 내치고 김갑순을 그 자리에 대신 앉혔다. 김갑순은 이용욱의 도움으로 임천 군수로 가게 되었다. 임천은 왕족이 많이 사는 고을이었는데, 왕족들은 나라에 내야 하는 세금도 제대로 납부하지 않았다. 김갑순은 왕족이라 할지라도 세금도 받고 잘못한 일이 있으면 처벌도 하였다. 어느 날 잘못한 사람이 있어 김갑순이 볼기를 때리게 되었는데 그 사람 역시 왕족이었다. 이 일이 알려지면서 이용욱을 비롯한 사람들이 서울에서 내려왔는데 김갑순의 일을 덮어주었다. 김갑순은 왜정시대에는 일본사람을 따르면서 돈을 많이 벌었다. 충남도청은 원래 공주에 있었는데 김갑순이 대전에 땅을 많이 사서 김갑순이 대전으로 도청을 옮긴 것이다. 충청남도에 김갑순의 땅을 지어먹지 않은 사람이 없을 정도로 김갑순은 땅을 많이 가지고 있는 부자였다.

공주 갑부 김갑순이라고 알지?

충남 갑부 김갑순이.

(조사자 : 아, 갑부요?)

예, 거부실록에 나왔었지.

드라마도 한번 나왔었고.

근데 그이도 자기 어머니가 묏자리를 쌀 두가마니 가지고 사서 왼겨서(옮겨서) 써서 부자가 되구.

그 사람이 원도 했었어.

이조 말기에 원도 했어.

고을 고을 원, 군수.

(조사자 : 고을 원요?)

고을 원을 아홉 고을인가 멫(몇) 고을을 했대.

거부실록에 김갑순이 나오는디 서울 첨에 올라와서 김갑순이 같은 그 부자두 첨에 맨 첨에는 고을 원 똥방장을 했어.

똥방장이 뭐냐믄 원, 요강도 비워주구 뭐 하는 거 똥방장 노릇 했대, 첨에.

그래서 공주서 있다가 그걸 하다가 다시 서울로 와서 서울 이용욱이라는 대감네 집에 왔어, 이용욱이.

거 가서 있으믄서 지가 집이서 올 때 쌀을 멫 가마 값 돈을 가지고 왔어요.

긍게 이용욱이가 대감이었었나.

이용욱이 대감이었었는데 이용욱이 처남이 거기서 총 관리인이었었대.

이용욱이는 대감이지만.

그릉게 관리인잉게 식구들이 한 삼십 명이 넘으니까 음식 같은 것도 많이 헐 거 아녀.

장을 매일 보다시피 해야지.

부식 같은 거 헐러믄, 쌀은 뭐 한 번에 사다놓고 멫 가마니씩 사다놓고 먹지만은.

그릉게 제 누이가 인제 돈을 주믄 반찬값을 반찬거리를 사오고 사오고 하는겨.

이 이 사람이 무슨 볼일 있었다가 메칠(며칠) 동안 볐을('비었을'의 의미임.) 때 그 밑이서 김갑순이가 거가서 일을 헐 수 있응께 그 일을 시켰어.

근디 이 이 사람 읎을(없을) 때 시장을 보는디 제 돈을 얼마씩 보태서 더 많이 사가지구 왔어요.

그릉게 이놈이 저 돈을 줬는데 저이(자기) 동생이 사가지고 오는 놈 부식을 더 많이 사오잖아.

긍게 제 제 동생은 떠('떼어'의 의미임.) 먹은 거 베께(밖에) 안돼.

즈이(자기) 누이가 생각헐 때, 자기 인제 친누인디 생각헐 때.

그릉게 차차차차 해서 그 처남이 밀려나구 대감헌티 너 ○○○○ 해갖구 맨 첨에 임천 군수로 왔어요.

(조사자 : 임천요?)

임천 원, 원이로 말여.

임천 군수.

임천이 부여군 임천여.

거 가가지구선 거기는 왕족들이 많이 살았다네.

인제 거기선 나라에서 세금 내는 것두, 왕족들이 사니께 세금도 얼마 안 내구 막 했나봐.

긍게 거 비리가 많았겠지.

양반이라고 해서 괜히 쫄짜들만 뜯어먹고 뭐 했을 거 아녀, 그냥.

옛날에는 뭐 지금두 그렇지만.

그릉게 김갑순이가 첨이 거 부임해갖고 가서 그 왕족이고 지랄이고 헐 거 없이 막 다 때려잡았어.

응? 농사지믄 얼마큼 나라에 내라는 거 다 받아내구 했어.

했는데 거길 뭐가 죄를 져가지구서는 잘못돼서 갖다 볼기 치는 거 했어.

긍게 양반놈이 볼기를 맞게 됐는디, 아니 하인 거기 밑에 놈 보구 볼기 치라니께 못 치는 거여, 제대루.

그 못 치니께 그놈을 대신 부하놈을 엎드려 놓고 그놈을 쎄게(세게) 쳤어, 자기가 직접.

쎄게 치구서 지가 그 높은 놈을 제 손으로 쳤어.

그 말하자믄 원이.

그릉게 서울로다가니 그냥 올라오고 뭐고 난리가 났었지.

난리가 났어도 벌쎄(벌써) 거기선 다 아는 거여.

이용욱이가 거지 그 나쁜 짓 자기네 집안 아저씨고 뭐고 할 거 없이 나쁜 짓을 했다는(한다는) 것을 다 듣고 알았을 거 아녀.

그릉게 다 묻어주구 다 덮어줬어요.

그래서 해가지구선 했다 이거여.

그래 그 머리가 잘 쓰구 인제 해서 왜정시대두 그냥 일본놈들헌테 또 그대루 따라 넘어가구 살아서 돈을 많이 벌은 거지.

긍게 충청남도에서 그 사람 땅 안 진 사람이 읍어.(없어.)

고을 고을에 다 땅이 이게 있었어.

나중에 토지 분배 돼서 다 지금 나눠주고 했지만.

긍게 원래 충남도청이 공주 있었어.

공주 있었는디 대전이 욂긴 게 대전에 땅을 많이 사놔갖고 김갑순이가 욂긴 거여.

대전에 땅 많이 사놓고.

긍게 거가 넓으니께 욂기길 잘했지.

공주는 좁잖어.

산 산골짜긴디 뭐.

(조사자 : 그 사람 공주 사람이에요?)

응?

(조사자 : 김갑순씨가 공주 사람이에요?)

공주에서 태어났어요?

응, 공주 사람여.

## 기지로 호랑이와 형제 맺은 사람

자료코드 : 02_24_FOT_20110212_SDH_KJG_0001

조사장소 : 경기도 이천시 부발읍 죽당2리 866-2번지 제보자 자택

조사일시 : 2011.2.12

조 사 자 : 신동흔, 노영근, 이홍우, 한유진, 구미진

제 보 자 : 강진구, 남, 78세

구연상황 : 2011년 1월 29일 이천시 3차 현장조사 때에 두 차례 제보자에 대한 조사가 이루어졌다. 지난 현장조사에서는 시간의 제약 때문에 제보자의 이야기를 다 청해 듣지 못했다. 그래서 조사자들은 이번 이천시 4차 현장조사를 실시하기 전에 제보자와 미리 방문 약속을 잡은 후에 자택으로 방문했다. 조사자들이 지난번에 못 다한 이야기들을 편안하게 아무 이야기나 해달라고 하자, 지난번에 얘기한 건지 모르겠다며 구연을 시작했다. 이전 조사에서 이미 구연한 설화였지만 이야기판의 흐름을 끊지 않기 위해 조사자들은 들었던 기억이 잘 나지 않는다며 구연을 부탁했다.

줄 거 리 : 옛날에 가난한 사람이 산에 나무를 하러 갔다가 호랑이를 만났다. 호랑이가 잡아먹으려 하자 나무꾼은 기지를 발휘해 호랑이를 집나간 형님으로 대했다. 나무꾼은 호랑이를 집으로 데리고 와 어머니에게 인사를 시키고 형제로 지냈다. 몇 개월이 지난 후 호랑이는 어디서 부잣집 색시 하나를 업고 와서 동생과 결혼을 시켰다. 일 년 후에 호랑이는 동생 내외에게 처가에 다녀오자며 조랑말 가죽을 뒤집어 쓴 채 태워서 어디론가 향했다. 나무꾼이 처가에 도착하자 처가에서는 죽은 딸이 돌아왔다면 반가워했다. 마침 그 날은 호랑이가 그 색시를 업고 온 지 일 년이 되는 날이라 원래 그 색시의 약혼자가 삼년상을 지내기 위해 왔다. 장인은 나무꾼보다는 원래 약혼자에게 딸을 주고 싶어서 딸을 걸고 두 사람에게 장기 내기를 시켰다. 나무꾼은 호랑이가 시키는 대로 파리가 앉는 데만 장기를 두어 이겼다. 장인은 다시 바둑 내기를 시켰다. 그런데 이번에도 나무꾼은 호랑이가 시키는 대로 해서 이겼다. 그러자 장

인은 말을 타고 강을 건너뛰는 내기를 시켰는데 호랑이가 말가죽을 벗고 본 모습을 드러내 강을 건너뛰던 말을 놀라게 하여 강에 빠져 죽게 만들었다. 호랑이는 동생 내외와 집으로 돌아 온 후 동생에게 아이 셋을 낳기 전에는 부인을 친정에 보내지 말라는 말을 남기고 다른 곳으로 가버렸다.

(조사자 : 편안하게 아무 얘기나 해주세요.)

예예. [기침을 하며] 지난번에 그 얘기를 했나 몰르겄네.

호랑이 땜에 잘 됐다는 이야기 했나? [조사자 일동 : 아니요.]

(조사자 : 안, 기억 안 나는데요.)

호, 호, 호랑이 땜에 잘 됐다는 얘기.

(조사자 : 호랑이요?)

예. 긍게는(그러니까는) 옛날에는 호랑이도 사람 말을 알아들었던 모냥(모양)이여.

긍게 시골에 사는 시골에서도 좀 외떨어져서 그 산골 밑에 바로 사는 사람이 있었는데, 그 사람이 하루는 낭구(나무)를 하러 갔대요.

낭구를 어느 정도 했는데 호랭이가 어슬렁어슬렁 오믄서(오면서),

"내가 배가 고프니 널 좀 잡아먹어야 되겄다."

그러니 이놈이 꼼짝 없이 죽었거든.

호랑이한테 죽었으니 하는 수 없이 꾀를 낸 거지.

"아이구, 형님! 어디 갔다 인자 오시느냐구?" 붙잡고 울었어. [조사자 일동 웃음]

무섭기도 하고 응, 잡아먹을라하는 넘한테 끌어안고서 우는 우는 거야 그냥.

긍게 호랑이가 얼떨떨하니 있어서,

'이상하구나!'

잡아 먹겄다 하는데 붙잡고 형이라고 울으니 이게 희한하거든 저두.

긍게 한참 우는 걸 보더니 고개만 끄떡끄떡 하구,

"됐다." 그러더래.

[기침을 하고]긍게,

"우리 어머니가 그냥 기다리신다구. 형님 오기를 얼마나 기다렸는지 몰른다구."

그래서 거기서 자기네 집이루(집으로) 인제 데리고 오는 거여.

이 낭구하던 건 그냥 산에다 그대로 놔두고 지게고 뭐니 다 놔두고 집이루 데리고 와서,

"어머니가 아랫마을에."

자기네집 문 앞에 와서,

"아랫마을에 놀러 갔을 지도 몰르니까, 제가 어머니 계신가 먼저 들어가서 볼 테니까 여그(여기) 좀 있으라고."

[기침을 하고]문 바깥에 세워놓고서는 들어가서 저희 어머니한테,

"시방 호랭이를 데리고 왔으니까 우리 아들 언제 어디 갔다 인자 오냐고 붙잡고 울기만 하라고." 그랬어. [조사자 일동 웃음]

"그래야 우리가 살지 그러지 않으믄 죽는다."

긍게 뭐 무섭기도 하고 뭐, 노인네가 어떻게 하(해).

"아이구, 우리 아들 왜 이렇게 어디 갔다 인자 왔느냐구?"

그 소리 한 마디 하구서 우는 거지.

인자 호랑이가,

"그만 울으라고."

인자 그러구서는 같이 살게 됐어요, 호랭이 하고.

그래 방이 이렇게 둘인데, 호랭이는 뒷방에서 자고 아랫방에서는 어머니하고 아들하고 자고 호랭이는 뒤에 인자 아들이 호랭이 아들을 삼은 거지 인자.

그라더니, 나가더니 인자 하루 저녁 자구서 나가더니 노루를 잡아 오더래.

호랭이가 먹고 사는 거니까 지가 잡아 온 거지.

그래 고기를 실컷 먹는 거여 인저, 응.

호랭이는 날고기를 먹는데 인제 그걸 잡아서, 푹 삶아갖고 그냥 뚝 잘라서 큰- 그릇에다 갖다 주는 거지 인저, 그래 자기네들은 인자 쪼그만 그릇에다 먹고.

고기를 잘 얻어먹고 아들 삼고 지내는데, 그러다본께 한 오륙개월, 올 오륙개월이 지났더래요.

인자 하루는,

"어머니!" 하고 불르더래, 호랭이가.

"그래 왜 그러냐구?"

그렇게 돼 살다보니까는 친하게 됐지 인저, 진짜 아들마냥 그래 친하게 됐는데,

"왜 그러냐구?" 그러니까,

"어머니, 동생 장가는 좀 보내야 되지 않느냐?" 그래.

긍게 어이가 없는 거지, 자기네 집이 그렇게 어렵게 살고 산골에서 사는데 누가 응, 시집을 오겄느냐 이거여.

"그러믄, 어머니! 내가 색싯감을 하나 업어 올 테니까 죽을 좀 써서(쒀서) 놓고 아랫목에 불을 떳떳하게 때고."

옛날 나무 때는 거니까 응, 돌구들(구들돌)이가 불을 많이 때면 뜨뜻하거든요?

그래놓고, 응, 요를 좀 두툼한 요를 깔아 놓고 기달리고 있으래.

그러더니 새복녘(새벽녘)이 되니까 쿵 소리가 나더래요.

바깥에 온 거여.

그래 여자가 호랭이 등에 업혀 왔으니 까무러쳤을 거 아녀?

그러니 뜨뜻한 데 뉘어 놓고서, 응, 어머니하고 아들이 인자 주물러서 이걸 한참 있으니까 깨어난 거야 인저, 죽은 거 아닌가 까무러쳐놓으니까.

그래 눈을 이렇게 떠 보니까 참, 형편없는 집이지. [조사자 일동 웃음]

시골, 서울서 부잣집 딸이 호랭이한테 업혀 왔으니까.

거기서도 호랭이한테 업혀갔다 소리는, 봤는가봐 집안에서도.

그라구서 인자, 긍게 자기가 그렇게 동떨어져서 거 산골짜기 와서 있으니, 자기 집을 알아야 찾아갈 수두 있구, 뭐 하잖어?

그러는데 한 이삼 일 지나니까 호랭이가 나타나더라 이거여.

그래 뒷방에서 자는 거 웃방에서, 응.

긍게,

"무서울 거 없다구, 우리 아들이라구."

노인네가 이랬겠지.

긍게 자기가 먼저 얘기를 하는 거여.

그 남자가 나이가 좀 응, 한 삼십이 가까이 되구 그래 보이더래, 여자가 볼 때.

"그래 어쩔 수 없이 뭐 이렇게 된 이상 응, 결혼해서 살자구."

그래 청혼을 해가지고 참 대례(大禮)를 올리고 살게 됐어요, 여자하구.

긍게 그, 총각 놈은 아주 응, 복이 그냥 호박이 덩쿨째 굴러 내려온 거여. [조사자 일동 : 웃음]

그러구서 있는데 해다 보니까 일 년이 됐더래요 인저, 일 년이 됐는데 한 하루는 난데없이,

"제수씨!" 하고 불르더니,

"그래 왜 그러시냐구?" 그래니까는,

"친정에 가 보셔야지 안 가 보냐구?"

그러니까,

"지가 응, 길도 몰르구 지금 어떻게 갈 수가 있느냐?" 그러니까,

"그러믄 좁쌀루다(좁쌀로) 술을 한 댓 되 담구라구."

그래 좁쌀 술을 이렇게 담가서 산, 산골짜기는 좁쌀을 많이 심으니 조

를 많이 심으니까 좁쌀술을 담어서(담가서),

그래서 인저 병에다 한, 댓 병에다 하나 하구 떡을 쪼그맣게 한 동우리 하구 그러구서 인저 가는 거여.

인제 그러는데 [기침을 하고]준비를 다해놨는데, 이게 아주 낼은 저 가야 되니께 준비를 완전히 마치라고 얘기를 해놓구서는 나갔다 들어와서 나갔다 들어오더니,

당나귀를 껍질을 가져왔더래.

말, 쪼그만 거 조랑말.

이게 호랭이가 조랑말이야지 이게 맞지 큰 말을 안 맞을 거 아녀?

말을 어떻게 해서 해가지구 가죽을 가져와서 푹씬 뒤집어쓰는 거여 인저.

호랭이가 뒤집어쓰니까 말이지 천상(天生).

긍게 남자는 앞에 타고 여자는 뒤에서,

"아이, 꼭 붙잡으라구." [조사자 일동 웃음]

그러구서는 가는데 여자는 뭐 무서우니까는 남자에 꼭 붙잡고 눈을 딱 깜았겄지 뭐.

그러구서 한참을 갔는데 이게 산이 있는데 이렇게 우에서 인자 쉬더래, 쉬어가자구 내려서 쉬자, 쉬었다 가자고 그러더래.

긍게 인자 두 부부는 내려서 쉬구 호랭이는 인자 거기서 앉아서 저 아래를 내려다 보믄서,

"저 밑에 큰 집이 제수씨네 집이요. 그런데 거 절대 가서 내가 호랭이란 소리 입안, 입 밖에 말라고. 입 밖에 내므는 친정 식구들을 다 아주 없애버린다."

이렇게 아주 엄포를 놓은 거여.

인자 그러구선 가서,

"말 어따 내려요?" 하거든,

"아이고 뭐 시원찮은 말 그냥 남새밭에다 그냥 놔두고 놔, 놔두라." 그러더래.

그러구선 인자 시원찮게 마 시원찮은 말처럼 하구 가, 가서는 딱 들어가니까는 죽은 딸이 살아왔다고 아주 그냥 야단났어.

그러는데, 거기서 잔치마냥 막 음식을 맨들고 굉장하더래, 그날.

그날 저녁이 호랭이가 업어 간 날이여, 일 년 됐어 딱, 일 년 된 날인데,

옛날에는 약혼을 해서 하게 되므는 사주단자가 오가 가므는 죽으므는 삼년상을 지내줬다네, 신랑이.

근데 그 먼제(먼저) 그 약혼자가 거기를 온 거야.

[손으로 시늉을 하며]이만한 큰- 말을 참 타구서 왔어요, 번질번질한 부잣집의 아들이니까 이것도 대감집의 아들인데 딸인데 그냥 호랭이가 업어 갔으니까.

긍게 보니까는 남자두 뭐 시골에서 나 낭구나 했다고 농촌 사람이 가꾸지두 않고 보잘 것 없지, 그 색시 아버지가 볼 때는.

[기침을 하고]하, 그러니까는 그 딸을 뺏기 위해서 먼제 그 약혼자 사위한테 돈을 천 냥을 주고 장기를 뒀어.

그 사람이 이기믄 돈을 천 냥을 주고 지므는 색시를 내놓기루, 그래 시켰어 장인이.

이 사람이 장기를 뭐 언제 둬 봤어야지, 이 시골 남자가.

그러고는 나와서,

"형님, 큰일 났어요. 여기서 색시 뺏기고 가겠어요."

"왜 그러냐?" 긍게,

"장기를 두자는데 제가 장기를 둘 줄 알아야지요." 긍게,

"음, 그래?"

그러믄 내가 이기믄 돈 천 냥을 주구 내가 지므는 색시를 내놓는 걸루

그렇게 해서 내기 장기다 이거여 장기두.

“음, 그러냐? 그럼 들어가서 내가 꺼먼 파리를 하나 들여보낼 테니까 파리 앉는 데루 요렇게 앉는 데루만 두라.” 그랬어.

“저 사람이 두믄 한 번 둬야 되니까 파리 앉는 데루 두라구.”

그래 호랭이가 시켰어요.

이넘은 아무것도 몰르구 호랭이 시키는 대루만 하는 거지.

그게 이게 두다 보니까 이겼어. [조사자 일동 웃음]

응, 호랭이가 보낸 파리가 요리조리 앉는 데루 다 둬서 이겼어요.

그래 돈 천 냥을 인자 자기가 받았어 인자, 내기 장긴께 내 놓았대 인정해갖구.

그러구나더니 인자, 이게 억울한 거여.

돈 천 냥을 또 주믄서 인제 바둑을 두라고 그랬어 장기는 고만 두고 바둑을.

바둑을 두라고 하니까 이게 더 바둑은 뭐 더 맹물이지.

“그릉게, 니가 하얀 돌하고 꺼먼 돌이 있을 거다 바둑은.

그릉께 꺼먼 파리를 내가 보낼 테니까 네가 꺼먼 걸 두고 쥐고 두고 하수가 꺼먼 걸 두는 거다하구.”

호랭이는 다 아는 거야 아주.

긍게 또 파리를 들여보내서 파리 앉는 데루 두다 보니까 그것두 졌네.

그래 돈만 이천 냥 뺏기구 인자 핼 수가 없는 거여.

서울에서 강을 건너기로 했어.

강을 뛰어뛰어 너, 뛰어서 강을 건너기루.

긍게 지끔으루 말하믄 용산에서 노량진으로 뛰는 거 모냥이여, 응.

긍게 옛날에는 강이 둑이 없었구 벌판이었대요.

용산까지 그냥 버드나무가 쭈욱 서 있었구 비가 많이 오믄 용산까지 차구 비가 안 올 때는 저짝 가에로만 흫, 지금 강이루 흘러 내려가는 거 그런 정도고 인저 그런가 봐요.

긍게 거기서 인자 날짜를 한 오일 정도 잡은 거여.

잡고서 방을 붙인 거여 인저.

방이라고는 아실 거예요, 말하자믄 광고지 붙인 거 지금 말하자믄 군데군데 응,

'서울 장안 아무 대감에'

대감이 인자 광고를 붙은 거여 거 응,

'먼저 사위하고 나중 사위하고 내기를 하는 거다.' 해서 방을 붙였어.

그러니께네(그러니까) 그 강 강 건너뛰기 인자 방을 붙였으니 사람이 엄청나게 많이 모였어요.

장안 사람이 다 모이다시피 모였더래.

저짝선 강 저짝에서 하얗고 이짝에도 하얗고, 강 뛰는 거 구경하느라고.

그래서 인자 일부러,

"니가 먼저 뛰지 말고 저놈보고 먼저 뛰라고 시키라고." 그랬어, 시켰어요.

그래서 그 뒤따라 가믄서 일부러 비척비척하는 겨.

호랭이가 응 응, 시원찮은 말가죽을 뒤집어썼으니까 뒤집어쓰고서 비척비척하는 겨.

그래 거 서울 장안 사람들이 구경을 하는 나온 사람들이 볼 때 어떻겄어?

좋은 말이 그냥 번들번들한 큰 말이 앞에 가고 뒤에 가는 말은 요만한 말이 그냥 비척비척하고 가는 따라가는데, 이 거시기하지.

긍게 이게 강을 뛸라므는 한 이 키로(km) 정도는 바깥에서 뛰어야 된다네, 말이.

(조사자 : 미리, 예.)

달려와서 그 뛰어야지 바로는 못 뛴대요.

우리가 뜀뛰기할라믄 한참 뛰어다 뛰어오다 뛰듯기(뛰듯이) 똑 같은 거여 그게.

긍게 이넘이 말 소리를 질르믄서 그냥 응, 저짝에를 가믄서 뛰어서 오는 거는요.

그런께는 거진(거의) 이렇게 뛰어와서 뛸라고 하는데,

"얼른 내리라고." 하더래.

호랭이가 자기 동생보고 얼른 내리라고.

근데 가죽을 홀랑 벗어버치고서는(벗어버리고서는) 호래, 말가죽을 홀랑 벗어버치고 호랭이 모습으로 나타나가 소리를 냅다 질렀어.

크게 고함을 소리를 질릉께(지르니까) 그 큰 말이 그냥 뛰다가니 호랭이 소리에 가운데 가서 빠져 버렸어요. [조사자 일동 웃음]

가운데 빠졌으니 누가 건져 갈 사람이 있어 뭐 꼼짝없이 죽은 거지 그냥, 응 강물인디 넓은 데서 누가 들어가요, 거길?

긍게 호랭이 고함소리 한 마디에 그 장안 사람들이 다 모인 사람들이 싹 도망가 버리고 없는 거야 하나도 없, 없더래.

그러고 났는데 이제 집에 들어와서 다 벗어버렸으니께 호랭이로 아주 나타난 거여.

긍게 벌벌 떠는 거여 인저 응, 그 친정 식구들이 잘못한 것을 벌벌 떨고 있는데, 그 이튿날 당장 집이루 온 거여.

거기서 뭐 쫌 많이 해줘서 가지고 왔겄지만 거서는.

호랭이가 와서 자기 인자 동생보고 하는 얘기가, 제수씨하고 동생보고 얘기하는 얘기가,

"아, 자식 셋 낳기 전에는 친정에 가지 말라." 그랬대.

"그러고 나는 일, 인자 일 다했으니께 나 갈대로 간다고." 갔대요.

벌써 두 시다고 이게, 소리가 나고 얘기가 나오고 그래.

(조사자 : 얘기를 누구한테 들으신 거예요?)

예, 그런 게 그런 일두 긍게 사람이 얼른 지혜를 잘 써야 응, 판단을 그 때그때 상황을 판단을 잘 해야 된다는 얘기여, 한 마디로 그 얘기가.

## 기지로 부자의 딸을 훔친 도둑

자료코드 : 02_24_FOT_20110212_SDH_KJG_0002
조사장소 : 경기도 이천시 부발읍 죽당2리 866-2번지 제보자 자택
조사일시 : 2011.2.12
조 사 자 : 신동흔, 노영근, 이홍우, 한유진, 구미진
제 보 자 : 강진구, 남, 78세
구연상황 : 앞의 이야기에 이어 바로 구연을 시작했다.
줄 거 리 : 옛날에 가난한 집에 삼형제가 홀어머니를 모시고 살았다. 삼형제는 돈을 벌어 오겠다며 길을 나섰다. 사거리에서 삼형제는 돈을 벌어서 몇 년 후에 다시 그곳에서 만나기로 하고 각자 다른 길로 떠났다. 몇 년이 지나 삼형제가 집으로 돌아왔는데 윗집의 부자 노인은 삼형제가 어떻게 돈을 벌었는지 궁금해서 방밖에서 엿들었다. 어머니가 삼형제에게 돈을 번 방법을 묻자, 첫째는 선생을, 둘째는 장사를, 막내는 도둑질을 해서 돈을 벌었다고 했다. 밖에서 엿듣던 부자 노인은 아들들이 돌아왔다고 해서 보러 왔다며 방으로 들어와 삼형제에게 똑같이 차례대로 돈을 번 방법을 물었다. 그런 다음 부자 노인은 막내아들에게 과년한 자기 딸을 훔쳐 가면 사위로 삼겠다고 했다. 부자 노인은 하인들을 집의 곳곳에 배치해 딸을 지켰지만, 막내아들은 내일 저녁에, 또 다음날 저녁에 딸을 훔치러 간다고 해놓고는 가지 않았다. 사흘째 되는 날 막내아들이 부잣집에 가자 모두들 자고 있었다. 막내아들은 부잣집 하인들을 꼼짝 못하게 수를 써놓고 부자 노인도 깨면 수염이 촛불에 타게끔 해놓았다. 그런 다음 자고 있는 부자 노인의 딸을 안고 나오면서 누가 딸을 훔쳐간다고 고함을 질렀다. 부자 노인과 하인들은 깜짝 놀라 잠에서 깼지만 이미 막내아들이 손을 써 놓은 터라 막을 수가 없었다.

그리고 또, [기침을 하고]옛적에 어떤 사람이 아들이 삼형젠데 가난하게 살았나 봐요.

궁게는(그러니까는) 어머니한테, 아버지는 돌아가시고 어머니하고 세, 아들 셋하고 넷이 사는 덴데,

"어머니, 고생을 하고 응, 한 삼 년만 집에 계시오. 우리가 나가서 돈을 벌어가지구 우리도 좀 남처럼 잘 살아봐야 되지 않겄습니까?" 그러구 나갔어 다, 셋이.

셋이 어디만큼 가다보니께 며칠을 가다보니께 큰 길이 셋이 나오더라 이거여, 가다보니께 세 갈랫길이 이렇게 나오더래, 그니까 사거리가 나타난 모냥이지.

사거리가 나타났잉께 길이 셋이루 나눠서, 그래 막내가 있다가,

"형님은 형님잉께 제일 웃 길루 가고 가운데 형은 가운데로 가고 나는 제일 이짝 길루 가겠다." 그러구서,

"우리가 이 년인가 일 년인가를 날짜를 정하구서 그때 오늘 요기 이 자리서 셋이 다 만나자."

약속을 하고서 인자 또 각자 갔대요.

각자 가서 인자, 그 날이 되어가지구서는 몇 년이 지나서 그 그날이 돼서 집으로 돌아왔어 인저, 다 각 다 각각 돈을 벌어서.

어머니한테 찾아와서 찾아왔는데 그 우에 부잣집이 사는데 인자, 옛날에 진사라고 하는 사람이 부자가 사는데,

옆 동네에서두 부자구 양반이구, 그래서 부자라 하인들이 많더래요 그 집은.

근데 아들들이 돌아왔다 소리를 듣구서 이넘들이 뭘하고 돌아왔나, 하다 돌아왔나 하고서는 바깥에서 엿을 들은 거여(엿들은 거야), 그 노인네가.

궁게, 그게 그 노인네는 안 노인네는 아들들이 오랜만에 돌아오고 했으니까는 기분이 좋아서 있고 돌아앉아서 얘기가 하는 얘기가,

큰 아들은 돈을 이렇게 내놓으믄서,

"너는 뭐해서 벌었냐?" 그니까는,
"선생질을 해서 돈을 좀 벌었어요."
그넘이 버는 게 젤 적어.
그러고 둘째는,
"저는 장사를 좀 했어요." 하는데,
형보다 돈을 더 많이 내는 거여.
제일 막내는 돈을 내놓으믄서 돈이 제일 많이 내놓으믄서,
"저는 질했어요." 그래요.
(조사자 : 응?)
"질을, 질했어요."
어머니한테, 어머니가,
"질이 뭐냐?"
"도둑질이요." [조사자 일동 웃음]
긍게 그넘이 도둑질했응께 돈을 제일 많이 가지고 오는 거여.
이게 그 소리를 다 들은 거여, 이 부잣집 노인네가, 듣구서 기침을 하믄서 들어가는 겨, 응.
"아들들이 돌아왔대서 내가 온 거라고."
그러믄서 들어가서 얘기하는데, 그 어머니가 아한테 하는 거 마냥 큰 아들한테 인자 물어봤어.
"자네는 뭘 해서 돈을 벌었나?" 그릉게,
"예, 저는 선생질을 해서 돈을 벌었어요."
고대루(그대로) 얘기하는 거야 거짓말 하나 없이.
둘째는 장사를 해서 돈을 벌었다고 암만(밝혀 말할 필요가 없는 값이나 수량 등을 일컫는 말)을 벌어서 했다고 하고.
막내는,
"저는 질해서 벌었어요." 그런 겨.

긍게 일부러 이 노인네가 알믄서도,

"질이 뭐냐?"

"도둑질이요."

"너, 도둑질 잘 하냐?"

"예. 잘 하죠." [조사자 일동 웃음]

이넘이 이랬어요.

긍게 그 노인네가,

"그러믄 우리 집에 과년한 딸이 하나 있다. 그래 니가 딸을 훔쳐가 봐라, 응. 훔쳐가믄 사위로 삼겄다." 이거여.

이러니까,

"그러지요."

힘닿는 대로 대답을 안 하는 거여.

"그럼 언제 올래?"

"낼 저녁에 가지요."

간다놓구서(간다고 해놓고서) 그날 안 가는 거여.

"너, 왜 안 왔니?"

"예, 오랜만에 만나서 어머니하고 형들하고 얘기하다보니 못 갔쇼."

"오늘 저녁에 또 가지, 가지요." 그런 겨.

"오늘 저녁에 꼭 오냐?"

"예, 꼭 가지요."

또 안 간 거여.

이틀 저녁 안 갔어.

인제 삼일 되던 날 인자 또 와서 이틀째 와서 노인네가 와서,

"오늘 저녁에 가께요."

"그래? 그러냐?" 갔어요.

인자 바짝 긴장해서 지키는 거지 전부.

대문간에 지키는 넘, 마당에 지키는 넘, 뜰에 지키는 넘 응, 뭐 방문에 지키는 넘, 이렇게 하인들이 많으니께 부잣집이니까 여기저기 지키고 있는 거여.

이래 불을 밝혀서 다 켜놓고 응, 옛날에는 촛불이지 딴 거 있어요?

그거 등을 키구 뭐 해갖구 하구.

인자 이넘이 열두 시 넘어서 가니께 이넘이 이틀을 잠을 못자니께 사흘째 저녁에 가서는 자는 거지 뭐여?

그래 바깥에서 대문에서 자는 넘이 두 넘 있는데, 노끈을 가져가서 상투를 두 넘 묶어 놓네. [조사자 일동 웃음]

긍게, 이짝 이짝 문이 있어 이짝에서 양쪽에서 자는 넘을 노끈으루다 이렇게 길게 해서 상투를 꼭 묶어 놓아 놓고 들어갔어.

마당에서 있는 넘들은 씨르져(쓰러져) 자는 거여.

그래 멍석을 푹 덮어 놓은 거여.

응, 원체 잠이 취해서 멍석을 덮어 놓으니께 뜨뜻하게 더 잘 잠이 잘 잘 자는 거지.

긍게 뜨락에 서 있는 넘들은 기둥 나무에다가 전부 상투를 묶어 놓고.

방안에 들어가니께 노인네가 이 지대서(기대서) 자는 거여, 촛불을 앞에다 켜놓고.

시염(수염)에다 황, 황을 [시늉을 하며]이렇게 발랐어. [조사자 일동 웃음]

황을 발르고 촛불을 바짝 대게 해놓고, 이 도포자락에다 돌멩이를 주먹만 한 걸 두 개를 넣어 놓고,

이거 뒷방으루 가니까는 여자가 이불에 지대서 자더라 이거여 인자, 훔쳐가라는 여자?

긍게 이불까지 여자까지 그냥 바짝 안고서 나오는 거여.

나와서 대문 밖에 나와서,

"아무개 딸 훔쳐간다!" 하고 고함을 냅다 질르니,

그래 이넘들이 정신이 번쩍 난 거 아녀?

그래 대문간에 있는 넘들은 번뜩 나서 이게 여가 뭐가 붙잡고 안 놓는 거여.

"놔라, 놔라!" 하고,

마당에 드러누운 넘들은,

"어? 하늘은 무너졌는데 별은 났네?" 하더래. [웃음]

멍석 사이로 별이 뜬 것이 보였던 모냥이지.

"하늘은 무너졌네 별은 안, 무너졌는데 별은 났네?"

뜨락에 있는 넘들은 기둥 나무 다 묶어 놨으니 꼼짝도 못하는 거구.

방안에서 노인네가 이렇게 지대구서 자다가니 [시늉을 하며]이렇게 항께 촛불을 바짝 나니 시염이 후루룩 타네.

그릉께,

"앗, 뜨거 뜨거!" 하다 보니께,

이 고드랫돌에 이를 쳐서 이빨이 다 빠졌다네 이게. [조사자 일동 웃음]

그 원 노인 노인네는 주인은.

그 딸은 뭐 안고 나왔으니 인자 잠이 깼어도 소용없는 거여, 훔쳐왔으니까.

꼼짝 못하고 딸만 뺏기더래요. [웃음]

응, 응, 도둑넘 잡을라다 도둑은 못 잡고서 꼼짝 못하고 딸을 딸만 뺏기고 그냥 말더란 얘기여. [조사자 일동 웃음]

긍게 전설 얘기 우스운 거여 다. [조사자 일동 웃음]

(조사자 : 예, 재미있습니다.)

## 묏자리 되찾아주고 정승이 된 황희

자료코드 : 02_24_FOT_20110212_SDH_KJG_0003
조사장소 : 경기도 이천시 부발읍 죽당2리 866-2번지 제보자 자택
조사일시 : 2011.2.12
조 사 자 : 신동흔, 노영근, 이홍우, 한유진, 구미진
제 보 자 : 강진구, 남, 78세
구연상황 : 앞의 이야기에 이어 바로 구연을 시작했다.
줄 거 리 : 옛날에 황희가 암행어사로 지방을 순행하다가 어느 동네에 들어갔는데 한 집에서 여자가 슬피 우는 소리가 들렸다. 황희가 들어가 그 사연을 물어보니 아버지가 죽어서 묘를 썼는데 부잣집에서 아버지 시신을 파내서 버리고 거기다 묘를 썼다고 했다. 다음 날 황희는 하인들을 데리고 그 묏자리에 가서 앉아 있다가 나무꾼들이 지나가자 들으라는 듯이 묏자리는 좋은데 시신이 거꾸로 묻혔다며 탄식을 했다. 나무꾼들은 동네에 가서 황희가 한 말을 퍼트렸다. 황희는 하인들에게 숨어서 묏자리를 지키게 했다. 삼일 째 되는 날 소문을 들은 부자는 사람들을 보내 묘를 팠는데 시신이 똑바로 묻혀 있었다. 그때 황희가 그 사람들을 붙잡아 원래 묻혀 있던 시신의 행방을 추궁하여 찾아와서 부잣집의 시신을 파내고 거기다 다시 묻었다. 황희는 부잣집에서 그 여자를 해코지 할까봐 자기 집에 데려다가 키워서 시집도 보내주었다. 이후에 황희는 계속 벼슬이 올라가 정승이 되었다. 황희 정승도 노년기에 접어들어 지관을 불러 묏자리를 잡았는데 한 노인이 나타나 그곳은 이백 년 후에 나라에서 쓸 자리라 안 된다며 다른 곳을 잡아 주었다. 이백 년 후에 그 자리에 독립기념관이 들어섰다. 그 노인은 황희가 도와 준 여자의 아버지가 혼으로 나타난 것인데 그 혼이 황희 정승을 항상 돌봐줘서 그가 정승까지 오를 수 있었다.

옛날에 황희 정승이 과거를 급제해가지구 암행어사로 나가 나가서 돌아 댕기는데,

어느 고을에를 들어가니까는, 동네에서 좀 쪼금 끄트머리 집인가 첫머리 집인가 그렇게 되는데, 설피(슬피) 우는 소리가 나더래.

그래서는 거길 지나다가 황희 정승이 들어갔어요.

암행어사였으니까 들어가서 사연을 물어봤어.

"왜 그러냐?" 긍게,

“저희 아버지가 돌아가셨는데, 요 뒤에다 모이(墓)를 썼는데 그 부잣집에서 저희 아버지를 파서 내버리고 부잣집에서 썼다.” 이거여, 뺏어서.

긍게 그 아버지가 지관(地官)이었었는데 모이 자리가 좋은 자리였었던 모냥이지, 응.

그릉게 시신이라도 찾아서 모셔야 되는데 시신을 찾을 수가 없다 이거여, 어따 갖다 버려서.

가만히 생각하니까 참 난감하거든.

그래서는 황희 정승이 자기 하인 하나를 데리구 그 모이 가서 이 앉았었어, 응 아침 일찍 가서.

그래 거, 모이 앞에 길이 이렇게 있는데 산골, 산에 올라가는 길이 있더래요.

낭구(나무)하는 사람들이 한 열 명이 이상이 떼를 지어서 쭈욱 올라가더래.

그릉게 황희 정승이 이렇게 있다가 그 사람들 걸루 지나가는데 무릎을 [손으로 무릎을 치며] 탁 치믄서,

“모이 자리는 좋은데 시신이 꺼꾸로 묻혔구나!” 그랬대.

인자 그러구서 있었는데 이 사람들이 낭구를 해가지구 가서 동네에 가서 그 얘기를 핸 거여, 응.

“아무데 보니까 모이 자리는 좋은데 시신이 꺼꾸로 묻었댜. 아무데, 아무개 지관이 그 꺼꾸로 묻혔댜.”

소문이 났어, 인저.

이 사람들은 몰래 파내버리고서 몰래 썼으니까는 인자 그 귀에 들어간 거여.

며칠을 기다리다 보니까는 한 삼일 째 됐는데, 거서 지키는 거지 하인들을 거 산에다 배치시켜 놓고 지키는 거여.

한 삼일이 지났는데 한 여남은이 올러 오더래.

저녁에 올러 오더니 이렇게 뭘 응, [잠시 생각하다가]바닥에다 깔고서 모이를 부지런히 파더라 이거여.

모이를 다 파다 파더니,

"응? 똑바로 묻혔는디?"

그러고서 도로 덮을라고 하는 걸 다 잡았다 이거여.

황희 정승이.

그때는 암행어사라 하고서 잡은 거지 인저.

"여기 있는 시신 어쨌냐?"

그래 거기서 꽤 먼데다가 갔다 버렸더래요, 시신을.

그래 도로 찾아다 그 자리에 다 묻구, 거 파내버리구.

거 그럼 거기다 그 처자를 놔두믄 그넘들이 해코지할 것 같아서 자기네 집에다 데려다 키웠대, 그 여자를.

시집갈 때까지 키워서 시집을 보내줬나봐요.

그랬는데 이 사람이 인저, 암행어사에서 자꾸 벼실(벼슬)이 올라가서 정승까지 올라간 거여.

이제 자기도 인저 노년기에 접어들어서 묘자리를 잡을라고 묘자리 지관한테 가 묘자리를 잡을라고 하는데, 여가 좋다 여기다 쓰기로 했어.

그런데 어떤 노인네가,

"거기는 안 됩니다." 이거여.

"왜 안 되냐?" 그러니까,

"여그는(여기는) 이백 년만 있으믄 나라에서 쓰야 될 쓰게 될 자립니다. 그릉게 그때 가서 파야 앵겨야(옮겨야) 되니까,

이 자리만은 못하 못해도 저짝 건너 개울 건너 저짝 산 밑에 저 자리도 괜찮으니까 그 자리 거기다 쓰시오."

그래서는 황희 정승이 인저 거기다 썼, 잡은 거여.

황희 정승 모이가 독립기념관 건너편에 황희 정승 모이가 있다고 그러

더라구요.

근데 독립기념관을 지을 때 그 얘기한 게 딱 이백 년이 딱 떨어지더래, 응.

그러는데 그 지 지관이 누구냐믄, 자 자기 파다 내버리고 핸 찾아 준 사람 처 처녀 아버지였었대, 지관.

그 지관이 얘기해준 거여, 죽은 혼이 한 마디로.

그렇 그렇다는 얘기여.

긍게 그 정승은 지관이 자꾸 뒤를 돌봐줘서 그래 자꾸 올라가서 정승까지 올라갔다는 기여.

죽은 사람이 죽은 혼이.

자기 딸한테도 잘 하고 자기를 도로 찾아다 그 자리에 해주고 그래서 그랬다는 얘기여.

긍게 이게 얼마나 기가 맥힌 노릇이여.

(조사자 : 그 자리에 또 독립기념관도 들어서고요. [일동 웃음]

## 학의 형국에 대궐을 지은 무학대사

자료코드 : 02_24_FOT_20110212_SDH_KJG_0004
조사장소 : 경기도 이천시 부발읍 죽당2리 866-2번지 제보자 자택
조사일시 : 2011.2.12
조 사 자 : 신동흔, 노영근, 이홍우, 한유진, 구미진
제 보 자 : 강진구, 남, 78세
구연상황 : 앞의 이야기에 이어 제보자는 여러 지관들에 대한 이야기를 간략히 소개했다. 그런 다음 조사자가 아무 얘기나 생각나는 게 있으면 또 해달라고 하자 잠시 생각하다가 구연을 시작했다.
줄 거 리 : 옛날에 이성계가 도읍을 계룡산 밑에 잡으려다가 무학대사의 도움으로 한양에 잡게 되었다. 무학대사가 한양에 도읍을 잡고 대궐을 짓는데 지붕을 덮으려고 할 때마다 계속 무너졌다. 어느 봄날 무학대사가 고민을 하면서 한강을

건너 노량진에 이르렀는데 한 할아버지가 논을 갈면서 소가 무학같이 미련하다며 혼을 내고 있었다. 무학대사는 그 할아버지에게 자기가 무학대사라고 말한 후 대궐을 지을 방법을 알려 달라고 부탁했다. 할아버지는 대궐을 짓는 곳의 형국이 학의 형국이니 날개를 눌러 놓고 집을 지어야 무너지지 않는다며 성부터 먼저 쌓고 집을 지으라고 했다. 무학대사가 다시 대궐로 돌아와 이성계에게 보고를 한 후 성부터 쌓고 집을 지으니 더 이상 무너지지 않았다.

그래 서울 이씨 이태조 도읍인 서, 저 무학이가 잡았잖어, 무학대사가.

그게 무학대사가 잡았는데 처음이는 이성계가 저기 공주 신도안(新都內), 계룡산 밑에 잡을라다 거기가 내 자리가 아니라고 해서 서울로 올러온 거여.

한양에다 올러와 보니 평평하고 자리가 넓단 말이여.

전부다 그 시내에는 벌판이구 까시덤불만 군데군데 있었다네요, 그때당시, 응.

그래 무학이가 거길 잡아주고서는 인저 대궐을 짓는데, 대궐을 지어서 상량(上樑) 보를 올리구 나서 지붕을 덮을라고 하믄 쓰러, 덮어 놓으믄 쓰러지는 거야 이게, 대궐이.

무단히 쓰러졌버려.

그러니 큰일 났거든 이게.

자기가 이성계하구 친구간이믄 목이 날, 달아날 참이네.

응, 집을 지으믄 씨러지니(쓰러지니) 이게 될 일이여 이겨.

이 사람이 고민을 하구서 서울 한강을 건너서 노량진에 오니까, 봄 날씨라 논가는 할아버지가 있더래요.

그래서 길가서 이게 잔디밭에서 이렇게 앉아서 있는데 매, 매일 불른 거지 그 사람도 대궐 지으믄 쓰러지고 쓰러지고 하니 어떻게 어떻게 하는 영문인지 몰르고.

그래 소를 이래 몰더니,

"아, 이 무학이같이 미련한 넘의 소야, 어서 가자!" 하고 소리를 질르더래.

응 응, 후차리(회초리)로다 소 등을 치믄서,

"이 무학이처럼 미련한 넘의 소야, 어서 가자!"

그런데 그래서 갔다 인저 또 오더라 이거여, 응.

논 논을 갈르므는(갈면) 가므는 또 다시 돌아오잖아요, 쟁기질하는 노인네가.

그릉게 거기서 무학이가 두 무릎을 꿇고,

"선생님, 저 좀 살려주시오." 이려.

그래 노인네가 대번 무학인 줄 알믄서두,

"내가 논가는 시골 노인네가 너를 뭘, 나더러 살려 달라느냐?"

"지아, 지가 무학입니다." 그래.

지가 무학이라고 하믄서 살려달라고.

하는 얘기가,

"니가 소같이 미련한 놈 아니냐?"

응, 긍게 해라를 하는 거여(노인이 무학대사에게 '해라체'를 사용한다는 의미임.).

논가는 노인네가 그건 아주 다 아는 노인네라 말이여.

"그래, 이게 서울 이 도읍이 너는 했는데 무슨 체('形局'의 의미임.)냐?" 물어 보니께,

학체라고 그러더래.

무학이도 학체라는 것까지는 알어.

"학체요." 그릉게,

"그래, 임마. 학을 날개를 눌러 놓구 집을 짓든지 해야지 날개를 펴 놓구 거기다 집을 지으니 날개가 학이 일어나믄서 날개를 치믄 쓰러지고 쓰러지고 하지 임마, 더 한 거 있냐?

긍게 성부텀 쌓구 집을 지어라."

그러구서 다시 인자 강을 건너갔다 다시 건너 와서, 이성계한테 얘기해갖구서 성부텀 돌려쌓게 한겨.

그래 성을 쌓고서 집을 지응께 대궐이 안 무너지는 거여 인저.

응, 그래 경복궁 짓는데 인저 그렇게 지은 거여, 처음에 지을 때.

경복궁 제일 먼저 짓구 이짝에 대한문 짓구 저짝에 창경궁 짓구 몇 군데 지었잖아요?

여러 군데 지었지.

그래갖구서는 그렇게 또 그렇게 아는 사람이 있어요.

(조사자 : 그럼 평범한 시골 농부가 아니네요, 아니겠네요 그러면요? 소 갈던 노인이?)

그렁게는 집터도 좋은 자리도 있구 묘자리두 좋은 자리가 있는 건 틀림없어요.

명당자리가 있다는 거여, 있다는데 우리는 이제 여호와의 증인을 믿으믄서 그런 걸 안 따지는데, 사실 옛날에 들은 얘기를 듣고 가만히 보믄 자리가 딱- 있어요.

없는 거 아녀.

좋은 자리가 있다는 기여, 틀림없이.

## 명당에 쓴 강이식 장군묘

자료코드 : 02_24_FOT_20110212_SDH_KJG_0005
조사장소 : 경기도 이천시 부발읍 죽당2리 866-2번지 제보자 자택
조사일시 : 2011.2.12
조 사 자 : 신동흔, 노영근, 이홍우, 한유진, 구미진
제 보 자 : 강진구, 남, 78세

구연상황 : 앞의 이야기에 이어 조사자는 계룡산과 정감록(鄭鑑錄)에 얽힌 다양한 이야기를 간단히 언급한 후 제보자의 시조이기도 한 강이식(姜以式)장군에 대한 일화들을 이야기 하다가 아래의 이야기도 구연했다.

줄 거 리 : 옛날에 강이식 장군이 죽은 후 묘를 잘 써서 강씨 후손들이 잘 되었다. 그러자 조선 시대에 이씨 왕조가 그 묘 때문에 강씨들이 잘 된다며 그 묘를 팠는데 그때 봉(鳳)이 날아갔다. 그 후에 강씨 후손들만 잘못된 것이 아니라 진주 백성 중에서 젊은 사람들이 자꾸 죽기 시작했다. 한 사람이 무당을 찾아가 이유를 물어봤더니 강이식 장군의 묘를 파서 진주가 지금 망하는 거라며 그것을 막으려면 진주 사람들이 손수 봉이 날아 올 자리를 만들어야 한다고 했다. 그래서 진주 사람들이 땅을 사서 그곳에 돌을 깎아서 만든 봉의 알을 두어 봉이 날아 올 수 있게 하였다.

그래 강이식 장군은 저 그 돌아가시구 나서 그러니까 진주가 고향이거든, 경상도 진주.

그래 묘를 썼는데 묘가 잘 써졌나봐요.

그래 묘땜에 강씨들이 잘 된다구 이씨 왕때 권력 잡아가지구 있었잖어, 이씨네가 왕이구.

그 묘를 팠어, 이씨네가 묘를 파는데, 묘를 파는데 봉(鳳)이 날라갔다는 거여 봉이.

봉이 날라가고 나니까 강씨네가 잘 되서 파서 봉이 날라갔어야 강씨네만 잘못돼야 되는데, 진주시민이 다 골치가 아픈 거여 인저.

응, 갑자기 젊은 사람들이 자꾸 죽어.

응, 진주시내 시민들이 젊은 사람들이 자꾸 죽으니까 거기서 한 사람이 인자 아는 사람 무당한테 가 물어봤나 봐요.

그릉게,

"저기 강씨네 할아버지 묘를 파서 진주가 지금 망하는 거다."

"그럼 어떡하믄 좋으냐?" 그렁게,

"그러믄 진주시민들이 당신네들이 손수루해서(손수해서) 봉이 날라 올 자리를 맨들어 조라(줘라). 그러믄 괜찮을 거다."

그래 진주시민이 땅을 한 이백 평쯤 사가지구 그걸 맨들었어.

맨들구 가에로는 나무를 쭈욱 심고서는 가복('가운데'의 의미임.), 가복에 잔디, 잔디만 요렇게 깔아놓고,

요렇게 쪼금 가운데가 조금 짚어지게(깊어지게) 이렇게 해놓구서 요렇게 해놨어.

잔디만 입혀놓구 거기다가니 돌을 요만하게 하나 깎, 깍아 놨더라고 돌을.

그래 이게 돌이 뭐냐 이게 봉알(鳳卵)이래.

응, 봉이 와서 앉아 있으라는 알이래.

그래 진주 시민이 맨들어 놓은 거라구 하더라구요.

## 대장장이에게 앙갚음한 오성

자료코드 : 02_24_FOT_20110212_SDH_KJG_0006

조사장소 : 경기도 이천시 부발읍 죽당2리 866-2번지 제보자 자택

조사일시 : 2011.2.12

조 사 자 : 신동흔, 노영근, 이홍우, 한유진, 구미진

제 보 자 : 강진구, 남, 78세

구연상황 : 앞의 이야기에 이어 조사자가 오성 대감에 대한 이야기를 해달라고 하자, 제보자는 오성 대감의 키가 아주 작았다는 이야기로 구연을 시작했다.

줄 거 리 : 옛날에 오성대감은 키가 아주 작았다. 오성이 어렸을 때 발가벗고 다니면서 대장장이가 못을 쳐서 식으라고 던져 놓으면 똥구멍에다 끼워서 하나씩 가져갔다. 대장장이가 그것을 알고 다 식히지 않은 뜨거운 못을 던져두었다. 오성은 그것도 모르고 와서 못을 가져가려다 엉덩이를 데이고 말았다. 오성은 물렁감에다 똥을 넣어 대장장이에게 갖다주었는데 대장장이가 감을 깨물자 똥냄새가 확 났다. 그러자 오성은 양반을 능멸하면 죄를 받는다고 말하고는 도망갔다.

(조사자 : 뭐 옛날에 조선시대 정승, 황희 정승 계셨지만 저기 오성대감

이항복이라고 오성대감이란 분도 유명?)

오성대감은 그 사람은 키가 저, 자 두 치밖에 안 됐다는 거여.

(조사자 : 한 자 두 치요?)

응, 자 두 치.

자 두 치라나 석 자 두 치라나 석 자 석 자,

(조사자 : 아, 키가요?)

응, 석 자 두 친가밖에 안 됐대.

석 자 두 치, 석 자 두 치믄 일 일 일 메다(미터, meter)여. [조사자 일동 웃음]

일 메다.

석 자 세치가 일 메단데 일 메다도 한 치 빠지는 거여. [조사자 일동 웃음]

긍게네 오성이 얼마나 짓궂던지 뺄거벗고 댕기믄 애기 때 놀 때 대장장이가 못을 쳐서 식으라고 이렇게 던져 놓는다 이거여.

그러믄 와서 [흉내를 내며]요렇게 배비작배비작(바비작바비작) 해갖구 똥구녕(똥구멍)에다 못을 하나씩 하나씩 가져갔대. [조사자 일동 웃음]

그러는데 이것을 가져가는 것을 인저 대장장이가 알았어요.

그래 저짝에 인자 멀리 떨어져 있는 것은 인자 식은 거고, 이짝에는 덜 식은 걸 이렇게 하나씩 했는데,

뜨, 뜨거운 넘을 덜 식은 것은 시커먼 해서 몰른다구 쇠떵어리는 응, 꺼먼 꺼먼같이 뜨겁단 말이야 굉장히, 덜 덜 그런 게.

이 오성대감이 인저 못을 하나 가질러 와가지구 이렇게 하다보니까 뜨거운 넘을 가서 디었어(데었어), 궁둥이가. [조사자 웃음]

그래는데 그 앙갚음을 어떻게 했냐믄 물렁감을 하나 갖다 줬는데 거다 똥을 넣어다 준 거야.

물렁감을.

(조사자 : 예, 감속에다가요?)

응, 감속에다가 똥을 넣어서 줘서.

그렁게는 물렁감을 그냥 버쩍 깨면서 갖다 주니께 저, 물렁감을 갖다 먹으라고 주니께 버쩍 깨며 먹었네.

그래 똥냄새가 확 나지.

그렁게 그 뺄거숭이가 어린네(어린애)가 하는 얘기가,

"양반을 능멸하믄 죄를 받는 거다." 그러구 도망가더랴구. [일동 웃음]

그랬다는 거여.

## 중국 천자를 속인 오성대감

자료코드 : 02_24_FOT_20110212_SDH_KJG_0007
조사장소 : 경기도 이천시 부발읍 죽당2리 866-2번지 제보자 자택
조사일시 : 2011.2.12
조 사 자 : 신동흔, 노영근, 이홍우, 한유진, 구미진
제 보 자 : 강진구, 남, 78세
구연상황 : 앞의 이야기에 이어 바로 구연했다.
줄 거 리 : 옛날에 오성이 중국에 사신으로 가게 되었는데 버선에 솜을 한 치 넣어서 갔다. 중국 천자가 오성을 보고는 한 치만 더 적었으면 영웅이라고 했다. 중국에도 앞을 내다보는 인재들이 많았는데 천자도 인재였다.

그러구 긍게 오성이 인저 커 가지구 응, 벼슬길에 올르구(오르고) 뭐 이렇게 했는데, 중국을 사신으루(사신으로) 갔다는 얘기여.

중국에, 사신으로 갔는데 이게, 해서 솜을 버선 솜을 한 치 두껍게 넣구 갔대.

응, 한 치가 더 커징(크지) 그게 크게 한 치가 [손가락으로 시늉을 하며]요만큼 요만큼 손가락 두 마디야 한 치믄.

한 치 삼 센찌(센티미터, cm).

그릉게 중국 천자가 딱 쳐다보구서,

"야, 한 치만 더 적었으믄 영웅이다!" 그러더랴, 한 번.

중국 천자가 다 아는 거여, 영웅이라구, 한 치만 적었으믄 영웅이다.

긍게 중국에도 인재들이 많았다는 얘기여, 다 다 내다보고 다 하는 사람이.

천자도 그, 머리가 좋고 응, 인재였던 모냥이지.

"한 치만 적었으믄 응, 영웅이라." 그릉게.

## 오성의 장난과 마누라의 앙갚음

자료코드 : 02_24_FOT_20110212_SDH_KJG_0008
조사장소 : 경기도 이천시 부발읍 죽당2리 866-2번지 제보자 자택
조사일시 : 2011.2.12
조 사 자 : 신동흔, 노영근, 이홍우, 한유진, 구미진
제 보 자 : 강진구, 남, 78세
구연상황 : 앞의 이야기에 이어 바로 구연했다.
줄 거 리 : 옛날에 오성이 밖에 나가 놀다가 들어올 때면 춥다며 항상 마누라 배에 볼기짝을 갖다 대곤 했다. 하루는 마누라가 오성이 올 때 쯤 돼서 밖을 보니까 오성이 마당에 있는 바윗돌 위에 엉덩이를 대었다가 얼려서 들어왔다. 오성의 마누라는 혼 좀 내줘야겠다는 생각에 하루는 바위 위에다 장작불을 땐 다음 오성이 올 때 쯤 되자, 빗자루로 쓸어서 흔적을 없앴다. 오성은 그것도 모르고 평소처럼 엉덩이를 바위에 갖다 대다가 뜨거워 혼이 났다. 그 뒤로 오성은 다시는 마누라에게 골탕을 안 먹였다고 한다.

그러구 이 얼마나 짓궂은지 나가서 놀다가 들어와가지구서는 들어오는데, 들어와 저녁에 춥다고 하고서는 마누라 배에다 볼기짝을 대는겨. [조사자 일동 웃음]

그러니까 이게 아주 죽겄거든(죽겠거든)?

가만히 보니까 올 때쯤 돼서 이렇게 보니까,

자기네 집에 그 돌이 이렇게 마당에 마당가에 있는데 큰 바윗돌이 이렇게 이만한 돌이 있는데 사람이 앉을 수도 있고 그런가봐.

거기 와서는 궁뎅이를 훌렁 까구서 돌에 가서 얼쿠더래(얼리더래) 이걸 궁뎅이를.

그래 얼궈갖구(얼려가지고) 저녁에 방에 들어와서 마누라 배에다 대서 그냥 마누라 골탕을 멕이더라(먹이더라) 이거여.

그래서,

'그럼 나도 저, 한 번 혼을 좀 내줘야 되겄다구서.'

장작불을 뜨겁게 장작불을 때, 많이 때가지구 불을 이렇게 맨들어서(만들어서) 올 때쯤 해서 바우 우에다 올려놨어 잔뜩.

불을 응, 바위돌인데 달았지 어지간히?

그래 올 때쯤 해서 싹 걷어내구서 싹싹 빗자루로 씰으닝께(쓰니까) 밤이라 달밤에 비춰두 별루 몰르지.

긍게네 이게 또 궁뎅이를 훌렁 내리더니 거다 안더래요, 이렇게 쳐다보니까.

'이-눔, 정신 좀 차려봐라!' 그러구.

확 앉더니,

"아이구, 뜨거!"하고서 벌떡 일어났지 이제, 응.

긍게 그날 저녁부텀은 다시는 마누라한테 골탕을 안 미더래(먹이더래). [조사자 일동 웃음]

오성이 그렇게 짓궂었대요.

짓궂기도 하구 별일 다했어.

얼마나 그게 거시기혀.

## 구미호를 물리친 강태공

자료코드 : 02_24_FOT_20110212_SDH_KJG_0009
조사장소 : 경기도 이천시 부발읍 죽당2리 866-2번지 제보자 자택
조사일시 : 2011.2.12
조 사 자 : 신동흔, 노영근, 이홍우, 한유진, 구미진
제 보 자 : 강진구, 남, 78세
구연상황 : 앞의 이야기에 이어 제보자는 조사자들에게 강태공 이야기를 지난번에 해줬냐고 물어봤다. 조사자들이 못 들었다고 하자 구연을 바로 시작했다.
줄 거 리 : 강태공은 곧은 낚시질을 한 명인이다. 강태공은 어머니 뱃속에서 팔십년, 세상에 나와서 팔십년을 살았다. 강태공이 낚시를 하고 있는 강가에서 늘 쉬었다 가곤 하는 나무꾼이 있었는데, 강태공이 하루는 서울에 가면 살인이 날 테니 오늘은 가지 말라고 했다. 그러나 나무꾼은 강태공의 말을 무시하고 서울로 갔다. 나무꾼이 서울에 도착해서 지게를 받쳐놓고 쉬고 있는데 어린애가 옆에서 놀다가 나뭇짐에 깔려 죽고 말았다. 나무꾼은 살인죄로 관에 잡혀가 사형을 당하게 되었다. 나무꾼은 재판관에게 시골의 어머니를 뵙고 오겠다며 삼일만 시간을 달라고 했다. 재판관은 나무꾼의 관상을 보니 거짓말 할 상이 아니어서 보내주었다. 삼일이 지났는데도 나무꾼은 나타나지 않아서 재판관이 점을 쳤는데 나무꾼의 배꼽 위로 물이 한 길 올라와 있는 게 보였다. 재판관은 나무꾼이 물에 빠져죽었다고 생각하고 사형 집행을 중지했다. 그런데 일주일이 지난 후에 나무꾼이 나타났다. 재판관이 자초지종을 물어보니 나무꾼은 강태공이 처음에 살인날 것을 예언한 것과 자기를 모래사장에 눕게 해서 담뱃대에 물을 담아 배꼽에 세운 것을 알려주었다. 재판관은 자기의 점이 맞았다는 것을 알고 나무꾼을 살려주었고, 강태공의 비범함도 알게 되어 왕에게 고했다. 왕이 불러서 강태공이 궁에 갔는데 마침 그날은 사형 집행하는 날이었다. 왕비인 양귀비는 웃을 때 더 아름다웠다. 그래서 왕은 왕비의 웃는 모습을 보려고 잔인하게 사형수들을 죽였다. 강태공이 이를 보고 왕과 왕비가 있는 곳을 올려다보고 소리를 질렀다. 그러자 양귀비는 바닥에 내려와 재주를 넘더니 구미호로 변했다. 강태공은 구미호를 죽였다. 강태공은 중국 왕을 했다고 한다.

긍게, [잠시 생각하다가]강태공 얘기 먼저 안 해줬지? [조사자 일동 : 네.]

응.

강태공이란 건 들어 보셨죠? 강태공?

(조사자 : 예예.)

응, 곧은 낚시질해서 바로 곧은 낚시질한다고 세월만 낚는다고 곧은 낚시질 한다고.

이게 곧은 낚시질해서 자기 먹을 건 잡었대![조사자 일동 웃음]

곧은 낚시해서 바늘같이 곧은 낚시해도 하루에 자기, 자기 먹을 건 잡었대요.

그릉게 그 그 그분들은 명인들이여, 명인들.

다 아는 사람들잉게.

강태공이가 단팔십, 후팔십('窮八十, 達八十'의 와전인 듯함. 강태공은 주나라 문왕을 만나 벼슬하기 전까지 팔십년 동안은 가난하게 살고, 벼슬을 한 뒤로 팔십년 동안은 호사를 하며 살았다고 함.).

[조사자를 가리키며]알아요, 학생? 단팔십, 후팔십이 뭔지?

(조사자 : 몰라요.)

응, 어머니 뱃속에서 팔십 년, 세상에 나와서 팔십 년, 그래 백 육십을 살았어요.

왜 어머니 뱃속에서 팔십 년 살았나?

자기가 나믄은 어머니가 죽어.

그릉게 뱃속에서도 대화를 다했다 이기여.

말을 다했대.

그래고는 인저 낳았는데 났으니 팔십 년을 살았으니 할아버지여 그게, 한 마디루 응? [조사자 일동 : 웃음]

그래 강태공이 곧은 낚시질을 하는데, 그 강가에서 한번은 낭구(나무), 낭구 장사가 응, 낭구짐을 짊어지고 서울 장안으루 팔러 오는 거여.

옛날에는 낭구 땠을 때니까.

팔구 가구 가구해서 인자 노다지 그 할아버지 낚시질 하는데 가서 옆에 가서 쉬었다 가구 해 해 해 했던 자리니까.

그래 하루는,

"오늘은 가지 말게!" 그러더랴.

"낭구를 안 팔믄 어머니하구 저하구는 굶어야 하는디요? 낭구를 팔아서 쌀 몇 되 사가지구 가야 사는 디요." 하는 기여.

하루 나무해서 그 이튿날 가구 가구 그릉게.

"그래도 오늘은 가지 말어라. 너 오늘 가믄 살인난다." 그래더래, 강태공이.

그릉게는 노인네 말을 무시하고 서울로 온 거여.

서울 올라와서 땀을 뻘뻘 흘리구서 이게 낭구짐을 받쳐놓구서 지겟작대기를 이렇게 받쳐놓구 있는데,

뻘거벗은 어린애가 나와서 왔다 갔다 하더니 지겟작대기를 툭 치더니 낭구짐에 푹 깔려 죽은 거여.

그 옛날에는 사람을 죽이믄 사형이래.

지금은 법이 뭐 이렇게 되가지구서는 사람 죽여도 사형 안 시키구 뭐 징역 몇 얼마 살리구 보내구 어쩌구 그러잖어?

(조사자 : 네.)

옛날에는 사람을 죽이믄 곧 바로 죽여, 죽게 됐나 봐요.

그러는데 인자 살인을 했응게 잡혀 들어갔지 관(官)에루(으로).

잡혀 들어가서 있는데 인제,

"시골에 우리 어머니 혼자 계시는데 삼일만 여유를 다오. 삼일 만에 우리 어머니 뵈고 내 삼일 후에 오겠시다."

그러니께네 거기 고을에 재판관이 보니까 그 넘도 볼 줄 아는 넘이지.

보니까 저 넘이 거짓말 할 넘이 아니더래.

얼굴 관상을 보니 거짓말 할 넘이 아니어서,

"그넘 보내줘라!"

해결했어.

인제 삼일 후에 오기로 해서 사형집행을 할라구 오머는 기다리구 있는데 안 오는 거여.

그래서 이 사람이 아무리 생각해두 이게 틀림없이 죽었는디 오다 죽었는디, 오다 죽었다 이 거여, 응?

배꼽 위로 물이 한 길이 올러왔더래.

그 사람이 이렇게 보니까,

"이 넘이 오다가니 물에 빠져죽었다. 다 집어 쳐라!" 그러더래.

다 치우라고.

그러고서 한 일주일 지났는데 나타난 거야 이게 또 낭구짐 짊어지구.

그래 걸려들었지 인저 다시 또.

"그래 너 어떻게 된 거냐?" 항께.

"예, 그날두 거기 낚시질하는 할아버지가 있었는디 너 가믄 살인난다고 가지 말라고 그래쌌는 걸, 할 수 없이 지가 응, 나무 안 팔믄 굶게 생겨서 와서 그런 일을 당했다.

응, 이게 애가 뻴거둥이 애가 왔다 갔다 하더니 자기 지겟작대기를 쳐가지구 그래 죽은 거다. 내가 뭐 응, 고의적으로 그런 것도 아니지 않느냐? 자기도." 그랬어, 그랬는데,

그 할아버지가 그래서 그랬노라구, 근데 오는데,

"너 이리오너라!" 하더니,

모래사장에다 내놓구 담뱃대 있잖아 담뱃대?

(조사자 : 예.)

담뱃대 그 고기 담배 담는 고기다 물을 하나 담아가지구서 배꼽에다 세워놓구 있었던 거여.

긍게 시간이 되서 안 오니까 이 사람이 쳐다보니께 배꼽 위보다 물이

한 길이 올라와 있어.

긍게 물속에 드러눕는 걸 봤어 지가 자기가 뵈는 것을.

그러니까 그 관에 관리가 하는 얘기가,

"그러믄 그렇지! 내 점이 틀릴 수가 있느냐!" 그러더랴.

무르팍을 탁 치구.

그러면서 살인자도 살려주구 인저 강태공이 관에서 인자 알게 된 거여 인저.

그거는 지가 점을 잘 잘 치지만 그거는 더 한수 위 아녀?

그 할아버지는 한수가 더 위여 저 지가 생각할 땐.

알려서 인자 보냈어요.

그러는데 알려서 인자 왕이 왕까지 기별이 들어갔어.

들어갔는데 그 불러서 왕이 오라는 날 가는 게 그 사형 집행하는 날이었어, 왕이.

그래 사형집행을 해두 어떻게 했나 했느냐믄 이게 잔인하게 뱀을 며칠씩 굶겨.

굶겨서 놓고서는 사람을 갖다 사형수를 갖다 집어넣구 뱀 있는 우리를 열어서 와서 뜯어먹게 맨들구.

응, 사자나 호랭이 같은 것두 굶겨가지구 사람을 집어 넣구선 그걸 뜯어먹게 맨드는 기여.

인제 그걸 뜯어먹구 그렇게 잔인하게 죽여 봐야 왕의 마누라가 웃는대.

긍게 그게 양귀비, 천하일색 양귀비라는 소리 들었어요?

천하일색 양귀비가 웃어야만 아주 미인이라누믄, 웃는 게 미인이래.

그래 그거 웃는 걸 보느라구 그렇게 잔인하게 왕이 사형을 시킨 거여.

그런데 왕이 불러서 가니께는 왕은 거 앉았구 그 양귀비두 왕 옆에 둘이 딱 나란히 앉아갖구 잔인하게 뱀이 그 뜯어먹는 걸 그거 보구서 웃고 있는 걸 보는 거여.

그릉게 강태공이 올려다 보구서 그 운동장에서 올려다 보구서는 소리를 한 번 질르니께 그 양귀비가 홀렁 뛰어서 바닥에 내려와서 재주를 훌훌 넘더니,

구미호더라 이거여 구미호.

꼬리 아홉 개 달린 여우더래.

그래 그 자리에서 그냥 때려잡아버렸잖어?

응, 왕의 마누라를 그 자리에서 죽여뻐린거여 아주, 강태공이.

그래 그런 인재였다 이 거여.

긍게 강태공도 중국 왕을 해가, 했더라구요.

중국 왕을 했어, 강태공이.

## 여우 아들 강감찬

자료코드 : 02_24_FOT_20110212_SDH_KJG_0010

조사장소 : 경기도 이천시 부발읍 죽당2리 866-2번지 제보자 자택

조사일시 : 2011.2.12

조 사 자 : 신동흔, 노영근, 이홍우, 한유진, 구미진

제 보 자 : 강진구, 남, 78세

구연상황 : 앞의 이야기에 바로 이어 조사자가 강태공의 부인이 강태공을 못 기다린 이야기가 있지 않느냐고 하자, 그건 아니라며 이 이야기를 바로 시작했다.

줄 거 리 : 강감찬은 여우 아들이라고 한다. 강감찬의 아버지가 중국에 가서 장군을 낳을 태몽을 꾸었다. 집으로 돌아오다가 관악산을 지나는데 한 여자가 뒤를 따라왔다. 갑자기 소낙비가 쏟아져 원두막으로 피했는데 거기서 두 사람은 동침을 하게 되었다. 여자는 강감찬 아버지에게 날짜를 알려주면서 그때 여기 와서 아들을 찾아가라는 말을 남기고 떠났다. 그날이 되어 강감찬 아버지는 여자를 만나 아들을 받아 잘 키웠다. 강감찬이 일곱 살이 되었을 때 아버지가 집안 잔치를 가게 되었는데 따라 가려고 했다. 아버지는 강감찬을 떼어 놓고 잔치에 갔다. 신랑과 신부가 절을 하려고 할 때 강감찬이 잔치에 나타나 신랑에게 정체를 밝히라고 호통을 쳤다. 그러자 신랑은 재주를 넘더니 여우로

변했다. 강감찬의 재주에 대한 소문이 대궐까지 퍼져 임금이 대궐로 그를 불러 연못의 개구리를 울지 않게 해달라고 했다. 강감찬은 짚단을 썰어 연못에 뿌려서 개구리들이 그것을 물게 했다. 그래서 강감찬은 유명해지고 장군까지 되었다.

(조사자 : 강태공 저기 그, 본마누라가 뭐 그 강태공 못 기다리고 도망 갔었다 이런 얘기도?)

아냐, 그건 아니고.

(조사자 : 그건 아니에요?)

강감찬이라고 있어, 강감찬!

강감찬이가 자기 엄마가 여우라고 그랬어.

(조사자 : 음, 여우 아들이네요, 그러니. 예.)

응, 여우라고.

그런데 그것은 어려서 공부를 하믄서도 자기가 본인이 자기 엄마가 여우라고는 얘기했어.

근디 여운지 아닌지 이런 것두 몰르는 거여 누가, 전설 속에서 자기가 그랬단 얘기지.

어떻게 됐냐믄, 강감찬이 아버지가 중국 가서 있었는데 장군 넘(놈) 날 태몽꿈을 꿨어여.

장군 날 태몽꿈을 꾸는데 꿔서는 꾸고 나서 집이루(집으로) 오는 거여.

집이루 오는데 한강 건너 이짝에 어디 살았던가봐.

강 건너 이짝(이쪽)에 살고.

중국서 어떻게 오다본게(오다보니까) 관악산을 지나오게 됐다 이거여, 응.

관악산을 지나오게 됐는데 산 밑에 길로 가다보니까 웬 여자가 뒤를 따라 오더래요.

그릉게,

"당신은 어디 가는데 날 따라오냐구?"

긍게 자기 가는 방향이루 간다는 얘기여.

응, 그래 동행이 돼서 인제 둘이 가는 건데, 그 관악산에 거기쯤 오니까 난데없이 맑은 하늘에 쏘낙비가 쏟아지더래, 쏘낙비가.

그래서 원두막 안이루 들어갔다는 얘기여.

원두막 안이루 들어가니께 그냥, 하늘에서 천둥소리가 벼락 치는 소리가 나는 기여.

그래 무서워서 여자가 꽉 끌어안는 거여 남자를, 응.

그러다 본께 정이 통해서 거기서 응, 일을 치렀단 얘기여.

그러더니 인자 그러고 났는데 해가 바짝 나는 거여 또.

언제 비가 왔듯이 깨끗하게.

그릉게는 인제 일어나서 남자가 가는데,

"나는 볼일 다 봤으니까 내년 몇 월 며칠 몇 시에 여기 오라 이거여. 와서 당신 아들이나 찾아 가쇼."

그러고서 그 여자는 가뻐린 거여 인자.

그릉게 가뻐렸응게는 자기 혼자 인자 와서 집에 와가지구서는 뭐, 할 수 있어?

그래 집에 와서 있으믄서 자기 부인에게 그런 얘기를 했어. [휴대폰 알람 소리]

세 시야 벌써?

그릉게는 할 수 없이 혹시나 해서 또 거기로 그날 간 거여.

그 날짜를 적어 놨다가 인자 그날 갔어요.

가니까는 포대기에 싸가지고 아들 하나를 주더라 이거여.

그래서 인자 갖다 데려다 키웠지 어떡해, 응?

키웠는데 하루는 애가 인자 커다 보니께는 한 여서 일곱 살 됐대요, 애가.

근데 자기 아버지가 집안네 잔칫집에를 가야 된다고 하는데 꽤 멀더랴.
한 오십 리나 가까이 가야 되는 걸어가야 되는 입장인데.
그니까,
"나두 따라 간다구."
옷갓(웃옷과 갓)을 입고 나오는데 후루매기(두루마기) 자락을 붙잡고 가야,
"아버지, 나두 간다구." 그러능게,
"너 여기 있으라구."
못 오게 말렸어.
그래 떼어 놓으니까는 그 자기 인저 키우는 엄마지 인저, 그 엄마가 가서 와락 붙잡구서는 아버지는 가빼리구 자기는 떨어져 있는 거여.
그래 이렇게 노는 거여 인저 집이서 왔다 갔다 하고.
근데 열한 시경까지 집에서 노는 걸 봤단 말이여, 그 부인이?
그랬는데 그 열두 시가 잔치 시간인데 대례(大禮)시간인데, 대례시간 마쳤는데 마당에서 대례를 지내잖아요, 대개 응?
마당에다 채일(遮日)을 쳐 놓구 대례를 지내는 건데.
대례 시간이 됐는데,
"아버지!" 하구서,
후루매기 자락을 딱 잡는 게, 요만한 게 대여섯 살 먹은 게,
"그래 너 여그 어떻게 왔냐?" 긍게,
"기냥 왔어요." 그러더래.
근데 신랑이 오리를 놓고 절을 하잖아?
신랑이 가믄?
[조사자들을 보며]오리 놓고 절하는 거 알죠?
지금도 구 구식으루 하믄 그라나 몰러 오리 놓구 절하나.
오리 놓구 절을 하는 겨.

신랑이?

그러니까는 그 대여섯 살 먹은 것이 소리를 지르는 거여, 고함을 치는 거여.

"너, 이놈! 도대체 여가 어딘 줄 알고 응, 감히 어서 왔냐구 네 모습을 나타내지 못하느냐구."

쪼그만 한 게 소리를 질르는데 벽력(霹靂)같은 소리여, 응.

어른 소리 질르는 것보담 더 크단 말이여.

그러니까는 이게 그 자리에서 재주를 넘더니 사람이 아니고 여우더라 잖여.

그래 신랑은 어떻게 됐느냐?

오는데 이게 산 고개를 넘어야 되는데 산 고개에서 쉬어가지구서 [잠시 생각하다가] 똥을 눠, 똥을 누느라고 바위 뒤쪽으로 가구,

그 같이 온 일행들은 거기 섰었구 길에 섰었구 그랬나봐요.

이 바위 뒤쪽에다 갔는데 바위 뒤에다 꼭 낑겨놓구 바꿔치기 된 거지 한 마디로.

그래가지구선 요것두 나라까지 소문이 퍼진 거여 인저 이게.

이게 댓살 먹은 게 나라까지 퍼져서, 응 그래 임금이 인저 대궐로 불러 가지구, 여름철에 맹꽁이가 많이 울잖아요?

(조사자 : 예.)

소리가 아주 듣기 싫지.

맹꽁이 여러 마리가 울믄 시끄러 잠을 못 자는 거야 사실.

"너, 저 개구리 좀 안 울게 할 수 없냐?"

"할 수 있죠." 그러더랴.

임금이 물으니까.

"응, 그래. 안 울게 해 봐라."

그러니까는 그냥 댕기며 놀더래, 뭐.

대답만 하고서 아무 것 아무 짓도 않고 그 밑에 신하들이 다 보니까,

그러더니 해가 다 질머-, 해가 쪼금 요만큼 남으니까는 집단 두 단만 여물처럼 썰어 오라고 시키더래요.

"집 두 단만 썰어 와라!"

그래 썰어다 줬어.

그러더니 해가 넘어지, 가기 전에 한 바꾸(바퀴) 더 연못을 뺑뺑 돌믄서 이게 뿌렸어.

뭐라고 뭐라 하믄서 뿌리더래.

그래 그날 저녁에 아무 소리가 없는 거여 이게.

임금이 보니 희한하거든?

"개구리 하나 잡아와 봐라!" 시켰어 또, 딴 사람을.

시킨 게 잡아다 이게 그 집(짚)을 썰은 것을 소 줄라고 [짚 써는 시늉을 하며]요렇게 썰잖아요, 집을?

집을 썰은 것을 하나씩 물고 있더래요, 이게. [조사자 일동 웃음]

물 물 물고 있으니 소리를 질를 수 있어?

그랬다는 거여.

그래서 그, 나라에선 알게 되고 나중에 장군까지 했잖아요.

강감찬은 고려사(高麗史)에 사람이더라고 고려 사람이여.

천추태후(千秋太后, 텔레비전 프로그램명) 나오는 여기 나오더만.

(조사자 : 걔가 왜, 비올 때 만난 여자가 여우라는 거예요?)

응?

(조사자 : 비올 때 원두막에서 만난 여자가 그?)

긍게 자기 어머니는 여우라고 하는 거여 자기 말이.

그릉게 여우인지 사람인지는 그 사람은 사람이루 봤 봤 봤었구, 자기 아버지는 사람으루 본 거구 응, 강감찬이는 지 어머니는 여우라고 했다 했다는 얘기여 한 마디루.

(조사자 : 거기가 지금 낙성대 자리가 거기 거긴가?)

낙성대 저그 시방 사당 하나 있잖아요, 나라에서 지어 준 거, 낙성대.

거기래 그 동네래요.

없어진 자리가 거기래.

거기서 거기서 그, 했다는 얘기여.

## 거미 아들 남이 장군

자료코드 : 02_24_FOT_20110212_SDH_KJG_0011

조사장소 : 경기도 이천시 부발읍 죽당2리 866-2번지 제보자 자택

조사일시 : 2011.2.12

조 사 자 : 신동흔, 노영근, 이홍우, 한유진, 구미진

제 보 자 : 강진구, 남, 78세

구연상황 : 앞의 이야기에 이어 조사자가 여우가 둔갑하는 다른 이야기들을 듣고 싶어 하자, 제보자는 남이 장군 이야기가 있다며 이 이야기를 구연했다.

줄 거 리 : 남이 장군의 아버지가 친구와 내기 장기를 두었는데, 지는 사람은 상대방이 시키는 일은 뭐든지 하기로 했다. 내기에서 이긴 친구는 남이 장군의 아버지에게 집 뒤에 있는 큰 절에다 불을 지르라고 했다. 남이 장군 아버지는 절에 불을 질렀다. 그러자 마지막에 절이 무너지면서 파란 불덩어리가 나오더니 남이 장군 아버지의 집으로 날아 들어갔다. 그래서 태어난 것이 남이 장군이다. 그 절에는 노승이 있었는데 불공을 드리면 살아서 승천한다며 산 사람들을 앉혀놓고 목탁을 치곤했는데 그때마다 천장에서 거미가 내려와 사람들을 잡아먹었다. 남이 장군 아버지의 친구는 그것을 알고 거미를 죽이려고 절을 태우라고 한 것이었다. 그런데 그 거미가 남이 장군 아버지 집으로 와서 다시 남이 장군을 낳은 것이다. 남이 장군이 이십 여 세가 되어 백두산에 올라 시를 지었는데 그 시가 잘못 해석되어 역적으로 몰렸다. 아무리 남이 장군을 죽이려고 해도 죽지 않았다. 남이 장군은 그 시를 가져와 자기 앞에 보이라고 했다. 나무에 그 시를 써와서 보여 준 후 남이 장군을 죽이고 나무를 태웠지만 글씨만은 타지 않았다. 그러자 왕과 신하들은 영웅을 죽였다고 후회했다. 남이 장군을 죽일 때 온갖 방법을 써도 죽지 않아서 복사뼈 밑을 복숭아

나무 회초리로 세 번 때려서 겨우 죽였다고 한다.

그릉게 남이 장군이 거미 거시기 해서 거 태어나가지고서는 성공을 못 하고 죽은 거 아녀.

(조사자 : 거미요?)

긍게 남이 장군이 처음에 노인들한테 태어난 겨, 아주 노인네.

긍게 오십이 넘은 노인네 환갑쟁이한테 노인네들한테 태어났나봐.

근데 어떻게 되냐믄 그 남이 장군 아버지 친구하구, 작별한(각별한) 산, 사인데 장기두 두구 바둑두 두구 해는 친군데.

하루는 그 친구가 인자 찾아와서 하는 얘기가,

"오늘 나하고 장기를 둬서 자네가 지믄 내가 시키는 내가 시키는 거 다 해야 된다. 그리구 내가 지므는 또 뭘 해주겄다." 이렇게 했나 봐요.

그래 그 친구한테 졌어.

졌는데, 지니까 하는 얘기가 뭘 시키냐 그라믄 뒤에 절이 큰 절이 있었는데 절에다 불을 질러라 이거여.

그 친구가?

그런데 그 불을 질르는데 그, [손가락으로 시늉을 하며]요만한 덩어리가 화광이라고 그러는데 여기다 불을 붙이믄 불이 굉장히 쌨나봐요 막, 응?

긍게 뭐 화약이나 뭐 되갔지, 요 요런 걸 댓 개를 주더래 또.

친구가 이렇게 주믄서 어디 구탱이(귀퉁이) 구탱이 빵돌아가서 묻구서 거다 불을 질르라구.

그러니까 한 열 시나 넘어서 사람이 잘 때 그냥 가서 그냥 해놓구서 불을 질렀어.

그래 거 절이 홀랑 타는 거여 인저.

홀랑 탔는데, 가운데가 탁 무너지더니 불떵어리가 퍼런 불떵어리가 나오더니, 그 남이 장군네 아버지 집이루 날라들었다 이기여.

그래서 그게 태어난 것이 남이 장군이 태어난 거여, 응.

일 일 년 후에 아들을 볼 것이다 하고 갔어 친구는, 응.

참, 그러는데 그게 왜 그러냐믄 절에 노승, 노중이 인자 있으믄 이게 불공을 드리고 그러믄 살아서 서울로 하늘로 승천한다구 올라간다구,

이게 허황된 얘기를 그게 목탁을 치고 그게 산 사람을 놓구서 그냥 해 했던 거여.

그러믄 그 우에 천장에서 거미가 내려와서 먹어치우구 먹어치우구 했대, 그게.

그래서 남이 장군 아버지 친구는 그걸 다 알았어.

아는 사람이라.

그래 그 거미를 죽일라구 불을 질른 것이 그것이 다시 와서 거 가 태어나가지고서는 아들을 낳았, 낳았다는 얘기야 거미가.

그래서 이십 몇 살에 말하자믄 그게 권람의 사위였었잖어?

남이 장군이, 권람?

그런데 백두산 올라가서 시 한 수 저, 잘못 지었다구 죽인 거 아녀.

'남아 이십 대장부 남이 장군이, 남겨 놓은 그 말씀 뭐 그대 있으랴.'

이런 노래도 있지만, 비평국(非平國, 남이 장군의 원시에는 '未平國'으로 되어 있음.)이라고 글 한 수 지어서 써 붙였어 비평국?

그랬는데 딴 사람이 볼 때는 비(非) 자가 폐(廢) 자로 보여, 폐평국이라.

그래 나라 역적이라고 죽인 거여.

근데 이게 목을 쳐두 안 죽구 이게 안 죽는 거여.

그럼 안 죽으믄 내비 둬야 되는데 그것들도 억지로 어거지로 그냥 죽일라구.

긍게 끄트머리에 가서는 자기가, 그걸 자기 보는 앞에다 놓으라고 그랬어.

그랬는데 인자 나무로다가 그걸 쓰구서, 써왔어 인자 앞에다, 써 놨는데 인자 쥑이구서 그 나무를 태우믄 고만이겠지 했단 말이여.

다 타도 글씨만은 안 타구 고대로 남았더래.

그래서 그래 쥑이구 나서 왕이구 신하들이 후회를 한 거여, 응.

"하나, 인제 영웅하나를 죽였다." 그 뜻이야.

긍게 비 자가 폐 자로 보여.

비평국인데 폐평국이루.

그래서 기냥 억지루 죽은 거여 근데, 죽을 때 이 복사씨(복사뼈) 밑에 비늘을 하나 떠내고 복숭아나무 회차리(회초리)로 세 번 때리믄 죽는다구 그래서 죽어.

이게 칼로두 안 죽구 다 별짓 다해도 안 죽었단 거야 이게.

그게 나라에서도 이게, [잠시 생각하다가]역적모반이라구두 죽이구 별짓 다했잖아?

그릉게 그게 다 틀린 얘기여 그게 다 잘못된 얘기지.

## 신립 장군과 기치미 고개

자료코드 : 02_24_FOT_20110212_SDH_KJG_0012
조사장소 : 경기도 이천시 부발읍 죽당2리 866-2번지 제보자 자택
조사일시 : 2011.2.12
조 사 자 : 신동흔, 노영근, 이홍우, 한유진, 구미진
제 보 자 : 강진구, 남, 78세
구연상황 : 앞의 이야기에 이어 조사자가 장군들 얘기를 많이 아는 것 같다며 신립 장군 이야기도 아냐고 물어보니 구연을 시작했다.
줄 거 리 : 신립 장군이 죽자, 신하들이 혼백이라도 모시려고 신립 장군의 투구와 옷 등을 신주 모시는 가마에 태워 가지고 왔다. 한 고개를 넘어 가면서 신하들이 고개를 넘어간다고 하자, 가마 안에서 기침 소리가 났다. 그래서 그 고개를 기치미 고개라고 한다. 다름 고개를 넘어가면서 또 신하들이 보고를 했는데

이번에는 아무 소리가 없었다. 그래서 신하들은 장군의 넋이 나갔다고 생각하고 그곳에 묘를 썼다. 현재 동원대학교 밑에 가면 신립 장군 묘가 있다.

(조사자 : 저, 언제 들어보니까 어떤 여자 원귀(寃鬼)가 장난을 해가지고 그래가지고 신립이 죽었다고 그런 얘기를 들은 적이 있는데요.)

아니, 그 그 그 신립이 여기에 내력은 어떻게 되냐믄, 신립이 인제 죽었으니까 원래 광주 사람이었나 봐 여기 경기도 광주?

그릉게 그 신하들이 죽은 혼백이래두 무너, 시신을 못 찾구 혼백이라두 내겠다구 쓰던 투구하구 옷 같은 거 하구 이거 몇 가지 해서 신주 모시는 가마에다가 가지고 왔나 봐요.

와서 이짝 고개를 넘으니까 넘는데,

"장군님, 고개 넘어갑니다!" 하니까, 기침을 하더래.

그래 이 고개가 기치미 고개예요, 여기 첫 고개가.

그래서 인자 곤지암 지나가지구 동원대학교 있는데, 고개를 넘어가는데 고개서,

"장군님, 고개 넘어갑니다!" 긍게, 말을 않더래.

기침 소리가 없어.

그래 그 신하들이 생각할 때,

'장군님 넉(넋)이 여기서 나갔내비다(나갔나보다). 혼이 나갔다. 긍게 여 갖다 모시자.' 해서,

고 밑에 어디 가믄 동원대학교 밑에 어디 내려가믄 신립 장군 모이가 있다는 기여.

그래서 여기 여기 전설이여 이게.

(조사자 : 저 그 얘긴 처음 듣네요, 제가 예.)

# 마음씨 착한 삼형제와 금덩이

자료코드 : 02_24_FOT_20110212_SDH_KJG_0013
조사장소 : 경기도 이천시 부발읍 죽당2리 866-2번지 제보자 자택
조사일시 : 2011.2.12
조 사 자 : 신동흔, 노영근, 이홍우, 한유진, 구미진
제 보 자 : 강진구, 남, 78세
구연상황 : 앞의 구렁이 죽여서 동티난 생애담 구연에 바로 이야기를 시작했다.
줄 거 리 : 삼형제가 길을 가다다가 큰 금덩이를 하나 주었다. 형제들은 번갈아 가며 금덩이를 지고 가는데 형제 하나가 앞에 금덩이를 지고 가면 뒤에서 두 사람은 마음속으로 앞의 형제를 죽이면 금덩이를 많이 가질 수 있겠다는 생각을 했다. 형제들은 서로 똑같이 나쁜 마음을 먹었던 것을 이야기한 후 금덩이를 개울에 버렸다. 삼형제가 주막에서 요기를 하고 있는데 사람들이 와서 누가 구렁이 세 토막을 징그럽게 잘라서 버렸다며 야단이었다. 삼형제가 개울가에 다시 가 보았더니 금덩어리가 세 토막으로 똑같이 나눠져 있었다. 삼형제는 금덩이를 사이좋게 나눠 가졌다. 삼형제가 착한 마음을 먹었기 때문에 다시 금덩이가 그들에게 돌아온 것이다.

그러구 또, [기침을 하고]한 사람은 삼형제가 길을 가는데, 산 고개를 넘다 보니까 금덩이를 하나 줏었어(주웠어).

금덩이가 [시늉을 하며]꽤 큰 것 모냥이예요, 짊어지고 갈 정도로 컸나 봐요.

응, 들고 갈 정도가 아니고 지고 갈 정도로.

그릉게는 인자 형이 인자 지고 가는데 뒤에서 동 동생이 따라오믄서 보니까,

'저걸 죽이구서 우리 둘이 가지믄 더 많이 갖겄지?'

이, 이런 마음이 드는 기여.

그래 인자 고담에 인자 조금 지고 오다 둘째가 인자 짊어지구 가는디, 또 큰형하구 막내하구서 생각한 게,

"저 놈을, 가운데 놈을 죽이구 우리 둘이 가지믄 더 많이 갖겄지?"

그런 마음이 들어 자꾸?

그래 막내가 지고 갈 때는 또 둘이서 그런 생각을 하구.

'야, 종장에 끄트머리에 가서는 하나뱎에(하나밖에) 안 남겄구나!'

형이 생각할 때,

"내가 이런 나쁜 마음을 시방 자꾸 들어가는데 너희들은 어떠냐?" 이거야.

"저희들도 똑같다." 이거여.

"야, 그러믄 이거 집어 내비리자!"

그래 오다가 인자 고개를 내려가서 조금만 더 가믄 동네가 나오는데 개울에다가 집어던진 거여 인저.

금덩어리를!

"이거 이거 있으믄 결국 종당에 응, 죽게 생겼다."

긍게 이걸 개울에다 집어던지고 왔어요.

와서 인자 이 아래 내려와서 긍게 땀을 흘리믄서 마을에 내려와갖고 주막거리에 앉아서 뭘 사먹고 있는 거여 인저 삼형제가.

그러더니 웬 사람들이 한 서너들이 와서,

"아이구, 아 저기 내려오다 보니까 아 누가 응, 구랭이를 세 토막으로 짤라나가지구서는 그냥 아주 징그럽게 해 놨어!"

이렇게 얘기를 해, 고개를 흔들며 얘기를 하더래요.

그래서 형이 가만히 생각하니께,

"야, 가보자! 응, 거기쯤이믄 우리가 내버린 금덩어리 네 개, 세 도막으로 짤라졌내비다."

가니까, 셋을 똑같이 나눠졌더래.

응, 긍게 너들이 싸우지 말고 똑같이 가지라구 하나씩 들구 가서 가지라구.

긍게 사람의 힘으론 안 되는 거여.

그 사람들도 그 착한 마음을 먹었기 땜에 자기한테 도로 들어온 거여 그게.

그게 딴 사람들이 볼 때는 구랭이로 봐서, 누런 금덩어리가 구랭이로 보여서 그렇게 세 토막 짤라져서 죽인 걸루 그렇게 본 거여.

그래 그런 걸 보믄 사람은 착한 일을 해야 돼. [조사자 일동 웃음]

(조사자 : 굉장히 좋은 얘기네요.)

## 내 복에 산다

자료코드 : 02_24_FOT_20110212_SDH_KJG_0014
조사장소 : 경기도 이천시 부발읍 죽당2리 866-2번지 제보자 자택
조사일시 : 2011.2.12
조 사 자 : 신동흔, 노영근, 이홍우, 한유진, 구미진
제 보 자 : 강진구, 남, 78세
구연상황 : 앞의 이야기가 끝나고 제보자는 성경과 관련된 이야기를 한참 했다. 잠시 휴식을 취한 후 다시 이야기를 구연했다.
줄 거 리 : 옛날에 부자 노인이 딸을 셋 두었다. 하루는 세 딸을 불러서 누구 복에 먹고 사냐고 물었는데, 첫째와 둘째는 아버지 복으로 먹고 산다고 했는데 막내딸만 자기 복으로 먹고 산다고 했다. 노인은 화가 나서 막내딸을 숯가마 지고 다니는 총각에게 주었다. 친정 엄마가 딸에게 금덩이 하나를 주었는데 가는 길에 총각이 돌멩이라며 강에 던져버렸다. 막내딸이 울자 총각은 자기 집에 그런 건 많다고 했다. 막내달이 총각 집에 도착해 보니 부뚜막이 모두 금이었다. 막내딸은 총각에게 금덩이를 주며 값을 말하지 말고 시세로 달라고 해서 금을 팔아 오라고 했다. 서울에 가서 총각이 금덩이를 놓고 파는데 모두들 놀라기만 하고 사가지 않았다. 그런데 한 노인이 나타나 많은 돈을 주고 금덩이를 사가서 총각은 부자가 되었다. 막내딸이 숯가마가 있는 골짜기에 가보니 이맛돌도 모두 금이었다. 두 사람은 아들, 딸 낳고 부자로 잘 살았다. 어느 날 한 노인이 이 집에 구걸을 왔는데 대문을 닫으니 '여녕아'하고 소리가 났다. 막내딸의 이름이 여녕이였다. 노인은 집이 망해서 거지로 살고 있었는데 알고 보니 막내딸의 아버지였다. 막내딸은 아버지를 모시고 잘 살았다.

사람이 태어날 때는 자기 먹을 것은 가지고 태어난다고 한다. 그 총각의 이름은 석숭이였다.

자기가 태어날 때 자기 먹고 살 것은 태어, 같고 태어난다구 그랬어.

그런 거 알아요?

(조사자 : 얘기 해주세요.)

먹고 살 건 태, 가지구 태어난다구.

그게 옛날에 서울에서 내노라하는 부자가 딸을 셋을 뒀더래요.

딸을 셋을 둬가지구서 이 이 노인네두 인자 죽을 때가 됐는지 [기침을 하고]큰 딸을 불러놓고,

"넌 누구 복에 먹고 사냐?" 그릉게,

"아버지 복에 먹고 살지 누구 복에 먹고 살아요." 그랬어.

그러구 인자 둘째 딸 불러다 놓구 똑같이 그렇게 대답을 하더란 말이여.

막내딸을 불러다 놓으니 막내딸을 좀 왈가닥이었던 모냥이여.

[큰 소리로] "내 복에 먹고 살지 누구 복에 먹고 살아요!" 그러더랴.

응, 지 아버지가?

"그래? 네 복에 먹고 사냐? 그래 어디 네 복에 먹고 사는지 보자."

그래갖구서는 서울 장안에 숯 팔러 오는 총각 한 넘이 있더래.

숯가마니께 시커먼 할 거 아녀, 숯가마 짊어지고 대니는(다니는) 넘이 뭐 자 자 잘났겄어요?

긍게 그 넘의 숯을 한 가마 사구서 자기 막내딸을 데리고 가 살아라고 보냈어.

그러니께는 부모가 살아라 하니까 할 수 없이 따라는 가는데, 자기 인자 친정 엄마가 금덩어리를 이만한 걸 하나 주는 겨.

긍게 가서 이렇게 받아가서 넣는 겨, 지 아버지 몰래 주는 거지 그것두.

근데 이 사람이 뭘 주는 걸 봤단 말이여.

"여, 어머니가 뭐 주는 것 같은데 뭐냐구 좀 보자구?"

"아이, 안 봐도 된다구."

자꾸 보나는 거여 이 넘이.

그래 강가에 길로 돌아가는데 그래 할 수 없이 그래 봬 줬어.

그래 보더니 봬 주니까 만져 보더니,

"돌멩이구먼." 그러믄서,

강물에 던져 버리네.

강물에다 던졌어요, 금덩어리를.

그래 금덩어리 없는 넘하고 사느니 이거 큰일났거든?

난 다시 안 간다고 거서 주저앉아서 여자가 우는 거여.

그릉게 이 남자가 하는 얘기가,

"우리집에 가믄 그런 돌멩이 많어. 우리집에 우리 그런 돌멩이 많어." [조사자 일동 웃음]

꼬셔서 인자 데리고 갔어요.

데리고 가서 인자 하는데, 아침에 밥을 하는 하느라고 하는데 인자 성질도 나고 하니께 자기가 밥을 했어, 양반의 집에서 부자집이구 딸인데.

불 때는 부섴(부엌)에 들아가지구서 그냥 내조루다가니 그 부뚜막을 이렇게 긁응게 누른허단 말이여.

응, 나무깽이로 이렇게 긁었는데 누른해.

보니께 그게 금덩이여 그게.

돌멩이가 이만한 게 큰 게 금이여. [휴대폰 알람소리]

[알람소리에 대답을 하며]응. [조사자 일동 웃음]그래서, 그 여자가 허물어냈어.

솥을 빠지거나 말거나 부뚜막을 돌을 뺏어요.

빼서 솥(돌을 잘못 말함.)을 이래 닦응게 아주 노란 긍덩어리여 인자 응 다.

그래서 그 이튿날은 숯을 가져가지 말구, 이걸 지구 가서 서울 가서 팔아 오라구 보냈어요.

그래 여자가 배우고 머시기 똑똑하지 남자보담은?

그릉게는 자기 부인이 시키는 대로 하는 거여.

그래 나무 인자 숯을 안 짊어지구 금덩어리 돌멩이 하나를 짊어지구 가는 거여.

저 저 저는 돌이지 금이구 뭐구 안 보이니 돌이지.

"그래 아무데 가므는 거가서 기다리구 있어라."

값을 얼마 주랴 묻거든 시세껏 주시오 하고 값을 얘기 하지 말라고 그랬어.

여자가 시켰어요?

그래 시키는 대로 인자 가서 받쳐 놓고 있응께 해가 다 넘어 가는데도 물어 보는 넘이 없는 겨.

지나가다 입만 [큰 소리로 시늉을 하며]어 어허 이렇게 딱 벌리고 가구 가구 햐.

지나가는 사람이 걸 보구서.

금덩어리 아는 넘은 입을 벌리구 가는 거여.

그러더니 해가 넘어갈 무렵에 이게 어떤 노인네가 나오더니,

"물건 좋은 거 나왔네!" 그러더랴.

그러믄서,

"얼마 주랴?" 물응께,

"시세껏 주쇼." 그 그 그 소리만 하는 겨.

지가 알아 뭐여?

응, 돌멩이 지고 온 넘이.

"그거 우리집으로 지고 가자구."

가더니, 돈을 한 짐 주는 거야 아주, 짊 짊어지고 갈 수도 없이.

아마 옛날 엽전 쓸 땐 모냥이지 무거워 그릉게 짊어지고 갈 때가 없이 한 짐 주구서.

그 주소를 일러달래서 일러 주니까, 그 이튿날 돈이 들어오기 시작하는데, 말에다 싣구 사람이 지구 그냥 수십 명이 오는 거여, 돈이?

돌멩이 하나 팔았는데 엄청나게 돈이 몇 짐이 들어 왔네 이게. [조사자 일동 : 웃음]

이게 부자가 된 거여 이게.

그러구 나서 인자 여자가 숯 숯 굽는 데 골짜구니 산골짜구니?

거 가 숯가마를 가보니까 숯가마가 불 불 나무 집어넣는 숯가마 우에 부뚜막두 또 금이더래요 그게.

이 자식이 어서 금덩어리를 줏어서 이맛독(이맛돌)을 했나봐 그래두[웃음].

그래서 아주 큰 부자가 됐어요.

그래 했는데 인자 그 자리에다 집을 여자가 인자 짓는 기여, 목수를 불러다가니 지니까 여자가 맘대로 집을 지었어요.

인자 그러구 나서 인자 아들딸 낳고 사는데, 어떤 노인네가 구걸을 하러 온 거여.

구걸을 하러 와 와서 하니께 안에서 하인들이 뭘 음식을 좀 갖다줘서 먹구 이렇게 했는데, 대문을 닫는 닫 닫는데, 대문 소리가 "여녕아" 그런단 말이여.

대문 소리가 삐각하는 소리가 "여녕아" 그러게 소리가 나게 했어.

이게 그 딸 이름이 여녕이더래, 여녕이. [조사자 일동 웃음]

그래서는 이 노인네가 얻어먹으러 댕기는 노인네가 마당에 퍽 주저앉았어.

"희한해!"

그래서 대문을 닫고 들어오믄서 마당에 주저 앉어 있는 걸 봤단 말이여.

그릉게,

"마나님, 이상한 노인네가 다 봤어요."

"그래 왜 그러냐?" 긍게,

"어떤 노인네가 우리가 대문을 닫구서 들어오니까는 마당에 퍽 주저앉았다구 지금."

쫓아가보니까 지 아버지더래, 나가보니까.

그래 들어오시라 해가지구서는 지 아버지는 다 망해서 거지루 사는 기여 인저.

근데 끝말에는 그 막내딸이 모시구 살더래요.

긍게 고기(그게) 사람이 태어날 때 자기 먹을 건 태, 먹, 가지구 태어난대.

그 말이여.

(조사자 : 그 우에 언니들은 어떻게 됐을까요?)

응?

(조사자 : 큰딸, 둘째딸은요?)

어 언니 언니들은 언니들대로 살아 나가서 살았겄지 뭐 어떻게 돼.

언 언 언니들까지 챙겼겄어? [조사자 일동 웃음]

자기는 제복에 먹구 산다구 해서 제 아버지한테 숯장사한테 쫓겨왔는데 부자가 된 거구.

그래서 그 남자 이름이 석숭이래 석숭이.

(조사자 : 아, 석숭이요?)

응.

그래 무당이 뛸 때 복일랑은 석숭이 복을 타고 나구 명일랑은 동방삭이 명을 타고 나랬잖아?

삼천갑자 동방삭이가 타고 났다 그래서.

(조사자 : 석, 석숭이는 그렇게 복을 많이 받게 된 그런 얘기도?)

복을 많이 받았다는 얘기가 그릉게, 여자를 잘 얻어갖구 복이 된 거지?

자기는 돌멩이루 알았지 금이루 몰랐으니께, 몰르구.

## 꾀를 내서 잡은 동방삭

자료코드 : 02_24_FOT_20110212_SDH_KJG_0015

조사장소 : 경기도 이천시 부발읍 죽당2리 866-2번지 제보자 자택

조사일시 : 2011.2.12

조 사 자 : 신동흔, 노영근, 이홍우, 한유진, 구미진

제 보 자 : 강진구, 남, 78세

구연상황 : 앞의 이야기 말미에 동방삭에 관한 언급이 있었는데, 제보자는 곧바로 이어서 동방삭에 대한 이야기를 구연했다.

줄 거 리 : 옛날에 옥황상제가 동방삭을 잡아 오라고 했는데 잡을 수가 없었다. 그래서 귀신들이 꾀를 냈다. 귀신들이 냇물에서 숯을 씻고 있었다. 그랬더니 동방삭이 그걸 보고 삼천갑자를 살았어도 숯 씻는 놈들은 처음 본다며 웃었다. 귀신들은 그제야 동방삭을 알아보고 잡아갔다.

동박삭이를 잡을라고 구신(귀신)들이 이 넘으 게 얼마나 약은지 구신이 잡을 수가 없는 거야 이게, 잡아들이라고 했는데.

옥황상제께서 동박삭이를 잡아들이라는데 이걸 잡을 수가 없어.

"야, 우리 한 번 꾀를 내자."

냇물에서 숫(숯)을 씻는 거여.

숫을 숫? 숫을 씻쳐(씻어) 귀신들이.

이렇게 한 세네 명이 앉아서 숫을 씻고 있어.

그릉게 동박삭이 지나가다,

"삼천갑자를 살았어두 숫 씻는 넘은 처음 봤네!" 했어. [조사자 일동

웃음]

그릉게,

"니가 동방삭이네!" 하구, 잡아 가더래. [조사자 일동 웃음]

그래서 죽어 죽었다는 기여.

(조사자 : 그 귀신들이 저승 저승사자네요?)

응. 귀신들두 못 잡아들였는데 그래 꾀를 내가지구 잡았대, 귀신이.

(조사자 : 차사본풀이야. [웃음])

## 바보 온달과 평강 공주

자료코드 : 02_24_FOT_20110212_SDH_KJG_0016
조사장소 : 경기도 이천시 부발읍 죽당2리 866-2번지 제보자 자택
조사일시 : 2011.2.12
조 사 자 : 신동흔, 노영근, 이홍우, 한유진, 구미진
제 보 자 : 강진구, 남, 78세
구연상황 : 앞의 이야기에 이어 조사자가 바보 이야기를 해달라고 하자 구연을 시작했다.
줄 거 리 : 옛날에 평강 공주가 어릴 때 울 때마다 임금은 바보 온달한테 시집보낸다고 했다. 평강 공주가 자라서 바보 온달이 어떤 사람인지 궁금해서 대궐을 몰래 나왔다. 평강 공주는 바보 온달을 만나 결혼을 했다. 몇 년 후에 평강 공주는 바보 온달을 데리고 대궐로 들어갔다. 사십이 넘은 온달은 무예를 배워서 결국은 장군까지 되었다. 바보 온달이 여자 하나 때문에 출세를 했다. 사람은 겉모양만 가지고 판단하면 안 된다.

(조사자 : 어르신 옛날에 바보들 얘기 좀 해 주세요. 바보 뭐 사위들, 바보 아들 이런 이야기 잘 아시는 거…….)

바보 온달이라구 있었잖아?

(조사자 : 바보 온달이요?)

바보 온달이 평강 공주하고 결혼을 해서 나중에 장군까지 됐잖아?

(조사자 : 그 얘기 좀 자세히 좀 해주세요.)

그러니까 어떻게 해서 했나믄 평강 공주가 울으믄 그 임금이,

“너, 바보 온달이한테 시집보낸다구 그랬어.”

어렸을 때 울믄, 바보 온달이한테 시집보낸다구.

그러니께는 어렸을 때 그런 자주 얘기를 아버지가 자꾸 했잖어?

바보 온달이 어떻게 생긴 넘인가 하구서 자기가 집을 몰래 뛰쳐나와서 찾으러 댕긴거여, 그 공주가?

그래서는 인저 그 바보 온달 사는 동네까지 간 거지.

“바보 온달이 어서 사냐구?” 물어보니까,

“저기 산 밑에 집 저 집이 바보 온달네 집이라구.” 그러더랴, 동네 사람이.

그래 그 집을 인자 찾아 가서 보니까는 낭구(나무)하러 가서 없더라네 바보 온달이, 낭구를 해가지구 왔는데, 긍게 아버지두 없구 어머니하구 둘이 사는데.

그 공주가 가만히 보니까 장골로 생기구 응, 뭐 안 배워서 무식하긴 해더래도 응, 모양이 괜찮더라 이 말이여.

그래서 자기가 공주라고 않구 그 어머니한테 얘기해갖구서는,

“여기서 결혼해갖구 살겄다구.”

그릉께는 어떤 넘이 시집 올 사람도 없는데 처자 이쁜 처자가 와서 결혼하겄다니(결혼하겠다니) 옳지구나지, 응.

그래서 결혼식을 하구서 살았어.

살아서 한 일 년인가 이 년인가 살구서는 인저 대궐로 찾아 간 거여.

찾아가구 해서는 사십이 넘어서 공부를 했어, 바보 온달이.

공부를 하구 거기서 인저 공부도 해가믄서 인저 칼 쓰고 활 쏘는 걸 그 배웠어.

무 무술을 배웠다 이거여 한 마디루.

그래 결과적으로는 그 온달 장군까지 했 했지 뭐.

긍게 평강 공주니께는 부마가 된 거 아녀, 임금의 사위가 된 거구.

긍게 결론적으로는 바보 온달이 여자 하나땜에 출세두 하구 응, 했다는 얘기여.

그릉게 애들한테 자꾸 농담으루 해두 그게 얘는 의아심이 있어서 어렸을 때부텀 그걸 머릿속에 그걸 넣고 있었던 거여.

긍게 바보 온달이 얼마나 어떻게 생겼나 하구서 그걸 찾아러 온 거여.

와서 지가 자청해서 그넘하구 결혼하구.

긍게 바보 온달한테 시집보낸다 시집보낸다 했응께 임금두 이 결혼해 가지구 한 일 년 만에 왔으니께 어짤(어쩔) 수가 없는 거여.

[한참 있다가] 긍게 사람은 겉 모냥만 보구 판단하지 말라구 그랬어요.

그건 맞죠?

남 보면 모냥(모양)이 못 생겼어두 속에 지혜가 많은 사람이 많어요.

## 무수산의 유래

자료코드 : 02_24_FOT_20110212_SDH_KJG_0017

조사장소 : 경기도 이천시 부발읍 죽당2리 866-2번지 제보자 자택

조사일시 : 2011.2.12

조 사 자 : 신동흔, 노영근, 이홍우, 한유진, 구미진

제 보 자 : 강진구, 남, 78세

구연상황 : 앞의 이야기에 이어 조사자가 바보 이야기를 해달라고 하자 구연을 시작했다.

줄 거 리 : 공주에 구절산이란 산이 있다. 그 산은 절이 아홉 개가 있어 구절산이라고 하는데 지금은 무수산이라고 한다. 옛날에 머슴이 소 풀을 베어 왔는데 산삼 이파리를 한 짐 베어 왔다. 주인이 그걸 보고 머슴과 같이 갔는데 하나도 보이지 않았다. 삼산이라는 것은 임자가 있을 때만 보이는 것이다.

전설 얘기 하나 해드려야 겄네.

우리 고향에 공주에 거기가 그 구절산이란 산이 있어요, 구절산.

왜 구절산이라구 하냐믄 절이 아홉 개가 있었대요.

그래가 구절산이라구 하구.

지금은 무수산이라구 그래 무수산, 무수산.

근데 그 왜 무수산이라구 유래가 생겼냐믄 옛날에 머심(머슴)이 소 풀을 베왔는데 삼산 이파리를 한 짐 베왔더래, 산삼 이파리를.

긍게 주인은 보니까 산산 이파리를 베왔응께,

"너, 이 풀을 어디서 벴냐?"

"저기 산에서 벴어요."

"거기를 같이 가보자."

둘이 갔어.

갔는데 주인이 갔을 때 하나두 안 보이지.

이 이 사람도 요기서 벴나 저기서 벴나 한 번 하구 확실히 그 자리를 잊어버린 거야 또.

긍게 산삼이라는 것은 임자가 있을 때나 보이지 안 보인다는 겨, 그게 산삼이.

그래서 그게 약이루두 좋구 다 좋은가 봐요, 산삼이.

긍게 지 짐, 한 짐 벨 정도믄 굉장히 크, 많이 벤 거여?

웬만한 바다 한 자리 다 벤 거나 마찬 가지여.

여기 있는 삼팔선 다 베도 한 짐 안 될 건데.

# 쌀 나오는 구멍

자료코드 : 02_24_FOT_20110212_SDH_KJG_0018
조사장소 : 경기도 이천시 부발읍 죽당2리 866-2번지 제보자 자택
조사일시 : 2011.2.12

조 사 자 : 신동흔, 노영근, 이홍우, 한유진, 구미진
제 보 자 : 강진구, 남, 78세
구연상황 : 앞의 이야기에 이어 바로 구연했다.
줄 거 리 : 구절산의 봉우리에서 조금 내려오면 절터가 하나 있다. 그 절에는 바위틈이 하나 있는데 거기서는 손님 인원수에 따라 쌀이 나왔다. 그런데 밥하는 사람이 쌀을 빨리 나오게 하려고 부지깽이로 파냈다. 그 뒤로는 쌀이 하나도 안 나왔다. 믿기지 않는 일이지만 그런 일이 있었다고 한다.

그러구 그 구절산이란 데가 저 높은 봉오리, 봉오리서 한 십 메타(미터, m) 이십 메타 정도 내려 오믄 절이 하나 있어, 어떤 터가 있더라구요.

터만 봤어 지금은 절이 없어 하다두.

근데 거기는 부엌 뒤에 바위틈에 이렇게 구녕(구멍)이 있는데 손님이 하나가 오믄 하나가 먹을 쌀, 두 사람이 오믄 두 사람이 먹을 쌀, 이렇게 나왔대, 쌀이.

손님이 셋이 오믄 세 사람이 먹을 쌀, 고게 고만큼만 나온겨, 더는 안 나오고.

근데 밥하는 이가 쌀이 이렇게 나오는 걸 빨리 나오라고 불 때는 부주깽이(부지깽이)로 막 파냈대, 쌀 나오는 거를.

그 뒤로는 하나두 안 나왔다는 얘기야.

그렇게 파내고 나서는.

그래서는 그게 절도 없어지구 다 없어졌더라구요.

절터만 가서 내려 내려가서 보구 왔어요.

근데 절을 내려가기가 상당히 힘들어.

산 높은 봉우리에서 이렇게 내려가는데 한 이십 메타백에 안 되두 나무가 있구 바위 요렇게 길도 좁은데 아주 그냥 바위루다 붙잡구 내려가야 돼.

근데 그 밑에 절에 밑에는 절에 있는 편편한데 집 하나 지을 정돈데 쪼그마한데,

거기는 아주 낭떠러지가 한 삼십 메타 사십 메타 정도 높, 한 오십 메타는 떨어졌어 낭떠러지가.

거 거 절 졌던 데(지었던 데) 그 앞이는(앞에는) 낭떠러지가 아주.

그래 거기는 올라갈 생각두 못하구서 산 높은 데서 내려오게 되어 있더만 그랴.

거 거기 들어갈 그 절에 내려 갈라믄.

암자가 하나 있었는데 그랬대요.

긍게 믿기지 않을 일이지만 그런 일이 있었다는 얘기여.

## 개와 고양이가 사이가 안 좋은 내력

자료코드 : 02_24_FOT_20110212_SDH_KJG_0019

조사장소 : 경기도 이천시 부발읍 죽당2리 866-2번지 제보자 자택

조사일시 : 2011.2.12

조 사 자 : 신동흔, 노영근, 이홍우, 한유진, 구미진

제 보 자 : 강진구, 남, 78세

구연상황 : 앞의 이야기에 이어 아기장수와 관한 이야기를 잠시 하다가 조사자가 개와 고양이가 사이가 안 좋아진 내력을 묻자, 구연을 시작했다.

줄 거 리 : 옛날에 어떤 할머니가 고양이와 개를 키웠다. 그 집에 뭐든지 나오라고 하면 나오는 구슬이 있었다. 그런데 건너 마을의 노인이 와서 구슬을 훔쳐갔다. 할머니는 개와 고양이에게 구슬을 찾아오라고 했다. 노인의 집에 도착한 고양이는 쥐들을 협박하여 구슬을 훔쳐오게 했다. 집으로 돌아오는 길에 고양이가 구슬을 물고 개의 등을 탄 채 강을 건너다가 구슬을 강에 빠트렸다. 개는 집으로 돌아오고 고양이는 강가에서 구슬을 찾아 다녔다. 고양이는 우연히 어부가 버린 생선 한 마리를 얻게 되는데 그 속에 구슬이 있었다. 고양이가 구슬을 가지고 집으로 돌아왔다. 할머니는 그냥 온 개는 집밖에 자게하고 고양이는 안에서 자게 했다. 그 뒤로 고양이와 개는 앙숙이 되었다.

(조사자 : [제보자가 고양이와 개를 기르고 있어서]고양이 좋아 하시잖

아요? 근데 개하고 고양이가 사이가 좀 안 좋잖아요?)

음, 개가 아주 죽일라 그래. [조사자 일동 웃음]

개, 개한테 붙들리믄 아주.

(조사자 : 옛날에 그 개하고 고양이가 사이가 안 좋아진 것도 내력이 있다고?)

음, 내력이?

(조사자 : 예.)

그 내력은 내가 알지요. [입 속의 음식 때문에 잠시 시간을 두고]

옛날에 어떤 할망구가 사는데 고양이하고 개를 멕였나(먹였나) 봐요.

그래 그 집 그 집에 이런 구슬이 요런 구슬이 하나 있는데, 그게 그 구슬이 뭐 나오라는 대로 다 나오는 거여.

밥이 나오믄 밥이 나오고, 돈이 나오믄 돈이 나오고.

그런 아주 귀한 구슬인데, 여 건너 마을잉게(마을이니까) 한 십여 리 떨어진 노인네가 그걸 알구서 거기 와서 훔쳐갔어.

이걸, 구슬을.

어떻게 그 집을 들어갔냐믄 이 보따리 장사 이런 것처럼 장사로 본인은 와가지구서 보물을 훔쳐가뻐렸어요.

그러니 어떡해?

긍게 개하구 고양이하구 둘이 내보내서 찾아오라구 그랬어.

찾아오랬는데, [잠시 생각하다가]강을 건너가야 되는데 개는 수영을 하구 고양이는 수영을 제대루 못했나 봐요.

개 등어리 타구 건너가구.

인제 그 집을 찾아 들어가서, [기침을 하고]고양이가 쥐를 불러 놓구 쥐한테 그 구슬을 가져오라구 시키는 거여.

"구슬 안 가져 오믄 너 새끼들 다 잡아먹겠다구."

그러니께는 뭐, 고양이(쥐의 잘못)가 저이들 살려야 되니까 그까이 꺼

(그까짓 거) 뭐, 그 할머니 보갰(주머니) 속에다가니 넣구 자는데, 보개를 쏠구서(쏠고서) 꺼집어내갔어.

내다 고양이 준 거야 인저.

인제 고양이가 물구 가는 건데 인자 강을 건너가야 되잖어?

강을 건너가는데 개(고양이의 잘못)를 등어리에 태워 가야 되니까,

"저거 좀 가져가게 해 달라는 겨." 고양이가,

이 고양이가 이걸 물구 가는데 가만 있으믄 되는데 고양이가 등어리에서,

"너 잘 가져 가냐, 잘 가져 가냐?" 하는 겨.

이거 물었으니께 말을 할 수가 없잖어?

그릉게 하두 등어리에서,

"잘 가져 가냐, 잘 가져 가냐?" 하니까,

"잘 가져 간다구."

입을 딱 벌리니까 뚝 떨어졌지.

강물에 그만 빠쳐버렸단 말이여.

그래 어떡해?

어떻게 찾어 물속에서 워디 가서?

긍게 고양이는 찾어가주구 가야 된다구서 안 가구 있구, 개는 집으로 온 거여 인저.

집으루 왔는데, 이게 강가에서 왔다 갔다만 하지 워디 가서 찾어 지가?

강물에 빠진 걸 물속에 들어 갈 수두 없구.

근데 어부가 고기를 한 마리 잡았는데 썩었다구 내비렸어.

고양이가 배가 고프니께 그 생선이라두 뜯어먹어야 될 거 아녀?

그걸 퍼먹, 퍼먹다 보니께 생선 배 뱃속에 가서 그게 나오는 거여 그게, 구슬이.

그래 물에 딱 떨어지는 것을 먹을 건 줄 알구 덜컥 먹었는데 이게 이게

먹어서 쑥 넘어가갖구서 걸려서 죽은 거여 그게.

긍게 썩은 생선이라구 배가 뽈록하니까 집어 던진 거여.

어부가 잡어서.

그래 그걸 먹다가 인자 구슬 찾아가지구 왔어요.

구슬 찾아갖구 와서, 와서 인자 할머니 갖다 주니까 개는 기냥 왔다구,

“너는 배깥에 가라.”

배깥에서 자게 하구 고양이는 방에서 자라구 하더래.

그래 고양이는 방에서 자구 개는 바깥에서 잔대요. [조사자 일동 웃음]

그래서 앙숙이 된 거여. [조사자 일동 웃음]

## 소 무덤과 개 무덤

자료코드 : 02_24_FOT_20110212_SDH_KJG_0020

조사장소 : 경기도 이천시 부발읍 죽당2리 866-2번지 제보자 자택

조사일시 : 2011.2.12

조 사 자 : 신동흔, 노영근, 이홍우, 한유진, 구미진

제 보 자 : 강진구, 남, 78세

구연상황 : 앞의 이야기에 이어 조사자가 개가 주인을 구한 이야기를 해달라고 하자 소도 주인을 구했다며 구연을 시작했다.

줄 거 리 : 옛날에 시골 장날에 사람들이 고개를 넘는데 그 고개에는 호랑이가 있어서 혼자 넘을 수가 없었다. 그래서 여러 사람이 모여서 소에 짐을 싣고 그 고개를 넘었는데 그만 호랑이를 만났다. 그러자 그 중에 연장자가 호랑이가 먹을 사람이 있을 거라며 웃옷을 벗어 던져서 그 중에 호랑이가 끌어안는 옷의 주인만 남자고 했다. 결국 한 사람의 옷을 호랑이가 끌어안아서 그 사람이 남게 되었다. 그 남자는 소의 코뚜레와 고삐를 풀어서 소에게 구해달라는 표시를 했다. 그러자 소가 발로 주인에게 자기 밑으로 들어가라는 시늉을 했다. 그 남자는 소의 뒷다리를 붙잡고 있었는데 호랑이가 그 사람을 잡아먹으려고 소를 뛰어넘다가 소의 뿔에 받히고 말았다. 소는 머리에 뭔가가 받히면 땅에 떨어지기 전에 계속 받는다고 한다. 그래서 밤새도록 그 소가 호랑이를 뿔로

받았다. 날이 새자 호랑이는 이미 죽었는데 소가 계속 뿔로 받고 있었다. 그러다가 소도 지쳐서 죽었다. 그 남자는 길옆에다 소 무덤을 만들어 주었다. 개 무덤도 있는데, 주인이 어느 날 어디를 갔다 오다가 술이 취해서 잔디밭에서 잤는데 불이 났다. 그러자 개가 물에 들어가 털에 물을 적셔서 오더니 굴러서 불을 껐다. 주인은 목숨을 구했지만 개는 지쳐서 죽었다. 주인이 소 무덤 옆에 개 무덤을 만들어주었다.

(조사자 : 개가 이렇게 주인이 죽을 뻔 했는데 개가 주인을 뭐 구했다고 뭐 이런 얘기들도?)

예?

(조사자 : 개가 자기 주인을 이렇게 주인이 죽으려고 하는데 죽을 뻔 했는데 개가 구했다는 그런 얘기도 있지 않나요?)

그럼요.

개가 주인을 구하구 소가 주인을 구하구.

(조사자 : 예?)

소가.

(조사자 : 소가요?)

응.

(조사자 : 소가 주인을 구했어요?)

응, 소가.

소 무덤 있구 개 무덤 있구 그런 기여.

(조사자 : 소가 구한 적이 있어요?)

그래서 소 무덤이 있는 거여.

(조사자 : 그 얘기 좀 해주세요.)

주인을 구해줘서.

근데 그게 어떻게 된고 하니, 시골 장날 있잖어 장날?

(조사자 : 예.)

시골 장이믄 장들에 가지 한 이십 리 정도 된단 말이여 시골 장들이 이십 리 정도 되믄 장에 가는데.

고갤 하나 크게 넘어야 되는데, 저녁에는 그 고개를 사람이 혼자 못 넘었나 봐요.

거기는 그 호랭이가 있구 뭐해서 못 넘어서.

그래 소를 끌고 가구 마차를 끌구 가구 인자 소에다가니(소에다) 그 뭐 짐두 싣구 댕기구 그러잖아요?

그러는데 쭉 해서 한 열 명 이십 명이서 인자 고개를 넘어가는데 딱 가로막구서 못 가게 하는 거여, 호랭이가.

그런데 거서 인자 나이 먹은 이가,

"틀림없이 여기 누구 하나가 있을 거다. 호랭이가 먹을 사람이 있다. 긍게 우리가 다 이십 명이서 다 여기서 할 게 아니라 그걸 확인을 하자. 그러구 그 사람만 냉겨놓구(남겨놓고) 가믄 될 거 아니냐?"

그래 웃, 웃옷을 벗어서 호랭이 앞에 던져 보라구 그랬어 다.

"호랭이가 자기 앞으로 끌어안는 건 그 사람이다."

그래 노인네가 그렇게 얘기 해니께 설마 내가 그러려니 하구서 서로 다, 다 이십 명이서 좋다구 그랬어 그렇게 하기루.

그래 맨 뒤에서 오는 사람이 다 집어 던지는 거여 인자.

던지는 대로 발로 차서 던, 던지는 기여.

그러더니 맨 뒤에 사람 것을 끌어안더래.

그릉게는,

"이 사람이다. 이 사람만 나, 냉기구(남기고) 가겄다." 하니께,

질(길)을 비켜 주더래.

호랭이가 옆으로 서 주더래요.

긍게 하나하나 다 나가는데 이 사람은 소에서 이 고삐 이거 코뜨래(코뚜레) 고삐도 그거 고삐를 다 풀르구 완전히 알몸으루 싹 해서 해놨어.

해놓구서 기다리는 거여.

인자 한마디루 소더러 구해달라는 식이여 응, 소두 그걸 알구.

소가 응, 발로 다해서 이 자기 밑으로 들어가라고 하더래.

그래가 밑으루다 뒷다리 있는데 밑에가 뒷다리를 꼭 붙잡구 있는 거지 인자.

긍게 호랭이가 이걸 먹어야 되는데 소, 소가 감춰서 못 먹게 하는 거 아냐 지금?

긍게 소를 뛰어 넘더랴 [시늉을 하며]이렇게 호랑이가 이렇게 뛰어 넘구 막막 이래.

소 등어리를 훌렁훌렁 뛰어넘구 막 빼내갈라구 여기 응, 끌어 안구 있는 걸 빼내갈라구.

근데 어떻게 이게 넘다가니 소머리에 받혔대. [조사자 일동 웃음]

소가 머리에 받히믄 땅에 떨어지기 전에 또 받는대요, 소는?

그릉게는 밤새껏 받은 거여 이거. [조사자 일동 웃음]

떨어지믄 또 받구 또 떨어지구.

호랭이가 인자 뿔에 걸려서 나불나불 대는 기야 아주 다.

응, 죽 죽을 정도가 되, 죽어서 그냥 자꾸 죽은 거 떨어지믄 [말을 빨리]또 받구 또 받구 또 받구 아주 그냥 응, 다 그냥. [조사자 일동 웃음]

(조사자 : 해, 해져 버렸네?)

응, 해졌다시피 했어.

긍게 날이 새, 날이 부여니 샌게(새니까), 그냥 놓는데 해져 해져버리다신 거지 호랭이는. 근데 소도 그 자리에서 죽더래요.

그래서 그 옆에다 길옆에다 묻어 줘서 소 무덤이여.

그래서 소 무덤이라구.

근데 그, 그렇게 해서, 해서 죽었는데 그걸 잡아 먹겠어?

안 잡아먹지, 그릉게 아주 응, 사람이.

그래서 소 무덤이란 게 있대요.

그래 들었어.

(조사자 : 개 무덤은요?)

개 무덤두 같이 어디를 갔다 오는데 주인이 술이 술이 취해가지구 잔디밭에서 자는 거여.

그랬더니 그 밑에서 불 올라와서 타고 올라오는 거여 자꾸 불이.

이게 발로 흔들어두 이게 술이 취해가지구서 안 일어나는 거 아녀 이거?

응, 자꾸 물러, 옷을 물고 끌어두 그냥 그대로 있으니까, 불은 자꾸 타 올라오구.

그러니께 개가 물에 가 풍덩 들어갔다 쑥 나와서 떼구르 굴르는 거여.

물에 들어가서 털에 적셔갖구 떼구르 굴르구 굴르구.

그래 이게 할 수 없이 불은 꺼졌는데 개두 죽었지 인저 너무 지쳐서.

그래서 개두 소마냥 그 모이(묘) 옆에다 묻어줘가지구 개 무덤이.

그래 소 무덤 개 무덤이 그래서 주인을 구해줘서.

[음료를 마시느라 잠시 휴지를 두고]그래 소가 사람만 옆에 섰으믄 호랭이한테 안 죽는대, 안 진대요.

(조사자 : 사람이 있으면은요?)

사람이 없으구(없고) 소만 있으믄 깨달아 호랭이한테 죽나 봐.

옆에서 섰기만 해두 안 죽는대.

(조사자 : 어디 가니까 말, 말무덤도 있다고 그러던데요?)

말 말 말, 말 무덤은 못 들어봤어. [조사자 일동 웃음]

## 숙종 대왕의 잠행과 대장장이

자료코드 : 02_24_FOT_20110212_SDH_KJG_0021
조사장소 : 경기도 이천시 부발읍 죽당2리 866-2번지 제보자 자택
조사일시 : 2011.2.12
조 사 자 : 신동흔, 노영근, 이홍우, 한유진, 구미진
제 보 자 : 강진구, 남, 78세
구연상황 : 앞의 이야기에 이어 조사자가 숙종대왕 이야기를 해달라고 하자 구연을 바로 시작했다.
줄 거 리 : 옛날에 숙종대왕이 순시를 나갔는데 대장장이가 밤에 일을 하고 있었다. 그래서 밤늦게까지 일을 하는 이유를 물었다. 그랬더니 대장장이는 낮에 벌어서 부모를 공양하고 밤에 벌어서 자식을 먹여 살린다고 했다. 숙종대왕이 궁으로 돌아와 과거 시험을 대장장이가 한 말을 그대로 출제하여 그가 급제하도록 만들었다. 올바른 임금이라면 백성을 잘 알아서 잘 다스려야 한다.

(조사자 : 옛날에 뭐 그 장군들이나 그쪽에 말고 임금님 중에도 좀?)

예?

(조사자 : 옛날에 임금님 중에 왕 중에 좀 사연이 있는 분이 있지 않나요? 숙종대왕 이런 분은 뭐 바깥세상 많이 다녔다고 하는데요?)

숙종대왕이 잘했다던가 뭐 누가 잘했다구 하더라구요.

바깥에 가서 여론 많이 듣구.

숙종대왕 때만 숙종이 그랬나 봐.

바깥에를 이렇게 순시를 하는데 나가보니까 대장장이가 밤에 일을 하더래.

그래서, "이렇게 밤늦게까지 일을 하느냐?" 항게,

그 말이 인자 그 한문으루다가 나온 말인데 그건 내가 잊어먹구 뭐라 그라는구 하니, 그 해석이루 하믄,

"낮이(낮에) 벌어서는 부모를 공양하구 밤에 벌어서는 자식들을 멕인다(먹인다)." 이거여.

긍게 자기가 자식들을 멕여야 다음에 또 공양을 받을 수 있다 이거여.

그래서,

"낮에 버는 걸로는 부모를 공양하구 밤에 버는 거는 자식을 먹여 살려야 하기 땜에 밤에두 일을 해야 된다."

이렇게 얘기를 하더래.

그래갖구 숙종이 그 얘기를 듣구 안에루(안으로, 궁궐 안으로) 불러 들여갖구 과거 급제를 하게끔 했어.

긍게 시제를 그런 비슷하게 써 냈어.

긍게 이 사람이 자기가 말한 것이 고대루(그대로) 나왔응게 그 말대로 썼을 거 아녀?

그래서 이래 급제를 해서 벼실(벼슬)을 줘서 잘 살게 해줬다는 얘기가 있어.

나라에 책음자구(책임자고) 임금이라믄 백성을 잘 알아서 백성을 잘 다스리는 것이 올바른 임금이 되는 거여.

지금두 마찬가지여.

자기 욕심만 차리지 않구.

## 도깨비를 속여 부자 된 사람

자료코드 : 02_24_FOT_20110212_SDH_KJG_0022
조사장소 : 경기도 이천시 부발읍 죽당2리 866-2번지 제보자 자택
조사일시 : 2011.2.12
조 사 자 : 신동흔, 노영근, 이홍우, 한유진, 구미진
제 보 자 : 강진구, 남, 78세
구연상황 : 앞의 이야기에 이어 도깨비 이야기를 청하자 바로 구연을 시작했다.
줄 거 리 : 옛날에 나무꾼이 나무를 하러 갔다가 빈집에서 비를 피하고 있었다. 그런데 도깨비들이 그곳으로 들어왔다. 나무꾼은 무서워서 대들보 위에 올라갔다. 도깨비들이 도깨비 방망이로 온갖 음식을 만들어 먹는 걸 보고 나무꾼은 배가

고파서 개암을 먹으려고 깨물었다. 딱 하는 소리에 도깨비들은 대들보가 무너지는 줄 알고 도망을 갔는데 그 중의 하나가 도깨비 방망이를 두고 갔다. 나무꾼은 그 방망이를 집으로 가져가서 부자가 되었다. 도깨비가 그것을 알고 그 사람을 찾아왔는데 나무꾼은 도깨비 방망이로 얻은 재산으로 땅을 샀다. 도깨비가 땅을 떼어 가려고 네 귀퉁이에 말뚝을 박고 끌어당겼지만 끌고 갈 수가 없었다. 도깨비가 준 돈은 땅을 사야지 다른 것을 사면 아무 소용이 없다.

어떤 사람이 도깨비와 친해진 후 돈을 뺏어서 땅을 샀다. 도깨비들이 땅을 떼어 갈 수가 없자 자갈을 가득 넣어 두었다. 그 사람은 낮에 가서 큰 소리로 도깨비들이 자갈을 갖다 놔서 곡식이 잘 되겠다고 말했다. 그랬더니 그날 저녁에 도깨비들이 자갈을 모두 주워갔다.

(조사자 : 어르신, 우리 여기 여학생들 도깨비 얘기 좋아하거든요?)

응?

(조사자 : 도깨비 얘기요. 옛날 뭐 도깨비랑 사귀어서 뭐 부자 된 사람 얘기나 그런 얘기?)

도깨비 얘기가 뭐 좋아. [조사자 일동 웃음]

옛날에 시골 넘이 말이여, 낭구(나무)를 해다 가는데 낭구를 해가지구 오다보니까 빈집이 하나 있더래요.

빈집이 하나 있는데, 거 가서 비를 피하느라구 있으니까 도깨비들이 들어오더래.

도깨비들이.

그래서는 무서워서 인자 그, 대들보에 올라 가 있는 거여.

숨어서, 어떻게 올라가서 대들보에 가서 있어, 엎드려서 인자 숨어있어 대들보에 큰 거 있응게 그 우에서 숨어서 있는, 붙잡구 나무 붙잡구 숨어 있는디,

이넘들이 그냥 뭘 해가지구서는 도깨비 방맹이(방망이)에서 뭐 나와라 뚝딱, 뭐 나와라 뚝딱해서 막 이래 차려 놓구 먹더래.

아우-, 긍게 이넘들 이거 먹는 거 보니께 우에서 그냥 먹고 싶어서 환

장하겄어 인자, 나무꾼이.

자기가 인자 개금(개암)을 줏어서 어머니 갖다 드릴라구 주머, 주머니에 넣는 거 있어 개금.

개금이라고 알아요?

밤같이 생긴 거.

밤보담두 더 고소하요(고소해요) 요만한 게.

알맹이가 요만 요만한 것이, 요만한 것이.

이걸 껍데기를 까야 되니께 딱 깨물었어.

그래 딱 소리가 났지?

"야, 이거 대들보 무너지는개비다(무너지는가보다)!" 하구서 도망가더래.

근데 도망가믄서 이넘들이 도깨비들이 나가믄서 도깨비 방맹이를 한 넘이 안 가져갔어. [조사자 일동 웃음]

그래서 이넘이 내려와서 도깨비 방맹이를 갖구 집이루(집으로) 왔어요.

그래 도깨비 강맹이, 방맹이 가지구서 그넘들 뭐 나오라 하니까 다 나오는 기네 이게.

긍게 도깨비 방맹이 하나 줏어갖구 부자가 된 거여.

그러더니 도깨비 방맹이 훔쳐 간 걸 알았어.

그래서 도깨비가 준 돈은 땅을 사야지, 딴 걸 사믄 하나두 소용없대.

집같은 걸 사믄 불질러버려서 다 없애구 소용없대요.

이게 땅을 사믄 땅 떼가, 떼가지 못한대.

이넘들이 땅을 떼갈라구 네 구탱이(귀퉁이)다 말뚝만 박구 으쌰으쌰하다 만다 이거여. [조사자 일동 : 웃음]

안 떨어지니까.

그렇대요.

도깨비 방맹이루 도깨비한테 돈이 생기믄 땅을 사야지 기냥 사믄 딴 걸 샀다믄 다 없어진대.

도깨비가 그래 영리하대요.

그래 어떤 넘이 도깨비하구 친해가지구 돈을 많이 뺏어가지구 땅을 샀대요.

그랬는데 땅을 떼갈라 그랬는데 안 떨어지니까 돌멩이를 다 갖다 집어넣더랴.

그래서 이넘이 한다는 소리가 낮에 가서,

"야-, 도깨비들이 이거 자갈을 갖다 놔서 벼가 잘 되겄다 응, 곡식이 잘 되겄다!"

그랬더니 그날 저녁에 하나두 없이 싹 주어 갔더래요. [조사자 일동 웃음]

응, 이거 치워놓으라고 아무나 치워놓으라구 했으믄 또 갖다 넣구 또 갖다 넣구 할 텐데,

이게 자갈이 오줌, 오줌 싸서 잘 되겄다구 해니까는 싹 주어 놨다네요.

그넘이 지혜가 도깨비보다 낫아(나아) 한 수가? [웃음]

## 보이지 않는 도깨비 옷

자료코드 : 02_24_FOT_20110212_SDH_KJG_0023
조사장소 : 경기도 이천시 부발읍 죽당2리 866-2번지 제보자 자택
조사일시 : 2011.2.12
조 사 자 : 신동흔, 노영근, 이홍우, 한유진, 구미진
제 보 자 : 강진구, 남, 78세
구연상황 : 앞의 이야기에 이어 조사자가 도깨비 감투 이야기를 꺼내자 바로 구연을 시작했다.
줄 거 리 : 도깨비 윗도리 옷을 입으면 사람이 안 보인다고 한다. 그래서 어떤 사람이 도깨비 옷에 조그만 천을 꿰매어서 도둑을 잡았다.

(조사자 : 도깨비가 이렇게 뭐 가지고 다니는 감, 감투가 있다고 하던데요? 도깨비 감투를 쓰면 뭐 사람이 안 보인다고, 그런 얘기도?)

이 도깨비 등거리(등만 덮을 만하게 걸쳐 입는 속옷의 하나)에다 도깨비 등거리를 입으믄 안 보인다는 말이 있었잖어, 도깨비 등거리.

(조사자 : 도깨비 등거리요?)

응.

도깨비 옷이 윗도리 옷을 입으믄 안 보인대 사람이 그것을.

그릉게는 안 보잉께네 그냥 뭐 옆에서 이게 집어가두 몰르는 거지 안 보이니까.

그래 도적질하구 뭐 한다구 그런 말이 있잖아요.

그런데 그건.

그래 어떤 사람이 그래서 도깨비 옷이다가 [옷을 가리키며]요 요 요런 천을 이렇게 해가지구 바늘루다 이렇게 꼬매(꿰매) 놨대.

그릉게네 아무것두 안, 안 보이는데 지나강께네 천은 요 요 요건 보이는 거여.

그래 도둑넘을 잡았다는 게지. [조사자 일동 웃음]

## 첫날밤에 형의 목숨을 구한 동생

자료코드 : 02_24_FOT_20110212_SDH_KJG_0024
조사장소 : 경기도 이천시 부발읍 죽당2리 866-2번지 제보자 자택
조사일시 : 2011.2.12
조 사 자 : 신동흔, 노영근, 이홍우, 한유진, 구미진
제 보 자 : 강진구, 남, 78세
구연상황 : 앞의 이야기에 이어 바로 구연을 시작했다.
줄 거 리 : 옛날에 열댓 살 먹은 아이가 연날리기를 하다가 연이 끊어졌다. 연은 멀리 날아가 어느 집 나무 위에 걸렸다. 아이는 밤까지 기다렸다가 그 집에 들어가

서 연을 내려서 나가려는데 들어왔던 개구멍을 찾을 수가 없었다. 어쩔 수 없이 아이는 마루 밑에 기어 들어가 있었다. 얼마 후 한 남자가 방에 찾아왔는데 방에 있던 여자와 결혼 첫날밤에 신랑을 죽일 계획을 짜고 있었다. 아이가 엿들어보니 그 신랑이 바로 자기 형이었다. 집으로 돌아 온 아이는 그 날부터 쇠를 주워 모았다. 그런 다음 대장장이에게 부탁해서 농을 한 번에 자를 수 있는 크기의 칼을 만들었다. 아이는 매일 야산에 가서 칼을 쓰는 연습을 했다. 드디어 형의 혼례일이 되었다. 아이는 형을 따라 신부 집으로 갔다. 첫날밤이 되자 아이는 아버지와 사돈이 모인 자리에서 옛날이야기 하나를 해주겠다고 하고서는 갑자기 칼을 꺼내 농을 한 번에 내리쳤다. 그러자 농속에 숨어 있는 남자의 목이 잘렸다. 그렇게 해서 아이는 형의 목숨을 구했다.

그리구 옛날에 어떤 사람이 한 저 애가 한 열 댓 살 먹었나 봐.

근데 겨울철에 연날리기를 하잖아요?

지금들은 잘 않더만 옛날에는 많이 했어요.

연날리기를 하는데 연 잘 날르는 연이 실 딱 끊어져가지구서 날라가니까 자꾸 허옇게 날라가니까 그 쫓아가는 거여 자꾸 어디까지나.

근데 꽤 멀리 갔나 봐요.

한 이십 리나 갔는지 십 리나 갔는지 꽤 멀리 갔어.

그러는데 이게 날라가더니 어느 집안에 들어가서 낭구(나무)에 딱 걸치는 기라 이게.

연을 꺼내 와야 되는 겨.

그래 낮에는 들어갈 수가 없잖어 이게?

그래 밤에 어둑어둑한데 들어가서 그걸 개구녕으루(개구멍으로) 이렇게 들어가서 연을 내렸어 인저.

내렸는데 껌껌해져서 개구녕을 못 찾는 거여 이게.

그래서 옛날에 시골집이 마루가 [시늉을 하며]이렇게 높아요.

응, 건넌방 마루가 보통 안에 들어가는 마루보담 건넌방 마루가 이게 더 높으거든?

높으니께 그, 껌껌하구 하니께 마루 밑에 기어 들어간 거여 연을 가지구서.

그래서 들어 누어, 들어 누었는데 이넘이 잠이 제대루 오겄어?

시간이 얼마나 됐는지 어떤 넘이 마루 위를 턱 올러 오더래, 응.

마루 밑에서 보니까.

그러더니 안에 들어가더니 여자하구 속딱속딱하더래, 여자 목소리가 나더랴, 그넘 들어가더니 남자.

그러믄서 응,

"너 너 저, 시집가기루 했다믄서?" 그릉게,

"시집간다구."

"그려? 누군데?"

"아무데 동네 누구여."

얘기를 다 핸 겨.

그래 가만히 들어보니께 저 형이더래.

(조사자 : 으응, 자기 형.)

그러는 그러는데,

"그래 어떻게 하믄 좋으냐?"

"야, 첫날 저녁에 신랑놈 쥑이구서 우리가 도망가자."

"그래 어떻게 허냐?" 긍게,

농 있잖아요, 농?

농에 가서 숨어 있다가 그넘이 인자 잠들 무렵에 죽이구 도망가기루 약속이 된 거여 그게.

그래 인자 저이 집에 와서, 이걸 날마다 뛰구 이거 개구쟁이처럼 연 뛰구 놀던 넘이 쇠, 쇠똥가리 줏으러 댕기는 거여.

쇳조각?

(조사자 : 아, 쇠?)

못이구 뭐구 이래 쇠를 쳐서 철을 꽤 많이 한 보따리 모았어.

그러구 대장간에 대장장이 가서 칼을 맨들어 달래.

그래 농의 인자 그 널벅지(넓이) 얼마치 하구 기럭지(길이) 하구 해서 넓이는 얼마 하구 길이는 얼마 하구 해갖구서는 이걸 어느 정도 맞춰서 맨들었어(만들었어) 이게.

응, 농을 한 번 치믄 뚝 잘라지게끔.

그래구서는 칼 가지구서는 연습만 하는 겨.

응, 야산에 가서 나무두 쳐 보구 뭐하구 칼 갖구 연습만 하는 겨 그냥, 그 날 날짜가 될 때까지.

근데 그 인자 두어 달 지났다가 날짜가 돼서 장가를 가는 겨 저이 형이?

근데 이게 이게 쫓아가는 겨.

땡깡을 부리구 지 아버지한테 같이 가자 이거여.

긍게 여자가 시집갈 때 그 색시 아버지가 후 후행(後行)인가루 가는 거 있거든 따라 가는 거 있어.

그릉게 거 가서는 인제, 인제 그 집에 가서 대례(大禮)를 그 집에서 지냈다 어떡했나 하여간 그 집이루 가가지구 장가를 간 거지 그 걸루.

갔는데 첫날 저녁은 하루 색시집에서 자는 거거든?

옛날에는 그랬어 장가를 가믄 그 집에서 자고 하루 저녁 자고 오는 겨 신행을 하는 건데.

저이 형하구 같이 잔다는 기네 이게 자꾸.

그릉께 그렇게 하는 거 아니라구 [조사자 일동 웃음]거기는 거 사둔네 할머니가 얘기하구 뭐 다하구 지 아버지가 얘기해도 안 된대.

막무가니여 같이 자야 된대.

그라다가 실랭이를 하구 어쩌다 보니까 그 그 방까지 간 거여 인저.

가서는, 이넘이 그 칼을 해서 이게 옷 속에다 이렇게 찖어지구 간 거여 이렇게 속에다 다 짊어 메고 겉옷을 입고 이렇게 해서 갔어요, 가서.

거 여기서 자야 된다는데 못 자게 하게 뭐하구 가자구 그래 하더니,

저이 아버지두 앉았구 그 사돈네 색시 어머니도 거기 앉았구 다 앉았는 데서 옛날 이야기를 하는 거여 이게.

"내가 옛날 애기를 한 번 해야 되겠다구."

그래 그러더니 이 짊어진 것을 옷을 웃도리를 이렇게 벗더니 그걸 꺼집어내놓는 겨.

내놓고 칼이 인제 이렇게 있잖어 길어 칼이 장대 큰 칼이여 농을 한 번 치믄 뚝 짤라질 칼.

그러더니 돌아서믄서 그냥 이 냅다 치니께 뚝 짤라졌네.

목이 뚝 짤라졌네 그넘이.

농 안에 앉은 넘이.

이러구서는 자기 아버지하구 저 형하구 가자구.

거기서 인자 첫날 저녁에 그냥 파혼은 된 거구, 그 여자는 행실이 나쁘니께 엉뚱한 넘 목만 짤라놨지.

그 신랑, 가짜 신랑한 넘.

그래서 자기 형을 구해더래.

## 고려 충신 정몽주

**자료코드** : 02_24_FOT_20110219_SDH_KJG_0001
**조사장소** : 경기도 이천시 부발읍 무촌리 167-3번지 향수다방
**조사일시** : 2011.2.19
**조 사 자** : 신동흔, 노영근, 이홍우, 한유진, 구미진
**제 보 자** : 강진구, 남, 78세
**구연상황** : 지난 이천 4차 조사 둘째 날인 2011년 2월 12일에 제보자에 대한 3차 조사가 있었다. 그때 조사자들은 제보자로부터 많은 설화들을 전해들을 수 있었지

만 시간의 제약 때문에 제보자의 이야기를 모두 들을 수 없었다. 조사를 마치고 조사자들이 아쉬움을 표시하자 제보자는 다음에 다시 한 번 오라고 했다. 그래서 이번 이천 5차 답사에도 제보자에게 미리 전화를 해서 약속을 잡은 다음 점심식사를 한 후 인근의 다방으로 자리를 옮겨 이야기를 청했다. 이번 조사는 강진구 제보자에 대한 4차 조사에 해당된다. 다방에는 손님이 두 명 정도 있었는데 주인에게 양해를 구한 후 조사를 시작했다. 텔레비전이 켜져 있어서 다소 주위가 어수선했다.

줄 거 리 : 고려는 간신이 득세하면서 부패하게 되었다. 이성계가 전방으로 배치되어 가다가 말을 돌려 고려 왕궁을 쳐서 권력을 잡았다. 정몽주는 드러내지는 못했지만 마음으로는 이성계를 도와줬다. 이성계 아들은 정몽주를 포섭하려고 갔지만 실패하고 말았다. 정몽주는 이야기가 끝나고 말을 거꾸로 타고 갔다. 그래서 결국 정몽주는 선죽교에서 몽둥이에 맞아 죽었는데 돌에 묻은 피의 흔적이 몇 년 동안 지워지지 않았다고 한다. 정몽주는 고려의 충신이었다.

(조사자 : 권력 싸움한 얘기 좀 해 주세요.)

응?

(조사자 : 권력 싸움한 이야기. 그 야사들?)

[차를 마시며 한참을 있다가]이성계가 고려 장군이었잖아?

근데 인제 고려가 부패하게 됐단 말이여.

간신들이 많고 모든 것이 인저 많애가지고(많아가지고), 그래 이성계가 인자 전방이루(전방으로) 배치돼서 나가는데 말을 돌려, 되돌려 가지고 고려 왕궁을 친 거여.

고려 왕궁을 치고 권력을 잡았는데 그게 정몽주-가 사육신에 나오는 정몽주?

정몽주가 충신이거든 정몽주는.

나쁜 파가 아니었었어.

그랬어두 이성계를 도와줬다구, 응.

실제적으루다가 이렇게는 도와주지는 못해도 서로 맘적으로는 도와줬어.

"니가 권력을 잡아라!"

그래 이, 정몽주가 내막적으로는 지시를 다 해줘서 그런 거여.

그랬어두 자기는 올바른 충신이기 땜에 거기에 가담을 안 하구 결과적으로는 죽었지.

그래 그러믄서 인제 나라를 했는데 지들이 인자 다스려야 될 거 아냐?

뺏기는 뺏었으니까.

그래서 정몽주 같은 그런 인재를 포섭을 할라고 이성계 아들이 불렀지.

그래 정몽주가 바짝 불러서 갈 때는 다시는 돌아오지 몯할(못할) 것이란 것을 알고 갔어요, 정몽주도.

자기가 그 사람들한테 승낙을 해주믄 살지만 거기다 반대를 하믄 죽을 거, 죽을 것이라는 것을 아주 알고 갔다고.

그래 저 그 모임에서 모여가지구 얘기를 하는데 그 이방원이가 셋째 임금이지 말하자믄?

정몽주에게 이랬어.

"이런들 어떠하며 저런들 어떠하리, 만수산 드릉이 츩이(칡이) 얽혀진들 어떠하리, 우리도 그같이 얽혀서 한평생 누리리라." 했어.

그래 정몽주가 대답이,

"이 몸이 죽고 죽어 일백 번 고쳐 죽어, 백골이 진토돼도 넋이라도 있고 없고, 일편단심 변할 수가 있겄느냐?"

그래 하니까, 거기서는 완전히 그게 갈라선 거 아녀?

인제 얘기가 다 끝나고 돌아오는데 정몽주가 말을 꺼꿀로(거꾸로) 타고 갔어.

똑바로 안타고.

말 말 대가리는 저리루(저리로) 가고 몸은 돌아앉아서 간 거여.

그릉께는 아니나 달러, 선죽교에서 몽둥이로 맞아 죽었잖아?

그래 정몽주 피가 돌에 묻은 것이 몇 년 동안 지워지질 않았다는 겨,

붉은 흔적이.

그래서 정몽주는 고려의 충신이지 아주.

## 이성계와 함흥차사

자료코드 : 02_24_FOT_20110219_SDH_KJG_0002
조사장소 : 경기도 이천시 부발읍 무촌리 167-3번지 향수다방
조사일시 : 2011.2.19
조 사 자 : 신동흔, 노영근, 이홍우, 한유진, 구미진
제 보 자 : 강진구, 남, 78세
구연상황 : 앞의 이야기에 이어 바로 구연했다.
줄 거 리 : 이방원이 형제들을 제거하고 왕이 된 것이 보기 싫어서 이성계는 함흥으로 갔다. 이방원은 아버지를 궁으로 모셔 오려고 사람들을 보냈는데 모두 돌아오지 못하고 죽었다. 그래서 함흥차사라는 말이 생겼다. 그런데 신하 하나가 자청을 해서 함흥에 가겠다고 했다. 신하는 새끼가 딸린 말을 데려간 다음 새끼는 강의 이쪽에 떼어놓고 어미만을 데리고 강을 건너 이성계를 만났다. 말이 계속 울자 이성계가 신하에게 그 이유를 물었다. 그러자 신하는 새끼를 강 건너에 두고 와서 소리를 지르는 것이라고 했다. 그 이야기를 듣고 이성계는 자식에게 돌아가게 되었다. 이방원은 아버지를 맞이하려고 차일을 쳐 놓고 기다렸다. 화가 난 이성계는 활을 쏘았는데 이방원은 차일을 받치는 나무 뒤에 숨어서 피했다. 이방원에게 영리한 신하가 하나 있었는데 이성계가 활을 쏠 줄 미리 알고 큰 통나무를 반으로 잘라 차일의 받침 나무로 세워두었다. 그래서 이방원은 죽지 않고 왕노릇을 제대로 했다.

그래 가지구 인저 이성계가 되고, (왕이 되고), 고담에(그 다음에) 두, 큰 아들이 인저 왕이루(왕으로) 우선 앉히구서 세 번째 형을 내보내고 자기가 차지 한 거 아녀.

긍게 이 꼴 저 꼴 안 보기, 보기 싫어서 이성계가 함흥이루(함흥으로) 가서 있는 거여.

함흥에 거 왜 가 있었냐 하믄 자기가 거기 장수로서 거기 진지(陣地)를

구축하고 있을 때 자기가 거기 있었거든.

그래 함흥에 가서 지내고 있는데, 방원이가 인저 왕이루 있으믄서 제 아버지를 모셔 와야 되는데 안 오는 겨.

그래 함흥차사(咸興差使)라는 얘기가 있잖어, 함흥차사?

강을 건너서 이성계 있는 데로 가.

가믄서 그 왔다간 사람은 돌아오지 못하구 거서 죽었어.

함흥차사야 그래.

함흥에 가믄 돌아오지 못한다, 함흥차사.

근데 한 신하가,

“제가 갔다 오겠습니다.” 했어.

근데 새끼 딸린 망아지를 하나 데려 갔어.

말을 타고 가는데, 그래 새끼를 강 이짝에다 띠어놓구(떼어놓고) 에미만 타고 건너갔어.

강을 건너갔어요.

새끼가 저 강 건너 떨어져 있으니께 에미가 소리를 질르는 거여 사묵(‘계속’의 의미임).

긍게,

“저 말이 왜 저렇게 소리를 질르느냐(지르느냐)?” 이릉게,

“새끼를 강 건너다 띠어놓고 와서 소리를 질르는 겁니다.”

그래서 이성계가,

‘자식한테루(자식한테로) 돌아가야 되겄구나!’ 하는 생각에서 돌아왔어, 그 사람 안 죽구 돌아왔어.

이성계가 돌아오는데 이성계가 활을 잘 쐈어, 장군이구 활을 아주 굉장히 잘 쐈대요.

주몽에 나오는 그 드라마모냥(드라마마냥) 활을 잘 쐈나봐.

그래서 인자 아버지를 맞이하는데 치알(遮日)을 쳐 놨어.

마당에다 치알을 쳐 놓구, 방원이가 앞에 가서 서 서 섰는 거여.

치알, 치알 이렇게 받침 나무, 치알 나무가 [손으로 시늉을 하며]이렇게 넓은 나무였었대.

넓은 나무를 똥그랗게 해서 배깥으루(바깥으로) 가게 반을 쪼개가지구 뒤쪽으로는 납작하게 돼 있어.

그릉게 저짝(저쪽)에다 활을 쏠라믄 한 발짝만 디드믄(디디면) 나무 뒤에 가 숨는 거여.

그래서 피핸 거지.

그래 인자 자기 활을 안 메구 그 옆이(옆의) 부하들이 활을 메구 이렇게 오는데 거리가 어느 정도 맞으니까는 이성계가 활을 싹 걷어서 쐈어요.

쏘니께 방원이가 한 발짝 탁 들어섰지.

활 화살을 땡기는 순간에 뒤로 숨었어.

안 맞고 나무판에 탁 맞아서 꽂힌 거지.

그래서 안 죽었지.

그래서 그게 이성계는 자기 친한 친구 정몽주를 죽였다고 해서 아들을 꼴 뵈기 싫어서 함흥이루 갔던 거여 뵈기 싫어서.

함흥이루 갔었는데 인자 아버지를 모셔야 되는 입장에서 그냥, 가믄 죽구 가믄 죽구해서 함흥차사가 일어난다 이거야.

긍게 거기서두 방원이 밑에 신하두 영리한 사람이 있어.

그래 틀림없이 아버지가 잘못하믄 화살 화 활루 쏴서 죽일 것이란 걸 알구 그렇게 시킨 거여.

그래서 치알, 치알 받침 나무를 이렇게 큰 통나무를 뚝 짤라가지구서는 반을 쪼개서 이렇게 세우고서 뒤가 숨게 맨들었다는 거여.

(조사자 : 어르신, 그 나무 무슨 나무라고요? 치알, 치알 받침 나무라고요?)

(조사자 : 채, 차일.)

(조사자 : 차일, 아!)

활 활받이가 됐던 거지 활받이가 한 마디루 그래 방원이가 안 죽구 왕노릇을 제대루 해 먹은 거여.

이씨 왕조가 그렇게 된 거여.

[의아하다는 듯이] 그거 들어봤을 텐데?

(조사자 : 자세한 얘기는 못 들어봤어요.)

## 아들에게 진정한 친구를 가르쳐 준 아버지

자료코드 : 02_24_FOT_20110219_SDH_KJG_0003
조사장소 : 경기도 이천시 부발읍 무촌리 167-3번지 향수다방
조사일시 : 2011.2.19
조 사 자 : 신동흔, 노영근, 이홍우, 한유진, 구미진
제 보 자 : 강진구, 남, 78세
구연상황 : 앞의 이야기에 이어 바로 구연했다.
줄 거 리 : 옛날에 부자의 아들이 있었는데 매일 홍청망청 친구들과 술이나 먹고 다녀서 아버지가 불렀다. 아버지가 아들에게 절친한 친구가 몇 명이나 되냐고 묻자, 아들은 열 명쯤 된다고 했다. 아버지는 돼지를 잡아서 가마니로 싼 다음 지게에 짊어지고 아들의 친구 집을 찾았다. 아들은 친구에게 싸움을 하다가 사람을 죽였다며 숨겨 달라고 했다. 아들은 세 명의 친구에게 차례로 거절을 당했다. 아버지가 더 이상 없냐고 물어보니 아들은 그렇다고 했다. 이번에는 아버지가 아들을 데리고 자신의 친구 집을 찾았다. 아버지는 친구에게 아들이 한 것처럼 똑같이 말했다. 그랬더니 아버지의 친구는 빨리 대문 안으로 시체를 들이라고 했다. 아버지와 친구는 돼지고기를 안주 삼아 술을 마셨다. 마음에 우러나는 친구가 진정한 친구인 것이다.

(조사자 : 어르신 그 친구 의리 얘기 혹시 기억나시는 거 있으세요? 진짜 친구는 어떤 친구다, 뭐 이런 얘기 있잖아요?)

그 얘긴 한 번 해준 거 같은데?

못 들어봤나?

옛날에 부자가 있는데 부자의 자식잉께(자식이니까) 맨날 술이나 먹구 흥청망청 돌아댕기는 거여.

그러니께는 하루는 아버지가 불러서,

"너 친한 친구가 몇이나 되냐?"

"많지요."

"그래두 절친한 친구가 몇이냐?"

"한 열은 되지요." 그러더래.

"그래, 그러냐."

그래믄 돼지를 어느 정도 중 돼지를 한 마리 잡았어요.

중 돼지를 잡아서, 깨끗이 그때는 저, 지끔은 비니루(비닐)가 있겄지만 옛날에는 비니루가 없잖어?

응, 하얀 천이루 해서 깨끗하게 저, 돼지를 사람이 먹어야 되니까 깨긋하게 말았어.

그러구서는 가마니 있잖아, 가마니는 알죠, 학생들?

(조사자 : 예, 가마니 예.)

응.

가마니루 해서 껍데기를 또 한 번 싸서 묶었어.

그래 사람 죽으믄 여, 염을 해가지구 지금은 관에다 넣지만 옛날에는 염하구서 껍데기 또 가마니로 쌌어요.

(조사자 : 아하.)

내 그, 왜서 가마니 싸냐는 거 얘기는 쪼금 있다 해주고. [조사자 일동 웃음]

그래 가마니를 싸 가지구 지게를 짊어지구 인제 갔어.

가서 아들 친구네 집이루 먼저 가자.

가서 인제 가서 뭐라구 하냐믄,

"야, 내가 이러이러해서 어떻게 싸움을 하다 보니 사람을 죽였어야. 나 좀 어떻게 숨겨다고."

근데 이게 대문 밖에다 그걸 받쳐놓고 돼지 묶은 걸 받쳐놓고 사람이 송장이라고 그랬어.

그릉게,

"아이구! [손사래를 치며]나 그거 난 몯해 몯해 가 가!" 이랜대.

그래 두 번째 친구한테 또 갔어.

또 마찬 가지여, 세 번째 친구 해도 마찬 가지여.

"너, 또 없냐?"

이념들이 제일 친하다는 넘들이 안되니 딴 놈들한테 가봐야 또 또 퇴자 맞을 거 같아요.

"글쎄요. 그 죽을지도 살려준다는 친구들이 다 그 모냥이니 뭐 더 이상 저는 없는 거 같아요."

"그럼, 내 친구한테 한 번 가자."

그래 아버지가,

"아무개" 하고 찾으니까 나오더래.

그래 대문 바깥에서 있으믄서,

"여보게, 일루 나와 보게."

나오더래.

"야, 내가 이만저만해서 어떻게 하다보니께 응, 말다툼을 하다 보니께 이게 한 번 때렸는데 이넘이 죽었어야. 이거 어떻게 하믄 좋으냐?"

"아이구, 얼릉얼릉 대문 안이루 데리구, 지구 와." 그러더래.

딴 사람 볼까봐서 그게,

"얼릉 이리 대문 안이루 지구 와."

이래 마당가에다 딱 받쳐 놓구 방에다 들어 간거여.

"흥, 봐라 이 놈아! 응, 술먹구 돈 잘 쓰구 해는 친구들 많다는데 한 넘도 소용없지? 나는, 내 친구는 이렇게 진실한 친구다. 그래 이리 들여 오너라."

가마니 좌우간 새끼를 끊구서 천이루 잘 싼 것만 방이루 갖구 들어와서 돼지 삶은 거니깐 익은 고기여.

거기서 칼로 베서 술상 봐서 술안주로 먹는 겨.

그릉께 술친구는 아무리 해봤자 암만 좋은 친구해도 소용이 없다는 애기여.

마음에 우러나는 친구가 진실한 친구다 이거지.

## 고구려 충신 강이식 장군

자료코드 : 02_24_FOT_20110219_SDH_KJG_0004
조사장소 : 경기도 이천시 부발읍 무촌리 167-3번지 향수다방
조사일시 : 2011.2.19
조 사 자 : 신동흔, 노영근, 이홍우, 한유진, 구미진
제 보 자 : 강진구, 남, 78세
구연상황 : 앞의 기지로 도둑을 잡은 여자에 대한 생애담을 마친 후 조사자가 중국과 관련된 이야기를 해달라고 하자 바로 구연을 시작했다.
줄 거 리 : 고구려 때 강이식 대장군이 있었는데, 아흔이 넘어서 임금께 충언을 간했지만 임금은 들으려 하지 않았다. 그래서 강이식 장군은 왕들의 신주를 모셔 놓은 곳에 가서 단식투쟁을 했다. 강이식 장군을 말리러 들어갔던 연개소문도 같이 단식투쟁을 하게 되었다. 강이식 장군은 연개소문이 끌어안은 채 죽게 되었다. 그때부터 강이식 장군을 진주 강씨의 시조로 모시게 되었다.

고구려 때 우리 할아버지가 강이식(姜以式) 장군인데 중원 땅을 다 차지했잖어 그때?

(조사자 : 윗대 할아버지가요?)

응, 강이식 대장군, 대장군이었지 고구려.

그래서는 그이가 구십 넘어가지구 임금이 잘못하믄 신하가 청원을 드리는 거 아녀, 목숨을 아주 바쳐가믄서?

그래 임금이 말을 안 들으니까는 옳은 걸 임금이 안 했어.

말을 안 들으니까는 그이가 끄트머리에 가서는 어떻게 했냐믄 왕들 모시는 신, 말하자믄 그게 신주(神主)라는 게 신주.

응, 왕들 먼저 죽은 사람들 다 모셔놓는 게 신당이나 마찬 가지여, 응.

거기 들어가서 그냥 단식투쟁해서 죽었어, 구십 구십 넘어서.

그래 연개소문이 말리라고(말리려고) 들어가 갖고 연개소문도 거기서 같이 무릎 꿇고 뒤에서 자기두 굶으믄서 단식투쟁했어, 연개소문두.

그래 죽을 때 연개소문이 끌어안구서 죽었지.

그래서 에, 일간정 그때서부텀 우리 시조로 모시는 기여, 그 할아버지를?

근본 제 할아버지들은 뭐 많 많지만 거시기 하지 않구.

## 양만춘 장군의 투구를 되찾은 강이식 장군

자료코드 : 02_24_FOT_20110219_SDH_KJG_0005

조사장소 : 경기도 이천시 부발읍 무촌리 167-3번지 향수다방

조사일시 : 2011.2.19

조 사 자 : 신동흔, 노영근, 이홍우, 한유진, 구미진

제 보 자 : 강진구, 남, 78세

구연상황 : 앞의 이야기에 이어 바로 구연을 시작했다.

줄 거 리 : 강이식 장군이 팔순이 넘었을 때 수나라가 고구려를 쳐들어왔다. 양만춘 장군이 전투 중에 투구를 뺏기고 말았다. 투구를 뺏은 수나라 장수가 허리에 그것을 차고 고구려 군에게 뺏어갈 사람이 있으면 뺏어 가라고 조롱했다. 이때 강이식 장군이 나가서 그 장수를 죽이고 양만춘 장군의 투구를 되찾았다. 수나라에서는 차례로 네 명의 장수를 내보냈지만 모두 강이식 장군이 목을 베어

버렸다. 이를 지켜보던 수나라 임금은 강이식 장군은 사람이 아니라 귀신이라 고 놀라워했다. 이후 중국에서는 강씨네 깃발만 보면 다 도망갔다고 한다.

그러구 팔십 넘어서두 양광이 쳐들어왔었잖어, 양광, 수나라 양광이 쳐들어왔었잖어?

그릉게는 양만춘(楊萬春) 장군이 그이두(그이도) 대장군했어?

강씨가 돌아가시구 나고서 대장군까지 했는데, 양만춘 장 장군이 투구를 뺏겼다구.

응, 투구를 뺏겼는데 거기 중국에서 그 장수라는 넘이 투구를 [옆구리를 가리키며]여다 차구서 말 타구서 한 바쿠(바퀴) 돌믄서(돌면서),

"이거 뺏아갈 사람 있으믄 뺏아가 보라!" 한 겨.

그러니께는 이 노인네가 팔십이 넘었잉께 머리가 하얗지 시염이(수염이) 이렇게 길구?

하얀 노인네가 인자 가는 겨.

"나오라구!"

그러니께는 그넘이 인자 투구 가진 넘이 그래두 중국에서 싸움을 잘 잘 한다는 넘인디 나왔어.

긍게 그넘이 한참 싸우다 죽었어 인저.

응 응, 강이식 장군한테 모가지가 짤렸네.

죽고나더니 죽고나서는 인자 모자를(투구를 말함.) 뺏어가지구 옆구리에 찬 걸 칼루 베구서 들구 나오 나오구.

고담에 또 한넘이 또 나왔어.

나오니까는,

"이, 너희 나라는 응, 장수라고는 노인네백에 없느냐구!" 해서 큰소리치구 뎀볐다거든.

근데 이넘이 또 목이 짤라지구.

이래 또 세 장수 넘이 또 나오는데 세 넘이 다 목이 다 짤라 진 거여. 긍게,

"요놈은 더 쉽게 내가 해 해준다구." 그러구서는,

자기 말들이 그냥 그 몇 번 내둘러 대 벴버리고(베어버리고) 벴버리고 해서.

그릉게 이 양반이 여기 직접 나왔었거든, 임금이 수나라 임금이.

"하우, 저 저건 사람 아니라구 사람. 귀신이라구 귀신이라 귀신이라구. 저건 사람 아니라구." [조사자 일동 웃음]

그거 중국에서 그래도 내노라하는(내로라하는) 장수가 세 넘이나 세 명이나 모가지가 짤러지니까, "저건 사람이 아니다, 귀신이다 귀신."

그 소리까지 하더라고.

그래 중국에서 강씨네 깃발만 보믄 다 도망갔대. [조사자 일동 웃음]

## 타고 난 복을 아는 사람

자료코드 : 02_24_FOT_20110219_SDH_KJG_0006

조사장소 : 경기도 이천시 부발읍 무촌리 167-3번지 항수다방

조사일시 : 2011.2.19

조 사 자 : 신동흔, 노영근, 이홍우, 한유진, 구미진

제 보 자 : 강진구, 남, 78세

구연상황 : 앞의 이야기에 이어 바로 구연을 시작했다. 이 이야기는 제보자에 대한 2차 조사였던 2011년 1월 29일에 구연되었던 설화이다. 비록 2차 구연이기는 하지만 또 다른 각편이라 할 수 있기에 자료에 포함시켰다.

줄 거 리 : 사람은 태어날 때부터 타고난 복이 있다. 그리고 사람마다 타고 난 그 복을 아는 사람이 있다. 부부가 밭을 매다가 고을 원님이 부임하는 행차를 보게 되었다. 부인은 그것을 보고 부러워했다. 남편은 부인에게 그렇게 부러우면 집에 가서 좁쌀 서 되로 술을 담가 놓으라고 했다. 일주일 후에 술이 익자 남편은 술을 대병에다 담아서 술을 사라고 외치고 다녔다. 정승이 그 소리를 듣고

술을 메고 다니면서 파는 사람은 처음 본다며 그를 집으로 불렀다. 남편은 정승에게 첫 잔을 주려다가 급히 자기가 마시고 두 번째 잔을 줬다. 남편은 술을 팔고 나오다가 해도 넘어가고 해서 정승집의 마루 밑에 들어갔다. 한 밤중이 되자 대신 하나가 정승집에 찾아와서 아버지 제사를 지낸 음식이라며 정승에게 권했다. 정승은 술장사의 행동이 생각나 첫 잔을 그 대신에게 먼저 마시라고 했다. 두 사람이 한참 먼저 마시라고 실랑이를 하다가 정승이 성질이 나서 대접에 술과 안주를 다 담아서 집에서 기르던 개를 불러 던져 줬다. 개가 그것을 먹더니 그 자리에서 바로 죽었다. 정승은 대신을 잡아 가두고 하인들에게 술장사를 찾아오라고 했다. 하인들은 한참 술장사를 찾았지만 못 찾다가 마루밑에 자고 있는 것을 발견했다. 정승은 남편을 불러 소원을 물었다. 그러자 남편은 고을 원으로 보내 달라고 했다. 남편은 고을 원으로 부임해서 삼개월 정도 부인과 행복하게 지냈다. 그러다가 하루는 갑자기 부인에게 짐을 싸라고 했다. 부인은 어쩔 수 없이 남편을 따라 집을 나섰다. 고개를 넘다가 남편이 잠시 쉬워가자고 했는데 원래 살던 집을 보니 갑자기 불이 나서 다 타고 있었다. 그 남편은 시골에서 밭을 매고 있지만 앞일을 다 내다보는 사람이었다.

그러구 사람이 자기가 태어날 때 복은 다 내가 한 번 얘기했지, 복이 있다 고만뱀이(고만밖에) 없다 복이.

그와 마찬가지로 복이라는 것은 자기가 타고 나서 고만치뱀에(그만큼밖에) 살 복이 없는 걸 아는 사람이 있어.

우리는 몰르구서 더 벌을라구(돈을 더 벌려고) 그냥 애를 쓰지만, 옛날에 아는 사람들은 그렇게 알았대요.

알아서, 왠 사람이 지금이 인자 봄이니까 쪼금 있으믄 씨앗 뿌리구서 밭 맬 때 됐어.

긍게 사월달이믄 밭 매지.

긍게 두 부부가 인자 밭을 매는데, 옛날에는 고을 원(員), 지금 말하자믄 군수(郡守)지?

원을 나오므는 베슬(벼슬)해가지구 아무데 원이 나가믄 아주 행렬이 굉장히 푸짐했나봐.

응 응, 피리두 불구 응, 뭐 아주 그냥 농악대두 울리구 굉장히 호화시럽게(호화스럽게) 갔나 봐요.

그리고 인자 거기서 인자 그 올라가는 사람하고는 원은 말을 타고 그 부인을 가마를 타고 이렇게 따라가고 하는데,

정말 보니까 그냥 멋있거든?

응, 말 타고 가는 그 원 나가는 원두 응, 옷도 잘 입구 말도 좋은 걸 타구 번질번질한 걸 타구 부인은 그 꽃가마를 타고 따라가고.

그릉께는 밭을 갖다가 매다가 호미를 냅다 집어 던지더랴.

"어떤 사람은 저렇게 팔자가 좋아서 거들먹거리고 원 감사를 나간다."

그러니께는 집이(집의) 남자가 있다가,

"그게 다 부러워?" 그러더래.

그릉께 여자가 소리를 질르는 거야 화가 나서,

"그럼 부럽지! 이게 밭이나 매는 게 좋으냐구?"

"그래. 그렇게 부러우므는 지금 고만 두구 호미 던진 거 줏을라고(주우려고) 할 것두 없어. 집에 가서 좁쌀 서 되만 술을 해놔!"

그러더래.

그러니께는 그래두 여자가 신랑 말은 잘 들었는지 집이 가서 좁쌀 서 되로 술을 했어요.

긍게 한 일주일 됭께 술이 다 된 거여.

그래 됐잉께 술이 잘 맑은 술을 잘 떠서 대병에다 하나 담고,

[찻잔으로 직접 시범을 보이며] 이렇게 접시에다가니 접시 하나하구 술잔을, 술잔을 하나 이렇게 놓구 가지구서 갔어요.

안주도 뭐 좀 쪼금 해구 저거 뭐구 다 가져 가는 거야 이게.

그래구서는 인자 정승이 퇴근할 쯔-음 되니까 옛날엔 퇴근 지금은 퇴근이지만 퇴청(退廳)이라구 그랬어 옛날엔 퇴청.

퇴청할 시간이 거진(거의) 되니까, 담 배깥(바깥)에서 이렇게 젊어지구

댕기믄서 구렁에다 앉아 술 술병하구 다 담아가지구 가서 짊어지구,
"술사시오! 술사시오!"
소리를 질르는 거여.
그래 정승이 가만히 봉께 술을 미구(메고) 댕기믄서 술 술 파는 놈은 처음 처음 들어봤거든 자기가?
정승쯤 됐응께 나이가 한 육십이 다 되어 가지만 미구 댕기믄서 술파는 놈은 처음 봤어.
그래 희한하단 말이여.
"그래, 아무개야! 저놈 좀 불러와봐라. 그 어떤 놈인디 술을 들고 댕기며 파는 놈이 다 있다."
불러왔어요.
불러와서 인자 정승 방에 사랑방에 탁 앉아 앉아서 아닌 게 아니라 정승하구 둘이 마주 앉아서 인저 인사를 하구서 앞에 가서 턱 앉으는 거여.
[찻잔으로 시범을 보이며]술하구 이게 다 꺼내 안주 꺼내 놓구 술 꺼내 놓구 다 꺼내 놓더니 술을 병에서 마개를 따더니,
잔을 이렇게 한 잔 따라서 이게 붙었어 이렇게, 이게 술을 따라가지구서 이렇게 주는 기여.
주니까 받아, 술을 받으러 오는 기여.
받으러 오니까,
"아참, 큰일 날 뻔 했네! 내가 먼저 먹어야지!"
어서 갖다 홀딱 마셨어, 술을?
그러구서 두 번째 잔을 받아서 주는 기여.
긍게 가만히 얼떨, 얼릉(얼른) 생각한 게 어른부텀 안 주고 지가 먼저 먹는 것이 괘씸하긴 하단 말이여.
그러믄서두 이 정승이 아무 소리 않구 두 번째 술을 술을 받아 먹응께 좁쌀 술이니 참 술이 맛있어.

그릉게 한 잔 더 달라 그래니까 인자 그때는 따라 주는 기여 인저, 지가 첫 잔을 지가 먹었으니까.

인자 그러구 나서는 인자 술을 팔았으니께 나왔어.

나와서 그 정승의 그 툇마루가 높더래 꽤, [손으로 시늉을 하며]이만큼은 높았나 봐 아마.

그릉게 이놈은 그냥 해 해도 넘어가구 마루 밑으루 들어갔어.

이 이 사람이 술장사가 저 찾을 줄 알구 벌써.

그래 있응께 저녁에 한 열 시 넘어서 열 한 시쯤 되니께 대신(大臣)이 하나가 신하가 하나가,

"오늘 저녁에 저희 아버지 지사, 제사를 지냈는데 제사 음식을 가져왔어. 응 응 응, 선배님 저 어르신네 드릴라구 가져왔다구서."

그래 술을 딱 따라서 [찻잔을 앞으로 밀려] 이렇게 주더래.

그 받을라구 생각하니까 저녁 때 술 팔던 넘이 내가 먼저 먹어야지 하구 지가 먹구 두 번째 잔을 저거거든(두 번째 잔을 주는 게 생각났다는 의미임.).

그릉께 이거 받 받을라다가,

"자네가 먼저 먹게, 첫 잔은."

그릉게,

"아이구, 어르신이 먼저 먹어야지 지가 먼저 먹 먹을 수 있느냐?"

그래 니가 먹어라, 니가 먹어라 서로.

니가 먹어라, 나 안 먹는다, 니가 먹어라, 서로 왔다 갔다 하다가, 인제 나중에 인제 성질이 났어.

대접에다가니 고기하구 음식 싸 온 거 가져 온 고기하구 술을 거다 다 쏟아 가지구 다 이렇게 막 섞었어.

응, 섞어가지구서 그냥 개를 그 집에 개가 큰 넘이 있는데 개를 불릉께 개가 오더래.

밤이라도 인자 개가 와.

오는데 그걸 고깃덩어리 술 묻은 거 고깃덩어리를 개하구 다 던지니께 개가 그 넘을 음식을 먹는 기여 맛있게.

먹더니 그 자리에서 펄펄 뛰더니 그 자리에서 죽더래, 개가.

긍게 정승이 먹었으믄 그냥 죽었지?

긍게 그 자리에서 인자 잡혀가 가둬 잡었지, 정승이니 워디서 그게 거시기 할 겨, 응?

잡어서 가둬 놓구서는,

"저녁 때 술 팔던 술장사 잡아오라는 기여. 붙잡아 오라구."

하인들을 내보냈어요, 전부다 응, 하인이 꽤 많지 정승쯤 되믄 한 여남은도 넘겄지 뭐.

그러니께는 풀어서 그 근 근방을 찾으러 다니는 거지 전부 다.

그래 못 찾구서는 인자 이게 마루로 올라설라구 그릉게 저 밑구녕에 뭐가 허연한 게 있단 말이여 그 안에.

그러니 저 안에 저게 허연한 게 뭐야 하구서는 작대기를 이렇게 쑤시니까는 물커덩하거든 사람이니까.

"아휴, 그 잠 좀 잘라는데 왜 누가 깨워?" 그러구서 이래 나오는 거야 이게. [웃음]

긍게 그 술장사여.

그래 죽을 거 살려 줬잖어?

긍게 정승은 벌써 알구,

"니가 소원이 뭐냐?"

"고을 하나, 고을 원 하나 보내주쇼." 그거여.

자기 마누라가 소원하던 거, 소원 풀어주기 위해서.

긍게 아무데 고월 원이루 보냈어요.

그래 거기 원 원이루 보낼라 그러믄 그 원(원래) 원을 딴데루 보내야 어디루 갈아쳐야 바꿔쳐야 할 거 아녀 하여간?

그래 걸루 갔지 인자, 원 원이루 해가 가는 거여.

그래 그와 같이 똑같이 참, 피리를 불구 근사하게 하구 자기 부인한테 꼼짝 못하구 고을 원이루 가서 원노릇 하는 거여.

근데 참 한 삼개월 정도 했는데 참 좋단 말이여.

세숫물도 떠다 주지 옷도 옷도 뭐 입혀 주지 뭐하지 그릉께 뭐 화장도 시켜주지 뭐하지 여자가 이렇게 좋을 수가 없는 거지? [조사자 일동 웃음]

시골에서 밭을 매다 밭만 매다가니 거 하니까 에, 그렇게 호강에 참 너무.

근데 한 삼개월 지났는데 저녁에 영감이 보따리를 싸는 기여.

그러더니,

"가자구, 간단하게 자네 입던 옷이나 몇 개 싸구 가자구!"

"아, 이렇게 좋은 걸 놔두고 어디를 가냐구?" 긍게,

"아유, 가서 우리는 가서 그냥 응, 조밭이나 매구 매구 매구 그대루 살자, 옛날 그대루 응? 그릉게 우리는 복이 이거 인저 고만이다."

그래서 인자 그,

"안 간다구." 그라더래.

"그러믄 나, 나 혼자 갈 거여. 자네는 여기 있을라믄 있어."

따라오더래요.

따라가는데 이렇게 인자 가다보니께는 이 고개를 산 고개를 넘어야 돼.

그 고을에서 넘어가야 하는데 고개를 넘어가는데 고개 가서 쉬었다 가자고서 앉으는 거여, 영감이.

그래 앉아서 이래 나무 밑에 앉아서 이래 쉬고 있는디, 금방 내 그 집이 자기 자던 집이 빼돌려 불이 확 타 한 번에 올려 오더래, 불이.

(조사자 : 고을 그, 아 집이…….)

그릉께 옛날에나 지금이나 지금은 휘발유를 뿌리구 불지르믄 확 돌듯키(돌듯이) 옛날에두 뭐 있었대요, 그게.

화광(火光)이라는 것이 있어서갖구 몇 군, 군데군데 이거 묻어 놓구 불을 여기서 때믄 한 번 돌아돌아 버린대 한 번에.

불이 확 돌아서 한 번에 안에 있는 넘이 못 나오게끔.

그런 게 있대.

그릉게네 이걸 쳐다보니께 한 번에 불이 뻰쩍하더니 뺑 둘러서는 확 올라오는 거야 그냥.

그래 그, 신랑이 뭐라는고 하니,

"그래, 자네 저 불속에서 타 죽는 게 나아? 시골 가서 밭이나 매 먹구 사는 게 나아?" 그러더랴.

"죽는 거보담 사는 게 낫지?" 그러구 데리구 가더래요.

그릉게 자기 복은 고것밲에(고것밖에) 없는 거여.

없는 것을 억지루 할라니께 되요, 안되지?

긍게 그 사람은 시골에서 밭을 매 먹구 사는 사람이라도 다 앞일을 다 아는 사람이여.

남의 일을 다 내다보는 사람이지.

그러니 그런, 그런 게 있어요.

복이 고만이구 자기가 고만이라는 것이.

## 보은으로 명당 얻어 부자 된 사람

자료코드 : 02_24_FOT_20110219_SDH_KJG_0007
조사장소 : 경기도 이천시 부발읍 무촌리 167-3번지 향수다방
조사일시 : 2011.2.19
조 사 자 : 신동흔, 노영근, 이홍우, 한유진, 구미진

제 보 자 : 강진구, 남, 78세

구연상황 : 앞의 이야기에 이어 바로 구연했다. 이 이야기도 2011년 1월 29일 제보자에 대한 2차 조사 때 이미 들었던 설화이다. 그러므로 제보자의 2차 구연에 해당하는 자료이다.

줄 거 리 : 옛날에 머슴살이를 하는 사람이 있었다. 하루는 이 머슴이 도시락을 싸서 멀리 나무를 하러 가다가 길가에 쓰러져 있는 사람을 발견했다. 머슴은 그 사람이 굶어서 기진맥진해 있다는 것을 알고 물과 밥을 조금씩 줘서 살려냈다. 정신을 차린 그 사람은 구해줬으니 보답을 하겠다며 머슴에게 자신을 따라 오라고 했다. 그 사람은 산길로만 몇 십리를 가더니 큰 동네가 내려다보이는 곳에서 멈췄다. 그리고는 그곳이 천하명당 자리라며 일단 남이 모르게 표시해 줄 테니 머슴에게 아버지의 묘를 쓰라고 했다. 그곳은 꿩형국의 자리로 매형국이 옆에 있지만 개형국이 견제하고 있는 자리라 천하의 명당자리였다. 그 사람은 다른 사람이 어떤 말을 해도 절대로 묘를 옮기지 말라고 했다. 그리고 돈이 생기면 이 산을 사라고 했다. 머슴은 아버지 유골을 거기다 묻고 이 동네로 와서 머슴살이를 했다. 머슴은 그곳으로 이사한 후 결혼도 하고 재산도 많이 늘었다. 마을의 부자가 그 산을 팔려고 하자 머슴은 그 산을 바로 샀다. 머슴은 동네 사람들의 도움을 받아 아버지를 묻은 자리에 장사를 지내는 체하며 봉분만 만들었다. 그 마을 부자의 재산은 자꾸 줄고 머슴의 재산은 계속 늘어났다. 그래서 부자가 지관들을 불렀는데 지관들이 머슴이 쓴 묘를 보고 누군지 몰라도 묘를 쓴 사람은 망할 것이라고 했다. 부자는 그 자리에 묘를 쓴 사람이 잘만 된다며 산을 팔게끔 만든 지관들에게 화를 냈다. 머슴하고 지관들이 그 자리에 함께 올라가서 확인을 했는데 지관들은 꿩의 형국만 봤지 개의 형국을 못 봤다며 한탄을 했다. 그래서 머슴은 부자가 되고 부자는 망했다. 남한테 좋은 일을 하면 복이 들어오는 것이다.

궁게 좋은 일을 하믄 복을 받는다는 얘기가 옛날이나 지금이나 마찬가지여, 지금두 마찬가지여.

좋은 일을 하믄 복이 자기가 몰라두 복이 들어와.

나쁜 일을 하믄 언제든지 해, 해가 되는 거여 사람은.

그래 옛날에 또 어떤 사람이 시골에서 남의 집을 사는 거여.

지금은 그런 게 없지.

지금은 월급 받구 뭐 이라구 이라겄지(이러겠지) 머심(머슴)이라는 게 없어.

옛날에는 시골에서 머심을 뒀어요.

쌀 몇 가마니 일 년에 쌀 많이 받아야 한 다섯 가마 여섯 가마 정도 받으믄 많이 받는 거였어, 일 년 동안 일해주고.

근데 머슴이니까는 지금 인제 낭구하러(나무하러) 가는 거여.

나무를 땔 때니까 옛날에는 낭구를 해야 불을 때구 사 살으니까?

그래 낭구할 때가 멀으므는 도시락을 싸가지구 가지.

응, 도시락을 싸가서 점심 먹구 낭구를 해서 짊어지구서는 오구 그러는데.

이 사람이 도시락을 싸서 지게에다 매달고는 가는데, 어느 낭구하러 가는 길이니까 길가이다 보니까 이게 오늘같이 날씨가 이렇게 좋은 날인가 봐 아주.

길가에서 이렇게 드러누워서 있는데 보니께 얼굴을 보니께 시원찮더래.

만저봉께 사람이 죽진 않았구 긍게 배가 푹 꺼진 것이 아주 굶어서 기진맥진한 사람이더라 이거여, 그 사람이 볼 때.

'아, 이 사람이 너무 굶어서 이렇게 응, 이렇게 됐구나!' 하구서는,

자기 도시락 싸가지구 온 것을 이렇게 줄라니 이거는 물이 좀 있이야(있어야) 되겄더래.

물을 도시락 뚜껑에다 이렇게 해가지구서 다시 물을 조금 떠나가 입이다가 물을 쪼금 넣구,

밥을 쪼금씩 이렇게 넣어주구 넣어주구 해니까는 넘어가더라 이거야, 응, 샘키더래(삼키더래).

그래 쪼금 쪼금 주다보니까는 아, 몇 숟갈쯤 먹었나봐.

먹구서는 이 사람이 인저 일어나서 그 밥을 다 먹으라니까는 먹구 응, 인자 도시락을 다 먹었지 싸가지구 간 걸.

먹고 나더니,

"아후, 인자 살았구나!" 그러더래 이 사람이?

그러더니 하는 이야기가 뭐냐믄,

"여, 지게를 여다 놔두구 나를 좀 따라 오라구. 당신이 나를 살려줬으니까 나두 보답을 해줘야 될 거 아니냐?"

"그래요?"

"따라 오라고."

그러더니 산이루 올라가더니 어디만큼을 가더래요.

그 산 산 산이루 산이루 해서 어디루 가더래, 가더니 한 몇 십 리를 갔는지 가더니, 이렇게 내려다봉께 이 안에 큰-동네더래.

동네구, "이 산이 이 아랫집 부잣집 산이다. 그런데 여가 모이(묘) 자리가 천하명당 자리다. 그래 너희 아버지를 여기다 갖다 써라."

"그래 남으(남의) 산에다 갖다 씁니까?"

"임마, 너희 아버지 임마 죽은 제가 오래돼서 뼈백에(뼈밖에) 없어! 뼈만 살살 추려서."

막대기로 이렇게 박아 주더래요.

이렇게 네 구팅이(구석에) 이렇게.

이렇게 살짝 박아서 살짝 묻어, 그냥.

원만 조금 파구서 묻구서 표시 살짝 하구 우에다 그냥 먼저 자리처럼 소나무 이파리니 저 딴 나무 이파리를 저 손으루 뿌려놨어.

사람이 얼릉(얼른) 금방 올라와서 봐도 표가 안 나게끔.

이렇게 해갖구 시켰어 인자.

"그러구 틀림없이 이게 지관 넘들이 보믄 이게 못 쓰는 자리라구 할거다.

그릉께 절대로 거기 속아 넘어가서 파는 날에는 너는 망하는 거구 응, 이 모이를 보존을 해야 니가 부자가 되는 거다." 이랬어.

"그릉게 이게 형국(形局)이 꿩형국이다."

그러구 요 건너 이게 [찻잔으로 지형을 만들며]산이 이게 고을 있구 등등이 있잖아요?

아, 알죠? 이게 산등이 이렇게 있구 고을이 있구 또 산등이 있구, 우 우우에 산 아래 쪽 가구, 그렇구 새(사이)에 이렇게 고을이 있단 말이여.

그러구 요 건너 요 요 요 저 산이 매 매형국이다 이기여, 매.

그래서 매형국이라 여기다 모이를 쓰믄 망한다는 기여.

그릉게 절대 안 망하는 게 뭐냐믄 이 봉우리가 무슨 봉우리냐믄 개형국이다 이거여 개.

개 개가 이렇게 앉아서 내려다보는 형국이다.

그릉게 매가 뜰라두(뜨려고 해도) 개땜에 개가 이렇게 쳐다봐서 못 뜬다, 이기여.

매가 날지를 몯해(못해).

긍게 꿩 새끼를 까가지구서 노는 형국이여, 꿩이?

그래서 새끼들이 꿩새끼들이 같이 이렇게 놀아도 이짝에서 매가 꿩을 잡아먹을라고 날를 수가 없어 개가 쳐다보구 있어서 날지를 몯해.

그래서 이게 명당이다, 응 응.

“그릉게 절대로 어떤 넘이 별소릴 다해두 이거 파지 말아라.” 시켰어.

그래선 인자 와가지구 낭구도 몯하구 그날은 거기만 갔다 온 거 아녀?

그래 주인 주인한테는 나무 안 해왔다구 말도 들었겠지.

그렇지만 그러구서 인자 고담 날은 낭구를 한 짐 지대루 해다 주구 그 다음 날은 거 간 거야 인자, 자기 아버지 유골을 파가지구 가서 거다 썼어요.

쓰구서 그 사람이 시키는 대로 핸 거여.

인자 이 동네루 와서 머심을 살어.

이 동네 와서, 그래구서 이 산을 산다구 판다구 허거든 얼릉 사라구 그랬어(명당 자리를 봐 준 사람이 그랬다는 의미임.).

(조사자 : 아, 그 묘를 심어 논 거기?)

응, 거기다 묘를 쓴 디다(데다).

(조사자 : 묘를 쓴 데다.)

응.

그래 거다 갖다 자기 아버지 묘를 갖다 몰래 갖다 써 놓구, 그 동네 가서 머심을 사는 거여.

머심 사는 건 여서 사나 거서 사나 마찬 가지 아녀 까짓것 남으 집에 사는 건데 뭐, 응?

그래 거기서 산 새경을 다 받아가지구 와서 해구 오래 살았으니까는 쌀이 많았던 거여.

옛날에는 논을 쌀 몇 가마 몇 가마를 주구 샀어요, 논이.

얘는 아마 논 댓 마지기 살 정도는 머심 살아가지구 벌은 거여.

그래 그 동네 가서는 논 몇 마지기 사구 또 머심을 사는 거여.

사는데 잘 돼 인저, 거서 한 오륙년 살으니께 그래두 논이 꽤 많이 되구 거서 인저 가서 결혼두 하게 됐어.

그 그 동네서 어떻게, 사람이 착실하니께, 인자 딴 사람이 딸을 줘서 결혼을 했어.

해서 사는데 논이 자꾸 늘어나는 겨 이게, 부자가 되는 겨 이게.

부자가 돼가서 인자 논도 한 이십 마지기 넘구 이게 잘 사는데 한 산을 판다 말이여.

긍게 얼릉 샀지 인자 이 사람이.

그래 논을 파느라 사 산 산을 파니께.

얼릉 사구서 나서 인자 그 자리에다가니,

"우리 아버지 모이를 써야 되겄다." 항게, 동네 사람들이 가서 인자 일을 하루씩 해주는 거여.

그래 큰일을 할라믄 공짜루 하루씩 해줘요.

돈 주고 안해두 다 와서 해주는 거지.

그러니께는 뭐 시신은 고 자리에 묻었으니께 놔 두구 이렇게 맨들기만 하믄 되는 겨, 떼만 입히구 모이만, 모이만 쓰믄 되는 거지?

(조사자 : 봉분만 하면 되지.)

봉분만 하믄 되지.

고기다 묻었으니께는.

그래 동네 사람들한테두,

"내가 응 응, 어렵게 내가 묻는대니께(묻는다니까) 우리 아버지 시신을 묻어 묻어 묻었으니께 이렇게 봉분만 맨들믄 되는 거라구." 했어.

산 산을 자기가 샀으니께 지가 제맘대루 하는 거니께 누가 뭐래?

그러구 나서 인자 이게 부자가 자꾸 되는 거지.

부자가 자꾸 되니까는 그 부잣집에 있는 사람이 그넘의 재산이 다 그 넘한테루 다 가네 인저, 응.

그릉께 지관을 불러들이는 거여.

그래 지관이 이렇게 동네서 이렇게 들어오다 그 산이 보이던 가봐, 동네에 명당자리 거가?

모이를 잘 써 놨으니까 기가 막히게 좋거든 보는 게?

그러더니,

"아휴, 저기다 누가 묘를 쓰나 망했다, 망했다구." 들어오는 거야 이게.

(조사자 : 지관들이?)

응, 지관들이.

그릉게,

"야 이눔아, 망 망하긴 잘해 부자만 된다, 이눔아! 왜 망해 망하기는? 이 나쁜 놈들아! 응, 좋은 자리를 못 쓰게 망한다구 못 쓰게 해놓구선 이눔아!"

성질이 난 거야 산 팔아먹은 넘은?

그릉게는 그래 망한다고 해싸 해싸니까는 모이 쓴 사람하구 그 지관들하구 같이 올라갔어.

긍게,

"워째서(어째서) 망하냐?" 항게,

"요기는 꿩형국이구 저짝에 매형국이라 망한다 이거여. 응, 꿩이 놀지를 못하구 매가 잡아먹응게 안 된다 이거지."

긍게, 이 사람이 인자, 모이 쓴 사람이 하는 얘기가,

"그럼 이 봉우리는 무슨 형국이요?" 긍게,

이렇게 보더니,

"아이고, 개형국을 못 봤구나!" 그라더랴, 워텨(어떡해)? [일동 웃음]

지관이 하는 소리가,

"개형국을 못 봤구나!" 그러더랴.

그래, 그러믄 끝난 거지 뭐.

그 사람은 부자가 되구 그 부잣집은 망하구.

긍게 남한테 좋은 일을 하믄 좋은 복이 들어온다는 것이 그, 얼마나 긍게.

제우 그걸 못 봤다 하는데 어떻게 할 겨? [웃음]

## 할아버지 묘의 혈을 잘라 전사한 이여송

자료코드 : 02_24_FOT_20110219_SDH_KJG_0008
조사장소 : 경기도 이천시 부발읍 무촌리 167-3번지 향수다방
조사일시 : 2011.2.19
조 사 자 : 신동흔, 노영근, 이홍우, 한유진, 구미진
제 보 자 : 강진구, 남, 78세
구연상황 : 앞의 이야기에 이어 바로 구연했다.
줄 거 리 : 명나라 장수 이여송이 전쟁을 하다가 어느 묘를 보니 장군이 날 자리였다. 그

래서 그 묘의 날개를 칼로 쳤다. 그랬더니 칼끝에 피가 묻어 나왔다. 그 후 명나라로 건너가서 아버지에게 그 이야기를 하니까 할아버지 혈을 잘랐다며 넌 곧 죽는다고 했다. 그 뒤 이여송은 전쟁에 나가 죽었다.

일본(명나라의 잘못) 왜장이 이여송인가, 왜장?

이여송이가 여기 옛날에 조선을 쳤잖아, 응?

쳤는데 이넘도 뭐 좀 볼 줄 알았나봐.

근데 이게 전쟁을 하다가니 어느 묘 앞에 묘 앞에 잔디를 입혀 푹신푹신하잖어, 응?

이렇게 앉았는데,

(조사자 : 따땃하구?)

따땃하구.

이래 보니께 그 모이(묘)가 장군이 날 자리더랴.

긍게 이 자식이 돌아서가지구 묘 쓰믄 [손으로 모양을 만들며] 이렇게 날개를 해 놓지?

시신이 가운데다 묘 동그란 데 묻어두.

날개를 확 칼로 치니까 칼끝이 피가 묻어나오더란다.

날개 아무 것도 없는데 피가 묻어 나와.

(조사자 : 그러니까요.)

그니 혈을 짤른 거여.

그래 일본에루 건너가서 저희 아버지한테 얘기하니까,

"야 이눔아! 너희 할아버지 모이를 짤랐으믄 너는 인자 망했다, 이눔아 죽었다!" 그러더래.

저희 할아버지 혈기를 짤라 버렸응께 죽었지 인자.

그래, 그래 그래 저희 할아버지 팔을 짤라 혈을 짤랐으니 뭐 될 게 뭐여 그넘이 장수가 아니라 인자 죽어버렸지.

(조사자 : [웃음] 그럼 그게 이여송 할아버지 묘였던 거예요?)

응, 그 할아버지 묘였더래.

그래 한참 지나고 나니까 지 아버지는 알 거 아녀?

(조사자 : 예.)

"이눔아, 너희 할아버지 모이를 짤랐으니 넌 넌 혈기를 짤랐으니께 넌 인자 죽었다." 그러더랴.

그러더니 전쟁에 가서 죽어버렸대 뭘.

## 영재 신농씨

자료코드 : 02_24_FOT_20110219_SDH_KJG_0009

조사장소 : 경기도 이천시 부발읍 무촌리 167-3번지 향수다방

조사일시 : 2011.2.19

조 사 자 : 신동흔, 노영근, 이홍우, 한유진, 구미진

제 보 자 : 강진구, 남, 78세

구연상황 : 앞의 이야기에 이어 지난 번 조사 때 구연했던 강태공 이야기를 간략하게 설명한 다음 이 이야기를 바로 구연했다.

줄 거 리 : 옛날에 신농씨(神農氏)가 동양 삼국을 모두 다스렸다. 신농씨는 농사법을 만들고 씨앗을 산지사방으로 구하러 다녔으며 약초를 뜯으려고 하루에 백 가지 풀 맛을 봤다. 이런 영재 신농씨는 중국에서 그 사진만 있어도 잡귀가 안 모여든다고 한다. 신농씨는 뿔 하나에 호랑이 털 무늬를 하고 있으며 말을 타고 구름으로 다닌다고 한다. 신농씨는 오천 사백 년 전 사람이다.

맨 처음에 신롱씨(신농씨), 신롱씨가 동양을 다 다스렸어 동양.

(조사자 : 아, 신농씨가요?)

동양 삼국을 전부 다스렸어.

긍게 신롱씨가 농사짓는 거 농사법을 해구, 그 씨가시(씨앗을 말함.)를 전부 돌아댕기며 산지사방에서 다 구하러 다니구,

약초를 뜯어 해느라구 하루에 백 가지 풀 맛을 봤대요.

하루에 백 가지 풀 맛을 봤대.

그래 신롱씨가 그렇게, 긍게 영재(英才) 신롱이지 한 마디루 신롱씨가 영재 신롱.

긍게 중국에서는 신롱씨 사진만 하나 있어두 잡귀가 안 되, 안 안 안 모여든대.

신롱씨 사진 봐두, 있어두.

그래 사진을 보니까 그 말 타고 댕기는 것이 뿔이 하나여 가운데, 코뿔소마냥 뿔이 하나구, 그 저 털 무늬는 호랭이 털가죽 무늬더라구.

무늬 그걸 타구 다니구 근데 구름으루 나, 대니더만(다니더만).

그 말을 타고 구름으루 다녔어.

[한참 휴지를 두고] 인지 신농씨는 오천 한 사백 년 전 사람이야.

## 주몽의 활쏘기 시합

자료코드 : 02_24_FOT_20110219_SDH_KJG_0010
조사장소 : 경기도 이천시 부발읍 무촌리 167-3번지 향수다방
조사일시 : 2011.2.19
조 사 자 : 신동흔, 노영근, 이홍우, 한유진, 구미진
제 보 자 : 강진구, 남, 78세
구연상황 : 앞의 이야기에 이어 제보자이 취미 생활에 대한 이야기로 잠시 넘어가게 되었는데 한 때 국궁을 열심히 했다고 했다. 국궁에 대한 이야기를 한참 듣다가 자연스럽게 활을 잘 쏘는 사람에 대한 이야기가 나와 이 이야기로 이어졌다.
줄 거 리 : 옛날에 주몽이 활을 정확히 아주 빨리 쐈다고 한다. 하루는 주몽이 부하들과 길을 가다가 다른 무리들을 만났다. 그쪽에서 주몽이 활을 잘 쏜다는 소문을 듣고 활쏘기로 우열을 가리자고 해다. 두 사람은 백 미터 정도의 거리에서 서로 마주보고 활을 쏘기로 했는데, 주몽이 그 사람에게 먼저 쏘라고 했다. 그 사람이 활을 쏘자 주몽은 가만히 있다가 날아오는 화살을 보고 재빨리 활을 쏴서 그 화살을 맞혀서 쪼개 버렸다. 그 사람은 무릎을 꿇고 주몽을 형님으로 모시게 되었다. 주몽은 한 번에 이삼십 명의 부하를 얻게 되었다.

(조사자 : 지금까지 활을 젤 잘 쏜 사람은 누구라고 그래요?)

[한참 뜸을 들이다가]제일 잘 쏘는 사람은 뭐, 명궁이라 그라지 명궁. [조사자 일동 웃음]

(조사자 : 아니, 이성계도 잘 쐈다 그러고, 뭐 이성계도 잘 쐈다 그러고 누구도 잘 쐈다 그러는데?)

이성계하구 주몽하구 잘 쐈지, 주몽.

(조사자 : 주몽이요?)

응, 고구려 말하자믄 시조지, 고구려?

(조사자 : 고구려요? 아아. 얼마큼 잘 쐈는지 그 얘기 좀 해주세요.)

얼마큼 잘 쐈냐하믄 상대방에는 화살 날라오는 데를 맞춰서 화살 쪼갰잖어?

(조사자 : 응, 저기,)

(조사자 : 날아오는 화살을요?)

(조사자 : 누가요? 그,)

주몽이.

(조사자 : 주몽이요? 아아.)

그래 빨리 쏘고, 굉장히!

(조사자 : 굉장히 빨리 쏘구요?)

응, 화살 잡으믄 화 화 화살 빼믄서 그냥, 그-냥 이게 대믄서 금방 쏴 쏴두 그렇게 잘 쐈대.

그릉께는 자기 부하들 셋인가 넷인가 하구 또 저짝 부하들이 한 대여섯 명 있어서 그, 해서 그 그짝에서 활을 잘 쏜다구 하는 적 적수를 만났었잖어?

한 어디 가다가.

거기서 인자 그, 서로 니가 우(위)냐 내가 우냐 다투는 거지.

긍게 이 사람도 활을 잘 쏘니까는,

"활로 하자. 너 활 쌀, 주몽이라고 활 잘 쏜다는 소린 들었으니까는 너 활로 하자." 이렇게 해서,

"그래 니가 먼저 쏘라."

서로 거리를 어느 정도 이게 한 백 미터 이상 앞두고서 서로 양쪽에서 마주서서 쏘는 거여, 쏘기루.

"그래 니가 먼저 쏘라." 하구서 이 사람은, 저 사람은 활을 쏠라구 이렇게 다 화살을 메겨서 댕겨 땡끼는디, 주몽이는 가만히 옆에서,

"니가 먼저 쏘라구." 가만히 섰어.

근데 저 사람이 활을 쐈는데 벌써 이거 활을 잡아서 땡기믄서 오는 화살을 쏴서 화살이 쪽 뽀개지니까는 다시 한 번 할 거 없이 두 무릎 꿇고서,

"형님!" 했잖어?

그래서 부하가 돼서 기냥 끝까지 그 싸우는데 같이 해나가고 했지, 나라 세울 때 같이 세우고 그랬어.

[차를 한 모금 마신 후]그렇게 뒝께 그짝에서두 그넘이 엉뚱하게 그렇게 특수하게 그넘두 부하들이 많더라구.

그릉께는 한 번에 이삼십 명 부하를 얻은 거지, 주몽이.

(조사자 : 그렇죠.)

## 아들 셋 죽고 삼정승 날 명당

자료코드 : 02_24_FOT_20110219_SDH_KJG_0011
조사장소 : 경기도 이천시 부발읍 무촌리 167-3번지 항수다방
조사일시 : 2011.2.19
조 사 자 : 신동흔, 노영근, 이홍우, 한유진, 구미진
제 보 자 : 강진구, 남, 78세

구연상황 : 앞의 이야기에 이어 제보자는 아들 셋 죽고 정승 세 낳은 얘기 해줬냐며 조사자들에게 물었다. 조사자들이 처음 듣는다고 하자 구연을 시작했다.

줄 거 리 : 옛날에 욕심이 많은 노인이 있었다. 지관을 불러 자신의 묏자리를 잡는데 그 자리는 아들 셋이 죽고 삼정승이 날 자리라고 했다. 노인이 죽은 후 그 자리에 묘를 썼다. 그런데 지관 말대로 삼우제(三虞祭)에 둘째 아들이 죽고, 소상(小祥)에 둘째 아들이 죽었다. 막내아들은 어차피 일 년 후 아버지의 대상(大祥)이 되면 자기도 죽을 테니 세상 구경이나 할 수 있도록 어머니와 형수들에게 돈을 마련해 달라고 했다. 막내아들은 길을 떠나 돌아다니다가 해가 저물어 어느 집에 이르게 되었다. 할머니에게 하룻밤 묵을 것을 청하자 자기는 정승집의 젖먹인 딸이 시집을 가게 되어 다녀 올 테니 자고 있으라고 했다. 정승의 딸은 시집가기 전에 마지막으로 젖먹이 엄마와 자겠다고 막내아들이 있는 그 집으로 왔다. 막내아들은 밖에서 인기척이 나자 이불을 뒤집어쓰고 자는 척을 했다. 정승의 딸은 방에 들어와 옷을 벗고 막내아들이 있는 이불 속으로 들어갔다. 그래서 둘은 하룻밤을 보내게 되었다. 그런 후에 막내아들은 정승의 딸에게 자신에 대해 모두 이야기해 주었다. 다음 날 아침에 정승의 딸이 일어나 보니 남자는 이미 죽어 있었다. 정승의 딸은 어쩔 수 없이 남자를 흰 가마에 태워서 그 사람 집으로 갔다. 그리하여 네 과부가 함께 살게 되었는데 정승의 딸이 배가 불러오더니 일 년 후에 세쌍둥이를 낳았다. 아이들이 대여섯 살이 되자 정승의 딸은 아이들을 친정으로 보내 공부를 가르쳤다. 그 후에 세쌍둥이가 성장해서 삼정승이 되었다.

아니, 근데 그것두 욕심이 많은 노인네야.

욕심이 많은 노인네니까 뭐냐믄.

지관을 들여서 묫자리(묏자리)를 잡는데,

"여가 묫자리는 좋은데 정승이, 정승을 셋이 나겄다."

정승이 셋 나니까 묫자리 좋은 거지?

"근데, [잠시 생각하다가]이 묘를 쓰고서 삼오젯날 큰아들이 죽구, 소상(小祥) 때 둘째 아들이 죽구,

대상(大祥) 때, 대상 새복녘에(새벽녘에) 새복(새벽) 지사(祭祀)에 막내아들이 죽는다. 그래도 좋으냐?"

그릉께 그래도 좋으니까 정승 셋 난다니까 그래도 좋으니까 써 달라고

그랬어.

그릉께 참,

(조사자 : 자기 아들이 죽는데?)

자 자 자기가 인자 죽으믄 쓸 때를 자기가 들어갈 때를 정승 셋 난다는 바람에 자기 큰 아들 죽구,

(조사자 : 그러니까요.)

둘째 아들 죽구 셋째 아들까지 아들 셋이 죽는다, 그러구 정승은 셋을 난, 셋이 난다.

그랬는데, 그래도 해달랴.

그릉게 얼마나 욕심이 많은 노인네여.

응, 정승 셋만 바라고 아들 셋 죽는 건 아깝지 않구,

(조사자 : 아깝지 않은 거지.)

아깝지 않구 정승 셋 난다는 것만 생각하는 겨.

인제 그것이 식구들이 다 아는 거여 인자.

마누라도 알구 며느리들두 알구 다 아는 거여.

그래 며느리는 둘째까지는 며느리를 보구 셋째는 며느리를 안 봤어.

그러는데 아니나 달버(아니나 달라) 그냥 거다 썼어.

자기가 영감이 그런 얘기를 아들들한테두 다 얘기를 했으니까는 해달라고 해서 해서 핸 거여.

정승 셋 난다는 소리 듣구.

긍게 지관 얘기핸대루(얘기한대로) 틀림없이 삼오젯날 그냥 멀쩡한 아들이 죽어버리는 기여, 큰 아들이.

(조사자 : 아무 이유 없이요?)

응?

(조사자 : 아무 이유 없이?)

아무 이유 없이 삼오 젯날 죽어.

인제 그러구 나서 일 년 되니께 초상(小祥)이 되어 제사를 지내는 기여.

초상에 제사 지내는데 저녁에 또 둘째 아들이 죽어 버리네.

그릉께 백 프로 맞는 거 아녀 그게 아주 틀림없이 지관 얘기한 것이 고대루 맞는 겨.

(조사자 : 고대로 맞지.)

그래 일 년 있으믄 저 셋째 막내까지 죽을 판이여 인제.

긍게 그걸 보구서 자기 형수하구 어머니한테,

"나 돈을 좀 땅을 팔아서 돈을 얼마 해다구. 응, 나두 일 년 있으믄 죽을 끼니까 내가 구경이나 좀 하겄다."

그라구서 돌아 댕기는 겨, 이게 나가서 구경하러 댕기는 거여 인저, 일 년이믄 이릉게(죽으니까).

근데 서울서 인저 우떻게(어떻게) 해 이넘이 굴르다 굴르다 봉께 서울까지 갔나보지?

서울까지 갔는데 서울서 인저 그, 조금 외딴 집인가 뭐 변 변두린가 되는데 가니까 할머니가 있더래.

할머니가 있는데,

"좀 지나가는 손님인데 하루 저녁 잡시다." 하니께 그럭하라구 그러더래.

"젊은이 들어와서 자. 나 나 혼잔디 뭐." 그러더니,

그릉게 그러더니,

"자고 있어. 내일이 우리 응, 젖멕인(젖먹인) 딸이 낼 시집가는데 저녁에 거기 좀 갔다 올 테니께 자고 있어." 그러구 가더래요.

그릉께는 그게 젖엄마였어, 시집가는 사람?

근데 정승의 딸이더래, 그게.

내일 시집 갈 딸이.

그릉께네 거 가서 인자 내일 잔치니께는 음식두 하구 뭣두 하구들 바

뻐지 잔치집이니까, 응.

시 시집보낼 집이니까 잔칫집 준비하느라구 바쁘잖아요?

거 가서 인자 그 젖엄마두 가서 일을 하구 뭐하구 아주 바쁘구 했는데.

이게 인자 낼이믄 시집가믄 인자 남으집 식구 되는 거 아녀 여자가?

(조사자 : 그쵸.)

긍게 인자 자기 젖엄마하구 낼 시집 갈 거니까 하루 저녁 자구서 가야 되겠다구서 갔어 여자가.

그릉께는 뭐 소리가 나 배깥에(바깥에) 소리가 나니께 이 남자는 이불을 불렁 뒤집어썼지.

그러더니 문을 버썩 열고 들어오는 거여.

남자는 가만히 인자 이불, 자는 척하고서 가만히 있어야지.

뭐, 누가 들어오능가 남자가 들어오는지 여자가 들어오는지도 모르지 인저.

그러더니 옆에 들어오더니 옷을 훌훌 다 벗더니 그냥 이불을 훌렁 떠들고 쑥 들어와 버리는 겨.

그러니 이거 어떻게 돼?

그릉께는 자기는 그 날이 인자 지사(祭祀)여.

그날 저녁이, 새벽이믄 죽을 거여 인저.

남자는 알지, 자 자기 형들두 그렇게 죽었으니께 틀림없이 새벽 제사에 죽는댔으니까 새벽에 죽을 거 아녀.

그릉게는 그러나 저러나 그냥 들어왔으니께 끌어안고 같이 잔 거여.

그래 자믄서, 자고나서 얘기 했나 보지, 남자가.

내가 아무데 아무데 아무 사는 사람인데, 아 아 아무개라고까지 다 얘기하구.

하룻저녁을 자두 만리장성을 쌓았다는 말이 거기서 나온 거여.

그 자기 동네 얘기를 다 하구 그런 얘기 했어.

그러구,

“나는 새복이믄 죽을 것이다. 근데 정승이 셋이 난나구 그랬는데 정승 셋까지 지금 우리 엄마 과부, 우리 형수 과부, 둘째 형 과부, 나 나 나만 시방 혼자다.”

이래 이래했어, 얘기했어.

인자 그랬는데 인자 그냥 여자도 잠이 들어 잤겄지 인자 같이.

아침에 일어낭께 죽었네 이게?

응, 새복 제사에 죽는다, 제사에 죽는다, 이 여자 깨기 전에 죽은 거여 벌써, 그러니 어떡해? [다방에 전화가 옴]

(조사자 : 그래서요?)

응, 그러니까는 여자는 죽었으니까 어떡해?

하루 저녁을 잤어두 낼 낼은 시집 갈 건데 시집은 다 간 거지 인저, 이 사람한테루 갔어니께 할 수 없는 거여.

(조사자 : 그렇지.)

머리를 풀르구서 그냥 앉았는 거지.

긍게 젖엄마가 오니께 머리 풀르구 앉았구 그넘은 죽었네?

난리가 난 거지.

(조사자 : 난리 났지.)

응, 정승네 집에서는 시집 시집가기는 다 틀렸지 인저.

할 수 없이 여자가 거짓말 안 하구서 고대로 얘기 한 거여.

그릉께는 그 남자 해게 해서 정승네 집이니 부잣님 아녀, 정승이니까?

해게 해서 이거는 흰 가마 태어서 딸려 보낸 거여, 그 집이루(집으로, 남자의 집을 말함.).

그릉게 하루 저녁 자구 과부가 된 거네, 이게 또.

(조사자 : 그러네요.)

한 마디루 처 처녀 과부여.

그래가주구 셋이 사는데 그릉게 여자들만.

(조사자 : 여자들만 넷 넷이 사는 거네.)

넷이지, 시어머니하구. [조사자 일동 웃음]

근데 쪼금 있응께 이게 배가 살살 불러오는 겨 이게, 이 여자가.

그러니 뭐, 배가 불러 오니께 그래두 응, 과부가 됐든 홀애비가 됐든 이게 좋다 하는 기여 아주, 애 애기 있다구 아주 좋아하는 거지 식구들이, 응.

그릉게는 다 두 형님들하구 시어머니하구 아주 좋아하지.

그러구 나니 열 달이 차가지구 애기를 낳는 거여.

애를 하나 낳응게 아들을 하나 싹 낳았어.

이게 큰 며느리가 [손으로 닦는 시늉을 하며]싹싹 닦아 가지구,

"요거 내 아들!" 하구서 안구 가버리는 거여.

큰 며느리가.

그러더니 한 한 삼 분 지낭께 또 하나가 또 나왔어. [조사자 일동 웃음]

긍게 둘째 며느리가 둘째 며느리가,

"요건 내 아들!" 하구서 가져가버리네, 닦어서.

그릉께 자기가 인자 정신이 있을 거 아녀 아무리 거시기 해두.

"쌍둥이를 낳았어두 소용 없구나!" 그러는데,

아이 또, 또 한 삼 분 있으니께 또 하나 또 낳아. [조사자 일동 웃음]

그래 세 쌍둥이를 낳은 거야 세 쌍둥이.

세쌍둥이를 낳았는데 이걸 워째.

인자 해서 한 대여섯 살 먹었는데, 여기는 아무래두 시골집이구 응, 저희 친정 집이는 정승 아녀, 제 아버지가 정승이구?

긍게 거 가 공부를 시키는 거여 인저, 데려가 버렸어 결루.

대여섯 살 먹어서 이쁜 걸 보구 다 키워야 되는데 공부를 가리켜야 되기 땜에 데려가 버린 걸 어떡할 겨, 응?

긍게 과부들만 넷이 살구 아들 셋은 그짝이루 친정집에다 공부 공부하는 거지.

결론적으로 그 세 쌍둥이가 정승을 하나씩 해 먹어서 삼정승이 되더랴, 되기는. [웃음]

그런 얘기두 다 있어.

긍게 욕심이 너무 과한 거여, 응.

정승 셋 낳는 생각만 하지 아들 셋 죽는 건 생각두 않구.

(조사자 : 과부 넷 되는 것도 생각도 않고. [조사자 일동 웃음])

그래 욕심이 못써.

그런 욕심은 안 해야 돼.

나같으믄 안 해![조사자 일동 웃음]

(조사자 : 못하죠, 그거. [웃음])

긍게 아는 아는 건 뜨겁게 아는 넘이 있나 봐요, 뜨겁게 아는 게.

## 명당자리 뺏어 친정 망하게 한 딸

자료코드 : 02_24_FOT_20110219_SDH_KJG_0012

조사장소 : 경기도 이천시 부발읍 무촌리 167-3번지 향수다방

조사일시 : 2011.2.19

조 사 자 : 신동흔, 노영근, 이홍우, 한유진, 구미진

제 보 자 : 강진구, 남, 78세

구연상황 : 앞의 이야기에 조사자가 딸이 친정 묏자리 뺏어간 이야기 들어 본 적이 있냐고 물어보자 딸은 도둑놈이라며 구연을 시작했다.

줄 거 리 : 옛날에 어떤 여자가 시어머니가 죽어서 묘를 쓰게 되었다. 그런데 마침 친정의 아버지도 죽어서 묘를 쓰게 되었는데 지관들이 모두 좋다고 하는 묏자리를 선택했다. 친정에서는 저녁에 미리 광중(壙中)을 만들어 두었다. 딸은 밤중에 다른 사람들이 잘 때 몰래 와서 광중에 물을 부었다. 다음날 가보니 광중에 물이 가득 차 있어 아들들이 이곳에 아버지를 모실 수 없다며 다른 데

다 묘를 썼다. 그러자 딸은 오빠에게 어차피 못 쓰게 된 자리니 자기 시어머니를 묻게 해달라고 부탁을 해서 허락을 받았다. 딸이 시어머니의 묘를 그곳에 쓰자 친정의 재산이 모두 시댁으로 옮겨가게 되어 친정은 망하게 되었다.

(조사자 : 그 저기 딸이 며느, 묫자리 뺏어간 이야기 혹시 들어 보셨어요?)

나이?

(조사자 : 딸이 묫자리(묏자리) 뺏어갔다고 하는?)

그래 딸은 도둑넘이여. [조사자 일동 : 웃음]

긍게 자기는 인자 집 뒨디(뒨데), 산이 산미팅이가(산모퉁이가) 자기네 산이구 하니까 집 뒨데.

자기 인자 시어머니가 죽어서 모이(墓)를 쓰는 거여.

모여서는 지관들이 좋다구 하거든, 묫자리가?

그릉게 저녁에 이걸 다 파서, 아가씨들은 몰를 거여, 광중(壙中, 시체를 묻는 무덤의 구덩이 속) 안이라구 있어?

(조사자 : 광중이요?)

광중 알지?

(조사자 : 예, 시신 묻는 데.)

[손으로 계속 시늉을 하며]이렇게 모이를 파구 사 사람이 들어갈 만한 자리를 요렇게 파는 거여, 딱 사람에 기럭지 대루?

넓이는 요만큼뱈에(요만큼밖에) 안파요.

요렇게 사람이 들어 갈 만큼 요만큼만 해서 길게 파갖구 그 우(위)에 홍대루 덮는 거거든?

이게 인자 다 파놨어 저녁에 다 파놨어 그걸.

낼 낼 묻을 자리를 저녁에 일을 다 해놨다구 아주.

사람이 옛날에 사람이 파니까.

그래놨는데 이 딸이 저녁에 다른 사람들 잘 때 물을 질러다 거다 부었어.

물을 질러다,

(조사자 : 묘에다가요?)

광중 안에다가.

(조사자 : 광중에다가?)

응, 물을 부어놨으니 물이 철렁, 철렁하게 찼어, 찼단 말이여.

긍게 아침에 가서 보니께 물이겠어?

물로 난 자리리구 물 물 있는데다가 아버지 모실 수 없다는 기여.

(조사자 : 그쵸, 그럼 안 되죠 거기.)

아 아 아들들이.

그래선 거다 안 하구 딴 데다 쓴 거여.

그 옆에 갖다가 따루 썼어.

그릉게는 자기 오빠보구,

"오빠, 아버지 쓸라구 하던 데 물 물 물 물라던 자리에 쓸라구 못 쓰는 자리, 우리 시어머니나 묻게 달라구."

오빠한테 사정 얘기를 했어.

긍게 그럭하라구 줬어요.

(조사자 : 어차피 못 쓰는 자리고 그거?)

"어차피 물나 물나 못 쓰는 자리 달라고."

사정하니께 줬어 오빠가, 그 동생이니까.

그랬는데 그 재산이 걸루 다 몰리더랴, 또.

(조사자 : 아아, 진짜 도둑놈이네?)

긍게.

(조사자 : 그럼 친정은 망했겠네?)

친정은 망 망했지, 인저.

(조사자 : 금시발복 자리였나보네?)

금시, 금시발복 자리였나봐.

금시발복이 있대요, 묫자리가.

(조사자 : 그 있다고 그러더라구요. 본 적이 있어야지.)

금시발복 당, 당대발복, 당대발복이 되는 기여 아주, 효력을 본다 이거야 한 마디루.

## 천하명당에 묘를 써서 부자 된 거지

자료코드 : 02_24_FOT_20110219_SDH_KJG_0013
조사장소 : 경기도 이천시 부발읍 무촌리 167-3번지 향수다방
조사일시 : 2011.2.19
조 사 자 : 신동흔, 노영근, 이홍우, 한유진, 구미진
제 보 자 : 강진구, 남, 78세
구연상황 : 앞의 이야기에 바로 이어 구연했다.
줄 거 리 : 옛날에 지관이 길을 가다가 거지가 송장 하나를 지고 가는 것을 보았다. 그런데 마침 그 근처에 천하명당 자리가 하나 있어서 지관은 거지가 어떻게 하는지 지켜보았다. 그랬더니 거지는 바로 그 명당자리에 지게를 내려놓더니 괭이로 파기 시작했다. 지관이 보기에 오시에 시간을 맞춰 써야 하는 명당자리였는데, 거지는 땅을 다 판 후에도 시신을 묻지 않았다. 거지는 혼잣말로 자기 어머니가 물레방앗간에서 얼어 죽었으니 따뜻할 때 묻어줘야겠다며 기다리고 있었다. 그러더니 해가 그 자리에 비치자 시신을 그곳에 뉘었는데 그때가 바로 오시였다. 그리고 거지는 산으로 올라가 개미집이 있는 썩은 그루터기를 파오더니 시신 위에 툭툭 털면서 자식이나 번창하게 해 달라고 했다. 지관이 보기에 그 자리는 장군이 되면 사람을 많이 죽여야 하는 자리인데 개미를 몇 백 마리 죽여서 해결한 것이다. 그래서 거지는 부잣집 외동딸하고 결혼해서 그 집 재산을 다 차지해 잘 살았다고 한다.

옛날에 그, 지관(地官) 잘 보는 지관이 길을 가다보니께 어떤 넘이 송장을 지구 가더랴, 혼자.

삭괭이(삭정이)를 거기다 해 해구 거기다 혼자 지구 가더랴.

긍게 이게 볼 때 저넘이 가난한 집은 틀림없어 혼자 가는 게.

사람 죽어서 혼자 가는 게 없잖어?

(조사자 : 그죠.)

근데, 사람 죽 죽은 걸 그 시신을 지구서 혼자 가 가더래.

그러니까 길거리를 가다가 쳐다보니까 이렇게 보니까 참 이게 당대발복 명당자리가 하나 있더래.

'저넘이 어디루 거나?' 하구서 지켜서 보는 거여.

풍수지리하는 사람은 그게 아는 사람은 달렵지(다르지).

안 가구서 보는 기여 그게.

'저넘이 혹시 그 천하명당 자리 당대발복 되는 자리에다 혹시 쓰지 않나?' 하구서 가는 거여 그게, 보는 거여 그게.

보더니, 이게 쳐다보니께 하 헐레벌떡 거리구 짊어지구 가믄서 땀을 딲아가믄서(닦아가면서) 이래 가더래요.

지고 가더니, 하-우 턱 거치더래(지게작대기를 받치더라는 의미임).

그래 고자리에다 갖다 받치더래 이게, 이넘이 아주 천하명당 자리를?

지게를 지게루 턱 받쳐놓더니, 꽹이(괭이)에 삽을 내리더니 그냥 꽹이루다 껍데기 나무뿌리 갖다가 캐더니 삽으루 막 부지런히 파더래.

파더니 이넘이 제대루 쓰나 안 쓰나 보는 겨, 그것두 그것두 제대루 안 쓰믄 안 된다느만.

(조사자 : 그래야겠죠.)

[손으로 시늉을 하며]고 요 요렇게 쓰는 것두 제대루 해야지 요것이 삐툴어져두 안 된대요.

(조사자 : 방향 맞춰가지고.)

방향이구 뭐구 아주 제대루 맞아야 제대루 되는 거지 삐툴어져서는 그게 소용이 없는 거댜.

근데 이넘이 가만히 지관이 뭐 안 가는 기여 그게 다 쓰되, 그러더니,

'저넘이 시간이 딱 오시어야 시간을 맞춘데…….'

그러더니 다 파놓고서는 기다리더래, 이넘이?

자기 어머니 죽은 것을, 시신을 옆에다 딱 놓구 옆에다 놓더니 안 묻구서 그냥 기다리는 기여.

그래 혼자 하는 얘기가 뭐냐니까,

"우리 어머니가 물레방앗간에서 얼어 죽었으니까 따땃할 때 묻어줘야지."

(조사자 : 물레방앗간에서 얼어 죽었다고요?)

응, 얼어 죽어서 따땃할 때 묻어줘야 된다더니 해가 고게 딱 비치니까 얼릉 갖다 눠더래.

응, 고자리다.

눠더니 이넘이 헐레벌떡 거리구 괭이를 들고서 산이루 올라가더래요.

흙이루 안 파묻구.

그러더니 썩은 고주배기(그루터기)를 툭툭 치니께 그게 썩은 고주배기에 개미가 많이 살어.

썩은 고주배기 속에 개미가 그, 썩은 나무에서 뭐 파먹느라구 그러는지 개미가.

썩은 고주배기를 이렇게 두어 개를 해더니 개미가, 개미집 있는 걸 가져오더니,

"자손이나 번창하게 해주시오." 하구 툭툭 털더래.

하아, 그릉게 저기다 쓰므는 이 사람이 장군같으믄 전장터에서 사람을 많이 직이야게(죽여야) 되는 자린데 개미를 수백 마리를 [손으로 터는 시늉을 하며]털어 버리더래.

그러믄서,

"자손이나 번창하게 해주시오." 하구서 털더니 흙이루 묻더래.

긍게 아주 시간두 고대루 딱 오시에 맞추구 그 사람을 많이 죽이야 되는 것을 개미루 바꿔서 개미루 몇 백 마리나 죽잉게 그것이 딱 거기에 해

당되는 건 싹 해뻐리는 거여 이게.

하-, 이거 뭐 하여튼.

긍게 그넘이 기냥 거지루 돌아댕기는 넘이 어떻게 우연적이루 해서 그 부잣집 처녀하구 결혼하게 되가지구,

기냥 부잣집에 들어가서 그 집을 다 차지하구 부자 외동딸을 해가지구서는 아주 부자루 잘 살더래요.

그 묘, 자기 어머니 묘를 쓰구서.

그랬다는 거여.

긍게 그런 명당자리가 있대요, 천하명당이.

## 효양산 금송아지 지키기

자료코드 : 02_24_FOT_20110128_SDH_PGS_0001
조사장소 : 경기도 이천시 부발읍 신원3리 285번지 신원3리 마을회관
조사일시 : 2011.1.28
조 사 자 : 신동흔, 노영근, 이홍우, 한유진, 구미진
제 보 자 : 박고신, 남, 72세
구연상황 : 마을의 지명이나 자연물에 관한 이야기를 나누던 중, 효양산과 관련하여 생각나신 전설이 있다며 구연하였다.
줄 거 리 : 옛날, 경기도 이천시 부발읍의 효양산에는 금송아지가 있었다고 한다. 그런데 이 사실을 알게 된 중국에서 몰래 사람을 보내 그 금송아지를 가져오도록 하였다. 이에 중국사신은 쇠로 만든 신을 신고, 쇠지팡이를 짚고는 그것이 다 닳도록 먼 길을 걸어와, 마침내 조선 땅에 이르렀다. 그러나 이미 중국에서 금송아지를 가지러 올 것을 알고 있던 조선에서는 미리 고개 앞에 사람을 두고 그를 기다리고 있었다. 이 사실을 몰랐던 중국사신은 고개 앞에서 만난 조선인에게 효양산 가는 길을 물었는데, 그는 앞으로도 백 고개를 넘고 이천 장을 지나서, 억억 다리를 건너야 되며, 구만리 들판까지 지나야 갈 수 있다고 대답하였다. 이는 모두 실제 거리가 아닌 명칭일 뿐이었으나, 그 사실을 몰랐던 사신은 앞으로도 더욱 먼 길을 가야한다는 생각에 눈앞이 깜깜하여 결국

발길을 돌렸고, 효양산의 금송아지를 지킬 수 있었다.

말하자면 옛날 노인네들이 하시던 말씀인데.

(조사자 : 예예.)

중국에서 보니까 여기, 여기 부발면(경기도 이천시 부발읍) 효양산이라고 있거든.

(조사자 : 예.)

효양산에 금송아지가 있다 그래 가지구, 그 중국에 저, 유명한 사람이 천문을 보니까 금송아지가 있어 가지구, 그거를 인제 가질러 오는 과정에서.

(조사자 : 예예.)

쇠 짚, 뭐 쇠구두를 신고, 쇠지팽이(쇠지팡이)를 해 짚고 오다가, 저 백고개라구 인제 여, 광주군, 고기 인제 백 고개하고, 거 이천 경계 거기에가 있거든.

(조사자 : 예.)

그래 거기 와서 누구한테 물어보니까. 근데, 여기서도, 인제 조선에서도, 아 말하자면은 그,저 사람이 온 데는 걸, 여기도 인제 거 유명한 사람이 있기 때문에 거 백고개 밑에 가서 지키고 있는 거야 인제. 그니까 그 사람이 거길 왔거든. 와서 인제 물어보는 거야.

"여기 이천, 효양산에 갈려면은, 여 어디로 해서 가느냐."

그래서 금송아지 가질러 오는 걸, 뻔히 이제 미리 알고서 기달리고 있는 상태에서, 미리.

"거길 갈려면은, 백 고개를 넘어서, 이천 장을 지나서, 억억 다리를 지나서, 구만리 뜰을 지나서, 그러게허구 가야된다. 인제 그렇게, 거 그래야 거길 간다."

그런데 실제로 억억다리가 저기 있었구, 구만리 뜰이, 이천에 구만리

뜰이 있구.

(조사자 : 예.)

고개가, 이름이 백 고개구.

(조사자 : 아아.)

그니까 그게 저, 다 있거든 그게. 저리 가면 오천 장(앞에서 말한 이천 장을 혼동하여 잘못 구연한 듯하다.), 오천 리 뜰 있구.

(조사자 : 예.)

그래서 이 사람이 중국에서부터 걸어온 데로 와서, 온 거만 해도 쇠지팽이가 다 됐는데, 거길 가래니까, 고개를 백 고개를 넘어야 되지, 억억다리를 지나가야지, 구만리 뜰을, 저 뜰을 구만릴 지나가야 되구 말이야.

(조사자 : 예예.)

장을 이천을 지나가구 말야. 이천, 그렇게 지나가야 되니까는 아유,

[주변 청중들의 대화에 잠시 말을 멈추며]

그래서

"아유 더 못 가겠겄다."

그래서 인제 그 사람은 인제, 다시 돌아가는 거를, 저 이렇게 했다는.

(이하 생략)

## 도깨비불을 붙잡아 매어둔 사람

자료코드 : 02_24_FOT_20110129_SDH_YJS_0001
조사장소 : 경기도 이천시 부발읍 무촌2리 427-71 무촌2리 마을회관
조사일시 : 2011.1.29
조 사 자 : 신동흔, 노영근, 이홍우, 한유진, 구미진
제 보 자 : 유준순, 여, 78세
구연상황 : 마을회관 안에는 여러 명의 할머니들이 계셨다. 대부분 화투를 치시거나 낮잠을 주무시고 계셔서 조사가 순조롭지 않았는데, 그러던 중 비교적 적극적인

제보자가 조사에 관심을 보였다. 이에 조사자들은 어린 시절에 전해들은 옛날 이야기가 있는지 묻자 생각나신 이야기를 구연하였다.

줄 거 리 : 옛날 어떤 사람이 장에 갔다 한밤중이 되어서야 돌아오게 되었다. 그때 어디선가 도깨비불이 나타나 자신의 뒤를 계속해서 쫓아오기 시작하였다. 그 사람은 용기를 내어 도깨비불을 붙잡아다 나무에 단단히 매어두었다. 이튿날 그 자리에 가보니 도깨비불은 사라지고 빗자루 하나만 덩그러니 묶여있었다.

어떤 사람이 저 장에를 갔다 오는데, 자꾸 불이 쭉쭉 비치구 쫓아오더래. 쫓아와가지구,

"아 이놈의 게 뭔가. 내 이놈의 거를 갖다가, 저기 저 죽으나 사나가나 가서, 이놈의 걸 그냥 붙들어 매봐야겄다(매봐야겠다)."

그러고는 잔뜩 ○○짝을 풀러가지구, 나무에다가 챙챙 붙들어 맸데.

(조사자 : 불을요?)

응. 불, 도깨비불이래. 그거,

(청중 : 도깨비여.)

붙잡아맸는데, 그 이튿날 가보니까는

(청중 : 빗자루야.)

빗자루더래. 빗자루.

(청중 : 그래. 그래.)

(청중 : 빗자루에 피가 묻으면 그래.)

(조사자 : 아.)

# 효양산 금송아지 지키기

자료코드 : 02_24_FOT_20110129_SDH_LMY_0001

조사장소 : 경기도 이천시 부발읍 무촌1리 221번지 부발양조장(제보자의 사무실)

조사일시 : 2011.1.29

조 사 자 : 신동흔, 노영근, 이홍우, 한유진, 구미진

제 보 자 : 이무영, 남, 74세

구연상황 : 마을에 전해지는 전설이 없는지 묻자 생각나신 이야기를 구연하였다.

줄 거 리 : 옛날에 중국의 천자가 세수를 하려고 물을 받았는데 물 위에 금송아지의 형상이 떠올랐다. 이를 범상치 않게 여긴 천자가 금송아지가 있는 곳을 조사해 보니, 경기도 이천시 부발읍에 있는 효양산이라는 것을 알게 되었다. 이에 천자는 사람을 보내서 그 금송아지를 가져오도록 하였고, 중국사신은 쇠지팡이가 반 이상 닳도록 먼 길을 걸어오게 되었다. 마침내 효양산 근처까지 이른 사신은 때마침 한 노인을 만나서 효양산 가는 길을 묻게 되었다. 그러자 그 노인은 앞으로도 오천리를 지나서, 세다리를 건너, 억억들과 억억다리를 모두 건너야 갈 수 있다고 대답하였다. 이는 모두 실제 거리가 아닌 명칭일 뿐이었으나, 그 사실을 몰랐던 사신은 앞으로도 더욱 먼 길을 가야한다는 생각에 깜짝 놀라 결국 발길을 돌렸고, 효양산의 금송아지를 지킬 수 있었다.

거 저, 효양산에는 거 저기 에[잠시 생각하며] 금송아지가 묻혀있데요. 금송아지.

(조사자 : 아.)

중국에서 거 왕이, 그 저기, 에에, 세면을 하다보니까. 세수.

(조사자 : 예.)

옛날에는 대야를 이렇게, 대야에다 물을 떠놓고 세수를 하잖아.

(조사자 : 예.)

그런데 거기 금송아지가 비치더라 이거야.

(조사자 : 아. 물에요?)

어.

(조사자 : 예.)

그래 이게 어딨는(어디 있는) 금송아지냐. 이걸 탐문 수색해보니까. 아 대한민국, 아 여기 경기도 이천. 에, 부발에 있는 효양산에 있다. 어? 그래 가지구선 그 인제, 신하를 보내서

"거기 있데니까, 그걸 가서 캐 와라."

중국에서 왕이 인제 지시를 했단 말이야.

(조사자 : 네.)

그래 그걸 캐러오는데, 에 얼마나 왔는지, 여하튼 쇠지팡이를 짚고 왔는데, 쇠지팡이가 에, 반이 닳았데요. 반이. 그런데 어디 와서 인제, 효양산이 어디 있느냐 물어보니까, 여기 옷, 용인 땅에

(조사자 : 예.)

에, 오천을 채 못 와서

(조사자 : 예.)

어, 그걸 들었단 말이야. 아 저기 저, 에, 물어봤어. 어떤 영감한테다가, 하얀 백발이 인제 지나가서

"이런 저기, 이천의 효양산을 찾아 가는데, 효양산이라는 데가 어디 있느냐."

그러니까 그 노인네가, 그, 대답하기를

"아, 거 갈래면 한참 더 가야한다. 오천리를 지나서."

거기가 오천리야. 마장면 오천리. 거 오천리를 가서 오천리가 아니여.

(조사자 : 헤헤헤.)

동네 이름이 오천리란 말이야. 어.

"오천리를 지나서, 어어 산 고개를 넘어서"

노, 고개를 넘으면 어디냐 같으면, 이 설봉산이야. 설봉, 이천에 요거 높은 산. 고기(거기) 가면 그때 고 넘어오던 길, 골짜구니(골짜기) 요렇게 넘어, 글로 올래다 못 왔다고 지금 전설이 있어. 여기, 아주 쓰여 있어 거기두. 그래 거기에 인제, 거기를 지나서 세다리라는 데가 있어. 세다리. 요기 저기, 어디서 잤는지 몰르지만(조사자들에게 하는 이야기임.) 저 미란다호텔 있지.

(조사자 : 예예.)

호텔 거기 건너오는 다리가 세다린데, 거길 지나서, 아 억억들을 지나서. 억억들이요.

(조사자 : 예.)

거기가 들 이름이, 억억들이야.

(조사자 : 예.)

거 미란다(앞서 언급한 호텔의 명칭임.) 앞에 들 넓은데 있잖아.

(조사자 : 예예예.)

응, 거길 지나서, 에에 억억다리가 있어 또.

(조사자 : 아.)

"억억다릴 지나서 거 개울, 쪼그만한 개울이 하나 있는데 거길 지나가면 고 앞에 보이는 산이 효양산이다."

이렇게 가르쳐 줬단 말이야. 그러니까 그 금송아지 캐러 오는 사람이, 아 이거 쇠지팡이가 반이 닳도록 걸어왔는데, 앞으로 이거 오천리를 지나서, 큰 산을 하나 넘어서, 에 뭐 거 세다리라는 데를 지나서, 억억, 억억들을 지나서, 응 에, 억억다리를 또 지나 가지구, 개울을 지나서 효양산을 찾아 갈래니까, 자기가 뭐 죽기 전엔 못 올 것 같으단 말이야.

(조사자 : 예.)

그니까 고기서 그기한테 물어보구선, 도루 갔다는 얘기가 있어.

## 사슴이 잡아준 이천 서씨 묏자리

**자료코드** : 02_24_FOT_20110129_SDH_LMY_0002
**조사장소** : 경기도 이천시 부발읍 무촌1리 221번지 부발양조장(제보자의 사무실)
**조사일시** : 2011.1.29
**조 사 자** : 신동흔, 노영근, 이홍우, 한유진, 구미진
**제 보 자** : 이무영, 남, 74세
**구연상황** : 고려시대 서희 장군이 이천 서씨라는 이야기를 하던 중, 이천서씨 집안에 관해 생각나신 이야기를 구연하였다.
**줄 거 리** : 고려시대 서희장군은 이천 서씨로 그의 조상도 이천에 살았다고 한다. 어느

날, 그의 증조부가 효양산에서 나무를 하고 있었는데, 갑자기 사슴 한 마리가 나타나 자신을 숨겨 달라는 듯하였다. 그 뜻을 알아차린 나무꾼은 자신의 나뭇짐 속에 사슴을 숨겨 주었다. 잠시 후 포수가 나타나 사슴의 행방을 묻자, 나무꾼은 태연히 거짓말을 해서 포수들을 보내고 사슴을 살려주었다. 목숨을 건진 사슴은 고마움을 표하며 그에게 효양산에 있는 명당자리를 하나 잡아 주었다고 한다.

근데, 이천서씨에 발상지가 여기여. 서씨. 서희장군 아니야.

(조사자 : 예예.)

여기서 달성서씨하구, 이천서씨하구 갈라졌어. 요 ○○이.

(청중 : 아, 요기서.)

응 그런데 처음에는 다, 이천서씬데, 달성서씨로 또 분리가 됐는데, 여긴 어떻게 됐냐 같으면, 아 달성서씨, 인제 서희장군 증조할아버지가 그래 인제, 요기, 요기 책자에는 다 나올 거야. 그 양반이 인제 요 효양산에서 나무를 하고 있는데, 응 나무를 하고 있는데, 에에 이, 노루가, 사슴이 와서 얼쩡거리고, 숨어(숨겨)달래는 것 같이 보이더라 이거야. 응 그래서

"아, 이게 저 뭐, 숨어(숨겨)달래는 건가보다."

하구선 나뭇짐 속에다, 숨 저, 숨겨줬단 말이야. 어, 그러니까 에에 쪼금 있더니 포수들이 헐떡거리고 오더라 이거야.

(조사자 : 음.)

응, 아 포수가 와서 어 음, 나무하는 사람한테 물어봤다구,

"요 길로 저, 사슴 지나가는 걸 봤느냐."

그러니까 그 양반 얘기가 인제, 숨겨줄라고,

"짐승은 사람 보, 사람을 보면 피하게 돼있거늘, 어찌 사람 근처로 왔겠느냐. 응? 난 못 봤다."

그래서 인제, 지나, 지나갔단 말이야. 그 포수들이.

(조사자 : 예.)

봤으면 잡았을 텐데,

(조사자 : 헤헤헤.)

숨겨줬으니까 못 잡고서 갔다구. 그래가지구선 에에, 그게 인제 저 간 뒤에

"나를 살려줘서 고맙다고."

산수 자리('산소 자리'를 뜻함.)를 하나 잡아준 게(실제로 이천서씨 시조인 서신일의 묘는 현재 이천시 부발읍의 효양산에 자리하고 있다.), 에거, 위에 거기 있다고, 모이('뫼'의 경기도 방언)를 썼어. 지금.

(조사자 : 아아.)

## 효양산 물명당

자료코드 : 02_24_FOT_20110129_SDH_LMY_0003
조사장소 : 경기도 이천시 부발읍 무촌1리 221번지 부발양조장(제보자의 사무실)
조사일시 : 2011.1.29
조 사 자 : 신동흔, 노영근, 이홍우, 한유진, 구미진
제 보 자 : 이무영, 남, 74세
구연상황 : 효양산과 관련된 또 다른 이야기가 있다면서 앞의 이야기에 이어 구연하였다.
줄 거 리 : 옛날, 어떤 이가 한 남자에게 신세를 지고 묏자리를 잡아 주었는데, 그 자리는 효양산에 있는 물명당이었다. 그는 그 자리를 잡아 주고 남자의 세 아들들에게 돌이 있어도 그대로 묘를 쓰라고 당부하였다. 그러나 아들들은 돌이 있는 자리가 내키지 않아, 그 당부를 어기고 돌을 깨서 묘를 쓰기로 하였다. 결국 큰아들이 직접 나서서 돌을 내리쳤는데, 그 돌 아래에는 물이 있었고 그곳에 살던 금붕어의 눈 한 쪽이 찍히고 말았다. 결국 아들들은 그 옆자리에 뫼를 썼다. 그러나 이후, 그 집안의 자손들은 대대로 눈 한 쪽이 실명되었다고 한다.

에, 고기(거기) 또 하나, 물명당이라는 게 있어. 물명당.

(조사자 : 물명당이요?)

응, 고 산(이천시 부발읍에 있는 효양산을 말함.) 기슭에. 에에 물명당이라는 게 있는데, 고건 어떤 신세를 져서 그랬다는 얘기는 없고, 그것도 신세를 져서 산수 자리(산소 자리)를 잡아줬다 이거야. 근데 산수 자리(산소 자리)를 잡아줄 제,

"돌이 나오거든 돌 위에다가 모셔라."

응. 그런데 아들이 삼형젠데, 에에에 그게 인제 돌 위에다 모시란 얘긴 다 들었는데, 가서 쓸래다 보니까, 너무 흙하고 얕으더라 이거야.

(조사자 : 에에.)

그래 돌 위에다 썼으면, ○○를 해서라도 그냥 썼으면 되는데, 셋이 우겼데는 거야. 큰아들은

"여기다 어떻게 쓰느냐."

어? 에에에

"이걸 깨구선 더 깊이 묻어야 된다."

막말루 얘기해서,

(조사자 : 예.)

그런데 이제 아들 형제는

"아이, 그거 모이(묘)자리 잡아줄 제, 거기다 쓰랬음 거기다 써야지. 왜 그걸 깨느냐."

응 아, 이렇게 우기다가 큰아들한테 진거야. 그 두, 큰아들한테 저가지구선,

"곡괭이 가져오라구, 내가 그냥 깨겠다구."

말이야. 돌을 깨는데 그 밑에서 금붕어 눈이 찍혔다 이거야 이게이게. 돌이 깨지면서. 그래 찍혀서 고기(거기)다 안 쓰구 고(그) 옆에다가 썼는데, 이상하게두 그 집, 그 저기 저 그 아들네 손(孫)만 실명(失明)이 되는 거야.

(조사자 : 어허.)

날 제는 그냥 그, 괜찮다가두 실명이 된다 그래.

## 세종대왕의 능자리 잡은 사연

자료코드 : 02_24_FOT_20110129_SDH_LMY_0004
조사장소 : 경기도 이천시 부발읍 무촌1리 221번지 부발양조장(제보자의 사무실)
조사일시 : 2011.1.29
조 사 자 : 신동흔, 노영근, 이홍우, 한유진, 구미진
제 보 자 : 이무영, 남, 74세
구연상황 : 지관에 대한 이야기를 알고 계신지 묻자, 생각나신 이야기를 구연하였다.
줄 거 리 : 원래 여주 지방에는 광주 이씨와 진주 이씨들이 묘를 써 둔 자리가 있었다. 그 자리를 처음 잡아 주던 지관은 그 후손들에게 비각을 세워두지 말라고 당부하였는데, 후손들은 그 말을 어기고 조상의 묘에 비각을 세워두었다. 이 무렵 나라에서는 세종대왕릉을 옮기기 위해서 이름 난 지관들을 전국에 보내 명당자리를 잡게 하였다. 그 중 한 지관이 여주 지방을 지나가다 갑자기 비가 내리자 그것을 잠시 가던 길을 멈추고 비각 아래에서 비를 피하게 되었다. 그러다 그 주변을 자세히 살펴보게 되었는데 그곳이 자신이 찾던 명당자리임을 알게 되었다. 이 소식이 나라에 전해지자 원래 있던 광주와 진주이씨의 조상의 묘는 이장을 해야 했고, 그 자리에 현재의 세종대왕릉이 자리하게 되었다. 지관의 말을 듣지 않고 비각을 세워 두어 지관의 눈에 띄는 바람에 조상들의 명당자리를 빼앗긴 것이다.

인제 옛날에, 세종대왕이 지금 열루(여기로) 저, 에에 처음 장사를 여기다 모신 게 아니야.

(조사자 : 으음.)

이제 이장을 해야 될 형편인데, 이제 전에 그 왕들이, 산수 자리(산소자리) 좀 저기 철학관, 철학원들 저 용, 잘 본데는 사람 불러다가 에에 인제 전국을 풀은거여. 이 세종대왕 거어 산소를 이장, 능을 인제, 저기 저 옮겨야 되겠는데. 난 어떻게 돼서 옮겼, 옮기게 됐는지 그건 몰라. 그런데 에에

“모이자리(묏자리)를 어디 가서 좋은 자리를 잡아와라.”

그런데 에에 그 사람이, 이 세종대왕릉 근처에 있을 것 같은데 인제, 응 전부 돌아다니다가, 있을 것 같은데. 영 봐도 못 잡, 저기 저, 이 자리가 자기 눈에 안 띄더라 이거야. 근데 거기 모이(뫼)를 쓴 게 광주 이서방네 조상도 모이(뫼) 쓰구, 진주 이씨네 모이(뫼)두 거기다 쓰구. 거 산이니까 요 쪽엔 요렇게 쓰고, 저쪽엔 저렇게 쓰고 했는데, 거기 모이자리(묏자리)를 잡아준 사람이 이 모이(뫼)는, 광주 이서방네서는 즈이 조상이라 그래구, 진주 이씨네서는 즈이 조상이라 이거야. 거 뭐 옛날이니까 우린 뭐 들은 얘기지, 몰르잖아. 그런데 그 모이자리(묏자리)도 누구한테 신세를 져서 잡아준 자린데, 거기다가 에에에에 저,

“비각(碑閣)은 지어놓지 말아라.”

비각(碑閣).

(조사자 : 오오.)

비(碑)해놓고 집을 짓잖아.

(조사자 : 예.)

“절대 그건 하지 말아라.”

인제 그렇게 해놨는데,

“아 그래두 우리 조상인데,”

뭐 것도 베슬(벼슬)을 했는지, 이이이

“비각(碑閣)을 안 해놓을 수가 있느냐.”

하구선, 비각(碑閣)을 해놨단 말이야. 해놨는데, 그 인제 그 세종대왕 능자리 잡으러 다니는 사람이 거길 지나가니까 그냥 쏘내기(소나기)가 쏟아지더라 이거야. 쏘나기(소나기)가 쏟아지니까, 아 저 비 안 맞는 데로 가서, 에 저 으, 에 비를 거느릴(비를 피한다는 의미임.) 거 아니야. 거느리면서 이렇게 치보니까, 자리가 그 자리더라 이거야. 그렇게 좋드라 이거야. [청중들과 함께 웃으며] 그래가지구선 에

"자리 잡았습니다."

그런데 거긴, 그때는 남의 모이(뫼)가 있을 적이여. 근데 왕이 뭐 남의 모이(뫼)가 문제야. 응, 에 그니까, 에에에 그냥,

"어디냐, 다시 한 번 가서 보구, 봐라."

[제보자를 찾는 전화가 와서 통화를 하느라 잠시 이야기를 중단함]

(조사자 : 예. 그래서 다시 가서 거 보니까,)

어. 참 좋더라 이거야. 여기가. 여기가 제대로다. 그러니까 그냥 그 주위에 있는 모이(뫼) 다 그냥 이장 시키고, 거기다 모이(뫼)를 써서 지금 세종대왕릉, 그 자리에 가봤는진 몰르지만, 효종대왕하고, 세종대왕하고 요쪽 요쪽에[손짓을 하며] 있잖아. 그런데 그렇게, 이이 에에 그, 지관이 해래는 대루 해야 되는데, 해라는 대루 안 해서, 모이(뫼)자릴 뺏겼지. 그런 제각(祭閣)만 안 지어,저 비각(碑閣)만 안 지어 놨으면, 거기에두 비가 와두 그냥 도망가지 뭐 거기가서 비를 거느릴 이유가 없잖아.

(조사자 : 그렇죠.)

비 거느리면서 보니까 그렇게 좋더라 이거야. 그래 거 제각(祭閣), 비각(碑閣) 지어놓지 말래는 거를 지어놨다가 모이자리(묏자리)만 뺏긴 거야.

## 고려장

자료코드 : 02_24_FOT_20110129_SDH_LMY_0005
조사장소 : 경기도 이천시 부발읍 무촌1리 221번지 부발양조장(제보자의 사무실)
조사일시 : 2011.1.29
조 사 자 : 신동흔, 노영근, 이홍우, 한유진, 구미진
제 보 자 : 이무영, 남, 74세
구연상황 : 효자에 대한 이야기 중 알고 계신 것이 있는지 묻자, 생각나신 이야기를 구연하였다.
줄 거 리 : 옛날 어떤 사람이 부모가 죽게 되자 제대로 장사를 치르지 않고, 지게에 짊어

지고는 산 속에 묻어버렸다. 그리고는 그 자리에 지게를 버리고 내려오려 하는데, 함께 올라온 어린 아들이 그것을 도로 가져가자고 하였다. 남자가 의아해하며 묻자 어린 아들은 자신도 아버지가 죽으면 이렇게 지고 와서 산 속에 두려면 지게가 필요하다고 답하여 남자를 부끄럽게 하였다.

거 부모가 죽으니까, 뭐 지게에다 지구 가서 산에다 묻을라구, 에에에 묻구서는, 지게를 거기다 내빌고(내버리고) 올라 그러는데, 거 아들이 그러더래잖아.

"지게, 지게를 왜, 에에 응, 여기다 내빌고(내버리고) 가느냐고."

그니까,

"아 지금 한 번 써먹었으면 그만이지 뭐 할러 가져갈려느냐."

그러니까

"아, 이거 나도, 아버지, 아버지 죽으면 나도 아버지 지게로, 지게로 져다 묻어야 되지 않느냐. 그러니까 이거 가져가야 된다."

고 그러더려. 허허허.

## 설봉산의 명칭유래

자료코드 : 02_24_FOT_20110129_SDH_LMY_0006
조사장소 : 경기도 이천시 부발읍 무촌1리 221번지 부발양조장(제보자의 사무실)
조사일시 : 2011.1.29
조 사 자 : 신동흔, 노영근, 이홍우, 한유진, 구미진
제 보 자 : 이무영, 남, 74세
구연상황 : 주변 지형에 대해 이야기 하시던 중, 산의 명칭에 관한 유래가 있다며 구연하였다.
줄 거 리 : 현 경기도 이천시 중리동에 소재한 설봉산의 옛 명칭은 '부아악산(負兒岳山)'이었다. 이러한 이름은 삼국시대에 큰 전쟁이 일어나 피난을 가게 되었을 때, 이 산을 넘어가며 어린 아이(兒)를 짊어지고(負) 갔다고 하여 붙여졌다고 한다. 그 뒤로 '부아악산'이라는 이름이 생겨났고, 발음에 따라 '부학산'이라 불

리기도 했다고 한다.

부아악산(負兒岳山) 얘기여. 인제 설봉산은 부아악산(負兒岳山) 아니여.

(조사자 : 그게 무슨, 왜 그렇게 부르는 거죠?)

부아악산(負兒岳山)이 거 인제, 에에 [잠시 생각을 하며] 저기, 거긴 그 성두 있구 그래요. 거기는.

(조사자 : 예에.)

삼국시대 때,

(조사자 : 예.)

피란을 가구, 거기 뭐 전쟁터가 있구, 성도 지금 다시 개발해서, 성 저기도 해 놓구 그랬어. 거기가보면, 어어 부아악산(負兒岳山)이라 하는 거는, 전쟁이, 이제 이천서 싸우게 되니까,

(조사자 : 예.)

여기가 이 복가천이 아주 큰 전쟁터가 됐데는 거여. 그땐 물이 많았었는지 말이야. 여기서 아주 그, 저기 그, 삼국시대 때, 에 큰 전쟁터가 됐데는 거 아니야. 지금은 물이 얼마 많지 않지만. 그래서 인제 피란을 가는데, 어린애를 업구 가가지구선 부아악산(負兒岳山)이라 그러는 거야. 질 부(負)자. 부, 부아악(負兒岳)이여. 부아. 질 부(負)자, 어릴 아(兒)자, 부아악산(負兒岳山). 부아악산(負兒岳山). 그래서 지금 부학산, 부학산, 그러다 설봉산으로 이름을 바꿨지.

# 시신이 썩지 않는 묏자리

자료코드 : 02_24_MPN_20110128_SDH_KJG_0001
조사장소 : 경기도 이천시 부발읍 죽당2리 843-1 마을회관
조사일시 : 2011.1.28
조 사 자 : 신동흔, 노영근, 이홍우, 한유진, 구미진
제 보 자 : 강진구, 남, 78세
구연상황 : 황희정승이 도둑 묘를 쓴 범인을 잡은 앞 이야기에 이어 조사자가 묏자리 잡은 다른 이야기를 청하자 바로 구연하였다.
줄 거 리 : 조사자가 아는 한 지관이 어느 지역에 가서 산을 바라보며 저 묏자리는 천년이 가도 썩지 않는 자리라고 하였다. 과연 그 자리는 천년이 지나도 시신이 썩지 않는 자리로, 오백 년이 지났지만 썩지 않고 있는 그 자리였다.

시신이 썩지 않은 묫자리가(묏자리가) 있단다.

(조사자 : 그런 자리가 있대요?)

어, 시신이 안 썩는 데가 있대.

(조사자 : 그 왜 안 썩죠, 그게?)

몰러, 그것도 난 몰르는디 저기 저기 이천에 나 아는 사람이 지금 현재.

[청중 중 한 사람이 물이 나는 곳이 썩는다고 하자]

[조사자가 말한 청중을 바라보며] (조사자 : 물 나는 데요?)

천만에, 물 나는 디도(데도) 썩어요.

썩지.

그런 자리가 따로 있어요.

(조사자 : 어디 그런 자리가 있었대요?)

이천에 나 아는 사람이 있는디 그 사람이 젊은 사람이여.

젊 젊지, 지금은 나이 한 육십 됐으니까 젊지도 않지만.

그 사람이 저기 오백 년이 됐는디 안 썩었다는 디를(데를) 가봤어.

갔대.

거 거 그 지역꺼지 가서 이렇게 쳐다보구서,

"야 저짝에는(저쪽에는) 야 천년이 가도 안 썩것다, 안 썩는 자리가 있다 야."

그래 그랬대요, 벌써.

이 사람이 인제 산을 쳐다보고, 저짝에는 천년이 가도 안 썩는 자리다 그러더랴.

이제 가봉게 오백 년 돼도 안 썩었다는 자리가 거 거기더랴 뭘.

이 이 사람도 산 지, 산에 지관 풍수지리를 어지간히 아는 사람잉게.

## 죽었다가 다시 살아난 외할머니

자료코드 : 02_24_MPN_20110128_SDH_KJG_0002
조사장소 : 경기도 이천시 부발읍 죽당2리 843-1 마을회관
조사일시 : 2011.1.28
조 사 자 : 신동흔, 노영근, 이홍우, 한유진, 구미진
제 보 자 : 강진구, 남, 78세
구연상황 : 앞서 미내다리 밑에서 뱀이 된 김동지 이야기에 이어 바로 구연하였다.
줄 거 리 : 제보자의 외할머니가 마흔 살에 죽었다. 죽어서 염까지 다 했는데 염을 하며 묶어놓은 것이 터지면서 살아났다. 외할머니는 저승에 다녀온 것인데 저승에서 때가 되지 않았다며 다시 내보냈다. 저승에서 일러준 길을 걷다 물에 빠졌는데, 물에 빠져 놀라면서 염한 것이 풀어진 것이라고 하였다. 저승에서 일러준 길이 바로 고란사 옆길이었다. 제보자의 외할머니는 일흔 두 살까지 살았다.

사람이 죽어서 저승에 가믄 은진미륵 봤느냐.

그 강경 미낫다리(미내다리, 미내다리라고 해야 할 것을 제보자가 잘못 말한 것임.) 봤느냐.

가봤느냐, 고란사 고란사 옆이(옆에) 그 길을 걸어봤느냐 물어.
(조사자 : 클났네, 하나도 안 해봤네.)
그런 얘기를 묻는대.
근데 고란사 옆이 그 길은 사람이 다닐 수가 없어.
좁아, 아주.
바위 길로 해서 돌아가믄 강을 저짝에(저쪽에) 그 산을 돌아가믄 이런 들판이 나와.
나도 한번 걸어봤는데 걷기가 굉장히 힘든 곳이여.
근데 그 길이 사람이 죽어서 저승길이래.
(조사자 : 어, 거기 그 길이요?)
게 저승에서 너 때가 안 돼서 나가라믄은 거기를 걸어오다가 물로 빠진대.
물로 툼벙 빠질 때 깨난다드만.
거기에.
그래서 그 저승길이라는 소리를 왜 허는고 하니, 우리 외할머니가 세 살 적이 한 사십 때 죽었어.
죽어 갖고 인제 사람이 죽으믄 삼일 만에 장사 지내잖아.
장사를 지낼라구 염 다허구, 장사를 지낼라구 가래 같은 거 다 새로 질(길) 들여서 다 뭐 해서,
마당에다 세워놓고 해구 해서 이렇게 염을 헐러구 해서 다 해서 갖다 묻을라구 방에 들어가니께 살아났대.
(조사자 : [놀라며] 에?)
살아났어.
이게 사람이 다 염을 다 했는데 다 터진다네.
이게 그 풍덩 빠질 때 깜짝 놀래는 바람에 이게 다 터져 버린대.
염 했어두.

(조사자 : 묶어 놓은 것들이요?)

묶어 논 것이 다 터졌대.

그래 살아가지구 육이오(6.25) 나기 전에 삼월 아니 사월 초삼일날 죽어서 사월 초이튿날 지산가(제산가) 그래.

긍게 칠십 두 살에 죽었어.

(조사자 : 마흔에 그러시구요?)

마흔에 죽었다 칠십 두 살에.

그러는디 그게 빨리 시간이 없다고 빨리 보내라고 내쫓아가지구,

그래 소원을 들어준다고 말을 허라는데 세 살 적이라 고개를 못 들고 말을 못했대요.

(조사자 : 아이고, 아깝네.)

말을 못했는디, 못 허니까는,

"야 시간이 읍, 다 됐어.

빨리 빨리 보내."

허구서 문 바깥에서 나와서,

(조사자 : 매장하기 전에 해야 되니까.)

에, 매장하기 전에 땅에다 묻기 전에 나가야 살으니까.

그러니까는 그냥 오다가니 허는디 요렇게 가다 욜로('여기로'의 의미임.) 가라고 길만 일러주고 가버리더래.

게 인제 혼자 돌아오다가니 물에 빠졌대요.

그릉게 살아서 거기 돌아보니께 그 길이 그 길이더래.

그래서 그 물어본대요.

아이고, 나 그런 일이 있어.

# 구렁이를 죽여서 동티난 불도저 운전수

자료코드 : 02_24_MPN_20110212_SDH_KJG_0001
조사장소 : 경기도 이천시 부발읍 죽당2리 866-2번지 제보자 자택
조사일시 : 2011.2.12
조 사 자 : 신동흔, 노영근, 이홍우, 한유진, 구미진
제 보 자 : 강진구, 남, 78세
구연상황 : 앞의 신립 장군 이야기에 바로 이어서 구연했다.
줄 거 리 : 어떤 고개에서 길을 내는 공사를 했는데 하루는 불도저 운전수의 꿈에 뭔가 가 나타나 일하지 말고 하루만 쉬어 달라고 했다. 그런데 일을 강행하다가 불도저가 구렁이를 반 토막 냈다. 그래서 운전수도 죽고 다른 인부들도 많이 죽었다.

전설이구, 이쪽 고갠가 저짝 고갠가 길 낼랄 할 때 공사를 하는데 도자(불도저) 운전수의 꿈을 꾸는데,

"하루만 참아 달라." 그랬어.

"일하지 말고 하루만 쉬어 달라."

그라는데 하루를 쉬지 않고 일시키는 현장에 강행을 시킨 거여.

그라는데 도자를 이렇게 하는데 구랭이가 반 토막이 났어.

그래서 그 도자 운전사 죽구 사람이 몇 사람이 죽었다는 얘기가 있어, 이 길 날 때.

그래 자기가 좀 비켜 갈 테니까 하루만 일 안 하믄 갈 갈 수가 있는데 그걸 해지 않아서 해가지구서는 그 그 구랭이두 죽구 사람도 죽구 많이 죽었다는 얘기가 있어요.

그 얘기 들었어 내가.

긍게 유래가 참 무서운 거구 그런 것도 굉장히 무서운 거여.

## 기지로 도둑을 잡은 여자 (1)

**자료코드** : 02_24_MPN_20110212_SDH_KJG_0002
**조사장소** : 경기도 이천시 부발읍 죽당2리 866-2번지 제보자 자택
**조사일시** : 2011.2.12
**조 사 자** : 신동흔, 노영근, 이홍우, 한유진, 구미진
**제 보 자** : 강진구, 남, 78세
**구연상황** : 앞의 보이지 않는 도깨비 옷에 대한 이야기에 이어서 실화 한 편을 구연했다.
**줄 거 리** : 어느 시골의 여자 이장이 동네 사람들의 조합 돈과 자신의 소 판 돈을 가지고 집으로 온 것을 한 도둑이 알게 됐다. 밤이 되자 도둑이 이장의 집에 칼을 들고 들어 와서 돈을 요구했다. 그러자 여자는 동네 사람들에게 갚아 주려면 돈을 세어 놓아야 한다며 어둠을 이용해서 책상 위의 인주를 묻히면서 셌다. 이튿날 그 여자는 경찰서에 가서 자초지종을 이야기하고 장날이니 인주 묻은 돈을 쓰는 사람이 있을 것이라며 잡으라고 했다. 결국 도둑이 인주 묻은 돈을 쓰다가 경찰에 잡혀서 그 여자는 돈을 다시 찾게 되었다.

게 [잠시 생각하다가]어느 시, 어느 시골에 이장이 조합 돈을 동네 사람들의 것을 가지고 왔어.

근데 그걸 알았단 말이여.

돈을 가지구 온 걸.

그러구 그 사람이 또 소도 하나 팔구.

돈이 있는데 조합 돈 동네 사람 거 줄 거 가지구두 오구 자기 소 팔은 거 하구 꽤 많지 돈이.

어떤 넘이 밤에 칼을 들구 들어 온 거여.

"돈 내놔라!"

"나 돈 없다."

"너 임마, 소 판 돈두 있구 조합에서 돈 가지구 온 것두 있잖어? 내놔!"

다 아는 넘 아냐 긍게.

이제 요렇게 복면을 하구 응, 뭐 시커먼 거 쓰구 이렇게 온 넘이 들어와 칼 들구 들어와서.

그릉게 여자가 돈을 시는(세는) 거여.

"시기는 왜 시냐구 이리 내놓으라구!"

"동네 사람들한테 시어서 알어야 우리가 갚어 줄 거 아니냐? 그래서 시는 거다."

이게 껌껌한데 밤에 책상 우에 인주가 있어.

인주 손꾸락에다 찍어서 자꾸 시는 거여.

그래 빨갛게 묻을 거 아녀?

인주를 찍어서 이렇게 시니까, 돈이.

그래 그 이튿날 경찰서에 가서 얘기해서,

"틀림없이 오늘 장날잉께 그 돈을 쓰는 넘이 있을 거다. 조합 돈하구 우리 소 판 돈 하구 꽤 많은 돈이다. 잡어야 된다." 긍게.

인제 경찰들이 다 풀어 섰어, 응.

사복을 입구 그냥 평범하게 경찰들이 장판에 왔다 갔다 하는 거여.

어떤 넘이 보니께 인주 묻은 빨간 돈이 나오거든?

잡었지.

그래 잡아가 꼼짝 못하게 잡아서 그 넘은 갖다 가두구 돈은 찾았다는 거여.

그래 여자가 얼릉(얼른) 생각하는 머리가 남자보담 여자가 얼릉 생각하는 게 더 좋다 이거여.

[여성 조사자를 보고]여자가 더 왜 웃어? [웃음]

(조사자 : 그건 실화예요?)

실화지.

# 기지로 도둑을 잡은 여자 (2)

자료코드 : 02_24_MPN_20110219_SDH_KJG_0001
조사장소 : 경기도 이천시 부발읍 무촌리 167-3번지 향수다방
조사일시 : 2011.2.19
조 사 자 : 신동흔, 노영근, 이홍우, 한유진, 구미진
제 보 자 : 강진구, 남, 78세
구연상황 : 앞의 아들에게 진정한 친구를 가르쳐 준 아버지에 대한 이야기를 구연한 후 조사자가 지혜 높은 사람들에 대한 이야기를 해달라고 하자 구연을 시작했다. 지난 조사 때 구연했던 자료지만 구연 내용에서 약간의 차이를 보이는 만큼 이 각편(各篇)도 싣기로 한다.
줄 거 리 : 옛날에 한 마을에 여자 이장이 있었다. 이장은 장날이라 자신의 소도 팔고 동네 사람들의 조합 돈도 찾아서 집으로 왔다. 그런데 그날 밤 도둑놈이 찾아와 소 판 돈과 조합 돈을 내놓으라고 했다. 갑자기 이장은 돈을 세기 시작했다. 도둑이 돈을 세기는 왜 세냐고 윽박지르자 이장은 동네 사람들에게 물어주려면 얼만지 알아야 한다고 했다. 그러나 사실 이장은 돈을 세는 척하면서 돈에다 인주를 묻히고 있었다. 다음 날 아침 일찍 이장은 경찰서에 가서 신고를 하고 인주가 묻은 돈을 쓰는 사람을 잡으라고 했다. 그래서 결국 이장은 기지로 도둑도 잡고 돈도 되찾았다.

(조사자 : 그 지혜 높은 사람 얘기 있잖아요?)

지혜, 지혜로운 그 어른들을 왜 그 섬기냐 그럴 때 어른들은 지혜가 높기 때문이다 그러면서 뭐 하는 얘기 그 혹시 들어보셨어요?

먼저두(먼저도, 이전 조사 때를 말함.) 얘기하다시피 얼릉(얼른) 생각하는 지혜는 여자가 더 좋대.

얼릉 생각하는 건 여자가.

먼저 그런 얘기 했었잖어.

한 고을에, 마을이지 인자 이장이지 그 전에 웬만한 큰 동네는 한 백여 호 넘거든, 농촌이.

그러믄 조합에서 인지 봄에믄(봄이면) 농사꾼들이 돈을 좀 써야 햐.

그래믄 이장이 대표해서 도장만 가져가서 아무개 아무개 얼마얼마해서

돈을 조합에서 가져 와.

가져와서 이렇게 나눠주고 그랬어.

그릉께는 지금 같으믄 차들이 다 각각 있지만 옛날에는 면소재지까지 갈라므는(가려면) 한 십 리나 정도 되거든?

그것도 외, 외통 십 리가 넘구 십 리 정도 된다고.

그러는데 인제 그 마을에서 그날 장날이구 장날이라 그 이장이 소도 하나 팔구 동네 조합 돈을 조합에서 돈을 가져가 돈을 꽤 많이 가지고 갔어요.

나눠 줄라고.

그러믄 오늘 가지구 가서 저녁에 이게 내일 다 나눠 줄 건데 거기서 아는 넘이 쫓아왔어, 도둑넘이.

쫓아와서 막 돈 돈 좀 내놓으라고 칼을 대고 너푼하는 거여.

"그래 내가 돈이 어디 있느냐?"

"너 임마, 소 팔은 돈도 있구 응, 조합 돈두 있잖어?"

그러더래.

그릉게 알고 쫓아왔으니 뭐, 안 줄 수도 없는 거 아녀.

그래서 여자가 돈을 꺼내 가지구 한 뭉치를 이렇게 시(세)는 거여.

긍게 도둑넘이 급하잖아.

"시기는 뭘 시냐구 이 시키야!"

"이게 동네 돈인데 내가 얼만지 알아야 물어 줄 거 아니냐구?"

그래 가만히 있더래, 도둑넘이.

그래 한 다발 한 다발 시어서 준 거여.

돈 천 만원이나 얼마를 내 준 거야 인자 한 마디루, 이상.

그러구서는 인자 그 다음날 아침 일찍 가서 경찰서 가서 신고를 한 거여.

"이만저만 해서 이게 어저께 강도를 만나서 돈을 뺏겼는데 그 돈에 인주가 다 묻었다.”

인주, 이 이장 이장네 집이니께 인주가 있을 거 아녀?

인주 뚜껑을 열어 놓구 침 발르는 식에 뭘 묻혀서 시는 동안 숫자 시는 겨.

긍게 손을 꿈쩍여서 시구 시구 핸 거여.

긍게 돈 시기 위해 쉬우느라고 왜 뭘 찍어서 시잖아 [시늉을 하며]이렇게?

은행에서두 아가씨들 실 때.

찍어서 시구 시구 하니까 그 넘은 뭐 이상하게 생각할 겨.

그래 쪼금 쪼끔씩 빨간 게 다 묻었네, 인주가, 돈이?

그런데 경 경 형사들이 다 퍼져 퍼진 거여.

장에서 뭐 사는데 그 쓰는 돈이 없나 있나 하구서.

긍게 이넘이 그 돈을 써서 딱 걸렸어요.

그래 도둑넘이 잽혔지.

꼼짝없이 도둑넘을 잡고 돈도 찾고 그 여자 지혜로 해서 다 회복을 시켰대요.

그래 여자들의 지혜가 빨르대, 얼릉 생각하는 데는.

## 도깨비불 본 경험담

자료코드 : 02_24_MPN_20110129_SDH_YJS_0001
조사장소 : 경기도 이천시 부발읍 무촌2리 427-71 무촌2리 마을회관
조사일시 : 2011.1.29
조 사 자 : 신동흔, 노영근, 이홍우, 한유진, 구미진
제 보 자 : 유준순, 여, 78세
구연상황 : 앞의 이야기에 이어 도깨비와 관련 된 또 다른 이야기를 알고 계신지 물으니, 어린 시절의 체험담을 구연하였다.

줄 거 리 : 제보자가 어린 시절, 제보자의 오빠는 마을에서 외따로 살고 있었는데, 그 집 부근에는 늘 도깨비가 나온다는 소문이 돌았다. 한번은 제보자가 동생들과 함께 오빠의 집으로 놀러갔는데, 소문으로만 듣던 도깨비불이 나타나 쫓아오는 바람에 크게 놀랐다고 한다.

아니 옛날에, 우리네 저기 클 적에는, 인제 저기 여, 어디 이렇게, 요렇게 외딴집이 있는데, 거기 네가 우리네 오빠 네여. 오빠 넨데, 거기를 마실을 가면은, 이 저, 달걀도깨비 나온다 그래. 달걀도깨비가 나온다구. 우리네 클 적에. 그래 달걀도깨비 나오는데, 달걀도깨비가 뭐여. 아 그래가지구 인제, 우리 동생들하고 인제 거기를 갔어. 갔더니 아닌 게 아니라, 뭐 불덩어리 같은 게 쪼로로옥 가유. 그러다 쭉 비치고 그래.

(청중 : 응.)

쭈루룩 갔다 쭉 비치고 그래. 그래가지고 우리가 막 도망을 온다구. 도망을 와서, 뒤 돌아, 돌아서보면 없어. 그랬는데 그게 도깨비불이랴.

## 호랑이를 달래 아기를 지킨 여인

자료코드 : 02_24_MPN_20110129_SDH_YJS_0002
조사장소 : 경기도 이천시 부발읍 무촌2리 427-71 무촌2리 마을회관
조사일시 : 2011.1.29
조 사 자 : 신동흔, 노영근, 이홍우, 한유진, 구미진
제 보 자 : 유준순, 여, 78세
구연상황 : 앞에 구연한 생애담에 이어 직접 겪거나 보았던 또 다른 이야기가 없는지 묻자 호랑이와 관련된 이야기를 구연하였다.
줄 거 리 : 제보자가 어린 시절 직접 들은 이야기로, 이웃에 살았던 아기엄마의 경험담이다. 어느 여름밤에 아기엄마는 더위를 피해 마당에 멍석을 깔아놓고 아기를 재우고 있었다. 그때 갑자기 호랑이 한 마리가 내려와 아기를 물고 가려하였다. 아기엄마는 호랑이에게 아기대신 자신을 데려가라고 사정을 하였는데, 그 말을 알아들은 듯 호랑이는 엄마의 옆구리를 물어 이빨자국만을 남기고 아기

는 놓고 돌아갔다고 한다.

옛날에 마당에다가 멍석을 깔구 자잖어. 방에, 저 덥구 그래니까.

(조사자 : 네.)

그래설라매 저 애기를 옆에다 데리구 자는데, 현재 있던 일이야(실제 있었던 일이라는 의미임.). 이거는.

(조사자 : 음.)

그랬는데, 애기를 물구가더래. 호랭이(호랑이)가. 으흠, 그래가지구 그냥 물구가니까는 그 엄마가 호랭이(호랑이)보구,

"애기를 물구가지말구, 나를 물구 가라구."

그러면서 그래니까는 그 호랭이(호랑이)가 애기를 놔두고 갔데. 놔두고 갔데는 데, 거 아줌마가 호랭이(호랑이) 물린 자쿠(자국)래. 그런데 옆구리에,

(조사자 : 예.)

이렇게[자신의 옆구리를 가리키며] 물린 자쿠(자국)가 있어. 그 아줌마가, 거 살았었어. 그런데

(조사자 : 그렇게 해서, 저)

근데 돌아갔어(돌아가셨어). 그 아줌마가.

# 5. 설성면

## ▌조사마을

### 경기도 이천시 설성면 수산3리

조사일시 : 2011.2.13
조 사 자 : 신동흔, 노영근, 이홍우, 한유진, 구미진

이천시 4차 답사 마지막 답사지로 설성면 수산3리를 선택했다. 조사자들이 미리 전화를 하고 2시 20분경에 마을회관에 도착을 했는데, 할아버지 1명과 할머니 9명이 있었다. 할머니들은 화투 놀이를 하고 있었다. 수산3리에는 증계울과 벌당이라는 자연마을이 있는데 합해서 20여 호 정도 거주하고 있다. 매년 대죽1리와 2리, 수산2리와 3리 네 마을이 모여 산제사를 지낸다. 산제사는 1월 5일에 산이 올라가 1월 6일 새벽에 제사를 지낸 다음 1월 7일에 전체 마을 잔치가 열린다고 한다.

설성면은 이천시의 남단에 위치하여 여주군, 안성군과 인접하여 있다. 주민 대부분이 농업, 축산업에 종사하는 전형적인 농촌 지역이다. 주요 특산물로는 담배, 고추, 과수 등이며, 특히 1996년도부터 토마토, 딸기 작목반을 구성하여 무공해 농산물의 출하로 농가소득에 기여하고 있으며 대표적인 특산물로 자리 잡아 가고 있다. 설성면은 본래 음죽군(陰竹郡)의 지역으로서 음죽군의 원북면(遠北面)·근북면(近北面) 지역이었다. 1914년 이천군에 이속되면서 설성산과 노성산(老星山)에서 한자씩 취하여 설성면이라 부르게 되었다. 음죽 읍내 서쪽을 서면(西面)이라 하여 금성, 당전, 제갈, 요곡, 신흥, 장수, 장율, 능동, 행심, 분죽, 홍록, 주두, 조목, 세필의 14개 동리를 관할하였는데, 1914년 군면 폐합에 따라 근북면의 수암, 구산, 하팔, 상팔, 직산, 송동, 고봉, 흑석, 자은의 9개 동리와 원북면의 한천, 장각, 수곡, 앵산, 대산, 효죽의 6개 동리와 군내면의 신추동과 남면의 근서리 일부와 이천군 월면의 상군량 일부와 가면의 평촌·군량의 각 일

수산3리 마을회관 전경

수산3리 마을 전경

부와 여주군 소개면(召開面)의 흑석동(黑石洞) 일부와 가서면(加西面)의 자은동(自隱洞) 일부를 병합하여 설성면이라 하여 이천군에 편입되어 12개 리로 개편하여 관할하고 있다. 면소재지는 금당리이다.

## ▌제보자

### 곽동주, 여, 1934년생

주 소 지 : 경기도 이천시 설성면 수산3리
제보일시 : 2011.2.13
조 사 자 : 신동흔, 노영근, 이홍우, 한유진, 구미진

제보자 곽동주는 본관이 현풍으로 충북 괴산 태생이다. 23세 때 이 마을 왕씨 집으로 시집을 왔다. 슬하에 아들 셋과 딸 넷 7남매를 뒀었는데 안타깝게도 큰 아들을 교통사고로 잃었다고 한다. 현재는 동네에서 이장을 보고 있는 둘째 아들 내외와 살고 있다. 삼일 운동 애국자인 친정아버지에 대한 자부심이 대단했다. 아버지는 해방 후에 교사를 했다고 한다. 그래서인지 소학교를 중퇴했지만 어느 정도 학식이 풍부했다. 다른 여성 제보자들과는 달리 아버지의 영향으로 열녀나 명당 등에 대한 이야기에 관심이 많았고, 실제로 그런 이야기를 중심으로 구연을 했다. 나이에 어울리지 않게 목소리도 크고 발음도 정확했다.

제공 자료 목록
02_24_FOT_20110213_SDH_GDJ_0001 복으로 차지한 명당
02_24_FOT_20110213_SDH_GDJ_0002 도깨비 방망이
02_24_FOT_20110213_SDH_GDJ_0003 열녀 현풍 곽씨
02_24_FOT_20110213_SDH_GDJ_0004 구렁이 신랑
02_24_MPN_20110213_SDH_GDJ_0001 삼일운동 애국자 아버지

## 류상열, 남, 1934년생

주 소 지 : 경기도 이천시 설성면 수산3리
제보일시 : 2011.2.13
조 사 자 : 신동흔, 노영근, 이홍우, 한유진, 구미진

제보자 류상열은 이 마을에 2대째 토박이로 살고 있다. 제보자의 아버지가 처가사리를 하기 시작하면서부터 줄곧 이천에서 거주했다고 한다. 슬하에는 2남 2녀를 두었으며 농사를 생업으로 하고 있다. 현재의 이천초등하교와 이천 중학교를 졸업하고 서울고등학교에 입하였다가 중간에 학교를 그만두었다. 제보자는 조사자들에게 주로 수산3리 마을에 대한 정보를 제공해 주었다. 마을 곳곳의 지명과 관련된 유래는 물론 마을에서 정기적으로 지내는 산제사에 대해서도 상세히 설명해 주었다. 그러나 주로 할머니들이 이야기판을 주도하고 있어서인지 이야기 구연에는 적극적으로 참여하지 않았다. 발음도 정확하게 목소리도 컸으며 기억력도 뛰어난 편이었다. 풍수담이나 효행담에 많은 관심을 보이고 있었으며 실제로도 설화 <구해 준 호랑이가 잡은 묏자리>와 생애담 <자기 살을 베어 어머니를 봉양한 효자>를 구연했다.

제공 자료 목록
02_24_FOT_20110213_SDH_RSY_0001 구해 준 호랑이가 잡은 묏자리
02_24_MPN_20110213_SDH_RSY_0001 자기 살을 베어 어머니를 봉양한 효자

# 복으로 차지한 명당

자료코드 : 02_24_FOT_20110213_SDH_GDJ_0001
조사장소 : 경기도 이천시 설성면 수산3리 481-1번지 수산3리 마을회관
조사일시 : 2011.2.13
조 사 자 : 신동흔, 노영근, 이홍우, 한유진, 구미진
제 보 자 : 곽동주, 여, 78세
구연상황 : 류상열 제보자의 구연 후 제보자는 아무 얘기나 옛날 얘기면 되냐며 녹음기 쪽으로 다가왔다. 아버지한테 들은 옛날이야기라며 구연을 시작했다.
줄 거 리 : 옛날에 머슴살이를 하는 홀아비와 아들이 있었다. 머슴들과 함께 밤에 새끼를 꼬았는데 머슴들이 돌아간 후 갑자기 아버지가 죽고 말았다. 아들은 아버지를 짊어지고 길을 나섰다. 겨울이라 모두 성에가 끼었는데 한 곳만 성에가 녹아 있는 자리가 있었다. 아들은 마을에서 삽을 빌려 아버지를 그곳에 묻었다. 그러자 산줄기를 타고 할아버지 셋이 내려오더니 명당자리를 뺏겼다고 했다. 그러면서 아들에게 금시발복 부자가 된다고 했다. 아들은 삽을 돌려주려고 빌렸던 집에 다시 가보니 부잣집에 여자만 혼자 살고 있었다. 그 여자는 자기와 함께 같이 살자고 했다. 아들은 그 여자와 행복하게 잘 살았다.

처음에 우리 아버지가 얘기를 하시는데 부자(父子)가 살았댜 홀애비가.

부자 분이 사는데 머슴살이를 했댜, 한 집이 가서 둘이 부자가.

근데 일꾼들이 모이믄 옛날에 새끼를 꽜다느만요?

새끼를 꼬는데 밤새도록 새끼를 그 인저 일꾼들끼리 모여서 꽜는데 그 아버지가 같이 꽜대, 아들도 꼬구 아버지도 꼬구, 그러니까 죽었더랴 아버지가 밤에.

일꾼들은 다 헤어졌는데 큰일 났더래 꼼짝없이 지가 죅인거더랴.

그래서 인자 그 아들이 그 아버지를 싹 걸머지고 한-없이 나갔댜.

길을 나서서, 이 겨울인지 성에가 허연 길을.

그래 이래 나가 가다니께 녹은 자리가 있더라나, 성에가 하얗게.

근데 인자 거기다 내려놓구서는 큰 걱정이더랴, 지가 혼자 묻어야지 어떻게 처리가 되지.

그러니께, 그거를 삽을 얻어가지구 동네 들어가 마을에 가 삽을 얻어가지구 파구 묻다니께(묻으니까), 산줄기를 타구 내려오는 할아버지 셋이 있더랴.

허연 할아버지들이 세 분이 내려오더니 그러더래.

무릎을 탁 치믄서,

"아, 좋은 자리 뺏겼구나! 명당 좋은 자리를 뺏겼다." 이래더래, 그 세 할아버지들이.

그래도 그이들이 뭐 아는 도산지.

그래가지구서는 있는데,

"그 노인네를 거기다 모이(묘)를 쓰믄 너는 썼으니께 금시발복 부자가 된다 이거여."

머슴살이만 해구 살다가.

(청중 : 아이구, 녹은 자리가 있어서.)

응, 그러는데 그게 좋은 자리다 이거여.

산줄길 타구 나려오는데 제일 좋은 자리를 뺏겼다 이거여.

(청중 : 아이구, 세상에!)

그래가지구 거기다 아버지를 묻구 인자 그 삽을 빌린 걸 갖다 주러 가니께 여자 혼자 살구 있더래 좋은 집이서.

그래 혼 집에, 그 좋은 집에서 혼자 사는데 그래더래 그 여자가,

"아, 나는 혼자 사니께 그냥 여기서 눌러 살믄 어떠냐구?" 묻더랴.

(청중 : 무서우니까 그래.)

무섭구.

근데 대가족이 살다 혼자 남은 거더랴 그 집이가, 여자가.

그래가지구 거기서 그 이가 눌러 살구 그 자리가 좋은지 금시발복 부자 행세를 하구 살더래 그게 옛날에.

그래가지구 그 사람이 아주 행복을 누리구 그 자리에서 잘 살았다구 그랴.

(청중 : 그것두 옛날 얘기네?)

옛날 얘기여 그거를.

그렇게 얘기를 해주더라구.

## 도깨비 방망이

자료코드 : 02_24_FOT_20110213_SDH_GDJ_0002
조사장소 : 경기도 이천시 설성면 수산3리 481-1번지 수산3리 마을회관
조사일시 : 2011.2.13
조 사 자 : 신동흔, 노영근, 이홍우, 한유진, 구미진
제 보 자 : 곽동주, 여, 78세
구연상황 : 앞의 이야기에 이어 조사자가 귀신 이야기나 도깨비 이야기를 해달라고 하자, 못하는데 큰일 났다고 말하더니 바로 구연을 시작했다. 이야기의 시간 순서가 약간 맞지 않는 부분이 있었다.
줄 거 리 : 옛날에 나무꾼이 나무를 하러 갔다가 개암을 여러 개 발견했는데 그때마다 부모님을 준다면서 주머니에 넣었다. 날이 저물어서 산속의 다락에서 자게 되었다. 그런데 그때 도깨비들이 들어왔다. 나무꾼은 개암을 하나 꺼내서 깨물었다. 그러자 도깨비들은 기둥이 무너진다며 도깨비 방망이를 두고 도망을 갔다. 나무꾼은 그 방망이를 들고 와서 부작 되었다. 나무꾼의 동생도 나무를 하러 가서 개암을 발견했는데 자기 마누라와 자식을 준다면서 주머니에 넣었다. 도깨비를 만나서 형처럼 똑같이 했는데 이번에는 도깨비들이 지난번에 왔던 그 놈이라며 잡아서 불구자를 만들어 버렸다. 그래서 사람은 마음을 잘 써야 한다.

(조사자 : 도깨비가 뭐 어떻게 한대더라 뭐 그런 거 있잖아요?)

옛날에 그 소리는 있대.

나무꾼이 나무를 하러 갔대 산에.

나무꾼이 나무를 해니께 갈퀴루다가 나무를 벅벅 긁으니께 깨금(개암)이 툭 튀어나오더래, 개금?

(조사자 : 응, 깨금 예.)

그거를 딱 하나 집으믄서,

"에이크, 이건 우리 마누라 줘야 겠다하구." 집어넣었다.

(조사자 : 착하네.)

그러구 인자 또 벅벅 긁어 또 튀어나오니까 또 그 인저 지 새끼 준다 그래구.

한 사람은 또 인저 형은 에이 낭구를 긁으니까 튀어나오니까,

"에이구 우리 엄니 드리야 한다구." 주머니에다 넣구.

그러구 인제 있는데 또 한, 또 긁으니까 또 나오니께 인자 저 부모 준다구 형은 이렇게 했는데 동상넘은 마누라 예편네만(여편네만) 준다구 그러구.

그러는데 이 남자는 엄마 아버질 준다구 그랬는데, 인제 날이 저물어서 못 오구선 다락 속에 들어가 잤대 산속에서.

그래더니께 참 도깨비가 퉁탕거리구 죄 오더랴 밤에 퉁탕퉁탕 오는데.

깨금을 하나 냅다 깨물었대 그가.

그러니까, "아이쿠, 우리 기동(기둥) 쓰러진다구!" 이넘들이 그러더니 내빼더래나.

그러믄서 크락당 내빼더래.

도깨비 방맹이를 두고 갔더랴.

(청중 : 에? 아이구!)

그러니께 그걸 가지구 뚝딱뚝딱 뚜드리믄,

"쌀 나와라 뚝딱!" 하믄 쌀두 나오구,

"돈 나와롸 뚝딱!" 하믄 돈도 나오구 그러더랴.

(청중 : 아이구, 좋았네.)

그래 그러니까 베락(벼락) 부자가 되더랴.

근데 그 지 마누라 준다는 넘은 잘못되구.

"뚝딱뚝딱!" 해니께, 안 해구 잘못되고,

(청중 : 어머니 아버지 드리는 건 효도로, 효자.)

그 부자가 되구.

(청중 : 효자라.)

응, 지 계집집만 준대는 넘은 잘못되더랴, 잘못되라구.

(조사자 : 도깨비 방망이 갖고 있어도?)

안되더래.

도깨비 방맹이를 저두 가졌지만 안 되더래.

그래는데 나중에 오더니 그 사람들이 오더니,

"아, 요놈! 먼저 왔던 놈 또 왔구나." 인자 도깨비 뱅맹이를 뺏기구 가서 나중에 오니께,

그 인자 독, 동상이 그 깨금 저그 마누라만 준대는 넘은,

"이넘은 병신을 맨들어 놔야 한다구."

막 저걸 해놓더랴.

그래 부모를 그렇게 효도를 해니께 다 그 사람이 자식두 잘 되구 지 앞길도 펼쳐지더래요 그 사람이.

그래가지구 그 사람은 복을 누리구 살구 동생은 그냥 불구자가 되구.

옛날 도깨비는 그랬댜.

도깨비 방맹이가 어디 있어 지끔은?

그래서 사람은 마음을 잘 써야 해.

(청중 : 뭐 말을 들으믄 빗자루에 뭐 피가 묻으믄 그게 꺼꾸로 서가지구 도깨비 행세를 했대매?)

그랬댜.

(청중 : [멀리서 관심을 보이며]지금도 도깨비 있는데.)

(청중 : [다른 청중을 보며]있대?)

그렇다는데 그게.

(청중 : 어떻게 알어? 있나봐? 달나라 가는 세상에. [웃음])

옛날엔 도깨비두 많았댜.

# 열녀 현풍 곽씨

자료코드 : 02_24_FOT_20110213_SDH_GDJ_0003
조사장소 : 경기도 이천시 설성면 수산3리 481-1번지 수산3리 마을회관
조사일시 : 2011.2.13
조 사 자 : 신동흔, 노영근, 이홍우, 한유진, 구미진
제 보 자 : 곽동주, 여, 78세
구연상황 : 류상열 제보자의 효자 이야기가 끝나자마자 이야기를 듣고 있던 제보자가 바로 이어서 구연을 시작했다.
줄 거 리 : 현풍 곽씨 집안에 딸이 셋 있었는데 언니들은 시집을 안 가려고 하는데 막내가 자청해서 시집을 간다고 했다. 시집을 가보니 남편은 나병 환자였다. 시댁에서는 남편을 외따로 가둬놓고 있어서 부인은 남편을 구경할 수가 없었다. 부인은 자기 살을 베어 구워서 남편을 먹였다. 그런 후에 남편이 있는 방에서 쌀벌레는 한 삼태기 실어 나갔다. 그러자 남편은 허물을 벗고 미남의 모습이 되었다. 그래서 현풍 곽씨 열녀문이 세워졌다.

우리 친정이 현풍 곽씬데 곽씨네가 [마이크를 제보자 쪽으로 옮김]현풍 곽씨네 집에서 저 뭐야 우리 친정 현풍 곽씨가 그렇게 시집을 보냈대 딸을.

딸을 삼형제를 뒀는데 시집을 보낸대니께(보낸다니까) 다 안 간대는데(간다는데) 딸 하나가 간다더래 막내가.

그래서 거기를 보냈는데 참 나병 환자더래 그 남자가.

몰르구 간 거지.

남편, 옛날엔 선두 안 보구 그래니께.

(청중 : 그래 옛날엔 그래.)

시집을 보냈는데, 아 그 딸이 남편을 보구 나니께 그렇게 나병 환자를 아주 방에 외따르게(외따로) 가둬놓구 남편 구경을 못하구 살았대 평생을.

그런데 인제 약을 해멕여아(해먹여야) 한대니께 참, 저 양반 말따나 자기 살을 비어서(베어서) 구워 멕였대 그 남편을.

근데 그걸 구워 멕이구 났는데 귀뒹이('구더기'의 의미인 듯함.)겉은(같은) 쌀벌레를 삼태미루(삼태기로) 하나 실어 나가더래.

그게 문덩이(문둥이) 그 파먹는 병인가보더라구.

(청중 : 어머나!)

그래가지구서는 그거 허물을 홀딱 벗구 세상에 그렇게 잘난 미남이 없더랴.

그 남자가 그걸 벗어니께.

그래가지구선 그 여자가 열녀문을 해 세워서 열녀가 났대.

현풍 곽씨에 열녀가 났대 그래서.

(조사자 : 열녀네!)

남편의 열녀를 열녀문을 세웠대 그래가지구.

그래 그런 얘기를 장 우리 아버지가 해주믄서 여자는 잘 해야, 누구 가문을 가두 잘 해야 한다는 이런 얘기를 만날 하시더라구.

열녀문을,

(조사자 : 할머니가 현풍 곽씨세요?)

예, 현풍 곽씨예요.

그래 거기 우리 그 전에 옛날에 그렇게 열녀문을 났다구, 그저 여자는 한 가문을 가믄 문지방을 넘지 말구 꾹 지키구 열열히 살아야 한다는 이런 얘기를.

## 구렁이 신랑

자료코드 : 02_24_FOT_20110213_SDH_GDJ_0004
조사장소 : 경기도 이천시 설성면 수산3리 481-1번지 수산3리 마을회관
조사일시 : 2011.2.13
조 사 자 : 신동흔, 노영근, 이홍우, 한유진, 구미진
제 보 자 : 곽동주, 여, 78세
구연상황 : 앞의 애국자 아버지에 대한 생애담을 구연한 후 거짓말을 또 한다며 구연을 시작했다.
줄 거 리 : 옛날에 딸이 셋인 집이 있었다. 시집을 보내려고 하는데 구렁이를 아들로 둔 집에서 중매가 들어왔다. 언니 둘은 시집을 안 가려고 하고, 막내딸이 시집을 간다고 했다. 그런데 어떤 사람이 그 집으로 시집을 가면 구렁이의 허물을 절대로 태우지 말라고 충고했다. 그렇게 막내딸이 시집을 갔는데 신랑이 허물을 벗자 미남자가 되었다. 막내딸은 남편의 허물을 저고리 동정에다 넣어서 잘 간직했다. 그런데 샘이 난 언니들이 찾아와 동정을 뜯어 허물을 꺼내 태워버렸다. 신랑은 도로 구렁이가 되었다. 막내딸은 구렁이가 된 신랑이 무서워서 같이 살지 못했다.

[조사자들을 보며]거짓말 또 해야지?

(청중 : 그랴, 해볼텨? 거짓말 섞어서 해랬는데.)

옛날에 딸을 삼형제를 낳아서 길르는데 참 딸들이 잘 됬더래 그렇게.

시집을 보내라구 중매를 해구 그래는데 한 집엔 아들을 낳은 게 구링이(구렁이)를 낳은 거랴.

(청중 : 어머!)

구링이.

(청중 : 시상(세상)에 무서워!)

구링이를 낳아 놨는데 그 집으루다 혼처가 들어와서 인자 결혼을 해게 됐는데,

다 안 간다는데 막내딸이 간대서 그 막내딸을 보냈대, 보내기루 약속을 했대 그랬는데.

그 어느 한 사람이 그래더래.

"이 사람은 그 집으루 시집을 보내되 통- 조심을 해야 한다." 그라믄서,

"그 껍데기 허물 벗은 걸 절대 태우지 말라." 그러더랴, 뱀 허물 벗은 거를.

그래 시집을 갔는데 그 사람이 인자 이렇게 혼례를 했는데 [시늉을 하며]이렇게 담 넘다 구링이가 해서 잔치를 했대.

그래가지구 가서 사는데 구링이니 그거 뭐 무서웠었겠지 근데.

그 남자가 허물을 홀딱 벗더래.

(청중 : 미남이 됐겠네?)

미남이 되더래 허물을 벗으니께 그렇게 딴 인물이 났대.

그러니께 이 언니 년들이 안 갈랄래다가(시집을 안 가려다가) 인자 그 여자는 그렇게 남자가 잘 생기고 그런데 샘이 나는 거라.

언니가 셋이, 둘이?

근데 그 남자가 허물을 벗은 거를 이 여자가 통- 안 보이느냐구 이 동장(동정), 저고리 동장에다 넣어서 다려 입고 다녔대, 그 시집 간 여자가.

(청중 : 거 묻어야지 땅에다.)

묻기커녕 지가 잘 간직해느냐구(간직하느라고) 갖구있냐구 그래는데.

그 언니들이 어떻게 뒤진 지 그걸 잡아 제치구 뜯어가지구 태웠대요.

(청중 : [인상을 쓰며]아휴, 지겨워!)

그 언니들이.

그래가지구선 그 사람이 되로(도로) 뱀에 허물어지더래는데?

(청중 : 쯧쯧쯧쯧.)

그걸 태워갖구.

(조사자 : 으응, 태워버리니까?)

그걸 불을 놓으니께.

절대 그걸 태우믄 안된다구 그랬대는데 그걸갖다가 잡아 제치구 두 년들이 뜯어갖구 구링이가, 그래가지구 구링이가 다시 됐대.

(조사자 : 그래가지, 그래가지고 어떻게 됐대요?)

그러니께 인제 뭐 구링이 됐으니께 못 사는 거지 뭐 무서우니께 살겠어?

구링이가.

(청중 : 그걸 그래 갖다 파묻어야지 그걸.

그 언니들이 못 됐지.

(청중 : 언니들이 못, 미남이니까 그랬구만!)

샘이나니께 그 짓을 하구.

(청중 : 파묻는 게 아니라 원이 그거 간직을 잘 했어야 되는 겨.)

저고리 동장에다 넣고 다려 입고 댕겼대는 거지.

그걸 잡아 제치고 뜯어가지구 그 짓들을.

(청중 : 이 안에다 속에다 넣지! 등어리(등), 등어리에다 쳐 넣고선 꼬맸으믄(꿰맸으면) 안 보였잖어? 동정에다 넣었으니.))

그게 안 보이게 했겠지?

(청중 : 아니, 동정에다 해는 거보다 등소를 뜯구서 넣으믄.)

(청중 : 에라, 땅바닥에 어디다 팍 넣어버려!)

(청중 : 그러게 깊이다 땅에다 묻었으믄 괜찮을 거를.)

누가 또 그렇게 잡아 제키구 그걸 뜯어서 태우려네.

(청중 : 그 썩, 맞어.)

형제끼리두?

그래 형제두 잘 되길 안 되길 바라는 겨 그렇게.

(청중 : 그릉께 사촌이 땅을 사믄 배를 앓는다는 말이 딱 옳지!)

그래서 도로 구랭이가 됐대 그 사람.

# 구해 준 호랑이가 잡은 묏자리

자료코드 : 02_24_FOT_20110213_SDH_RSY_0001
조사장소 : 경기도 이천시 설성면 수산3리 481-1번지 수산3리 마을회관
조사일시 : 2011.2.13
조 사 자 : 신동흔, 노영근, 이홍우, 한유진, 구미진
제 보 자 : 류상열, 남, 78세
구연상황 : 제보자는 마을의 여러 지명과 관련된 유래를 조사자들에게 설명했다. 그러다가 조자사가 호랑이 야이기 들어 본 적이 있냐고 물어보자 다 잊어버려서 기억을 못한다면서 구연을 시작했다.
줄 거 리 : 집안 할아버지가 황해도 어딘가 살았다. 시조가 호랑이를 만났는데 입을 계속 벌리고 떠나질 않았다. 호랑이가 잡아먹으려고 그러는 줄 알았는데 입안을 자세히 보니 비녀가 걸려 있었다. 할아버지가 그 비녀를 꺼내주자 호랑이는 황해도 구월산에 묏자리를 잡아주었다.

(조사자 : 어르신 혹시 그, 호랑이 얘기 같은 거 들어보셨어요? 호랑이가 사람도 도와주고 그랬다는데?)

(청중 : 몇 백 년 전 얘기지 그거야.)

[잠시 생각하다가]우리 집안, 집안에 그 호랑이가 산소 자리를 잡어줘 가지구 저기 했다는 그런 저기가 있었, 들었는데 정신이 없어서 죄다 못해 하질 못해.

우리 원 시조가 이북 황해도 뭐 어디 어디서 저기 하는데 호랭이가 산지라지(산자리, 묏자리)를 잡어 줬대요.

이 호랑이가 그러니까 우떻게(어떻게) 저기 해서 사람을 잡아서 먹구 이 비나(비녀)가 이 입에 걸렸대.

그래서 [입을 벌리는 시늉을 하며]이렇게 하고 있는 걸,

"왜 그러느냐, 날 잡아 먹을라구 그래느냐, 우짝하라구(어떡하라고) 그래느냐?" 그런 저기를 해서 저기 하니까 그러질 않구 자꾸 아가리를 놀리구 뎀벼서,

그 호랑이의 안에 있는 비녀를 꺼내줘서 그 호랑이가 산자리를 잡어줬

대요.

그런 그런 저기 그런 저기가 있, 우리 저기가 있는데 그걸 정신이 없어서 죄다 잊구서는 우리 후손한테라두 얘기를 해야 되는데 자꾸 잊어버려서 얘기를 못해.

[한참 할머니들이 이야기에 대해 평을 한 후]황 황해도, 황해도 구월산에 그런 저기가 우리 할아버지 몇 대 저긴가 좌우간 저기 호랑이가 그렇게 해서 잡아준 산자리가 있다는데,

가보지두 못했구 얘긴 들었는데 제대로 잊어버렸어.

# 삼일운동 애국자 아버지

자료코드 : 02_24_MPN_20110213_SDH_GDJ_0001
조사장소 : 경기도 이천시 설성면 수산3리 481-1번지 수산3리 마을회관
조사일시 : 2011.2.13
조 사 자 : 신동흔, 노영근, 이홍우, 한유진, 구미진
제 보 자 : 곽동주, 여, 78세
구연상황 : 열녀 현풍 곽씨 이야기에 이어 바로 구연했다.
줄 거 리 : 아버지는 삼일운동 애국자셨다. 옛날에는 4년 졸업인데 아버지는 1학년부터 4학년까지 전교 일등을 늘 하셨다. 교장 선생님이 일본 사람이었는데 아들이 없어 항상 아버지를 자기 아들로 삼는다고 했다. 그때 삼일운동이 일어났는데 아버지는 학생 대표자로 앞에 나섰다가 순사 아홉 명에게 붙들려 가셨는데 다행이 양복 안에 책을 넣어 두어서 순사들이 앞뒤에서 발로 찼는데도 화를 면할 수 있었다. 아버지는 똑똑한 사람은 죽이면 안 되다는 교장 선생님의 부탁 때문에 무사히 빠져나올 수 있었다. 그 뒤로 아버지는 숨어 지내서 목숨을 구할 수 있었다. 충청북도에서는 삼일절이 되면 항상 아버지가 먼저 만세 삼창을 선창했다고 한다. 그리고 아버지는 생전에 삼일절에는 비가 아무리 퍼부어도 우산을 절대 쓰지 않았다. 아버지가 돌아 가셨을 때 수많은 사람들이 조문을 와서 장관을 이루었다.

근데 전에 우리 아버지가 삼일운동 애국자 하셨었댜.

삼일 애국자.

근데 옛날에 삼일절에두 어떻게 하셨느냐믄 우리 아버지가 학교를 다니는데 옛날에 4년 졸업이랴.

4년 졸업인데 1학년서부터 4년간을 아주 전교 일등 차지를 하셨대요 그랬는데, 학교 교장이 일본 사람이었었댜.

그랬는데 그 사람이 아들이 없는데 자기 아들을 삼는다구 항시 그랬대요, 그 교장 선생님이.

그래는데 삼일 운동이 일어나니까 앞잽이(앞잡이)로 학생 대표자로 앞잽이 서더래잖어.

그래서 붙들려 가자지구 갇히구, 그래 장(항상) 얘기를 하시더라구 유관순이는 서대문 형무소에 가 죽구,

우리 아버지는 공주 형무소에 가서 살아나왔다구 얘기를 했어요.

그러는데 붙들려 가셨는데 옛날에는 책이 지끔은 1학기 2학긴데 다 6학년까정 한 권에 매어서 이렇게 두꺼웠대.

그걸 양복 조끼를 입구 안에 파서루(파서) 넣구서는 졸업을 하구 나오는데 경찰이 아홉이 붙들더래, 순경들이 일본 경찰들이.

그래 붙들려 갔는데 뭐 발루 구두발루 앞뒤로 찼는데 책이 있으니께 안 죽은 거랴 그렇게 차두?

그래는데 갖다 놓더니 아홉이 엎어 놓더니 칼루 모가지를 짤르는 거래.

하나 둘을 안하구,

"이찌, 니, 쌤!" 하믄서, 탁 치구 탁 치구 해 모가지를 붙들어 보믄 모가지가 있구 있더래.

그런데 나중에 아홉 넘이 가랑이를 이렇게 펼치더니 빠져나가래더랴.

그 아무꺼지 선생이

"너겉이(너같이) 똑독한 넘은 직이믄 안된다구."

가랭이로 빠져나가래더랴.

(청중 : 그리 기어나갔구만.)

그리 기어나가가지구 숨어가지구 살아난 거랴.

(청중 : 아버지가?)

우리 아버지가.

그래서 충북서 삼일절이믄 꼭- 삼창, 만세 삼창을 우리 아버지가 불러야 불르더라구, 그 꼭 거 저기해서 그랬는데.

생-전 억수겉은 비가 퍼부어두 우산 안 받으셔 삼일절날은.

절대로 안 받으시더라구.

(청중 : 유관순 저기.)

그래 안 받으시구 그래 돌아가셨는데는(돌아가셨을 때는) 나 시집와서 얼마 살다 돌아가셨지 여기 와서 살다 갔는데,

장사(葬事)집이 아녀 무슨 뭐 행사장 같어 굉장해 굉장해.

(청중 : 그를 테지.)

그래구 다들 와서, 호랑 할아버지 돌아갔다구도 하구 그라구 학교 학생들까지 죄 오구 굉장했었어 우리 아버지 죽었을 자(적).

근대 인제 죽으니께 그래두 죽어두,

(청중 : 이름 남는 게…….)

이름은 남더라구.

그리구 학교에서 참 이렇게 얘기를 해달라구 해서 만날 쓰로 와 삼일절만 되므는.

그래 당신 겪은 역사 다 써주, 얘기해주시구 그래더라구.

그래서 우리 아버지가 참 똑똑하긴 똑똑하셨는데 난 이렇게 무주리(무식한 사람)로 되서 이 동네와 살다가 죽는 거야. [웃음]

(청중 : 아이구, 농사만 떵떵거리구 잘 살어.)

농사는 하등 상관이야.

(조사자 : 아버님 닮으셔서 기억력도 비상하시고 똑똑하시잖아요, 할머니.)

우리 아버진 참 똑똑하셨어, 죽었지만.

근데 자식들은 그만 못해.

삼일절에 고생두 많이 해구 비가, 그래 우리 언니들이 그 삼일절에 비가 퍼부은 안되서서(안되셔서) 우산을 가져가 받쳐주믄 절대 안 받으셔 우산, 안 쓰시더라구.

(조사자 : 그러면 아버님께서는 저 해방 후에 어떤 공무원 하셨어요? 아

까 공무원 하셨다고?)

그 전에 학교 선생으루 발령을 놓더래.

그래서 제국 정치 때 공무원 생활해다 돌아가셨지.

## 자기 살을 베어 어머니를 봉양한 효자

자료코드 : 02_24_MPN_20110213_SDH_RSY_0001

조사장소 : 경기도 이천시 설성면 수산3리 481-1번지 수산3리 마을회관

조사일시 : 2011.2.13

조 사 자 : 신동흔, 노영근, 이홍우, 한유진, 구미진

제 보 자 : 류상열, 남, 78세

구연상황 : 곽동주 제보자의 도깨비 방망이 이야기에 이어 청중들이 효자에 대한 대화를 주고받자 제보자가 바로 구연을 시작했다.

줄 거 리 : 이곳에 효심이 아주 지극한 사람이 하나 있었다. 그 사람의 아버지는 부인과 아들 몇을 두고 만주로 갔다. 아버지는 거기에서 부인을 얻어 형제를 낳았다. 해방 후에 한국의 큰 아들이 아버지와 어머니를 모시고 오는데 어머니는 문둥병에 걸려 있었다. 문둥병에 걸린 사람은 사람 고기를 먹으면 낫는다는 이야기가 있었다. 그래서 큰 아들은 겨울에 얼음판에 나와서 자기 살을 칼로 베어서 어머니께 음식을 해 드렸다. 그러자 어머니는 완전히 낫지는 않았지만 효과가 있었다고 한다. 큰아들은 나라에서 주는 효자상을 받았다. 큰아들은 십 년 전에 죽었는데 그 후에 객지에 나가 있는 사람들이 이 사람을 기리기 위해 효자 비석을 세웠다.

이 골짜기에 그라구 효심이 아주 지극한 [마이크를 제보자 앞으로 옮김] 지극한 사람이 하나 있었어요.

어디에가 있느냐 할 거 같으믄 그 아버지가 왜정 때 여기서 저 마나님 아들들을 아들 아들 몇을 아들하구 저기를 두고서느네 저 타고재, 그러니까 어디야 거기가?

이를테면 지끔 만 만주를 뭐라구 그러지?

(청중 : 중국?)

만 만주를 지끔 만주 만주 만주를 지끔 지방 지방으루다 뭐라고 그러지 지끔?

(조사자 : 연변요?)

예, 연변.

연변으루 갔다가 해방이 되면서 그 아 아들이 큰아들이 가서 그 아버지를 모셔왔는데, 모셔오는데 거기 가서 마나님 마나님을 얻어가지구 아들 형제를 낳았어.

그런데 그, 그 안 노인네가 이를테믄(이를테면) 지끔 그 무신 병이라 그라나, 문둥병이라구 그러잖아 문둥명.

그래서 그 그게 걸렸었는데 과학적으로 치료를 못하구 문둥이는 사람 잡아먹구 사람 인고기를 먹으믄 낫는다고 그러지 않았어요?

그래서 인제 그 저기가 아들이 한 한 [잠시 생각하다가]한 이십쯤 넘어서 삼십 안쪽이여.

그런데 겨울에 저 건너 동네 살았었는데, 이 얼음판에 나와가지구 자기 살을 칼로 비어(베어)가지구 자기 어머니를 해드렸어요, 그래서 고기를.

그랬는데 완전히 나은 건 몰라두 그 효과가 있었나 봐.

그래서 좀 낫구 그래니까 그런 효자가 이 이 골짜구니 나기두 어렵지만 그런 효자가 어딨어?

암만 그게 안 나앗어두 그런데 자기 살을 비어서 그 고기를 인고기를 해서 줘가지구서름에 그런 효자가 이 골짜구니에 났었다구.

그래 인제 지끔 살 살았시므는 한 팔십 좀, 팔십 좀 넘었어요.

그런데 몇 해 전에 죽, 돌 한 십년 전에 돌아갔어요.

그래서 그 전에 인제 그런 저기를 저기해가지구 효자상을 추천해가지구 저 여주 법원장 뭐해서 효자 저기를 타구 그랬다구.

그래서 이 동네서 객지에 나가 있는 사람들이 그 사람을 기념하기 우해서 저 산모팅이(산모퉁이)에다가 효자 표 표석, 효자 저거 상을 해 세웠었어요.

그래 이 골짜구니가 그렇게 그 저기한 사람도 있는,

(청중 : 저기 비석 해 세운 거 그거요?)

그거요, 그거.

(청중 : 춘식이 작은 아버지?)

응.

(청중 : 비석두 해 세웠어 저기 나가보믄 삼거리 나가면 비석 그제 있지?)

있어요.

(청중 : 그이가 엄청 효자였나 봐 그지?)

효자였었어.

지금 같으믄 미련하구 뭐 저기한 저기라구 그라지만 그 한 그러니까 한 사십 한 사십년,

그렇지 한 사십 사십 삼, 사십년에서 오십 년 전에 인(人) 고기를 먹으믄 낫는다구 그래니까 자기 살을 비어서 자기 어머니를 해 준거예요.

# 6. 신둔면

## 경기도 이천시 신둔면 고척3리

조사일시 : 2011.1.23
조 사 자 : 신동흔, 노영근, 이홍우, 한유진, 구미진

조사자들이 백사면 조사를 마치고 신둔면의 마교리, 인후1리, 고척1리 등을 방문했으나 특별한 제보자를 만날 수 없었다. 고척1리를 방문했을 때 할아버지와 할머니들이 고척3리에 가면 옛날이야기를 잘 하는 사람이 많다며 추천해 주었다. 조사자들이 오후 2시 경에 고척3리 마을회관에 도착했는데 할머니 6명이 텔레비전을 시청하고 있었다. 다행히 모두 옛날이야기에 관심이 많았고 서로 돌아가면서 구연을 할 정도로 구연에도 적극적이었다.

신둔면(新屯面)은 이천시의 북쪽에 위치하여 광주군, 용인시와 인접해 있다. 경충산업도로와 중부고속도로가 관통하여 서울, 성남과 연결되는 교통의 요충지이며 해강도자미술관, 고려도요 등 200여 개의 도자기업체와 국내외 유명 도예가들이 자리한 한국도예의 메카와 같은 곳이다. 신둔면은 원래 둔지산(屯之山)과 신동(新洞)이었다. 그러다가 개화기 무렵 면제도가 확립되면서 둔지산면과 신동면이 되었다가 1905년 대한제국 시대에 신면과 둔면으로 개칭되었다. 둔지산면 또는 둔면은 수남(水南), 고척(高尺), 마교(馬橋), 용평(龍坪), 용면(龍眠), 후동(後洞), 인배(印培), 소정(小亭), 수북(水北), 광현(廣峴) 등 10개 동리를 관할하였는데 이 당시의 개편에 따라 용평과 용면을 병합하여 '용면리'로, 인배와 후동을 병합하여 '인후리'로 개칭하였다. 신동 또는 신면은 수하(水下), 도월암(道月巖), 지석(支石), 절음(切音 · 節音 · 絶音), 송정(松亭), 아리역(牙里驛) 등의 6개 리였다가 1905년에 수하, 도월, 지석, 남정의 4개 동리로 병합되었다. 1914년 4월

고척3리 마을회관 전경

고척3리 마을 전경

1일 일제의 지방제도 개편에 따라 양 면이 통합되어 신둔면이 되면서 이 당시 백사면의 일부였던 장동리, 도동리가 새롭게 신둔면에 포함되었고, 1938년에는 송정리, 사음리, 아리역리가 이천읍으로 편입되어 신둔면에서 제외되었다. 1994년 1월에는 행정리 분리 개편에 따라 24개리로 조정되어 현재에 이르고 있다. 현재 법정리 13개리이고 면사무소 소재지는 수광리이다.

고척3리에는 현재 78호 정도가 거주하고 있으며 대부분 농사와 직장생활을 하고 있다. 한씨가 대성(大姓)이고 나머지는 모두 각성바지라고 한다.

## ▌제보자

### 박영화, 여, 1939년생

주 소 지 : 경기도 이천시 신둔면 고척3리
제보일시 : 2011.1.23
조 사 자 : 신동흔, 노영근, 이홍우, 한유진, 구미진

제보자 박영화는 강원도 철원에서 출생했다. 6.25 전쟁 때 수원으로 이사를 가서 고등학교를 졸업했다. 이후 줄곧 서울의 구이동에서 살다가 5년 전에 이 마을로 들어왔다. 박영화는 73세라는 나이가 믿기지 않을 정도로 동안이었다. 친정아버지가 한의원을 운영할 정도로 부유한 환경속에서 어린 시절을 보냈다. 그래서인지 구연하는 동안 풍부한 학식과 교양 있는 모습을 보여주었다. 주로 친정 할머니와 시어머니에게 들은 이야기를 구연하거나 생애담을 많이 구연했다. 목소리가 크고 또렷했으며 발음 또한 정확했다. 다른 제보자들과 달리 이 지역 방언을 구사하지 않고 서울 말씨를 사용했다.

제공 자료 목록

02_24_FOT_20110123_SDH_PYH_0001 여우와 두루미의 식사 초대
02_24_FOT_20110123_SDH_PYH_0002 토끼와 거북이의 경주
02_24_MPN_20110123_SDH_PYH_0001 도깨비 터로 이사해서 집안을 일으킨 할머니
02_24_MPN_20110123_SDH_PYH_0002 장손만 죽는 묏자리
02_24_MPN_20110123_SDH_PYH_0003 사람 말귀 알아듣는 호랑이
02_24_MPN_20110123_SDH_PYH_0004 뼈다귀 귀신이 붙은 사람

### 심상식, 여, 1931년생

주 소 지 : 경기도 이천시 신둔면 고척3리
제보일시 : 2011.1.23
조 사 자 : 신동흔, 노영근, 이홍우, 한유진, 구미진

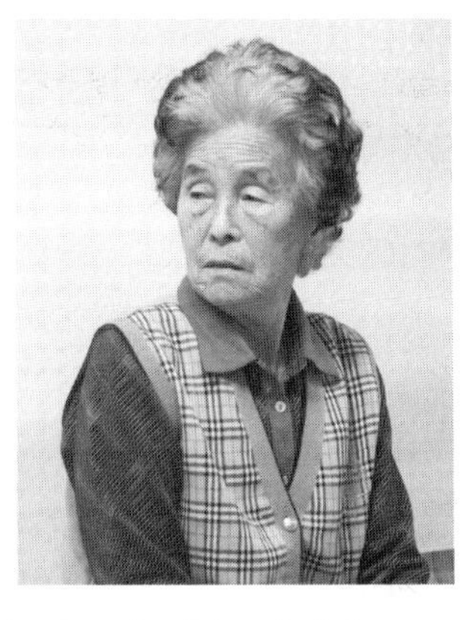

제보자 심상식은 전라도 광주에서 태어났다. 이후 서울로 이사가서 살다가 이 마을로 시집을 왔다. 아들은 도자기 만드는 일을 하고 있고 심상식은 약간의 농사를 짓고 있다. 고령임에도 발음이 정확하며 목소리 또한 차분하고 느린 편이라 조사자들이 이야기를 듣는데 편안함을 느낄 수 있었다. 주로 다른 제보자들이 이야기할 때 맞장구를 쳐 주거나 구연 중 개입하여 궁금한 점을 물어보거나 잘못된 점을 지적하는 등 이야기판에서 적극적인 청중의 역할을 하기도 했다.

제공 자료 목록
02_24_FOT_20110123_SDH_SSS_0001 감춤질을 잘 해야 도둑질도 잘 한다

### 이오분, 여, 1930년생

주 소 지 : 경기도 이천시 신둔면 고척3리
제보일시 : 2011.1.23
조 사 자 : 신동흔, 노영근, 이홍우, 한유진, 구미진

제보자 이오분은 이곳 토박이이다. 제보자는 18세에 결혼을 했으며 슬하에 아들 넷을 두었는데 둘째 아들과 살고 나머지는 서울에 산다고 한다. 현재 둘째 아들은 도자기 조각하는 일을 하고 있다. 제보자는 이야기판에서 제일 연장자였다. 본인이 구연을 하기보다는 다른 제보자들에게

이야기의 제목을 언급하면서 정보를 제공하는 역할을 주로 했다. 이야기를 많이 알고 있는 것 같았지만 정작 조사자들이 구연을 해달라고 하면 다 잊어버렸다며 구연을 피했다. 나이에 비해 발음이 정확하고 목소리도 또렷했다. <떡 하나 주면 안 잡아먹지>(해와 달이 된 오누이 유형) 외 한 편을 구연했는데 서사의 완결성은 다소 미흡한 편이었다.

제공 자료 목록
02_24_FOT_20110123_SDH_LOB_0001 떡 하나 주면 안 잡아먹지
02_24_FOT_20110123_SDH_LOB_0002 구렁이가 되어 앙갚음한 개

### 이희순, 여, 1932년생

주 소 지 : 경기도 이천시 신둔면 고척3리
제보일시 : 2011.1.23
조 사 자 : 신동흔, 노영근, 이홍우, 한유진, 구미진

제보자 이희순은 시집 온 이후로 이 마을에 계속 거주한 마을 토박이이다. 낯을 많이 가리는 성격으로 조사자들이 구연을 요청하자 처음에는 한사코 거절을 했다. 주로 박영화 제보자가 구연할 때 옆에서 맞장구를 쳐주거나 거드는 식으로 이야기판에 참여했다. 그러나 정작 구연을 시작하자 기억을 해내려고 애를 쓰고 손동작을 통해 상황을 구체

적으로 설명하는 등 적극적인 모습을 보여주었다. 발음이 정확하고 목소리 또한 또렷했다.

제공 자료 목록

02_24_FOT_20110123_SDH_LHS_0001 망신당한 친정아버지와 지혜로운 딸

## 여우와 두루미의 식사 초대

자료코드 : 02_24_FOT_20110123_SDH_PYH_0001
조사장소 : 경기도 이천시 신둔면 고척3리 126번지 고척3리 마을회관
조사일시 : 2011.1.23
조 사 자 : 신동흔, 노영근, 이홍우, 한유진, 구미진
제 보 자 : 박영화, 여, 72세
구연상황 : 앞의 심상식 제보자가 구연을 마치고 조사자가 이야기 하나를 더 해달라고 부탁하자, 옆에 있던 제보자가 여우와 두루미 같은 것을 하라고 하자, 심상식 제보자가 모른다고 하니 본인이 구연을 시작했다.
줄 거 리 : 옛날에 여우와 두루미가 있었는데 하루는 여우가 두루미를 집에 초대했다. 여우는 두루미를 약 올리려고 납작한 접시에 음식을 내 놓았다. 그래서 두루미는 음식을 하나도 먹지 못했다. 얼마 후 이번에는 두무리가 여우를 집에 초대했다. 두루미는 뾰족한 병에 음식을 넣어서 여우에게 대접했는데 이번에는 여우가 음식을 먹지 못했다.

여우와 두루미 같은 거 해.

(청중 : 아니야 못해.)

(청중 : 여우와 두루미는 또 뭐야?)

여우와 두루미가 있었는데,

(청중 : 다 잊어먹었어.)

여우와 두루미가 있었는데 여우가 그 말대로 여우잖아?

두루미를 즈이(저희) 집에다 초대를 했어.

(청중 : 잘 아네 뭐. 난 듣지두 못했는데.)

초대를 했는데 두루미는 뭐여? 다리 길구 주댕이가 삐죽한(뾰족한) 게 두루미잖아.

여우는 그대루 짐승 여우 헐떡헐떡 뒤돌아보는 여우고.

그니까 그 여우가, 잔꾀를 부려서 두룸, 두루미를 초대를 했는데, 납짝-한 접시에다가 에 저 주믄 두루미가 못 먹잖아.

이거 주댕이가 삐죽하니까.

그러니까 이게 잘- 차려서 이렇게 납짝한 접시에다가 해갖구 이렇게 해갖구 저는 여우같이 할름할름 먹으믄서 약을 올린 거야 두리미를.

"야 두룸아, 두룸아, 나는 이렇게 맛있게 먹는데 너는 왜 못 먹냐?" 그러믄서 약을 올렸어.

그러니까 인자, 이제 이 두루미가 약이 오르니까 즈이 집에 가서, 또 음식을 해갖구서 이 주, 주둥이 삐족한 병에다가 넣구선 초대를 핸 거야.

그럼 여우는 주댕이가 납작한데 삐죽-한 저 병 속에 주댕이가 들어가나 안 들어가지.

그러니까 두루미가 먹으믄서 또 여우하던 하던 대로 또 먹으믄서 여우를 약을 올렸어.

(청중 : 품앗이 했네? [청중 웃음])

[웃음]품, 그렇지 품앗이 했어. 그런 전설이 있는 거야.

(조사자 : 복수를 제대로 했네요. [웃음])

## 토끼와 거북이의 경주

자료코드 : 02_24_FOT_20110123_SDH_PYH_0002
조사장소 : 경기도 이천시 신둔면 고척3리 126번지 고척3리 마을회관
조사일시 : 2011.1.23
조 사 자 : 신동흔, 노영근, 이홍우, 한유진, 구미진
제 보 자 : 박영화, 여, 72세
구연상황 : 앞의 이야기에 이어 조사자가 토끼와 호랑이 이야기 들어 본 적 있느냐가 묻자, 토끼와 관련된 이야기는 이 이야기가 있다며 구연을 시작했다.
줄 거 리 : 토끼와 거북이가 경주를 했는데, 토끼가 앞서가다가 거북이를 얕잡아 보고 잠

을 자서 결국 거북이가 먼저 가서 태극기를 꽂아서 승리했다.

뭐 토끼는 그거 있잖아요, 거북 거북이랑 경주를 했는데, 토끼가 깡충 깡충 잘 뛰니깐 지 재주만 믿구, 경주를 했는데,

거북이가 느림보 거북이가 못 따라오잖아요.

그러니까 산모퉁이에 가서 잤어요, 지 거북이를 얕주고(얕잡아보고).

기끔(실컷) 자다 보니까 토끼가 엉금엉금, 저 거북이가 느림보 거북이 라두 쉬지 않구 해갖구 먼저 가서 해갖구 먼저 가서 태극기 꽂구 승리핸 거 아녜요. [웃음]

(조사자 : 열심히 해야 되는데. [웃음])

## 감춤질을 잘 해야 도둑질도 잘 한다

자료코드 : 02_24_FOT_20110123_SDH_SSS_0001
조사장소 : 경기도 이천시 신둔면 고척3리 126번지 고척3리 마을회관
조사일시 : 2011.1.23
조 사 자 : 신동흔, 노영근, 이홍우, 한유진, 구미진
제 보 자 : 심상식, 여, 81세
구연상황 : 앞의 이오분 제보자의 이야기에 이어 바로 구연을 시작했다.
줄 거 리 : 옛날에 아주 가난한 사람이 있었는데 이웃집 색시가 도둑질을 잘 하는 것을 알고 며느리로 삼았다. 그런데 며느리는 시집을 온 후로는 도둑질을 하지 않았다. 시아버지는 며느리에게 자기가 책임을 질 테니 도둑질을 해오라고 했다. 며느리는 이웃집에서 명주로 짠 베를 훔쳐왔다. 도둑을 맞은 사람이 명주 베를 찾기 위해 동네 아래에서부터 집집마다 뒤지기 시작하자, 시아버지는 걱정을 하며 책임을 못 지겠다고 했다. 며느리는 자신이 해결할 테니 다시는 도둑질 해 오라는 말을 하지 말라고 하자, 시아버지는 그러겠다고 약속했다. 며느리는 솥의 밥을 걷어 낸 다음 거기에 명주 베를 숨겨서 위기를 모면했다.

옛날 분이 하두- 없이 살으니까, 이웃집 색시가 그렇게 도덕질(도둑질)을 잘 하더래요.

'그래서 어떻게 해서 저 색시를 메느리(며느리)로 삼을까?' 그래고는,

[마이크를 제보자 쪽으로 옮김]어떻게 해서 메느리를 얻었는데, 아 영-시집을 와서 도둑질을 안 해오더랴. [청중 웃음]

그래서 시아버니(시아버지)가,

"너는 어떻게 해서 그 저 친정서 하던 버릇을 잊어버렸니?" 그러니까,

"아버님, 그건 문제가 아니에요. 그럼 해올 테니 아버님이 책음(책임)질래요?" 그러더랴.

"그러라구." 그랬더니,[청중 웃음]

이웃집에서 명주, 명주 베를 해가지구 하얗게 해갖고 빨아서 늘었는데, 그걸 돌돌 말아서 갖다가 걷어 왔더래요, 메느리가. [청중 웃음]

그러니 이걸 얻다 감춰? [청중 웃음]

동네서 인자 발써(벌써),

(청중 : 잊어먹어서 난리를 쳤겠지.)

아래서부터 뒤져 올라오는 거래 집집마다.

그래서 며느리더러,

"아이구, 이걸 어떡하믄 좋니? 저, 저걸 하는데 우리 집 세 집 남았는데 어떡허니?" 그러니까,

"왜요? 아버님이 책음진다구 그랬는데 아버님이 책음을 지세요." 그러니까,

"나는 이거 못해겄다, 어떡하니?"

아니 메느리한테 사정을 하니까 메느리가 옛날에,

(청중 : 애기 밴 거 모냥. [웃음])

때고 불을 때고 밥을 하는데,

"그럼 아버님 이거 내가 저거 할 테니 다시는 그런 소리 하시지 마세요." 그러니까,

"안 핸다구." 그러더랴.

명주 베를 그걸 둘둘 말아, 꾹 물에 담그믄 얼마 안 되거등?

밥, 보리밥을 해믄서 밥이 끓으니까 주걱을 쓰윽 밀고는 가서 살짝 덮어 놨더랴. [청중 웃음]

솥을,

(청중 : 밥솥에다?)

밥솥을, 밥솥을 밀고 밥을 [손으로 시늉을 하며]요렇게 해서 덮어 딱 놓으니까 세상 뒤져도 밥솥에 누가 뭘 넣은 줄 알어?

그래서 못 찾더래요.

그러구선 다시는 시아버니가 메느리보고 그런 소리 입적(일절)을 않더랴.

그런 사람들도 있어요. [조사자 일동 웃음]

나, 그 저기 물레방아에서 하는 소리 들어봐서 그래 그렇게, 감춤질을 잘 해야 훔쳐오기를 핸다. [청중 웃음]

그렇지, 감춤질을 못해믄 못해지. [방문을 두드리고 할아버지 한 명이 들어와서 자연스럽게 이야기가 마무리됨]

## 떡 하나 주면 안 잡아먹지

자료코드 : 02_24_FOT_20110123_SDH_LOB_0001

조사장소 : 경기도 이천시 신둔면 고척3리 126번지 고척3리 마을회관

조사일시 : 2011.1.23

조 사 자 : 신동흔, 노영근, 이홍우, 한유진, 구미진

제 보 자 : 이오분, 여, 82세

구연상황 : 박영화 제보자가 <도깨비터로 이사해서 집안을 일으킨 할머니>이야기를 마치자, 이희순 제보자가 모두 이야기 한 마디씩 했다며 이제 제보자의 차례니 한 마디 하라고 하자, 떡 하나 주면 안 잡아먹지 이야기밖에 모른다며 구연을 시작했다. 제보자가 이야기의 후반부를 불완전하게 끝내자 여러 명의 청중이

이야기 구연에 참여했다.

줄 거 리 : 옛날에 할머니가 수수팥떡을 해서 딸의 집에 가다가 한 고개를 넘으니까 호랑이가 나타나 그 떡을 하나 주면 안 잡아먹겠다고 했다. 할머니가 호랑이에게 떡을 하나 주고 다음 고개, 또 다음 고개를 넘어가는데 계속 호랑이가 나타나 떡을 달라고 했다. 할머니는 떡을 호랑이에게 다 뺏기고 나중에는 손까지 호랑이에게 떼어서 줬다. 호랑이는 할머니의 손을 들고 딸집에 먼저 도착해서 엄마라며 문을 열라고 했다. 딸은 호랑이의 목소리와 손 때문에 엄마가 아닌 것을 눈치 채고, 동생을 데리고 뒷문으로 나가 감나무에 올라갔다. 호랑이는 감나무 밑에까지 따라와서 아이들에게 감나무에 올라가는 방법을 물었다. 아이가 기름을 바르고 올라왔다고 하자, 호랑이는 그 말을 그대로 믿고 기름을 바르고 감나무에 올라가다가 수수깡에 떨어져 죽었다. 수수깡이 빨간 이유는 호랑이가 그때 떨어져 죽어서 흘린 피 때문이다. 아이들은 하늘에서 새 동아줄이 내려와 하늘로 올라갔고, 호랑이는 헌 동아줄이 내려와 수수밭에 떨어졌다. 하늘로 올라간 남자 아이는 달이 되고, 여자 아이는 밤이 무서워해서 해가 되었다. 해가 된 여자 아이는 사람들이 쳐다보는 것이 부끄러워서 자기를 못 쳐다보게 사람들의 눈을 찌른다고 한다.

(조사자 : 그게 어떻게 되는 얘긴데요, 처음에?)

처음에?

(조사자 : 예.)

처음에 할머니가 인자 딸네 집이를 가는데 수수팥떡을 해서 이구, 한 고개 넘어 가구 두 고개 넘어 가구 그래잖어?

(조사자 : 예예.)

그러니까 이제 수수팥떡을 해가지구 딸네집이를 가는데 한 고개 넘어 가니까,

"할멈 할멈, 그게 뭐유?" 그래.

딸네집이 가는데 수수팥떡 해가지구 간대니까,

"그거 하나 주면 안 잡아먹지!" 그랬대잖어.

그랬대잖어, 그래서 인자 하나 인자 주구서 또 가니까 또 한 고개 넘어 가니까 또 달라고,

"할멈 할멈, 그게 뭐유?" 그래.

딸네집이 가는데 수수팥떡 해가지구 간대니까 또 달래서 나중에 인자 다 떨어지니까는,

(청중 : 인제 줄게 없구만.)

나중에 줄게 없으니까,

"손을 하나 떼 주믄 안 잡아먹지!" 그래더랴.

그래 손을 하나 떼 줬댜.

그랬더니, 인제 또 나중에 인자, 또 넘어가니까 수수팥떡은 다 떨어지구 인제 없, 없으니까,

"할멈 할멈, 어디가우?" 그러니까 인자,

딸네집이 가는데 수수팥떡을 다 산신령님한테 다 뺏기구 빈, 빈 그릇이라구 그러니까는 인자 또 손 하나 마저 떼 주믄 안 잡아먹는다구.

그래가지구 인자 딸네집이를 갔는데, [잠시 생각하다가]딸네집이를 인자 안 갔지 안 가구 호랭이가 먼저 간 거야.

호랭이가 먼저 가가지구 저기 그 손을 인자 호랭이가 인자 손을 가지구 가가지구 딸이, 딸한테 가서,

"애야 애야, 문 열어라, 문 열어라." 그러니까는,

"우리 엄마 목소리가 아닌데?" 그래.

그러니까,

"엄마가 저기 걸어오느라구 그냥 목이 쉬어서 그렇다구."

그러니까 자꾸,

"애야 애야, 문 열어달라구." 그래.

열어주니까는, 열어주구 인자 그 옷을 다 벳겨서 입었으니까 인자 그 엄마 옷을 다 벳겨 입구 인자 왔으니까,

방에를 들어가니까, 방에서 인자 무서우니까는 그냥 문을 얼른 닫고 들어갔지 들어가서 앉았으니까는,

"애야 애야, 문 열어라구."

"우리 엄마 목소리가 아니라구." 그래니까,

손을 디밀어 보라구 그러더래.

그래 손을 디밀어 보니까 그냥 손이 엉망진창이지?

그러니까는 우리 엄마 손이 아니라니까,

"응, 일을 많이 해서 이거 베를 많이 짜고 일을 많이 해서 이렇다." 그랬대.

그랬더니 인자, [잠시 생각하다가]저기 동생하구 인자 여자애하구 아무케두(아무래도) 인자 무서우니까는 그냥 뒷문이루 나가가지구,

감나무 우에 가서 올라앉았어 올라앉았으니까는,

저기, 호랭이가 와가지구,

"애야 애야, 내려오라구."

(청중 : 어떻게 올라갔니, 그랬지.)

응,

"너희들 어떻게 올라갔니?" 그러니까는,

"뒷집에 가서, 기름 얻어다 발라 발르고 왔지." 그래니까는,

그래니깐, 기름을 얻어다 발르니까 더 미끄러 못 올라가지.

(청중 : 더 미끄러와서 못 올라가. [웃음])

그래 올라가다가 그냥, 저 수수밭에 수수깡으루 떨어져가지구 그 수수깡, 수수깡 그 끄트리(끄트머리가) 좀 날카로워 이게?

거기 찔려서 죽었대잖어.

(청중 : 그래서 그 지끔 그 전설이요, 수수깡이 뻘개 피 묻은 것처럼 그래요, 그 이파리가. 그래서 그 호랭이가 떨어져서 죽은 그 피라구 그러는 거예요, 그게 전설이.)

(청중 : 아, 동아줄두 있잖어 왜, 애들 남매가 나무에 올라가서.)

그러니까, 올아가다가 그,

(청중 : 아들은 그렇게 기름 발르구 올라왔대는데 딸이 우떻게 올라왔냐구 또 그러니까는 뭐, 자기에다가 콕콕 찍고 올라왔다 그랬대잖어.)

그래 그걸 콕콕 찍고 올라오는데 아들딸들이 인저 동아발을 내려달라구 그랬대잖어. [웃음]

(청중 : 죽을래믄, 죽일래믄 썩은 동아를 내려주구, 살래믄 새걸 내려달래서, 산 거로 해서 해가 되구 달이 됐지.)

(청중 : 호랭이는 헌 동아를 내려 보내서 떨어져서, 수수밭으로 떨어졌다구 그렇게 들었는데 그 전에. [웃음])

(청중 : 남자는, 무서워설랑은 남자는 달이 되구, 여자는 해가 됐대.)

아이, 그렇게 되게 뭐,[웃음]

(청중 : 그래 부끄럽다구 해를 쳐다보믄 눈을 찔르는 게 그게 그래서 그렇다구 옛날에 그랬어. [청중 웃음] 해를 못 쳐다보게 그렇게 찔르는 그래, 그게.)

## 구렁이가 되어 앙갚음한 개

자료코드 : 02_24_FOT_20110123_SDH_LOB_0002
조사장소 : 경기도 이천시 신둔면 고척3리 126번지 고척3리 마을회관
조사일시 : 2011.1.23
조 사 자 : 신동흔, 노영근, 이홍우, 한유진, 구미진
제 보 자 : 이오분, 여, 82세
구연상황 : 앞의 이야기에 이어 조사자가 여우가 둔갑한 이야기 같은 것을 해달라고 하자 옛날에 그런 이야기도 있다며 구연을 시작했다.
줄 거 리 : 옛날에 식구들 중에 며느리만 개밥을 안줬다. 그러자 개가 집을 나가버렸다. 영감이 나무를 하러 가서 보니 개가 가시나무 속에 대가리를 박고 있는데 불러도 오지 않았다. 자세히 보니까 구렁이가 되어 있었다. 영감은 급히 집으로 돌아와서 마누라를 독 안에다 집어넣고 뚜껑을 덮어 놓았다. 얼마 후 구렁이가 집으로 들어오더니 독을 감고 한 참 있다가 나가버렸다. 영감이 독을 열

어보니까 마누라는 물이 되어 있었다. 그래서 개를 영물이라고 한다.

옛날에 그런 얘기두 있잖아 왜?

개를 멕이는데, 다- 다른 사람은 다 개밥을 주는데 메느리는 개밥을 안 줬대잖어.

그러니까는 이넘으 개가 그냥 나가서 영- 안 들어와가지구, 뭐야 남자가 인자 영감이 인자 나무를 해러 가는데, 그냥 가시나무 그 속에 가서 대가리 꼬꾸러 박고 있더래 개가.

그래서 불르니깐 안 오더랴.

안 오는데 보니까 구렁이가 됐더래잖어.

(청중 : 개가?)

응.

[기침] 그러니까 밥을 안 주니까 인자 메느리가 밥을 안 주니까, 그래서 인자 나무를 해가지구 가서 그냥 얼른 마누라를 갖다가 그냥 독 안에다가 집어 넣다.

큰 독안에다가 집어 넣구서는 뚜껑을 꼭 덮어 놨는데, 그 개가 구렁이가 되가지구 그냥, 집으로 들어와가지구 둘둘 독을 감고 있더니, 한참 있더니 나가더랴.

그래서 보니깐, 그게 개, 개가 감고 나간 담에 열어보니까 물이 됐더래잖어, 마누라가.

(청중 : 아, ○○○에요?)

응.

(청중 : 거기다 집어 넣었는데두?)

응.

(청중 : 어머![웃음])

그래 그래, 그래서 개가 영물이라고 그래는 거 아녀?

(청중 : 개밥 잘 줘야 되겠네. [청중 웃음])

## 망신당한 친정아버지와 지혜로운 딸

자료코드 : 02_24_FOT_20110123_SDH_LHS_0001
조사장소 : 경기도 이천시 신둔면 고척3리 126번지 고척3리 마을회관
조사일시 : 2011.1.23
조 사 자 : 신동흔, 노영근, 이홍우, 한유진, 구미진
제 보 자 : 이희순, 여, 80세
구연상황 : 조사자들이 재미있는 옛날이야기를 부탁하자, 제보자는 다녀보니까 이 동네가 제일 이야기를 못하지 않느냐며 멍청한 사람만 살아서 그렇다며 겸손을 보이더니 곧바로 구연을 시작했다.
줄 거 리 : 옛날에 친정아버지가 사돈집에를 가서 잣죽을 맛있게 먹었다. 밤에 그 잣죽이 생각나 뒤꼍의 장독간에 가서 잣죽동이를 들고 나오다가 상투가 그만 갈고리에 걸리고 말았다. 친정아버지는 잣죽동이를 놓으면 깨져서 소리가 날까봐 밤새도록 그걸 들고 서 있었다. 다음 날 아침에 안사돈이 사돈에게 잣죽을 대접하려고 왔다가 그 광경을 보고 기겁을 하며 방에 들어가 며느리에게 알렸다. 며느리는 식사 대접도 하지 않고 아버지를 보낸 다음 시어머니에게 아버지가 어디 가서 망신을 당해야 오래 산다는 소리를 들어서 그랬다며 지혜를 발휘했다.

사둔 집에를 갔대, 사둔 집에는 인제 어려운데 이제 딸네 집에를 갔더래요, 가니까는 잣죽을 쑤어서 주더래.

그래서 그 잣죽을 맛있게 먹었댜.

그랬는데,[할머니 한 명이 방으로 들어옴]

(청중 : 어여 오셔, 얘기하래, 얘기.)

(청중 : 옛날 얘기 해실 줄 알믄 여기와 해서.)

(청중 : 무신 옛날 얘기를 해?)

[조사자들을 가리키며] 여서 옛날 얘기하래요.

그게 먹고 싶어서 사둔이, 뒷껕(뒤꼍)에 가설래, 저기 그 사둔 집의 뒤껕에 가니까, 자배기(둥글넓적하고 아가리가 쩍 벌어진 질그릇) 장독간에 다 갖다 놨더래.

그걸 들고 나오다가, 저기 [웃음]이엉태기 말아서 문에다 옛날에는 대문이 없었거든, 짚을 엮어서 했지.

그 깔쿠리에 가서 상투가 걸렸는데, 팥죽댕이('잣죽동이'의 잘못)를 놓으므는 이거 소리가 날 테구, 이놈의 거 어떻게 할 수가 업더래, 그래 밤새두룩,

(청중 : 상투가 걸려가지구 오지두 못하구 가지두 못하구. [청중 웃음])

밤새두룩 그거를 들고 섰더니, 사둔 마누라가 인자 자리 쫍아준다구 잣국, 잣죽 들여다 준다구 나오니까, 아 사둔이 부엌문턱에 그러구 섰으니 지겁(기겁)을 하구 뛰어 들어갔대.

그래 그 며느리더러,

"아유, 어떡하믄 좋으냐, 너으 아버지 저기 지다리니까 나와보니까 그러구 있더라." 그거야.

저으 아버지를 빼주곤,

"아버지, 왜 그걸 그랬냐구 그걸."

저으 아버지를 그냥 밥도 안 먹여서 보내면서, 보내구선 딸이 하는 소리가,

"우리 아버지가, 어디 가 망신을 해야 오래 산다구 그래서 그렇게 했다구."

그렇게 둘러 부치더래, 며느리가 의견 차게.

그렇게 했대, 그 전에.

## 도깨비 터로 이사해서 집안을 일으킨 할머니

자료코드 : 02_24_MPN_20110123_SDH_PYH_0001
조사장소 : 경기도 이천시 신둔면 고척3리 126번지 고척3리 마을회관
조사일시 : 2011.1.23
조 사 자 : 신동흔, 노영근, 이홍우, 한유진, 구미진
제 보 자 : 박영화, 여, 72세
구연상황 : 이희순 제보자의 구연이 끝나고 조사자들이 재미있다고 하자, 옆에 있던 제보자가 곧바로 이어서 실질적인 경험담이라며 구연을 시작했다.
줄 거 리 : 옛날에 할머니가 종갓집에 민며느리로 시집을 왔는데, 시집을 오자마자 흉갓집으로 이사를 했다. 그 집은 넓고 좋기는 한데 이사 온 사람들마다 오래 살지 못하고 모두 다른 곳으로 다시 이사를 했다. 할머니가 초저녁에 물레를 돌리고 있으면 창문에 도깨비가 모래를 던지고 가곤 하는데, 할머니는 조금도 무서워하지 않고 소리를 쳐서 혼을 내면 도깨비들은 발자국 소리를 내며 도망을 갔다. 그런데 그 다음 날 아침에 자고 일어나서 보면 도깨비들이 장난을 쳐서 무쇠솥의 솥뚜껑이 솥 안에 들어가 있었다. 신기하게도 할머니가 그 집에 이사 온 후로 아들딸도 낳고 집안의 재산이 크게 늘어나 고을에서 유명한 부자가 되었다. 그리고 아들들도 모두 잘 되었다고 한다.

재밌어?

내가 이거는 옛날 얘기가 아니, 전설이 아니구 실질적으로 경험담인데 얘기 해보께.

우리 할머니야, 나한테 할머니믄 엄청 노(老)할머니지.

내가 지끔 칠십 살이 넘었거덩?

그릉께 나한테 할머니믄 엄청 오래된 얘기지.

그런데 우리 할머니가 시집을 열세 살에 민메느리(민며느리)로 오셨대, 우리 할머니가.

(청중 : 옛날엔 그렇게 왔지.)

우리 할머니가 저- 기마라는 산골에서 민메느리로 시집을 오셨는데 우리 할머니가 열세 살까지,

시골엔 뭐여 이거 미명(무명)나고 명지(명주)나고 이렇게, 베틀에서 짜고 길쌈하는 게 옛날엔 그런 걸 잘 해야 시, 메느리 잘 얻어 왔다 그러잖아?

(청중 : 베를 잘 짜야 메느리 잘 얻었다 그랴.)

응, 그래 옛날엔 그랬대 그랬는데, 시집을 우리 할아버지한테로 시집을 오셨는데 진짜, 종갓집으로 인자 시집을 오셨는데,

시집 오, 오시자마자 저 건너 동네서 살다가 저 건너 저 안, 안철역으로 집이 있는데 숭갓집(흉갓집)이래 그 집이가.

집이 그니까는, 사람이 와서 오래 살지를 못하구 이사가구 아예 해서 숭가집인데, 집은 넓고 좋은데 사람이 오래 살질 않구 그렇게 이사를 자주 했는데,

(청중 : 죽거든 그 숭갓집은.)

그 집을 샀대, 그 집을 사서 그 집으루 가셨는데 이 할머니가 자나 깨나 앉으믄 새벽에 뭐 노인네들 잠 안 오믄 일찍 일어나서 물레하구 그러잖아, 미명나느라구.

이 초저녁에 해 넘어가자마자 물레를 하구 있는데, 이넘으 저 창문에 이렇게 창문이 옛날 집은 창문이 있잖아?

창문이 있는데 이렇게 물레를 놓구 이렇게 물레를 돌리고 인제 홍얼홍얼 대면서 인제 미명을 그걸 나는데,

아 이놈의 창문에 모래를 쫙쫙해지구, 그러구 띠, 우리 할머니는 그게 쎄갖구 무섭지두 않대 그게.

(청중 : 호랭인가, 귀신인가?)

그래서 띠놈('예끼 놈'의 의미인 듯함), 띠놈 그러믄 중중하믄서 그냥

발자국 소리가 나갖구 도망가는 소리가 나고 그런대.

그러면 또 그렇게 띠놈, 띠놈하믄 이놈들이 주-욱 군 저, 군인들 중중 중중 왔다가는 것처럼 그냥 발자국 소리들이 나구 그래갖구서,

띠놈, 띠놈하구 그러믄 쫓겨가는 심으로 했다믄 아침에 자고 일어나믄 있잖아, 옛날에는 무쇠솥이잖우?

솥뚜껑 있는 무쇠솥을,

(청중 : 그건 저기 도깨비장난이지.)

응, 솥을 아침에 밥하러 나오믄 그 솥이여 솥 안에 쏙 들어가 있대요.

그렇게 도깨비가 장난을 해놔갖구.

그래 예, 솥 안에 저 소당 뚜껑이 싹 들어가 있구 그러믄 할머니가,

"아이구, 이거 엊저, 엊저녁에 또 손님이 와서 이거 이렇게 했다구." 그러믄서 막 저기 해갖구 그걸 빼갖구 해놓으믄 그렇게 도깨비들이 자고나믄 아침에 오믄 장난을 쳐 놓는대.

(청중 : 그건 도깨비집이여, 숭갓집이 아니라.)

응, 그래는데 우리 할머니가 그 집에 와갖구 아들 삼형제 낳구 딸 하나 낳구 해갖구 부자를 일으켰어, 우리 할머니 대에 부자를 일으켜서,

(청중 : 도깨비집이 저기 잘 저기하믄은 부자 돼. 도깨비집이 개…….)

그래갖구 불 일 듯 일어나갖구 아들들 삼형제가 다 도청에 나가구 군청에 나가구 우리 아버지는 저, 옛날에두 그걸 배우셔갖구 의사루다 풀려갖구서, 한약방을 크게 하시구,

그래갖구 아주 동, 그 저기 고을에서 아주 유명나게 부자셨대 우리.

(청중 : 장력(壯力)이 쎄니까 그래요.)

예, 우리 할머니가 대가 씨었대(셌었대).

그러니까 하나두 무섭질 않대, 저녁 초저녁에,

(청중 : 그러니까 그 집안 진이 그렇게 일으킨 거야.)

그 집이서 일어난 거야.

(청중 : 도깨비집을 꺾으믄 잘 산대.)

그런데 딴 사람들은 와서 못살구 가구가구 하는데 우리 할머니가 그 집을 사갖구 가갖구서 그 집이서 진짜 도깨비 저긴지 그냥 불 일 듯이 일어나구,

자식들이 다 잘 되구 그냥 그래갖구서 부자 되갖구,

(청중 : 그러니 도깨비를 꺾은 거여.)

응, 땅들도 엄청 많이 샀대.

(청중 : 광진이 엄마(동네 사람인 듯함)모냥 억신(억센)거여.)

그러이 이게 실질적으로 산 경험담을 얘기한 건데, 옛날 얘기나 마찬가지 자나? [조사자 웃음]

## 장손만 죽는 묏자리

자료코드 : 02_24_MPN_20110123_SDH_PYH_0002
조사장소 : 경기도 이천시 신둔면 고척3리 126번지 고척3리 마을회관
조사일시 : 2011.1.23
조 사 자 : 신동흔, 노영근, 이홍우, 한유진, 구미진
제 보 자 : 박영화, 여, 72세
구연상황 : 앞의 이야기에 이어 조사자가 풍수나 지관에 대한 이야기 해 달라고 하자, 그런 이야기는 시골에 많다며 구연을 시작했다.
줄 거 리 : 친구가 서울 살았는데 이천으로 시집을 왔다. 시아버지는 면장으로 아들 셋을 뒀는데 친구는 셋째 아들에게 시집을 갔다. 그런데 이상하게도 이 집에는 큰 아들이든 둘째 아들이든 자식을 낳으면 장손만 죽었다. 하루는 스님이 찾아와서 이 집은 장손만 죽고 앞으로도 계속 그럴 것이라고 했다. 스님에게 장손이 죽는 것을 피할 방법을 물어보자 이장을 하라고 했다. 그래서 이장을 했는데 그 이후로는 집에서 장손이 죽는 일이 없었다.

내 친군데, 내 친구가 시집을 여기 여주 이천으루다 시집을 갔어요, 서울 사람이.

서 갠, 서울에서 진짜, 서울에서 진짜 멋쟁이로 살던 애가 시집으루 시집을 여주 이천으로다 시집을 왔는데,

시집에 저 시아버지가, 면장을 했대요, 면장까지 했다고 그러더라구.

그랬는데 그 그 집안으루다 시집을 갔는데, 이거는 아들이 셋인데 셋째 아들네 아들한테루다 시집을 갔는데,

이상-하게, 큰 아들이구 둘째 아들이구 자식을 나믄(낳으면) 장손만 이상하게 꺾어요, 장손만 꺽어.

(청중 : 죽는다는 얘기야.)

응, 장손만 이상하게 장손만 이상하게 꺾구 꺾구 그러니깐, 이상하다구 동네 사람들이 이상하다구 저 집이는 어떻게 장손만 저렇게 꺾냐구 꺾냐구 그랬는데,

하루는 인제 저 시골에서 인제 논, 저 들일을 하니까 집이서 밥을 하고 있는데, 어떤 스님 같은 사람이 와갖구,

스님이야 인제 스님인데 들어 와 갖구 마루 끝에 떠억 앉더니,

"허허, 허믄서 이 집이 장손만 꺾는구만!" 그러더래요, 그래서,

애가 이상해갖구 여태까지 그게 저기 해갖구 동네사람들이 수군대구 그랬는데,

스님이라는 사람인지는 몰르는데 와서 그런 아는 소리를 하니까 깜짝 놀래갖구 물어봤나 봐요.

"스님, 스님! 그게 뭣허 뭔 소리냐구. 자세히 좀 일러달라구." 그러니까는,

"이 집이는 여태까지 장손만 이렇게 꺾지 않았느냐구. 앞으로도 또 계속 일어날거라구." 그러더래요, 그래서,

"그러믄 어떻게 하믄 좋겠느냐구." 그러니까는,

"이 집이는, 산소를 잘못 써서 산소를 잘못 써갖구 그렇게 된다구 산소 이장을 해든지 해라구." 그래갖구서,

이장(移葬)을 했대요, 이장을 허구선 괜찮대요.

(조사자 : 그 스님이 묘자리도 잡아 주셨대요?)

예, 그래갖구 괜찮대요.

## 사람 말귀 알아듣는 호랑이

자료코드 : 02_24_MPN_20110123_SDH_PYH_0003
조사장소 : 경기도 이천시 신둔면 고척3리 126번지 고척3리 마을회관
조사일시 : 2011.1.23
조 사 자 : 신동흔, 노영근, 이홍우, 한유진, 구미진
제 보 자 : 박영화, 여, 72세
구연상황 : 앞의 이야기에 이어 조사자가 호랑이와 관련된 이야기를 해 달라고 하자, 구연을 시작했다.
줄 거 리 : 옛날에 사람들이 나물을 하러 갔는데 큰 바위 위에 호랑이 새끼 다섯 마리가 있었다. 사람들이 모두 호랑이 새끼가 예쁘다고 했는데, 그 중에 한 사람이 새끼 한 마리를 데리고 가자고 말하자, 어미 호랑이가 그 말을 듣고 나타나 위협을 했다.

호랭이, 호랭이도 말귀는 알아 듣나봐.

그 전에 저, 옛날에 우리 할머니 적에 나물을 하러 가믄 있잖아요.

이게 거한 산에 있잖아, 옛날에는 이렇게 거한 산에 나물을 하러 갔잖아요, 그러믄.

(조사자 : 예.)

점심을 먹구 이렇게 나서 있는데 큰-바우돌 우에 호랑이 새끼 다섯 마리가 쭈-욱 옹기종기 있더래.

그러니깐 인제 사람들이,

“어머, 저 호랑이 새끼 봐 호랑이 새끼 봐. 어마 이뿌다, 이뿌다.” 그러니깐, 가만히 있구,

"아우 호랑이 새끼 봐. 아우 옹기종기 이뿌다, 이뿌다." 하니깐 가만히 있더래요, 그런 소릴하믄.

(조사자 : 아, 지들 이뻐한다고?)

그니깐 "이뿌다, 아우 호랑이 새끼 이뿌다 이뿌다." 에미는 안 보이니까,

(조사자 : 그러니까 그러니까, 지들 지들 이뻐하는 줄 알고.)

예.

"이뿌다, 아우 저 이뿌다, 이뿌다." 그러니까,

"아우 애, 아주 호랑이 새끼가 이뿌네."

이제 새로 낳아서 요것만 한가봐. 그러니까 옹기종기 오물오물하니까,

"아우 이뿌다, 이뿌다."

그러니까 가마이(가만히) 있었는데,

어떤 한 사람이,

"아유 이거 하나 가지구 가까, 하나 데리구 갈까?" 그러니까 그냥,

어흥-하구 나타나더래잖아요, 그러니까 말귀를 알아 듣나봐.

(조사자 : 어미가?)

예.

(조사자 : 아아.)

그런 소리 있었어요.

(조사자 : 아우, 큰일 날 뻔 했네. [웃음])

## 뻐다귀 귀신이 붙은 사람

자료코드 : 02_24_MPN_20110123_SDH_PYH_0004

조사장소 : 경기도 이천시 신둔면 고척3리 126번지 고척3리 마을회관

조사일시 : 2011.1.23

조 사 자 : 신동흔, 노영근, 이홍우, 한유진, 구미진

제 보 자 : 박영화, 여, 72세

구연상황 : 앞의 이야기에 이어 6.25 전쟁과 관련된 생애담이 이어지면서 자연스럽게 이 이야기를 구연했다.

줄 거 리 : 6.25 전쟁 때 한 여자가 산에 나물을 하러 갔다가 뼈를 하나 주웠는데 살이 없고 뼈만 있으니 길어보여서 그것을 자신의 장딴지에다 대어 보았다. 그 후로 저녁만 되면 그 여자에게 계속 뼈다귀가 나타나 장딴지에 대어 보자고 했다. 결국 굿을 한 후에야 뼈다귀 귀신이 떨어졌다.

그랬는데, 그러구나서 수복(收復)되어 갖구 들어갔는데, 나물을 허러 갔더니, 인제 우리 할머니 말이야.

나물을 허러 갔는데, 산에도 그렇게 죽어서 저기 한 사람이 많잖아?

그래 이런 뼈같은 게 얼마나 많아요.

다 인제, 살은 다 녹고 뼈들만 인제,

(청중 : 나물 뜯으러 갔지.)

응, 나물 뜯으러 갔는데 이런 장딴지 뼈 같은 게 많이 여기저기 나가자빠즌(나자빠진, '널려있는'의 의미) 게 많잖아?

(청중 : 응.)

그러니깐 어떤 동네 아줌마 하나가 나물을 허러 갔다가 이상하게 그게 뼈만 있으, 살 없고 뼈만 있으니까 더 길어 보이잖아 나무가 더 길어 보이지.

그러니까 짓궂은 아줌만지 그걸 또 들어서 대보자 하구 [장딴지에 대보는 시늉을 하며]여기다 대 봤대.

그거를 들어서 장딴지에 대구 대봤대.

(청중 : 아유, 징그러!)

징그러 생각을, 생각만 해도 소름끼치잖우 글쎄.

그랬는데 글쎄, 저녁마다,

"대보자 대보자 하구." 이게, 뼈다구가 나타나가지구. [청중 웃음]

(청중 : 아니, 그럼 해골은 안 봤어?)

해골도 있고 다 있는데 이게, 이게 떨어져 다 썩었으니까 떨어져 나갔으니까 이게 기다랗게 이상하게 기다라니까,

대봤대요,

"이거 왜 이렇게 기르냐고(기냐고?)"

대봤대, 그랬더니 글쎄,

저녁마다,

"대보자, 대보자하구." 이게 곤조서갔구.

뼈다구가 곤조서서 와갖구,

"대보자, 대보자하구." 그랬대요.

그래갖구서, 나중에는 굿을 하구 그랬대잖아.

(청중 : 할머니가 그래?)

(조사자 : 결국 떨어, 떼지기는 했대요?)

예?

(조사자 : 그래서 안 와, 굿하고 나서 안 온대요?)

굿을 하니까는 인제 귀신은 다 도망갔겠지 인제.

(조사자 : 아아.)

# 7. 율면

## ▌조사마을

### 경기도 이천시 율면 고당1리

조사일시 : 2011.1.8, 2011.1.9
조 사 자 : 신동흔, 노영근, 이홍우, 한유진, 구미진

고당리(高塘里)는 경기도 이천시 율면의 청미천(淸渼川) 남쪽 평야지대에 자리한 농촌마을로 본래 이천시 음죽군 하율면 고척리와 지곡리에 해당하는 지역이었다. 1914년 행정구역 개편 시에 두 마을을 통합하면서, 고척의 '고(高)'와 지동의 '지(池)'를 '당(塘)'으로 바꿔 현재와 같이 개칭하였다.

고당리의 자연마을로는 가게거리, 못골, 고자골 등이 있는데, 이 중 가게거리는 가게가 이어져 있었던 마을이라고 하여 붙여진 지명이다. 못골은 고당1리 북서쪽에 있는 마을로 앞에 못이 있어서 붙여진 이름이며, 지당(池塘), 지동(池洞)이라고도 하는데, 현재의 고당2리에 속한다. 또 고당3리 앞에는 돌원(石院)에서부터 흐르는 물을 얻어 농사를 짓고 있는 들이 있는데, 돌이 많다고 하여 돌방구라 불린다.

현장조사의 실제 장소였던 고당1리는 고자골 혹은 고작골, 고척, 큰말 등으로도 불리는데, 이는 고당리에서 으뜸이 되는 마을이란 뜻이다. 또한 고당1리의 가래산에 골짜기가 있다고 하여 이름 붙여진 골말과, 상알 뒤쪽으로 등정골이 있다. 고당리는 주로 벼농사가 중심인 농촌으로, 고당1리도 마찬가지였으나 최근에는 축산업을 하는 가구도 생겼다고 한다. 특히 고당1리는 100호 이상 거주하는 큰 마을에 속하며, 예전에는 고령박씨(高靈朴氏)들이 많이 거주하였는데, 현재는 외지인들의 유입으로 토박이 가구와의 비율이 반반 정도 된다고 한다.

고당1리 마을회관에 처음 방문했을 때는 할머니만 십여 분이 계셨다.

가장 나이가 젊으신 분은 60대 중반이고, 아흔이 넘은 제보자까지 연령층도 다양하였는데 마치 한 가족과 같은 느낌이 들 정도로 마을 분들의 사이가 좋아 분위기가 화목하였다. 조사를 시작하자 회관에 계시던 분들이 서로 돌아가며 어린 시절 들었던 옛날이야기나 도깨비와 관련 된 신이한 경험담을 제보해주셨다. 이야기가 끊이지 않고, 조사 분위기가 좋은 편이었으므로 고당1리의 경우, 조사자들이 율면에 머무는 동안 다시 방문하게 되었다. 전날과 같이 마을 분들이 조사에 매우 협조적이며 조사자들에게도 매우 호의적이었다. 특히 재방문 했을 때는 마을 분들 사이에서 '반장'으로 통할만큼 적극적이고 밝은 성격의 이종기 제보자를 만나 흥겨운 분위기 속에서 여러 편의 민요와 이야기를 조사할 수 있었다.

경기도 이천시 율면 고당1리 마을회관 전경

## 경기도 이천시 율면 본죽리

조사일시 : 2011.1.8

조 사 자 : 신동흔, 노영근, 이홍우, 한유진, 구미진

경기도 이천시 율면 본죽리 마을 전경

경기도 이천시 율면에 속한 본죽리(本竹里)는 남한강의 지류인 청미천(淸渼川) 남쪽의 평야지대에 자리한 농촌마을이다. 옛 명칭은 본율동(本栗洞)과 죽율동(竹栗洞)으로, 이름에 모두 밤율(栗)자가 있는 것에서 알 수 있듯이 마을에는 밤나무가 많았다고 한다. 이것이 1914년 행정구역 폐합에 따라 본율리, 죽율리, 점말을 병합하였으며, 본율과 죽율의 첫 음절을 따 본죽리라 하여 율면에 편입하였다.

예전에는 열두 개의 마을이 있어 '열두 밤골'이라고 했다고 한다. 지금은 동녘말, 중터말, 학교말, 터고개, 상원암, 아랫모퉁이, 점말, 두집말, 응달말의 아홉 개의 자연마을이 남아 있으며, 이를 아울러 밤골이라 부른다.

본죽리는 원래 안동김씨가 많이 살았던 마을이나, 외지인들이 많이 유입되어 현재 토박이는 몇 가구 남지 않았다고 한다. 80호 이상이 거주하고 있으며, 주로 벼농사를 중심으로 하나 복숭아나 포도농사 등을 짓는 가구도 많다.

조사를 위해 본죽마을회관에 방문했을 당시 회관 안에는 10명 남짓한 할머니들만 계셨다. 대부분 조용하고 소극적이셔서 조사 분위기를 형성하기 쉽지 않았다. 조사원들이 할머니들께서 비교적 친근하게 여기는 호랑이나 도깨비와 같은 소재를 언급하자, 김갑순 제보자가 그와 관련된 설화와 생애담을 각각 한 편씩 제보해주었다.

### 경기도 이천시 율면 산성1리

조사일시 : 2011.1.9
조 사 자 : 신동흔, 노영근, 이홍우, 한유진, 구미진

산성리(山星里)는 경기도 이천시 율면에 위치한 마을이다. 본래 현재의 이천시 남부에 1읍 2면에 걸쳐있던 지역으로 장호원읍이 된 음죽군(陰竹郡) 상율면에 속했으며, 팔성리(八星里), 석원동(石院洞), 하산동(下山洞), 상산동(上山洞)의 여러 부락으로 나뉘어져 있었다. 이것이 1914년 행정구역 폐합에 따라 상산동, 팔성리와 충청북도 음성군 법왕면의 석원리 일부를 병합하여 산성리라 개칭하였으며, 율면에 편입하게 되었다.

산성리의 자연마을에는 돌원, 정문말 등이 있다. 돌원은 돌안, 석원(石園)이라고도 부르는데, 마을 내에서 돌이 많은 데서 유래한 지명이라는 설과, 율면 산성리에서 시작된 석원천이 설성면까지 흘러들어갔다고 하여 뺑뺑 돌아가기 때문에 돌원이라는 유래도 있다.

실제 조사장소였던 산성1리는 마을 앞으로 큰 길이 나있는데, 옛날에는 이 길이 양주에서 과천까지 이어져 한양 가는 길로 통했다고 한다. 특히

조선시대에는 선비들이 과거를 보러 지나가거나, 과천에서 임금이 파견을 보낸 어사들이 지나갔던 길로, 마을에 들러 말을 갈아타고 갔다고 하여 관말이라고 부르기도 했다. 또 충청도 경계와 인접하여 장이 자주 섰다고 하는데, 때문에 주막이 발달하고 장사꾼이나 노름꾼 등의 무리가 많았다고 한다.

경기도 이천시 율면 산성1리 마을 전경

산성1리는 현재 30호 정도의 가구가 다소 띄엄띄엄 있는 크지 않은 마을로, 노인인구가 대부분이다. 과수작물이나 밭농사를 주로 하는데, 가정에서 먹을 텃밭 정도를 가꾸며 살고 있다. 이외 외지에서 유입한 사람들이 있어 식당이나 주유소, 공장 등을 운영하거나, 인삼농사를 짓기도 한다. 특히 대대로 함종어씨(咸從魚氏) 집성촌이자, 조선 후기의 무장으로 병인양요와 신미양요 때 강화도 광성진을 수비한 명장 어재연(魚在淵)장군의 출생지로 중요민속자료 제127호인 어재연장군생가(魚在淵將軍生家)가 있다. 자연마을의 명칭 중 정문말은 이 어충신정문이 있어 붙여진 이름이기도 하다.

이 외에도 산성1리는 문씨와 전씨도 많이 살았다고 하는데, 문씨, 어씨, 전씨 집안사람들 순으로 득세하여 "문어전"의 터라 불렸다고도 한다. 현재는 함종어씨 집안이 3가구 정도만 남아있고, 외지에서 온 사람들이 많아 각기 다른 성을 쓴다고 한다. 조사 당시에도 함종 어씨 집안의 제보자를 만나, 어재연장군과 동생 어재순의 충절에 대한 이야기를 들을 수 있었다.

## ▌제보자

### 김갑순, 여, 1930년생

주 소 지 : 경기도 이천시 율면 본죽리

제보일시 : 2011.1.8

조 사 자 : 신동흔, 노영근, 이홍우, 한유진, 구미진

제보자 김갑순은 경기도 이천시 율면 본죽리의 자연부락 응달마을에서 나고 자란 이천 토박이다. 소학교를 졸업한 뒤 집에서 농사일을 도우며 지내다 20세가 되던 해, 건넛마을이자 현 율면 본죽리 마을회관이 소재한 부락에 사는 남편을 만나 평생을 본죽리에서 살고 있다.

혼인 후 남편은 바로 군 입대를 하여, 제보자는 시부모와 지내는 시간이 많았다고 한다. 제보자와 사이가 원만했던 시어머니는 평생 농사만 짓고 사셨음에도 글을 읽을 줄 아셨다고 한다. 특히 책 읽는 것을 무척 좋아하셨는데, <심청전>, <춘향전>, <삼국지> 등을 매우 즐겨 읽어 그 내용까지도 줄줄 외우실 정도였다고 한다. 덕분에 제보자와 함께 지내며 밭일이나 집안일을 하는 틈틈이 책의 내용을 포함하여, 여러 가지 이야기를 들려주셨다고 한다. 그러나 제보자가 대부분의 이야기를 기억하지 못하여, 조사 당시에는 주로 시어머니와 관련된 생애담을 많이 들려주었다. 자신이 살아온 이야기를 하던 중에, 도깨비와 관련된 생애담 1편과 <호랑이와 곶감>을 제보해주었다.

제공 자료 목록

02_24_FOT_20110108_SDH_KGS_0001 호랑이와 곶감

02_24_MPN_20110108_SDH_KGS_0001 도깨비장난

### 김순덕, 여, 1926년생

주 소 지 : 경기도 이천시 율면 고당1리
제보일시 : 2011.1.8
조 사 자 : 신동흔, 노영근, 이홍우, 한유진, 구미진

제보자 김순덕은 경기도 이천시 율면 고당1리 마을회관에서 만났다. 경상북도 안동시 풍산면 수동에서 태어나 자랐으며, 혼인 후에도 안동과 예천에서 주로 살았다. 이후 1960년대 말 경, 경기도 이천시 율면 고당리로 이주하여 현재까지 살고 계신다고 한다. 40년 가까이 이천에 살고 계시지만, 말투에는 여전히 경상도 지방의 억양이 남아 있다.

김순덕은 작은 체구에 얌전하고 인자한 성격이다. 언행이 조용하고 차분한 편이나, 마을 분들이 한두 편씩 옛날이야기를 제보하는 모습을 보고, 자진해서 이야기를 시작하였다. 조사 당시에는 <효자를 도와준 호랑이>에 관한 이야기 한 편을 제보해주었다. 인자한 성품답게 구연 후에는 이야기에서 얻을 수 있는 교훈을 덧붙여주기도 했다.

제공 자료 목록
02_24_FOT_20110108_SDH_KSD_0001 효자를 도와준 호랑이

### 김장은, 여, 1933년생

주 소 지 : 경기도 이천시 율면 고당1리

제보일시 : 2011.1.8
조 사 자 : 신동흔, 노영근, 이홍우, 한유진, 구미진

제보자 김장은 경기도 이천시 율면 고당1리 첫 조사 당시 만났다. 이천시 율면에서 나고 자라, 현재까지도 거주하고 계신 이천 토박이이다. 총 두 차례의 방문에서 고당1리 마을회관에는 모두 할머니들만 계셨는데, 마을 주민들 간의 우애가 좋고 분위기가 화기애애하였다. 여러 제보자가 돌아가며 한 두 편씩 자신이 알고 있는 이야기를 제보해 주었는데, 김장은 제보자의 경우, 적극적으로 이야기판에 참여하지 않고 몇몇 분들과 화투를 치고 계셨다. 그러면서도 다른 분들이 하시는 이야기를 드문드문 들어가며 맞장구를 치기도 하였는데, 매우 쾌활하고 밝은 성격이었다.

조사 당시에 마을회관에 계시던 분이 율면이라는 지명에 '밤 율(栗)'자를 쓴다는 이야기를 꺼내며 그와 관련된 유래가 있다고 말씀하셨는데, 함께 계시던 분들이 아무도 이야기를 제대로 기억하지 못하고 있자, 김장은 제보자가 자신이 알고 있는 이야기라며 율면의 유래에 관한 이야기 한 편을 제보해주었다.

제공 자료 목록
02_24_FOT_20110108_SDH_KJE_0001 밤골의 유래

### 박연숙, 여, 1946년생

주 소 지 : 경기도 이천시 율면 고당1리
제보일시 : 2011.1.8

조 사 자 : 신동흔, 노영근, 이홍우, 한유진, 구미진

제보자 박연숙은 충청남도 예산군 덕산면 신평리 출신으로, 외가가 만리포로 잘 알려진 충청남도 태안군 소원면에 위치하여, 태안 지방에서도 어린 시절을 보냈다고 한다. 이후 아버지의 고향인 경기도 이천시 율면으로 이주하였고, 이곳에서 혼인하여 현재까지 거주하고 계셨다. 조사당시 제보자 박연숙은 60대 후반이었으나, 고당1리가 노년층 인구가 대부분인 농촌마을인지라, 마을 내에서는 젊은 연령층에 속하여, 마을회관 내의 잡다한 일들을 도맡아 보기도 하였다.

매우 쾌활하고 밝은 성격이며, 조사 분위기를 잘 이끌어 주었고, 다른 제보자들이 구연할 때도 적극적으로 도움을 주었다. 말솜씨가 뛰어나진 않지만, 조사 당시에도 적극적으로 자신이 알고 있는 이야기를 구연하였는데, 주로 도깨비와 관련 된 생애담과 설화를 제보해 주었다.

제공 자료 목록

02_24_FOT_20110108_SDH_PYS_0001 땅은 못 가져간 도깨비
02_24_MPN_20110108_SDH_PYS_0001 도깨비장난에 홀린 아저씨
02_24_MPN_20110108_SDH_PYS_0002 도깨비불 본 경험담
02_24_MPN_20110108_SDH_PYS_0003 도깨비와 길동무한 증조할머니

### 송필례, 여, 1921년생

주 소 지 : 경기도 이천시 율면 고당1리
제보일시 : 2011.1.8
조 사 자 : 신동흔, 노영근, 이홍우, 한유진, 구미진

송필례는 이천시 율면 고당1리에서 만난 제보자로, 율면과 멀지 않은

장호원읍 풍계리에서 나고 자란 이천 토박이이다. 18세에 율면에 사는 남편과 혼인한 이후로, 시집을 와 평생을 고당리에서 살아왔는데, 자식들을 모두 출가시키고 남편과 사별 후, 현재는 혼자 지낸다고 하셨다.

제보자 송필례는 마을에서 가장 연로함에도 불구하고 기억력이 매우 좋았으며 이야기를 구연하는 실력도 뛰어났다. 치아가 많이 남아있지 않아 발음이 정확한 편은 아니었으나, 웃음이 많고 낙천적인 성격이어서 조사 분위기를 시종 화기애애하게 이끌어갔으며, 조사에도 매우 협조적이었다.

고당1리의 경우, 총 두 차례 방문하였는데, 송필례는 1・2차 조사에서 모두 이야기를 제보해 주었다. 제보자가 구연한 자료는 <젊어지는 샘물>, <혹부리 영감>, <해와 달이 된 오누이> 등의 설화와 도깨비와 관련 된 생애담 한 편이 있는데, 설화의 경우 대부분 어린 시절에 책을 보고 기억하는 것들이라 하였다.

제공 자료 목록

02_24_FOT_20110108_SDH_SPR_0001 혹부리영감
02_24_FOT_20110108_SDH_SPR_0002 해와 달이 된 오누이
02_24_FOT_20110108_SDH_SPR_0003 젊어지는 샘물
02_24_MPN_20110108_SDH_SPR_0001 도깨비불 본 경험담

## 신월성, 여, 1923년생

주 소 지 : 경기도 이천시 율면 고당1리
제보일시 : 2011.1.8
조 사 자 : 신동흔, 노영근, 이홍우, 한유진, 구미진

제보자 신월성은 경기도 이천시 율면 총곡리에서 나고 자라, 20세에 혼인 후 고당리로 이주해와 평생을 살고 있는 이천시 율면 토박이이다. 제보자의 남편은 평생 교직에 몸담고 있다 교장선생님으로 퇴직하였다. 남편이 교직에 있는 시절에도 제보자는 직접 일꾼을 데리고 농사를 지으며 슬하에 삼남매를 키웠다고 한다. 현재는 자식들이 모두 혼인하여 고향을 떠나, 남편분과 소일을 하며 편안하게 지낸다고 하셨다. 제보자의 남편 분은 마을 내에서도 애처가라고 할 만큼 제보자와의 사이가 좋았으며, 제보자 역시 나이 드는 것이 아쉽다고 할 만큼 만족스러운 노년을 보내고 계셨다.

신월성 제보자는 연이어 두 차례 방문했던 고당1리에서 각각 한 편 씩 총 두 편의 설화를 제보해 주었다. 기억력이 좋지 않은 편이고, 말이 다소 느리며 경기도 지방 특유의 말투를 사용하였다.

제공 자료 목록
02_24_FOT_20110108_SDH_SWS_0001 밤골의 유래

### 어영선, 남, 1938년생

주 소 지 : 경기도 이천시 율면 산성1리
제보일시 : 2011.1.9
조 사 자 : 신동흔, 노영근, 이홍우, 한유진, 구미진

어영선은 경기도 이천시 율면 산성리를 방문했을 당시, 산성1리 마을회관에서 만났던 제보자이다. 산성1리는 원래 함종어씨(咸從魚氏) 집성촌으로, 조선 후기 무장인 어재연(魚在淵)장군의 생가가 있는 마을로도 알려져

있다. 어재연 제보자 역시 함종어씨이자 어재연장군의 후손으로, 조상 대대로 이 마을에서 살아온 이천토박이였다.

제보자는 고등학교까지 이천에서 다녔으며, 서울에서 중앙대학교를 졸업했다. 이후 잠시 직장생활을 하기도 했으나, 29세에 충청북도 음성군 출신의 아내를 만나 혼인 한 뒤로는 고향에 돌아와 평생 벼농사와 고추농사 등을 지으며 슬하에 삼남매를 키우셨다고 한다. 어재연 제보자의 말솜씨가 뛰어나거나, 알고 있는 이야기가 많은 편은 아니었으나, 동년배의 마을 어르신들 세대에서 유일하게 대학교육을 받으셨다는 이유로, 조사 당시 마을 분들이 하나같이 제보자를 추천해주기도 했다.

어재연 제보자는 다소 작은 체구에 점잖은 성격이었으며, 마을과 관련된 여러 이야기를 하던 중 자신의 조상이기도 한 어재연장군과 동생 어재순의 충절에 관한 일화를 한 편 제보해주었다.

제공 자료 목록

02_24_FOT_20110109_SDH_EYS_0001 어재연장군과 동생 어재순의 충절

### 이원삼, 여, 1932년생

주 소 지 : 경기도 이천시 율면 고당1리

제보일시 : 2011.1.8

조 사 자 : 신동흔, 노영근, 이홍우, 한유진, 구미진

제보자 이원삼은 경기도 여주군에서 나고 자랐는데, 19세에 혼인하여 경기도 이천시 설성면으로 오게 되었다. 이후 이천시 율면 고당리로 이주하여, 현재까지 거주하고 계신다. 본명은 이원인(李元仁)이었으나, 한국전

쟁 당시 면사무소의 화재로 인해 자료가 소실된 탓에 이후 다시 호적을 정리하게 되었는데, 그 과정에서 이름의 한자 중 인(仁)자가 삼(三)자로 잘못 기재되었다고 한다. 그 뒤로 주민등록상의 기록을 따라 현재와 같이 '이원삼'이라는 이름을 사용하게 되셨다고 하는데, 오래 전부터 알고 지낸 마을주민들께서는 여전히 '이원인'이라는 이름으로 기억하고 계시기도 하였다. 이원삼은 독실한 천주교 신자로 웃음이 많고, 밝은 성격이었다. 기억력이 좋거나 말솜씨가 뛰어나지 않지만 조사에 매우 호의적이었으며, 적극적으로 이야기를 제보해주었다. 조사 당시에는 호랑이와 관련된 설화를 두 편 정도를 구연하였다.

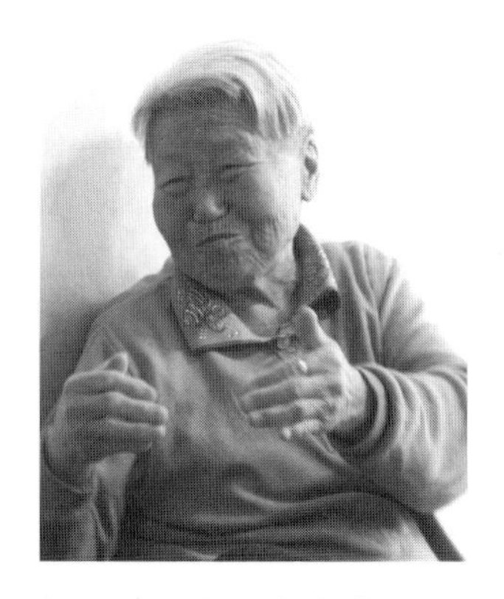

제공 자료 목록
02_24_FOT_20110108_SDH_LWS_0001 호랑이와 곶감
02_24_FOT_20110108_SDH_LWS_0002 수수깡이 붉게 된 이유

### 이종기, 여, 1932년생

주 소 지 : 경기도 이천시 율면 고당1리
제보일시 : 2011.1.9
조 사 자 : 신동흔, 노영근, 이홍우, 한유진, 구미진

제보자 이종기는 경기도 이천시 율면 산양리 출신으로, 이천시 율면에서 나고 자라 평생을 살아온 토박이이다. 율면 고당1리는 이종기 제보자를 만나기 전에 1차 조사를 했던 곳으로, 조사자들이 다시 방문하였을 때 마을회관에 모여 있던 대부분의 주민들이 이미 조사의 방식과 내용에 대해 알고 있었다. 그러므로 조사자들을 다시 만난 마을 주민들이 모두 이

야기를 잘하고 재미있는 사람이라며 '용길이 할머니'라 불리는 제보자를 추천하였다.

이종기 제보자는 일제 강점기에 소학교를 다니며 이야기나 노래를 익혔는데, 그 때 배운 노래들도 여전히 기억하였다. 14세 때 해방을 맞이한 뒤로는 집안형편으로 인해 학교를 다니지는 못하였고 주로 밭일을 하며 살았다. 이후 같은 마을에 살던 남편을 만나 혼인을 하였고, 아이들을 업고 다니며 수년 간 보따리 장사를 했던 경험이 있다고 한다. 이러한 경험을 통해서도 들은 이야기나 노래들이 많다고 하셨다.

입담이 좋거나 이야기의 구성력이 뛰어나지는 않았지만, 흥이 많고 밝은 성격 덕분에 조사 내내 즐거운 시간을 마련하여 주었다. 특히 이종기 제보자가 구연을 하는 동안은 십여 명에 이르는 청중들이 모두 집중을 하며 장단을 맞춰주고, 호응을 해주는 등 마을주민들 사이에서 '반장'으로 통할만큼 사람들을 잘 이끌어 주는 특유의 리더십이 있다. 또한 매우 낙천적이고 긍정적인 성격으로, 마을 분들 사이에서도 부지런하고, 강인하게 살아왔다는 칭송이 자자하였다.

이번 조사에서는 <한글풀이 노래>, <세월타령>, <여보 여보 거북님>, <이거리 저러기> 등 어린 시절부터 불렀던 민요를 포함하여, 설화와 생애담 등 다양한 형태의 자료를 제공해주었다.

제공 자료 목록

02_24_FOT_20110109_SDH_LJG_0001 이야기 좋아하는 왕의 사위되기
02_24_FOT_20110109_SDH_LJG_0002 도둑을 뉘우치게 한 여자
02_24_MPN_20110109_SDH_LJG_0001 뱀이 되어 나타난 첫 번째 부인
02_24_FOS_20110109_SDH_LJG_0001 한글풀이 노래

02_24_FOS_20110109_SDH_LJG_0002 세월 타령 (1)
02_24_FOS_20110109_SDH_LJG_0003 세월 타령 (2)
02_24_FOS_20110109_SDH_LJG_0004 이거리 저거리
02_24_FOS_20110109_SDH_LJG_0005 자장가
02_24_FOS_20110109_SDH_LJG_0006 여보 여보 거북님

# 호랑이와 곶감

자료코드 : 02_24_FOT_20110108_SDH_KGS_0001
조사장소 : 경기도 이천시 율면 본죽리 345번지 본죽마을회관
조사일시 : 2011.1.8
조 사 자 : 신동흔, 노영근, 이홍우, 한유진, 구미진
제 보 자 : 김갑순, 여, 82세
구연상황 : 호랑이와 관련된 이야기를 나누던 중, 생각나신 이야기를 구연하였다.
줄 거 리 : 옛날 호랑이 한 마리가 마을에 내려와서 어느 집 앞마당까지 들어섰다. 그 집에는 어린 아이가 있었는데, 밤늦도록 계속 보채고 울기만 하였다. 아이의 엄마는 아이를 달래려고 자꾸 울면 호랑이가 온다고 겁을 주었으나, 아이는 꿈쩍도 하지 않고 계속해서 울어댔다. 그러자 이번에는 아이의 엄마가 아이에게 곶감을 주겠다고 하였는데, 그 말을 들은 아이는 순식간에 울음을 뚝 그쳤다. 밖에서 이 소리를 엿듣고 있던 호랑이는 자신보다 더 무서운 '곶감'이라는 것이 집안에 있다고 여겨서 깜짝 놀라 그대로 달아나 버렸다.

옛날에 그랬데잖어. 애가 하도 재우는데 울으니까(우니까) 뭐

"호랭이(호랑이)가 온다. 호랭이(호랑이) 온다."

그래두, 저기 그냥 울더니 이

"곶감 줄까."하고

"곶감 온다."

그러니까 얼른 그쳐서,

"그 곶감이 호랭이(호랑이)보다 무서운가보다."

하고 그 호랭이(호랑이)가 왔다가 [웃으면서]

"아유 그 곶감은 나보다 얼마나 무서우면은 애가 울다가 그치냐고."

그런데더라구.

(청중 : 그래 도망을 갔데잖아.)

## 효자를 도와준 호랑이

자료코드 : 02_24_FOT_20110108_SDH_KSD_0001
조사장소 : 경기도 이천시 율면 고당1리 116-3번지 고당1리 마을회관
조사일시 : 2011.1.8
조 사 자 : 신동흔, 노영근, 이홍우, 한유진, 구미진
제 보 자 : 김순덕, 여, 86세
구연상황 : 옆에 있던 할머니들이 서로 호랑이 이야기를 꺼내자, 문득 생각나신 이야기를 구연하였다.
줄 거 리 : 옛날에 아버지를 모시고 살던 한 효자가 있었는데, 어느 날 아버지가 큰 병에 걸려 홍시를 무척 먹고 싶어 하였다. 한겨울이었으나 아들은 당장 홍시를 구하기 위해 집을 나섰는데, 갑자기 호랑이가 나타나 넙죽 엎드려 아들을 태우고는 어느 집으로 데리고 갔다. 그 집에서는 마침 제사를 지내는 중인지라 홍시가 그득하였고, 아들에게도 홍시를 대접하였다. 그런데도 아들이 홍시를 먹지 않자 집주인이 그 사연을 묻고는 아들의 효성에 감탄하여 오히려 더 많은 홍시를 내어주었다. 덕분에 홍시를 얻은 아들이 이번에는 집에 돌아가려고 하자, 호랑이가 다시 나타나 아들을 데려다 주었다. 호랑이 덕분에 홍시를 먹게 된 아버지는 마침내 병이 나았다고 한다.

아 옛날에, 에 아버지가 효도아들('효자'를 말함.)이 있었어. 효도아들이 있었는데, 아버지가 편찮했는데, 동지섣달에 에, 병이 나서 아파 누우셨는데

"아휴, 내가 홍시를 먹으면은 병이 나을 것 같다."

그러니께 그 효도아들이 그걸 듣고 아 춥기는 한데 아주 옷을 뜨듯하게 입고 인제 ○○을 나섰어. 나서니께 갈기가 터벅한 놈이 호랭이(호랑이)가 와가지고 궁디(궁둥이)를 둘러 내면서 하니께는 이 효도아들이 그 갈기를 이래 붙잡고, 털을 붙잡고 타고 가서 호랭이(호랑이)가는대로 갔어. 가는대로 가니께래 어느 산골로 드가드래. 산골로 드가드만 불이 빠안한 집에 드가니까 그래 참말로 문을 열고 드가, 그래 호랭이(호랑이)가 그걸 ○○○다 그 궁뎅이(궁둥이)를 멀름 둘러대고 내라놓더래 호랭이(호랑이)가. 그래가지고 그 문을 열고 드가니까 한, 감 홍시를 많이 차려놓고 제상을 차려놓고 이제 제사를 지내, 그 집에. 제산을 지내, 제사를 지내가

지고

"아이고, 우예 손님이 이 추운데 어뜨케(어떻게) 오시냐구."

반갑게 맞아들이더래. 그 주인 네가. 그래가지고 들어 앉아

"제사를 지낼 동안에 여 앉아 계시라구."

그러더래. 그래 뜨듯한 데 있다가, 제사 다 지내고는 인제 그 음식을 차려가지고, 같이 먹, 먹으라더래. 그래 먹고, 제사에다가 홍시를 놨는데 안 먹었데.

"왜 이 귀한 홍시를 안 잡숩니까."

그니까

"나는 달래(달리) 이래 온 것도 아니고, 우리 아버지가 편찮해, 병이 들어 누웠는데 하도 감 홍시를 운운해고 '감 홍시를 잡수면은 내 병이 낫겠다'고 그래서 그걸 듣고 내가 그 ○○○○니까래 참 호랭이(호랑이)가 와서는 날 타라고 둘러대가지고는 이걸 타고 왔다고. 그래 호랭이(호랑이)는 가고 나는 이리 들어왔다고."

그러더래. 그래가지고

"당신 이걸 실컷 먹으라고. 먹고 가라고. 내가 아버지 드릴 거는 많이 드릴 터일께네, 많이 드릴 터인 께네 먹고 가라고."

그러더래. 그래가지고 그걸 먹고 차말로(참말로) 봉다리에다 많이 싸주는 걸 싸, 가지고 오니, 가지고 이제 나서니께 ○○ 나서니까 또 호랭이(호랑이)가 오더래. 오드만 궁뎅이(궁둥이)를 늘름 둘러대고 하도 효도성('효성'을 말함.)이 있으니 하나님이 보내셨어. 그것도.

(조사자 : 예예.)

그래가지고 그거를 호랑이를 타고 집꺼정 갔어. 집에. 집꺼정 가가지고는 그래 참 그 아버지가,

"아이고, 아들이 이렇게 홍시, 아버지 구해왔다."

하니께 벌떡 일어나시더래. 그래가지고 그걸 잡숫고 병이 낫더래.

## 밤골의 유래

자료코드 : 02_24_FOT_20110108_SDH_KJE_0001
조사장소 : 경기도 이천시 율면 고당1리 116-3번지 고당1리 마을회관
조사일시 : 2011.1.8
조 사 자 : 신동흔, 노영근, 이홍우, 한유진, 구미진
제 보 자 : 김장은, 여, 79세
구연상황 : 마을회관에 계시던 분들과 마을의 명칭에 대해 이야기를 나누던 중, 몇몇 분들이 율면이 밤 율(栗)자를 쓰는데, 이와 관련된 이야기가 있다고 하셨다. 대부분 단편적인 사항만을 기억하셔서 제대로 조사를 하기 어려웠는데, 조사에 참여하지 않고 옆에서 화투를 치고 계시던 제보자께서 그 이야기를 알고 계신다며 제보해주었다.
줄 거 리 : 옛날 율면에는 시어머니를 잘 봉양하지 않던 며느리가 있었다. 고부간의 사이가 점점 나빠지자, 남편은 아내에게 밤을 사다주면서 그것을 삶아 매일 어머니에게 드리면 어머니가 일찍 돌아가실 것이라고 하였다. 그 말을 믿은 아내는 매일 밤을 삶아 어머니께 대접하였는데, 며느리가 정성스럽게 봉양한다고 여긴 시어머니는 며느리를 아끼기 시작하였다. 덕분에 고부간의 사이가 좋아졌고 며느리는 진짜 효부가 되었는데, 이것이 알려져 그 이후로 이 마을을 밤골이라 불렀다고 한다.

율면이라는 데가, 왜 율면인 줄 알아요? 저 본죽리라는 데가

(조사자 : 예.)

밤골인데,

(조사자 : 예.)

옛날에 거기서 시엄니가

(조사자 : 예.)

며느리가 시엄니를 하도 봉양을 안 하니까

(청중 : 응. 그거 재밌다.)

(청중 : 그거 얘기 나오네, 지금. 그거, 그 얘기를 해 달래는 거야. 지금.)

(조사자 : 아. 어디서 들었는데 어렴풋이 들어 가지구,)

시어머니가 이렇게 며느리하고 뜻이 안 맞으니까, 남편이 마누라보고

"내가 밤을 한 말 사다줄 것이니, 항상 저기 어머니를 밤을 삶아서 까서 드리라구."

그러더랴.

(조사자 : 예.)

(청중 : 그러면 죽는다 그랬지. 헤헤헤.)

그래서 며느리가 그냥 참말 그게,

"그럼 어머니가 얼른 돌아간다구(돌아가신다고) 얼른 돌아간다구(돌아가신다고) 그러니께 해드리라고."

그래서 그 며느리가 그렇게 해줬디야. 그랬더니 나중에는 시어머니가 이제 동네 다니며 소문내기를

"아유, 우리 며느리가 얼마나 잘 하는지, 나는 날마다 밤을 삶아줘서"

(청중 : 밤은 보약인데, 이게.)

"건강하다구."

자랑을 하더랴.

(조사자 : 예.)

그래서 이 율면이라는 데가, 그 밤 율(栗)자로, 그 본죽리 따라서 밤골이라니까 밤 율(栗)자로 해서 지금 이렇게 저기 효자가 나구, 효자 아들두 나구, 그래 가지구 율면이 된 거래. 이게. 여기 고당, 율면이.(조사장소였던 경기도 이천시 율면 고당리를 말함.)

(조사자 : 그 며느리랑 시어머니는 다시 화해했어요?)

응, 화해해가지고 잘 화목하게 살다가 그 시어머니가, 그렇게 저기, 시어머니를 싫어하더니, 남편이 밤을 삶아서 어머니를 이렇게 드리면 얼른 돌아간다(돌아가신다) 했더니 여자가 곧이를 ○○듣더니 그렇게 밤 한말을 사다줘서 날마다 그렇게 어머니를 삶아주고 공경을 하니께, 효자며느리가 되가지고, 가정이 화목해가지고, 잘 살아가지고, 본죽리라는 데가 그래서 밤골이 소문나고 율면이 그래 밤 율(栗)자로 소문 난거야.

(조사자 : 음.)

## 땅은 못 가져간 도깨비

자료코드 : 02_24_FOT_20110108_SDH_PYS_0001
조사장소 : 경기도 이천시 율면 고당1리 116-3번지 고당1리 마을회관
조사일시 : 2011.1.8
조 사 자 : 신동흔, 노영근, 이홍우, 한유진, 구미진
제 보 자 : 박연숙, 여, 66세
구연상황 : 마을회관에 계시던 분들이 어린 시절에는 도깨비에 관한 이야기들이 많았다고 하시면서 단편적인 경험담을 하나씩 언급하셨다. 그러자 옆에 있던 제보자가 문득 떠오른 이야기를 구연하였다.
줄 거 리 : 옛날 어떤 사람이 도깨비들이 준 돈으로 땅을 샀다. 화가 난 도깨비들은 그 사람에게 찾아와 다시 돈을 내놓으라고 하였는데, 그 사람은 이미 땅을 사버려서 줄 수 없다고 하였다. 그 말을 듣고 땅을 가져가려던 도깨비들은 마음대로 할 수 없자, 더욱 화가 나 땅 위에 돌멩이를 잔뜩 쌓아놓았다. 그러자 땅주인이 돌멩이를 비싸게 팔 수 있겠다며 좋아하는 척을 하니, 그 말을 들은 도깨비들은 부리나케 돌들을 치워버렸다.

뭐 어떤 사람은 뭐 저그번(지난번)에도 얘기해 주는디, 도깨비들이 뭐 누가 땅을 샀는데, 그 땅을 도깨비 땅을 샀는지 어쩐지 그걸 갖다가, 돈을 갖다 준거를 갖다가, 돈을 갖다놓은 거를 땅을 샀디야. 그런데 도깨비들이 와서, 응 땅을, 땅을 샀다고

"돈 내놓으라."

하는 걸,

"땅을 다 샀으니께 땅으로 가져가라."

하니께 땅을 못 가져가니께 돌멩이로 갖다 이렇게 쌓아놨더래잖어. 치이, 다 돌멩이로다 이렇게 쌓아놨는데 그 돌멩이를 그냥 갖다 쌓아놓기만 하지 갖다 칠 줄을 안 치, 안 치더랴. 그래서

"저 돌이 엄청 비싼 건데 우리가 다 팔아먹어야 되겠다고."

헤헤. 인제 그런 식으로 얘기해니께 돌멩이를 밤새 져 날라서 다 퍼내고, 그냥 헐 수 없이 지들이 지구 가드려. 땅을 사놨응께 아무 저기도 못하구.

## 혹부리영감

자료코드 : 02_24_FOT_20110108_SDH_SPR_0001
조사장소 : 경기도 이천시 율면 고당1리 116-3번지 고당1리 마을회관
조사일시 : 2011.1.8
조 사 자 : 신동흔, 노영근, 이홍우, 한유진, 구미진
제 보 자 : 송필례, 여, 91세
구연상황 : 마을회관에 계신 분들과 함께 이야기를 나누던 중, 도깨비에 관한 이야기가 나오자 생각나신 이야기를 구연하였다.
줄 거 리 : 옛날 어느 마을에 한 혹부리 영감이 살았는데, 하루는 나무를 하러 깊은 산속에 들어갔다. 그러다 날이 저물어 산속을 헤매게 되었는데, 오두막을 하나 발견하고는 잠시 들어가 쉬면서 혼자 노래를 불렀다. 그때 노랫소리를 들은 도깨비들이 별안간 우르르 몰려와 노래가 어디서 나오는지 물었다. 혹부리영감이 노랫소리가 자신의 혹에서 나온다고 하자, 도깨비들은 재물까지 주고 그 혹을 떼어갔다. 한편 그 마을에는 혹부리영감이 한 명 더 살았는데, 욕심쟁이였던 그 영감은 혹도 떼고 부자가 된 이웃 영감의 소문을 듣고 찾아와 그 방법을 알아냈다. 그리고는 자신도 오두막을 찾아가 노래를 불렀는데, 이번에도 도깨비들이 찾아와 노래가 나오는 곳을 물으니, 그는 똑같이 혹에서 나온다고 대답하였다. 그러나 이미 한 번 속았던 도깨비들은 화를 내며, 욕심쟁이 영감에게 다른 혹마저 붙여 주었다. 결국 욕심쟁이 혹부리영감은 재물을 얻기는커녕, 혹 하나를 더 붙여 망신만 당하게 되었다.

옛날, 옛날에, 한 노인네가 저 짚은(깊은) 산으로 나무를 갔더니, 낭구(나무).

(청중 : 아, 예.)

그래 낭구(나무)를 한 짐 해지고 올래니까, 날이 저물구 비가 오더랴. 그래 어디쯤 오니까 오두막집이 하나 있어서, 낭굿짐(나뭇짐)을 거기다 바쳐놓구 거기 가서 이렇게 혹이 달린 사람이, 노래를 하구 드러누워 있었데야 그냥. 구성지게 노래를 하구 드러눴으니까, 도깨비들이 우루루루 몰려 들어오더랴. 그래서

"아 어서(어디서) 그렇게 노래가 나오느냐구."

그러니까,

"내 혹에서 나온다구."

여기서[볼 한쪽을 가리키며], 그니까 혹을 띠어(떼어)갔어. 그러구,

"그 혹을 나한테 팔라고."

그래 돈을 많이 주구선 그걸 띠어(떼어) 갔는데, 달구 댕기니(다니니) 노래가 나와. 그건 사람이 핸(한) 노래지.

그래서 인자(이제) 부자가 돼서, 즈 집으로 와서 부자가 돼서 사는데, 또 욕심쟁이 할아버지가, 그것도 혹부린데, 혹을 달구,

"어떻게 해서 이렇게 자네는 부자가 됐느냐."

그래서,

"나는 나무를 해지고 오다가 주막, 어디 산골에 주막집에 들어가서, 오두막집에 [주변이 어수선해져 잠시 말을 멈추며] 오두막집에 들어가서, 그렇게 노래를 했더니 도깨비들이 들어와서 노래가 어서(어디서) 나오느냐 해서 내 혹에서 나온 뎄더니, 그걸 팔았다."

그러니까 그 사람두 가서, 그 집에 가서 노래를 그렇게 했데여. 그래서 참 도깨비가 또 우르르 들어오더래네. 그래서

"그 노래가 어서(어디서) 나오느냐."

그러니까

"내 혹에서 나온다."

그러니까 도깨비들이 속았지.(이미 한번 속았었다는 말임.) 그니까 야,

이 도깨비들이

"요게서두(여기서도) 노래가 나온다 그래서 샀는데 안 나오니까 이거 마저 니나 붙여라."

하구 양쪽에다 붙여 주더랴. 자기 혹두 있는 데다, 없는 데다, 그래 붙여 줘가지구 혹 붙어갖구, 돈두 못 받구, 그러구 살았어. 그렇게 와서. 그래, 사람이 욕심을 너무 부려도 안 되거든. 이젠 내 저기대루 살아야지. 그래 인제 그게 욕심의 혹이거든 그게. 그래가지구는 그 사람은 혹만 더 양쪽에다 달구, 돈도 못 받아가지구 산거여.

## 해와 달이 된 오누이

자료코드 : 02_24_FOT_20110108_SDH_SPR_0002
조사장소 : 경기도 이천시 율면 고당1리 116-3번지 고당1리 마을회관
조사일시 : 2011.1.8
조 사 자 : 신동흔, 노영근, 이홍우, 한유진, 구미진
제 보 자 : 송필례, 여, 91세
구연상황 : 어린 시절 책을 보고 기억하게 된 이야기가 있다고 하시면서, 자진해서 구연하였다.
줄 거 리 : 옛날, 산골에 살던 어떤 오누이의 엄마가 고개를 넘어 집으로 돌아오던 중에 호랑이를 만났다. 호랑이는 고개마다 나타나 떡을 이고 오는 오누이의 엄마에게 떡을 하나씩 뺏어 먹고는 아이들이 있는 집으로 갔다. 호랑이가 남매를 속여 엄마가 왔으니 문을 열어 달라고 하자 아이들이 손을 내밀어 보라고 하였다. 그러나 엄마 손이 아닌 것을 알아차린 오누이는 호랑이에게 떡을 구워 하나씩 던져주다, 화롯불에 달군 벌건 돌을 던져 호랑이를 혼내준다. 그리고는 집 뒤에 있는 나무에 올라갔는데, 그것을 본 호랑이가 어떻게 올라갔는지 묻자, 아이들은 참기름을 바르고 올라왔다고 하였다. 그 말을 들은 호랑이가 참기름을 바르고 나무를 오르려고 했으나, 미끄러워서 오를 수가 없었다. 그 사이 오누이는 하늘에 자신들을 살려주려거든 새 동아줄을 내려주고, 죽이려거든 헌 동아줄을 내려주라고 빌었는데, 새 동아줄이 내려와 하늘로 올라갔

다. 이를 본 호랑이도 하늘에 대고 똑같이 빌었는데, 하늘에서는 헌 동아줄이 내려와, 그것을 타고 올라가던 중 줄이 끊어지는 바람에 수수밭에 떨어져 죽었다. 지금도 수숫대가 붉은 것은 그때 호랑이가 흘린 피 때문이다. 한편 하늘에 올라간 오누이는 각각 해와 달이 되었는데, 누나는 밤이 무섭다며 해가 되고, 남동생은 달이 되었다.

옛날 옛날에,

(청중 : 네.)

한 할머니가

(청중 : 예.)

어디를 인제 갔다가, 고개를 넘어오시는데,

(청중 : 예.)

저 호랭이(호랑이)가,

"할멈, 할멈, 나"

거 떡을 이고 왔던지, 어쨌던지,

"나 그 떡 하나 주면 안 잡아먹지."

그래서 떡을 하나 주구, 또 한 잔등(산등성)을 넘어오니까, 또 어서(어디서)

"할멈, 할멈, 나 그 떡 하나 주면 안 잡아먹지."

그랬더랴. 그래서 자꾸 자꾸 인제 고개 하나 넘을 적마다 떡 하나씩 줘서 떡이 다 들어가구, 집에를 왔는데 애들이 인제 즈엄마 왔다구, 문을 열래니까, 두 남맨데, 문을 열래니까 안 열어 주구, 손을 이렇게 [잠시 목을 가다듬으며] 문구녕(문구멍)으로 디밀어 보라 그러더랴. 그래 손을 이렇게 디밀어 보니까, 손이 억시지. 억시니까,

"우리 엄마 손은 보들보들 한데, 왜 이렇게 손이 억시냐구."

그러니까,

"베(벼)를 메서 여기 이렇게 풀기가, 풀이 묻어서 이렇게 억시다구."

그러더랴. 그래두 그 애들이 문을 안 열어줬어. 그래갖구 저, 무슨 떡을 구워서 줬데나, 던져주면 집어먹고

"나 또 떡 하나 주면 안 잡아먹지."

그래서 또 떡을 하나 구워서 던져주구, 던져주구 그래서 나중엔 떡이 없어서, 이런 돌이 있더려. 화롯불에. 그래 벌겋게 달은 놈을 집어 던져줬더니, 그걸 먹으니까 뜨겁잖아 호랭이(호랑이)가. 그래 펄펄 뛰○데다가, 그래 이제 이 애들이 어떻게 살아 날 기운을, 저거를 찾아야 하잖아. 그래 뒤에 나무가, 큰 나무가 있는데, 거기를 올라갔댜, 두 남매가. 올라가서 있으니까, 호랭이(호랑이)가 쳐다보고,

"아이고, 올라 갈래니까 올라갈 수가 없지?"

"아이고, 느들은 어떻게 거기를 올라갔냐?"

그러니까,

"뒷집에 가서 참기름을 얻어 바르고 올라왔다구."

그래 기름을 바르고 올라가니까 더 미끄러워 올라가.

(조사자 : 네네.)

그래서 못 올라갔지. 그러니까 애들은 하느님한테 다 기도를 하는겨.

"하느님, 하느님. 우리를 살려달라구."

(조사자 : 네.)

"우리를 살려주려면 새 동아발을 내리구, 죽일려거든 헌 걸 내려 달라구."

(조사자 : 네.)

그러니까 새 동아발을 타구 둘이 올라갔어. 하늘에. 그래 올라가서 여자는 밤에 무서우니까 해가 되구, 남자는 달이 된 거랴.

(조사자 : 아.)

그런데 이 호랭이(호랑이)는 거길 올라갈래니 올라갈 수가 있어. 미끄러져 내려와서, 그러니까 그 애들 하는 소리를 듣구, 하느님한테다 자기

두 저거, 줄을 내려달라구,

"하느님, 하느님, 나를 살릴려면 새 줄을 내리구, 죽일라걸랑 헌 줄을 내려 달라구."

그러니까, 올라갈려니까 안 되니까, 헌 줄을 내려줬어. 헌 줄을. 그래 올라, 타고 올라가다가, 떨어져서 수수 끝으로, 수수나무 있잖아. 수수, 먹는 수수.

(청중 : 예예.)

그 끝으루다가 찔려서 죽어서, 그게 수수깡이 비면(베면) 요기가 빨강거든[손가락 끝을 집으며]. 그래 그게 호랭이(호랑이) 피래여. 그래서 뻘겋게 된거야. 그런 얘기밖에 없어. 인제 다 했어. 좋은 얘기 해줬지? 하늘에 올라가서 달이 되구, 해가 됐으니, 남자는, 동상(동생)은, 남동상(남동생)은 달이 되구, 여자는 밤이 무서우니까, 지가 해가 되겄다 그래서 해가 이렇게 사람을 볼래면, 해가 눈이 부셔 못 보잖아. 그게 내우(내외) 하느라구 그렇게 눈이 부셔서 못 보는 거랴. 달은 밤에 화장창 밝지? 남자가 달이 된 거야.

## 젊어지는 샘물

자료코드 : 02_24_FOT_20110108_SDH_SPR_0003
조사장소 : 경기도 이천시 율면 고당1리 116-3번지 고당1리 마을회관
조사일시 : 2011.1.8
조 사 자 : 신동흔, 노영근, 이홍우, 한유진, 구미진
제 보 자 : 송필례, 여, 91세
구연상황 : 어린 시절 책에서 본 또 다른 이야기가 있다고 하시면서, 앞의 이야기에 이어 구연하였다.
줄 거 리 : 옛날, 자식이 없어 아내와 단 둘이 살던 마음씨 착한 할아버지가 있었다. 할아버지는 어느 날 다리를 다친 파랑새 한 마리를 보고는 데려와 잘 치료한

뒤 날려 보내주었다. 얼마 후, 산 속에 나무를 하러 간 할아버지는 그 파랑새를 다시 만나게 되었다. 그러자 파랑새는 할아버지를 어떤 샘으로 안내하였는데, 할아버지가 그 물을 마시자 갑자기 젊어지게 되었다. 깜짝 놀라 집으로 돌아온 할아버지는 할머니에게도 물을 마시게 하려고 이 사실을 알려주었다. 이때, 그 이야기를 몰래 엿듣고 있던 욕심쟁이 영감이 먼저 샘으로 달려가서 물을 실컷 마셨는데, 너무 많이 마신 탓에 그만 갓난아기가 되어버렸다. 뒤이어 샘가에 온 할머니는 물을 적당히 마셔 남편처럼 젊어졌고, 다시 젊어진 부부는 울고 있는 아기를 데려다 자식으로 삼아 잘 키웠고 한다.

할아버지가, 마음씨 착한 할아버지가, 파랑새가 다리를 다쳐가지구 있는 걸, 할아버지가 붕대를 감아서 날려 보냈는데,

(조사자 : 네.)

그 할아버지가 인제 산골로 나무를 하러 갔더니, 파랑새가 있더랴. 그래서

"아이구, 파랑새야. 너 괜찮느냐. 다리가 좀 어떠냐."

하니까 날갯짓을 하구, 돌아다보면서, 날라가더랴. 파랑새가 어디루. 그니까 이 할아버지는 그냥 헐떡거리구, 그 새를 쫓아가니까, 얼마를 쫓아가니까, 말간 샘물이 있더랴. 그러니까 저, 그 새 쫓아가느라구, 목이 마르잖아. 그래서 그 물을 먹었, 먹구 나니까. 이런 살이 이상해지더랴. [자신의 얼굴을 만지며] 여가 툭툭툭툭 해구, 이 쭈글쭈글 한 게, 다 이렇게 펴지구, 얼굴도 아주 그냥 젊은 사람이 되구, 아이구, 그래서 아이구, 참 만져보구, 뭐 자기 몸이 이상해지니까 이렇게 만져보구 그래두 죄 이제 펴지구 젊어졌어. 젊어져서 집에를 한걸음에 가서 마누라한테 그런 얘기를 했데네. 그랬더니 그 젊어지는 샘에 가서 이제 마누라도 맥여야(먹여야) 마누라도 같이 젊지.

(조사자 : 헤헤헤헤.)

그러니까

"가자구."

인제 그런 애기를 하니까, 욕심 많은 노인네가 고기서 엿듣구, 그 애기를 다 엿듣고는 거기 가서 물을 마음껏 퍼 먹었데네.

(조사자 : 헤헤헤헤.)

그랬더니, 애기가 갓난 애기가 돼서 소리높이 울고 있드랴. 그래 이제 그 영감이 자기 부인을 데리고, 거기 물을 먹으러 가니까. 인제 애기, 갓난 애기가 그렇게 울고 있어서, 그이는 마음씨가 착핸(착한) 사람인데, 아이구 또 그 사람은 불행히도 아들이 없구, 그 두 노인네만 살다가 그 인제 마누라를 그 물을 맥이구(먹이구)

"에구, 저 애기를 우리가 데려다가 잘 길릅시다(기릅시다)."

그래가지구, 둘이 데리구 와서 잘 키웠어. 그 애기를.

## 밤골의 유래

자료코드 : 02_24_FOT_20110108_SDH_SWS_0001
조사장소 : 경기도 이천시 율면 고당1리 116-3번지 고당1리 마을회관
조사일시 : 2011.1.8
조 사 자 : 신동흔, 노영근, 이홍우, 한유진, 구미진
제 보 자 : 신월성, 여, 89세
구연상황 : 마을회관에 계시던 대부분의 제보자들이 집으로 간 후, 몇 분만이 남아계시던 중에 마을에 관한 이야기를 나누다 생각나신 이야기를 구연하였다.
줄 거 리 : 옛날 율면에는 사이가 몹시 나빴던 고부간이 있었는데, 어느 날 남편은 아내에게 밤을 사다주면서 그것을 매일 어머니에게 삶아 드리면 어머니가 일찍 돌아가실 것이라고 하였다. 그 말을 믿은 아내는 매일 밤을 삶아 시어머니께 대접하였는데, 덕분에 더욱 건강해진 어머니는 며느리가 자신을 정성스럽게 봉양한다고 여겨 며느리를 진심으로 아끼기 시작하였다. 고부간의 사이가 좋아지자, 며느리도 진짜 효부가 되었고, 이것이 알려져 그 이후로 이 마을을 밤골이라 불렀다고 한다.

율면이라는 데가, 밤 율(栗)자 율면인데, 그게 저 고부간에 참 그게, 사

이가 좋지 않아서네. 그런데 그 남편 네가 마누라를 그 밤을 사다 주면 서네.

"여보 이 밤을 잡수면 어머니가 일찍 돌아가신다구."

그러, 그러면서 하는 소리가

"세 톨씩만 구워드리라."

그러니까 열심히로 시(세)톨 씩 구워드리니께 죽긴 커녕 점점 더 좋아지니까, 의의가 더 좋아 며느리라면 어떡할 줄 모르고, 시어머니 없으면 못 살 줄 알고, 소문이 나가지구 그래가지고 여가 율면, 율면이래여. 그렇게 된 거여.

(조사자 : 아. 밤 그거 때문에요?)

밤 율(栗)자 율면.

## 어재연장군과 동생 어재순의 충절

자료코드 : 02_24_FOT_20110109_SDH_EYS_0001
조사장소 : 경기도 이천시 율면 산성1리 47번지 산성1리 마을회관
조사일시 : 2011.1.9
조 사 자 : 신동흔, 노영근, 이홍우, 한유진, 구미진
제 보 자 : 어영선, 남, 74세
구연상황 : 조사마을은 대대로 어(魚)씨들이 많이 거주하였으며, 조선 후기의 무장 어재연장군의 생가가 있는 곳이기도 하다. 그와 관련된 이야기를 나누던 중, 어재연 장군의 후손이기도 한 제보자가 자신이 알고 있는 이야기를 구연하였다.
줄 거 리 : 조선 후기의 명장으로 알려진 어재연(魚在淵, 1823~1871)장군은 미군이 강화도를 침략한 신미양요(辛未洋擾)가 발생하자 강화도 광성보(廣城堡)에 급파되었다. 이 소식을 접한 동생 어재순(魚在淳, 1826~1871)은 형을 따라 함께 미군을 격퇴하고자 하였다. 전투가 점점 더 치열하여 위태로운 상황에 이르자, 어재연 장군은 아우 재순에게 먼저 돌아갈 것을 권하였다. 그러나 재순은 형과 함께 할 것을 택하였고, 두 사람은 끝내 전사하게 되었다. 이 형제의 용맹함과 충성심이 알려지자, 나라에서는 각각 벼슬을 높여 추증하고 마을에 쌍

충비를 세워 두 사람의 충절을 기렸다고 한다.

그 양반이 인제, 서울 그, 저 광성보(현 인천광역시 강화군 불은면 광성나루에 있던 성보로 강화해협을 지키는 중요한 요새 중 하나였다.)에서 신미양요(辛未洋擾) 때 돌아가실 때, 그 동생이 있어요.

(조사자 : 예.)

어재순이라고. 성균관 유생이니까, 지금으로 말하면 서울대학교 학생이지. 그 양반이 인제 자기 형이 광성보에 가서 전투를 치열하게 하니까, 같이 가서, 거길 갔어요. 현장을. 가서 보니까 이제 그 어재연장군이 보니까, 자기가 도저히 살아나갈 수가 없으니까, 동생을 먼저 나아가서

"너래도 나가서 대를 잇고 살아라."

근데 이제 그 동생 하는 얘기가,

"어우, 형님을 전쟁에 두고 어떻게 가느냐."

그래서 거기서 함께, 전사를 했어요.

(조사자 : 아.)

그래서 지금 여기가 가면, 쌍충비(雙忠碑), 쌍충각(雙忠閣) 그래요.

(조사자 : 음. 형제를?)

예. 형하고 같이 전사를 해서, 그래서 이제 어재연 장군은 어, 그 익호가 충장공(忠壯公)이에요. 이순신장군은 충무공(忠武公)이지만, 어재연 장군은 충장공(忠壯公). 충, 충장공(忠壯公)이고, 이순신 장군은 충무공(忠武公)이고. 충장공(忠壯公)이라는 시호를 임금이 내렸어요. 그러고 인제 그 동생은 이조참의라는 벼슬을 내려서 이 사당에 인제 두 분을 모시고 있고. 그 밑에 참모들, 으음 네 분 함께 해서 모시고 있어요. 그래서 인자, 아까도 그 현장 얘기했지만 3월16일, 9월16일. 이렇게 해서 제사를 지내는데 그 전에는 이제 에에, 이게 우리나라가 미국하고 싸운 최초의 전쟁이구 최후의 전쟁이거든. 미국하곤 싸운 일이 없어요. 어재연 장군이 인

제 대원군('흥선대원군'을 말함.) 쇄국정치에 의해서 싸우다가 돌아가셨기 때문에, 에에 이 제사지낼 때 서양물건을 안 썼어요. 돼지도 그 하얀 돼지, 누런 돼지는 안 잡구, 검은 돼지를 갖다만 잡구. 그러구 그랬는데, 지금은 그런 돼지를 구할 수 없어서 인제

(청중 : 꺼멓게 해서.)

제사 지낼 때 인제 허연 돼지도 쓰고 그래요.

## 호랑이와 곶감

자료코드 : 02_24_FOT_20110108_SDH_LWS_0001
조사장소 : 경기도 이천시 율면 고당1리 116-3번지 고당1리 마을회관
조사일시 : 2011.1.8
조 사 자 : 신동흔, 노영근, 이홍우, 한유진, 구미진
제 보 자 : 이원삼, 여, 80세
구연상황 : 주변에서 호랑이에 관한 이야기를 꺼내자, 제보자도 자연스럽게 생각나는 이야기를 구연하였다.
줄 거 리 : 옛날 어린 아이와 함께 사는 노부부가 있었다. 어느 늦은 밤 할머니가 아기를 재우려 하는데, 아기는 계속 보채고 울기만 하였다. 할머니는 아이를 달래려고 자꾸 울면 호랑이가 온다고 겁을 주었으나, 아이는 꿈쩍도 하지 않고 계속해서 울어댔다. 그러자 이번에는 곶감이 왔다고 하였는데, 그 말을 들은 아이는 순식간에 울음을 그쳤다. 옆에서 그 모습을 보던 할아버지가 무슨 감으로 호랑이가 온다고 해도 우는 아이를 달랬는지 묻자, 할머니는 먹는 곶감이라고 답하였다.

이전에, 이전에 할머니들이 애기를 이렇게 무르팍에 놓구

"애기 자장, 자장."

그래서 해니까루 애기가 자꾸 울어 가지구, 그냥 울어설랑은 해서, 그 애기 그칠 때를 바라니까 어쩔 수가 있어,

"아유, 저기 곶감이 왔는데, 곶감은 사람을 잡아 먹는디야. 애 아가 울

지 마라."

이러니까 애가 그 소리에 저걸 해가지구서 울음을 그치더랴.

(조사자 : 예.)

그런데 이제 할머니가 그거를 인제 생각하구 애 애기 재울라구

"자장, 자장."

하구설랑은, 해니까 애기가 잠이 잠깐 들더래. 그러니까

"아유, 애기 잔다."

이래구 그러니까 깜짝 놀래서 울어서 일어나가지구 해니까

"아유, 아가 저기 바깥에 시방 호랭이(호랑이)가 와있어."

그러니까

"호랭이(호랑이)가 와있어."

그러니까루, 아 애가 호랭이(호랑이)가 왔데는데두 자꾸 울더래. 그러니까

"아이구, 곶감이 또 왔구나."

그러니까 저, 애가 그치더랴. 그래설랑은 그 할아버지가 드러누워서

"아유, 애기가 어떻게 애기를 달겠수(달랬소)?"

"아이구, 할아버지 가만히 있어유. 저 꼬, 곶감이 저기 오니까루 애기를 우는 거를 중지시켰나 보다구."

그랬더니 그 애기가 자더래. 자서 인제 영감마누라가 애기를 하기를

"아이구, 그 곶감이 뭐 해는 건데 그 애기가 그렇게 그쳤수?"

그러니까루

"아 여보, 먹는 감이요. 그게 먹는 감이요."

그러니까 감이라는 소리에 영감님이, 배깥양반이, 안식구가 그랬는데 배깥양반이 그거를 무슨 감이냐 그러니까

"아유 홍시 감 먹는 거."

그러니까 홍시 감이래니까 애기가 벌떡 일어나더랴. 하하하.

# 수수깡이 붉게 된 이유

자료코드 : 02_24_FOT_20110108_SDH_LWS_0002
조사장소 : 경기도 이천시 율면 고당1리 116-3번지 고당1리 마을회관
조사일시 : 2011.1.8
조 사 자 : 신동흔, 노영근, 이홍우, 한유진, 구미진
제 보 자 : 이원삼, 여, 80세
구연상황 : 앞의 이야기에 이어 구연하였다.
줄 거 리 : 옛날 어린손자손녀와 사는 할머니와 할아버지가 있었다. 어느 날 손자가 할머니에게 고개를 넘어갈 때 호랑이가 나타나면 팥떡을 주라는 이야기를 하였는데, 그 말만 들은 손녀가 호랑이에게 가면 팥떡을 얻어먹을 수 있다고 여겨 당장 호랑이가 있는 곳으로 가버렸다. 손녀 걱정에 발만 동동 구르던 할머니는 할아버지를 찾아 도움을 청하려고 했으나, 할아버지는 화투놀이에 정신이 팔려있었다. 애가 타는 할머니에게 어떤 이웃사람이 와서 손녀를 데리고 수수밭에 가서 껑충 뛰게 하라고 일러주었다. 할머니가 손녀를 찾아 시키는 대로 하였는데, 손녀가 수숫대에 찔려 아래에서 피가 나는 바람에 수숫대가 오늘날과 같이 빨갛게 물들었다고 한다. 손녀의 모습을 본 할머니가 슬피 울자 노루가 새끼를 한 마리 낳고는 놀라 가버렸고 할머니는 그것만 얻어서 돌아왔다.

할머니가

(청중 : 옛날에.)

손녀 손자를 이렇게 데리구서, 둘을 데리구설랑 할머니가. 얘기를 해설랑은 하니까

"할머니, 옛얘기(옛날이야기) 해주쇼."

그래서

"옛얘기(옛날이야기)를 어떻게 하냐. 내가 뭐를 알아야지."

그러니까 할머니가 그러니까 고 작은 애기가 하는 소리가

"할머니 저 굴○에 넘어가면은 호랑이가 나, 저거, 붙잡을라 그러잖어."

그러니까 그 소, 호랑이더러

"나 붙잡지 말구설랑은 저기, 팥단지(떡 이름의 하나로 '수수팥단지'를 말함.)를 준다고 그래. 할머니."

그러더랴. 그래서 팥단지를 준다고 그래서 그 팥단지 읃어먹을라구(얻어먹으려고) 이 큰 손녀딸이, 큰 손녀딸이 거기를 쫓아갔디야. 쫓아가서 아무것도 없더래잖아. 그러니까

"저거 넘어가면, 저 산 넘어가면 또 주지. 저 산 넘어가면 또 주지."

이래구 자꾸 쫓아가면서 쫓아가더래. 헤헤 그 할머니가 그 애, 그 짐승이 해칠까봐서 크으 그 영감을 그냥 동네 챙기, 사랑방으로 댕기면서 영감을 찾으니까 요 노인네가 화투, 화투하시느라고 세상에 암만 불러도 안 나오더래. 그래서 옆에 있는 노인네를 붙잡아가지구

"아유, 우리 노인네 좀 붙잡아요. 우리 손녀딸 저거 어디가설랑 해치면 어떡하느냐."

그러니까, 그러니까

"할머니, 저기 수수깡 밭에 가설랑은 개 더러 저리 껑충 뛰라 그러슈."

수수깡 앞에 가서 껑충 뛰니까 얘가 수수깡 밭에가 주저 앉아가지고 밑이 짜개져가지고 피가 그냥 막 나오니까 그 할머니가 엉엉 앉아 우니까루, 거기 있던 노루가 그냥 옆에 있던 노루가 펄떡 뛰어서 나와가지구 나와서보니까루 이제 할머니가 그걸 뛰어나와가지구 저거 하니까 여기 새끼, 새끼를 낳아가지구서 있다가 뛰어나오더래. 흐흐. 그러니까 그 저거는 하지 못하구 죽어가설랑은 그 오리, 저기 저거, 저거만 염소(앞에서 언급한 노루를 착 각하여 말한 듯함.)만 그냥 훔켜 붙잡고서 와가지구선 끝이 났데. 흐흐.

(조사자 : 아. 하하.)

하하하.

(청중 : 그래 옛날에 그게 수수껍데기가 그게 뭐 피라 그랬잖아.)

아아 그래 그게 그 소리래. 하하하. 그래서 꿀떡 넘어가면

"팥단지 주지. 내가 이거 주면 넘어가지."

그래서 할머니 그거 쫓아가지구서 살았데. 흐흐.

## 이야기 좋아하는 왕의 사위되기

자료코드 : 02_24_FOT_20110109_SDH_LJG_0001
조사장소 : 경기도 이천시 율면 고당1리 116-3번지 고당1리 마을회관
조사일시 : 2011.1.9
조 사 자 : 신동흔, 노영근, 이홍우, 한유진, 구미진
제 보 자 : 이종기, 여, 80세
구연상황 : 조사자들이 알고 계신 이야기가 있는지 묻자, 생각나신 이야기가 있다며 구연하였다.
줄 거 리 : 옛날에 어떤 왕이 이야기를 무척 좋아하여, 이야기를 재미있게 잘 하는 사람을 자신의 사위로 삼겠다고 하였다. 그 소문이 알려지자 여러 청년들이 왕을 찾아가 이야기를 들려주었는데, 누구도 왕의 마음에 들지 않아 거절당하기 일쑤였다. 그때 어떤 남자가 왕을 찾아가 이야기 하나를 아주 조금씩 들려주고는, 이어지는 이야기가 더 있는 듯이 계속해서 같은 이야기만을 반복하며 귀찮게 하였다. 결국 참다못한 왕은 자신의 고집을 꺾고 그 남자를 자신의 사위로 삼았다.

옛날에 왕이 옛날 얘기를 좋아해서

"옛날 얘기하는 자는 내가 사위를 삼는다."

그랬데. 옛날 왕이. 그러니까 왕의 딸을, 저 하구 싶어서 갔다가 떨어지구, 또 인자 옛날 얘기하다 떨어지구 그런데 하나가

"내가 간다."

그러더랴.

"예. 옛날얘기하러 왔습니다."

그러니까 그 인자 저기가

"그래, 들어오라 그래라."

"그래, 해봐라."

"예, 인제 시작을 하겠습니다."

그래갖고, 옛날 얘기를

"옛날에 큰 창고가 있더랍니다."

"그래서?"

"큰 창고가 있는데 쥐가 한 마리 있더랍니다."

"그래서?"

"하루에 한 톨 씩 물어 날르더랍니다."

아 이놈의 것, 밥 먹으면 또 와서 그라구, 또 와서 그라구 아 듣기 싫어서

"사위를 삼을 테니까 너 그 소리 좀 그만해라."

그래서 인제 딴 거 하래니까

"아이구 세상에 그 창고에 쌀이 다 닳아나야 하지. 창고에 쌀이 아직도 많이 있는데 되느냐구."

밤낮 먹고서 그 소리랴.

(조사자 : 헤헤헤.)

그러니까 왕의 버릇을 가르켰다는겨. 야 이렇게 해야 가르켜야겠다니, 날마다 한 톨씩 언제 날르다 끝이 나.

(조사자 : 헤헤헤.)

그러니까

"딴 것 좀 하라고."

그러니까

"이게 끝나야 합니다."

그러드려. 그러니까

"사위 삼을 테니 제발 그 얘기는 하지 말라."

그러드려.

(조사자 : 헤헤헤.)

## 도둑을 뉘우치게 한 여자

자료코드 : 02_24_FOT_20110109_SDH_LJG_0002
조사장소 : 경기도 이천시 율면 고당1리 116-3번지 고당1리 마을회관
조사일시 : 2011.1.9
조 사 자 : 신동흔, 노영근, 이홍우, 한유진, 구미진
제 보 자 : 이종기, 여, 80세
구연상황 : 앞서 한 제보자가 도둑과 관련된 우스운 이야기를 구연하였는데, 그것을 듣고 떠오른 도둑에 관한 또 다른 이야기를 시작하였다.
줄 거 리 : 어떤 여자가 아들의 혼사를 치르기 위해 하나 뿐인 소를 팔아 돌아오는 길에 도둑을 만났다. 여자는 도둑에게 아들의 혼사를 위해 꼭 필요한 돈이라 줄 수 없다고 사정하였는데, 그 사이 경찰이 와서 그 장면을 보고 무슨 일인지 물었다. 도둑은 꼼짝없이 잡혀갈 것이라고 여겼으나, 여자는 오히려 자신이 이 남자에게 빚을 졌는데 사정이 생겨서 못 갚게 되었다는 거짓말을 하여 도둑을 감싸주었다. 여자의 용서에 크게 뉘우친 도둑은 그날부터 도둑질을 멈추게 되었다. 한편 동생에게는 그의 도둑질하는 버릇을 늘 걱정했던 형이 있었는데, 어느 순간 못된 버릇을 고친 동생을 보고 반가워하며 그 까닭을 물었다. 여자와의 일을 알게 된 형은 그 집을 찾아가 진심으로 고마움을 표하고, 자신의 재산을 나누어주며 그 여자를 어머니처럼 여기고 보살폈다.

어떤 아줌마가 밭을 ○○○가 (앞서 이야기를 마친 제보자가 다시 자신의 이야기를 꺼내며 웃으시느라 다소 시끌벅적해짐.) 아들 장개(장가)보내려구 이 소, 멀리 소를 팔러 갔디야, 팔아가지고 오는데, 어떤 놈이, 도둑놈이 돈 내놓으래더랴. 아들 이제 큰일을 치를려고 논의 소를 팔았는데, 돈을 내놓으래더랴. 그래서 그 엄마가

"아이구. 내가 이걸 여느 때 같으면 주겄는데, 이걸 낼 모레 아들 결혼을 하는데 이거 없으면 결혼을 못 한다구, 그래서 못 준다구."

그랬디야. 그랬더니 경찰이, 경찰이 나와서

"무슨 소리 하는거냐구. 응? 돈을 왜 내려놨냐구."

그러니까 그 아줌마가 얼마나 속이 너그러운지, 돈 가진 사람이

"가만히 있으라구. 내 얘기 들어보라구. 이 사람한테 내가 빚을 졌어."

응. 그렇게 둘러대더랴.

“이 사람한테 내가 빚을 졌어. 그런데 이걸 갚아 달라 그러니, 낼 모레 자식의 큰일을, 이걸 치러야하는데, 이거를 주고가면 못 치러서 그러는 거라구.”

둘러대더랴. 그러니까 이 경찰이

“응, 아무리 빚을 졌어도 응, 그 낼 모레 큰일 치른다는 돈을 달래느냐구. 안 된다구. 가라.”

그랬디야. 그래 가만히 도둑놈이 생각을 하니까 기가 막히더랴. 참 도둑놈 소리는 않구 빚을 은었다구.

‘이야. 세상에두 나를 그렇게 해서 해니.’

그래서 인저

‘집이를 가서 내가 도둑질을 공쳐야겄다.’

하구 있는데, 형이 그렇게 하지 말라 그러디야 도둑질을. 부잔데, 동상이 이렇게 하더랴. 아 그러더니 어느 날은 오더니 도둑질을 하나도 안 하더랴. 그 뒤로는. 그래 이상해서

“아이구, 시상에(세상에). 너 어찌해서 이렇게 마음을 고쳐졌니.”

그러니까 그런 얘길 하더랴. 그래서 그 집이를 가자 그랬디야. 그 저기가, 형이. 형이 아무리 재산이 많아서 해지 말래도 그렇게 하더랴 버릇이. 그래서 그랬는데 그걸 고쳐서. 동생 그 도둑질을 고쳐서, 고마워서 가자 그래서 인저, 그냥 막 그냥

“얘, 아무리 저기해도 큰일 치르려고 그 소를 팔은 걸 그걸 달램 되느냐구, 그만 두라고 가라구.”

그러고 났는데, 그 여자가 그렇게 감추는 게, 그려 그 도둑놈이 그 때 깨쳤데는(깨우쳤다는) 겨. 그래서

“아이구, 저기 저 뭐여. 응 아이구 저기 뭐여 나를 이렇게 도둑놈을 안 세우고, 그렇게 말을 해서 고맙다구.”

그때부터 싸악 도둑질을 저기 하더랴. 그래서

"너 이상하다. 도둑을, 그렇게 도둑질을 하지 말래두 저기 어, 안 해, 그렇게 해더니 어떻게 해서 이렇게 도둑질을 싹 그냥 끊었니."

그랬더니 그 아줌마 얘기를 죽 하더랴. 그래서 그 집을 찾아갔데는 겨. 그 형이

"세상에 내가, 아 그냥 별소리를 다해서 그 동생 도둑질을 감출라 그래도 안 되더니, 아줌니가 그렇게 해서 감춰서 내가 이 은혜 말도 못한다고."

수양아들을, 둘을 수양아들을 삼구. 그 형이 땅을 반을 줬데, 그 어머니를. 그 저기 아줌마를.

# 도깨비장난

자료코드 : 02_24_MPN_20110108_SDH_KGS_0001
조사장소 : 경기도 이천시 율면 본죽리 345번지 본죽마을회관
조사일시 : 2011.1.8
조 사 자 : 신동흔, 노영근, 이홍우, 한유진, 구미진
제 보 자 : 김갑순, 여, 82세
구연상황 : 어린 시절 들었던 도깨비이야기가 없는지 묻자 주변에서 직접 본 이야기가 있다며 곧바로 제보해주었다.
줄 거 리 : 제보자가 젊었을 적 밤이 되면 마을사람들이 마당에 멍석을 깔고 놀곤 하였는데, 그럴 때면 종종 산 속에서부터 큰 불덩이가 마을로 내려왔다. 마을 사람들은 그것을 도깨비불이라 하여 모두 무서워하였다. 그 무렵 제보자의 가까운 친척 집이 매우 어수선한 상황이었는데, 도깨비불은 그 집으로만 들어갔다. 그러더니 그 집안사람들이 마당으로만 나오면 아무리 담이 센 사람도 자신도 모르게 마루 밑에 처박혀있었다고 한다.

바깥마당에다 멍석을 깔고 저 ○○가면 놀잖아. 노인네들이. 그래 이제 우리는 집안 아주머니들이 노는 바람에 그 멍석에 나와 있으면은 그 용호네 한창 집안이 뒤집힐 때여.

(청중 : 응.)

이 가래산(현 경기도 이천시 율면 고당리에 있는 산으로 제보자의 고향마을에 있던 산.)에서 이만한 불덩어리가 찌이익 그냥 가래산에서부터 그 저, 이 갓드로 들어와.

(청중 : 응.)

(청중 : 그 집으로 가.)

그 인제 이 뭐던 아줌닐 보고,

"아줌니, 아줌니, 저게 뭐여?"

이런 화로덩어리 같은 불덩어리가 이렇게 오면, 온단 말여. 오면. 그럼 그 아줌니는 알고서

"애들아. 애들아. 얼른 늬 집, 늬 집 가. 나도 들어갈란다."

이제 도깨비라면 놀랠까봐.

(청중 : 오오.)

헤헤헤. 도깨비불이라면 놀랠까봐서

"얼른 늬 집, 늬 집 가."

그러면서 인제 그러지. 그러면 이제 우리 시누 그이가 막 뛰어와서 내가 시누더러. 난 알고.

"작은 아씨. 그거 도깨비불이여. 저 가래산에서 오는 거."

아이 그냥 엄마를 부르고 그냥 기절을 해 집으로 뛰어 들어가서 제, 제 엄마아부지가 막 내달아보고 그런데, 가만히 ○○○해도 ○○○ 요렇게 인제 ○○ 집이 들어가서 보면은, 용호네 그 댓마루로 그냥 막 넘어가 곤두박질을 해.

(청중 : 어어.)

그래 그냥

(청중 : 그래 그랬다 그러데 거가.)

그래 그냥, 저기 우리 시동생들 거 항식이, 건너방(건넌방)에서 화투들을 해다가 저 항식이가 소변본다고 나간데. 나가면은 영 안 들어온디야. 그래서

"이 놈이 왜 안 들어오나."

하고 인제 나, 친구들이 나가 찾아보면 들마루 밑에가 납작 엎드려있데. 거기다 갖다 쑤셔놓은 거래.

(청중 : 아아. 그 도깨비가 갖다 쑤셔 넣었구나. )

"너 왜 이러냐구. 너 왜 여기 와 있냐."

그러면

"아 몰러. 몰러"

이라고서 끄집어 내오구, 아주 그 집안 한창 뒤집힐 제 그랬어.

(청중 : 아아.)

그 할머니두 아주 장담이 시어(세). 키도 크구 그런 양반. 그 양반도 나오면 고렇게 쑤셔 넣어, 그냥. 그 마루 밑에다 쑤셔 놓은데.

## 도깨비장난에 홀린 아저씨

자료코드 : 02_24_MPN_20110108_SDH_PYS_0001
조사장소 : 경기도 이천시 율면 고당1리 116-3번지 고당1리 마을회관
조사일시 : 2011.1.8
조 사 자 : 신동흔, 노영근, 이홍우, 한유진, 구미진
제 보 자 : 박연숙, 여, 66세
구연상황 : 주변 제보자들이 도깨비에 관한 이야기를 꺼내자, 생각나신 이야기를 구연하였다.
줄 거 리 : 제보자의 지인 중에는 마을에서 멀리 떨어진 산 속에 사는 분이 있었는데, 그 집터는 도깨비터라고 할 만큼 이상한 일들이 많았다. 제보자의 지인이 그 집에 갈 때마다 부엌에서 쓰는 도구들이 공중에 떠다니며 사람들을 위협하거나, 온갖 살림이 난장판이 되는 등 집안이 어지럽혀져 있었는데, 다음날이면 아무 일도 없었다는 듯 멀쩡하게 정리되었고 누군가 다녀간 흔적조차 없었다. 그 집에 사는 사람들이 이상한 일에 시달리며 무서워하던 중에도 도깨비들은 꿈속까지 나타나 이사를 가더라도 어디든지 따라가겠다고 으름장을 놓기도 했다고 한다.

옛날 일, 옛날 일도 아닌데, 뭐 우리들, 우리보다 한 살 더 먹, 들(덜) 먹었을 거야. 그 우리 아저씨뻘이거든. 근디 그 아저씨가 군대를 갔다가 오셔서 우리한테 얘기를 해주는데, 저기 산고랑탱이에서 혼자 사는 분이 있어, 외딸게 살고. 그 아저씨가, 그 아저씨가 진짜 그 동네에서 갈려면, 여기서 저 건너까지 가야 되. 사람 한 집 사는 디를. 근데 그 산에서 혼자

사는 집을 나도 그 전에 가봐서 알긴 아는데, 그 집터에서, 그 아저씨가 군대 갔다가 마실 가니까 그 전부터도 도깨비가 그렇게 거기서 그렇게 야단을 쳤는지, 그래갖고 그거를, 군대 갔다가 그 집을 댕길러 갔는데, 어떻게 허냐면 거 막, 저기 허는데, 그 집 식구들 밥 허는 데 가서, 막 그냥 불이 뻔쩍뻔쩍하고, 칼이 날라가고, 칼이 그냥 번쩍허면 날라가고, 절구땡이(절굿공이)가 날라가고 그러더래. 그래서 겁이 나갔고 무서워서 신발을 신고 나올라고, 나올라그러는 데 그냥 막 냅다 칼이 그냥 그 앞으로다 어딜 찍더래. 칼이. 그래갖구서는 무서워서 꽁지가 쏙 빠지게 왔다는데, 그 집 식구들이

"그건 아무것도 아니라고."

글더래. 그냥 막 불이 오니까는 마악 그냥 막 다 집을 타는 것 마냥 그냥 막 문짝이고 어디고 다 타고, 그래서 식구들이 막 모래를 파다가 싸아악 깔아서 문 앞에다 저 밑에까지 깔아서 이렇게 해쳐본데. 잉.

(보조조사자 : 모래를요?)

응 모래를 인제 뭐가 왔다가는 줄 알고, 귀신이라도 왔다 가는 줄 알고 인제 그걸 싸아악 해놓으면은 그 이튿날 자고 일어나면 아무 이상이 없데. 어느 때는 막 농속에 가서 농을 그냥 다 뒤집어서 옷을 다 갖다 산속에다가 놨다가, 막 다 이런데 해쳐 놨다 그러구선 이제 또, 나중에 자고 일어나면 또 그게 고대로 또 있디야. 그게 그 사람들 눈이로는 환상이 되는데(기이한 일들을 직접 눈으로 보고 겪었다는 말임.), 그 나중에 가보면은 그게 다 그 자리에 있디야. 근디 그 꿈에, 꿈속에

"나는 어디든지 따라갈 테니까 이사를 가지 말라구."

이러더래. 그 사람

(조사자 : 누가 나타나서요?)

도깨비들이 꿈에 나타나갖고.

# 도깨비불 본 경험담

자료코드 : 02_24_MPN_20110108_SDH_PYS_0002
조사장소 : 경기도 이천시 율면 고당1리 116-3번지 고당1리 마을회관
조사일시 : 2011.1.8
조 사 자 : 신동흔, 노영근, 이홍우, 한유진, 구미진
제 보 자 : 박연숙, 여, 66세
구연상황 : 앞의 이야기에 이어 구연하였다.
줄 거 리 : 젊은 시절 제보자는 바닷가근처에 사는 친구의 집에 놀러가 자게 된 적이 있었다. 늦은 밤 볼일을 보기 위해 집 밖으로 나온 제보자가 우연히 주위를 보니, 염전에서 불이 하나 생겨 움직이고 있었다. 불빛은 여기저기를 다녔는데, 그 수가 계속해서 늘어나기 시작하더니 마침내 산으로 올라가 사방을 빨갛게 물들였다고 한다.

그 언젠가는 저기 친구네 집에서 이렇게 자는데, 이제 놀러갔다 뭐 이제 저기 인, 우리 집께는 만리포거든. 만리포여. 그쪽에서 인제 그 친구네 집에서 거기서 잤는데, 이렇게, 이렇게 내려다보면 저 아래는 다 바다구

(조사자 : 예.)

염판(염전을 말함.)이거든. 소금 나오는 염판.

(조사자 : 예.)

그래 그 염판인데, 거기서 인제 화장실 간다고 해서 나가서, 그때만 해도 암서나 이렇게 봤어(집 밖의 아무 곳에서나 볼일을 봤다는 의미임.). 마당가에서도 봤는데 그게 어디냐면 이제 이렇게 보면은 그 염판있는데서 그 염전 사는 그 큰 부잣집이야. 부잣집인디, 그 안에서 불이 하나가 쭈르륵 나오더라구. 쭈우욱 나오길래 저기 그 염판이로 들어가더라구, 그래서 염판으로 들어가서 나는 그 사람들을, 그 염, 소금을 비울라고, 긁을라고 막 나오는 줄 알았어. 그랬더니 거기서 불이 또 하나가 생기더라고. 그러더니 마아악 허고 또 저기, 그 집께로 가더라고. 그러더니 거기서 또, 또 생겨 또 생겨 도깨비불이 또 생겨갖고

(조사자 : 예.)

좌아악 생기더니 막 큰 산이로 올라가더니 좌아악악 퍼지는 게 온 디가 다 빨개지는 거야.

(조사자 : 아아.)

그래서

"얘들아. 얘들아. 나와 봐라. 도깨비불 봐. 도깨비불 봐."

해도 자느라고 안 나오더라구.

(조사자 : 헤헤헤.)

그래서 나 혼자만 보구서 들어가서 한참 거기서 내다보고 그게 끝날 때까지 보는데, 그게 안 없어지더라구. 그냥 내가 이따, 나가, 들어가 버렸어. 무서워서.

(조사자 : 으음.)

그냥 막, 밭, 산에 있잖아. 그 산에 그냥 빨개지는 거야. 그냥 산에가, 도깨비불이. 그냥 쭈르륵 서, 하나가 쭈르르 가면 여기서 생기고, 쭈르르 가면 여기서 생기고, 쭈르르 가면 이렇게 생기고 이래갖고 그냥 웬 밭 밭, 산에 그냥 꽉 찬겨. 그냥 빨갛게.

(조사자 : 예.)

그렇게 생기더라구, 내가 그냥 도깨비불을 본 사람이여 그거는 진짜 내가 봤어. 그거.

## 도깨비와 길동무한 증조할머니

자료코드 : 02_24_MPN_20110108_SDH_PYS_0003
조사장소 : 경기도 이천시 율면 고당1리 116-3번지 고당1리 마을회관
조사일시 : 2011.1.8
조 사 자 : 신동흔, 노영근, 이홍우, 한유진, 구미진

제 보 자 : 박연숙, 여, 66세
구연상황 : 앞의 제보에 이어 계속해서 도깨비와 관련된 이야기를 구연하였다.
줄 거 리 : 제보자의 고향인 충청남도 태안지역은 예부터 도깨비가 많았다고 한다. 제보자의 증조모도 도깨비를 자주 봤는데, 특히 수십 리를 걸어서 절에 오고가는 길이면 늘 도깨비가 나타나 길동무를 해주어서 밤길을 걱정 없이 다닐 수 있었다고 한다.

옛날에 우리 저 증조외할머니가, 그 거 저기 그 쪽이, 그 쪽에는 원래 도깨비기 많았나 봐요. 그 우리 친정께가. 그랬는디 산, 저기 뭐여. 우리 한, 저기 증조외할머니가 어디를 가느냐면 저기 태안 백화산(충청남도 태안군 태안읍에 있는 산.)으로다가 절이를 다녀요. 절에를 저 옛날에 다녔데요. 걸어서, 사십 리를 걸어가는데 밤중에부터 걸면은 새벽에까지 도착을 해야 된데요. 거기를. 그 가다보면 도깨비하고 그냥 얘기해가면서 갔데는 거여. 얘기해가면서, 도깨비하고. 그냥 이런저런 얘기를 해가면서 같이 가다가 그냥 끝나는 수도 있고, 어느 때는 그냥 참, 쪼금 해칠 염려는 하나 없고, 그렇게 도깨비가 그래 자기 보호해서 델고 왔다고.

## 도깨비불 본 경험담

자료코드 : 02_24_MPN_20110108_SDH_SPR_0001
조사장소 : 경기도 이천시 율면 고당1리 116-3번지 고당1리 마을회관
조사일시 : 2011.1.8
조 사 자 : 신동흔, 노영근, 이홍우, 한유진, 구미진
제 보 자 : 송필례, 여, 91세
구연상황 : 마을 분들이 서로 도깨비불에 관한 이야기를 나누던 중, 제보자 역시 오래 전에 도깨비불을 실제로 본 경험이 있다며 이야기를 꺼냈다.
줄 거 리 : 제보자가 이 마을에 시집을 와서 살 던 때의 경험담이다. 어느 해 한식 무렵에 같은 마을에 살던 이웃집에 가서 일을 해주고 밤늦게 돌아오게 되었는데, 작은 도랑을 건널 때 갑자기 파란 불빛이 나타나 환하게 비췄다. 혼자 집에

오던 제보자는 너무나 무서워서 속이 탔으나, 아무렇지 않은 척 기침까지 하며 도중에 있는 지인의 집에 가 집에 데려다 줄 것을 청하여 간신히 집으로 돌아왔다고 한다. 오래 전 일이었으나, 제보자는 파란 불빛이 꼼짝도 않고 떠 있었던 것을 생생하게 기억하고 있었고, 그것을 도깨비불이라고 하였다.

도깨비불은 나도 봤어 그전에. 저기 성범네 올라가는 거기 언덕에. 이렇게 있어, 이렇게[허공에 손짓을 하며] 근데 그전엔 여기 양달면 참봉댁에두 살았잖아.

(조사자 : 예.)

그래 거기 와서 내가 한식 때, 숭편(송편)을 맨들어주구, 숭편(송편)을 한 대접 가지구, 울 작은엄니네 요기 살구[손가락으로 한 방향을 가리키며], 그래 이렇게 작은엄니집 케 가면 고기 샘이 있었지 요기. 고 샘, 샘 있는 데로 요롷게 건너는 데, 요렇게 요 또랑(도랑)에 물이 번하게 내려가거던, 잔 또랑(도랑)에 쪼금. 근데 거글(거길) 난 쳐다도 안 보구 이렇게 가는데, 여기 이렇게 불이 훤하게 비쳐.

(청중 : 그게 도깨비래. 도깨비래 그게.)

(청중 : 도깨비불인가 봐 그게.)

그래서 아유 무서워서 그냥, 들어올 수도 없구, 집을 가야하는데, 저 위짝(쪽)을. 고길(거길) 가는데, ○을 쳐다보면서 가면, 불이 이러구 있어. 이런 게. 그래서 그냥 안 나오는 기침을 탁탁 하면서 갔어, 저기 지끔(지금) 명덕이네 사는 집에 거기 앞, 바깥에 행랑채가 있었잖아. ○○○○이 살제. 그래 거기 가서 그때 미옥이 네가 살았어. 봉구가. 그래 거기 가서 내가 불러가지구,

"서방님, 서방님."

불렀어. 불러가지구,

"아이구, 나 좀 저, 우리집까지 좀 데려다줘. 난 아주 여기 무서워서 저기서 갠신히(간신히) 왔어. 나 좀 데려다 줘."

그랬더니 아, 우리집에두 ○○ ○○○가서, 올라가서 그 길에 서서

"아 인제 들어가시쥬."

그러길래 막 뛰어서 집으로 들어갔어. 내가. 이렇더라구, 여기서 퍼어런 게 이렇게 오두가두 안 한구, 요러구서, 저기 성범네 올라가는 데 그 또랑(도랑) 있잖아. 그 언덕 길 요래 고, 그래 거 쳐다보면 그냥 있구, 그냥

(청중 : 나 같으면 가 들여다보겠네. 이렇게.)

(조사자 : 헤헤헤.)

## 뱀이 되어 나타난 첫 번째 부인

자료코드 : 02_24_MPN_20110109_SDH_LJG_0001

조사장소 : 경기도 이천시 율면 고당1리 116-3번지 고당1리 마을회관

조사일시 : 2011.1.9

조 사 자 : 신동흔, 노영근, 이홍우, 한유진, 구미진

제 보 자 : 이종기, 여, 80세

구연상황 : 계속 이어진 조사 분위기를 따라 제보자에게 알고 계신 또 다른 이야기가 있는지 묻자, 직접 경험한 이야기가 있다며 구연하였다.

줄 거 리 : 제보자가 젊은 시절, 마을의 어떤 남자가 첫 번째 부인이 죽자 새로 부인을 맞이하였다고 한다. 그후 두 번째 부인은 첫 번째 부인의 제사를 지내지 않았는데, 그날부터 어디선가 큰 뱀 한 마리가 나타나 항상 문지방을 향해 머리를 치켜세우고 있었다. 그 뱀에 제사상을 받지 못한 첫 번째 부인의 원한이 깃들였다고 여긴 집안사람들은 다시 정성껏 제사를 지내기 시작했는데, 그 뒤 뱀도 사라졌다고 한다.

이제 작은마누라를, 작은 작은 여자를 읃었는데, 큰 마누라가 가서, 죽었는데 작은마누라를 읃었는데, 지사(제사)를 안 지냈디야. 작은마누라가. 안 지냈더니, 뱀이 눈을 문지방에서 항상 치켜들고 있디야.

(1청중 : 아이구, 큰마누라인갑다.)

그건 이 동네여. 내가 누구라고 말을 안 해서 그렇지. 전에 새댁 적에

그거 다 듣잖아. 그래서 인제 물어보니까

(청중 : 어.)

저기 조강지처 지사(제사). 큰마누라 지사(제사)를 안 지내서 그렇다구 그러더랴. 그래서 그냥 그 그냥 정성껏 해서 지사(제사)를 지냈더니 그 질(길)로 뱀이 아주 눈에 보이도 안 더랴. 그게 그게 저기 저,

(청중 : 뱀이, 뱀이 돼서 왔구만.)

응

(청중 : 뱀이 돼서 왔어.)

(청중 : 아이 무서워. 하하하.)

그래가지고, 그래가지고, 그 질(길)로 지사(제사)지내고 나서, 그 질(길)로는 싹 없어졌데. 뱀이.

## 한글풀이 노래

자료코드 : 02_24_FOS_20110109_SDH_LJG_0001
조사장소 : 경기도 이천시 율면 고당1리 116-3번지 고당1리 마을회관
조사일시 : 2011.1.9
조 사 자 : 신동흔, 노영근, 이홍우, 한유진, 구미진
제 보 자 : 이종기, 여, 80세
구연상황 : 전날 첫 방문에 이어, 자연스럽게 이야기판이 형성된 덕분에 특별한 설명 없이 구연 분위기가 조성되었다. 그러던 중, 적극적인 성격의 제보자가 자진해서 민요를 구연하였다.

가갸 가가지구
거겨 거기 가서
고교 고기 잡아
구규 국을 끓여
그기 ○○하고

(청중 : 하하하하)

나냐 나두 먹구
너녀 너두 먹구
노뇨 놀다 보니
느니 늘어졌다.

네, 그렇게 해요. [잠시 숨을 고르며]
(청중 : 크게 하셔. 크게 해.)

사샤 사시사철 먹은 마음
서셔 서서히 살아가니
소쇼 솟아나는 그 마음에
스시 스스로 깨쳐진다.

## 세월 타령 (1)

자료코드 : 02_24_FOS_20110109_SDH_LJG_0002
조사장소 : 경기도 이천시 율면 고당1리 116-3번지 고당1리 마을회관
조사일시 : 2011.1.9
조 사 자 : 신동흔, 노영근, 이홍우, 한유진, 구미진
제 보 자 : 이종기, 여, 80세
구연상황 : 앞의 노래에 이어 자연스럽게 구연하였다.

세월아 멈춰라
가지를 마라~
덧없는 내 인생
다 흘러갔네,

[노래를 잠시 멈추며]안 그려? 늙어서

세월이 가려면
지나가지~
덧없는 내 인생
왜 끌고 가나,

[다시 잠시 멈추며]안 그려?
(조사자 : 네. 하하하.)

(청중들 : 하하하하하.)

가야지~ 가야지~
어서나 가자.

자녀들 나이를
피하고 보면
어서나 가자.
어서나 가자.

## 세월 타령 (2)

자료코드 : 02_24_FOS_20110109_SDH_LJG_0003
조사장소 : 경기도 이천시 율면 고당1리 116-3번지 고당1리 마을회관
조사일시 : 2011.1.9
조 사 자 : 신동흔, 노영근, 이홍우, 한유진, 구미진
제 보 자 : 이종기, 여, 80세
구연상황 : 앞의 제보에 이어 같은 노래를 다시 구연하였다.

세월아 멈춰[노래를 잠시 멈췄다 설명을 하며] 멈춰라
가지를 마라~
덧없는 내 인생
다 흘러갔네,

세월이 가려면
지나가지~
덧없는 내 인생
왜 끌고 가나.

귀걸이 목걸이를
해봤더냐~
○○다 ○○다
돌다보니
팔십에 인생이 웬일이냐.

## 이거리 저거리

자료코드 : 02_24_FOS_20110109_SDH_LJG_0004
조사장소 : 경기도 이천시 율면 고당1리 116-3번지 고당1리 마을회관
조사일시 : 2011.1.9
조 사 자 : 신동흔, 노영근, 이홍우, 한유진, 구미진
제 보 자 : 이종기, 여, 80세
구연상황 : 어린 시절 다리세기놀이를 하면서 불렀던 노래가 있다며, 유사한 노래를 연이어 구연하였다.

양짝(쪽)으로 다리를 걸어놓고,

이거리 저거리 각거리
천두만두 두만두
짝 다리 세양강
오리김치 사래육

또 이렇게 해. 헤헤.
그런데 또, 어. 그라고 또 인자

하늘개 따개
삼사나가는
인다지 꼬다지

마른 ○○새끼

영남 거지 팔대 장군

고두래 뿅

## 자장가

자료코드 : 02_24_FOS_20110109_SDH_LJG_0005
조사장소 : 경기도 이천시 율면 고당1리 116-3번지 고당1리 마을회관
조사일시 : 2011.1.9
조 사 자 : 신동흔, 노영근, 이홍우, 한유진, 구미진
제 보 자 : 이종기, 여, 80세
구연상황 : 제보자의 자녀들에 관한 이야기를 나누던 중, 자녀들이 어렸을 적 노래를 불러 재우고 달랬다는 이야기를 하시며 구연하였다.

자장 자장에 자장가~

자장 자장에 자장가~

금을 주든 너를 사나.

옥을 준들 너를 사나.

(청중 : 하하하하하. ○○○○○)

금이냐 옥이냐 길러서

나라에게 충성둥

부모에게 효자둥

동기간에 우애둥

일가친척에 화목둥.

# 여보 여보 거북님

자료코드 : 02_24_FOS_20110109_SDH_LJG_0006
조사장소 : 경기도 이천시 율면 고당1리 116-3번지 고당1리 마을회관
조사일시 : 2011.1.9
조 사 자 : 신동흔, 노영근, 이홍우, 한유진, 구미진
제 보 자 : 이종기, 여, 80세
구연상황 : 일제 강점기였던 어린 시절에 익혀서 자주 불렀던 노래가 있다며 구연하였다.

여보 여보 거북님
내 말 들어보~

여기서 ○○하면
저 산까지

누가 먼저 가나
경주해보세.

# 8. 장호원읍

▌조사마을

## 경기도 이천시 장호원읍 나래3리

조사일시 : 2011.2.18
조 사 자 : 신동흔, 노영근, 이홍우, 한유진, 구미진

나래리(羅來里)는 경기도 이천시 장호원읍에 위치한 마을로, 예로부터 지형이 새의 나래(날개)처럼 생겼다하여, '나래골' 또는 '나래'라 하였다. 현재 3개의 행정리로 분리되어 있는데, 1리와 2리는 작은 개천을 사이에 두고 거의 맞붙어 있으며, 3리는 조금 떨어져있다. 1리는 송촌(松村), 2리는 상곡(桑谷), 3리는 월촌(越村)으로 불리면서 각각 독자적으로 자연촌락을 형성하고 있었다. 1914년 행정구역 통폐합에 따라 이 세 마을을 병합하여 '나래리'라 해서 장호원읍에 편입되었다.

나래리는 진주강씨(晋州姜氏) 집성촌으로서 주민들 간의 밀접한 유대관계가 유지되고 있는 편이다. 평야지대에 자리한 농촌으로, 마을 주위로 비옥한 논들이 많이 있어 전통시대부터 비교적 살기 넉넉한 부촌이었다. 특히 남한강의 지류인 청미천 안에 자리 잡고 있는 까닭에 강 유역을 따라서 곡저평야가 발달하여 토양이 좋고 수량이 풍부하였고, 다른 마을에 비해 높은 지대에 위치하여 서늘한 날씨로 쌀 맛이 더욱 뛰어나다고 한다. 그러므로 마을 주민들 대부분은 밭농사와 논농사를 주로 하였으나, 현재는 농업과 과수업을 병행하여 생활하고, 축산업이나 비영농 등 다양한 방면으로 생계를 도모하고 있다. 이외 인근 공장에 다니는 가구도 있으며, 인구의 고령화로 대개 가정에서 먹을 작물만 텃밭에 조금씩 심으며 생활하고 있다. 예전에는 밀, 콩, 팥, 수수, 깨 등을 심었으나, 현재는 특산물로 복숭아를 주로 재배한다.

실제 조사장소였던 나래3리는 건강마을로 지정되어 다른 마을과 달리

마을회관 내에 찜질방과 샤워시설을 갖추고 있었다. 운동기구도 다양하게 배치되었는데, 특히 할머니들을 중심으로 마을여성의 이용도가 매우 높았다. 그래서인지 마을 분위기가 비교적 활기차고, 건강한 느낌이 들었고 표정들도 밝았다. 특히 나래3리에서 만난 박순례 제보자는 어린 시절 한학자였던 조부의 영향으로 이야기를 많이 알고 계셨다. 기억력이 좋거나 조사에 적극적인 편은 아니었으나, 다양한 내용의 설화 7편을 제보해 주었다.

경기도 이천시 장호원읍 나래3리 마을회관 전경

## 경기도 이천시 장호원읍 대서1리

조사일시 : 2011.2.18

조 사 자 : 신동흔, 노영근, 이홍우, 한유진, 구미진

경기도 이천시 장호원읍에 속한 대서리(大西里)는 북쪽으로는 봉미산(鳳

尾山)이 자리하고, 남쪽으로는 청미천(淸渼川)이 흐르는 넓은 평야가 펼쳐진 마을이다. 대서리는 대정리와 근서리를 병합하여 붙여진 이름으로, 자연마을로는 골말, 근서, 넘말, 대정, 살개골, 위한우물 등이 있다. 여기서 골말은 한우물 남쪽 골짜기에 있는 마을이라 하여 붙여진 이름이며, 근서는 서쪽 가까이 있는 마을이라 하여 붙여진 이름이다. 또 넘말은 등성이 너머에 있는 마을이라 하여 붙여진 이름이고, 살개골은 살구나무가 많았다 하여 붙여진 이름이다. 대정은 대서리에서 으뜸 되는 마을로 한우물이 있어 한우물이라 부르기도 한다.

경기도 이천시 장호원읍 대서1리 마을회관 전경

대서리의 주요 농산물은 쌀과 과수 등인데, 특히 사과, 배, 복숭아 등은 당도가 매우 높은 것으로 유명하다. 실제 조사장소인 대서리에 방문했을 때, 마을회관에는 할머니들만 계셨는데, 마을에 대해 물었을 때도 하나같이 과일의 품질이 뛰어나다는 말씀을 잊지 않으셨다. 그러나 마을주민들 대부분이 조용하고 소극적인 성격이어서 조사가 쉽지 않았는데, 그 중 이종상 제보자는 조사의 목적과 내용을 먼저 묻고 나서서 조사 분위기를 형성하는 데 큰 도움을 주었다. 그럼에도 다른 주민들이 여전히 소극적인 탓에 선뜻 제보를 하는 사람은 없었는데, 결국 이종상제보자가 조사에 참여해주었다. 제보자는 말솜씨가 뛰어나거나 많은 이야기를 알고 있지 않았으나, 조사 당시 도깨비와 호랑이에 관한 생애담을 각각 한 편씩 제보해 주었다.

## ▍제보자

### 박순례, 여, 1939년생

주 소 지 : 경기도 이천시 장호원읍 나래3리
제보일시 : 2011.2.18
조 사 자 : 신동흔, 노영근, 이홍우, 한유진, 구미진

제보자 박순례는 이천시 장호원읍 나래3리에서 만난 제보자이다. 원래 고향은 현재 거주하고 있는 장호원읍과 매우 인접한 충청북도 음성군 감곡면이었다. 한국전쟁이 발생하자 1.4후퇴 무렵 온 가족이 서울로 이주하였는데, 아버지가 돌아가시는 바람에 가세가 크게 기울어 남은 가족들과 다시 이천으로 와서 정착하였다고 한다. 이천 출신인 남편과 혼인하여 젊은 시절 서울에 가서 십여 년간 살기도 하였는데, 남편의 건강이 안 좋아지게 되자 다시 이천으로 돌아와 지내게 되었다.

밀양박씨(密陽朴氏)였던 제보자의 집안은 대대로 밀양에 살았다고 하는데, 제보자의 할아버지도 밀양에서 거주하며 한학을 오랫동안 공부하셨다고 한다. 덕분에 제보자는 어린 시절 할아버지에게서 옛날이야기를 많이 들으셨다고 하는데, 조사 당시에 들려 준 이야기도 대부분 할아버지로부터 들어서 기억하는 이야기라고 하셨다.

말소리에 충청도 사투리가 많으나, 발음이 비교적 정확하였다. 이야기의 구성력이나 표현력이 뛰어나지는 않으나, 어린 시절 들었던 이야기를 자세히 구연할 정도로 있는 기억력이 좋은 편이었다. 조사 당시에는 다양한 주제의 설화 일곱 편을 제보해주었다.

제공 자료 목록
02_24_FOT_20110218_SDH_PSR_0001 어머니 위해 다리 놓아 준 효자
02_24_FOT_20110218_SDH_PSR_0002 아버지의 지혜로 효자가 된 아들
02_24_FOT_20110218_SDH_PSR_0003 노처녀와 지렁이도령
02_24_FOT_20110218_SDH_PSR_0004 나무아버지 모신 아들
02_24_FOT_20110218_SDH_PSR_0005 두꺼비 터에 묻힌 아버지 덕에 잘 된 아들
02_24_FOT_20110218_SDH_PSR_0006 남이장군 탄생담
02_24_FOT_20110218_SDH_PSR_0007 효자를 도와준 호랑이

## 이종상, 여, 1935년생

주 소 지 : 경기도 이천시 장호원읍 대서1리
제보일시 : 2011.2.18
조 사 자 : 신동흔, 노영근, 이홍우, 한유진, 구미진

제보자 이종상은 경기도 이천시 장호원읍 대서리 조사 당시, 대서1리 마을회관에서 만났다. 경기도 이천시에서 나고 자란 이천 토박이로, 주로 농사를 지으며 사셨다. 남편과 사별한 후에는, 혼인하여 미국으로 이민을 간 자녀의 집에 가서 9년 정도 거주한 경험이 있다. 그러다 60대 후반에 다시 고향인 이천으로 돌아와 현재까지 거주하고 있다.

대서1리 방문 당시 회관에 계시던 마을 주민들이 대부분 조용하고 소극적인 성격이었다. 이에 반해, 이종상 제보자는 조사의 목적과 내용을 먼저 묻고 나서서 조사 분위기를 형성하는 데 큰 도움을 주는 등 상당히 적극적으로 참여해주었다. 그러나 말솜씨가 뛰어나거나, 기억력이 좋은 편이 아니어서 도깨비와 호랑이에 관한 생애담을 각각 한 편씩 제보해 주

었다.

제공 자료 목록
02_24_MPN_20110218_SDH_LJS_0001 호랑이를 달랜 할아버지
02_24_MPN_20110218_SDH_LJS_0002 도깨비불에 홀린 친척

## 어머니 위해 다리 놓아 준 효자

자료코드 : 02_24_FOT_20110218_SDH_PSR_0001
조사장소 : 경기도 이천시 장호원읍 나래3리 44-5번지 나래3리 마을회관
조사일시 : 2011.2.18
조 사 자 : 신동흔, 노영근, 이홍우, 한유진, 구미진
제 보 자 : 박순례, 여, 73세
구연상황 : 마을회관에 계신 분들이 이야기를 잘하신다고 추천하면서 자연스럽게 이야기판이 형성되자, 어린 시절 들었던 이야기가 있다며 곧장 구연하였다.
줄 거 리 : 옛날, 아들 삼형제를 키우며 매우 가난하게 살던 부부가 있었다. 그 남편이 산에서 나무를 해오면 그것을 팔아 온 식구가 끼니를 구하여 살았는데, 남편은 그만 산에서 굴러 떨어져 죽고 말았다. 어린 아들 셋과 홀로 남게 된 여인은 할 수 없이 아들들을 데리고 직접 나무를 하여 겨우 식량을 마련하며 살게 되었다. 그러던 어느 날, 아들 셋과 나무를 하고 돌아오던 여인은 개울 건너에서 울음소리를 듣게 되었다. 이상하게 여긴 여인이 그 소리를 따라 가보니 그곳에는 한 맹인 총각이 살고 있었는데, 그는 식량이 떨어져 오랫동안 굶었지만 다리가 불편하여 움직일 수도 없는 처지라, 배가 몹시 고파 울고 있다고 하였다. 사정을 알게 된 여인은 그날부터 집으로 돌아와 매일같이 밥을 해서 맹인 총각의 집에 찾아가 나누어 주고는 새벽에야 돌아왔다. 그렇게 몇 해가 흐르자, 어머니의 외출을 눈치 챈 큰아들이 몰래 뒤따라가 보니, 어머니가 그 집에서는 너무나 즐겁게 있다 돌아온다는 것을 알게 되었다. 이에 아들은 매일같이 깊은 물을 건너다니는 어머니를 위해, 동생들과 함께 몰래 다리를 놓아 주었다. 덕분에 그 집을 더욱 편하게 오갈 수 있게 된 여인은 그 이야기를 동네 친구에게 해주었는데, 그 아들들도 서로 친구지간인지라 결국 다리를 놓은 사람이 여인의 아들임을 알게 되었다. 여인의 친구는 이 사실을 임금에게 알렸는데, 임금은 어머니를 진심으로 위하는 아들을 효자라하여 큰 상을 내렸고, 그 맹인 총각을 새아버지로 맞이하게 하여 다 같이 잘 살게 되었다.

옛날에,

(청중 : 어. 히히.)

아들 저기, 삼형제하고 두 내외하구 다섯 식구가 살았는데, 두메산골 [목소리에 힘을 주며] 지지리 못 살았데유. 낭구(나무) 장사만 해서, 낭구(나무) 한 짐, 저기 저, 팔어서, 또 저 쌀 두어 대 팔어다 먹구, 낭구(나무) 한 짐 해서 쌀 두어 대 팔구, 보리쌀 두어 대 팔구, 이렇게 그냥 먹구 살았데유. 몇 년을. 한 뭐 십 삼 년인가 십 오년을 그렇게 살았데. 근데, 이 저, 신랑이 낭구(나무) 지게 지구 오다가 떼굴떼굴 굴러서 죽었데유.

(조사자 : 어이구.)

그 애들은, 아들 삼형젠 요렇게 저, 에 저기, 열두 살 먹구, 열 살 먹구, 뭐 여덟 살 먹구 요렇게 놔두고 죽었데. 그러니까 신랑이 죽었으니까 해볼 도리가 없잖어. 이제 열두 살, 열 살, 여덟 살 먹은 애를 데리구 인제 엄마가 낭구(나무)를 해러 갔데. 낭구(나무)를 해서 그걸 또 인제, 애들이 쪼끄마니까 이젠 낭구(나무)도 요만큼 하잖아. 거 요만큼 하고, 거 엄마하고 닛이(넷이) 해야 영감 한, 하나 핸(한) 턱 빽에(밖에) 안 된데, 낭구(나무)가. 그냥 고거 팔아가지구 인제 쌀 두어 대 팔아오구, 매일 고거 해가지구 쌀 서너 대 팔아오구, 보리쌀 두어 대 팔어다, 이제 연명을 하구 먹구 사는 거여.

근데 하루는

(청중 : 정신두 꽤 좋아.)

아들 삼 형제하구, 자기하구, 낭구(나무)를 해가지구, 꽤 많이 인제 해올라구, 어둡도록[목소리에 힘을 주며] 있다가 저, 해가 거울거울 넘어가는 데 오는데, 어디서, 저 자아꾸[목소리에 힘을 주며] 우는 소리가 들리더래. 우는 소리가.

(조사자 : 어어.)

그래가지구 아들 삼형제는

“요그(여기) 다 가만있어라. 내가 저기 좀 갔다 올게. 누가 사람 소리가,

자꾸 우는 소리가 나니 이상하니까 내 갔다 올게. 느들(너희들) 요기 있어라."

그래구 저, 이만큼 물을 건너서, 시내 개울을 건너서 그 너머에 가보니까, 총각이 하나 울고 있더래. [목소리를 높이며] 장님이. 장님이. 그래가지구 들어가서

"왜 그렇게 울고 있느냐?"

그러니까

"배가 고파서 그렇게 울고 있다."

그래드려(그러더래). 그래,

"왜 배가 고프냐?"

니까 엄마하고 둘이 살다가 쌀, 그래도 서너 말 되는 거 다 먹구 똑 떨어져가지구, 장님이라 어디 갈 수도 없고, 다리도 시원찮구, 장애인에, 장님에, 그래가지고 배가 고파선 운다 그러더래. 배가 고파서. 그래가지구 그 엄마가 그런 소리를 듣구 자기두 배가 고프지만은 그거를. 총각이 그래구, 장님이, 장애자가 울고 있으니까, 불쌍해니까

"알었다(알았다)."

그래구 그걸 보구 집이, 요기루, 이제 아들 삼형제 있는 데로 와서, 저저, 아들 삼형제하구 인제, 자기하구 인제 집엘 가서, 보리쌀하구 쌀하구, 밥을 푸지막하게(푸짐하게) 해서, 애덜을 퍼주구, 아들 삼형제를 퍼주구, 바가치(바가지) 하나를 밥을 해가지구 거기를 갔어. 인제, 거(그) 장님한테. 인제 물을 이만큼 건너서. 저 갈(가을)에, 출 제(추울 때). 물을 건너가서 인제 밥을 이만큼 퍼줬으니까 이제 한 이틀은 먹을 거 아니여. 이삼일은. 그래 인제, 이거는 이삼일 먹으라 그래구, 그래 이삼일 있다가 낭구(나무) 좀 팔구, 보리쌀하구 쌀하구 팔아서 또 갖다 주구, 갖다 주구 인제 저 그렇게 삼사일에 한 번씩 갖다 주는 거여. 인제 그렇게 애들 싯(셋) 하고 엄마하고 그렇게 살면서 갖다 주구, 갖다 주는데. 이제 열두 살 먹은 애가

인제 저기 저, 열세 살, 열네 살이 되니까 어지간히 낭구(나무)도 하고, 뭐 꾀도 알잖아. 근데 엄마가 밥을 해가지구, 펴가지구 가면 생전[목소리에 힘을 주며] 오질 않는데, 오질 않아. 통. 오질 않아 여기를. 그래서 한번은 하두(하도) 이상해가지구, 식전에 인제 밥이나 해러 오지 오질 않는데여. 인제 한 삼년 그렇게 살다, 살살 큰아들이 가봤데 거기를. 인제 뒤를 캐서 인제 저 갔는데, 갔더니 장님하고 그 방, 인제 약간 장애자에다 장님인데, 총각인데, 주거니 받거니 깔깔거리고 웃고 재밌게 장난두 해구, 농담두 해구, 그렇게 엄마가 즐겁더래. 그 엄마가. 그래가지구설매 인제 그 저저, 그 아들이

"아휴, 엄마가 우리집에선 맨날(만날) 말두 안 해구, 오만상을 눕히구, 그냥 찡그리구 있는데, 거기만 가면 그렇게 재밌구, 즐겁고 웃고 깔깔거리구 서로 농담하구 그렇게 좋다구."

인제 큰아들이 동상(동생) 둘 하구 상의를 해서,

(청중 : 할튼 정신은 꽤 좋아.)

상의를 해가지구설매, 인제 저저 밤에 나무를 비어다가(베어다가), 몰래 몰래 해가지구설매, 즈(제) 엄마가 밥해구서 가지구 간 다음에, 오기 전에 즈 엄마가, 인제 이렇게 외나무다리를 놔준겨, 인제 이렇게[앞에 기다란 것이 놓여있는 시늉을 하며]. 이렇게, 이렇게 여. 여까정(여기까지) 여 저 기울게, 물이 차니까 이제 얼굴에 인제, 다리를 요만큼 물 안 닿게, 요만큼 외나무다리를 놔줬어, 아주 삼형제가. 그래가지구 새벽에 인제 물 건너서 이만큼씩 이렇게 오는데 보니까, 다리를 놓았더래. 그 엄마가, 아 그래서 이상해가지구,

'아유 이상하다. 다리를 누가 놨나. 누가 놨나.'

하구 이제 속으로 그래구 오는데, 이웃집 친구. 이웃집 친구가 이제 그 동아리('같은 동네'의 의미로 말한 것임.) 친구가 있어서, 친구한테 가 그랬데.

"아니 내가 맨날(만날) 밥을 해서 이렇게 갖다주고, 거기서 놀다 식전에 오구 그랬는데, 누가 다리를 그렇게 놔 줘서 춥지도 않구, 물도 안 건너구, 참 재밌게, 즐겁게 잘 왔다"구.

"거 이상해다(이상하다)."구,

"누가 다리를 놨는지 모르겠다. 거 다리를 놓은 사람이 누군지, 내가 저저저, 상감한테 얘기 좀 했으면 좋겠다."구,

그랬데. 거 옆에 친구한테 가서, 인제 그 여자, 같은 동아리 친구한테. 그랬더니

"그러냐."

그러더래. 그랬더니, 이제 그, 또 애가, 열네 살 먹은 애가. 고 또 저기 동아리 친구 엄마 아들이,(여자의 동네친구 아들도 여자의 큰아들과 친구 사이라는 의미임.)

"야 내가, 우리 엄마가 그냥 맨날(만날) 밥만 이렇게 해서 퍼 가면 거기서 놀다가 오구, 새벽에 와가지구 밥해구, 우리 낭구(나무) 장사 또 해구, 이렇게 이삼 년을 살았는데, 엄마가 거기만 가면 그렇게 즐겁구, 재밌구, 웃구, 그런다구."

인제 그 친구한테 또 애기를 한 거여, 그랬더니 또 그 친구두 아들친구한테 들었지, 여 엄마친구는 또 엄마한테 들었지 그러니까,

"얘, 느 저저, 아들이 그랬구나."

그러구서는 그 친구가 즈그(자기) 엄마한테 효도를 했거든. 저저, 다리를 놔줬으니까. 밥 맨날(매일) 갖다주는 엄마를, 저 다리를 놔주니까 효도를 했잖아. 그래서 개가, 친구가, 임금한테 쫓아가서 애기를 했데. 그런 애기를. 그랬더니

"그런 효자가 어딨느냐구."

그래가지구, 그, 개를 오래가지구(오게 해가지고), 상을 줬디야, 상을 주구, 그 장님을 데려다가 살라그러디랴, 같이. 그 임금이. 옛날엔 임금도

마음도 좋았는가봐. 그랬는데, 그게 그 장님하구, 엄마하구 서로 사랑을 했데.

(청중 : 으응.)

그래가지구, 임금한테 얘기해서 돈 잔뜩 타가지구, 그 임금(서사의 전개상 장님을 의미한 것인데 구연 중 혼동하여 잘못 말한 것임.) 데려다가 새 아버지 삼구, 그 여자하구 그렇게 다 같이 행복하게 잘 살았디야.

## 아버지의 지혜로 효자가 된 아들

자료코드 : 02_24_FOT_20110218_SDH_PSR_0002
조사장소 : 경기도 이천시 장호원읍 나래3리 44-5번지 나래3리 마을회관
조사일시 : 2011.2.18
조 사 자 : 신동흔, 노영근, 이홍우, 한유진, 구미진
제 보 자 : 박순례, 여, 73세
구연상황 : 앞의 이야기에 이어 효자에 관한 또 다른 이야기를 알고계신지 묻자, 생각나신 이야기를 구연하였다.
줄 거 리 : 옛날, 아버지를 모시고 살던 한 남자가 있었다. 그는 며칠 동안 품을 팔아 번 돈으로 닭을 한 마리씩 사와서는 자기 혼자만 배불리 먹고 아버지에게는 먹고 남은 닭 뼈만 주었다. 그러자 아버지는 아들이 준 닭 뼈를 잘 모아두었다가, 한가득 짊어지고는 임금 앞에 나아갔다. 그리고는 자신의 아들이 자신을 이렇게나 잘 봉양하는 효자임을 알렸다. 그것을 본 임금은 아들을 불러다 크게 칭찬하고 큰 상까지 내리며 아버지를 더욱 잘 봉양할 것을 일렀다. 크게 혼이 날 줄 알았던 아들은 아버지의 가르침을 깨닫게 되었고, 이후 아버지를 극진히 모시는 진짜 효자가 되었다.

어떤 미친놈이

(조사자 : 예. 헤헤.)

품을 팔아다가, 닭 한 마리 사다가, 삼일에 한번 씩 품 팔아다, 요만한 닭만 하나 사다가 저만 쳐 먹고, 뼈다구(뼈다귀)만 즈아버질(자기 아버지

를) 줬데. 뼛다구(뼈다귀)만.

(조사자 : 어어.)

뼛다구(뼈다귀)만 즈(자기)아버질 주더래.

그러니까 인제 즈(자기)아버지가 뼛다구(뼈다귀)를 모으고, 모으고, 모으고 한 이삼년 모은 게 그냥 이런, 자루로, 저기 저, 가마니로 한 반가마니 됐데. 뼛다구(뼈다귀)만, 닭 뼛다구(뼈다귀).

(조사자 : 아. 닭뼈만.)

응. 그래가지구 인제, 이거를 즈아버지가 터득을 했데여.

"아휴, 내가 이럴 게 아니라, 이거를 모아가지구 임금한테 갖다 바쳐서, 우리 아들이 이렇게 효자라구 가서 얘기를 하면은, 그래두 이래 고기를 줄거라."

생각을 한 거야. 아버지가. 그래서 인제, 뼛다구(뼈다귀)를 가마니로 한 반가마니 모아가지구 인제 빼짝(바짝) 말려서 인제, 임금한테 인제 지구 간거여.

"우리 아들이 삼일 사일 품 팔아서 닭 한 마리 사다가 나를 이렇게 맨날(만날) 해줘서 닭뼛다구(뼈다귀)를 내가 이렇게 모아 가지구, 하도 고마워서 가져왔다구."

그러니까 저 임금이 그랬잖아.

"그런 효자가 어딨느냐구."

"아이구 그렇게 착한 효자가 어딨느냐. 거, 가 데리고 오라."

그러더려(그러더래). 그래 그 임금 종이 인제, 거 데릴러(데리러) 간거여. 거기를.

(조사자 : 예에.)

데릴러(데리러)가서, 데릴러(데리러) 오는데

"나는 잘못했다구."

"죽을죄를 졌다고."

그래 인제 이('아들'을 말함.)가 이래는겨. 즈(자기)아부질 뼛다구(뼈다귀)만 줬으니까.

(조사자 : 예에.)

그래가지고 임금이

"너는 잘못한 게 아니라, 느(네)아버지한테 효도했다. 맨날(만날) 닭을 잡어다, 사, 삼사일에 품 팔아서 느(네)아버질 닭고기만 줘서 닭 뼛다구(뼈다귀)가 이렇게 많으니 너는 참 효자 노릇했다고."

그러니까 돈을 그냥 한 뭉탱(뭉텅이)일 주면서,

"이걸로 느(네)아버지 봉양 잘해고(잘하고), 닭고기 모냥(마냥) 더 사다 주라고."

돈을 [살짝 웃으면서] 이만큼 줬데, 그랬더니 그 질(길)로는 닭 사다가 저는 한낫도(하나도) 안 먹고 아버지만 주더랴.

## 노처녀와 지렁이도령

자료코드 : 02_24_FOT_20110218_SDH_PSR_0003
조사장소 : 경기도 이천시 장호원읍 나래3리 44-5번지 나래3리 마을회관
조사일시 : 2011.2.18
조 사 자 : 신동흔, 노영근, 이홍우, 한유진, 구미진
제 보 자 : 박순례, 여, 73세
구연상황 : 앞의 이야기에 이어 생각나신 이야기를 구연하였다.
줄 거 리 : 옛날 한 양반집의 딸이 혼기가 가득 찼음에도 불구하고, 시집을 가려하지 않았다. 몹시 속이 탔던 아버지는 딸을 시집보내기 위해 계속해서 설득을 하였는데, 딸은 마침내 집 앞으로 늘 지나다니는 도령에게 마음이 있음을 고백하였다. 그 말을 들은 아버지는 문밖을 지키고 서있다, 그 도령을 보고는 집으로 데려와 크게 대접을 하고 삼 년 뒤에 자신의 딸과 혼인하겠다는 약속을 받아냈다. 그 뒤로 도령은 그 집에 자주 드나들며 지냈다. 그러나 삼 년이라는 시간을 참지 못한 딸은 그의 뒤를 쫓기 위해 도령의 옷자락에 몰래 명주

실을 꿰어 둔 바늘을 꽂아두었다. 다음 날, 올 시간이 지나도 도령은 나타나지 않자, 궁금해진 딸은 실을 따라 가보았는데, 어느 연못가에 이르자 그 위에는 커다란 지렁이 한 마리가 바늘이 꽂힌 채로 죽어있었다.

양반집인데, 저 여자가, 딸이, 거 맏딸 하난데, 시집을 보낼라구, 여기서 저기서 중신을 해도 이놈의 색시가 선을 안보는 거여. 싫데여 죄. 시집을 안 간데여. 그래서 인자, 아부지가 몸이 달아서,

"너 시집 안 가구, 처녀 늙은이('노처녀'를 말함.)로 죽으면은 내 얼굴에 먹칠 하니까 우선 시집이나 갔다가 우리 집으로 와서 살라구."

저저, 딸한테 자꾸 그러는 거여. 그러니까, 자꾸 그러구, 저 설득을 하구 저, 해니까는(하니까는) 그제서 얘길 허더려(하더래).

"나는 우리 집 문간으로 맨날(만날), 그 학생이, 책가방을 들구 공부 배우러 가는 총각하구 결혼하지, 딴 사람하고는 안 핸다(한다)."

그러더려. 근데 그 아부지는 아무것도 못 봤거든. 그걸. 그래가지구는 저,

"그럼, 누구냐."

고, 그랬더니 그런 얘기를 하더래, 딸이. 그래서 그이(처녀의 아버지를 말함.)가 하루는 대문간에 지키구 있다 보니까 저기 저, 학생이 책가방을 들구 그 배깥(바깥) 마당에 이렇게 가더래. 그 배깥(바깥) 마당으로 가가지구, 이제 난중에(나중에) 인제, 저녁에 올 무렵에, 인제 지키고 있다가 붙들고, 집에 들어가선 저 상다리가 팅그러지게('휘어지게'의 의미임.) 대접을 해구, 저녁상을 차려주구, 대답을 했더니

"우리 딸이 결혼할 나이가 됐는데, 이렇게 결혼을 안 하니, 언제 결혼할거냐."

그러니까

"삼년만 기달려(기다려)달라."

그러더려.

"삼년만 기달리면 내가 꼭 이 아가씨하고 결혼을 하겠다."

그래서 핵교(학교) 갔다 오면 놀다 가구, 밥 먹고 가구, 놀다 가구, 밥 먹구 가구, 그런데 처녀, 나이 많은 처녀가 삼년을 못 기다리니까 [주변 분들이 다른 말을 이야기를 하는 바람에, 잠시 이야기를 멈추며 대화에 참여하느라 어수선해짐]

그래가지고 인제, 삼년을 참다 참다 못하고, 석 달을 못 참고, 이놈의 아가씨가 이만한 명주 구리(꾸리)를 해갖고, 바늘을 요 후○에다 꼽아가지고, 저녁 먹고 놀다 가는 놈의 걸, 그거를 이렇게 저기했다잖어. [바늘을 꽂는 시늉을 하며] 꾸리가 다 풀리도록, 나중에 꾸리('실꾸리'를 말함)가, 이만한 꾸리가 다 풀려 나가더랴. 그래도 인제 그 이튿날 학교를 가야되는데, 안 가더랴. 안 오더랴. 그래서 그 아가씨가 저, 명주실 밟은 발로 삭 가다보니까, 큰 연못에 멍석말이만한 지랭이(지렁이)가 둥둥 떠 죽었더랴. 그게 그러니까 석 달만 있으면 사람으로 도성할 건데, 도성을 못 하고, 그 바늘로 이렇게 명주실을 꼽아서, 죽은 거지. 그게

(조사자 : 아아.)

## 나무아버지 모신 아들

자료코드 : 02_24_FOT_20110218_SDH_PSR_0004
조사장소 : 경기도 이천시 장호원읍 나래3리 44-5번지 나래3리 마을회관
조사일시 : 2011.2.18
조 사 자 : 신동흔, 노영근, 이홍우, 한유진, 구미진
제 보 자 : 박순례, 여, 73세
구연상황 : 앞의 이야기에 이어 생각나신 이야기를 구연하였다.
줄 거 리 : 옛날 어떤 아버지와 아들이 함께 살면서, 열심히 일하여 재산을 많이 모았다. 그러던 어느 날 아버지가 돌아가시게 되었다. 평소 아버지와 사이가 좋고 효성이 깊었던 아들은 나무를 깎아 사람의 형상을 만들어두고는 그것을 아버지

라고 부르며 살아있는 사람을 대하듯 정성스럽게 모시기 시작하였다. 한편, 아들에게 쌀이나 돈을 빌리러 찾아오는 사람들이 있었는데, 아들은 그때마다 나무인형을 모신 방에 들어가 먼저 허락을 받아야만 재물을 빌려주었다. 이 모습에 화가 난 어떤 사람이 방에 들어가 나무인형의 목을 칼로 내리쳤는데 그 자리에서는 피가 흘러나왔고, 그 사람은 결국 벼락을 맞아 죽었다고 한다.

아이, 옛날에 저 아버지하고 아들하고 둘이 열심히 죽자 살자 살어서 가지고, 괜찮게 밥을 먹고 살았는데, 즈아부지가 인자 살다 죽었데유. 근데 저, 사이가 괜찮었디야. 그랬는데, 즈아버지가 죽고 나서, 운방(윗방)에다 이렇게 즈아버지 이렇게, 머리, 팔 이렇게 돌을, 저기 저 나무때기를 깎아놓고, 누가 쌀 빌리러 오면은

"아부지, 아무개가 쌀 빌리러 왔는데, 좀 꿔줄까유?"

이러면 [주변에 계시던 분이 제보자에게 마실 것을 갖다 드리자, 잠시 대화를 나누느라 이야기가 끊기고 어수선해짐] 그래서 자기가 꿔주고 싶은 사람은

"우리 아버지가 꿔주랜다고."

꿔주고, 또 어떤 이가 땅 산다고

"쌀 좀 두어 가마 꿔주라"

그러니까

"아이, 우리 아버지한테 물어본다."

그러더래. 그래,

"아부지, 아부지, 아무개가 쌀 두어 가마 꿔달라는데 꿔 줄까유?"

이랬더니 지가 꿔주기 싫으니까,

"우리 아부지가 꿔주지 말랜다."

그랬다. [청중들과 함께 웃으며] 그러니까 그이가

"이 자식아 느 아부지가 어딨느냐구?"

"나무떼기가 느 아부지냐구,"

도끼를 가지구 들어가가지구 저, 이렇게 장식을 해 놓은 거를, 모가지를 탁 쳤데여. [손으로 내리치는 시늉을 하며] 그랬더니 피가 쭈르륵 나오드래여. 즈아부지가, 아들이 하두 정성스레, 만날 나갔다오면

"아부지 나갔다왔슈."

"아무개 갔다 올래유."

"어디 갔다 올래유."

하도 그래가지구, 그이가 그냥 부아가 나가지구설매 모가지를 뚝 잘랐데. 모가지를 뚝 잘랐는데 피가 주르륵 나오드려. 어, 그러더니 바깥에, 꽤 많이 나가가지구, 벼락 때려(벼락에 맞았다는 의미임.) 죽었데여. 그이가 모가지 짤른(자른) 이가.

## 두꺼비 터에 묻힌 아버지 덕에 잘 된 아들

자료코드 : 02_24_FOT_20110218_SDH_PSR_0005
조사장소 : 경기도 이천시 장호원읍 나래3리 44-5번지 나래3리 마을회관
조사일시 : 2011.2.18
조 사 자 : 신동흔, 노영근, 이홍우, 한유진, 구미진
제 보 자 : 박순례, 여, 73세
구연상황 : 묘지를 잘 쓰면 자손들이 덕을 보는 경우가 있다는 이야기를 하시면서, 자연스럽게 떠오른 이야기를 구연하였다.
줄 거 리 : 옛날에 구걸을 하여 얻어먹고 다니던 거지가 있다. 그는 어느 추운 날, 구걸을 나갔다 밖에서 얼어 죽게 되었는데, 마을 사람들은 거지인 그를 대강 묻어주었다. 한편 그 거지에게는 아들이 한 명 있었는데, 아버지가 흙만 대충 덮어 묻힌 이후에 크게 출세를 하게 되었다. 이것은 아버지가 묻힌 자리가 두꺼비터이므로 깊이 묻지 않아야 오히려 그 자손이 번성하기 때문이라 한다.

아이 옛날에, 뭐 그지(거지)가 밥 얻으러 댕기다가(다니다가) 얼어서, 저 밭둑에 얼어 죽었데야. 그래가지구 동네 사람이, 그냥 얼어 죽었으니까,

그냥 그지(거지)가 죽었으니까 그냥, 흙으로 그냥 슬쩍 덮어놨디야. 아들하고 둘이 사는데, 아들은 딴 데 얻으러 다니고, 아버지는 딴 데 얻는데. 그래가지고 저 아부, 저 아들이 안 들어와서(아버지가 돌아오지 않았다는 의미임.) 가보니까는, 동네 사람한테 물어보니깐

"느그 아부지 저기 죽어서 밭둑에다 슬쩍 묻어 두었다."

그러드려. 그래서 흙으로 슬쩍 덮어놨데. 그냥. 그래두 그 아들이 그렇게 머리가 좋구 공부를 잘해서 똑똑해가지구 출세를 했데. 그런데 그 아부지가 그 죽, 죽은 터가 두꺼비 터라 짚이(깊이) 묻으면 안 되구, 요렇게 얕치(얕게) 살짝 묻어야 그게, 좋은 터래여. 그런데, 그런 얘기는 들었지.

## 남이장군 탄생담

자료코드 : 02_24_FOT_20110218_SDH_PSR_0006
조사장소 : 경기도 이천시 장호원읍 나래3리 44-5번지 나래3리 마을회관
조사일시 : 2011.2.18
조 사 자 : 신동흔, 노영근, 이홍우, 한유진, 구미진
제 보 자 : 박순례, 여, 73세
구연상황 : 앞의 이야기에 이어 자신의 조부에게 들었던 이야기를 구연하였다.
줄 거 리 : 옛날 충청북도 음성군에는 바위굴이 하나 있었는데, 이 굴 안에는 커다란 지네가 살았다. 마을에서는 삼 년마다 바위굴 앞에 제사를 지내면서 처녀를 한 명씩 바쳐야 했는데, 그렇지 않으면 큰 화를 입었다. 한편 마을에는 뛰어난 인물이 있었는데, 그것을 옳지 않다고 여겨, 제물이 될 처녀의 몸과 옷에 독을 잔뜩 발라서 지네에게 바쳤다. 며칠 뒤 굴 안에 가보니 과연 지네는 죽어 있었고, 죽은 지네의 몸뚱이에서 새가 한 마리 나왔다. 그 남자가 새를 쫓아가니 어떤 늙은 부부가 살고 있었는데 그 부인은 그날부터 태기가 있더니 열 달 후 사내아이를 낳았다. 남자는 그 아이를 데려다 키웠는데, 남달리 영민하고 비범한 자질을 나타내던 아이는 밤마다 남몰래 무예연습을 하였다. 그러던 어느 날 밤 아이가 자신을 길러 준 남자를 찾아와 갑자기 해치려하였으나, 이전부터 아이의 행동을 예상했던 남자가 자신의 방에 미리 짚으로 사람형상

을 만들어 둔 덕에 위기를 모면하였다. 남자는 아이가 지네의 정기를 타고 났기 때문에 그 원한이 깃들었음을 알고 있었던 것이다. 결국 아이는 지네의 정기를 없앤 뒤 평범하게 자랄 수 있었는데, 이후에 큰 이름을 떨친 남이장군이 되었다.

옛날에 우리 할아버지가 거, 충청도, 거 저, 음성군 감곡면 섭베.(제보자와 제보자 조부의 고향이자, 이야기가 전해 내려오던 장소를 말하는 것임.) 거기서 남애장군('남이장군'을 말함.) 남애장군(남이장군)이 있어. 거기 남애장군(남이장군). 남애장군(남이장군)인데, 그 큰 바우(바위) 안에.

(청중 : 얘기도 그런걸,)

응. 큰 바우(바위) 안에 해마다 저기 저, 삼년에 한번 씩 처녀를 거, 굴에다 바쳐야 된디야. 그래 굴에다 바쳐서 그걸, 잡어먹구 잡어먹구 그래가지구 처녀를 안 바치면은 그 동네가, 그 군(郡)이 다 그냥, 장마에 져서 씰리거나(쓸리거나) 그냥 가물어가지구 그냥 절단 나거나 그런데. 그 처녀를 안 바치면.

(청중 : 으응.)

그래서 인제 그 처녀를 바치는 데, 하나 그 인이 인이(방언인 듯 한데 정확한 의미는 알 수 없다. 문맥상 '인물'정도로, 마을 내에서 특별히 어질고 이름난 사람을 가리키는 듯하다.) 사람이 그게 뭔 도사가 먹는 것두 아니구, 무슨 짐승이 잡아 처먹으니까

"이놈을 죽여야 된다구."

독약을 이 몸에다 다 발르구, 이 옷에다 다 발르구 이 옷에다 말리, 약에다가 칠해서 말리구(약을 옷에 바른 뒤 말렸다는 뜻임.) 약에다 칠해 말리고 이래가지구 이 옷에구 몸에구 독을 다아 했데. 그래구 인제 처녀를 거기다, 굴에다 넣데. 굴에다 넣는데 삼일이 돼두, 뭐 연기가 올라가는 게 안보이더래. 지키고 봤더니. 그래가지구설매 인제 가봤더니, 큰 멍석만한 지네가 그 처녀 잡아먹을라 그래다 죽었댜. 죽었는데, 그 저, 그이가 이렇

게 뚜껑을 열으니까, 뻥해구 새가 날라가더래. 뻥해구 인제 저녁에 날라가서, 그거를 인제 따라서 인제 인제 인인이가 쫓아가봤더니, 노인네 둘이 사는데, 노인네.

(조사자 : 예.)

둘이 사는데 가보니까 ○○을 하더래. 그래가지구 인제 그 이튿날 날샌에 가서,

"당신 요번에 임신 되면, 애길 낳으면 아들을 낳을 테니까, 나를 주시오. 내가 잘 키울 테니."

그니까 노인네들이 인제 키울 근력두 없구, 살기도 어렵구 그러니까 대답을 했지. 그래서 인제 일 년 만에 애를 낳는데 아들을 낳더래. 아들을 낳는데, 그렇게 아들이 참 영리하구 똑똑하더래. 이이가 데려다 길른거여. 한 자를 가르쳐주면, 열 잘 알구, 열 자를 가르쳐주면 스무 자를 알구, 애가 그렇게 똑똑하더려.

(청중 : 으응.)

그랬는데 인제 이이가 인이니까 다 알잖어. 가끔 보면은 애가 그냥 이만한 칼을 새파랗게 갈구, 새파랗게 갈구 그러더래잖아. 그런데 이이가 다 아는거여. 그래가지구 인제 자기 이 갓하구, 이 옷하구, 도포하구 다 입구, 맨날 그냥 사랑방에서 이렇게 반듯하게 그냥, 이렇게 저 자는거여. 인제 이렇게 대(大)자로 이렇게 하고 자는데 이는 맨날 이렇게 다 알기로 올라가서, 이렇게 천장으로 구멍을 뚫고 보구, 인제 그렇게 맨날 연습을 했데요. 연습을 했는데 이놈이 어느 날, 문을 사분히 밤중에 열고 들어오더니 이만한 칼 새파란 거를 가지고 목을 탁 치더려. 그러니까 그게 사람 목이 아니고, 짚. 짚이로 자기 환상을 인제 해놓은거여.(짚으로 사람의 형상을 미리 만들어 두었다는 의미임.) 에 그래서 천장에서

"요놈, 네 놈부터 죽여야 된다."

그랬데여. 그랬더니 기가 그렇게 다 죽구 날라갔데. 그래 그 사람 죽일

래다 그래가지구 인제 서민이루 개가 잘 가르쳐가지구 잘 됐데. 그래가지구 그게 남애장군(남이장군)이 됐데나 어쨌데나, 옛날에 그런 얘기는 있었어.

## 효자를 도와준 호랑이

자료코드 : 02_24_FOT_20110218_SDH_PSR_0007
조사장소 : 경기도 이천시 장호원읍 나래3리 44-5번지 나래3리 마을회관
조사일시 : 2011.2.18
조 사 자 : 신동흔, 노영근, 이홍우, 한유진, 구미진
제 보 자 : 박순례, 여, 73세
구연상황 : 앞의 이야기에 이어 효자나 효녀와 관련한 또 다른 얘기를 알고 계신지 묻자, 곧바로 구연하였다.
줄 거 리 : 옛날에 어머니를 모시고 살던 한 효자가 있었는데, 어느 날 어머니가 큰 병에 걸려 홍시를 무척 먹고 싶어 하였다. 한겨울에 홍시를 구할 길이 없어 난감해진 아들은 눈물만 흘리며 슬퍼하고 있었는데, 갑자기 호랑이가 나타나 넙죽 엎드려 아들을 태우고는 홍시가 있는 곳으로 데리고 갔다. 덕분에 홍시를 얻은 아들이 이번에는 집에 돌아갈 것을 걱정하였는데, 호랑이가 다시 나타나 아들을 집에 데려다 주었다. 호랑이 덕분에 홍시를 먹게 된 어머니는 마침내 병이 나아 잘 살게 되었다.

옛날에,

(조사자 : 예.)

엄마가 죽을병에 걸렸는데,

(청중 : 또 나온다.)

홍시, 저기 홍시가, 뭐여 그거 홍시감이지, 그러니까

"말간 홍시감을 구해다 나를 먹이면, 내가 살겄다. 나 그것만 어서(어디서) 구해다 다오."

그랬댜, 아들더러. 자기 아들더러. 그래가지구설매, 인제 겨울에 눈은

이렇게 쌓였는데,

"엄마가 그냥 홍시, 감을 먹으면 살겠데는데, 홍시감을 어디가 구해나. 어디가 구해나."

징징 울고 있으니까. 호랭이(호랑이)가 와가지구, 넓쩍(넙죽) 엎드리더래잖아. 내 등어리(등허리)에 업히라구. 그래서 업혀가지구, 업구 겅중겅중 어디쯤 가더니, 누구네 집에다 갖다 내려놓더래잖어. 그래서 내려놔 가지구, 그 집 가서 그런 얘기를 했더니, 홍시감을 하나 주더래. 그래가지구 호랭이(호랑이)가 또.

"어떻게 가나."

그냥 한심스럽게 울고 있는데, 호랭이(호랑이)가 와서 또 넙죽 엎드리면서 업히라 그러더니, 업구 갖다놨데. 그래가지구 엄마가 그 홍시감 먹구 병이 다 나아서, 엄마하구 아들하구 잘 살았더라구.

# 호랑이를 달랜 할아버지

자료코드 : 02_24_MPN_20110218_SDH_LJS_0001
조사장소 : 경기도 이천시 장호원읍 대서1리 59번지 대서1리 마을회관
조사일시 : 2011.2.18
조 사 자 : 신동흔, 노영근, 이홍우, 한유진, 구미진
제 보 자 : 이종상, 여, 77세
구연상황 : 호랑이에 관한 이야기를 알고 계시는지 묻자, 주변 분에게 들었다는 경험담을 구연하였다.
줄 거 리 : 오래 전, 제보자의 이웃 중에는 산등성이에 사셨던 할아버지가 한 분 있었다고 한다. 어느 날 밤, 그 할아버지가 잠을 자고 있었는데 갑자기 집 안으로 불이 환하게 비추었다. 불빛에 잠이 깬 할아버지가 살펴보니, 문밖에는 호랑이가 한 마리 내려와 있었다. 그러자 할아버지는 호랑이에게 귀한 몸을 함부로 보이지 말라며 호랑이를 타일러 조용히 돌아갈 것을 청하였는데, 그 말을 알아들었는지 호랑이는 불빛과 함께 사라졌다고 한다.

옛날에, 우리 요기 요기 요기, 대서, ○○, 고기(거기) 고 산에 고기(거기) 등깡생이('산등성이'를 뜻하는 듯함.)에 할아버지가 한 분 사셨거든. 고기(거기). 할아버지 한 분이 옛날 분이지 뭐. 그러니까

(청중 : 사○ 할아버지?)

응. 그 할아버지가 주무시는데, 벌겋게 안으로 불빛, 불이 비추더래. 그래서

'저 왜 불이, 뭔 불이 비치나.'

하구서 보니까 호랭이(호랑이)가 내려와가지구 그렇게, 문으로다가 이렇게 그냥 탁 비추더래잖아.

(청중 : 으응.)

그래서 그 할아버지가

"왜 중요한 몸을 이렇게 아무한테나 갖다 보이느냐구. 그래시지 말구, 어여 점잖으시니까 가시라구, 가시라구."

그러니까. 환히 비춰주다 없어지더래는데. 요기서 그랬어, 요기 대서리. 그건 현실로 있는 우리네 아는 일이야. 그건.

## 도깨비불에 홀린 친척

자료코드 : 02_24_MPN_20110218_SDH_LJS_0002
조사장소 : 경기도 이천시 장호원읍 대서1리 59번지 대서1리 마을회관
조사일시 : 2011.2.18
조 사 자 : 신동흔, 노영근, 이홍우, 한유진, 구미진
제 보 자 : 이종상, 여, 77세
구연상황 : 앞의 이야기에 이어, 생각나신 경험담을 구연하였다.
줄 거 리 : 제보자가 젊은 시절 이웃마을에 살던 친척이 있었다. 어느 겨울, 그 친척은 장에 나갔다 밤늦게야 집으로 돌아오게 되었다. 그날은 하필 눈도 펑펑 내렸는데, 그 사이로 도깨비불이 여기저기서 번쩍 거리기 시작했다. 평소에 늘 다니던 길임에도 불구하고 무언가에 홀린 듯 밤새도록 시달린 그 친척은 결국 새벽 네시가 넘어서야 집에 올 수 있었다고 한다.

도깨비에 홀린 이는, 우리 저기 저기, 장상골 사는 이, 장상골, 저기 우리 올케, 얀중에(나중에) 알고 보니까 우리 올케의 작은어머니여 그이가.

(청중 : 으응.)

장날 장에를 갔는데 글쎄, 왜 일찌감치 오지. 해가 떨어지네 올래니 저물잖아. 이 노인네가 눈이 오구 오구 또 오구 하니까는, 눈에 홀렸는지 도깨비에 홀렸는지, 뭐에 홀려가지구, 도깨비가 불이 여기서 번쩍 해서 가보믄, 또 여기서 번쩍 해서 또 가보믄, 뚱그렇고 뚱그렇고 그래.

(청중 : 그게 도깨비불이야.)

밤새도록 시달리다가, 우리 집에를 그래 네 시에 들어왔어. 네, 새벽 네

시에. 종일 밤새도록 시달린거여.

(청중 : 아이고, 저 ○○○를요?)

어. 그러다 우리 집으로 들어왔더라구.

"그래 왜 그래냐니까,"

"그래 도깨비가 그냥, 도깨비불이 번쩍 해서 가보면 아니구, 불이 번쩍 해서 가보면 아니구."

그게 도깨비지 그게 뭐야.

# 9. 호법면

## ▌조사마을

### 경기도 이천시 호법면 유산3리

조사일시 : 2011.2.12, 2011.2.20
조 사 자 : 신동흔, 노영근, 이홍우, 한유진, 구미진

2011년 2월 12일 이천시 4차 조사 둘째 날에 호법면 유산3리에 위치한 이종철 제보자 자택을 찾았다. 자택에서 제보자의 민요 구연을 들은 후 조사자들은 제보자와 함께 인근의 부흥식당으로 자리를 옮겨 설화 구연을 들을 수 있었다. 그리고 2011년 2워 20일 이천시 5차 조사 때 다시 한 번 이종철 제보자의 자택을 방문했다.

유산3리 이종철 제보자 자택 전경

호법면은 이천시내로부터 서남쪽에 위치하고 있으며 주민의 절반 이상

이 농업에 종사하고 있는 전형적인 농촌지역이다. 면 관내 중앙으로 42번 국도 및 영동고속도로와 중부고속도로가 교차하고 있는 교통요충지이다. 조선초 안평, 후안, 단천, 동산, 주박, 주미를 호법이라 했고, 유산, 율현, 증일을 건천리라 했다. 효종조 호법리면과 건천리면으로 개칭되었는데 증일은 읍내면으로 편입되어 제외되었다. 영조대에는 유량곡리, 안고리, 후미촌리, 주박촌리, 단천리, 동산색리, 건천리를 포고라하는 호법면이 되었고, 고종 32년인 1895년 이천군 호법면이 되었다. 10년 뒤인 1905년 대한제국시대에는 호면으로 개칭되었다가 1914년 일제 식민지 시기 지방제도 개편에 따라 유산, 안평, 후안, 단천, 매곡, 동산, 주박, 주미, 송갈리를 포함하는 호법면으로 개칭되었다. 당시 면청사는 유산리에 소재하였다. 1980년 12월에 면사무소를 후안리로 이전하였다. 호법면은 역사적・전통적으로 전국 최고의 미질을 자랑하는 이천쌀의 주산지이며, 충숙공 박난영과 효자 강진기 등이 출생한 충효의 고장이기도 하다.

## ▌제보자

### 이종철, 남, 1933년생

주 소 지 : 경기도 이천시 호법면 유산3리
제보일시 : 2011.2.12, 2011.2.20
조 사 자 : 신동흔, 노영근, 이홍우, 한유진, 구미진

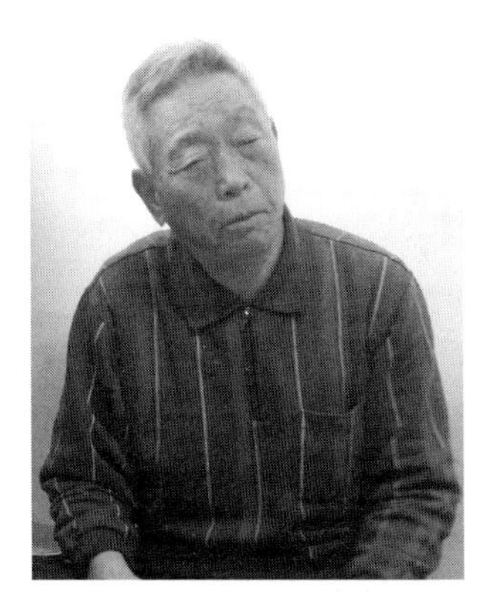

이천의 소리꾼 이종철은 이천에서 태어나 이 마을에서 줄곧 살고 있는 토박이다. 이종철은 일제강점기 때 소학교를 중퇴했다. 현재 농사를 800평 정도 짓고 있으며 경기도 문화재로 지정되어 월 120만 원 정도를 지원 받고 있다. 아산에서 소리를 배워 온 선생님께 소리를 사사하여 20세부터 선소리를 시작했다. 이종철은 국악기 뿐만 아니라 서양의 색소폰 등 다양한 악기를 연주할 정도로 음악에 조예가 깊었다. 게다가 전직 대통령이나 유명인들의 성대모사 또한 탁월했다. 현재 대학교나 방송국에서 그의 소리와 관련하여 자주 취재를 나온다고 한다.

조사자들이 자택을 방문했을 때는 주로 민요를 구연했으나, 설화 구연에도 일가견이 있었다. 눈이 좀 어둡고 불편한 편이어서 구연 도중에 자주 깜빡거렸고, 기침을 자주 했다. 이종철은 자신의 소리에 대한 자부심이 대단했으며 그에 걸맞게 타고난 목청으로 다양한 민요를 조사자들에게 들려주었다. 민요를 구연할 때는 문외한인 조사자들을 배려하여 어려운 어휘들에 대해서 설명을 해가며 구연을 이어갔다. 그러나 민요의 경우 끊김이 잦았고, 꽹가리를 치며 구연하여서 청취가 어려운 부분이 많았다. 그래서 민요를 제외하고 설화만 자료로 제시했다.

제공 자료 목록

02_24_FOT_20110212_SDH_LJC_0001 남편의 복수를 한 여우 (1)
02_24_FOT_20110212_SDH_LJC_0002 내기해서 친구에게 딸을 뺏긴 사람 (1)
02_24_FOT_20110212_SDH_LJC_0003 지혜로운 아이 (1)
02_24_FOT_20110220_SDH_LJC_0001 남편의 복수를 한 여우 (2)
02_24_FOT_20110220_SDH_LJC_0002 지혜로운 아이 (2)
02_24_FOT_20110220_SDH_LJC_0003 양반 노릇하다 망신당한 백정
02_24_FOT_20110220_SDH_LJC_0004 내기해서 친구에게 딸을 뺏긴 사람 (2)
02_24_FOT_20110220_SDH_LJC_0005 잘 맞추는 장님 세 사람
02_24_FOT_20110220_SDH_LJC_0006 꾀를 써서 주인마님 재산을 뺏은 머슴
02_24_FOT_20110220_SDH_LJC_0007 거짓으로 선생 장가보낸 제자
02_24_FOT_20110220_SDH_LJC_0008 아씨와 자고 부잣집 재산 뺏은 머슴
02_24_FOT_20110220_SDH_LJC_0009 이상한 새의 털로 주인 딸과 결혼한 머슴

# 남편의 복수를 한 여우 (1)

자료코드 : 02_24_FOT_20110212_SDH_LJC_0001
조사장소 : 경기도 이천시 호법면 부흥식당
조사일시 : 2011.2.12
조 사 자 : 신동흔, 노영근, 이홍우, 한유진, 구미진
제 보 자 : 이종철, 남, 79세
구연상황 : 민요 조사를 마친 후 제보자와 함께 호법면에 있는 부흥식당으로 자리를 옮겨 점심식사를 했다. 식사를 마친 후 조사자들이 옛날이야기도 잘 할 것 같다며 부탁을 하자, 구연을 시작했다. 식당에 사람이 붐비는 시간이라 주위가 좀 시끄러운 편이었다.
줄 거 리 : 선비가 과거를 보러 가는 중에 변이 마려워서 해골바가지에 변을 봤다. 그런 후 다시 길을 가다가 산골짜기에서 밤이 되었는데 멀리서 불이 반짝거려 가보니 집이 있었다. 집에 들어갔더니 예쁜 색시가 반갑게 맞이하면서 밥을 해줬다. 선비가 밥을 다 먹자 색시는 오는 길에 들은 이야기가 있으면 해달라고 했다. 선비는 색시에게 오는 길에 해골바가지에 변을 봤는데 자꾸 뒤에서 이상한 소리를 내면서 뭐가 따라오더라는 이야기를 해주었다. 그러자, 색시는 자기 남편 해골에다 변을 본 게 너였냐며 선비를 잡아먹었다. 그 색시는 알고 보니 여우였다.

선비가, 과거 보러 갈라구 하루 죙일(종일) 어디 가다보니까는, [잠시 생각하다가]어느 산골짝에 불이 깜빡깜빡하는데 가다가서 그게 변이 마려워서 가다보니까는,

그 바가지가 해골바가지지 해골이지.

응, 거기다 대변을 보고 갔다.

갔는데, 밤에 가다보니까는 그 산골짝에 불이 빤짝빤짝하는 집이 있더래는 거여.

그래 거 들어갔더니,

“어서 오시라구.”

아주 이뿐 샥시(색시)가 그래서 맞이해서 갔더니, 아 밥을 해주는데 참 맛있게 해주더래는 거여.

그러니 배는 고픈데 선비가 과거 보러 갔다와서 거기 저, 밥을 먹고 난 뒤에 그러더래는 거여.

“오시다가서 [노래하듯이]이런 얘기- 저런 얘기 못 들으셨어요?” 그래.

“못 들었는데 그게 저 바가지에다 변을 보구 오니까는 자꾸만 실쭉팰쭉 당다라쿵 실쭉팰쭉 당다라쿵 아 이래서,

아 뒤를 돌아보믄(돌아보면) 아무 것도 없고, 또 앞에 가믄 또, 실쭉팰쭉 당다라쿵 실쭉팰쭉 당다라쿵, 아 이래 자꾸 오다보니깐,

아 무서운 생각도 나는데 마침 여그(여기) 와서 이렇게 이렇게 밥을 잘 얻어먹으니 좋으습니까.”

“응, 너로구나, 이놈아! 너 이놈 너, 우리 냄편(남편) 그 그 해골에다 너 이놈 변을 쌌어?”

너, 그러고 잡아 먹더랴, 그 여우가.

그게 여우더랴, 사람이 아니라.

그런 얘기도, 그런 얘기도 들었지.

(조사자 : 재미있습니다. [웃음])

## 내기해서 친구에게 딸을 뺏긴 사람 (1)

자료코드 : 02_24_FOT_20110212_SDH_LJC_0002
조사장소 : 경기도 이천시 호법면 부흥식당
조사일시 : 2011.2.12
조 사 자 : 신동흔, 노영근, 이홍우, 한유진, 구미진
제 보 자 : 이종철, 남, 79세

구연상황 : 앞의 이야기에 이어 조사자가 여우 이야기 하나만 더 해달라고 하자, 긴 이야기라며 구연을 시작했다. 막상 이야기를 들어보니 여우 이야기는 아니었다. 구연 중에 앞뒤가 안 맞거나 서사구조상 전후가 뒤바뀐 경우도 있었다.

줄 거 리 : 옛날에 한 사람이 친구에게 내기를 했는데, 자신의 마누라를 뺏어 가면 친구에게 딸을 주기로 했다. 그런 다음 그 사람은 마누라를 뺏기지 않으려고 지붕과 문가, 마루에 보초를 세웠다. 그런데 친구는 닷새가 지나서도 오지 않았다. 결국 일주일째 되어서 친구가 와보니 보초들은 피곤해서 곯아떨어져 있었다. 친구는 자고 있는 보초들에게 가마솥과 거적때기 등을 씌웠다. 얼마 후 딸이 방 안에서 나오자 친구는 이(蝨)를 딸의 몸에다 뿌렸다. 그러자 딸은 몸이 가려워서 옷을 홀랑 벗어버렸다. 친구는 이때다 싶어 그 딸을 업고 나왔는데, 보초들이 깨어났지만 가마솥과 거적때기 때문에 잡을 수가 없었다.

(조사자 : 하나만 더 해 주세요. [웃음])

응?

(조사자 : 여우 이야기 하나만 더 해 주세요.)

하나?

(조사자 : 예.)

하나는 길어.

예전에, [잠시 생각하다가]마누라를 뺏아가라고, 마누라 뺏어가라는 넘은 이 집 딸을 뺏어올라고 그러구 한 놈은 마누라를 뺏어가라 그랬거든.

그래,

"마누라를 너, 너 우리 마누라 뺏아갈 있니, 자신이 있니?" 그니까,

"있다고."

그래 이놈은 그 집 친구의 딸을 훔쳐올라는(훔쳐오려는) 거여.

그래 인제 저,

"그려?"

아 마누라를 뺏, 뺏기 안 뺏길라구,

"넌, 네 네 재주껏 우리 마누라를 뺏어가라."

그래놓고서, 어디 죄 세운 거야 포초(보초)를.

문간에 세워 놓고, 말 말 타고 세워 놓고, 지붕 꼭대기 세워 놓고, 말래도(마루에도) 세워 놓고 다 세워놔서, 아 이, 아 이 마누라 훔쳐가라고 딸은 딸은 안 뺏길라고,

"그럼, 너는 마누라 훔쳐가고, 너는 우리 딸 훔쳐가라." 그랬거든.

그래 이, 이 자식이 이, 어리석은 넘이지 마누라 훔쳐가믄 제 딸 뺏기는 거 아녀, 맞지?

그러니까는, 아 이 마누라 훔쳐갈 눔이 닷새가 되도 안 와 일주일 되도 안 와.

그래 밤을 홀랑 새우는 거지 그냥, 말 타고 있는 넘 그냥, 지붕 꼭대기에 앉아 있는 넘 그냥, 뭐 문방에 지키는 넘 그냥, 잔뜩 말래에(마루에) 있는 넘 있는데,

"너 마누라 훔쳐가믄 우리 딸 가져가라. 뺏어가믄 우리 딸 준다고." 그랬는데,

아 이, 마누라 훔쳐가는 게 아니라 와서, 한 일주일 지나니깐 나중에는 포초꺼정(보초까지) 죄 곯아떨어질 거 아녀?

아 그러니까 그냥, 한 넘은 그냥 지붕 우에다 가마솥을 씌워 놓고, 말 탄 넘은 담에다 올라 앉혀 놓고, 문가에 있는 넘은 마당에다 그냥 거적때기를 씌워 놓고, 졸려 그냥 자니까는,

아 그 상황에서 저, 딸이 나와 보니까 그냥, 그 이(蝨), 그 전 이라고 있어 이, 응? 그 이 가려운 거 응?

(조사자 : 아, 이.)

응, 이 넘이 그 딸 훔쳐간 넘이, 이 넘이 저 마누라 저 마누라 뺏기고 딸 훔쳐간 넘이 와서 그냥,

그 샥시(색시)가 나오니까 이를 홀랑 뿌려놓으니까 그냥, 가려우니까 그냥, 아 나와서 홀랑 벗고는 이를 가렵고 하니까 그냥 업고 왔대요 딸을.

그래서,

"얘, 내가 내가 너그 마누라 훔쳐올려고 내가 당했구나!"

그래, 마누라 무료 주고 딸만 뺏겼다는 거야, 그게. [일동 웃음]

그래 지붕 탄 넘은 괜히 저 저 말 타, 담 담 담에서 이랴 말아 이랴 말아 한 참 그러고, 지붕에는 아 가마솥을 씌웠으니 사람 살려 지랄을 하지,

문가에 있는 넘은 거적때기를 씌워났으니 날 죽였나 이래, 그러니 어떻게 알어?

그게 이게 딸만 뺏겼다는 거여, 그게 딸 뺏기고 그런 거여 그게.

그러니 머리를 잘 쓰면 괜찮어.

응, 머리를 잘 쓰므는.

그 넘이 저 집 마누라 훔쳐내다 저희 딸만 뺏긴 거지, 멀쩡한 처녀.

이거 한이 없어 옛날얘기.

재밌지? [조사자 일동 : 예.]

## 지혜로운 아이 (1)

자료코드 : 02_24_FOT_20110212_SDH_LJC_0003
조사장소 : 경기도 이천시 호법면 부흥식당
조사일시 : 2011.2.12
조 사 자 : 신동흔, 노영근, 이홍우, 한유진, 구미진
제 보 자 : 이종철, 남, 79세
구연상황 : 앞의 이야기에 바로 이어서 제보자는 이야기 하나를 더 해주고 집에 가겠다며 구연을 시작했다.
줄 거 리 : 옛날에 일곱 살 먹은 아이가 하나 있었는데, 엄마가 엿을 해서 팔려고 높은 곳에다 올려 두면 집게벌레에 실을 매어 매번 엿을 꺼내 먹었다. 엿을 계속 꺼내 먹던 아이는 결국 집에서 쫓겨났다. 집을 나선 아이는 장돌뱅이들이 머물고 있는 여관집에 이르게 되었다. 아이는 장돌뱅이들에게 밤에 도둑이 들 것이니 디딜방아를 문지방에 설치해서 대비를 하라고 했다. 밤이 되자 아이가 말한 대로 마적패들이 들이닥쳤는데 장돌뱅이들은 디딜방아를 이용해 모

두 물리쳤다. 장돌뱅이 중에 한 사람이 장에 갔다가 마적패에게 지난밤의 이야기를 자랑삼아 말했다. 내막을 알게 된 마적패들은 주막에 와서 그 아이를 잡아갔다. 마적패 두목이 아이를 죽이려고 하자, 아이는 부잣집의 노적가리를 터는 방법을 알려주겠다고 하여 목숨을 건졌다. 밤마다 개짖는 소리에 지쳐서 부자가 잠든 사이에 마적패들이 부잣집의 쌀을 모두 훔쳐간 갔다. 그런 후에 아이는 밀가루를 뒤집어 쓴 채 광 속의 쌀독에 들어가 그 집의 업인 것처럼 속여서 다리에 온갖 음식을 차리게 하여 마적패와 함께 나눠 먹었다. 그래서 그 집은 망하고 말았다. 아이가 마적패 두목에게 그래도 자신을 죽이겠냐고 하자, 두목은 고맙다며 살려 주었다.

한 가지 더 해주고 가까? [조사자 일동 : 예.]

옛날에, 도둑넘이 아는데 장돌뱅이에 장돌뱅이라고 있어.

장돌뱅이 모르지들?

떴다방 장보 댕기는 게 아니라 [고개를 저으며]저 저, 오일장이라 여기 댕기고 저기 댕기는데, 저 인자 한 넘이 머리가 어떻게 영리한지 저그 엄마가 엿을 파는데,

엿, [잠시 머뭇거리다가] 그 곤충 집게벌레라고 있어.

몰를 걸, 교수들은 몰를 걸 집게벌레라고?

이 산에, 이 집게벌레는 이거 아주 되기(되게) 아파요, 물려요.

그래 이 넘이, 저그 엄마가 엿가래를 이렇게 해서 목판(木板)을 해서 이 높은데 높은데 놓고 가믄, 아 이 넘이 그 집게벌레에다 실을 당가지구(달아가지고),

[잡아당기는 시늉을 하며] 이렇게 잡아당기믄 그 갖다 딱 물리믄 갖다 먹구 갖다 먹구 그런단 말이여.

아 이 넘이 내쫓아 내쫓겼단(내쫓겼단) 말이여.

"너 이놈, 나가라고!" 말이여.

그래 인자 나가서 인자 헐 수 없이 그냥 어느 장사꾼 마을에 사는데,

"너 임마, 어서 왔어?"

"우리 엄마한테 엿 훔쳐 먹는다고 나 내쬧겼어요." 그래.

그래 이 장사꾼들이 그 장에 갔다 오는데 어느 집 뭐를 훔칠 그 저 되는데, 장돌뱅이가 그 전 말은 저 마, 마짱 마적(馬賊)패여, 훔쳐하는 거.

그래서 그 넘이 인(이 세상 물질을 다 아는 사람이라는 의미라고 함.)이여 인, 응?

일곱 살 먹은 넘이 인이라고.

그래 또 뭐래는고 하니,

"아자씨들, 오늘 밤에 조심해세요."

"왜?"

딴 사람이 보니까 그때 장돌뱅이가 인자 돈 많, 뭐 물건 팔고 소팔고 그래가지구 인제 잔뜩 주인네 여관집에 자는 거여, 거 문간방에서.

"너 이놈으 자식, 어린놈으 새끼가 재수 없는 소리한다고 말이여. 왜 조심해?" 그러니깐,

"오늘 밤에 뭐 도적이 들어와요."

"그려? 아 그래 무슨 소리야 임마, 도적이 들어오다니?"

"아, 아자씨들 돈 많으시죠?"

"그래!" 여 이래 이 있으니,

"오늘밤에 도둑맞으니까 조심해세요."

"어응, 요놈의 자식 봐라?"

그래 한 사람이,

"아니요, 얘 말 들어봐. 그래 어떡하믄 도둑을 맞겠니?"

그래 이렇게 해서 문간에 만약에 문을 열고 들어오다, 왜 그 전 문지방 있지, 이렇게 문지방?

그럼 거기다 그 전 저, 그 디딜방아가 있었어.

이렇게 저 방아 발로 밟아서 찧는 거 방아, 아마 교수들을 몰를 거야, 시골에서 방아 찧는 거.

"그러믄 그 방아를 갖다 걸쳐 놔라. 그래서 도둑넘이 아자씨들 들어오믄서 문간에 들어오믄은 [시늉을 하며]이렇게 있다 이걸 밟으믄 콱 밟으믄 이거 들릴 거 아녀?

그 들리믄 대가리 얻어 터지믄 죄, 내쫓긴다 그러니까 도둑 안 맞으려믄 그렇게 하시오."

아 이 넘이 어린 넘이 그렇게 했거든.

"그려?"

그래 밤에 인자 참, 방아를 디딜방아를 갖다 사다서 갖다 놓고는 문간에다 있는데, 아 이넘들아, 도둑 마짱 마짱 마적패들이,

"이 놈들-, 꼼짝 말아라! 장돌뱅이들 이 놈들 꼼짝 말아라!"

"아니 어떻게 하냐?" 그러니까,

"밟으라고."

아 뒤에서 그냥 알아서 그냥 밟으믄 꽉 밟으믄 탁 떨어지믄 대가리가 터지고 터지고, 그러니 아 죄 내뺐다 말이여.

그래 웬, 그 아는 넘들이여.

그래 장에나 인자 그 이튿날 장을 보러 갔더니 웬 대가리 싸맨 넘들이 엄청 많더라 그런 얘기야. [조사자 일동 웃음]

아 이넘들이 그,

"아, 왜 머리 싸맸나?"

"아우, 이만저만해서."

"아 우리 장에, 어저껜가 그저껜가 도둑맞을 거를 그 어린놈의 새끼가 그렇게 해서."

개 인인가 봐?

"아 이거를 아 그냥 저, 그래 도둑 안 맞아, 우떻게 안 맞았어?"

그 넘들이 인제 물어보는 거를?

"아유 그 넘들이 도둑넘이 오는 거를 그 디딜방아를 갖다놓고 그냥 대

가리 디밀믄(드밀면) 한 대씩 쾅쾅 놓으니깐 그냥 다 까갔다.” 그러니까,

아 그 넘들한테 인자 고자질했어, 인자 일른 거야 뭣도 모르고 죄 머리 싸맨 놈한테.

“응, 그려?”

인자 밤에 그 얻어맞고 핸 넘들이 또 온 거야, 그러니까.

그 사람들은 딴 데로 가고, 어제 잔 놈들.

그 넘이 자고 있으니까,

“너 임마, 어서 왔어?”

“우리 엄마한테 엿 훔쳐 먹다 쫒겨 놨어요.”

“너 임마, [잠시 생각하다가]너 임마, 우리 따라가.”

“왜 따라가요?” 그래니까,

“따라 가라.”

따라 따라 가라 그래놓곤 그 도목, 도둑놈 두목이,

“애, 죽여라!” 그래거등?

“요놈의 새끼 땜에 우리가 그저께 밤에 가서 그 장돌뱅이한테 죄 대가리가 터져서 왔으니까 이 놈 죽여라!” 그러니까,

“하-, 그 왜 죽이십니까? 내가 일러 주는 도둑을 할라믄 한 번 일러주는 대로 해시오.”

그래 막 웃더니,

“들어보자.”

“저기 아무데 가므는 큰 노적가리가 엄청 크게 크게 있습니다.”

“그래 맞어.”

“거기를 털, 털어 오십시오.”

“그 우떻게(어떻게) 터니?”

“내가 시키는 대로 해십시오. 거기 저 달밤에 누가 하나 올라가서 저 노적가리 우에서 춤을 추시오.”

그럼 동네 개가 짖을 거 아녀? 그림자가 왔다갔다 허니까는?

"날마다 그렇게 해라." 그래니까,

낮에는 납작 엎드려 있으믄 주인네가 노적가리가 모른단 말이여, 잔뜩 쌓았으니까는.

그래 몰를 거 아녀?

그래 또 인자 밤이면 또 그렇게 하고.

아니 그니까 주인네가 개고 동네사람이고 다 도둑을 지켜도 잡을 수가 하 이거 환장하지.

개는 짖는데 나가믄 안 짖구 들어오믄 짖지, 아 이거 노적가리 우에 춤 추니까 그거 안 그래 개가 막 짖지, 동네 개가?

그래 한 일주일 하다 보니까는 개가 인자 다 조용한데, 하도 그러니까는 그 주인 양반이 인자 잠이 들었어 잠이.

다들 인자 저, 이 다 들어가서 쌀을 훔쳐오는 거여.

쌀 싹 긁어 오고 이 놈 알으켜(가르쳐) 준 놈 어린애, 개만 하나 광에 가서 쌀독에 들어앉아서 홀랑 파갖구,

거서 밀가루를 뒤집어쓰고 앉았는데 게서 인자 울었다는 거야.

"[노래조로]에에에에-, 에에에에-." 이렇게,

허, 참나 대감이 나와서 깜짝 놀랠 거 아녀.

"누구냐?" 그니깐,

"내가 이 집에 업인데 너희가 우릴 괄세(괄시)해서 그래 참, 내가 서운해가지구 너희가 도둑을 다 맞았다.

그러니까 지금두 안 맞을래므는 저 떡이구 돼지 다리구 해가지구 아무데 아무데 다리께 갖다 놔라.

그래므는 너가 그나마 부자 될런지 몰러두 너희 너희 홀랑 망했다."

아유, 그럼 댁에며 아이구 이거 그냥 마나님보고 이거 그 종들한테 시켜서 떡에 고기에 잔뜩 갖다 놨다니,

"알았다, 그러구. 거 아무도 근접하지 말아라. 그 다리 갖다 놓고."

"네." 이래.

그래 홀랑 망한 거여.

그래 가서 그 도둑질해간 놈들이 일주일 동안 한 밤서 실큰(실컷) 그 집에서 빼오고, 아 한 일주일 만에 돼지 대가리에 떡에 실컷 먹으니,

"그래 이만 당신이 날 죽이겄소?" 그러니깐,

아이고, 인제 도둑 두목도 고맙다고 그래구 그게 끝났대는 거야.

그러니 얼마나 젊은, 어린애가 머리 좋아 그게 그게.

그래 그 집은 홀랑 망했대는 거야 다 망했대는 거야 그래서.

그래 애들 머리도 좋은 거야 그게 그게.

그 거거, 집도 그 아 노적가리 우에 올라가서 밤새도록 춤을 추니 개가 좀 짖어 안 짖지 짖지 달밤에?

그 머리 크고 어린놈일 수 있대는 거여.

그래서 주인네도 도둑 도둑을 못 막는대는 거여.

이게 고담(古談)얘기요.

## 남편의 복수를 한 여우 (2)

자료코드 : 02_24_FOT_20110220_SDH_LJC_0001

조사장소 : 경기도 이천시 호법면 유산3리 546번지 제보자 자택

조사일시 : 2011.2.20

조 사 자 : 신동흔, 노영근, 이홍우, 한유진, 구미진

제 보 자 : 이종철, 남, 79세

구연상황 : 2011년 2월 12일 이천시 4차 현장조사 때에 제보자에 대한 1차 조사가 이루어졌다. 당시 제보자가 저녁에 선약이 있어서 조사를 갑자기 마무리하게 되었다. 그래서 이번 이천시 5차 조사 마지막 날에 제보자에게 전화를 해서 다시 한 번 이야기를 들을 수 있는 기회를 마련하게 되었다. 제보자 자택에 들러

조사자들이 지난번에 다 듣지 못한 이야기들을 마저 해달라고 하자 지난번에 구연한 것 중에 잘못된 것이 있다며 이야기를 시작했다. 이 이야기는 두 번째 구연한 것이다.

줄 거 리 : 선비가 과거를 보러 가는 중에 변이 마려워서 해골바가지에 변을 봤다. 그런 후 다시 길을 가다가 저녁이 되었는데 산골짜기에서 불이 반짝거려 들어갔다. 집에 들어갔더니 여자가 맛있는 밥을 해 줬다. 선비가 밥을 다 먹자 여자는 어제 본 얘기, 오늘 본 얘기를 해달라고 했다. 선비는 오는 길에 해골바가지에 변을 봤는데 자꾸 뒤에서 이상한 소리를 내면서 뭐가 따라오더라는 이야기를 해주었다. 그러자, 여자는 자기 남편 해골에다 똥을 눴냐며 선비를 잡아먹었다.

그 얘기는 그때 잘못된 거여.

(조사자 : 아, 네.)

좀 빼놓고 했어.

(조사자 : 네, 그럼 다시 해 주시면, 네 저희…….)

옛날에, [조사자들을 보며 동의를 구하듯]그 하께?

(조사자 : 네.)

옛날 옛적에 선비가 과거 보러 갈 적에 그 여우, 여우 해골바가지다 가다가서 변을 봤는데, 그 해골바가지, 여우 해골바가진지 몰렀었지(몰랐었지).

그 저녁에 가다가다 보니 과거 보러 선비가 가는데 산골짜기에 불이 빤짝빤짝해 들어갔더니 그래서,

“어서 오셨냐구?” 그래,

“내 과거 보러 가는 선비라.” 그랬더니,

“그렇냐구.”

참 밥을 여자가 맛있게 해줘서 참 잘 먹었지.

그런데 이넘의 여자가 하는 말이,

[노래하듯이] “어제 본 얘기- 오늘 본 얘기 좀 해주세요.” 그래.

"어제 본 애기 오늘 본 애기는요, 아 오늘 과개(과거)보러 가다 하두 변이 마려워서 어느 해골 바가, 해골에다 누었더니 가며는,

실쭉팽쭉 당다라쿵 실쭉팽쭉 당다라쿵 아 이래서 뒤를 돌아보믄 아무 아무 소리가 없구, 그 찜일 그래서 오다보니깐 여기를 왔습니다."

"그려? 내가 너 잡아먹을라구 했던 거다. 우리 냄편(남편)이 여운데 거다 이눔아 똥을 눠?"

그래 그냥 그냥 내 학생 놀랠까봐 안 해지, 그래 잡아먹더라는 거여.

## 지혜로운 아이 (2)

자료코드 : 02_24_FOT_20110220_SDH_LJC_0002
조사장소 : 경기도 이천시 호법면 유산3리 546번지 제보자 자택
조사일시 : 2011.2.20
조 사 자 : 신동흔, 노영근, 이홍우, 한유진, 구미진
제 보 자 : 이종철, 남, 79세
구연상황 : 앞의 이야기에 이어 바로 구연했다.
줄 거 리 : 옛날에 여섯 살 먹은 아이가 하나 있었다. 엄마가 엿을 해서 팔려고 선반에 올려 둔 것을 집게벌레를 이용해 매번 엿을 꺼내 먹다가 아이는 결국 집에서 쫓겨났다. 집을 나선 아이는 장돌뱅이들이 머물고 있는 마방(馬房) 집에 이르게 되었다. 아이는 장돌뱅이들에게 밤에 마적(馬賊)이 올 것이니 디딜방아를 문지방에 설치해서 대비를 하라고 했다. 밤이 되자 아이가 말한 대로 마적떼들이 주막에 들이닥쳤는데 장돌뱅이들은 디딜방아로 머리를 쳐서 모두 물리쳤다. 장돌뱅이 중에 하나가 장에 갔는데 사람들이 모두 머리를 싸매고 있었다. 장돌뱅이는 그 중에 한 사람과 얘기를 나누다가 지난밤에 아이의 꾀로 마적 떼를 물리 친 것을 자랑삼아 말했다. 내막을 알게 된 마적 떼들은 주막에 와서 그 아이들 데려갔다. 마적들이 아이를 죽이려고 하자, 아이는 두목에게 도둑질하는 방법을 알려주겠다고 하여 위기를 모면했다. 아이는 부자의 노적가리 위에 올라가 밤마다 체조를 해서 동네 개들이 짖게 만들었다. 일주일 동안 아이가 그렇게 하자 부자는 개 때문에 잠을 잘 수가 없어서 동네 개들을 모두 없애버렸다. 부잣집의 사람들이 모두 잠에 곯아떨어지자 아이는

마적들에게 부잣집의 광을 모두 털고 자신이 광에 들어가고 나면 문을 잠그라고 했다. 아이는 혼자 광 속에서 밀가루를 뒤집어 쓴 채 그 집의 업인 것처럼 속여서 부자로 하여금 다리에 온갖 음식을 차리게 하여 마적 떼와 함께 나눠 먹었다. 그래서 그 집은 망하고 말았다. 아이가 두목에게 앞으로 도둑질을 하겠냐고 묻자, 두목은 다시는 도둑질을 안 하겠다고 했다.

그러구 접 때 그 옛날 얘기 한 가진 빼놓은 것은 잘못한 것이, 옛날에 여섯 살 먹은 넘이 저그 엄마는 엿장사를 하는데,

그래 그땐 엿가래가 지끔두 이건 이거 길잖어?

이렇게 올려 놓으므는 선반에다 인자 올려 놓구 가믄은 그 동물에 집게벌레가 있어.

학생들은 몰르, 집게벌레 몰르지?

여 산에 집게벌레 있어요.

그거 물리믄 엄청 아파요.

그래 요놈이 그거 가지구서 실을 해가지군 집게벌레를 그 엿 목판(木板)에다 홱 던지믄 탁 물믄 또 꺼내먹구 꺼내먹구 그래거든?

그래 저그 엄마가 아 엿장사 해구오므는,

"너, 이놈으 새끼 엿 어떻게?" 이러니까,

"엄마, 나 집게벌레로 훔쳐 먹었어."

내쫓았어.

"너, 나가라고."

그넘이 인이여 인.

인이 뭔지 몰르지, 인?

인이라는 것은 이 세상 물질을 다 아는 사람이라는 말이여.

그래 인저 갈 데 없어, 저 어느 저 큰 마방(馬房)집 마방집이라구 지금 여관집인데 아주 장돌뱅이여.

그 이 장 보구 저 장 보는 사람 장돌뱅이가 잔뜩 자는데,

"너 임마, 어서 왔어?"

"우리 엄마가 엿 훔쳐 먹는다고 나 내쫓아서 갈 데 없어 왔어요."

"그래?"

그래 사람들 장돌뱅이가 인저 그래 돈을 [허리를 가리키며]여기다 차는 거여 이렇게 전대(纏帶)를 해가지구 이렇게.

그럼 저, 뭐 이 장 보구 저 장 보구해서 인자 집에 들어갈라믄 아직 멀었는데,

"아자씨들, 오늘 밤 중에 혼나유."

"너, 이넘으 새끼 어린놈으 새끼 재, 뭐 그런 소리를 한다구." 말이야.

그래 어떤 사람이,

"아, 걔 말 잘 들어봐. 거 알 수 없어."

"아자씨들 밤중에 도적 마적(馬賊) 떼가 오시면요, 아저씨 돈들 다 뺏겨요."

아니 그 이넘으 어린 어린놈으 새끼 그런다구 야단치는 사람이 있구.

그러니까,

"그럼 너," 그 옆에 있는 양반이, "그럼 너 어떡하믄 좋겄니?"

저, 그때는 문지방이 넘자, 넓 넓잖어?

대문모냥.

접때도 애기했지만 그 디딜방아란 게 있어, 이게 쪽방아 [다리로 방아 찧는 시늉을 하며] 이렇게 이게 이거 이거 응?

양쪽 짚는 게 있어.

"그래 그거를 어서 구해다가서 문간에다가 걸어 놓으시구 도둑 마작(마적의 잘못) 떼가 이놈들 꼼짝마라 문 열거등,

대가리 들이믄 [손으로 방아가 서는 모양을 하며]이렇게 서는 걸 콱 디디믄 이 대가리를 찧구 찧구 그래라구."

개가 시킨 거여.

"너 정말이야? 너 이놈으 새끼 아니믄 거짓, 너 죽여?"

"아, 맘대루 하라구."

아닌게 아니라 밤에 가서 그 방앗간에서 그 디딜방아를 갖다 여 걸어 놓구 있는 거지, 여 걸어놓구 있는 거여 이렇게 이렇게.

그러믄 이게 이렇게 돼요, [손으로 디딜방아 찧는 시늉을 하며]이렇게 되구 이렇게 돼요 이렇게, 그러믄 인저 사람 머리 들이믄 쾅 디디믄 얻어 맞잖어?

그래 이래,

"아이구야, 이거 큰일 났구나!"
몇 놈 대가리 죄 터져가지구 도망갔단 말이야.

그래 있다 또 어느 장에 가보니까는 아이 이 사람들이 머리를 싸매구 있어.

아는 넘들이여.

"아니 우째 우째 머리를 싸맸니?" 이러니까,

"아이,"

그랬다고,

"아 어저께 밤에 그 뭐 좀 장돌뱅이 있길래,"

거 그 사람들은 몰르구.

"아 갔더니 아 그냥 아 그냥 머리를 죄 터져서 왔다구."

"응, 그래?"

또 이놈으 새('사람이'의 의미인 듯함.) 가만히 있어 될 텐데,

"걔가, 너 임마 우리들 있었다. 그래 우리한테 털러 왔니? 걔가 저 엄마한테 엿, 저 훔쳐먹어 쫓겨난 넘인데 거 그넘이 일러줘서."

"거 우떻게 아니?" 그니까,

아 이넘이 알라구 들지, 어저께 대가리 싸매구 얻어터지고 온 넘들이 알라고 들지 다 같은 장돌뱅이,

그니깐 예전에 도적질을 그게 마쩍, 마적이라구 어디 가서 그냥 훔 훔치는 것보담 그 장돌뱅이들을 마냥 그냥 때리구 그냥 그 돈을 죄 뺏은 뺏을 때란 말이여 그 전에가.

그래 그 전에 저 중국에 인민군 좀 마작(마적) 떼가 그 식이여, 그 식이여.

그래서 인저,

"아, 그려?"

아 그넘이 철저히 들었단 말이여.

그래자마자 인자 그 사람들이 떼를 몰려 인저 그 여관 여관집엘 간 거여.

갔더니,

"너 임마, 어서 왔어?"

"우리 엄마한테 엿 엿 훔쳐 먹는다 쫓겨 났어요."

"야 이눔으 자식아! 너 우리 따라 갈래?"

"싫어요. 여기서 밥 얻어먹고."

"그래라."

그 옆에 있는,

"그래 그 아저씨 따라 가라 인저."

그넘을 저 죽일라구 인저, 그넘이 인이니 아주 세상을 다 아니까는.

그래 거 따라가라니까,

"그래 따라가지요."

갔는데 그 도둑넘들이 쫙 모여가지구 마작 떼가,

"이놈, 죽여라!" 이러거든.

"아저씨! 두목 양반, 날 죽이지 마시고 도둑질 하는 방법을 내 일으켜, 일 일 알려 드리겠습니다."

"너 임마, 진짜여?"

"네, 진짭니다."

"그래 어느 거 노, 아주 대갓집을 하나 골르시오."

"그 참 대갓집에 큰- 대감네 집에 갔더니 노적가리가 아 꽉 쌩여(쌓여) 있고, 아 그냥 뭐 광마다 다 채(차) 있는데 곳 있더라." 그러니깐,

"그래요? 나를, 그 왜 스님 입는 장섬(長衫) 있지 장섬? 그거하구 고깔을 날 해주시오."

"아 그러믄 니가 임마 어떡할 거여?"

"그러믄 나는 그 노적가리 울레(위에) 우에 올라가서 낮엔 가만-히 엎드려 있구, 밤에는 달밤에 체조를 해겄습니다. 그러믄 개가 다 짖을 거 아닙니까?"

그러니까 참, "그려?"

그래서 그냥 아 날마다 일주일을 계속하니깐 이거 참 동네선 잠 못 자지.

그 부잣집 잠 못 자니깐 동네 개를 다 없애뻐린 거여.

그래 가만히 있다 인저 그넘이 쏙 빠져 나가서 두목한테,

"광, 그 집 광이 열두 광인데 열쇠를 다 사오시오."

그래 열쇠를 다 사다 줘서 그냥 [큰소리로]뭐뭐 며칠 밤새웠으니 다 다 코 잠자지.

"그 쌀이고 돈이고 다 훔쳐가시오. 그리고 다 잠궈(잠가) 놓으시오. 나는 그 광에 들어앉어 앉어 있을 테니 잠궈 잠궈놔라." 그래는 겨.

"아, 널 잠궈 놓을 데……."

"걱정 마시오."

그래 다 싹쓸이하고 그냥 개를 그냥 광에다 잠궈 놓은 거여.

그래 이넘이 어서(어디서) 밀가이 걸, 밀가루를 홀랑 이렇게 얼굴에 홀랑 바를 걸 발르고선 그래는 거여.

"[노래조로]아이고- 오오오, 아이고- 아." 이래거든.

아 이 자다 하인이고 대감이고서 깜짝 놀라,

"이거 무슨 소리냐고?" 말이야.

그래 광문 앞에 가서 잠겼는데,

"너 귀신이믄 물러가고 사람이믄 나와라." 니깐,

"[노래조로] 내가 이 집- 업대감인데 너들이 나를 괄세하구, 밥 한 숟갈 줬느냐 떡 하나 줬느냐?" 그러니깐,

"아휴, 그러냐구." 그냥 들어가더니,

그래 저 열쇠를 탁 열어놓고 광문을 열어 그래서,

"거 우떡했으믄 좋겠습니까?" 하니깐,

"[노래조로] 나는 저 갈 텐데 안 가게 핼래믄 어느 다리께다가 돼지 잡어 놓고 아주 떡 해놓구 만반에 술을 해 놔라."

그래, 그래 거 인자 그러니까 아 대감이 마누라 두들어 패믄서,

"응, 진작 이 떡하고 해랬더니 왜 안 해놓고."

"아유, 그러지 않아도 지끔 할라고 떡살 담궈 놨어요."

그 광은 다 털렸어 어떤지 응, 쌀이고 돈이고 다 털렸어.

요넘이 그때 쏙 빠져 나간거여 인저 문 열어 놨으니 빠져 나갔지.

"아이구, 이거 큰일났구나! 업대감이 나가셨구나!"

그러니까, 어느 다리에 다가서 어느 벌판에다 아주 뭐 통돼지 잡아서 실컷 갖다 놓고 두목들 도 도둑 사람들 다 멕여 먹을 거.

"야, 이래믄 도둑질 해겠수?"

"인자 안 해겠습니다."

그래서 그넘이 버릇을 가르켜 놨대는 거구.

그래 그 집은 그 뒤로 홀랑 망했다는 거여.

그래서 그래 애꿎인(애꿎은) 마누래님만 두들여 얻어 맞었지.

왜 진작 해랬더니 안 했냐고 그래 그랬대는 거여.

그게 예, 그게 그 참 좋은 애기여.

그니깐 사람은, 어- [잠시 멈추었다가] 기분에 살고 기분에 가는 거여. 맞지?

그래 그런 것이 이게 고담(古談) 얘기여.

## 양반 노릇하다 망신당한 백정

자료코드 : 02_24_FOT_20110220_SDH_LJC_0003

조사장소 : 경기도 이천시 호법면 유산3리 546번지 제보자 자택

조사일시 : 2011.2.20

조 사 자 : 신동흔, 노영근, 이홍우, 한유진, 구미진

제 보 자 : 이종철, 남, 79세

구연상황 : 앞의 이야기에 이어 제보자는 회심곡에 대해 설명을 한 후 앞 소절만 간략히 불렀다. 그런 다음 조사자가 고담 하나 더 해달라고 부탁하자 다 잊어버렸다면서 구연을 시작했다.

줄 거 리 : 옛날에 백정이 양반 행세를 했다. 그러다가 환갑을 맞이해서 소를 잡아야 되는데 차마 자기가 잡을 수가 없었다. 그때 마침 스님을 시주를 받으러 오자 백정은 스님에게 소를 잡아 달라고 했다. 스님이 도리깨로 소를 때리자 백정은 소도 잡을 줄 모른다며 도끼로 소를 쓰러트렸다. 이를 본 스님이 백정에게 양반이 아닌 백정이라고 하자 백정은 환갑잔치할 돈을 모두 스님에게 주어 입을 막았다. 백정은 동네 사람들을 불러 소를 똑같이 나눠서 먹으라고 했다. 동네 사람들이 환갑잔치를 왜 안했냐고 묻자 백정은 차마 사실대로 말하지 못하고 어려운 사람 도와주려고 잔치를 안 했다고 했다. 그러니 백정은 백정이지 양반 노릇은 못하는 것이다.

여기 [한참 생각을 하다가]백정이 양반 노릇할라구, 백정 알지?

(조사자 : 네.)

백정이 뭐하는 거여?

(조사자 : 소 돼지 잡고…….)

그래.

그래 소 돼, 소 돼지 잡는 사람이 양반을 핼라구(하려고) 참 양반 행세

를 참 근사하게 했는데,

하 인자 환갑을 해먹어야 할 텐데 소를 잡아야 할 텐데 차마 자기가 잡을 수는 엄써(없어).

마침 스님이 오더랴, 하는 얘기여,

"양반 샌님, 시주하십시오! [노래로]염불이며는~ 동창 시방 하구두 어지시니."

그래 스님보고,

"야야, 일로(이리로) 오너라. 너 소 잡을 줄 아니?"

"잡을 줄 압니다."

지금 저 농촌 도리깨라고 있어 도리깨.

있어, 아 몰러?

(조사자 : 콩 털고 하는 거…….)

그래 콩 털고.

아, 그걸 때리니께 이게 죽어?

않거든(소가 죽지 않거든).

"너 이놈, 소 잡을 줄 모르는 구나?"

아 그래 백정했던 넘이 양반이니,

"아 임마, 이렇게!" 그러니까, 아 도끼를 금방 드니 금방 거꾸러지거등.

스님이,

"아 그러믄 양, 샌님은 양반이 아니시구 백정이군요?"

"아이구, 얘 얘 [손을 싹싹 빌며]내가 잘못했다. 내가 환갑 안 해먹구너 다 알려 주마."

그래 거 그냥 아이구 그, 양반이 도끼로 소를 때려죽였으니 아 동네사람이 이거 알믄 아주 양반으로 알았는데 아 백정으로 알믄 아 전혀 못 얻어.

그러니깐,

"너 다 알려 줄 테니깐 너 아무 말도 마." 그래지.

그래 스님이 그냥 잔뜩 환갑 폄을 죄 가져가고, 하 기가 맥히거든.

가만히 앉아 있으니,

"하-, 백정이 양반되니깐 안 되는구나." 그러니까.

인자 소를 해놓구선 동네 사람 다 불른 거여.

그 소를 혼자 먹을 수 없구 돈은 환갑 폄을 다 털렸으니 어떡하냔 말이여.

그래서,

"아무개들아!"

"네."

"여기와 소를 이 각들 떠서 똑같이 노나(나눠) 먹어라."

"왜 샌님 환갑을 안 했습니까?"

"내 너들 어려운 사람 줄라고 안 해먹는다."

백정 소리는 못하구.

그러니 그게 백정은 백정이지 양반 노릇을 못하는 거여.

그래 그러니깐 지끔두 그래 지끔두.

거 탈랜트(탤런트) 핸 사람은 탈랜트 해야 되구, 음악 핸 사람은 음악해야지 딴 걸 변경을 못 시키는 거여.

농사 짓는 농사 짓는 거구 장사는 장사 해야지 다시 뜯어 얹고 다른 직업 잡아야 안 되는 거여.

맞지?

(조사자 : 네.)

그 그 아주 고급 간부들 명 명퇴자(명예퇴직자) 해가지구서 이것, 가만히 가지고 있으믄 되는데 이것저것 해가 봐야 소용없는 거 아냐.

그러니깐 물욕탐(物慾貪)샘을 내지 말고 곱게 잘 살아라 그런 애기여.

이게 그런 애기여 이거.

## 내기해서 친구에게 딸을 뺏긴 사람 (2)

자료코드 : 02_24_FOT_20110220_SDH_LJC_0004
조사장소 : 경기도 이천시 호법면 유산3리 546번지 제보자 자택
조사일시 : 2011.2.20
조 사 자 : 신동흔, 노영근, 이홍우, 한유진, 구미진
제 보 자 : 이종철, 남, 79세
구연상황 : 앞의 이야기에 이어 제보자는 지난 1차 조사 때 얘기해 준 것 중에 잘못한 것이 있다며 바로 이어서 구연했다. 이 이야기도 제보자가 두 번째 구연한 자료인데 조사자들이 한 번 들었다는 것을 의식했는지 제보자는 1차 구연에 비해 내용을 많이 생략해서 구연했다.
줄 거 리 : 옛날에 어떤 사람이 친구에게 자기 마누라를 훔쳐가라고 내기를 걸었다. 그 사람은 마누라를 뺏기지 않으려고 집안 곳곳에 보초를 세워두었다. 그런데 친구는 열흘이 되어도 오지 않았다. 열흘이 지나 친구가 그 사람 집에 가보니 모두가 잠들어 있었다. 친구는 보초들이 못 움직이게 해놓고 그 집 딸의 방에다 이(蝨)를 잔뜩 뿌렸다. 그러자 딸은 몸이 가려워서 밖으로 뛰쳐나와 옷을 다 벗고 이를 털었다. 그때 친구는 딸을 데리고 가버렸다. 부인이 이를 알고 딸을 잃어버렸다고 소리쳤지만 이미 친구가 손을 써 놓은 터라 보초들이 그를 잡을 수가 없었다.

접때 그, 그 마누라 잊아먹어두(마누라 잃어버린 이야기도) 내가 좀 조금 잘못한 거 다시 해보지.

아 이눔이 저 집 딸을 훔쳐갈라구,

"너, 우리 마누라 훔쳐가라."

"그랴?"

했는데, 아 서로 일주일씩 일주일 이상 그때 긴긴 밤에 옛날에 먹지도 못하고 긴긴 밤을 서로 지키고 밤을 새울 적에 어지간할 거여?

근데 한 넘은 마누라 뭐 저 딸 잊어버릴까베(잃어버릴까봐) 그냥 저 말을 태워 놓고 말 말에다 올려 앉혀 놓고,

또 한 놈은 문간에 두 놈을 세워놓고 또 두 놈은 지붕 꼭대기 세워 놓고 마루에 봉당 대청에 떡 세워 놨는데,

아 이눔이 마누라 훔쳐간대는 넘이 딸을 훔, 잊어 안 잊어 먹, 그러니,

"너, 우리 딸 훔쳐가." 그래 제 마누라, 남의 마누라 훔쳐갈려고 했던 넘이 아 와야지.

일주일 열흘 가도 안 오거든?

죄 고단하니깐 딸 딸 훔쳐갈 넘이 와보니까는 아 뭐 죄 정신 엄지(없지).

말 탄 넘은 담 위에다 올려 앉혀 놓고, 저 지붕 위에 있는 넘은 가마솥을 떠어다가 엎어놓고, 그래 이거 뭐 나와?

저 문간에 있는 넘은 그냥 저 저 배깥에다, 아 일주일 열흘 밤새웠으니 지가 졸려 아무에 가 뒹굴어도 소용엄거든(소용없거든).

쓰윽 들어가 보니까는 그 딸이 있는데, 이 얼마나 이(蝨)를 잡고 빈대를 잡았는지 갖다 그냥 그 방문을 그냥 확 뿌리니까는 아 이넘의 여자가 처녀가 배길 수가 가려워서.

아 밖에 나와서 홀랑 벗고 그냥 터니까는 얼른 집어 갔지 뭐.

그래 마누라는 그러니깐,

"아, 우리 딸 잊어버렸다고 이놈들아 일어나라니깐."

말, 말 탄 넘은 타믄서,

"이랴, 말아! 이랴, 말!" 이 지랄하고,

아 지붕에 있는 넘은 아 가마솥을 씌웠으니,

"아이구, 하늘 무너, 하늘 무너졌다." 소리 지르고,

문간에 있던 넘은,

"어디요, 어디?" 이러고.

그러니까 마누라 훔쳐올라고 제 딸 안, 해던 넘이 이건 제 딸을 결국 주구서,

"에이, 세상을 이렇게 살믄 안 되겄다." 그랬대는 거여.

그 마누라 저, 저 마누라 훔쳐가려는 넘은 딸, 처녀 훔쳐올라고 아 이

를 얼마나 잡았으까 이 이 응?

갖다 확 뿌리니 아 가려우니 배껕에(바깥에) 훌렁 벗으니까 얼릉(얼른) 업고 와 뻐렸지.

그러니 마누라는 못 훔쳐오고 딸만 잊어버렸다는 거여.

그래 그런 거 옛날 얘기고 많지, 근데 건 뭐, 재미는 있지.

다 인자 잊어버렸어.

## 잘 맞추는 장님 세 사람

자료코드 : 02_24_FOT_20110220_SDH_LJC_0005
조사장소 : 경기도 이천시 호법면 유산3리 546번지 제보자 자택
조사일시 : 2011.2.20
조 사 자 : 신동흔, 노영근, 이홍우, 한유진, 구미진
제 보 자 : 이종철, 남, 79세
구연상황 : 앞의 이야기에 이어 조사자가 인색한 부자 이야기나 구두쇠 이야기를 해 달라고 하자 잠시 고민하다가 이 이야기를 구연했다.
줄 거 리 : 옛날에 눈이 먼 거지 세 사람이 하루 종일 길을 가다가 저녁이 되었는데 어디서 새가 푸드득 하고 날아갔다. 그 중에 한 사람이 새가 날아간 곳에 앉아 만져보니 돌과 나무가 있었다. 그러자 그 사람은 이 동네에 잘 곳이 있겠다며 수풀 림(林)자, 돌 석(石)자, 새 조(鳥)자니까 이 동네에 임석조가 있을 것이라고 했다. 그러면서 세 사람은 동네를 돌아다니며 임석조를 외쳤다. 임석조라는 양반이 그 소리를 듣고 하인을 불러 그 사람들을 데려 오라고 했다. 양반은 장님들에게 자신의 이름을 부르게 된 이유를 물어본 후 그 풀이를 듣고는 하인들에게만 조용히 저녁 식사로 국수를 시켰다. 그런 다음 양반은 세 사람에게 음식을 맞춰보라고 했다. 한 사람은 국수라고 하고 두 사람은 수제비라고 했다. 양반은 두 사람이 못 맞춰서 실망을 하고 있는데 식사로 수제비가 나왔다. 양반이 하인에게 어찌된 일인지 묻자 국수를 하려고 했는데 반죽이 너무 질어서 수제비를 했다고 했다. 양반은 세 사람에게 자신의 이름을 알게 되어 여기서 저녁까지 먹게 되었다며 감탄했다.

옛날에 시각 장애자 셋이 하루 죙일(종일) 가다가 배는 고프고, 저녁 때 해는 넘어가는데 어디 가는 새가 푸르륵 날아가더랴.

그러니깐,

"아하!"

수풀이 있고 돌이 있어 돌.

여기 앉아서 아하 이걸 풀어보니깐, 그 유명한 넘이 시각 장애자 한 넘이,

"야, 여기서 새가 날라갔으니 만져 보자."

보지 못하니깐 만져 보니깐 낭구가 있고 돌이 넓적한 게 있거등.

떡 앉아서,

"아하, 이 동네가 그러믄 여가 잘 데가 있겄다."

그래 새 조(鳥)자, 돌 석(石)자, 수풀 림(林)자여.

낭구는 수풀이 많으니까 낭구 수풀이여, 돌 석자.

새가 새 조, 거서 푸르륵 날라갔으니까 해는 넘어가고 갈 데는 없는데,

"아하, 여기 수풀 림자 돌 석자 새 조자니깐 여기 임씨네가 산단 얘기야 임씨네가."

그래서 풀어보니까는,

"맞어, 수필 림자 돌 석자 새 조자니깐 이 동네 임석조(林石鳥)는 있을 거야 그러니깐."

그래 댕기머(다니며) 세 넘이 앞도 못 보는 넘들이,

"임석조! 임석조!" 이래 불르고 댕기거든.

아 그릉께 세상에 임석조라는 양반은 대감인데 큰 큰 양반인데 어느 넘이 임석조 불르니까 하인보고,

"저들 나가봐라!" 그러니깐,

나가서,

"당신들이 임석조를 왜 찾어?" 그러니깐,

"여기 임석조 있소?"

"있다." 그러니깐.

하인이 가서,

"아, 대감마님! 시각 장애자 그 뭐 봉사들이 그래 찾읍니다(찾습니다)." 그러니깐,

"그래? 거 들어오라 그래라."

아 그래, 밤중에 들어왔어.

그 참 보두(봐도) 더듬더듬 해가 봤더니,

"너들 어디서 왔니?" 그래니깐,

"그 뭐, 얻어먹으러 댕기는 사람입니다."

"그래 니가 나를 임석조를 아느냐?"

"해는 넘어가고 귀로 들으니깐 푸르륵 새가 날라가서 만져보니깐 수풀에 낭구도 있고 돌이 있어서,

그래서 수풀 림자, 돌 석자, 새 조자를 찾아서 그래서 임석, 임석조를 불렀습니다."

"허어, 그려? 그러믄."

인저 대감님이 들어가서 그 종들한테 음슥(음식)을 시킨 거여 저녁을.

시켰는데 국수를 시켰어, 응.

그래 국수를 시켰는데 와서 떡 가만히,

"너들 국, 뭘 시켰느냐? 음식을 맞춰봐라. 알아 봐라."

한 넘은 국수라 그래고 두 넘들은 수제비라 핸댄(한단) 말이야 수제비.

"무슨 소리여? 아니 국수를 그, 시켰는데 어째 수제비가 되느냐?"

아 나중에 보니까 참,

"그려? 너희 넘들 안 맞는구나!" 그랬더니,

아 나중에 수제비가 나왔다는 거여.

그래 대감마님이,

"야, 너그들 우떻게(어떻게) 핸거냐?" 그래니까,

"네, 국수를 할라 보니깐 너무 반죽이 질어서 안 되가지고 수제비를 떴습니다."

그러니 얼마나 그 그 맞추는 넘이여?

그러니까,

"너 이놈, 너희들이 내 이름을 알고 여(여기) 와 저녁을 먹었구나!"

그래구 그래 옛날 살다가 갔다는 거여.

거, 용하지?

(조사자 : 신통하네요.)

그래 국수, 한 넘은 국수라 그랬거등?

그러니까 대감도 국순 줄 알았는데 아 두 넘은,

"수제빕니다."

"이놈들!" 그랬더니, 아 저 수제비를 떠왔으니 마침, 그래 물어보니깐,

"나리, 국수 하니깐 너무 질어가지고 수제비를 떴습니다."

그래 그게 옛날, 그게 고담(古談) 얘기여.

이건 처음 들었어?

(조사자 : 예, 처음 들었습니다.)

## 꾀를 써서 주인마님 재산을 뺏은 머슴

자료코드 : 02_24_FOT_20110220_SDH_LJC_0006

조사장소 : 경기도 이천시 호법면 유산3리 546번지 제보자 자택

조사일시 : 2011.2.20

조 사 자 : 신동흔, 노영근, 이홍우, 한유진, 구미진

제 보 자 : 이종철, 남, 79세

구연상황 : 앞의 이야기에 이어 제보자는 옛날 병명들에 대해 오랫동안 설명을 했고, 전쟁 때 고생한 이야기도 잠시 들려주었다. 그런 후 제보자가 이제는 더 할 이

야기가 없다고 해서 조사자가 거짓말 이야기라도 해달라고 하자 이 이야기를 구연했다.

줄 거 리 : 옛날에 부잣집 머슴이 매일 밤 촛불을 켜놓은 채 발가벗고 잤다. 주인 여자가 그것을 보고 머슴에게 왜 그렇게 자냐고 물었다. 그러자 머슴은 자기가 그렇게 자고 싶어서 그런다고 했다. 주인 여자는 머슴을 좋아하게 되었다. 머슴은 주인 여자와 부부가 되었고 그 여자의 재산도 다 차지했다. 부자라도 머슴을 너무 오래 두면 못쓴다.

(조사자 : 어르신, 고담 중에 옛날에 그, 거짓말 잘해가지고 부자 사위 됐다는 이야기 같은 거 혹시 들어…….)

거짓말?

(조사자 : 예. 거짓 거짓부렁 이런 것도 좋습니다.)

아, 거짓말 하는 거 한(限) 있나?

거 나, 옛날에 어느 한 사람이 남으(남의) 집 일꾼을 사는데, 아 웬 이 자식이 만–날 촛불만 켜놔, 날마중(날마다).

그래 이, 주인은 참 큰 대갓집 여잔데,

"아, 이 자식이 왜 만날 촛불만 켜나?" 그랬더니, 이렇게 봤더니 아주 깨를 벗고(발가벗고, '깨벗다'는 전라도 방언으로 '발가벗다'는 의미임.) 자는 거여.

아 그러니 이걸, 그 집이 참 부자거등 일꾼을 사는 데.

아 그래 저, 마님이 보든(보고),

"너 왜 깨를 벗고 자니?" 그러니깐,

"아 나 그렇게 자고 싶어요." 그래.

그러니 뭐, 그래 할 수 있어?

그 여자가 뭐 총각인데 뭐 좋아하지 뭐.

그래 그넘으 재산 다 뺏기고 그넘이 홀랑 말아 먹, 다 차지하고선,

"인자 내 마누라, 나에 마누라." 하믄서 꼼짝 못하고,

그래 부자두, 그래 일꾼을 너무 오래 두믄 못써, 머슴살이.

## 거짓으로 선생 장가보낸 제자

자료코드 : 02_24_FOT_20110220_SDH_LJC_0007
조사장소 : 경기도 이천시 호법면 유산3리 546번지 제보자 자택
조사일시 : 2011.2.20
조 사 자 : 신동흔, 노영근, 이홍우, 한유진, 구미진
제 보 자 : 이종철, 남, 79세
구연상황 : 앞의 이야기에 이어 바로 구연했다.
줄 거 리 : 옛날에 제자가 혼자 사는 선생님에게 장가를 보내준다며 떡 다섯 말만 해달라고 했다. 선생님은 하도 제자가 졸라서 인절미 다섯 말을 해주었다. 제자는 과부에게 가서 선생님 방 뒷문으로 들어갔다가 나오기만 하면 떡 다섯 말을 준다고 했다. 제자는 떡 다섯 말을 해서 동네 사람들과 나눠 먹었다. 그런 다음 제자는 선생님이 장가든다며 큰 소리로 외치며 동네를 돌아다녔다. 제자는 과부와 시간을 맞춘 후 선생님에게 갔다. 제자는 선생님에게 이제 곧 장가를 든다며 잠을 자지 말라고 했다. 그때 과부가 뒷문을 열고 들어왔다. 제자는 선생님에게 이래도 장가를 안 들었냐며 박수를 쳤다.

그것도 그렇지만 일꾼(제자의 잘못)을 뒀는데 그 저 일꾼 하나가 아 만날 와서, 선생님 글방 제잔데,

"선생님, 장가들여 드릴게요."

"너 이놈으 새끼 미쳤냐? 장가 어서(어디서) 임마, 들여 임마!"

그래 자꾸 장가들인다고.

선생님도 혼자 살고 그 제자가 사는데 그래,

"선생님, 떡 닷 말 닷 말만 해주세요. 찹쌀 닷 말만 인절미 해주세요."

아 하도 이릉께 인절미 해줬다.

그래 가는데 어느 저 저 혼자 사는 여자가 있는데,

"저 들어가시믄 저 뒷문으로 들어가세요."

그땐 떡 닷 말이므는 아 뭐 뭐 뭐 큰 부자지, 떡을 어서 얻어먹어?

"아, 너 이놈으 자식! 어서 날 장가들인대느냐고 말이야." 아- 이래는데,

"내 형님 장가, 선생님 장가들이겠습니다."

그래 인제 어느 과부 양반 보고,

"아, 아주머니! 거 저, 선생님 저, 뒷문만 들어갔다 오세요. 내 떡 닷 말 값 닷 말 드리니까."

"뭐? 너 임마, 미쳤니?"

그래 인자,

"거 몇 시에 들어가니?" 그래니까,

아주 부자거등 선생이.

아 그래니까 인자 떡 닷 말을 해서 참 동네 노나먹고(나눠먹고),

"우리 선생님 장가듭니다-, 우리 선생님!"

하 이놈이 댕기며 그래니까는 아 이거 미칠 노릇이거등.

여자, 여자는 뭐.

"아줌니, 저그 가서 우리 선생님 이거 우선 뒷문만 열어주시오. 그럼 내 그때 보구서, 이래도 선생님 장가 안 들었습니까, 이를 테니까네."

아 그래서 인자 아주, 아 이 선생님 장가도 꿈도 못 꾸는데 그냥 떡을 닷 말 해가 돌아댕기며,

"선생님 장가듭니다-, 장가듭니다!"

아 이거 나중에 그 여자를 꼬셔가지고,

"아줌니가 우선 뒷문만 열고 들어갔다 오시오. 그러믄 그게 장가드는데."

아 이거 이 여잔,

"선생님!" 가서, "주무시지 마세요. 인제 장가드실 거예요."

"아 임마, 미쳤니?" 그랬더니,

아 참 어느 여자가 뒷문 열고 들어오거등.

"[박수를 치며]아 이래도 장가 안 들었습니까?"

그래 선생을 등쳐먹고 그 여잔 여자는 돈 벌어 먹고 그래 살아 살았다

는 거여.

그넘이 제자가 머리가 좋은 넘이지.

그래 정, 장가도 들어보도 못하고 떡 그 저 닷 말 값만 없앴다는 거여.

## 아씨와 자고 부잣집 재산 뺏은 머슴

자료코드 : 02_24_FOT_20110220_SDH_LJC_0008

조사장소 : 경기도 이천시 호법면 유산3리 546번지 제보자 자택

조사일시 : 2011.2.20

조 사 자 : 신동흔, 노영근, 이홍우, 한유진, 구미진

제 보 자 : 이종철, 남, 79세

구연상황 : 앞의 이야기에 이어 조사자가 상전 골려먹는 이야기를 해달라고 하자 바로 구연했다.

줄 거 리 : 옛날에 부잣집에서 큰집에 제사를 지내러 가게 되어 머슴에게 딸을 옆에서 잘 지키라고 했다. 그랬더니 머슴은 그 딸과 한 방에 있다가 함께 자게 되었다. 부자가 제사에서 돌아오자 머슴은 자기가 아씨를 데라고 살겠다고 했다. 부자는 노발대발했지만 결국 머슴은 부자의 재산도 다 뺏고 아씨를 데리고 살았다.

(조사자 : 또 저기 선생 골려 먹는 이야기 다른 이야기 혹시 아십니까?)

뭐?

(조사자 : 선생님 골려 먹는 이야기요? 제자가, 학생이?)

아이고 뭐, 선생 골려 먹나?

거, 주인마담(주인마님) 골, 주인마담 골려 먹는 것도 있지.

(조사자 : 아, 그거.)

응?

(조사자 : 상전 골려먹는 이야기 같은 거 좀 해주세요.)

아 선상(선생) 골려먹는 주인, 주인마담도 골려먹어!

그래 이넘이 머슴 머슴살이를 하는데 두 내외가 아가씨만 방에 두고, 큰집이(큰집에) 제사 지내러 간 거야, 큰-부자지 아주 뭐 대가(大家) 부자지.

근데 이 이넘으 대감마님이,

"너 저, 안방에서 거 아가씨 거 저 옆에서 지켜 드려라."

"네."

그래 그 이넘은 아랫목에서 자고 저 아가씨는, 지끔은 아가씨 그때는 아씨마님, 이거 저 바느질 하는 거여.

그래 인저 앉아 얘기 얘기하다, 아 어떡해서 그 같이 접촉이 된 거여.

아 그러니까는 아 인자는 왔는데 그 집이 부잔데, 이넘이 재산을 노려야지 안 노릴 안 노릴 수 있어?

그러니까는 온 담에(다음에),

"너, 아씨 그 아가씨 잘 모셨니?"

"네, 잘 모셨습니다."

그래 인제 와서,

"인제는요, 내 저 아가씨" 지끔은 아가씨지,

"아가씨 내가 데리고 살 거요."

"아 이자식이 미쳤느냐고 말이야, 이놈으 새끼가 아주 환장하려고 머슴꾼이?"

"아님 관두라고."

아 그래가지고는 뭐, 아 재산을 이넘이 홀랑 빼,

"내가 이집 주인이여." 그렇게 해가지고,

홀랑 뺏고 뭐 몇 천 조씩 해가지고 뭐 저 집안이고 다 살리고 그러니깐 그 아씨 마님을 데리고 살았대는 거여.

# 이상한 새의 털로 주인 딸과 결혼한 머슴

자료코드 : 02_24_FOT_20110220_SDH_LJC_0009
조사장소 : 경기도 이천시 호법면 유산3리 546번지 제보자 자택
조사일시 : 2011.2.20
조 사 자 : 신동흔, 노영근, 이홍우, 한유진, 구미진
제 보 자 : 이종철, 남, 79세
구연상황 : 앞의 이야기에 이어 바로 구연했다.
줄 거 리 : 옛날에 큰 부잣집의 아씨가 항상 밖에 나가서 오줌을 눴다. 그러다가 하루는 새 한 마리가 와서 아씨가 눈 오줌을 찍어 먹더니 그곳에 털 하나를 꽂았다. 그 집의 머슴이 새털을 가지게 되었는데 아씨가 오줌을 눈 자리에다 새털을 꽂으면 아씨의 거기에서 이상한 소리가 났다. 부잣집에서는 걱정을 하며 의원들을 불러 검사를 했지만 아무 소용이 없었다. 머슴은 자기가 고칠 테니 아씨를 달라고 했다. 부자는 처음에는 노발대발했지만 딸의 병세가 더 심해지자 머슴에게 딸을 주기로 하고 고쳐 달라고 했다. 머슴은 새털을 뽑아서 아씨의 병을 고쳤다. 머슴은 아씨와 결혼해 부자 행세를 하면서 좋은 일을 많이 했다고 한다.

그 얘기도 또 있어.

아가씨가 오줌을 배깥에(바깥에) 나가 눠.

근데 그 새가 한 마리 와서 하더니 오줌을 찍어 먹더니 털 하나 꽂었단 말이여.

그래 머슴을 사는데, [조사자들의 눈치를 보며]이거 좀 괜찮어 이런 얘기해두?

(조사자 : 예예, 아 그럼요.)

아 근데 그 새털을 거다 꽂으니까는 아 아가씨가 밤에 아 이 아래서, "홀미할미 콩다콩 홀미할미 콩다콩" 아 이래거든.

아 그 환장할 일 아녀 그게?

"허허, 이거 큰일 났구나!"

아 그냥 며칠 밤을 새워야 되는데, 근데 이넘이 낮에는 빼요, 일꾼이

일꾼이 그 새털을 빼므는 아무 관계없어.

아 큰 참 대가집 마님이 뭐, 전의가 의원이야 전의가, 그 의원 의원 그 전 한약방 의원이여.

그래 전의를 데려다 아 검사해도 아 점점 여 아래서,

"홀미할미 콩다콩 홀미할미 콩다콩"

아 거참 그거 말라죽을 노릇이지 처녀가 환, 환장 인제 헐 수 없이 마님이 대감한테 말하니,

"야단났수 이거 딸이 이러니 어떡하니?" 큰일났거등 그래서,

그래 고걸 낮에 빼갖다 고 저 이넘이 일꾼넘이 그래거든 그래,

"아 왜" 알면서,

"아 왜 그러십니까?"

"[큰소리로]이놈으 자식아! 넌 알 거 없어 임마!"

아 이넘이 대감이 호령만해고 그러거등.

아 점점 그러니까는 이넘으 아가씨가 말러 들어가지 안 그려 그거, 여 소리 나니까는?

아 그래 큰일 났거등 이거, 아 이 뭐뭐 전의 아니라 의원을 다 들여도 뭐 안 되거등.

그러니까는 헐 수가 없이,

"너 니가 곤칠(고칠) 수 있니?"

"네, 곤칠 수 있습니다."

"이놈으 자식아 니가 뭘 곤쳐?"

아 그 말 안 들어, 뭐 그 대감이고.

그러더니 아 점점 더하니 그, 그러니깐,

"너 정말 곤칠 수?"

"곤칠 수 있습니다. 그래 곤치믄 저 아주 그 아씨를 주시오."

"아 이자식이 미쳤느냐구 이놈으 새끼 남으 집 머슴사는 머슴사는 넘

으 새끼가 고 곱게 기른 공주를 널 줘, 이놈으 자식!"

"그럼 관둬!"

아 이놈으 거 이거 뭐뭐 갈수록 말르니까 아 말르니 이거 어떡해 말를 노릇이지 그게.

그래서,

"너 정말 곤칠 수 있냐?"

"곤칠 수 있습니다. 그럼 아 아 아씨를 저 주시믄?"

"준다!"

그래가지고 거 그 빼니까 아 안 나거등?

그래서 그넘이 부자 행세 살아가믄서 남한테 이래 좋은 일을 많이 하더랴.

너무 그 대감이 움켜만 쥐고 있다, 그래 그 어떻게 새 그가 새털이 빠져가지고 그게 참 거짓말인지 원 그게[웃음], 그랬대는 거여 그게.

아이고 인저.

(조사자 : 아이고 재밌습니다, 어르신! 머슴들이 꾀가 많네요?)

아 머슴이 꾀가 많지!

그래 머슴이 사는 거여 그게.

그래 머슴이라고 너무 괄세하믄 안되지.

그때야 뭐 머슴이 뭐 얼마나 바꿔 살았겄어?

## 엮은이 소개


**신동흔** 서울대학교에서 국어국문학을 전공하고 동대학원에서 문학박사 학위를 받았다. 현재 건국대학교 국어국문학과 교수로 재직 중이다. 「인지기제로서의 스토리와 인간연구로서의 설화연구」(2016), 『신 로맨스의 탄생』(2016), 『한국전쟁 이야기 집성』(2017) 등의 연구가 있다.

**노영근** 국민대학교 국어국문학과와 동 대학원을 졸업하였다. 현재 국민대학교 교양대학에 강의전담교수로 재직중이다. 「<사기(邪氣)가 된 돈> 유형의 해원서사적 특징」(2016), 「조선족 이야기꾼 박병대 연구」(2015) 등의 연구가 있다.

**이홍우** 부산대학교 국어국문학과를 졸업하고 서울대학교 국어국문학과 대학원에서 박사과정을 수료하였다. 현재 서울대학교, 인하대학교 등에 시간강사로 출강하고 있다. 「근대 재담집 『소천소지(笑天笑地)』 연구-등장인물의 관계 양상과 그 특징을 중심으로-」(2012) 등의 논문과 『설화 속 동물 인간을 말하다』(2008), 『옛이야기 속에서 생각 찾기』(2013), 『놀이로 본 조선』(2015) 등의 공저가 있다.

**한유진** 이화여자대학교에서 국어국문학을 전공하고 동대학원에서 박사과정을 수료하였다. 현재 선문대학교에서 시간강사로 강의하고 있다. 주요 논문으로 「계모설화에 나타난 갈등의 양상」(2012), 「'첫날밤 목 잘린 신랑과 누명 쓴 신부' 유형 설화에 나타난 갈등 구조와 전승 체계」(2013)가 있다.

**구미진** 덕성여자대학교 국어국문학과를 졸업하고 서울대학교 대학원에서 석사과정을 마쳤다. 현재 동국대학교 한국불교융합학과 박사과정에 재학 중이다. 석사학위논문으로 「<법화영험전>의 서사문학적 특성 연구」가 있다.

증편 한국구비문학대계 1-15
경기도 이천시

초판 인쇄 2017년 12월 21일
초판 발행 2017년 12월 28일

엮 은 이 신동흔 노영근 이홍우 한유진 구미진
엮 은 곳 한국학중앙연구원 어문생활사연구소
출판기획 유진아

펴 낸 이 이대현
펴 낸 곳 도서출판 역락
편　　집 권분옥
디 자 인 안혜진

주　　소 서울시 서초구 동광로46길 6-6(반포4동 577-25) 문창빌딩 2층
등　　록 1999년 4월 19일 제303-2002-000014호
전　　화 02-3409-2058, 2060
팩　　스 02-3409-2059
이 메 일 youkrack@hanmail.net

값 52,000원

ISBN 979-11-6244-152-7 94810
978-89-5556-084-8(세트)